Gabriel Camps

Introduction à la préhistoire

A la recherche du paradis perdu

Librairie Académique Perrin

COLLECTION « POINTS HISTOIRE »
FONDÉE PAR MICHEL WINOCK
DIRIGÉE PAR RICHARD FIGUIER

Le présent ouvrage est paru initialement à la Librairie Académique Perrin sous le titre *La Préhistoire*

ISBN 2-02-021567-5
(ISBN 2-262-00267-3, 1re publication)

www.seuil.com

AVANT-PROPOS

UN JOUR...

Cela se passait il y a un quart de siècle, de l'autre côté de la Méditerranée, dans une Algérie qui était encore mon pays. Nous revenions, ma femme et moi, satisfaits d'avoir pu sauver pour la science quelques crânes et restes humains préhistoriques qui avaient été mis au jour lors de l'ouverture d'une route le long de la Tafna. C'était non loin du lieu où avait été signé le fameux traité qui donnait la moitié de l'Algérie à Abd el-Kader ; ce qui avait fait croire aux autorités locales que les ossements retrouvés étaient ceux des soldats de l'armée de Bugeaud.

Le voyage de retour vers Alger était fort long, d'autant plus que, pour éviter la chaleur torride de cette fin d'été dans la plaine du Chélif, nous avions emprunté l'interminable route du littoral. A l'enthousiasme du début de la journée avaient succédé l'ennui puis la torpeur qu'engendre la conduite d'une petite voiture sur une route sans attrait, et, finalement, une vraie fatigue s'était emparée de nous.

Soudain, à un détour de la route s'ouvrit devant nous l'admirable baie des Souhalia que le soleil, déjà déclinant, teintait de cuivre et de mauve. A droite, dans un vallon profond, un minuscule verger, quelques figuiers parmi les oléastres greffés, entourait un humble gourbi, mais celui-ci avait un tel air accueillant avec ses murs de clayonnage et de torchis soigneusement blanchis que l'envie irrésistible me prit d'arrêter là notre voyage, à tout jamais. Des chèvres aux longs poils et aux cornes harmonieuses, semblables à celles des bas-reliefs antiques, traversaient les buissons de lentisques et d'arbousiers. Quelques ruches en plaques de liège étaient posées contre les oliviers et, au-dessus de la banquette en terre battue qui flanquait la façade de cette rustique demeure, une petite treille dispensait une ombre douce propice à la méditation. Je me mis instantanément à envier le Tityre berbère qui semblait, dans ce cadre magnifique, avoir choisi, pour toute éternité, une vie simple qui n'avait guère changé depuis Hésiode ou Virgile. Jamais la tentation de tout arrêter, de jouir de la continuité et de la douceur du temps, ne fut plus forte qu'en ce jour-là. Certes, cette tentation était, et je le savais dès cet instant, plus intellectuelle que réelle ; elle était autant nourrie par les souvenirs livresques que par le spectacle charmant qui s'offrait à nous. Un minimum de réflexion aurait suffi à révéler tous les inconvénients de cette vie idyllique qu'un heureux concours de circonstances, un éclairage idéal et aussi une lassitude poussée jusqu'à l'écœurement, me montraient sous un jour aussi favorable. En hiver, le toit de roseaux et de branchages entrelacés ne devait assurer qu'une couverture précaire à une chambre obscure qu'un méchant brasero ne réussissait pas à chauffer.

Les rangées d'oignons et de fèves, le petit champ d'orge, qu'on devinait alors à ses chaumes, les arbres, les chèvres, exigeaient un effort physique bien plus grand que de poursuivre notre route vers Alger... et ce Tityre inconnu, lui, son fils ou son frère, que sais-je ?, était peut-être au même moment en train de cracher ses poumons dans une infâme chambre d'immigrés, dans quelque centre minier du Nord ou de Lorraine !

Une nouvelle pression sur l'accélérateur et je laissai derrière nous ce rêve de quelques secondes, ce retour à la vie simple, ce besoin inhérent à la nature humaine de rechercher le « bon vieux temps », de partir à la quête du paradis perdu.

Car l'homme est ainsi fait, il va toujours de l'avant en prédisant ou prévoyant les pires catastrophes, tout en jetant vers l'arrière un regard mélancolique, parfois désespéré. Je suis persuadé que les modestes cousins africains de Cro-Magnon que je transportais ce jour-là dans le coffre de ma voiture avaient eu, de leur vivant, un comportement semblable. Autour du feu et dégustant les derniers coquillages cuits dans la braise, les anciens rappelaient, déjà, aux jeunes générations combien les chasseurs de la « belle époque » étaient vaillants et les femmes désirables... alors qu'aujourd'hui, mes pauvres enfants !

Mais, en même temps qu'il regrette ce temps révolu que la mémoire enjolive, l'homme, du moins celui qui appartient à la civilisation industrielle qui imposa son modèle au monde, ne peut imaginer, hormis quelques utopistes, que puisse s'interrompre une évolution qui commença voilà quelques millions d'années. L'évolution, pour l'homme, n'est pas seulement une lente transformation physique. Le développement économique, l'organisation sociale et même la révolution industrielle de ces derniers siècles en font partie intégrante. Comment s'étonner, dès lors, que l'essentiel des préoccupations des gouvernements comme des simples particuliers s'exprime en termes de croissance, de profit ou de pouvoir d'achat ? Est-ce cela le progrès ?

Si nous donnons à ce terme une connotation morale, il nous paraît très contestable, mais si nous observons globalement et sereinement le chemin parcouru, j'avoue préférer mon statut d'Européen frappé par la crise pétrolière à celui de l'Australopithèque de la savane africaine ou même à celui du Magdalénien dont l'oncle maternel était « artiste » à Lascaux, quels qu'aient pu être les charmes du genre de vie de l'un et de l'autre !

Notre culture, j'en ai la conviction ancrée aux fibres les plus profondes de mon être, ne peut envisager d'autres termes que le progrès ou le déclin. La stagnation me semble la négation de la vie et un défi lancé à l'évolution qui est universelle et fille du temps.

La stagnation acceptée c'est déjà la décadence. Que le « progrès » soit bon ou non pour les individus, c'est là un problème pour moralistes et philosophes. Le préhistorien et son complice l'historien ne peuvent que reconstituer le cheminement ou les étapes marquantes de cette évolution : marche titubante et incertaine des premiers hominiens, développement extrêmement lent des techniques fondamentales, débuts de la vie en société, naissance de la spiritualité et, depuis quelques millénaires, l'explosion du phénomène humain dans toutes ses composantes démographiques, sociales, économiques, religieuses, artistiques et scientifiques.

Mais depuis le premier pas du premier homme jusqu'à la course échevelée des sociétés contemporaines, combien d'échecs, de ruptures, d'apparentes régressions ! A la notion simpliste du progrès, constant, linéaire de l'humanité, qui était l'acte de foi des scientifiques du XIXe siècle et du début du XXe s'est substituée, grâce aux progrès des connaissances, une vue plus nuancée de la préhistoire. Cette évolution de l'homme et de ses cultures, loin de tracer une courbe harmonieuse, régulière, conduisant de la brute primitive à l'homme de science doué de la sagesse et de la puissance, apparaît aujourd'hui singulièrement heurtée. Ce n'est plus qu'une succession de ruptures, de révolutions, d'essors et d'échecs dont le bilan général nous paraît nécessairement positif, puisque nous en sommes les résultats et les juges.

CHAPITRE PREMIER

PRÉHISTORIQUES ET PRÉHISTORIENS

Le face à face

1. LE PRÉHISTORIEN

Il paraît logique de commencer un livre consacré à la préhistoire en se posant une question fondamentale : comment définir l'homme ou, plus prosaïquement, comment fixer le moment, dans l'évolution des Primates, où tel fossile mérite d'être considéré comme un homme et dire pourquoi. Nous ne pourrons échapper à cette question mais avant de l'aborder, il faudrait s'interroger sur celui qui est chargé d'y répondre. En un mot qu'est-ce qu'un préhistorien ?

Cette question n'est pas insignifiante car la conception que l'on peut avoir de notre ancêtre préhistorique ne dépend pas seulement de l'état des connaissances et des progrès de la recherche ; elle dépend, tout autant, de la formation reçue, de la mentalité ou même de la spécialité du préhistorien. Si les préhistoriens ont la conscience très ferme de constituer une communauté nationale et internationale, ils n'en sont pas moins de formations et d'origines intellectuelles fort diverses. Prenons l'exemple de la France où la classification des individus est au moins aussi poussée que la typologie des outils de pierre. On reconnaît habituellement deux grandes catégories qui n'ont, cependant, aucune existence légale : celle des préhistoriens « professionnels » et celle des préhistoriens « amateurs ». Il est inutile de préciser que les relations ne sont pas toujours idylliques entre des catégories qui comprennent elles-mêmes de nombreuses espèces. Parmi les « professionnels » on trouve des chercheurs du Centre national de la recherche scientifique, des fonctionnaires du ministère de la Culture (sous-direction de l'Archéologie) et des membres de l'Enseignement supérieur. Bien que toute autorisation de fouille soit donnée par la sous-direction de l'Archéologie, après avis du Conseil supérieur de l'Archéologie, ces « professionnels » dépendent de ministères différents (Culture, Recherche, Education nationale) qui peuvent avoir des politiques divergentes.

Les « amateurs », qui sont parfois de vrais savants, sont encore plus diversifiés. Si on met à part les étudiants et les candidats au CNRS qui sont, en fait, des postulants au titre de « professionnel », on trouve une nette prédominance d'enseignants de premier et second degré et des membres de professions libérales. Nous excluons, bien entendu, les fouilleurs clandestins qui sont des malfaiteurs et ne peuvent être qualifiés ni de préhistoriens ni d'amateurs. Ils savent tous, aujourd'hui, qu'ils agissent dans l'illégalité et qu'ils sont passibles de peines que tous les archéologues jugent trop légères.

La diversité socio-professionnelle des préhistoriens n'est qu'un des aspects secondaires de cet étrange petit monde dont les querelles intempestives sont aussi vives que la solidarité à toute épreuve qui unit ses membres. Les méthodes de fouilles préconisées puis exigées par le Conseil supérieur de la recherche archéologique sur l'ensemble du territoire et par les directeurs des Antiquités dans leur circonscription, entraînent une certaine uniformité du travail archéologique. D'un chantier à l'autre, on retrouve les mêmes instruments, les mêmes carroyages, les mêmes systèmes de mensuration et de prises de coordonnées. Cette uniformité instrumentale cache mal cependant des attitudes mentales fort diverses, car la préhistoire n'est pas une.

Il faut rappeler que jusqu'à la génération actuelle, les préhistoriens se sont formés sur le tas, rares étaient ceux qui avaient reçu une formation spécialisée dans ce domaine. Si paradoxal que cela paraisse, il faut bien reconnaître que la France, *terra mater* de la préhistoire, qui a exercé et exerce encore en ce domaine un rôle international de premier plan, n'a pas su organiser un enseignement de cette discipline. La préhistoire apparaît dans les programmes d'études comme une annexe, tantôt de la géologie, tantôt de la sociologie ou de l'ethnologie, tantôt de l'histoire, tantôt de l'anthropologie biologique.

De ce fait, il existe des préhistoriens de formation scientifique qui sont des naturalistes, d'autres de formation littéraire qui sont des humanistes. Les uns et les autres, quoi qu'ils en pensent, ne peuvent aborder dans le même esprit les questions relatives à l'homme préhistorique. Les premiers seront plus à l'aise dans l'étude du milieu naturel et de l'évolution physique de l'homme, les seconds seront plus attirés par son évolution technique, économique et sociale. A vrai dire cette dichotomie tend aujourd'hui à s'atténuer car la spécialisation de plus en plus poussée de sciences autonomes, mais qui sont comptées comme des auxiliaires de la recherche préhistorique, rend nécessaire la constitution d'équipes pluridisciplinaires capables d'analyser le maximum de données. Sédimentologie, palynologie, archéozoologie, paléontologie humaine, technologie, typologie instrumentale, paléométallurgie sont devenues autant de sciences qui connaissent à leur tour des spécialisations plus poussées : en paléontologie humaine, les uns se spécialiseront en odontologie tandis que d'autres examineront l'évolution du rachis et du port de la tête ; en typologie, un spécialiste de l'industrie lithique peut tout ignorer de la céramologie.

Cette pulvérisation inévitable rend redoutable le travail de synthèse qui devrait être assuré par celui qui mériterait vraiment le titre de préhistorien. Malheureusement, ce genre de synthèse, il faut l'avouer, fait souvent défaut et bien des publications préhistoriques ne restent que des comptes rendus de fouille fort savants dans lesquels sont juxtaposés, après un historique des recherches et avant une conclusion sommaire, des rapports de spécialistes sans lien entre eux. Depuis quelques années la mode ou la nécessité des publications collectives est devenue telle qu'on pourrait citer tel ou tel gisement dont la publication a mobilisé un nombre d'auteurs plus grand que celui des tessons ou des silex taillés livrés par la fouille.

Fort heureusement, les recherches et les publications tendent à s'harmoniser. Il fut un temps où le Paléolithique, surtout le plus reculé, le plus proche des origines de l'homme, était étudié comme un étage géologique dans lequel l'homme et ses outils n'étaient, somme toute, que des fossiles ayant une signification stratigraphique et chronologique. Au même moment, un gisement néolithique ou de l'âge des métaux était fouillé comme pouvait l'être un site historique, mais en dédaignant toute connotation relative à l'environnement, comme si la sédimentation s'était arrêtée à l'Holocène. Il y avait une préhistoire des quaternaristes (entendons une préhistoire du paléolithique) et une préhistoire des archéologues.

Même aujourd'hui la plupart des paléolithiciens réagissent vivement au terme d'archéologie préhistorique ; j'ai eu, sur ce sujet, bien des discussions avec mon regretté ami F. Bordes. L'expression reste, à mon avis, la seule valable pour désigner l'ensemble des recherches regroupées sous le terme ambigu de préhistoire, à la fois période et discipline. Il y a archéologie lorsque les différentes sciences recherchent les « vestiges involontaires de la réalité vécue » (A. Emperaire). L'archéologie est dite préhistorique quand elle concerne les périodes pour lesquelles il n'y a pas de textes écrits. En revanche, les néolithiciens et les spécialistes des âges des métaux ont la satisfaction de constater que les archéologues des périodes historiques se sont mis à l'école des préhistoriens et appliquent les mêmes méthodes stratigraphiques voire sédimentologiques et analytiques qu'eux.

Par ailleurs, il est des pans entiers de la préhistoire récente, en Orient, qui sont rattachés à l'archéologie orientale et dont l'étude a sa méthodologie propre : de fait, les Sumériens d'avant les cunéiformes et les Egyptiens prédynastiques sont-ils encore vraiment dans les temps préhistoriques tels qu'on les conçoit habituellement ?

De même en Grèce et dans l'Archipel, les derniers millénaires qui précèdent l'histoire sont dans la mouvance d'archéologues hellénistes, historiens de formation qui ont une méthodologie et un langage particuliers.

Dans d'immenses parties du monde, dans l'Afrique sud-saharienne, en Océanie et en Amérique, préhistoire récente, protohistoire et archéologie confondues dans des temps pré-coloniaux nc paraissent que des préfaces aux études ethnologiques. Ces recherches sont conduites par des ethnologues qui revendiquent, en s'alignant sur le modèle américain, le titre d'anthropologues. De fait, aux Etats-Unis et dans de nombreux pays d'Amérique latine, préhistoire et ethnologie sont confondues sous l'appellation d'anthropologie.

De ces différentes remarques, il ressort qu'il existe bien une seule et même méthode de recherche préhistorique fondée nécessairement sur la fouille stratigraphique et qui s'entoure d'analyses nombreuses dont l'ambition est une reconstitution la plus exacte possible de l'environnement, des genres de vie et des techniques de l'homme depuis les origines. Mais la préhistoire couvre une telle durée, s'intéresse à des milieux naturels si variés, étudie des activités humaines si diversifiées, qu'elle ne peut maintenir une unité artificielle et réglementaire. Il est une préhistoire des origines pour laquelle les données palethnologiques sont rarissimes ou difficiles à interpréter, une préhistoire presque uniquement documentée par le squelette minéral des industries et les restes osseux de l'alimentation carnée : c'est une préhistoire géologique et paléontologique, domaine des quaternaristes. Il est une autre préhistoire plus récente dans laquelle l'homme, en tant qu'être social, est plus présent. Dans son physique et son psychisme, cet homme n'est guère différent de nous ; la documentation plus abondante permet de pénétrer davantage dans son intimité et sa vie sociale. Cette préhistoire est une préhistoire archéologique, une palethnologie qui souhaite devenir une paléohistoire.

Il n'empêche que ce chercheur polyvalent qui tamise des sédiments d'un air inspiré, dont les mains habiles extraient un os fragile avec mille précautions, ce chercheur qui examine avec ravissement les retouches d'un outil en silex ou recolle avec le plus grand sérieux deux minuscules tessons et relève sur un plan l'orientation des vestiges les plus fugaces, n'est ni un géologue ni un ethnologue, ni un historien, ou plutôt il est tous ceux-là à la fois, c'est un préhistorien.

2. L'IMAGE DE L'HOMME PRÉHISTORIQUE

L'origine de l'homme est une question qui, même dans une conversation mondaine, ne laisse jamais indifférent et les plus passionnés ne sont pas nécessairement les spécialistes de paléontologie humaine. Cette question fondamentale des origines de notre espèce est aussi vieille que l'humanité consciente ; elle est largement antérieure à toute mentalité scientifique. Si nous admettons que les mythes sont bien le reflet de la conscience collective, l'homme sait qu'il fut un temps où il n'était pas, même si l'anthropomorphisme qui triomphe dans tous les récits provoque des contradictions apparentes entre la pensée et son expression maladroite ou symbolique.

On peut s'étonner que l'homme ne perçoive pas l'humanité comme une entité ayant de tout temps existé ; peut-être est-ce parce qu'il sait qu'il doit mourir et que la mort, facteur de renouvellement, implique la naissance, donc un début, une origine. L'humanité, comme les individus qui la composent, eut une enfance. L'homme ne peut imaginer qu'il ait, dès le début, atteint le niveau culturel et technique qu'il connaît. Parties de cette réflexion quasi universelle, liée à un mythe de création ou tout au moins de fondation de la société humaine, les interprétations sur ce que nous appellerons, pour simplifier, l'évolution de l'homme, divergent considérablement. Il est possible, cependant, de reconnaître deux grandes tendances : celle qui se construit autour de l'idée d'une chute, d'une décadence ou plus exactement d'une dégradation, et celle qui se fonde sur le progrès technique, et une évolution positive ; mais ces deux tendances ne sont pas exclusives l'une de l'autre et peuvent coexister facilement dans les mêmes mythes.

L'homme des origines : chute, dégradation ou progrès ?

La préhistoire est fille du XIXe siècle, mais la notion d'un homme originel est profondément ancrée dans les esprits dès l'Antiquité. Chacune des grandes cultures historiques eut ses mythes des origines, l'égyptienne comme la sumérienne, l'indienne comme la chinoise. Un élément commun à de nombreuses croyances, aussi bien dans la mythologie classique que dans la Genèse, est la matière d'où l'homme est tiré : la terre, soit qu'elle ait conservé quelque forme à laquelle Prométhée donne la vie en la mêlant à l'eau (Ovide, *Métamorphoses* I, 3, 80) soit que le Créateur lui insuffle la vie après l'avoir modelée (Genèse 2, 7).

Le sort de ce premier homme est généralement supposé avoir été heureux, c'est la race d'or d'Hésiode, c'est l'âge d'or d'Ovide, c'est le Jardin d'Eden. L'homme vit sans contrainte, sans travail, la terre qui n'est pas labourée et les arbres qui ne sont pas soignés offrent leurs fruits à qui veut les prendre, « du creux de l'yeuse goutte le miel doré ». Ces premiers hommes ne connaissent ni la souffrance ni la vieillesse.

Puis survint une première dégradation, inexpliquée chez les uns (Hésiode) ou consécutive à un événement extérieur à l'homme, tel que la prise du pouvoir par Jupiter qui précipite Saturne au fond du Tartare (Ovide, I, 113). La Genèse explique ce changement par la faute même de l'homme. Par la connaissance qu'il acquiert en désobéissant à Yaweh, Adam sort de l'innocence béate, « le voici devenu comme l'un de nous », dit l'une des Personnes divines (Genèse, 3, 22), aussi est-il chassé du Jardin. En raison de cette faute, la chute est brutale, l'homme se trouve, sans transition, soumis aux contraintes d'un monde hostile.

Les traditions de l'Antiquité classique, du moins celles qui se rattachent au mythe des quatre âges, ne croient pas à un accident aussi cruel. A l'âge d'or succèdent des humanités qui se rapprochent des conditions historiques par dégradation successive. Ce point de vue est résolument pessimiste, d'autant plus qu'à l'inverse des croyances judéo-chrétiennes la possibilité d'une rédemption de l'humanité n'est guère envisagée. La première de ces étapes vers la déchéance est l'âge d'argent au cours duquel les saisons font leur apparition et se substituent à l'éternel printemps. Les intempéries obligent l'homme à chercher des abris. Ovide le montre se réfugiant dans des cavernes puis construisant des cabanes de joncs, mais il est déjà nécessaire de labourer la terre et de l'ensemencer. L'homme vit encore très longtemps, Hésiode donne une durée de cent ans à l'enfance, mais durant l'adolescence il se livre à des passions excessives, du fait de cette *hybris*, il meurt rapidement. Cet homme de l'âge d'argent ignore les dieux et ne leur rend aucun culte.

A cet âge succède le siècle d'airain. Hargneux et farouches, les hommes bardés de bronze dédaignent la vie paisible et passent leur temps à se combattre et à se détruire. Après la disparition de la race d'airain, Hésiode dit que Zeus créa une race plus juste et vertueuse, celle des héros, ces demi-dieux qui disparurent dans les combats acharnés dont l'histoire a conservé le souvenir, guerre de Troie, lutte des Sept contre Thèbes. Une partie de ces héros subsiste dans les Iles des Bienheureux baignés par l'Océan, là où un sol fécond porte trois fois l'an une belle récolte. Cet intermède héroïque est inconnu d'Ovide et de la plupart des mythographes pour qui à l'âge d'airain succède immédiatement le terrible âge de fer, le nôtre. Hésiode, en un sanglot, lance sa plainte : « Plût au Ciel que je n'eusse pu, à mon tour, vivre au milieu de cette race qui connaît tous les malheurs. » (*Les Travaux et les Jours*, 174-175.) Tous les crimes se révèlent avec le métal nouveau, renchérit Ovide. La duplicité, la violence, l'avidité font fuir les vertus. Le laboureur trace des limites autour de ses champs, les navires sont lancés sur les flots, les glaives retentissent dans les combats homicides (*Métamorphoses*, I, p. 125-150).

Une autre école plus rationaliste présente autrement les débuts de l'humanité. Elle me semble bien représentée par Lucrèce et par son contemporain Diodore de Sicile. Dédaignant la fable, Diodore expédie en quelques paragraphes cette histoire originelle. C'est une construction fondée uniquement sur la réflexion et la déduction qu'il présente au lecteur (I, 8). Plusieurs idées-forces sont à retenir : l'homme primitif devait mener une vie sauvage, c'est-à-dire qu'il ne connaissait aucune organisation sociale. Dispersé dans une nature qu'il ne sait asservir, il se contente de cueillir les herbes et les fruits. Lucrèce, plus brutal, compare leur vie à celle des bêtes (V, 933). Seconde idée : menant une vie dangereuse (les fauves sont nommément désignés comme les agents de cette évolution), les hommes apprennent à se grouper en face du danger. Troisième étape : apparition du langage, consécutive au regroupement et aux prémices d'une vie en société.

L'expérience apprend à l'homme à se réfugier dans les cavernes et à faire des provisions ; enfin l'invention du feu renforce les liens de la vie commune et permet l'apparition d'autres arts.

Une phrase résume cette philosophie de l'histoire : « Le besoin a été le maître de l'homme, il lui révéla l'usage de ses capacités, de ses mains, de son intelligence » (Diodore I, 8). Il y a là un raisonnement de forme très moderne qui, associé à une recherche archéologique, aurait pu conduire à une véritable préhistoire — mais la réflexion purement déductive n'est pas poursuivie jusqu'à rechercher dans le sol la preuve de cette évolution ascendante.

Dans le récit biblique de la chute, l'homme passe de l'innocence édénique à l'impérieuse nécessité de travailler pour se nourrir. Tout se passe comme si le narrateur faisait l'impasse sur la lente évolution pressentie par les philosophes. Adam, le jour même où, revêtu de peaux d'animaux par l'Eternel, il est chassé du Paradis terrestre, doit travailler le sol qui lui « produira des épines et des ronces ». Les deux premiers fils d'Eve, Caïn et Abel sont l'un, laboureur, l'autre, pasteur. C'est dire que pour le rédacteur du livre de la Genèse, l'histoire de l'homme commence au Néolithique. Les débuts de la société sont cernés dans un monde déjà gagné aux techniques de production. La longue période de prédation, qui correspond à notre Paléolithique et au Mésolithique, se trouve catapultée dans le temps indéfini du paradis perdu, lorsque « l'Homme et la Femme étaient tous deux nus et n'en avaient point honte ».

Cet homme primitif, tel que le conçoivent les Anciens, reste profondément attaché à la terre dont il est fait. Pour Lucrèce (V, 805-820), la terre bourgeonna en produisant des matrices qui, le terme étant venu, s'ouvraient sous la poussée des nouveau-nés ; ceux-ci se nourrissaient d'une exsudation du sol semblable au lait maternel. L'industrieux Ptah modela l'homme sur une tournette dans la vallée du Nil. « Tu es poussière et tu retourneras à la poussière », dit l'Eternel à Adam (Genèse 3, 19). Après le déluge, dans la mythologie gréco-latine, Deucalion et Pyrrha repeuplent la terre en jetant derrière eux « les os de leur grand-mère », c'est-à-dire les pierres qui jonchent le sol. Cette croyance très répandue doit être mise en parallèle avec une opinion tenace qui répond d'ailleurs à une part de vérité et que j'appellerai le mythe troglodytique. Cette opinion que l'homme primitif habitait les cavernes est complètement étrangère à l'expérience archéologique qu'elle précède de nombreux siècles. Souvenirs confus d'anciens habitats, fruits de la réflexion, inspirations de quelques modèles choisis chez les Barbares les plus démunis comme les Ethiopiens Ichtyophages dont Diodore de Sicile décrit longuement les mœurs (III, 15 à 22), tout concourt à faire croire que la caverne est la demeure normale de l'homme primitif. Eschyle, dans *Prométhée enchaîné,* décrit ainsi les premiers hommes avant la bienveillante intervention de celui-ci :

> *Il ne connaissait point sous le rayonnement*
> *Du Soleil, les maisons de brique et de charpente*
> *Mais, sous terre, pareil aux fourmis vigilantes*
> *Il errait dans le fond des antres ténébreux.* (I, V, 16.)

Le pessimiste Lucrèce sait, lui aussi, que les premiers hommes fréquentaient les grottes. Si, abandonnant les auteurs classiques, nous interrogeons les traditions orales des populations dépourvues d'histoire, le même mythe de l'habitat troglodytique originel triomphe dans les cosmogonies. Chez les Dogons, les premiers hommes (qui en étaient encore à l'état « poisson ») ne possédaient aucune technique, ils se nourrissaient de fruits et de viande crue, buvaient l'eau de la mare originelle, habitaient des cavernes.

Que ce soit dès l'origine ou après la chute, les penseurs de l'Antiquité concèdent que l'homme est parti de rien ou de presque rien. Par la révélation prométhéenne ou par une suite d'interventions héroïques ou divines, ou par son propre génie sollicité par la dure nécessité, il réussit à s'élever superbement au-dessus des autres espèces, améliorant son alimentation, ses conditions de vie, son habitat.

Il est patent que dans cette préhistoire pensée, ne reposant sur aucun document, les auteurs ne reconnaissent que deux états de l'humanité. Un état primitif, ambigu à divers titres, dans lequel l'homme se distingue mal de l'animalité, du moins par ce qui touche à sa vie matérielle et sa recherche de nourriture, qui lui permet de vivre sans travail, sans querelle, dans une béate quiétude ; il a cependant déjà les qualités morales proprement humaines. C'est donc l'âge d'or, celui de l'innocence primitive que regrettent bien des philosophes et idéologues des temps modernes. Peu ou prou attachés à ce mythe, ils pensent qu'il suffirait de réformer la société pour le retrouver.

L'autre état, qu'il soit d'airain ou de fer pour reprendre la terminologie antique, est postérieur à la chute, dans les mythes où ce concept est retenu, ou à une évolution dégradante de l'animal social. Mais comme l'homme primitif est innocent il ne peut pas, pensent certains, avoir trouvé en lui les ressorts d'une telle évolution, il faut qu'intervienne soit le Malin, et c'est la chute, soit des démiurges ou des divinités bien intentionnées, Prométhée, Triptolème, Dionysos, Athéna, qui le font sortir de son état précédent. Dès lors, Abel conduit ses troupeaux, son arrière-neveu Tubalcaïn forge le métal, des villes sont élevées, les richesses s'accumulent, l'inégalité apparaît qui engendre les luttes fratricides. Au cultivateur et au pasteur s'ajoutent, désormais, le guerrier et le politique. En bref, le mal accompagne le bien-être.

Ce déroulement accéléré de l'histoire primitive de l'humanité telle que la concevaient mythographes, prêtres et philosophes ne reposait sur aucune donnée matérielle. Nos lointains prédécesseurs ont reconstitué, d'une manière spéculative, les étapes de l'évolution sociologique et technique. Ils n'ont, certes, guère conduit de fouilles archéologiques mais il serait faux de croire qu'ils étaient totalement dépourvus de curiosité en ce domaine. Les récits de la vie des grands hommes multiplient, au contraire, les marques d'intérêt pour les vestiges d'un passé parfois fort lointain. Les tombeaux des héros étaient entretenus et recevaient de nombreuses visites, on connaît celle d'Alexandre au tombeau d'Achille, celle de César à celui d'Alexandre et l'ouverture du tombeau de ce dernier ordonnée par Septime Sévère puis par Caracalla.

De fait, le recueil de vestiges préhistoriques est antérieur à toute recherche scientifique organisée[1]. De tout temps, les cultivateurs ont remarqué, en labourant ou en transportant des terres, des objets en pierre de forme particulière qui se distinguaient des simples cailloux ou galets. Dès l'Antiquité, on accordait une grande attention aux haches en pierre polie et à certains bifaces taillés auxquels on prêtait une efficacité magique considérable. Ces haches sont généralement considérées comme des « pierres de foudre » d'où leur nom de céraunies. Pline l'Ancien, qui en distingue plusieurs espèces, précise qu'elles ressemblent à des fers de hache mais ne songe pas à les attribuer à l'industrie de l'homme (XXXVII, 9, 10).

La hache tombée du ciel, à l'endroit frappé par la foudre, fut parfois systématiquement recherchée : alors que le futur empereur Galba était gouverneur de Tarraconaise, « la foudre tomba dans un lac chez les Cantabres et l'on découvrit douze haches, symbole incontestable du pouvoir souverain » (Suétone, *Galba* VIII). Un vers de Claudien (*Eloge de Serrena,* 77-78) laisse entendre qu'on recherchait des céraunies dans les grottes des Pyrénées. La croyance en l'origine céleste des haches de pierre subsista jusqu'à nos jours, peut-être parce que la foudre agit aussi violemment que la hache en fendant les arbres et frappant à mort hommes et bêtes, peut-être aussi parce que le silex « pyromaque » semble contenir encore dans sa masse le feu du ciel. Au Tchad, des haches polies sont suspendues aux palmiers-dattiers afin d'assurer leur fécondité et reçoivent des libations ; dans le Velay, encore au début du siècle, elles étaient placées dans des récipients dont l'eau prenait des pouvoirs guérisseurs. Voici la curieuse croyance que rapportaient Daubré et Raulin devant l'Académie des Sciences en 1868 : « Dans l'île d'Elbe, la *saetta,* mot qui sert à désigner à la fois la flèche et la foudre, est un trait lancé par le tonnerre. Au moment de sa chute, la *saetta* s'enfonce profondément dans le sol, mais elle remonte ensuite graduellement et après un certain temps, après sept années disent les gens qui se croient les mieux informés, elle apparaît à la surface du terrain. La *saetta* jouit de la propriété merveilleuse de préserver de la foudre la maison où on la conserve, la personne qui la porte sur soi... »[2].

---

1. A. Laming-Emperaire, *Origines de l'Archéologie préhistorique en France,* Paris, 1964, Picard.

2. Daubre et Raulin, « Haches préhistoriques de Java », *Comptes rendus des Séances de l'Académie des Sciences,* t. LXVII, 28 décembre 1868.

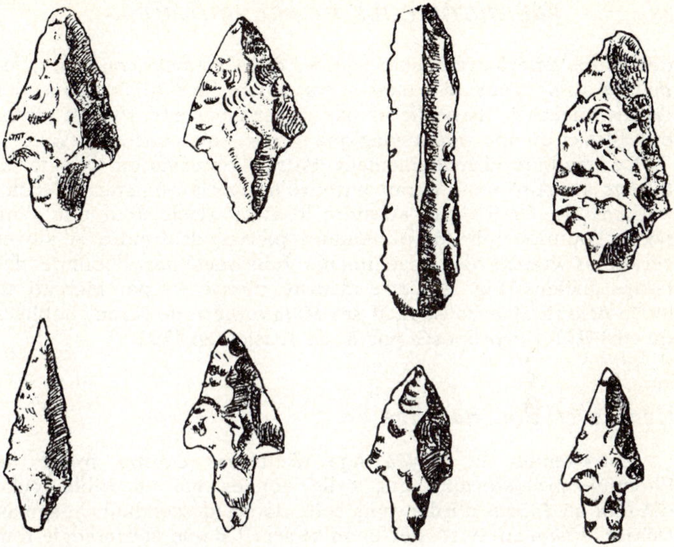

Fig. 1. — Céraunies, les plus anciens dessins de silex taillés, conservés dans les collections pontificales du XVIe siècle (Mercati, *Metallotheca*, édition de 1717).

Il est cependant curieux que les Anciens n'aient jamais fait le rapprochement qui s'imposait entre les céraunies et les armes et outils en pierre alors qu'ils connaissaient l'usage de tels objets. Chez les Sémites et les Orientaux, l'utilisation de couteaux de pierre dans les actes religieux se maintint fort longtemps et les auteurs classiques eux-mêmes nous l'ont rapporté. La circoncision chez les juifs était faite avec un couteau de silex (Exode IV, 25 ; Josué V, 2). Les Gales de Cybèle se mutilaient avec des pierres tranchantes. C'est avec un couteau de silex qu'Hannibal sacrifie un agneau avant de livrer bataille sur le Tessin (Tite Live XXI, 45, 8). D'après Hérodote (II, 86), lors des opérations de momification, les Egyptiens ouvraient le flanc des cadavres avec une « pierre éthiopienne », vraisemblablement une obsidienne. Enfin, géographes et ethnologues antiques connaissaient maintes populations primitives qui menaient encore une vie de prédation, habitaient les cavernes et utilisaient la pierre taillée ou polie. Les Ethiopiens de l'armée de Xerxès avaient des flèches de roseau au bout desquelles était fixée une pierre aiguë et portaient des javelots armés de corne d'antilope (Hérodote, VII, 69).

Ils auraient pu déduire de ces observations que les hommes

des temps antérieurs étaient équipés de la même façon et que les pierres qu'ils trouvaient dans le sol étaient les outils et les armes de ces ancêtres. Ils ne firent pas le rapprochement et ne virent en celles-ci qu'une valeur magique et non point documentaire.

Ce manque d'enchaînement entre l'observation directe et l'usage supposé nous paraît aujourd'hui un aveuglement incompréhensible. Or il fallut attendre le XVIIIe siècle pour que s'imposât l'opinion que les prétendues pierres de foudre et autres céraunies étaient des instruments fabriqués par l'homme des temps anciens (Fig. 1). Cette identité, pressentie par Mercati au XVIe siècle (malheureusement ses *Metallotheca* ne furent publiées qu'en 1717), fut proposée par A. de Jussieu en 1723 [3].

Géants et Bon Sauvage

Entre-temps, le Moyen Age n'eut pas d'autre image de l'homme préhistorique que celle donnée par la Bible, celle d'Adam au Jardin d'Eden puis celle de ses descendants jusqu'au Déluge. Jusqu'au XVIIIe siècle, on se servit d'une chronologie fondée exclusivement sur les Ecritures, il ne pouvait y avoir d'autre échelle. On a glosé avec suffisamment d'ironie et de suffisance sur ces tentatives aussi maladroites que naïves pour que nous ne revenions pas sur ces malheureux comptes, qui ne donnaient au monde que quelque six millénaires d'existence. J. Ussher, archevêque d'Armagh (1581-1656), avait même déterminé avec précision le jour de la création : 23 octobre 4 004 av. J.-C.

Comme les hommes de l'Antiquité, ceux du Moyen Age et des Temps modernes continuèrent à attribuer des valeurs magiques et une origine céleste aux silex taillés et haches polies.

Un des mythes les plus profondément ancrés dans la pensée pré-scientifique est bien celui de l'extension sur terre d'une race de géants antérieurs aux hommes de notre espèce. Tout au long de l'Antiquité mais aussi au Moyen Age et dans les Temps modernes jusqu'au XVIIIe siècle, il triomphe dans tous les milieux, chez les érudits aussi bien que dans la mythologie populaire. Des récits peuplaient la terre de Cyclopes ou de bons géants du style gargantuesque. Une attention plus grande apportée aux monuments mégalithiques, dolmens et menhirs, confortait cette opinion en attribuant à ces êtres démesurés ces constructions barbares qui avaient exigé, pensait-on, des forces surhumaines.

Il y eut même, au début du XVIIIe siècle une tentative curieuse et sans lendemain pour concilier le fantasme du giganthrope et

3. A. LAMING-EMPERAIRE, *Origines de l'Archéologie préhistorique en France*, Paris, 1964, Picard.

les données bibliques[4]. Henrion, membre de l'Académie des Inscriptions et Belles-Lettres, rassembla en une seule théorie trois courants de pensée : celui de la chute, de la tradition judéo-chrétienne, celui de la dégradation des races successives de l'humanité, issu de l'école pessimiste antique, et celui de l'existence ancienne des géants, commun à la mythologie antique et au folklore médiéval. Il affirma qu'Adam, créature de Dieu, avait une taille de 120 pieds, mais qu'après la chute et jusqu'à l'arrivée du rédempteur, la taille de ses descendants ne cessa de diminuer. Abraham ne mesurait plus que 9,24 m, Moïse atteignait à peine 4,29 m et César avait 1,65 m. Cette dégénérescence fut stoppée par l'Incarnation ; après le Christ la taille humaine resta sans changement. Cette théorie rocambolesque n'eut guère de succès. Elle apparaît comme un des derniers avatars de la gigantomanie qui n'a pas cessé cependant de hanter les esprits.

Il est vrai que les arguments ne manquaient pas qui militaient en faveur de cette opinion. Outre les monuments mégalithiques ou les constructions gigantesques, les accidents topographiques, dont la bizarrerie ne paraissait pas pouvoir être expliquée par des causes naturelles, s'ajoutaient à d'autres preuves matérielles de l'existence de ces géants : leurs ossements mêmes.

Déjà, selon Plutarque, Sertorius avait fait ouvrir le tombeau du géant Antée, en Maurétanie, quelque part entre Tingi (Tanger) et Lixus (Larache). Or dans cette région se trouve précisément l'énorme tumulus de Mezora qui fut pillé dès l'Antiquité. Avec ses 56 m de diamètre moyen le monument était assez vaste pour recouvrir les 60 coudées (27 m) du corps d'Antée. D'après Plutarque, Sertorius fut stupéfait devant la taille des ossements et après avoir immolé une victime, il fit recouvrir le tombeau (Plutarque, *Sertorius*, 9).

Le soin apporté à l'examen des ossements d'une taille anormale n'est pas un phénomène limité à une époque : au XIVe siècle les habitants de Trapani crurent découvrir les restes du cyclope Polyphème. Au milieu du siècle suivant, le Dauphin, futur Louis XI, s'intéressa vivement aux os d'un géant que le Rhône avait mis au jour à Valence ; ces os furent même exposés dans une église de Bourges sur ordre du roi René. Le plus célèbre de ces squelettes gigantesques découverts fortuitement fut cependant celui attribué à Teutobocus, le roi des Cimbres et des Teutons vaincu par Marius. Les os avaient été trouvés dans le Vivarais en 1613, ils furent transportés à Paris et présentés aux badauds par un chirurgien affairiste, Mazurier. On montrait bien des nains et des géants vivants, pourquoi ne pas offrir à la curio-

4. P. SIMIOT, « L'énigme du géant Theutobocus », *L'Histoire*, n° 3[illegible] [illegible] 1981, p. 99-104.

sité de la capitale le spectacle effrayant et rémunéré de ces horribles os. Une grave polémique s'engagea autour de cette imposture, mais il fallut attendre Cuvier, au début du XIXe siècle, pour apprendre que Theutobocus était un mastodonte.

Tous les géants dont les ossements sont sporadiquement découverts à travers le monde ne sont pas nécessairement des proboscidiens. On se souvient de la phrase attribuée à Henri III découvrant le corps du duc de Guise et le trouvant « plus grand, mort, que vif ». Un corps allongé paraît toujours plus grand, et un squelette, pour peu que les os soient légèrement dissociés, donnera l'impression d'appartenir à un géant. Il ne se passe guère d'année sans qu'un journaliste en mal de copie n'annonce, à défaut d'une sortie du monstre du Loch Ness, la découverte de la sépulture d'un ou plusieurs géants.

Les grands voyages et la découverte du Nouveau Monde, qui était aussi celle d'une humanité inconnue, contribuèrent grandement à modifier l'image de l'homme. Plus que les Noirs africains, connus depuis l'Antiquité et facilement intégrés, en tant que fils de Cham, dans la généalogie biblique, les Indiens d'Amérique plongèrent les Européens dans la perplexité. Etaient-ils des hommes ? Cette question qui nous paraît absurde, voire tragiquement burlesque, fut débattue avec le plus grand sérieux pendant un demi-siècle [5]. L'Eglise, en confiant leur évangélisation aux ordres mendiants, dominicains et surtout franciscains, apporta une réponse non équivoque à cette question cruciale. Mais ces hommes n'en demeuraient pas moins d'une qualité intellectuelle jugée inférieure et même leur illustre défenseur, le dominicain Bartolomé de Las Casas, convient de leur infériorité, de leur inaptitude et en déduit, évangéliquement, qu'on doit apporter une sollicitude encore plus grande au salut de ces enfants de Dieu, perdus au bout du monde occidental (Fig. 2).

Curieusement, mais en accord avec le mouvement pendulaire qui anime la pensée humaine quand elle se penche sur son image, alors qu'on s'interrogeait sur la nature humaine ou infra-humaine des Indiens, fils de Dieu mais descendants de personne, voici que naissait un des mythes les plus durables de l'anthropologie, celui du Bon Sauvage. Cette affirmation peut surprendre car le concept du Bon Sauvage est généralement admis comme un acquis du siècle des Lumières, ayant connu son plein développement à l'époque romantique. On le croit né de la rencontre de la philosophie humaniste et de l'ethnologie naissante telle que la pratiquaient un Bougainville, un Cook, un La Pérouse. En fait il prend naissance dès le XVIe siècle sous la plume de Montaigne dans son essai *Sur les Cannibales* (1579). Ce texte repose sur les

5. E. LEACH, *l'Unité de l'homme et autres essais*, Paris, 1981, Gallimard, p. 372.

Fig. 2. — Les Indiens sont-ils des Hommes ? Scène de cannibalisme au Brésil, telle que l'imaginait un graveur du début du XVIIe siècle. Gravure attribuée à Matthaus Merian - 1624. (J. Ludwig Gottfried, *le Livre des Antipodes*, Maspero, 1981.)

---

renseignements que lui donna un huguenot qui, au milieu du siècle, avait vécu pendant six mois dans une colonie protestante implantée au sud du Brésil. Plutôt que de s'ébahir devant les mœurs exotiques, Montaigne, avec sagesse, insiste sur le fait que ces « sauvages » ne sont pas pires que ses contemporains et, fort en avance sur la mentalité dominante, il ironise sur le jugement que l'on porte sur eux en se servant de nos seules normes. Il écrit joliment : « Comme de vray il semble que nous n'avons d'autre mire de la vérité et de la raison que l'exemple et l'idée des opinions et usances du païs où nous sommes. » Il lui semble que ces « nations » du Brésil sont encore « voisines de leur naïveté originelle... Les lois naturelles leur commandent encore, fort peu abastardies par les nôtres ». N'est-ce pas là l'expression claire et précise de la théorie du Bon Sauvage ?

Rousseau ne dira pas autre chose dans son *Discours sur l'origine et les fondements de l'inégalité parmi les hommes* (1754). La bonté originelle de l'homme est affirmée bien que le philosophe reconnaisse que nulle part, et pour cause, on ne connaît vraiment l'homme naturel. Nul n'est jamais parvenu à cette connaissance et la seule solution serait « l'étude sérieuse de l'homme, de ses facultés naturelles et de leur développement successif ». J.-J. Rousseau ne songe donc aucunement à rechercher des témoignages archéologiques de cet « état de nature », d'ailleurs « la philosophie doit suppléer à l'histoire là où les faits manquent[6] » ; aussi, imagine-t-il le lent perfectionnement de l'industrie sous la pression de la nécessité. « Bientôt cessant de s'endormir sous le premier arbre, ou de se retirer dans des cavernes, on trouva quelques sortes de haches de pierres dures et tranchantes qui servirent à couper du bois, à creuser la terre et faire des huttes de branchage, qu'on s'avisa ensuite d'enduire d'argile et de boue[7]. » L'homme primitif mène une vie vagabonde et heureuse, il se distingue de la bête car c'est un être libre et perfectible, malheureusement la société l'a fait méchant et le rend esclave. Le progrès des sciences est parallèle à une décadence de la vertu.

Ce discours sera repris et amplifié par les romantiques et par les utopistes asociaux. Il subsiste sans grand changement jusqu'à notre époque, grand courant souterrain qui alimente une idéologie multiforme. On le retrouve aussi bien chez certains anthropologues qui dénoncent comme un crime l'intrusion de la civilisation industrielle (donc mauvaise) dans les milieux traditionnels (donc bons), que chez certains écologistes qui dénoncent les méfaits du « progrès » source de malheurs apocalyptiques.

Cette conception, dont les applications peuvent paraître bizarres, repose sur une idée simple. Il s'agit d'intégrer dans la réalité le mythe de l'âge d'or, ou du paradis perdu, dont nous avons dit qu'il est profondément ancré dans la mémoire ou plutôt dans l'inconscient collectif. Chez un grand nombre d'anthropologues modernes, ce mythe a pris une forme nouvelle encore plus culpabilisante : cet Eden existe, c'est celui que connaissent tous les « sauvages » proches de la nature. A la conception morale, qui avait présidé à la naissance du mythe du Bon Sauvage, succède la prise de conscience de l'existence d'une vie jugée plus heureuse parce que non encombrée des multiples sujétions et contraintes nées de la civilisation machiniste. Les enquêtes conduites auprès de ces hommes sans nom, qu'on ne peut qualifier de primitifs (ils sont aussi vieux que nous) ni de sauvages (car leur culture est aussi évoluée que la nôtre, elle est simplement différente), ont montré que la vie qu'ils mènent est moins misérable, moins angoissée et surtout moins pénible que ne le croyaient les âmes généreuses des premiers explorateurs, imbus de leur supériorité technique. Quelques ethnologues vont

6. J.-J. Rousseau, *Discours sur les Sciences et les Arts*, Edit. Rombaldi, p. 205.
7. *Id.*, p. 210.

aujourd'hui jusqu'à condamner toute intervention, même celles habituellement qualifiées d'humanitaires, car, dans les rares ethnies protégées du « poison » civilisateur, l'intrusion du moindre apport culturel ou matériel entraîne fatalement leur disparition. On a même créé un mot nouveau pour désigner ce fléau : l'ethnocide qui n'est pas, comme le génocide, la destruction volontaire d'un peuple par le massacre, mais une maladie de langueur inoculée dans une culture protégée jusqu'alors par l'isolement ; la culture techniquement la plus puissante est incapable de la moindre compréhension ou modération à l'égard de la plus faible. C'est l'éternelle histoire du pot de fer et du pot de terre. Il est naturel et généreux de se mobiliser en faveur du pot de terre et de tout faire pour le préserver de la casse. Mais cela nous donne-t-il le droit de maintenir les autres dans un état qui nous semble misérable (même s'il ne l'est pas tant qu'il nous paraît) et dans ce que nous considérons comme un dénuement insupportable, parce que le mieux-être qui leur est offert risque d'être nocif, non pas tant aux individus qu'à leur culture ? Je comprends fort bien et je respecte la sincérité et la générosité de ceux qui raisonnent ainsi mais certaines attitudes frisent l'inconscience : il m'est arrivé dernièrement d'entendre coup sur coup, dans une émission de télévision, deux spécialistes regretter, l'un que les Eskimos, on les appelle aujourd'hui de leur vrai nom, les Inuit, n'habitent plus des igloos et utilisent des scooters à neige au lieu de traîneaux à chiens, l'autre que les Pygmées augmentent de taille en raison du métissage et de l'amélioration de leur alimentation... De telles conceptions passéistes sont, certes, accompagnées d'excellentes intentions. La disparition d'une culture est une perte irremplaçable qui obère gravement notre patrimoine mais l'histoire n'est-elle pas faite de ces disparitions ? Vouloir la conserver artificiellement serait utopique et malsain... autant aménager des zoos humains dans lesquels les Inuit seraient condamnés à ne consommer que de la viande crue et les Pygmées à ne pas grandir, tout en conservant leur admirable polyphonie !

L'homme de progrès

Si notre époque a tendance aujourd'hui à trouver certains avantages à la vie primitive telle qu'on l'imagine à travers celle que mènent certaines ethnies préservées de la civilisation industrielle, cette opinion est d'apparition récente ; elle est d'ailleurs mieux reçue chez les ethnologues que chez les préhistoriens. Il faut dire que ceux-ci ont été fortement marqués, au moment où se développait leur discipline, par la pensée rationaliste et positiviste. Longtemps attaché à la seule matérialité des docu-

Fig. 3. — L'homme primitif, reconstitution heureusement qualifiée de « problématique » d'après la description d'E. Haeckel, professeur à l'Université d'Iéna. Gravure de la fin du XIXe siècle (extraite de *la Création et les Premiers Ages*).

ments, à une époque où nul ne songeait à condamner le progrès, le préhistorien de la fin du XIXe siècle et même de la première moitié du XXe siècle plaçait l'homme sur une courbe ascendante, parfaitement régulière. Cet optimisme, qui reposait sur un certain nombre de faits indiscutables, provoquait une fâcheuse tendance, celle d'accentuer exagérément l'écart entre l'homme des origines et l'humanité actuelle. Je ne reviendrai pas sur l'histoire des ancêtres de la préhistoire et sur leur combat difficile pour faire admettre l'existence de l'homme fossile. Madame A Emperaire a consacré, en 1964, à ce long cheminement de la pensée archéologique, un ouvrage qui reste fondamental[8], mais qui, pour l'époque moderne, ne dénonce peut-être pas assez cette tendance constante des préhistoriens à insister davantage sur ce qui nous sépare des hommes préhistoriques que sur ce qui nous rapproche d'eux. Le triomphe du darwinisme poussait, au même moment, les anthropologues les plus sérieux à bestialiser les plus anciens fossiles humains (Fig. 3). Les qualificatifs de « simiesque », « brutal », « bestial », fleurissent dans les descriptions anatomiques aussi bien que dans la littérature. En même temps, les noms donnés aux espèces reconnues témoignent éloquemment de cet état d'esprit. Notre oncle, ou notre cousin, l'homme de Néandertal, qui avait été d'abord considéré comme un dégénéré, fut nommé *Homo primigenius*, or il précède immédiatement l'homme moderne et ce «premier-né », qui est aujourd'hui compté comme un *Homo sapiens*, est déjà le fruit d'une longue évolution humaine. L'un de ses prédécesseurs fut baptisé, avant même d'être découvert, *Pithecanthropus :* singe-homme si nous acceptons cette étymologie ; or ce bipède parfaitement humain taillait, lui et ses congénères, des outils bifaces et débitait d'une manière fort savante des éclats qu'il savait, en outre, retoucher soigneusement. Pendant le court espace de l'entre-deux-guerres, les découvertes de fossiles encore plus anciens s'accompagnèrent d'une floraison taxonomique très suggestive. Les Australopithèques, c'est-à-dire les singes de l'Afrique australe, comptent des « à côté de l'homme » (*Paranthropus*) ou des « voisins de l'homme » (*Plesianthropus*).

Il suffit de relire la description qu'un grand savant comme M. Boule faisait du Pithécanthrope ou du Sinanthrope ou même de l'homme de Néandertal pour saisir combien les présupposés influent sur les jugements qui se veulent les plus scientifiques. Tous ces hommes paraissaient fort éloignés de l'espèce actuelle par leurs caractères physiques. Une réticence à peine voilée subsiste à admettre leur pleine humanité. Prenons un exemple qui

8. A. LAMING-EMPERAIRE, *Origines de l'Archéologie préhistorique en France*, Paris, 1964, Picard.

paraît bien caractéristique : le jugement que porte M. Boule sur le Sinanthrope. Après s'être interrogé sur les traces de feu reconnues dans le gisement de Choukoutien, et en reconnaissant que cela militerait en faveur de sa nature humaine, il met immédiatement en doute l'attribution de ces traces au Sinanthrope dont « les débris osseux rappellent plutôt ce qu'on constate dans un dépôt purement géologique de Mammifères fossiles que la manière dont se présentent les découvertes de squelettes humains » et il propose une hypothèse qui lui paraît plus conforme à l'ensemble de nos connaissances : « [...] le chasseur était un homme véritable dont on a retrouvé l'industrie lithique et qui faisait sa victime du Sinanthrope » et il concluait en suggérant que les Sinanthropes ne sont que des « préhominiens », dénomination « qui paraît résumer le mieux le statut zoologique » de ce groupe [9].

Le même obstacle psychologique se retrouve chez les préhistoriens lorsqu'ils se risquent à tenter de dépeindre la vie des hommes paléolithiques. Les clichés littéraires, issus des vieux fonds de la culture classique, resurgissent avec force comme si l'apport archéologique n'était que secondaire dans la construction de l'image de cet homme préhistorique. Le raisonnement spéculatif et les habitudes mentales l'emportent sur les données brutes issues de la fouille. Les hommes préhistoriques ne sont que de pauvres hères, luttant pour leur « survie », menant une vie misérable et violente, pour tout dire, bestiale, mais progressant toujours vers un avenir meilleur... le nôtre.

Littré a une vision très belliqueuse des premières sociétés, lorsque « les peuplades guerroyaient contre les peuplades ou que les races supérieures commençaient à envahir le sol et à exterminer ou à disperser devant soi les races inférieures » ; mais voici l'hymne au progrès et la croyance en un triomphe d'un avenir heureux : « Aujourd'hui, la terre est conquise et l'humanité absorbe peu à peu les sociétés partielles et les entraîne vers un but commun [10]. »

Ce progrès, A. Bertrand en explique « la loi providentielle » par la règle économique de la division du travail ; « [...] mais à deux reprises différentes, en Gaule, ce sont de nouveaux groupes humains qui sont venus faire sortir de leur sommeil, les populations antérieures avec lesquelles ils semblent ensuite se fondre » [11].

Toutefois un savant réfléchi comme Cartailhac ne se laisse

9. M. Boule, *les Hommes fossiles. Eléments de paléontologie humaine*, 3e édit., par Henri V. Vallois, Paris, 1946, Masson, p. 126.

10. E. Littre, *Revue des Deux Mondes*, mars 1858.

11. A. Bertrand, « Le renne de Thaïngen », *Revue archéologique*, 1874.

pas totalement convaincre par le mirage du progrès indéfini et régulier : certains « se sont laissé séduire par une trompeuse apparence et, parce que nous constatons une complication et un perfectionnement immense dans l'industrie depuis les plus grossiers et les plus simples outils de pierre jusqu'aux merveilles de la vapeur et de l'électricité, ils ont admis que ce développement sera illimité. Le progrès serait une loi de la nature. La civilisation... grandirait jusqu'au dernier jour de l'humanité ». Il ne croit pas non plus que « les misérables tribus qui vivent aujourd'hui dans les climats les plus rudes et dans les parages les plus désolés » puissent être comparées valablement à nos ancêtres [12].

Cette sagesse ne fut pas toujours partagée. Ainsi la tradition belliqueuse se retrouve, avec plus de force encore, chez les préhistoriens au début du siècle ; en 1912, D. Peyrony a une conception nationaliste des tribus préhistoriques : « Il semble bien que la vie de chaque tribu fût indépendante de celle des autres. Chacune avait son habitat, son chef, son sorcier, son temple, avec ses dieux particuliers [13]. » L'évolution des cultures ne s'explique que par des phénomènes guerriers, d'invasions et de fuite ; définissant le Périgordien et le distinguant de l'Aurignacien, D. Peyrony écrit : « L'arrivée des Cro-Magnon envahissant la région obligea les occupants à se regrouper et à se retirer, semble-t-il, vers l'est... Les vainqueurs [c'est-à-dire les Aurignaciens], s'installent confortablement » dans les meilleurs abris [14].

A peine plus nuancé, le discours de l'abbé Breuil repose également sur une conception à la fois exotique et migratrice : « Notre monde européen... est un cul-de-sac vers lequel les vagues humaines arrivées de l'est et du sud sous des impulsions inconnues, sont venues mêler et superposer leurs sédiments. Largement ouvert à l'est vers les plaines du Danube et de la Russie... notre Occident recevait aussi d'Afrique des éléments différents par la voie de l'Espagne et de la Péninsule italique prolongée par la Sicile. Il doit en résulter forcément que l'évolution paléolithique de notre pays doit être, au même titre que sa faune, durant la fin du Pléistocène, une résultante d'impulsions méridionales et d'impulsions orientales [15]. »

Ce texte mérite un commentaire car il me paraît bien caractéristique de son époque, il révèle l'incapacité d'admettre une

---

12. E. Cartailhac, *la France préhistorique*, Paris, 1881, Hachette, p. 49.

13. D. Peyrony, « Nouvelles fouilles aux Champs blancs ou Jean-Blanc », *Association française pour l'avancement des Sciences*, 12e session, Nîmes, 1912.

14. D. Peyrony, « Les industries aurignaciennes dans le bassin de la Vézère », *Bull. de la Soc. préhist. franç.*, t. 30, 1933, p. 556.

15. Abbé H. Breuil, *les Subdivisions du Paléolithique supérieur*, 2e édit. Genève, 1937, CIAPP, p. 170-171.

évolution sur place des cultures qui toutes sont considérées comme venues d'ailleurs ou issues de certains apports ou migrations commandées, croyait-on, par la géographie. On retrouve sous la plume du paléolithicien un vocabulaire de naturaliste qui n'est pas pour nous étonner : les faits culturels sont perçus comme des sédiments et l'évolution « paléolithique » est parallélisée à celle de la faune qui comme elle est une « résultante d'impulsions d'origines diverses ».

En 1937, dans sa leçon inaugurale au Collège de France, l'abbé Breuil que l'on pourrait croire très proche de l'homme du Paléolithique supérieur dont il calque les œuvres d'art depuis plusieurs décennies, n'hésite pas à reprendre une image vieillie, digne de nos bandes dessinées : « Qu'étaient ces anciens hommes dont tout au moins les plus récents pratiquèrent parfois la sépulture sinon des sortes de brutes ingénieuses, bien propres à ouvrir par le silex et le feu la trouée de l'Empire humain au milieu des monstres gigantesques. »

On pourrait croire oubliées aujourd'hui de telles images de la brute primitive, même ingénieuse et respectueuse de ses morts, or cette conception péjorative, parfois misérabiliste n'est pas totalement effacée des mémoires. En 1971 un préhistorien amateur, spécialiste du Moustérien, n'hésitait pas à écrire des hommes paléolithiques : « [...] ils vivaient dans un milieu hostile... Les cavernes humides fournissaient un abri précaire qui devait être défendu contre les grands carnassiers. La faim devait être un souci majeur et presque constant. L'art rupestre et les scènes de sorcellerie et d'envoûtement... montrent à l'évidence que nous sommes en présence d'une mentalité aucunement discursive mais prélogique, illogique, primitive... Ce mode de pensée très fruste, illogique et superstitieux, explique la lenteur de l'ascension de l'humanité pendant le Paléolithique... Par ailleurs la notion de bonheur devait être chez eux assez fruste : elle ne devait pas dépasser le contentement du besoin satisfait [16]. »

Quelques années auparavant le même auteur décrivait la vie de l'homme de Néandertal : « [il] devait disputer son gîte aux carnassiers, à l'ours atteint comme lui profondément par le rhumatisme... c'était un homme fort et musclé, certes, mais traqué par les fauves, harcelé par la faim, la fatigue et c'était aussi un homme malade, une race malade peut-on dire même, comme l'attestent les lésions ostéologiques [17]. »

Ainsi l'image que l'homme de science se fait de l'homme pré-

---

16. L. PRADEL, « Essai sur le psychisme des Paléolithiques », *Quartär*, 1971, fasc. 8.

17. L. PRADEL, « Le Moustérien », *Bull de la Soc. préhist. franç.*, t. 51, fasc. 8, 1954. p. 42.

historique, tout au long du siècle qui va de Boucher de Perthes à la mort de l'abbé Breuil, est des plus complexes. Elle exigerait une analyse qui dépasserait singulièrement les cadres de ce livre. Nous trouvons dans ses composantes de vieux fantasmes issus des âges obscurs mais aussi des résurgences de la culture classique. L'homme de Cro-Magnon est encore conçu comme une sorte de Polyphème barbare à la mentalité infantile. Si les géants ancestraux ont perdu progressivement leur taille pour retrouver des statures plus appropriées à l'humaine nature, ils n'en ont pas moins conservé, dans les esprits, une brutalité et une force musculaire à la fois méprisées et secrètement enviées. De nos jours, la bande dessinée, qui dans notre société a curieusement acquis la bizarre fonction de charrier dans une sorte de tout-à-l'égout les pires fantasmes de l'homme moderne, a soigneusement connoté cette barbarie teintée, parfois, de sadisme, liée à toute notion d'homme primitif. Pour beaucoup de nos contemporains en voie d'analphabétisation, l'homme préhistorique est un personnage velu à souhait, armé d'une massue et traînant sa compagne par les cheveux, tandis que hors de la caverne hennissent et mugissent diplodocus et autres tyranosaures disparus, cependant, quelques millions d'années avant qu'un primate ait songé, à l'aube d'un jour prometteur, à percuter un galet de quartz.

Cette image est liée cependant à une conception optimiste de l'évolution humaine. Celle-ci paraît d'autant plus positive que l'image proposée des origines est sombre. On connaît la célèbre boutade : « Je préfère descendre d'un singe que d'un ange déchu », car l'autre composante, dans l'idéologie des préhistoriens de la première et de la deuxième génération est la croyance, fermement accrochée au cœur, en un progrès indéfini de l'humanité, progrès technique associé à une amélioration constante des mœurs, conduisant à une société plus généreuse.

Il existait bien une certaine contradiction, peu ressentie et de toute façon habilement occultée, entre cet homme préhistorique, brutal et bestial, et son étonnante capacité de progrès, progrès qui paraît très lent au cours du Paléolithique mais qui est en fait fulgurant si on applique à l'évolution humaine la même échelle qu'aux ères géologiques. Les autres espèces de mammifères, tout en connaissant une évolution morphologique comparable, sont incapables de constituer une société en perpétuel progrès.

Pour que cet homme originel puisse progresser, malgré les blocages liés à sa morphologie bestiale, il est nécessaire qu'interviennent des facteurs extérieurs susceptibles de déclencher les ressorts qui, par paliers successifs, le conduiront à la perfection moderne. Ces facteurs, les préhistoriens les cherchèrent le plus souvent dans un Orient mystérieux, celui où se lève le soleil et avec lui toutes les « Influences », entités aussi bienveillantes qu'imprécises. Régulièrement, celles-ci vinrent élever, enseigner, civiliser les brutes occidentales. Plus on approche des temps historiques et plus ces courants civilisateurs deviennent pesants, soit sous forme de migrations de groupes plus ou moins nombreux soit sous l'aspect cauteleux de marchands levantins. La théorie orientale devient une sorte d'explication universelle : *Ex oriente lux !*

Mais l'homme préhistorique est un concept aussi faux que celui du Français moyen. Il n'y a pas de M. Dupont de la préhistoire mais des types humains divers, successifs, parfois contemporains, ayant des caractères spécifiques que les anthropologues ont soigneusement définis en un temps où les notions de types et de races étaient communément admises. Dans l'infinie longueur des temps paléolithiques qui durèrent quelque 3 millions d'années, plusieurs humanités se succédèrent. Au milieu de notre siècle, pour un savant aussi rationaliste que C. Arambourg, la genèse de l'humanité (c'est le titre d'un de ses ouvrages) s'expliquait par une progression qui juchait l'homme à des paliers successivement occupés par les Australopithèques, puis par les Pithécanthropiens auxquels succèdent les Néandertaliens qui laissent enfin, au sommet, la place à l'homme moderne ; chacun étant issu d'un rameau échappé du prédécesseur immédiat.

Simultanément, les préhistoriens affinaient leur classification des industries et des techniques de ces hommes. Dans ce domaine aussi, on constatait l'existence de sortes de paliers, de successions tranchées de cultures différentes. Au cours du Paléolithique inférieur, la première phase est caractérisée par la taille de galets ou de fragments de roche auxquels les hominiens donnent une forme tranchante. Ces galets aménagés, c'est le nom qu'on leur donne, furent remplacés par des bifaces en forme d'amande, appelés d'abord « coup de poing » parce qu'on croyait qu'ils n'étaient pas emmanchés. Mais l'homme fabrique aussi des outils sur éclats plus tranchants et plus faciles à transformer par la retouche. Progressivement cette industrie sur éclat devient prédominante. Des techniques savantes de débitage, comme la technique levallois sont mises au point ; elles deviennent courantes durant le Paléolithique moyen. La période suivante, le Paléolithique supérieur, voit se développer la technique qui permet d'obtenir des éclats très minces et allongés, les lames, qui offrent la plus grande longueur de tranchant pour la plus faible quantité de matière. D'autres techniques de retouche donnent aux outils une efficacité accrue et des formes nouvelles et nombreuses.

Dans l'opinion des préhistoriens, types humains et paliers industriels paléolithiques concordaient merveilleusement (Fig. 4) ;

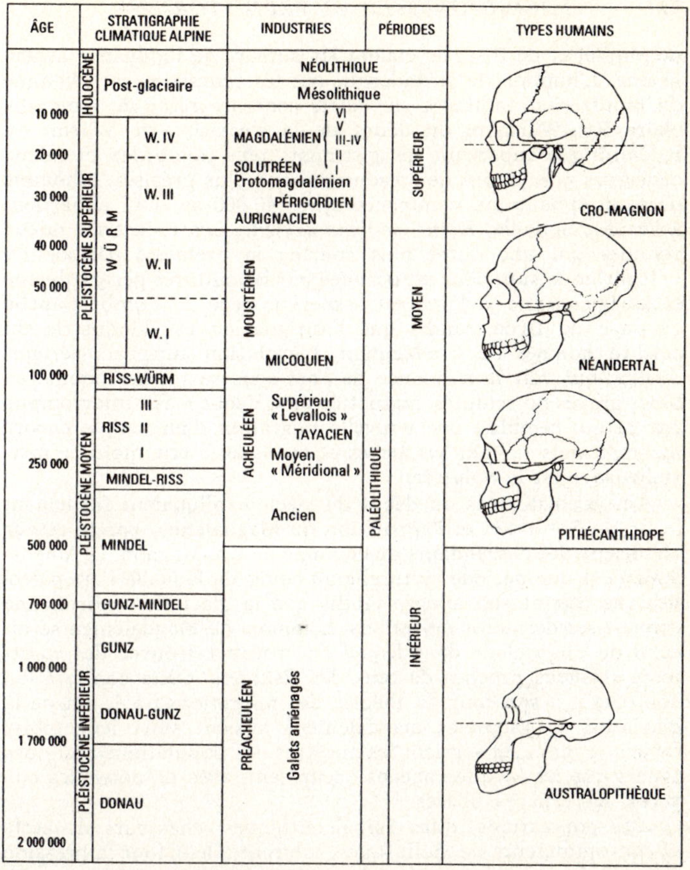

Fig. 4. — Corrélation entre types humains, industries et phénomènes climatiques ; état de la question vers 1960.

parallèlement, l'établissement d'une chronologie climatique du Pléistocène fournissait de nouveaux cadres et confortait les esprits : un système rigide d'équivalence permettait de corréler cette triple évolution humaine, industrielle et climatique. Les Australopithèques considérés, par certains comme les auteurs des industries préacheuléennes, c'est-à-dire des galets aménagés, vivaient au Pléistocène inférieur. Leurs successeurs, les Pithécanthropiens ou Archanthropiens avaient vécu durant les glaciations de Mindel et de Riss, ils étaient les auteurs de l'industrie acheuléenne. L'homme de Néandertal, qui les remplace, est l'homme du Moustérien, industrie sur éclats contemporaine de l'interglaciaire Riss-Würm et du début de la glaciation de Würm. Au Paléolithique supérieur, les gisements plus nombreux et mieux conservés permettent des reconstitutions plus précises. L'homme de cette époque qui commence après 40 000 av. J.-C. appartient à l'espèce actuelle, *Homo sapiens sapiens.* Les industries mieux connues ont une durée plus courte : la première période du Paléolithique supérieur est occupée par les cultures périgordienne et aurignacienne, à l'une est associé le type de Combe Capelle ou race de Brno, tandis que l'Aurignacien est l'industrie du célèbre homme de Cro-Magnon. L'évolution aurignaco-périgordienne, qui voit la naissance de l'art sous sa forme mobilière : blocs gravés ou sculptés, statuettes de « Vénus », fut interrompue par ce qui semblait une nouvelle migration d'un peuple encore inconnu mais taillant ses armes et outils avec une maîtrise merveilleuse, c'est le Solutréen.

Les préhistoriens du début du siècle expliquaient facilement la fin du Solutréen et l'apparition du Magdalénien par le retour victorieux des descendants de l'homme de Cro-Magnon. Le Magdalénien est une période culturelle au cours de laquelle l'art paléolithique atteint son apogée tandis que la glaciation würmienne connaît ses dernières pulsations. L'homme du Magdalénien serait celui de Chancelade dans lequel on croyait retrouver des caractères crâniens proches de ceux des Eskimos. Cette constatation confortait, à son tour, la théorie des migrations : à la fin de la glaciation les hommes magdaléniens avaient suivi leur gibier favori, le renne, et seraient les ancêtres des populations arctiques tandis que les Méditerranéens occupaient, avec de nouvelles cultures, les espaces libérés.

Ces populations, dites épipaléolithiques, chasseurs de cerfs et consommateurs de mollusques, subirent à leur tour la pression des groupes orientaux chez lesquels apparaissaient les principales inventions qui firent le Néolithique. A des rythmes différents suivant les pays, l'homme apprit à cultiver des plantes alimentaires, à élever du bétail, à fabriquer des poteries, à vivre au même endroit. Cette transformation radicale dans les genres de vie fut considérée comme le progrès essentiel réalisé par l'homme depuis l'invention du feu. L'agriculture, pensait-on, fixe l'homme au sol, l'élevage, en plus d'une amélioration de l'alimentation, fournit l'énergie animale, la poterie contribue au bien-être culinaire et favorise l'apparition de la métallurgie. Des maisons stables s'organisent en villages, qui eux-mêmes se transforment en cités. La vie civilisée, telle que nous l'entendons, la nôtre, fait son apparition : une nouvelle société génératrice de progrès insoupçonnés regroupe les hommes de plus en plus nombreux et de mieux en mieux équipés.

Tel est, très brièvement présenté, le schéma directeur que s'étaient tracé les préhistoriens au bout d'un siècle de recherches. Ce tableau rigide, parfaitement organisé autour de quelques thèmes caractéristiques et simplifiés à l'extrême, avait été établi pour l'essentiel en France. Il fut adopté, ou plutôt appliqué dans les zones périphériques en raison du seul prestige de la recherche préhistorique française. La préhistoire française fut en effet expansionniste ; les noms de culture ou de type humain inspirés souvent de la toponymie du terroir aquitain furent exportés à travers l'Eurasie et dans une bonne partie de l'Afrique.

Hommes, cultures, phases climatiques, s'organisaient dans un admirable engrenage, bien huilé par les corrélations, qui permettait de découper dans la durée archéologique des tranches nettes, elles-mêmes subdivisées suivant un rythme ternaire. Le Pléistocène était soit inférieur, soit moyen, soit supérieur, le Paléolithique, de même, était inférieur, moyen ou supérieur. Ce dernier était lui-même subdivisé en trois périodes : aurignaco-périgordienne, solutréenne et magdalénienne. La totalité de l'Age de la pierre était de même enfermée en trois époques : le Paléolithique, le Mésolithique (ou Epipaléolithique) et le Néolithique.

Cette vue quelque peu mécaniste conduisait à une sorte de classement automatique dans lequel la réalité risquait de se figer. Comme me le disait un jour notre regrettée collègue A. Laming-Emperaire : « La Préhistoire ronronnait. »

3. LES INTERROGATIONS D'AUJOURD'HUI

Cette construction si logique, si harmonieuse, édifiée au prix d'un effort constant durant un siècle de recherches, présente aujourd'hui de graves lézardes qui, après avoir ébranlé la façade, plongent jusque dans les fondations. Bien des affirmations, qui paraissaient des évidences, sont remises en question. A ces conclusions qui paraissaient définitives succèdent maintenant, images de notre époque, des interrogations d'autant plus corrosives qu'elles portent non pas tant sur les résultats que sur les méthodes et les fondements mêmes de la recherche.

Le genre Homo

L'homme lui-même, cet homme dont Protagoras disait qu'il était la mesure de toutes choses, est remis en question. Qui est-il ? Comment le définir en une époque où toutes les valeurs sont discutées et passées au crible ? Certes l'interrogation est de toutes les époques. En lançant son coq déplumé dans l'Agora d'Athènes, Diogène ne ridiculisait pas seulement la définition proposée par Platon, il condamnait à l'avance toute définition qui ne reposerait que sur des données physiques et biologiques.

Mais même celles-ci, qui sont apparemment les plus faciles à saisir, glissent et s'évanouissent au fur et à mesure des découvertes paléontologiques. Nous avons dit combien était grande la répugnance des anthropologues des générations passées à proclamer le caractère humain des fossiles les plus anciens. Ainsi tandis que l'homme de Néandertal, après avoir été considéré comme un dégénéré, fut, du bout des lèvres, placé aux origines du genre *Homo* (*Homo primigenius !* lui qui est un petit-fils et non un aïeul !), le Pithécanthrope demeurait dans un statut incertain et les Australopithèques rejetés dans l'animalité. Ce point de vue reste partagé par bien des philosophes et penseurs même contemporains : P. Chaunu fait de la conscience de la mort, traduite archéologiquement par la sépulture, le signe de celui qu'il appelle l'homme achevé [18].

Aujourd'hui cette prudence a fait place chez certains anthropologues, surtout dans les écoles anglo-saxonnes, à un véritable laxisme dans la définition du genre *Homo*. Non seulement les ancêtres possibles de l'homme sont recherchés dans des niveaux géologiques d'une antiquité éprouvante, jusque dans le Miocène, mais l'ancienneté même de l'homme ne cesse d'être reculée.

Les Primates présentent actuellement une grande variété [19]. Différenciée des insectivores il y a quelque 70 millions d'années, la branche des Simiens s'est elle-même séparée des Prosimiens (Lémuriens, Loris et Tarsiers) vers 50 millions ; quelque 10 millions d'années plus tard le groupe des singes du Nouveau Monde (Platyrrhiniens) s'est constitué séparément, tandis que les singes de l'Ancien Monde (Catarrhiniens) se différenciaient ; avant 28 millions d'années, un groupe apparaît, parmi eux, caractérisé par un accroissement de la taille qui se poursuit au cours de l'Oligocène.

Le premier de ces singes anthropomorphes est l'*Aegyptopithecus* découvert en 1960 dans la dépression du Fayoum (Egypte). On admet aujourd'hui que les pongidés, grands singes actuels : Gorille, Chimpanzé, Orang-Outan et Gibbon descendent de *Dryopithecus* (qui était auparavant mis aussi à la base de la lignée humaine). Un autre genre, celui du *Gigantopithecus* serait l'ancêtre de plusieurs espèces de singes de grande taille d'Asie, disparus sans descendance. Un troisième genre, *Ramapithecus*, serait le premier représentant des hominidés [20] (*Pl. I 1*).

Ce lointain ancêtre aurait définitivement abandonné le milieu forestier, il y a quelque douze millions d'années, et gagné la savane. Les naturalistes expliquent les principales modifications morphologiques des hominidés, par rapport au modèle dryopithécien, par les contraintes nées du nouveau milieu. Dans la savane, où le danger d'être surpris par les prédateurs est constant, les lieux de refuge rares et peu sûrs, un être aussi dépourvu de défense que ce primate devait être particulièrement vigilant. Il lui était donc nécessaire de regarder au loin, de se dresser, d'améliorer sa vision stéréoscopique déjà acquise lors de la vie arboricole. En bref, la station verticale et la marche bipède seraient les conséquences d'un changement de biotope (*Pl. I 1*).

Ce point de vue mécaniste présenté comme une explication

---

18. P. CHAUNU, *Histoire et décadence*, Paris, 1981, Lib. Acad. Perrin, p. 37.

19. E. GENET-VARCIN, *les Singes actuels et fossiles*, Paris, 1963, Boubée ; E. GENET-VARCIN, *A la recherche du Primate ancêtre de l'Homme*, Paris, 1969, Boubée ; D. FEREMBACH, « L'émergence du genre *Homo* et de l'espèce *Homo sapiens*. Les faits, les incertitudes », *Biométrie humaine*, t. 14, 1979, p. 11-18.

20. R. LEAKEY et R. LEWIN, *les Origines de l'Homme*, Paris, 1979, Arthaud, p. 56.

sérieuse par de brillants anthropologues comme R. Leakey et R. Lewin ne saurait cependant être accepté sans esprit critique [21]. Il est vraisemblable que le changement du milieu naturel a eu des conséquences favorables à la bipédie chez les possibles descendants de *Ramapithecus,* mais comment expliquer que les singes de savane les plus caractéristiques, les babouins, soient, *a contrario,* les plus quadrupèdes des simiens ?

Mais l'accord est loin d'être général quant à la place réelle de *Ramapithecus* à la tête du phylum des hominidés. E. Genet-Varcin refuse de voir en lui notre très lointain ancêtre [22]. Elle remarque qu'il est déjà trop spécialisé dans une voie proprement simienne, en particulier dans sa denture. Pour elle, *Ramapithecus* est un Pongidé, probablement femelle. Elle se prononce pour une profonde et très ancienne individualisation des deux lignées humaine et simienne, antérieure donc à l'émergence de *Ramapithecus :* notre origine ne cesse de fuir dans un passé de plus en plus lointain (Fig. 5).

Quoi qu'il en soit, même si les hominidés étaient bien issus de *Ramapithecus,* la différenciation entre les trois groupes de dryopithécinés demeure encore mystérieuse. Son âge même est discuté. Des biologistes américains, Sarich et Wilson [23], en étudiant les ressemblances protéiniques entre les primates, ne font remonter qu'à 4 millions d'années seulement la séparation des gorilles et chimpanzés de l'homme, tandis que les gibbons se seraient différenciés bien plus tôt, vers 10 millions d'années et les orang-outan vers 7 millions. La marge considérable entre les dates proposées par les paléontologues et celles suggérées par ces biologistes est trop forte : l'une des deux méthodes est fautive. Nous préférons retenir la datation haute car le petit million laissé par la méthode de Sarich et Wilson entre la différenciation des hominidés et l'apparition des premiers outils taillés suggérerait une très brutale accélération dans l'évolution qui ne se serait pas maintenue par la suite ; ce qui est contraire à tout ce que nous savons sur la rapidité de l'évolution de l'homme.

Il faut toutefois reconnaître l'existence d'un irritant hiatus dans la documentation paléontologique pendant la plus grande partie du Pliocène Entre 12 et 5 millions d'années les restes de grands singes et de premiers hominidés font étrangement défaut.

A la charnière du Plio-Pléistocène, les descendants de *Ramapithecus* sont peut-être devenus des Australopithèques à moins que ceux-ci aient un autre ancêtre. Nous verrons dans le chapitre réservé aux plus vieilles industries et au Paléolithique, les pro-

21. *Idem,* p. 72.
22. E. Genet-Varcin, *les Hommes fossiles,* Paris, 1979, Boubée, p. 24.
23. Cités par R. Leakey et R. Lewin, *op. cit.,* p. 57.

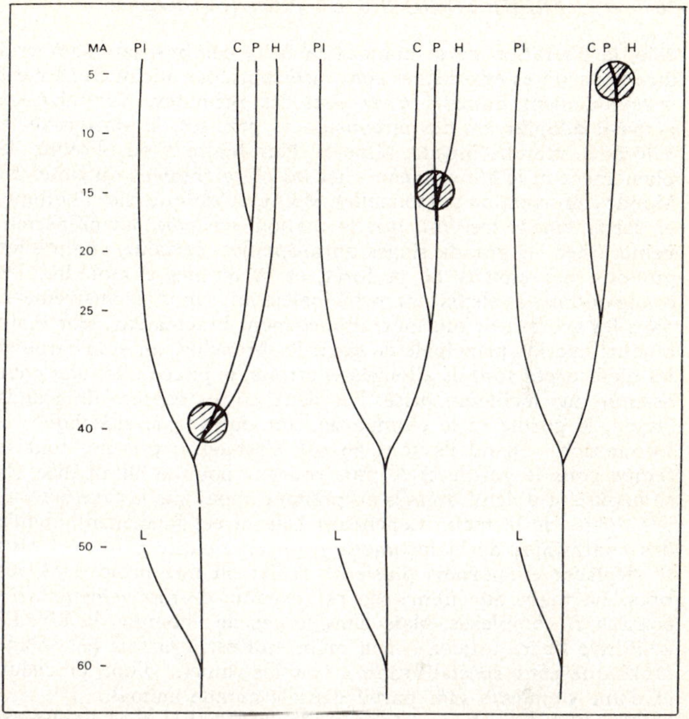

Fig. 5. — Le rameau humain s'est-il détaché du tronc des Simiens avant 40 millions d'années (E. Genet-Varcin), vers 15 millions d'années (Coppens, Leakey) ou vers 5 millions d'années à peine (Sarich et Wilson) ? H : Homme ; P : Pongidés ; C : Cercopithèques ; Pl : Platyrhiniens ; L : Lémuriens.

blèmes que la multiplication des découvertes, loin de clarifier, ne cesse de rendre plus complexes. Retenons pour le moment que sans appartenir au genre *Homo*, les Australopithèques constituent un genre autonome d'hominidés dont certaines espèces ont taillé vraisemblablement des pierres et dont l'une d'elles donna, avant 2 millions d'années, naissance à l'espèce *Homo habilis* d'où descendent les trois espèces ou sous-espèces du genre *Homo* du Pléistocène : *Homo erectus* (Pithécanthropiens) *Homo sapiens neandertalensis, Homo sapiens sapiens.*

Quels sont les éléments qui permettent de reconnaître morphologiquement l'homme des autres primates ? Anthropologues et paléontologues admettent, malgré les incertitudes, que les trois caractéristiques fondamentales de l'homme sont la station verticale, la libération de la main et la forte cérébralisation. A vrai dire ces critères eux-mêmes sont incertains, car aucun d'eux n'est spécifiquement humain. Chez tous les primates, les individus peuvent adopter, en des circonstances précises, la station verticale et la marche bipède. Mme N. Petit-Maire a pu observer le phénomène et le filmer même chez les platyrrhiniens du Nouveau Monde (information personnelle). Mais ce n'est que chez l'homme, et certainement très tôt, que la station verticale devint permanente. Chez les grands singes anthropoïdes, certains, comme les gibbons, ces clowns de la forêt, et, à un degré moindre, les orang-outans, se déplacent principalement, sinon exclusivement, dans les arbres ; ils ont un comportement brachiateur, leur main a pour fonction principale de saisir les branches, aussi le carpe et les métacarpes sont-ils allongés et étroits, le pouce très long pour assurer une meilleure prise. Les deux autres espèces de grands singes, le gorille et le chimpanzé, ont une forme spécifique de locomotion : quand ils sont au sol, c'est-à-dire presque tout le temps pour le gorille et le plus souvent pour le chimpanzé, ils se déplacent à demi dressés en prenant appui sur la face externe des doigts de la main. Cependant celle-ci est facilement libérée des contraintes de la locomotion ; le chimpanzé peut très bien se déplacer en portant plusieurs fruits ou une proie dans ses bras. La main du chimpanzé est capable de mouvements très souples et complexes. Mais dans le cas de l'homme, la bipédie définitive libère totalement la main, qui est à la fois un organe archaïque sans spécialisation et un instrument d'une précision et d'une souplesse sans pareil dans le monde animal.

Parallèlement, l'acquisition de la station verticale entraînait dans le squelette des modifications importantes, les courbures contrariées du rachis, le port de la tête, l'évasement du bassin, la rectitude des membres inférieurs et la morphologie du pied sont des caractères qui permettent de séparer facilement, par le seul examen du squelette, la lignée humaine de celle des ponginés. La station verticale est une caractéristique si spécifique que les paléontologues répugnèrent longtemps à la reconnaître dans les fossiles n'appartenant pas à l'espèce *Sapiens sapiens*. Même le malheureux homme de Néandertal fut affligé d'une attitude semi-fléchie dans les reconstitutions proposées au début du siècle d'après le squelette de la Chapelle-aux-Saints. Ce n'est qu'en 1939, après la découverte du crâne remarquablement bien conservé de Saccopastore (Rome) qu'on s'aperçut que la place du trou occipital ne pouvait correspondre qu'à une station parfaitement verticale.

Le fait que la tête soit désormais portée au sommet d'une colonne vertébrale redressée fut à son tour (mais en réalité tout se passe en même temps) générateur de nombreuses modifications structurales du crâne. Si nous nous arrêtions aux seules considérations mécaniques, il nous serait loisible d'expliquer que l'équilibre de la tête, ainsi placée sur l'empilement des vertèbres cervicales, au lieu de prolonger horizontalement la colonne vertébrale comme chez les quadrupèdes, ne peut s'obtenir que par un allègement de la partie antérieure, c'est-à-dire la face et son appareil masticateur, et un acroissement en volume et en poids de la partie arrière, c'est-à-dire la boîte crânienne et son contenu, l'encéphale. Réduction de la face et développement cérébral seraient ainsi des conséquences de l'acquisition de la station verticale.

Les anthropologues se sont spécialement intéressés à la modification de la partie occipitale du crâne humain qui, autant que le redressement frontal, est consécutive à l'évolution crânienne. Au cours des temps, l'arrière-crâne n'a cessé de s'arrondir, de s'enrouler autour d'un axe imaginaire qui pourrait passer par les trous auditifs. Alors qu'il est anguleux chez les singes, les Australopithèques et même les Archanthropiens (autre nom des Pithécanthropes), il présente chez l'homme de Néandertal une proéminence marquée, le « chignon », qui disparut chez l'homme moderne dont la région occipitale dessine une courbe régulière [24].

Mais ce simple jeu mécanique, s'il explique le déplacement progressif du trou occipital vers l'avant, phénomène très compréhensif puisque simultanément la face se raccourcissait, ne suffit pas à rendre compréhensible l'extraordinaire développement cérébral qui caractérise l'homme. Puisque les lois de la mécanique sont utilisées, nous pouvons supposer qu'un développement osseux, comme la croissance d'un torus occipital, voire d'une véritable crête, associé à une musculature renforcée de la nuque aurait suffi à équilibrer la tête sur son axe vertébral. La nature a trouvé des solutions à d'autres problèmes bien plus complexes. Citons par exemple l'extraordinaire jeu de valves et le « réseau admirable » qui permettent de maintenir une pression sanguine constante dans le cerveau de la girafe quelle que soit la position de la tête, à 3 m au-dessus ou à 2 m au-dessous de la pompe cardiaque.

Le phénomène de cérébralisation n'a pas de cause mécanique. Il est spécifique de l'homme. L'homme s'est spécialisé dans le cérébral comme le cheval ou l'autruche dans la course. Il ne faut pas chercher en dehors du cerveau humain, riche de ses 15 à 20 milliards de neurones, la cause même du phénomène. Aussi voudrait-on pouvoir fixer le seuil cérébral au-delà duquel l'hominisation ne ferait aucun doute. Mais si la croissance du volume

24. A. Delattre et R. Fenart, *l'Hominisation du crâne étudiée par la méthode vestibulaire*, Paris, 1960, CNRS.

de l'encéphale fut, comme c'est vraisemblable, un phénomène régulier, comment déterminer ce seuil ?

Les connaissances actuelles, les capacités calculées des principaux fossiles, les comparaisons avec celles des singes anthropoïdes, ne donnent guère de résultats concluants et ne permettent pas de lier l'acquisition de la qualité humaine à un certain volume cérébral. Les Australopithèques considérés comme les plus progressifs (*Australopithecus africanus*) ont une capacité cérébrale inférieure à celle des gorilles.

Même si on fait intervenir d'autres paramètres, tel le rapport poids du cerveau/poids du corps, qui s'impose à l'évidence, l'incertitude subsiste puisque plusieurs espèces animales ont un rapport supérieur à celui de l'homme moderne : tels sont le sagouin, le marsouin et même la musaraigne arboricole.

Autre cause de désarroi, si nous nous en tenons aux seuls critères morphologiques, nous paraissons quelque peu dégénérés par rapport à notre prédécesseur immédiat, l'homme de Néandertal, qui avait une capacité cérébrale moyenne de 1 600 cm^3 donc largement supérieure à la moyenne de l'homme moderne (1 400 cm^3), alors que sa stature était plus faible. L'espèce *Homo sapiens sapiens* serait-elle en déclin ?

On veut bien admettre qu'un volume cérébral de 700 cm^3 serait suffisant pour placer un fossile sur l'étagère enviée du genre *Homo*, mais que faire des Australopithèques dont aucun ne dépasse 600 cm^3 ? Nombreux sont les anthropologues qui se penchèrent sur ce casse-tête. On ne cherche plus un seuil mais un coefficient de cérébralisation, Heinz propose une méthode de calcul qui prend comme élément de base la musaraigne, qui possède la double qualité d'être le plus petit mammifère et d'être un insectivore assez proche de l'ancêtre commun des primates. Plus l'animal est « cérébral » et plus son indice est élevé — on se rend compte que le primate actuel le plus proche de nous, le chimpanzé, dont la structure protéinique est la même que la nôtre à 99 %, n'atteint que l'indice 12 alors que la moyenne de l'homme actuel est de 29 et qu'*Australopithecus africanus* a l'indice 21. Voici donc un nouveau seuil à rechercher. Gageons qu'il sera aussi décevant que les précédents.

Cérébralisation poussée jusqu'à ses conséquences extrêmes, certes, mais non pas n'importe quelle croissance du cerveau ! Il y eut un développement auto-générateur qui porta sur le cortex, augmentant son volume, multipliant et creusant ses circonvolutions, recouvrant d'un manteau d'intelligence, de réflexion et de sociabilité le vieux cerveau, centre des actes inconscients et de la vie végétative. C'est dans le cerveau et pas ailleurs que, par la mémoire et la conscience, s'ouvre la prodigieuse aventure humaine... le reste est accessoire.

Ce cerveau hyperdéveloppé, organe de commandement, aurait été étrangement dépourvu sans cet instrument docile et omnivalent qu'est la main de l'homme. Comme l'a clairement exprimé A. Leroi-Gourhan, c'est par la conjonction de ce maître et de ce serviteur que l'homme a pu développer dans toutes les directions ses étonnants pouvoirs [25]. C'est parce qu'il fut *Faber* qu'il devint *Sapiens* mais c'est aussi parce qu'il était déjà *Sapiens* qu'il sut être *Faber*.

Langage et culture

« Au commencement était le Verbe, et le Verbe était avec Dieu, et le Verbe était Dieu... et le Verbe a été fait chair et il a habité parmi nous. » (St Jean I, 1 et I, 14.) La Parole identifiée au Créateur, la Parole venant parmi les hommes et assurant leur rédemption, voici l'axe fondamental de la foi chrétienne, axe qui plonge dans le tréfonds de la tradition judaïque ; c'est par la Parole que Dieu crée le monde : « Dieu dit »... ; par neuf fois dans le chapitre Ier de la Genèse, cette courte affirmation rythme les différentes séquences de la création. Au Davar (parole divine) hébraïque fait pendant le Logos néo-platonicien lui-même issu d'une longue évolution durant laquelle, tour à tour, Héraclite, Platon et Aristote affinèrent un concept, tout aussi fondamental, de la philosophie hellénique.

L'importance reconnue à la parole n'est pas limitée aux deux sources de notre culture. Elle est universelle. Dans la cosmogonie des Dogons (Mali), la révélation de la parole achève l'hominisation [26] : éternel et incréé, Amma est le maître absolu des êtres : c'est par sa parole qu'il forme le placenta originel et le féconde. Il délègue à Nommo la maîtrise de la parole lorsque lui et ses compagnons qui étaient à l'état « poisson » descendent sur terre dans la mare originelle. Ces premiers hommes s'exprimaient par gestes et grognements, ils ne possédaient aucune technique de production, ils se nourrissaient de fruits et de viande crue. Nommo prononça la première parole, qui était « tissée ». Le premier homme qui l'entendit entra en transes. « La parole est venue comme un vent, est entrée dans son oreille, est descendue dans le foie, s'est assise, est ressortie par la bouche. » La parole apporte en même temps les éléments naturels indispensables à l'agriculture, la tornade, la pluie, mais l'homme subit aussi une dernière transformation, ses poumons se développent, bref, sa création s'achève. Issu de sa forme « poisson » il devient un

25. A. Leroi-Gourhan, *le Geste et la parole. Technique et Langage*, Paris, 1964, Albin Michel.

26. G. Calame-Griaule, *Ethnologie et Langage. La parole chez les Dogons*, Paris, 1965, Gallimard.

homme accompli et développe ses techniques de production. Mais l'un de ces premiers hommes, Yourougou, le Renard pâle, se rebelle contre Dieu, Amma lui coupe la veine de la langue (ce qui rend sa parole incompréhensible et « nasale ») et le transforme en animal, il est ainsi retranché de la société des hommes.

Ce mythe dogon de la révélation de la parole est impressionnant, dans un discours qui est certes étranger à notre culture mais n'en est pas, pour autant, moins profond ; il exprime avec une force extraordinaire l'importance du langage dont l'apparition achève la création de l'homme. Dans ce récit, la révélation de la parole apparaît comme la fondation même de la société ; qui en est privé est exclu de cette société humaine, il redevient un animal, le renard pâle. Les Dogons ont d'autant plus conscience que le langage est la trame de la société que dans leur langue les organes de la parole et les éléments du métier à tisser sont étroitement associés sur le plan sémantique. Comme le dit G. Calame-Griaule, « formuler des sons et les associer dans un ordre cohérent obéissant aux lois du langage c'est bel et bien "tisser" la parole ».

Parole créatrice, langage tissu social, l'homme a pris conscience, sous toutes les latitudes, de l'importance cruciale de l'expression, orale puis écrite, dans son achèvement, dans son accomplissement en tant qu'être social. Animal social dont les relations interspécifiques sont indispensables à sa survie et à son développement, l'homme a fait de la parole un pouvoir à la fois créateur et rassembleur.

Certes les animaux, qu'ils soient assujettis à une contrainte sociale très prégnante comme dans plusieurs espèces d'insectes hyménoptères ou diptères, ou qu'ils vivent en groupes plus ou moins lâches, possèdent toute une gamme de signaux optiques, olfactifs ou sonores dont la fonction est d'assurer la sauvegarde des individus ou de leur faire connaître une source alimentaire. La fameuse danse des abeilles, le hérissement des poils des antilopes springbock, le sifflement des marmottes appartiennent à cette catégorie de signaux. De tels signaux sont nécessaires aussi pour indiquer la possession d'un territoire et c'est le chant des oiseaux ou pour assurer la reproduction de l'espèce et ce sont les multiples parades nuptiales. Mais cette succession de signaux divers qui vont parfois jusqu'à une modification importante de la morphologie corporelle ne sont pas à proprement parler un langage, même lorsqu'ils sont organisés dans un enchaînement syntaxique au point d'avoir une signification très précise. Ainsi chez les abeilles la « danseuse » peut faire connaître l'existence d'un champ fleuri à telle distance et dans telle direction, mais il ne s'agit que de phrases stéréotypées exprimant sommairement des faits bruts.

Du fait de leur développement cérébral et de l'expressivité de leur face, les primates, surtout les pongidés, possèdent une gamme étendue de mouvements, de regards, de mimiques qui sont suffisamment proches de nos signaux élémentaires pour que chacun de nous ne s'écrie, un jour ou l'autre : « Il ne leur manque que la parole ! » Mais précisément, il leur manque la parole.

On sait les multiples tentatives pour apprendre aux chimpanzés à s'exprimer et surtout à converser avec leurs tuteurs psychologues. Les résultats sont à la fois étonnants et décevants. A. et B. Gardner [27] imaginèrent d'utiliser pour communiquer avec Washoe, une femelle chimpanzé particulièrement douée, le langage par gestes des sourds-muets américains (ASL). D. Premack communiqua, lui, avec Sarah, autre vedette, par l'intermédiaire de figurines de plastique [28]. Après les expériences décevantes de K. et C. Hayes [29] qui, durant six ans, avaient tenté d'apprendre à parler au chimpanzé Viki, les résultats obtenus par Washoe et Sarah permettent de croire que les chimpanzés sont capables de donner un nom aux objets, c'est-à-dire d'avoir conscience de leur essence en dehors de tout contexte, et même de construire de courtes phrases. Mais dire, par signes, « Washoe veut une banane » ou même « Washoe est sage, elle mérite une banane » ou encore, ce qui est déjà plus réfléchi : « Washoe est un chimpanzé », dépasse-t-il de beaucoup les formes élémentaires des signaux vitaux, et ce « langage » n'a-t-il pas été, malgré les précautions des psychologues, transformé par le contact journalier avec l'homme ? N'y a-t-il pas eu un auto-dressage assez artificiel, qui n'en révèle pas moins des talents cognitifs insoupçonnés jusqu'alors ?

Les observations faites par J. Goodall auprès des chimpanzés en liberté vont dans le même sens ; elles ont révélé l'existence d'un vocabulaire, fait de mimique ou de fixité du regard, qui permet par exemple l'organisation de véritables mouvements tactiques pour surprendre et tuer de petits singes [30].

Mais le langage, la parole, le maniement et l'expression de concepts dans des phrases structurées sont des phénomènes proprement et uniquement humains. Cela est devenu possible au cours de l'évolution, et nous nous en tiendrons encore aux seuls faits somatiques en sachant combien nous réduisons ainsi une réalité dont la richesse et la complexité dépassent ce cadre

---

27. R.A. et B.T. GARDNER, *Science*, n° 165, p. 664-672.

28. A. et D. PREMACK, « Le pouvoir du mot chez les chimpanzés », *La Recherche*, n° 61, 1975, p. 918-925.

29. C. HAYES, *The Ape in our house*, New York, 1951, Harper.

30. J. VAN LAWICK-GOODALL, *les Chimpanzés et moi*, Paris, 1971, Stock.

corporel. Pour s'exprimer et communiquer, l'homme dispose des centres nerveux centraux du langage et des organes de la pnonation. Dans le problème du langage il convient en effet de distinguer la possibilité intellectuelle de concevoir et de combiner des symboles et la capacité physique de traduire ces symboles par des sons ou des gestes particuliers réservés à la communication.

L'architecture crânienne n'a cessé de se modifier depuis les hominidés primitifs jusqu'à *Homo sapiens sapiens*. A Leroi-Gourhan dans *le Geste et la Parole*, a montré clairement comment s'est ouvert « l'éventail cortical » [31]. La réduction et l'enroulement de la base du crâne, l'affaiblissement du massif facial permettent ou, ce qui me paraît préférable, accompagnent un développement de la partie antérieure qui se redresse et de la partie moyenne qui s'épanouit en une courbe moins tendue. Cet agrandissement de la boîte crânienne rend à son tour possible le développement des lobes frontaux et du cortex moyen. C'est à la base de la 3ᵉ circonvolution dans la région temporale que Broca découvrit, dès 1861, le centre du langage. Depuis, les progrès de la neuro-chirurgie ont dévoilé une partie des relations complexes entre plusieurs aires voisines qui assurent les éléments du langage. L'aire 4, qui occupe une partie des circonvolutions frontales ascendantes le long du sillon d'Orlando, est la zone motrice primaire qui commande les mouvements de toutes les parties du corps. Les neuro-chirurgiens ont réussi à identifier avec précision, dans cette aire, les groupes de neurones qui contrôlent ces mouvements. Il est donc possible de restituer la place relative que tiennent les différentes parties du corps dans ce regroupement cérébral. L'image obtenue (l'*Homunculus*) est surprenante car elle est très déformée par rapport au corps réel, 80 % de l'aire sont destinés à la motricité des muscles de la tête et de ceux des membres supérieurs. La commande des organes de la phonation, langue, lèvres, larynx et pharynx occupent plus du quart de l'aire 4 — associée à la motricité des doigts de la main et des muscles du visage elle en couvre la moitié. Cette seule observation suffirait à prouver la place du langage dans la vie de l'homme, mais une autre remarque s'impose, c'est l'étroite relation, révélée par la continuité des aires territoriales, de la face et de la main [32] (Fig. 6). Ce ne sont pas que les Méridionaux qui parlent avec leurs mains !

A. Leroi-Gourhan insiste sur cette coordination entre l'action de la main et celle des muscles de la face. Chez le singe cette

31. A. Leroi-Gourhan, *le Geste et la parole. Technique et Langage*, Paris, 1964, Albin Michel, p. 127.

32. *Idem*, p. 121.

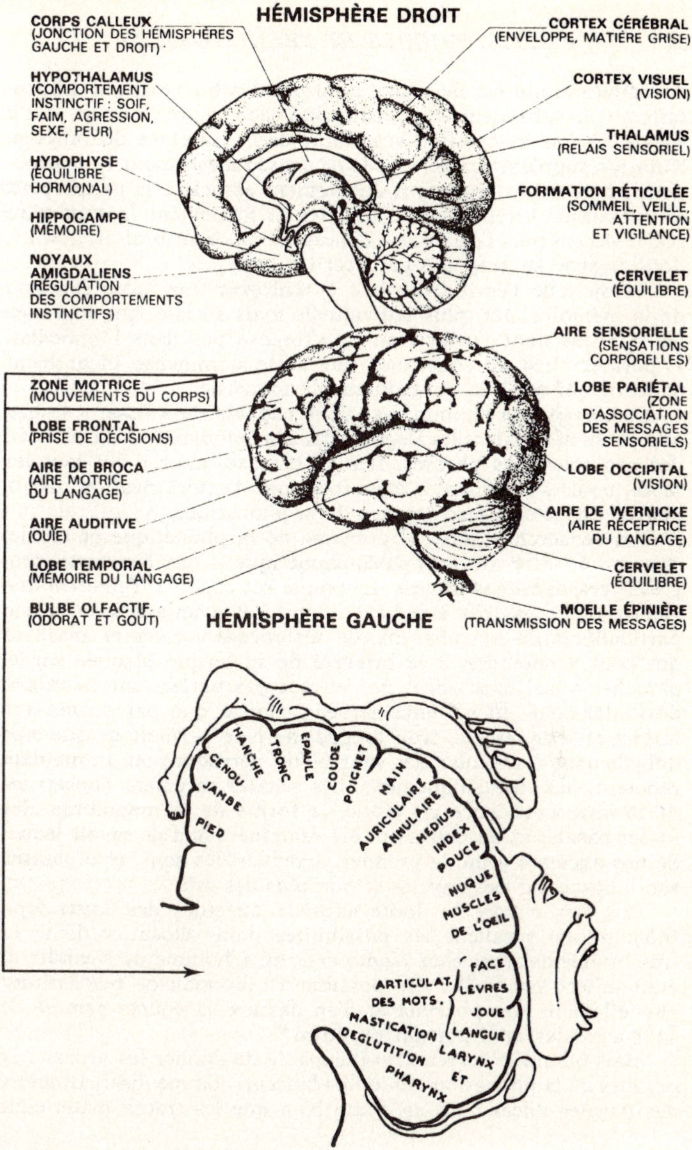

Fig. 6. — Le cerveau humain et la zone motrice primaire, d'après A. Leroi-Gourhan et *la Recherche*.

coordination qui est de même nature a des buts surtout alimentaires, qui subsistent, bien entendu, chez l'homme mais il s'y surajoute une association semblable dans l'exercice du langage. Notation supplémentaire, lourde de conséquences pour le développement culturel : le geste si étroitement associé à la parole peut se substituer à celle-ci, la compléter et finalement la transcrire par le dessin puis l'écriture. Le message qui était oral ou gestuel, donc fugace, se perpétue par l'écrit.

A son tour l'écrit contribue à renforcer une autre fonction de la mémoire, non plus individuelle mais sociale, qui engrange les données dont l'utilisation ne s'impose pas dans l'immédiat. Il permet ainsi de constituer une sorte d'immense inconscient collectif qui est à la base du savoir moderne.

Le cerveau de l'homme est donc capable de « tisser » le langage, comme diraient les Dogons, dans la complexité des concepts, des symboles, des phrases. Il a sa syntaxe, mais il lui faut les mots pour s'exprimer. Cette fonction d'extériorisation de la pensée est confiée aux organes de la phonation.

Les recherches, dans le domaine de la phonétique et même, pourrait-on dire, de la « paléo-phonétique », ont beaucoup progressé ces dernières années. L'homme est capable d'émettre une gamme de sons très étendue ; il doit cet avantage à la forme particulières de son pharynx, de ses cordes vocales et aussi, ce qui peut surprendre, à la brièveté de sa langue plaquée sur le plancher bucal. Les singes ne peuvent pas parler tant en raison de l'infériorité du système nerveux central que parce que leur larynx et leur langue, trop longue, ne leur permettent que très difficilement d'articuler des sons qu'un perroquet ou un mainate répètent, eux, mécaniquement. Les parties rarement conservées de la base antérieure du crâne, la forme de la mandibule, des fosses nasales et du palais ont été examinées afin de savoir lequel de nos ancêtres a pu, le premier, articuler des sons, et organiser son langage par des paroles et non plus des cris.

Une fois encore le doute subsiste au sujet des Australopithèques ; en revanche les possibilités d'une élocution lente et très limitée existent chez *Homo erectus*. L'homme de Néandertal était mieux armé : il a été possible à Liberman de reconstituer partiellement son pharynx et d'en déduire la courte gamme de sons articulés qu'il pouvait produire [33].

Mais quand le cerveau fut-il capable de donner les ordres aux organes de la phonation afin qu'ils lancent, comme disait Homère, des paroles ailées ? On se doute bien que les traces matérielles

33. P. LIBERMAN et E.S. CRELIN, « On the speech of Neanderthal man », *Linguistic inquiry*, t. 11, p. 203-222 ; P. LIBERMAN, « L'évolution du langage humain », *La Recherche*, n° 59, 1975, p. 751-757.

1. – *Dryopithecus, Ramapithecus* et *Homo habilis*, d'après R. Leakey et R. Lewin. On n'est sûr ni de la filiation ni des attitudes. On notera l'air accablé de *Ramapithecus* descendant de l'arbre pour gagner la savane.

2. – L'amoncellement de galets, de silex et d'os du gisement moustérien d'El Guettar (Tunisie). Le plus vieux « monument religieux » du monde. *(Photo et fouille de M. Gruet.)*

PLANCHE I

1. – Crâne de l'*Homo habilis* KNM ER 1470 de l'est du lac Turkana. *(Photo J. Oster.)*

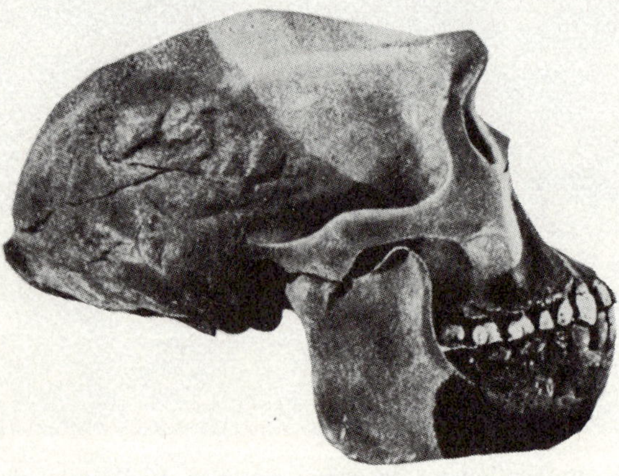

2. Crâne du Pithécanthrope, reconstitution de Weidenreich.

PLANCHE II

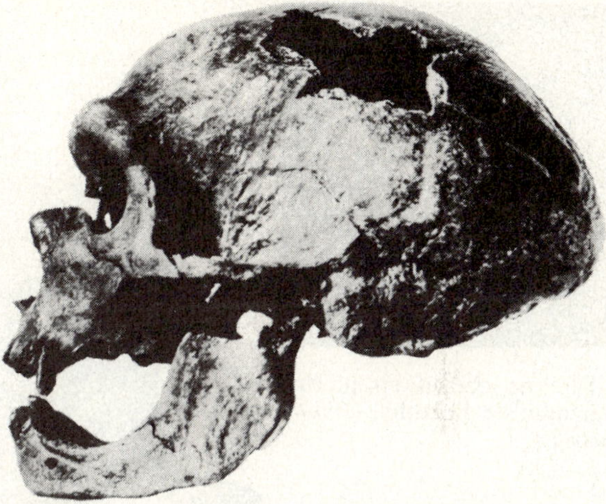

3. – Crâne néandertalien de La Chapelle-aux-Saints. *(Photo Musée de l'Homme.)*

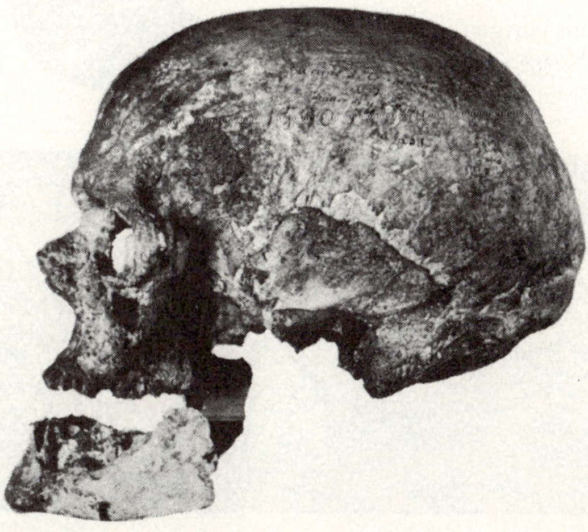

2. – Crâne de l'homme de Cro-Magnon. *(Photo Musée de l'Homme.)*

PLANCHE III

1. – Tête de cheval en pierre, Magdalénien de Duruthy. *(Photo A. Roussot.)*

2. – Vénus périgordienne de Sireuil. *(Photo Musée des Antiquités nationales.)*

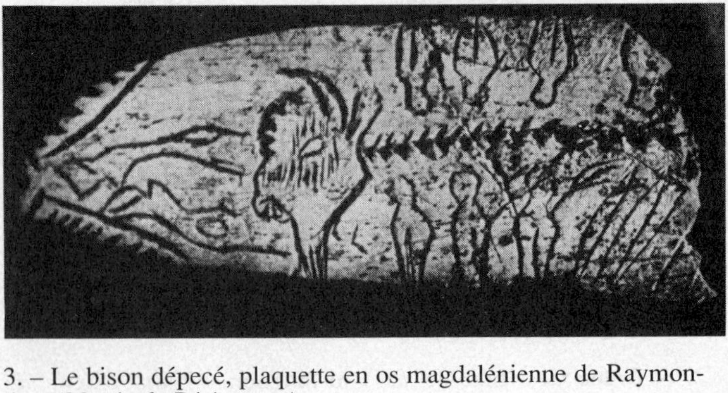

3. – Le bison dépecé, plaquette en os magdalénienne de Raymonden. *(Musée de Périgueux.)*

PLANCHE IV

Tête de Brassempouy, sculpture en ivoire d'âge périgordien. *(Photo Musée des Antiquités nationales.)*

PLANCHE V

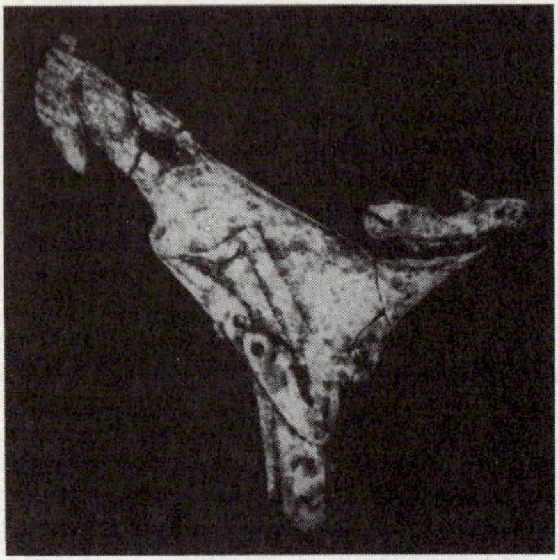

1. – Faon picoré par un oiseau, propulseur de Bedeilhac. *(Photo Musée des Antiquités nationales.)*

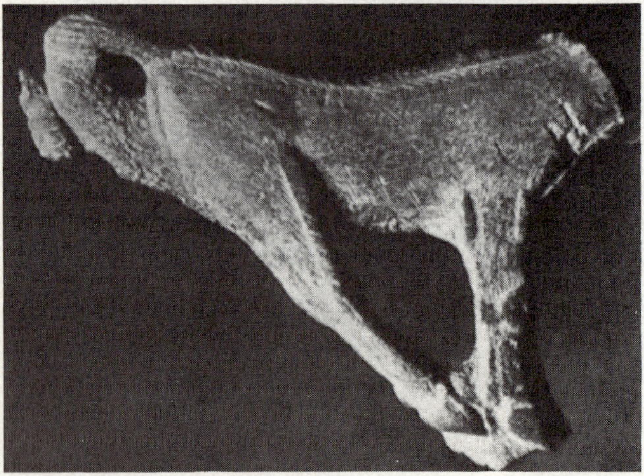

2. – Bouquetin acéphale, propulseur d'Arudy. *(Photo Musée des Antiquités nationales.)*

PLANCHE VI

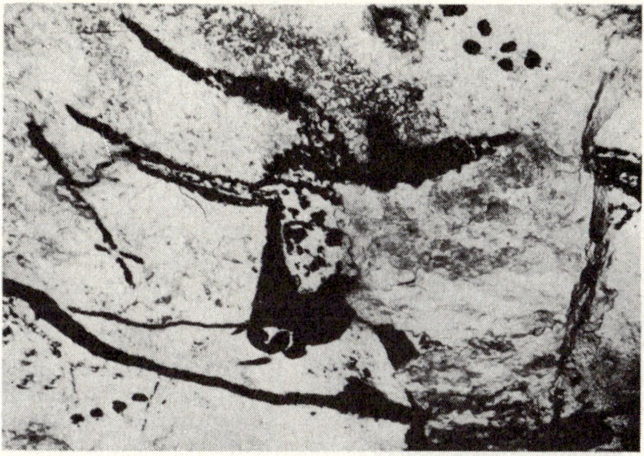

1. – Tête de *Bos primigenius*, Lascaux.

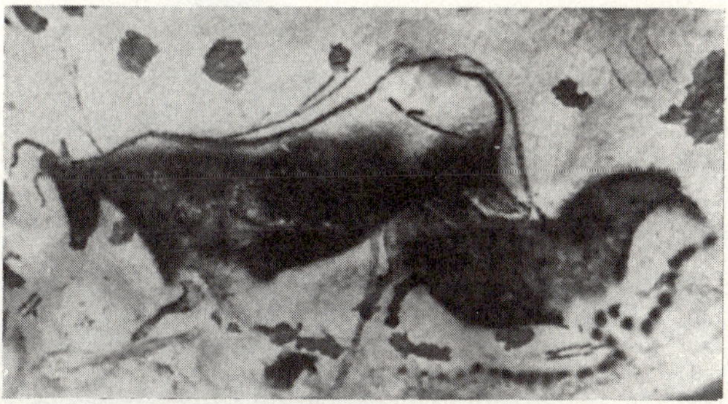

2. – Grande vache et cheval, Lascaux. Noter les signes divers, traits barbelés et ponctuations qui accompagnent ces figurations. *(Photo Windels.)*

PLANCHE VII

1. – Galet sculpté de Lepenski Vir, Mésolithique final. *(Musée d'archéologie de Belgrade.)*

2. – Sculpture de Capdenac-le-Haut, Chasséen. *(Photo D. Ourcival.)*

PLANCHE VIII

1. – La plus vieille poterie actuellement connue, petit vase de Tell Mureybet (8000-7700 av. J.-C.). *(Photo J. Cauvin)*

2. – Vase chalcolithique à cordons superposés et mammelons (grotte de la Vaquerie, Hérault). *(Photo Musée de Lodève.)*

3. – Petits paniers de la grotte de Murcielagos (Andalousie), Néolithique. *(Photo Alfaro Giner.)*

PLANCHE IX

1. – Gobelet campaniforme de Ledice (Tchécoslovaquie). *(Musée de Brno.)*

PLANCHE X

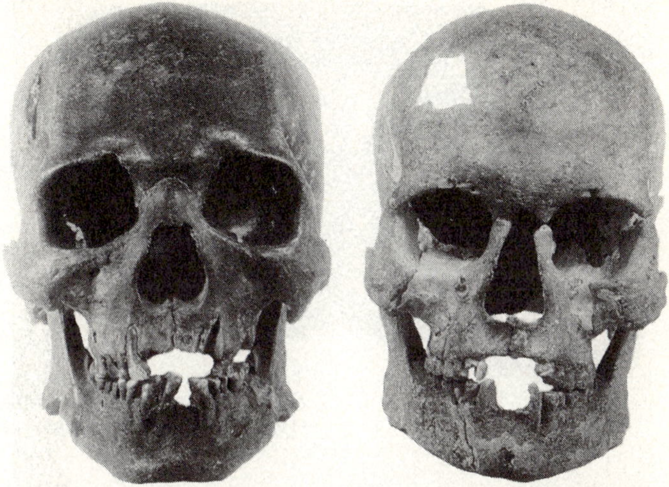

1 et 2. – Mutilations dentaires chez les hommes épipaléolithiques d'Afrique du Nord : Mechta el Arbi et Grotte des Hyènes. (*Peabody Museum.*)

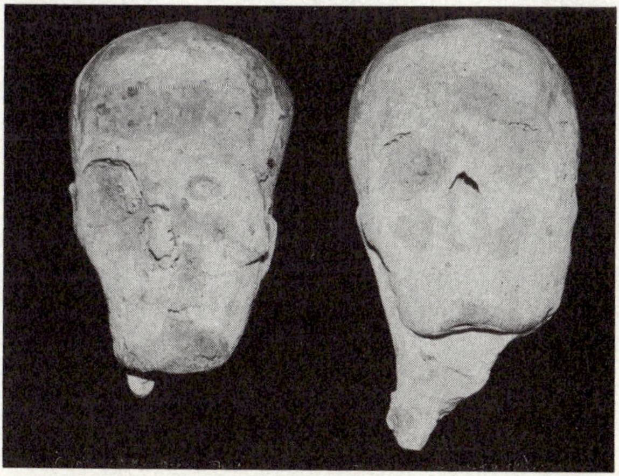

3. – Crânes surmodelés de Tell Ramad. *(Photo J. de Contenson.)*

PLANCHE XI

1. – Sculpture néolithique du Sahara, taureau de Tazerouk (Hoggar). *(Photo R. Pasquino.)*

2. – Chasse à l'autruche, gravure néolithique de Tiout (Sud oranais). *(Photo G. Camps.)*

PLANCHE XII

1. – Scène rituelle, danse et contorsion autour d'un taureau, peinture de style bovidien, T-in Hanakaten (Tassili n'Ajjer). *(Photo G. Camps.)*

2. – Bélier à sphéroïde de Bou Alem (Atlas saharien, Algérie). *(Photo R. Vaufroy.)*

PLANCHE XIII

1. – Temple mégalithique de Mnadjra (Malte). *(Photo J. Courtin.)*

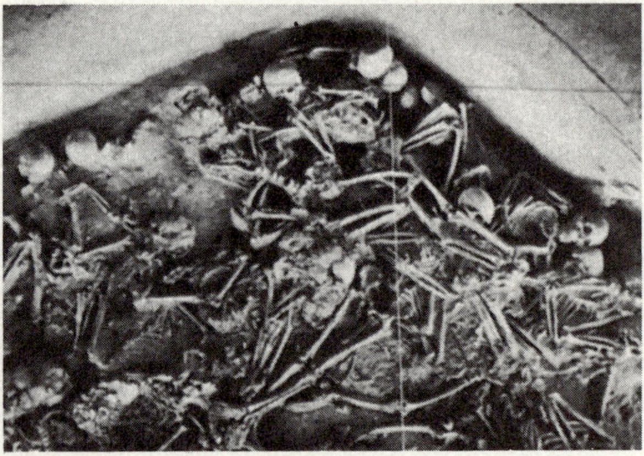

2. – Inhumations collectives, hypogée des Crottes à Roaix (Vaucluse), niveau supérieur. *(Photo J. Courtin.)*

PLANCHE XIV

Stèle fermant un hypogée de la nécropole sicilienne de Castelluccio, début de l'Age du Bronze. Ce motif hautement symbolique représente un accouplement. Le corps féminin est apparemment acéphale, mais les spirales qui représentent les seins peuvent aussi s'identifier aux yeux et le sternum se confondre avec le nez. La schématisation et l'analyse transforment la figure en rébus. On notera la composition savante, très équilibrée, reposant sur une double symétrie. *(Photo G. Camps.)*

PLANCHE XV

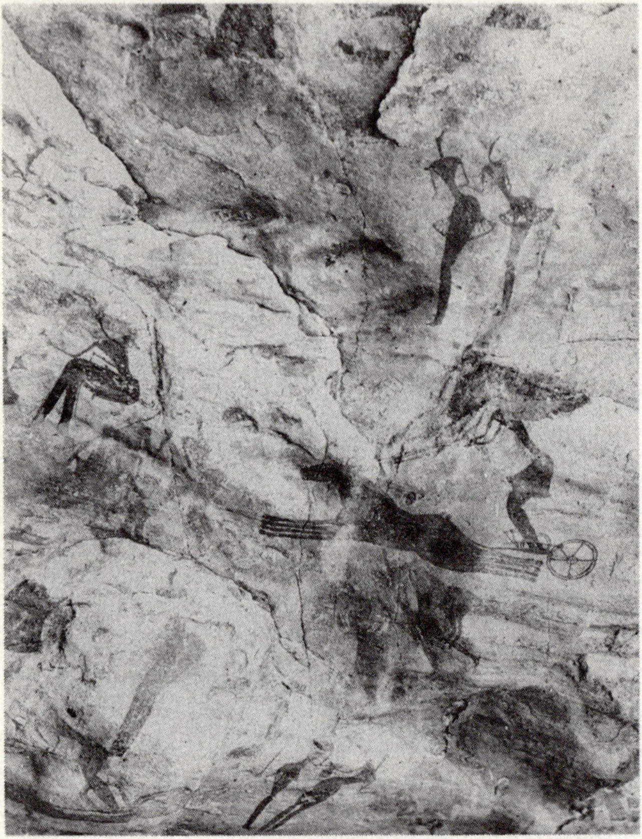

Abri de Tamajert (Tassili n'Ajjer). Scène de l'époque cabaline (IIe et début du Ier millénaire), char attelé à deux chevaux au galop volant, jeunes filles portant des mini-jupes èn résille, homme assis sur un tabouret à pieds recourbés ; malgré le style figuratif, les visages ne sont pas représentés et les têtes sont réduites à d'étroites palettes, caractéristiques de l'école « équidienne ». *(Photo G. Camps.)*

PLANCHE XVI

de cette capacité sont délicates à déceler. R. Holloway a cru reconnaître sur la face interne de la partie antérieure gauche du crâne d'*Homo habilis* 1470 du lac Turkana une légère saillie correspondant à la zone de Broca, qui est le centre du langage. Un crâne d'Australopithèque robuste porterait la même trace mais moins importante [34]. Ces observations ne suffisent pas à prouver l'existence d'un langage parlé chez les Australopithèques, ni même chez *Homo habilis.* Il est vraisemblable que la question demeurera longtemps sans réponse tant qu'on limitera l'enquête aux faits matériels. Quel neurologue, quel anatomiste pourra, dans quelques millénaires, au seul examen de notre crâne ou des os de la main affirmer que nous savions écrire et compter ?

Il en est de la parole comme de l'intelligence : il faut chercher ailleurs que dans la dépouille corporelle ses traces ou la preuve de son existence. Ces preuves indirectes, la plupart des préhistoriens veulent aujourd'hui les trouver dans l'existence même de l'outillage. Il semble impossible en effet que les traditions techniques, les styles d'outils, les savoir-faire, qui sont patents, ne se soient transmis que par la seule imitation, après une observation muette. Technologie et discours doivent aller de pair. Comme le fait remarquer A. Delmas, « le concept d'*Homo loquens* dépasse sans l'abolir celui d'*Homo faber* qui le précède, la parole étant l'outil le plus évolué qu'il ait eu en sa possession »... de sorte que « c'est une pure tautologie... de vouloir prouver l'avènement du langage par l'industrie et celui de l'industrie par le langage [35] ».

Il ne faudrait pas tomber dans le travers rationalisant de nos prédécesseurs et établir comme eux, par un jeu brutal d'équivalences et de corrélations, une trop étroite correspondance entre les différents éléments du complexe humain soumis à l'évolution. C'est une vue de l'esprit que d'imaginer qu'ils marchaient toujours du même pas.

Les contradictions

Voici qu'est ébranlée une nouvelle partie de l'édifice. La belle construction ordonnée par étages de plus en plus somptueux, dont chacun serait une étape de l'évolution, n'est que le produit, non pas de notre imagination, mais de notre besoin de classer, de mettre en ordre les faits, de les rendre compréhensibles. En associant et liant étroitement entre elles les données anatomiques, les manifestations culturelles, les technologies et la

34. R. Leakey et R. Lewin, *les Origines de l'Homme*, Paris, 1979, Arthaud, p. 205.

35. A. Delmas, « Apparition du langage ou avènement du langage », *Les Processus de l'hominisation*, Colloque intern. du CNRS, Paris, 1981, p. 147-152.

montée de la spiritualité, nous avons créé une certaine préhistoire, peut-être est-elle trop cartésienne, trop logique, trop simple pour ne pas dire trop simpliste.

Il est patent aujourd'hui que les différentes composantes du complexe humain ont évolué chacune à son rythme propre, certaines plus rapidement que d'autres. L'argument *a silentio* ne peut servir dans aucune démonstration, surtout dans une archéologie aussi pauvre que celle des temps les plus reculés du Paléolithique. Prenons un exemple simple et cependant lourd de signification : nous ne devons pas dire que les Archanthropes n'enterraient pas leurs morts mais plutôt que nous n'avons pas (encore ?) trouvé de sépulture qui leur soit attribuable.

Ce qu'il faut aujourd'hui, c'est briser les équations simplistes du genre : culture des galets aménagés = culture des Australopithèques, ou encore homme de type *Sapiens sapiens* = industrie de type Paléolithique supérieur, ou vice-versa : Une industrie de type Paléolithique supérieur implique l'existence d'*Homo sapiens sapiens*. Gardons-nous également des affirmations brutales telles que : l'Art naît au Paléolithique supérieur. F. Bordes a trouvé un os encoché et gravé dans l'Acheuléen du Pech de l'Azé (Dordogne) et on sait qu'à Arcy-sur-Cure les Néandertaliens recueillaient des curiosités naturelles et des matières colorantes.

Les faits, les faits qui sont têtus, ne cessent d'apporter la contradiction aux plus belles théories. Nous verrons (chapitre III) que les Australopithèques après avoir été déconsidérés furent hissés sur le pavois, faisant cortège à l'inoubliable Zinjanthrope, paré, pendant deux ans, de tous les dons de l'humanité naissante, puis survint le perturbateur, *Homo habilis*, exit *Zinjanthropus*, retourné à l'animalité ou à une demi-humanité clandestine ; le chasseur redevenait gibier. Les découvertes se multiplient ; par elles, les Australopithèques vieillissent au rythme des campagnes internationales d'Ethiopie, du Kenya, de Tanzanie. L'enthousiaste R. Leakey découvre l'*Homo habilis* KNM ER 1470 sur les bords du Lac Turkana [36] et le vieillit au-delà du possible. Ce vrai homme, parfaitement capable de tailler les galets, n'aurait pas 2 600 000 ans mais, seulement (!), 1 800 000 ans. Mais voilà que sont découverts des outils qui sont vieux de 3 millions d'années (vallée de l'Omo, Ethiopie). Qui les fabriquait ? Quelque Australopithèque de type gracile, ou un *Homo habilis* à cerveau déjà plus développé et plus ancien que le KNM ER 1470 ? Faut-il admettre une descendance, ou plutôt une ascension, parfaitement linéaire d'*Homo habilis* à *Homo sapiens sapiens* ? (*Pl. II 1.*)

36. R. Leakey, « Evidence for an advanced plio-pleistocène Hominid from East-Rudolf, Kenya », *Nature*, n° 242, 1973, p. 447-450.

L'Afrique est traditionnellement considérée, depuis un demi-siècle, comme le berceau de l'humanité. C'est très vraisemblable et les découvertes nombreuses et remarquables effectuées ces dernières années en Afrique orientale renforcent cette opinion. Mais n'est-ce pas tout simplement parce que les conditions de conservation des sédiments plio-pléistocènes sont exceptionnelles, le long de cette cicatrice encore béante qu'est la Rift Valley ? *Ramapithecus* que certains maintiennent à la tête de la lignée des hominidés n'a-t-il pas d'abord été trouvé aux Indes, comme un autre cousin possible, le *Sivapithecus ?* Ces Primates fossiles sont connus aussi en Chine dans le Yun-nan et *Ouranopithecus*, autre primate distinct des dryopithécinès, et possible hominidé, a été reconnu en Grèce [37]. La France, comme le Maghreb, livre à son tour des industries très anciennes, notre Auvergne avec sa Limagne, Rift Valley à échelle humaine, est une région très prometteuse ; des outils ont été découverts qui atteignent un âge de 1 800 000 ans, qui est celui de l'*Homo habilis* du lac Turkana !

Ces tout premiers hommes nous sont montrés, traditionnellement, menant une vie des plus misérable, condamnés à la même errance que les bandes de gorilles ; or voici que la patience des fouilleurs nous apporte non plus seulement les traces de leur campement, os brisés et outils abandonnés mais, ô surprise, les restes indubitables d'aménagements de l'espace : cercles de pierre limitant vraisemblablement des huttes de branchage dans le nivau le plus ancien d'Oldoway (Olduvaï) ; dans le même gisement mais à un niveau plus récent (1 700 000 ans), L. Leakey a mis au jour les fondations en demi-cercle d'un coupe-vent. A Gomboré, en Ethiopie, des hommes (comment les appeler autrement ?) dallaient de blocs de basalte le sol de leur habitat : cela se passait il y a 1 500 000 ans ! A Soleilhac (Haute-Loire), E. Bonifay a découvert une levée de blocs aménagée sur le bord d'une plage d'un ancien lac ; cet habitat est vieux de 900 000 ans.

La tradition préhistorique, issue de la science du XIXe siècle, soucieuse de maintenir intact le concept d'un progrès aussi vertigineux qu'indiscutable, peignait sous les couleurs les plus sombres les genres de vie primitifs et reconnaissait dans l'évolution technique et économique des avantages qui paraissent aujourd'hui démesurés. Nous admettons couramment que le grand saut réalisé par les sociétés humaines date du Néolithique, que la brusque mutation des genres de vie, le passage de la cueillette et de la chasse à l'agriculture et à l'élevage, a permis un développement exponentiel de l'homme, mieux nourri, mieux équipé, plus nombreux. Les marxistes de l'école de G. Childe

37. E. GENET-VARCIN, *les Hommes fossiles*, Paris, 1979, Boubée, p. 15-32.

ont vulgarisé la notion de révolution néolithique. On pourrait tout aussi bien parler, sans ironie, du grand-bond-en-avant.

Or voici que cette mutation est elle-même remise en question. Il n'y eut pas de révolution, les transformations furent d'une lenteur insoupçonnée ; elles se firent pendant plusieurs millénaires. Bien mieux, certains mettent en doute la réalité du progrès qu'auraient apporté les innovations dans le bien-être des individus et des sociétés. Dans un ouvrage qui vaut mieux que son titre provocateur *Age de pierre - Age d'abondance*, M. Sahlins [38] a montré que les populations qui vivent de cueillette et de chasse ne sont pas les pauvres hères que notre cœur généreux et notre superbe imaginent ou croient voir. Notre estomac se révulse devant certains de leurs aliments, mais une crevette peut paraître une nourriture aussi immonde à un Bushman, qu'à nous la chenille dont il fait ses délices. Bien des ethnologues de la nouvelle école, soucieux de données quantitatives et non plus d'observations qualitatives et subjectives, arrivent à la conclusion que les groupes les plus « misérables », les plus « primitifs », consacrent plus de temps à leurs loisirs, à leur parure, au jeu, que les « civilisés condamnés à la production ».

Ce retour, quelque peu inattendu, à la notion ou au mythe que l'on croyait périmé, du paradis perdu, nous fait poser cette question délicieusement paradoxale : le progrès serait-il une décadence ?

Que reste-t-il aujourd'hui du bel édifice orgueilleusement construit sur les fondations du déterminisme scientifique ? L'univers n'est plus infini mais en expansion, il a eu un commencement, voici 15 milliards d'années En préhistoire, les structures d'encadrement trop bien assujetties craquent de toutes parts, certes l'ossature principale subsiste mais la façade, l'aménagement intérieur, le décor ne cessent d'être bouleversés par la multiplication des découvertes et la moisson des contradictions.

Le face à face du préhistorien et du préhistorique n'est plus qu'un jeu de miroir déformant, l'image se trouble, s'étire ou se raccourcit à mesure que le sujet s'éloigne ou se rapproche dans l'espace-temps, mais l'observateur sait bien que si les traits sont déformés c'est toujours le même être qui est réfléchi. Acceptons humblement, sans ergoter sur la forme du crâne ou tel indice technique ou même sur le QI, que cet être que nous voyons dans le miroir n'est que nous-même. De fait, il n'y a pas de face à face, l'homme préhistorique, que nous reconstruisons en agençant les données archéologiques, s'est logé dans notre gros cerveau, il est nous.

---

38. M. SAHLINS, *Age de pierre, âge d'abondance*, Paris, 1976. Gallimard.

Chapitre II

L'ÉVOLUTION TECHNIQUE

1. L'HOMME ET L'OUTIL

Les incertitudes de la paléontologie humaine ont conduit les préhistoriens à chercher des critères autres que physiques pour croire à l'existence de l'homme. Cette démarche est d'autant plus justifiée que malgré les multiplications récentes des découvertes, les restes fossiles des premiers hommes demeurent fort rares et dispersés à travers les millénaires. Pourquoi à défaut de l'homme lui-même ne pas rechercher les traces de son action, la marque de son intelligence appliquée sur la matière, et en premier lieu l'outil qui en est la démonstration la moins fugace ? N'apporte-t-il pas la preuve de l'existence d'un être intelligent et conscient que nous appelons homme ?

Parallèlement à une définition physique de l'homme, en tant que genre et espèce de l'ordre des Primates, il existe en effet d'autres définitions philosophiques, culturelles ou sociologiques qui admettent que l'homme se décèle, dans les temps les plus archaïques, par les traces d'une activité créatrice consciente dans laquelle nous nous reconnaissons. Le fait de se servir d'un gourdin, de la pointe d'une corne, du tranchant de la pierre éclatée pour suppléer notre faiblesse physique, paraît naturel à nos yeux, donc humain. Plutôt que de rechercher un prétendu seuil cérébral dans l'ordre des Primates, n'est-il pas plus simple d'affirmer, en une formule lapidaire : l'outil c'est l'homme ?

Cet aphorisme est d'une logique si claire que toute discussion semble superflue... Il repose cependant sur un vieil anthropocentrisme et une distinction naïve entre l'homme qui agit avec *intelligence* et l'animal qui serait conduit par son *instinct*. Le développement récent de l'éthologie et des études sur le comportement animal, celui des Primates en particulier, ébranle sérieusement de telles certitudes. On savait déjà que les chimpanzés enfermés dans une cage avaient l'idée d'utiliser un bâton pour amener à leur portée des fruits et autres gourmandises disposés à l'extérieur de leurs cages, certains sauraient même assembler plusieurs tiges afin d'obtenir un instrument plus efficace. Mais de telles observations étaient entachées d'un vice fondamental : les animaux se trouvaient dans une situation anormale du fait de leur capture ou de leur naissance en captivité, du fait aussi de la distribution d'aliments, et de nombreux facteurs peu définissables qui auraient pu modifier leur psychisme et, à tout le moins, leur comportement.

Aussi, bien plus intéressantes et probantes sont les observations effectuées, depuis, par les naturalistes qui suivirent pendant des mois, parfois des années, des bandes d'anthropoïdes ou de singes cynomorphes. D. Fosey nous apprit ainsi que le gorille est d'un naturel doux et timide, que les babouins vivent en bandes solidement organisées et se déplacent comme une armée en campagne. Miss J. Goodall nous apprit que les chimpanzés que l'on croyait exclusivement fructivores sont, à l'occasion, de vrais carnivores qui chassent et tuent les petits singes comme les colobes. Miss Goodall remarqua également que la plupart des chimpanzés, appartenant au clan dans lequel elle avait réussi à se faire admettre, préparaient de véritables plats en associant la chair des victimes à des feuilles de divers arbres [1].

Plus troublantes sont d'autres observations se rapportant directement à notre sujet puisqu'elles prouvent qu'en liberté le chimpanzé est susceptible de fabriquer de véritables instruments. Miss Goodall remarqua que les chimpanzés sont très friands de termites, or ces insectes ne sortent pas de leur termitière et les chimpanzés n'arrivent guère à détruire ces nids. Ils ont imaginé d'introduire une brindille par un des orifices de la termitière et d'attendre que les soldats termites se soient attaqués à ce corps étranger, pour la retirer en entraînant les insectes qui s'y sont agglutinés. Or la guenon que Miss Goodall avait nommée Flo savait couper une brindille et la débarrasser de ses feuilles avant de l'introduire dans la termitière alors que les autres chimpanzés de la réserve de Gombe Stream se contentaient de simples herbes rigides. Ces singes savent également mastiquer des feuilles pour les transformer en tampons absorbants avec lesquels ils puisent l'eau dans les anfractuosités trop étroites ou profondes que leurs lèvres ne peuvent atteindre. Avec ces mêmes tampons ils « saucent » les crânes des jeunes babouins qu'ils ont tués afin de recueillir la moindre parcelle de cervelle [2].

De tels comportements ne peuvent être qualifiés d'instinctifs, et le rameau dépouillé de ses feuilles ou ces feuilles mastiquées transformées en éponge sont déjà des outils. D'autres exemples peuvent être cités chez des Primates moins proches de l'homme,

1. J. Van Lawick-Goodall, *les Chimpanzés et moi*, Paris, 1971, Stock, p. 225.
2. *Idem*, p. 305-307.

Fig 7. — Comme d'autres animaux, la loutre marine sait se servir d' « outils ». Elle ramasse des galets qu'elle place sur sa poitrine pour briser contre eux les coquillages qu'elle consomme ; elle dort en s'enroulant dans de longues algues pour ne pas être entraînée au large. *Dessin de J. Lalanda.* (La Faune.)

ainsi les babouins qui sont aussi chasseurs à leur heure utiliseraient, paraît-il, des pierres pour briser les crânes des jeunes gazelles avant d'absorber leur cervelle. On ne peut guère trouver étrange qu'anthropoïdes et cynomorphes, singes à forte cérébralisation, aient des comportements quasi humains et utilisent des objets pour obtenir des aliments rares et particulièrement recherchés, la gourmandise apparaissant ainsi comme un puissant facteur d'invention.

Mais que dire du comportement de mammifères appartenant à des ordres plus éloignés de nous ? L'un des plus curieux, et amusant, est celui des loutres marines. Ces animaux de la côte pacifique de l'Amérique du Nord consomment une grande quantité de mollusques lamellibranches. Pour ouvrir leurs coquilles les loutres vont rechercher des galets volumineux qu'elles placent sur leur poitrine en se retournant et se maintenant dans l'eau ; c'est ainsi, en faisant la planche, qu'elles arrivent à briser, en les frappant contre cette enclume improvisée, les coquilles qu'elles tiennent entre leurs mains (Fig. 7).

Encore plus éloigné de notre nature est le pinson de Darwin, dans les îles Galapagos. On sait que le célèbre naturaliste avait noté, dans ces îles, les différentes variétés de pinsons, issues d'une souche unique, dont le bec avait acquis des formes correspondant à des fonctions précises : certains étaient fins et allongés pour rechercher les larves et insectes dans les interstices de l'écorce, d'autres étaient robustes et courts afin de briser les carapaces d'insecte ou les enveloppes des graines dures, d'autres étaient à la fois forts et allongés pour piquer et creuser l'écorce. Mais une variété a gardé un bec indifférencié, or ce pinson se nourrit de vers et de larves logés dans le bois. Pour suppléer l'insuffisante longueur de son bec cette variété de pinson a imaginé (comment dire autrement ?) de cisailler une épine et de manier celle-ci comme un harpon afin d'extraire la proie de sa galerie. Dans ce cas aussi nous sommes en présence d'un choix et de l'aménagement d'un objet qui prolonge le corps. C'est donc bien un outil. L'utilisation et même la fabrication d'un outil ne sont donc pas des faits spécifiquement humains.

Il existe cependant des différences importantes dans la conception et l'utilisation de l'outil chez l'animal et chez l'homme. Chez l'animal on remarque l'oubli quasi instantané de l'objet une fois que son usage a donné satisfaction, il n'y a ni conservation ni amélioration. L'acte répétitif de fabrication du « harpon » conduit même le pinson à un comportement instinctif. L'homme au contraire n'abandonne pas systématiquement l'objet dont il s'est servi et ne cesse de l'améliorer. Mais la principale différence réside dans le rôle même de l'outil. Celui de l'animal, du pinson ou du chimpanzé à la pie-grièche qui empale ses proies et à la loutre marine, n'a qu'une utilisation immédiate destinée à satisfaire un appétit momentané ; il est donc fugace, alors que, dès l'origine, l'outil de l'homme a un usage constant et multiple. Un caractère fondamental de l'industrie humaine la distingue définitivement de l'outil des animaux : chez l'homme l'outil sert à faire d'autres outils plus spécialisés qui serviront à leur tour à fabriquer des instruments nouveaux encore plus précis et efficaces. L'homme crée ainsi un véritable environnement technologique qui accroît sans cesse son emprise sur la nature. L'outil n'est donc plus un simple prolongement de la main en vue d'une action fugitive, il devient, au contraire, un instrument qui tend à acquérir une existence indépendante et à présenter des exigences particulières au point que l'un des cauchemars de l'homme moderne est la crainte de se voir asservi par sa propre création.

Ne croyons pas que ces caractères de l'industrie humaine soient d'apparition récente ni qu'ils soient issus de la révolution industrielle : dès l'origine l'outil prétendument libérateur paraît également tyrannique pour l'homme. En s'extrayant de l'animalité, l'homme entrait dans un asservissement insidieux qu'il s'imposait pour satisfaire ses besoins, d'autant plus impérieux qu'ils s'écartaient des exigences immédiates.

2. ÉVOLUTION DU TRAVAIL DE LA PIERRE

La science moderne mit un certain temps à reconnaître les plus anciens outils de l'homme. Les érudits et naturalistes du XIXe siècle, attachés d'abord à démontrer l'antiquité de l'homme par ses outils en pierre et la relation de ceux-ci avec les ossements fossiles d'espèces disparues, n'examinèrent que plus tard, avec l'attention qu'ils méritaient, ces documents eux-mêmes. De témoins utilisés comme arguments dans une querelle de caractère philosophique, les « silex antédiluviens » accédèrent à une catégorie supérieure, celle de documents scientifiques ayant une valeur vénérable qu'il importait d'analyser et de comprendre.

Les premières observations portèrent sur l'état de la surface : certaines haches étaient taillées à grands coups, d'autres étaient soigneusement polies et avaient une forme régulière (Fig. 8). Cette remarque permit d'introduire dans la masse des documents recueillis une première clé dichotomique qui justifia longtemps la distinction [3] entre l'Age de la pierre taillée et celui de la pierre polie (Lubbock, 1866).

Il fut facile d'établir que les objets en pierre taillée étaient apparus antérieurement aux objets polis. La fréquence des haches polies à la surface du sol ou à une faible profondeur et leur absence dans les niveaux les plus profonds, donc plus anciens, confirmaient ce que les notions intuitives de progrès technique avaient fait déjà proposer.

Rapidement d'autres distinctions plus subtiles s'imposèrent à l'intérieur du Paléolithique, terme adopté en 1870 pour désigner l'Age de la pierre taillée. Parmi les instruments et armes taillés certains, en effet, l'étaient sur les deux faces. La roche avait subi des enlèvements au-dessus et au-dessous ; c'est la succession de ces enlèvements, ou éclats, qui avait donné à l'objet sa morphologie définitive. D'autres avaient un aspect différent, une face

3. J. LUBBOCK, *l'Homme préhistorique,* Londres, 1866.

était lisse et relativement plane, l'autre présentait des arêtes et des traces d'enlèvements antérieurs au débitage de l'instrument. Ainsi l'homme paléolithique pouvait fabriquer ses outils en pierre suivant deux techniques : la plus simple, considérée comme la plus ancienne, consistait à tailler l'objet désiré dans la masse, en faisant sauter, par percussion, des fragments de roche ou éclats. La seconde cherchait au contraire à obtenir des éclats susceptibles d'être eux-mêmes transformés en outils. Il y a donc *taille* d'un « coup-de-poing », que nous nommons aujourd'hui biface, et *débitage* d'un nucléus, rognon de silex ou autre roche dure à cassure conchoïdale, pour tirer des éclats. Ces éclats peuvent ensuite être transformés dans leur morphologie générale, ou simplement le long de leur tranchant naturel. Ces transformations sont appelées des *retouches*.

La taille dans la masse

La taille dans la masse cherche donc à donner une forme efficace, et en premier lieu à dégager un tranchant par enlèvement de parties de roche. Elle fut surtout pratiquée durant le Paléolithique inférieur mais subsista sporadiquement pendant les périodes suivantes : on connaît les bifaces plats dans le Moustérien, les feuilles de laurier du Solutréen moyen, les haches taillées du Néolithique...

Cette taille se pratique soit par percussion directe à l'aide d'un galet (percuteur) sur le bloc de silex ou toute autre roche, soit par percussion sur un percuteur fixe dit enclume, le bloc de matière première étant tenu à deux mains.

Chaque choc provoque un éclatement partiel du bloc ; les ondes de la percussion, en se propageant à travers la masse, détachent de celle-ci un fragment ou éclat qui a généralement la forme d'une écaille.

C'est par une succession d'enlèvements effectués le long du bord d'un galet que les plus anciens tailleurs de pierre ont su dégager un tranchant. Une série de coups sur le bord du galet fera sauter autant d'éclats qui peuvent se recouper partiellement si les points de percussion sont suffisamment proches les uns des autres. Comme toutes les percussions ont été portées à la suite, sur la même face du galet, le tranchant obtenu correspond à la rencontre des négatifs des éclats et du cortex de la face non percutée. On dit de ces « galets aménagés » qu'ils sont de taille uniface ; on les appelle également *choppers*. Ce sont les outils les plus primitifs que l'homme ait taillés. Une autre série de gestes techniques aussi anciens consiste à faire sauter une autre suite d'éclats sur l'autre face en percutant sur les négatifs des premiers enlèvements. Le tranchant ainsi obtenu présente deux

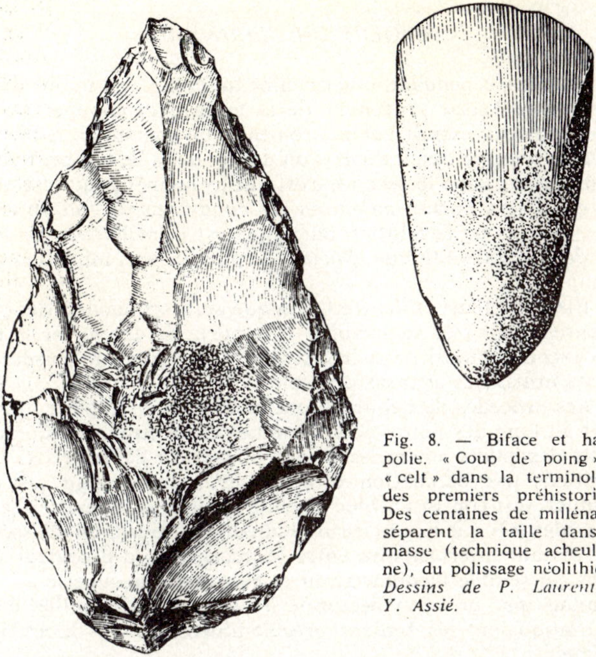

Fig. 8. — Biface et hache polie. « Coup de poing » et « celt » dans la terminologie des premiers préhistoriens. Des centaines de millénaires séparent la taille dans la masse (technique acheuléenne), du polissage néolithique. *Dessins de P. Laurent et Y. Assié.*

faces dépouillées de leur cortex. L'outil est un galet aménagé de taille biface, nommé par les Anglo-Saxons *chopping tool.*

L'extension de ce procédé de taille à la totalité ou à la quasi-totalité du bloc ou du galet donne le biface, outil caractéristique du Paléolithique inférieur.

Un biface dont la taille a été commencée à l'aide d'un percuteur de pierre peut être achevé avec un percuteur dit « souple » ou « tendre » tel que l'os, le bois végétal ou le bois de cervidé. Une telle percussion fait sauter des éclats ayant un conchoïde moins marqué ; de ce fait le biface aura un tranchant moins sinueux et certains, de taille particulièrement soignée, posséderont un tranchant rectiligne.

Le débitage des éclats

Dès les temps les plus anciens, des hominiens qui taillaient les galets s'aperçurent que les éclats qui en sautaient présentaient certains avantages en raison de leur tranchant. De fait, les recherches effectuées ces dernières années dans la vallée de l'Omo en Ethiopie ont fait connaître des éclats comptant parmi les plus vieux outils, au même titre que les galets taillés [4].

Il existe, cependant, une certaine différence, au moins d'intention, entre l'éclat provenant de la taille d'un chopper ou d'un biface et celui extrait volontairement d'un rognon de roche dure. Dans le premier cas, il s'agit d'un déchet de taille qui peut parfois être utilisé ; dans le second, c'est l'éclat lui-même qui est désiré. On cherchera donc à améliorer les conditions de son obtention. Une des lois de l'évolution technique est la recherche, au moins pendant le Paléolithique, d'éclats de plus en plus minces et allongés.

Bien que l'une et l'autre technique correspondent à des gestes apparemment très semblables, il importe de distinguer la taille, qui façonne l'outil dans la masse, du débitage qui produit des éclats utilisables et transformables.

Les procédés de débitage sont nombreux et se perfectionnent tout au long des temps paléolithiques et néolithiques. Comme la taille des galets aménagés et des bifaces, le débitage des éclats s'obtient par percussion directe soit à l'aide d'un percuteur manuel, soit contre un bloc qualifié d'enclume. Il existe d'autres procédés tels que la percussion indirecte à l'aide d'un chasse-lame (ou ciseau) intermédiaire entre le nucléus et le percuteur (débitage qui semble inconnu avant le Paléolithique supérieur), ou le débitage par pression pectorale à l'aide d'une béquille, comme le pratiquaient les Indiens précolombiens sur des blocs d'obsidienne [5].

La partie du nucléus qui reçoit la percussion, directe ou indirecte, est appelée « plan de frappe » ; celui-ci peut être « préparé » pour faciliter la réception et la propagation des ondes de percussion. L'éclat, en se détachant du nucléus, emporte une partie du plan de frappe qui prend le nom de « talon ». Comme il se doit, le talon présente les traces de « préparation » du plan de frappe, quand celle-ci a été effectuée (talon facetté). L'éclat présente deux faces, l'une dite « supérieure », et l'autre, dite face « inférieure » ou face plane, qui est la face d'éclatement. Sur cette dernière saille le conchoïde (ou bulbe) de percussion [6]. Sur les premiers éclats extraits du nucléus, la face supérieure emporte

---

4. J. Chavaillon, « Découverte d'un niveau oldowayen dans la basse vallée de l'Omo (Ethiopie) », *Bulletin de la Société préhistorique française*, t. 67, 1970, p. 7-11 ; J. et N. Chavaillon, « Le Paléolithique ancien en Ethiopie. Caractères techniques de l'oldowayen de Gomboré I à Melka-Konturé », *Les plus anciennes industries en Afrique*, U.I.S.P.P., IXe congrès, Nice 1976, p. 43-68.

5. G. Camps, *Manuel de recherche préhistorique*, Paris, 1979, Doin, p. 41 ; J. Tixier, M.L. Inizan et M. Roche, *Préhistoire de la pierre taillée*, Valbonne, 1980, fig. 20.

6. Sur ces questions de terminologie cf. G. Camps, *op. cit.*, et M. Brezillon, *La dénomination des objets de pierre taillée. Matériaux pour un vocabulaire des préhistoriens de langue française, Gallia-Préhistoire*, 4e supplément, Paris, 1968, CNRS.

le cortex qui constituait la surface externe du galet : les autres éclats gardent l'empreinte des éclats précédents. Ces négatifs sont séparés par des arêtes.

Par analogie avec les dénominations utilisées en anatomie, on appelle « partie proximale » la partie de l'éclat comprenant le talon et « partie distale » l'extrémité opposée. De même qu'il existe plusieurs genres de percussion, il est plusieurs modes de débitage dont il est facile de suivre la succession. L'évolution des techniques a pour finalité l'obtention d'éclats de plus en plus minces et allongés ; en un mot il s'agit d'obtenir la plus longue partie active (le tranchant) pour le minimum de matière première. Certains auteurs ont même tenté de rechercher un coefficient d'efficacité qui serait le rapport entre la longueur du tranchant et le poids de l'outil en pierre [7]. Comme tous les phénomènes humains, cette évolution ne dessine pas une courbe continue et régulière ; elle atteint son apogée dans la courte période épipaléolithique, entre 9000 et 5000 av. J.-C., au cours de laquelle l'outillage de pierre acquit des dimensions minuscules (microlithisme), alors qu'aux périodes suivantes, pendant le Néolithique, on cherchera, parfois, à obtenir de longues lames régulières ayant entre 20 et 30 cm de longueur. Mais dès les temps les plus archaïques, en même temps qu'il taillait des galets, l'homme utilisait des éclats de très petites tailles ainsi que l'a montré J. Chavaillon lors de ses recherches en Ethiopie.

Les débitages les plus primitifs sont dits abbevilliens et clactoniens. Ils consistent à tirer un premier éclat d'un rognon de silex ou de quartzite, ou de toute autre roche, et de se servir du négatif de ce premier éclat comme plan de frappe pour extraire l'éclat suivant. Le débitage se poursuit suivant le même procédé de sorte que le nucléus prend une forme globuleuse, à facettes multiples [8]. Le débitage clactonien aurait été fait préférentiellement sur enclume ou à l'aide de percuteurs très lourds (débitage dit « bloc contre bloc »), ce qui explique les dimensions considérables des éclats. Ceux-ci sont pourvus d'un conchoïde volumineux qui occupe, parfois, la totalité de la face inférieure.

A une période plus récente se développa le débitage dit moustérien, bien qu'il soit apparu antérieurement à cette culture. Le nucléus est préparé sommairement avant d'être débité en éclats utilisables. Le rognon est épannelé à sa périphérie et chacun de ses pans peut servir de plan de frappe. Les éclats sont percutés

7. M. Lorblanchet et R. Jones, « Les premières fouilles à Dampier (Australie occidentale) et leur place dans l'ensemble australien », *Bulletin de la société préhistorique française*, t. 76, 1979, p. 463-487.

8. F. Bordes, *Typologie du Paléolithique ancien et moyen*, Bordeaux, 1961, Delmas, p. 13.

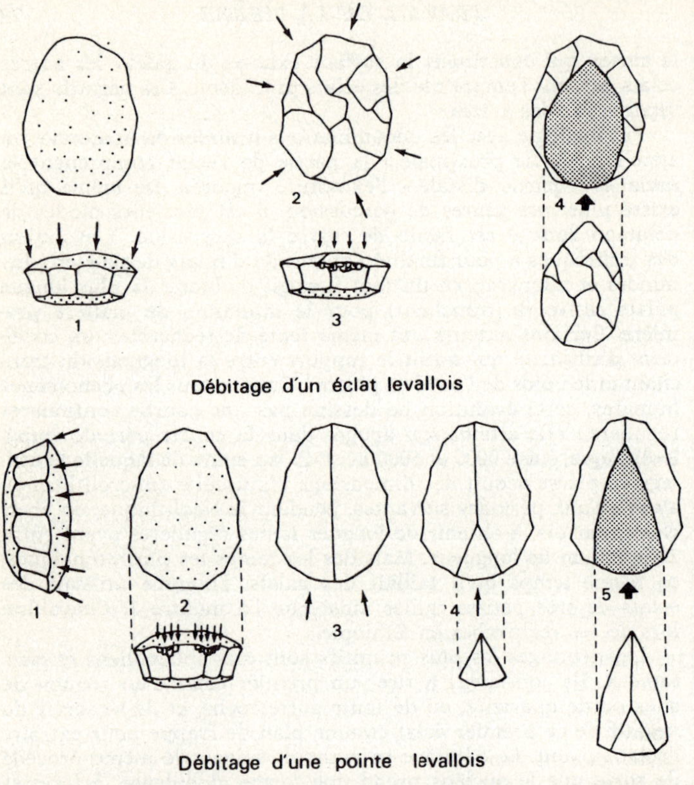

Fig. 9. — La méthode levallois ; un des paliers essentiels dans le développement technologique des hommes paléolithiques. *Dessin de Y. Assié.*

successivement autour du nucléus jusqu'à épuisement de celui-ci, qui dans son dernier état tend à devenir un disque.

Mais le progrès essentiel fut la mise au point du débitage levallois [9]. C'est un procédé complexe qui permet d'obtenir des éclats de forme prédéterminée (Fig. 9). Il exige donc une préparation particulière du nucléus. Dans un premier temps le galet ou le rognon est épannelé à sa périphérie. En choisissant successivement chacun de ces pans comme plan de frappe, on enlève une série d'éclats qui se recoupent au centre du nucléus ; ces éclats sont minces et de faibles dimensions. Dans cet état de préparation

9. *Idem.*, p. 13-14 ; F. Bordes, « Le débitage levallois et ses variantes », *Bulletin de la société préhistorique française*, t. 77, 1980, p. 45-49.

le nucléus levallois a l'aspect d'une carapace de tortue. Il suffit alors de choisir sur l'un des petits côtés du nucléus un nouveau plan de frappe qui sera le plus souvent facetté, et de porter le coup qui détache l'éclat levallois. Cet éclat sera de forme régulière et, suivant la préparation faite sur le nucléus, il sera ovale (éclat levallois proprement dit), allongé (lame levallois) ou triangulaire (pointe levallois). Tous ces produits se distinguent des éclats moustériens ou clactoniens par leur minceur et la faiblesse des reliefs de la face supérieure. Celle-ci ne porte pas, comme sur les autres éclats, les négatifs profonds et peu ordonnés des éclats utilisés antérieurement débités. Sur l'éclat levallois les arêtes qui séparent les négatifs des minces éclats de préparation sont peu prononcées et convergent vers le centre ; sur les lames, elles sont parallèles et, dans le cas des pointes, elles convergent vers l'extrémité distale.

Le débitage levallois est l'un des rares progrès vraiment importants réalisés dans la taille de la pierre au cours du Paléolithique inférieur. Les prémices en apparaissent au cours de l'Acheuléen moyen, c'est-à-dire vers —250 000 ans. Ceci nous paraît très ancien mais nous devons nous souvenir que l'homme taillait alors la pierre depuis plus de deux millions d'années. Au même moment commence à être utilisé le percuteur souple, en une autre matière que la pierre (bois végétal ou animal, os), qui, en raison de la minceur des éclats qu'il détache favorise certainement le développement de la nouvelle méthode de débitage. Nous aurons d'autres occasions de remarquer qu'un progrès technique ou une invention ne sont jamais isolés mais que, s'étayant l'un l'autre, ils provoquent de nouvelles inventions et de nouveaux progrès techniques.

Depuis le premier coup de percuteur porté intentionnellement sur un galet pour créer un tranchant, le débitage levallois est l'application la plus précise d'une pensée conceptuelle dans la fabrication des outils en pierre. Dans les débitages antérieurs, qui subsisteront parallèlement à la nouvelle technique, les éclats étaient extraits successivement du nucléus et on choisissait parmi les mieux venus ceux qui pouvaient être utilisés tels quels ou après une retouche méticuleuse, qui leur donnait la forme et l'efficacité souhaitées. Il en était de même dans la taille des bifaces dont les tranchants étaient régularisés, si j'ose dire, à vue ; les coups portés sur un saillant puis sur un autre assuraient peu à peu la rectitude de la partie active de l'outil.

Dans le cas du débitage levallois d'autres facultés se manifestent. L'homme, qui était encore un archanthrope ou un prénéandertalien, conçoit dans l'abstrait l'outil qu'il désire fabriquer. Il le voit avant de le réaliser et la méthode qu'il a mise au point, sans doute après de nombreux tâtonnements, permet d'obtenir, au moment du coup final, un éclat ou une pointe ayant déjà sa forme définitive. L'invention levallois est le premier triomphe de la pensée conceptuelle sur le simple savoir-faire technique.

Au cours du Paléolithique supérieur et des périodes suivantes, il y aura bien d'autres inventions dans le débitage du silex, mais celles-ci, désormais, apparaissent plus comme des améliorations techniques que comme des progrès décisifs. Ainsi, au Paléolithique supérieur, pour obtenir des lames on prépare parfois le nucléus. On commence par former sur la longueur une crête en faisant sauter alternativement des éclats très courts sur l'une et l'autre face. Cette crête servira en quelque sorte de guide à la propagation des ondes de percussion : celle-ci est portée sur le plan de frappe aménagé à l'une des extrémités du nucléus. Ainsi sera extraite une première lame de section triangulaire qui emporte cette crête (lame à crête). Le négatif de cette lame servira à son tour de guide pour le départ des lames suivantes. Les premières emporteront une partie du cortex ou les traces subsistantes de la préparation du nucléus, la génération suivante ne possédera plus, sur la face supérieure, que des nervures parallèles correspondant chacune au départ d'une lame. Simultanément l'homme apprend à utiliser un ciseau ou chasse-lame en bois de cervidé, os ou ivoire, qu'il interpose entre le nucléus et le percuteur afin de rendre plus précise la percussion (Fig. 10).

Comme le débitage moustérien, qui se poursuivit après l'invention de la méthode levallois, la percussion directe se maintint à côté de la nouvelle technique jusqu'à la fin de l'Age de la pierre.

Certains nucléus à lames et lamelles sont préparés encore plus minutieusement : deux crêtes opposées sont aménagées sur les flancs du rognon de silex qui prend une section elliptique (nucléus en mitre). Ces nucléus, dont le cortex a été entièrement supprimé, sont le plus souvent débités par pression, ce qui suppose la présence d'un aide ou d'un système perfectionné de maintien du nucléus. Le débitage par pression donne des lamelles étroites, très minces et standardisées dans leurs dimensions et leurs formes.

Ce progrès technique accompagnait une utilisation nouvelle des objets de silex qui, sous des formes géométriques de petites dimensions (microlithes géométriques) n'étaient plus que des pièces interchangeables d'outils ou d'armes composites, d'où la nécessaire normalisation des lamelles destinées à la fabrication de ces microlithes [10]. L'homme a donc inventé la pièce de rechange standard sûrement dès le Mésolithique, vers 7 500 av. J.-C. dans nos régions, deux ou trois millénaires plus tôt en Orient et vraisemblablement dès la fin du Paléolithique.

10. Cf. *infra* Chapitre IV, Une prétendue décadence.

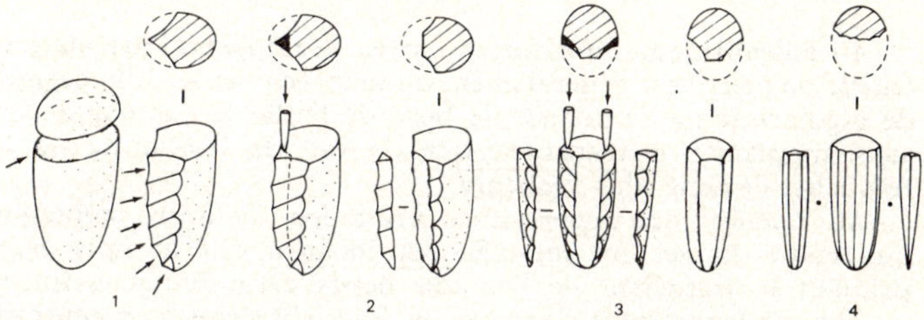

Fig. 10. — L'obtention des lames, éclats longs et étroits, nécessite parfois une préparation particulière du nucléus. *Dessin de Y. Assié.*

A la fin du Néolithique et au Chalcolithique (Age du cuivre) on chercha à obtenir de grandes lames destinées à la fabrication de couteaux et de poignards. Il y eut alors des centres importants d'exploitation du silex et une spécialisation du débitage sur place permettant parfois une exportation lointaine des produits semi-ouvrés. Tel fut le cas des ateliers du Grand Pressigny (Indre-et-Loire) célèbres par leur silex jaune-cire, ceux de Spiennes (Belgique), de Grimes Graves (Norfolk, Angleterre), de Vassieux- en-Vercors. Dans ces ateliers on pratiquait un débitage dérivé de la méthode levallois et spécialisé dans l'obtention de longues lames. Le nucléus, débité sur une seule face, recevait au préalable une forme allongée et assez étroite (nucléus en « livre-de-beurre »).

La retouche

La plupart des éclats peuvent être utilisés tels quels pour trancher, racler, égaliser. Quiconque a peu ou prou taillé le silex a appris à ses dépens combien ces éclats sont tranchants. Les peuples qui taillent encore les roches dures à cassure conchoïdale utilisent le plus souvent leurs éclats, leurs lames et leurs pointes telles que les donne le débitage. Les hommes préhistoriques agissaient de même puisque nous trouvons dans leurs habitats des produits de débitage non transformés mais portant des traces indubitables d'utilisation. Cependant, plus fréquemment que les « primitifs » actuels, ils ont affûté, modifié les produits de débitage par une action que l'on nomme la retouche.

La retouche ne se distingue pas fondamentalement des techniques de taille et de débitage puisqu'elle fait sauter de minuscules éclats ou esquilles sur le bord ou sur les faces de la pièce. Elle peut donc se faire par percussion ; suivant la masse du percuteur, sa nature (pierre, os, bois) et l'angle de percussion choisi, les résultats, c'est-à-dire les retouches, auront des aspects très variables qu'examinent avec soin les spécialistes.

Au Paléolithique inférieur et moyen la retouche faite au percuteur de pierre est généralement oblique, écailleuse. Elle permet de régulariser ou de donner au bord de l'éclat le contour désiré sans supprimer le tranchant qui, du fait de l'obliquité de la retouche, devient plus résistant.

Au Paléolithique supérieur se développe une autre technique qui tend à donner une retouche peu inclinée, dite abrupte. Supprimant le tranchant de l'un des bords cette retouche forme un dos sur lequel peut s'appuyer le doigt s'il s'agit d'un couteau, ou la paume de la main si l'outil doit servir à racler.

Cette retouche abrupte provoque souvent des transformations importantes de la silhouette de l'outil. Sur les lamelles et éclats minces elle exerce un véritable travail de découpe qui aboutit à l'apparition de formes de plus en plus géométriques. Une amélioration technique, apparue à la fin des temps paléolithiques et qui connut son plein épanouissement au Mésolithique, consiste à placer l'outil sur une enclume de telle sorte qu'à chaque coup du percuteur réponde un contrecoup ayant le même effet sur l'autre face. La retouche abrupte ainsi croisée donnait un dos d'une verticalité absolue.

De cette technique de retouche sur enclume allait naître une nouvelle amélioration : la « technique du microburin » qui est un mode de fragmentation très facilement identifiable (Fig. 11). En portant, à l'aide d'un petit percuteur, des coups secs et répétés sur une lamelle retournée, dont la face supérieure repose sur l'arête d'une enclume, on provoque une encoche puis une fracture oblique qui emporte l'extrémité de la lamelle (microburin). Cette fracture se produit suivant un plan hélicoïdal. L'extrémité de la lamelle ainsi tronquée porte un piquant de section triangulaire (piquant-trièdre). La technique du microburin a pour principale finalité de produire des microlithes géométriques tels que segments de cercle (ou croissants), trapèzes, triangles. Cette fabrication est l'aboutissement logique de la tendance apparue avec la retouche abrupte qui favorisait le découpage des lames et lamelles. Grâce à cette innovation une lamelle à double piquant-trièdre, qui a subi l'enlèvement d'un microburin à chaque extrémité, est très facilement transformée en trapèze. Il suffit de poursuivre la retouche abrupte de la coche initiale jusqu'à l'extrémité du piquant trièdre. Il s'agit en fait d'une action continue qui n'est pas interrompue par le départ du microburin. Il existe cependant nombre de pièces inachevées qui révèlent l'existence d'une telle interruption après la chute du microburin.

Nous pouvons suivre, depuis le début du Paléolithique supérieur, au Périgordien, jusqu'aux temps néolithiques, le développement et les améliorations techniques de la retouche abrupte

Fig. 11. — La technique du micro-burin, *d'après J. Tixier.*

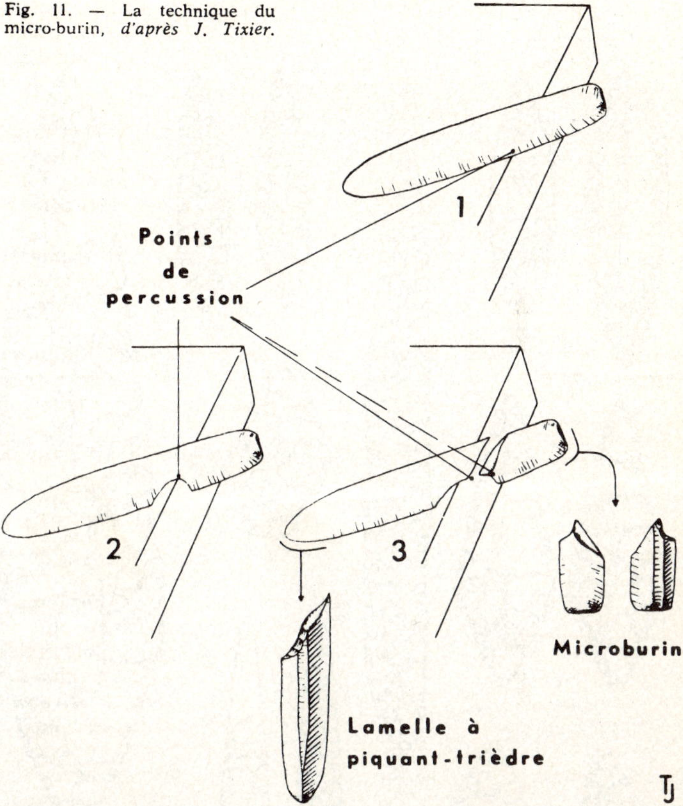

qui aboutit à la production d'objets minuscules (certains triangles de Montclus ont tout juste 2 mm de longueur !) dont la retouche fut un prodige de virtuosité. Cependant cette évolution qui nous semble continue sur plus de 20 000 ans, connut, en France, une interruption pendant les quelque trois millénaires et demi que dura le Solutréen. Dans les régions où se développa cette industrie apparaît une retouche très caractéristique dite solutréenne [11]. C'est une retouche plate, rasante, généralement étroite et allongée

11. M. Brezillon, *op. cit.*, p. 113 ; G. Camps, *op. cit.*, p. 52.

Fig. 12. — Différents types d'outils solutréens ; 1 et 2, pointes à face plane, 4 à 9, « feuilles de laurier », 10 à 12, pointes à cran. Toutes portent la retouche solutréenne caractéristique. *Dessin de P. Laurent.*

qui tend à couvrir la totalité de la surface (Fig. 12). Ces enlèvements parallèles ou subparallèles peuvent prendre en écharpe la totalité de la largeur de la pièce ou se croiser en son milieu. Cette retouche se faisait par pression mais aussi au percuteur souple. Certains Indiens ont traité les roches dures, avant de les retoucher par pression, en leur faisant subir un chauffage de l'ordre de 200 à 300°. Le silex ainsi traité change de coloration en surface. F. Bordes a montré l'existence de ce traitement au Solutréen[12]. Il permit la fabrication d'admirables « feuilles de laurier », très minces, admirablement retouchées sur les deux faces. Ce traitement fut aussi en usage au cours du Néolithique dans la fabrication d'armatures de flèche à retouches bifaciales.

Alors qu'elle disparaît presque complètement dans les périodes qui suivent le Solutréen, au Magdalénien et à l'Epipaléolithique, la retouche couvrante, souvent bifaciale, refait en effet une timide apparition au Néolithique et surtout au Chalcolithique. Au cours de cette dernière période furent produites les plus belles pièces en silex : ce sont les couteaux à retouches en pelure de l'Egypte prédynastique dont la taille atteint la perfection et révèle une maîtrise qui fait de ces objets de véritables œuvres d'art (Fig. 13). Certains avaient même été polis avant de subir les minces enlèvements réguliers et rigoureusement parallèles. En France les très belles pointes de flèche de l'Age du bronze ancien, et au Danemark les grands poignards de la même époque, méritent également d'être classés parmi les plus belles armes des artisans préhistoriques. C'est donc à la veille de sa disparition, au début de l'Age des métaux, que la taille de la pierre atteint son apogée technique.

Il n'est pas dans notre intention d'examiner dans le détail l'évolution de la technique de taille de la pierre, mais nous pouvons noter que, si cette évolution tend vers une efficacité accrue de l'outil et à sa spécialisation de plus en plus précise, elle ne se fit pas suivant une courbe régulière, mais par des paliers nettement marqués, accompagnés de disparitions mystérieuses et de retours en force de techniques qui avaient fait leurs preuves.

Une évolution irrégulière

L'aspect désordonné, voire déconcertant de cette évolution, se remarque dans l'usage de la taille et de la retouche bifaciales. La taille biface apparaît dès les origines puisque certains galets

12. F. Bordes, « Traitement thermique du silex au Solutréen », *Bulletin de la société préhistorique française*, t. 67, 1970, p. 105-113 ; M.L. Inizan, M. Roche et J. Tixier, « Avantage d'un traitement thermique pour la taille des roches siliceuses », *Quaternaria*, t. XIX, 1975-1976, p. 1-18.

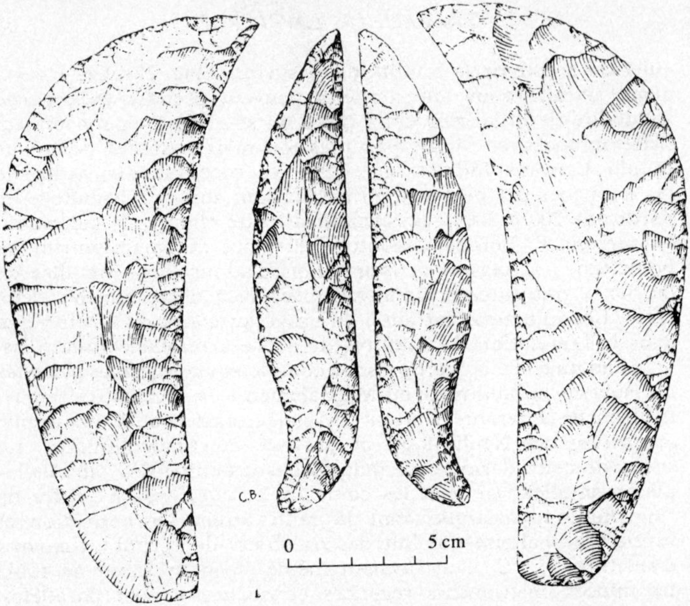

Fig. 13. — Couteaux prédynastiques égyptiens (collections du Musée de l'Homme).

sont ainsi transformés en outils tranchants. Le plus vieil outil du monde actuellement connu, celui du niveau E de la vallée de l'Omo, en Ethiopie, qui est postérieur au tuf D âgé de 2 500 000 ans et antérieur au tuf F qui aurait 2 000 000 d'années, est un galet de taille biface. Il serait tentant d'établir une ligne évolutive continue depuis ce galet jusqu'à la minuscule pointe de flèche qui semble en être l'ultime aboutissement. Effectivement, entre le premier galet de taille biface et la pointe de flèche, il est possible de placer tous les intermédiaires que peut concevoir notre esprit, et, ô merveille ! ils existent. Ce sont, successivement : le galet de taille biface, le biface abbevillien, le biface lancéolé acheuléen, le biface cordiforme moustérien, la feuille de laurier solutréenne. Les coefficients d'efficacité qu'on pourrait calculer pour chacun de ces objets révéleraient un développement harmonieux et une croissance spectaculaire. Malheureusement cette belle construction ne résiste pas à la confrontation chronologique. Si au lieu de situer nos objets sur une courbe évolutive nous les plaçons maintenant sur une échelle chronologique, nous nous apercevons qu'il existe d'énormes hiatus entre ces outils qui paraissent le produit d'inventions ou de réinventions successives sans relations directes entre elles. On peut certes admettre une évolution continue de l'outil biface durant le Paléolithique inférieur, mais vu la très longue durée de ces temps une évolution linéaire a, elle-même, de fortes chances d'être une vue de l'esprit ou un trompe-l'œil provoqué par le télescopage des centaines de millénaires. Admettons toutefois la parfaite filiation des galets aménagés bifaces, des bifaces abbevilliens et des bifaces acheuléens. Celle-ci n'est déjà plus sûre en ce qui concerne les petits bifaces cordiformes d'un faciès moustérien. Malgré le nom de Moustérien de tradition acheuléenne qui lui fut donné, ce Moustérien présente les caractères les plus progressifs dans son industrie ; il est parfois plus récent que d'autres faciès qui pourtant ignorent le biface. Après le Moustérien nous constatons un nouveau hiatus qui correspond au début du Paléolithique supérieur : le Périgordien et l'Aurignacien ont totalement ignoré cette technique. Ce n'est qu'à la fin du Périgordien que l'on voit sporadiquement apparaître quelques retouches sur la face inférieure de certaines pointes de trait (Pointes de la Font-Robert), uniquement, semble-t-il, pour redresser l'arcure de la lame. Cette tendance s'accentue au Solutréen inférieur où la retouche couvrante s'étend à la surface supérieure (pointe à face plane) ; puis, au Solutréen moyen, la retouche biface couvrante s'étend à la totalité des « feuilles de laurier », puis de certaines pointes à cran du Solutréen supérieur.

En Europe occidentale ce genre de retouche disparaît à nouveau presque complètement au Magdalénien et à l'Epipaléolithique, soit pendant quelque 8 000 ans, pour réapparaître au Néolithique moyen et connaître un nouveau développement de très courte durée au Néolithique final, au Chalcolithique et à l'Age du bronze (Fig. 15).

La cause semble donc entendue, il n'y a pas continuité technique parfaite sur place. Mais ces apparitions successives de la taille et de la retouche bifaces sont-elles vraiment des réinventions ? N'est-il pas possible de retrouver ailleurs, pendant les temps de vacance, ces techniques qui continueraient leur progression et réapparaitraient plus ou moins brusquement à la suite de migrations ? Effectivement, en acceptant de déplacer le projecteur suivant les besoins, nous constatons que la retouche biface s'est maintenue en Europe centrale durant le Szélétien qui est contemporain du Périgordien et de l'Aurignacien et conserve les traditions techniques du Paléolithique moyen. Au même moment ou un peu plus tôt une industrie du nord de l'Afrique, l'Atérien, présente également dans sa phase récente des pointes bifaciales. N'aurions-nous donc pas au sud et à l'est, maintien d'une tradition technique, disparue en Europe occidentale et réintroduite en France par les Solutréens ? Cette hypothèse, qui fut longtemps considérée comme un fait acquis, n'est plus guère acceptée car les spécialistes du Solutréen estiment aujourd'hui que cette culture ne peut avoir ses origines ni à l'est ni au sud. De plus nous n'avons pas le moindre commencement de preuve que la retouche bifaciale, présente dans l'Atérien et le Szélétien, soit issue directement des techniques du Paléolithique inférieur.

Convergence ou diffusion ? Le problème de l'invention

Nous sommes ainsi confrontés à l'un des grands problèmes de la préhistoire. Comment et pourquoi réapparaissent des techniques apparemment oubliées ou du moins tombées en désuétude ? Cette question en entraîne une autre aussi fondamentale : quand une technique connaît une très vaste extension, cette extension est-elle due à une propagation à partir du lieu où elle fut inventée ou bien sommes-nous en présence d'inventions plus ou moins simultanées, ce qui, au Paléolithique, peut signifier à quelques millénaires près ?

Les réponses données à ces questions ne sont pas indifférentes car elles expriment des conceptions, voire des philosophies opposées. Le diffusionisme conçu comme une explication universelle croit à l'existence de foyers privilégiés d'où les inventions ou les améliorations techniques se seraient répandues en ondes concentriques (à moins qu'elles ne soient canalisées par des impératifs géographiques) dans tous les pays où ces techniques sont connues. C'est une vue historique, voire historicisante, des faits, car dans les temps historiques c'est à peu près ainsi que les choses se passent.

La croyance en inventions polygéniques plus ou moins simultanées, et sans relations entre elles, répond à une conception plus mécaniste, voire déterministe : arrivées à un certain degré d'évolution psychique et matérielle et dans certaines conditions, les sociétés secrètent, après des tâtonnements empiriques ou grâce à la fulgurance de quelques hommes de génie, de nouvelles techniques appelées au plus grand développement. Celles-ci devaient fatalement aboutir parce qu'elles répondent à une logique interne. En suivant ce raisonnement, on peut affirmer qu'à partir du jour où un hominien percuta volontairement un galet pour en faire jaillir un éclat, un enchaînement inéluctable d'améliorations successives devait conduire à la fabrication de bifaces et au débitage d'éclats de plus en plus minces. On devine par exemple comment, à la suite d'observations empiriques au cours du débitage tournant dit moustérien, les hommes ont conçu la méthode levallois, d'où la très vaste extension de cette technique dans l'Ancien Monde.

On peut trouver, tour à tour, des arguments en faveur de ces deux conceptions et des objections à leur opposer. Contre le diffusionisme, dont la préhistoire récente a tant souffert lorsque, systématiquement, était reportée au Proche-Orient toute amélioration intervenue dans les genres de vie de nos ancêtres néolithiques, on objectera la faible densité humaine durant le Paléolithique inférieur et moyen. Il s'agit alors de groupes minuscules, répartis sur d'immenses territoires, n'ayant guère de contact entre eux. Des techniques de débitage, qui auraient dû connaître une grande diffusion compte tenu de leur intérêt, restèrent confinées, proches du lieu de leur invention. Je citerai deux exemples appartenant à l'Acheuléen africain.

La méthode Kombewa est une technique à la fois originale et d'une grande simplicité [13] : elle permet d'obtenir un éclat volumineux mais assez plat ayant deux faces d'éclatement, par conséquent dépourvues de cortex et d'arêtes. Le principe en est simple, il consiste à percuter un bloc non pas à l'une de ses extrémités mais vers le milieu ou le tiers de sa longueur, de sorte que l'éclat qui en est extrait soit suffisamment volumineux pour servir à son tour de nucléus. Une seconde percussion portée sur cet éclat-nucléus produit un éclat-Janus dont la face « supérieure » correspond à la face d'éclatement de l'éclat-nucléus. L'examen de ces éclats montre que les deux percussions successives n'ont jamais le même axe, ainsi les conchoïdes n'étant pas exactement opposés, leurs épaisseurs ne se surajoutent pas. L'avantage d'une telle méthode produisant des éclats lisses, bien équilibrés, est si grand qu'on s'étonne qu'elle n'ait pas connu plus de faveur chez les Paléolithiques. Elle est essentiellement cantonnée dans l'Acheuléen africain, mais connue ailleurs et jusqu'au Japon (Fig. 14).

Bien plus complexe et limitée dans l'espace est la méthode dite de « Tabelbala-Tachenghit » pour obtenir un certain type de hachereau [14]. Le hachereau est un gros outil sur éclat caractéristique de l'Acheuléen africain qui est défini par l'existence d'un biseau terminal obtenu par la recoupe d'un enlèvement antérieur avec la face d'éclatement. La méthode « Tabelbala-Tachenghit » ajoute un temps supplémentaire au débitage levallois. Le nucléus, une fois préparé, subit, sur l'un des bords qui sera à la fois le plan de frappe et le bord gauche du futur hachereau, une série d'enlèvements en emporte-pièce. Aussi lorsque l'éclat est enfin débité il présente un bord gauche largement festonné, un biseau

---

13. W.E. OWEN, « The Kombewa Culture, Kenya colony », *Man*, décembre 1938, p. 203-205.

14. J. TIXIER, « Le hachereau dans l'Acheuléen nord-africain. Notes typologiques », *Congrès préhistorique de France*, XVe session, Poitiers 1956, p. 914-923.

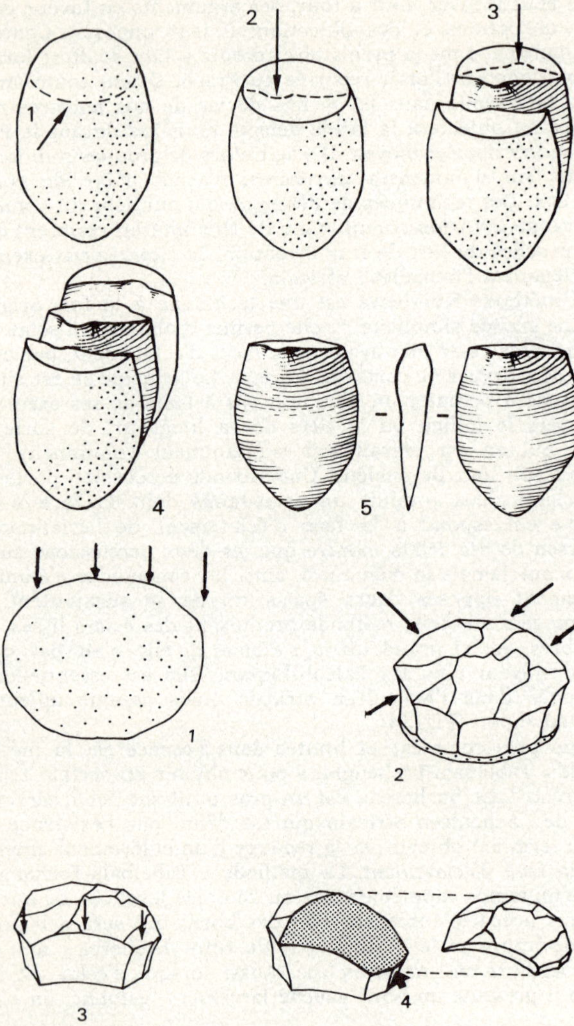

Fig. 14. — Deux méthodes africaines de débitage ; en haut, la méthode « Kombewa » qui permet d'obtenir des éclats ayant deux faces lisses. En bas, la méthode « Tabelba-Tachenghit » qui donne des hacheraux à bord gauche largement échancré et tranchant convexe. *Dessin de Y. Assié.*

élargi et une base rétrécie. Seul le bord droit, s'il en est besoin, est retouché après débitage. Le hachereau obtenu par cette méthode levallois perfectionnée a une forme optimale, que possèdent encore les cognées modernes (Fig. 14).

Les mérites de cette méthode auraient justifié une diffusion étendue : en fait, elle ne fut appliquée, à notre connaissance, que dans deux régions limitées : dans le Sahara occidental, où elle fut reconnue en premier lieu et dans le Chaba (ex-Katanga), au Zaïre. Il semble impossible que deux groupes distants de quelque 7 000 kilomètres et séparés par la grande forêt ombrophile, aient pu entrer en contact et se transmettre une telle technique. Il s'agit manifestement, dans les deux cas, de la même invention effectuée en des points éloignés et qui n'a eu, pratiquement, aucune diffusion.

Effectivement les convergences techniques, qu'elles soient accidentelles ou dictées par la nécessité, sont fort nombreuses tout au long des temps préhistoriques. L'une des plus surprenantes est celle du pédoncule, ou soie, destiné à l'emmanchement. L'idée d'amincir la partie proximale d'un outil en silex par des encoches ou des crans latéraux afin d'assurer une meilleure pénétration dans le manche et faciliter la ligature nous paraît d'une simplicité technique et d'une efficacité si satisfaisante qu'elle aurait dû s'imposer très tôt. La méthode levallois est autrement plus complexe ! Cependant ce procédé si simple ne fut qu'une invention répétitive ne connaissant, jusqu'au Néolithique, que des diffusions limitées dans le temps et dans l'espace. Le Paléolithique inférieur l'ignore totalement. Ce n'est qu'à l'extrême fin du Paléolithique moyen, dans le nord de l'Afrique, entre 40 et 30 000 ans, que les hommes de l'Atérien imaginèrent de rogner de part et d'autre la base de certaines pointes et de nombreux types d'outils. L'Atérien couvrit tout le Maghreb et le Sahara, s'étendant de l'Atlantique au Nil et de la Méditerranée au sud du désert actuel. Les pédoncules si caractéristiques de cette industrie disparaissent aussi brusquement qu'ils ont apparu ; ces mêmes régions ne le reconnaîtront que sur les pointes de flèche néolithiques, quelque 20 000 ans plus tard (Fig. 15).

En Europe, les pointes de la Font-Robert, munies d'une longue soie, sont les plus anciens outils de pierre ainsi aménagés pour l'emmanchement ; elles caractérisent un faciès du Périgordien supérieur vers 22 000 av. J.-C., puis elles disparaissent. Nous retrouvons des pointes à cran faciles à emmancher dans le Solutréen supérieur cinq à six mille ans plus tard. Au Magdalénien final, soit vers 10 000 av J.-C., la soie d'emmanchement refait son apparition sur les pointes dites de Teyjat en France, et une dizaine de siècles plus tard sur celles de Swidry en Pologne et dans différents groupes industriels du nord de l'Europe (Ahrens-

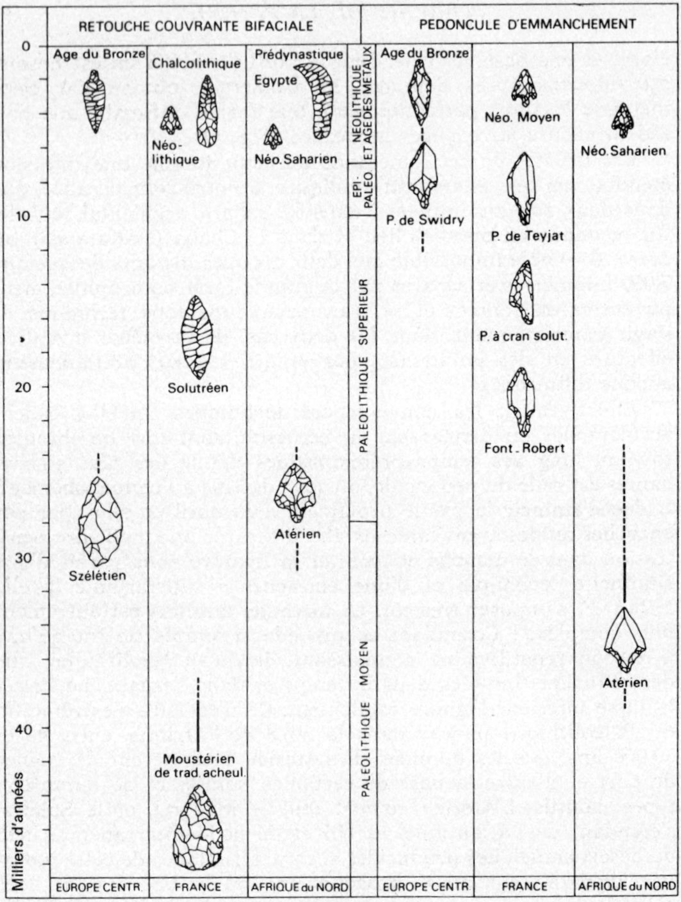

Fig. 15. — Invention, transmission et abandon de deux techniques dans l'industrie lithique : la retouche bifaciale et le pédoncule d'emmanchement. *Dessin de Y. Assié.*

bourgien en Allemagne, culture de Kunda en Suède et au Danemark). Nouvelle éclipse, puis triomphe définitif de ce mode d'emmanchement à partir du Néolithique jusqu'à la disparition de la taille de la pierre. Dans ce cas précis et simple il s'agit bien d'inventions successives coupées par des périodes d'oubli ou de dédain.

L'apparition des microlithes géométriques tout autour de la Méditerranée, en Europe, en Afrique et dans le Proche-Orient, n'est pas le résultat d'une propagation à partir d'un foyer unique puisque nous voyons naître ces techniques dans des cultures et à des moments différents. Cependant, presque partout l'ordre d'apparition de ces microlithes, triangles, segments et trapèzes, est à peu près le même. Tout se passe comme si l'accession au stade du microlithisme géométrique était inscrite dans le patrimoine génétique, marquant l'étape extrême de l'évolution des industries lithiques des peuples chasseurs.

Ces rapides remarques tendent donc à montrer que le diffusionisme ne peut être un essai d'explication bien sérieux. Apparemment le principe des convergences ou inventions polygéniques, sans relation entre elles, est plus satisfaisant. Mais est-il plus crédible ?

Nous avons dit que la genèse du biface est inscrite dans la taille du galet aménagé ; effectivement nous retrouvons toutes les formes intermédiaires entre le premier galet aménagé et le biface le plus achevé à tranchant rectiligne de l'Acheuléen final. Mais si le biface devait nécessairement naître de la taille du galet, pourquoi existe-t-il de vastes régions qui ignorent totalement cet outil ? Cette constatation est particulièrement troublante quand on dresse, comme le fit H.L. Movius, la carte de répartition des industries à bifaces. Elles couvrent la totalité du continent africain, l'Europe occidentale (du sud de l'Angleterre au sud de l'Italie, l'Allemagne centrale et méridionale), le Proche-Orient et l'Inde jusqu'à Ceylan. Tout l'Extrême-Orient, de l'Indonésic à la Mongolie, riche en très vieux fossiles humains et en industries à galets aménagés, ignore totalement le biface, sauf l'île de Java qui possède dans le Padjitanien des bifaces abbevilliens [15]. Pourquoi ? On ne peut esquiver cette question en recherchant l'explication dans un prétendu déterminisme géographique qui singulariserait l'Extrême-Orient par rapport au reste de l'Ancien Monde, qui en ferait, par exemple, un pays où la cueillette était particulièrement favorisée et ne nécessitait pas un outillage très différencié. En fait il y a autant de contraste entre le sud de l'Angleterre et l'Afrique tropicale, tous deux pays à bifaces, qu'entre Bornéo et la région de Pékin, dépourvues l'une et l'autre de ce type d'outil.

La répartition, plus limitée, des hachereaux, ces grands outils sur éclat dont nous avons déjà examiné le type issu de la technique de « Tabelbala-Tachenghit », pose un problème encore plus délicat. Cet outil acheuléen se retrouve en abondance dans tout le continent africain, au Transvaal comme en Ouganda, au

15. F. Bordes, *le Paléolithique dans le Monde*, Paris, 1968, Hachette, p. 82.

Zaïre comme au Sahara, au Cap comme au Maroc. Or cet outil spécifiquement africain connaît deux expansions limitées, l'une vers le nord, dans la Péninsule ibérique et en Sicile, l'autre vers l'est où on suit sa propagation jusqu'aux Indes. On signale également quelques hachereaux dans le sud de la France, mais la plupart appartiennent au Paléolithique moyen et sont de taille plus réduite.

Comment expliquer la répartition des hachereaux acheuléens autrement que par la propagation d'une technique simple, certes, mais qui ne peut trouver sa raison d'être dans un déterminisme naïf. Si le hachereau est bien, comme il le paraît, un outil à fendre né, comme le pensent certains, des nécessités du travail du bois, il aurait dû, suivant ce mode de penser, refaire une apparition massive au moment des grands défrichements du Néolithique moyen et récent en Europe centrale et occidentale, ou bien être fidèlement conservé par les populations forestières restées à un stade primitif de chasseurs-cueilleurs comme les Indiens d'Amazonie ou les Pygmées. Or les uns et les autres l'ignorent totalement. Bien mieux, le hachereau, dont certains types très spécialisés ont déjà acquis le tranchant convexe et la forme générale de nos cognées modernes, disparaît de l'Afrique à la fin du Paléolithique inférieur. Nous sommes donc en présence d'un phénomène culturel dans toute sa complexité : si nous pouvons expliquer comment les hommes taillèrent cet outil, comment ils s'y prirent pour créer un tranchant efficace, nous ne saurons vraisemblablement jamais pourquoi certains le firent et d'autres non.

Quoi qu'il en soit nous devons bien admettre que le « débordement », hors du continent africain, du hachereau en Sicile et en péninsule Ibérique ne peut être dû qu'à une diffusion de cette technique, sinon à une véritable migration. Cela n'est pas sans poser d'autres problèmes liés aux relations entre l'Afrique et l'Europe méridionale au cours de la glaciation rissienne contemporaine de ces industries.

3. LE TRAVAIL DES AUTRES MATÉRIAUX

Bien que la préhistoire soit surtout ressentie comme l'Age de la pierre, l'homme a utilisé pour son équipement bien d'autres matières qui eurent pour l'archéologue l'inconvénient d'être de conservation moins durable

L'os et les matières dures d'origine animale

On peut même imaginer que l'emploi d'outils ou d'armes fournis par la nature précéda celui des galets taillés. Depuis longtemps, R.A. Dart soutient que les hominidés les plus primitifs, tels que *l'Australopithecus transvaalensis* de Makapansgat avait utilisé l'os, les dents et les cornes des herbivores. Il nomme ostéondotokératique cette « industrie » qui n'exigeait qu'un effort minime, mais supposait déjà une réflexion certaine [16]. Une corne de grande antilope, comme l'oryx, peut devenir un épieu efficace, un tibia de girafe, un métatarse d'autruche, un fémur d'aurochs ou de bufle constituent de bonnes massues. Jusqu'à une époque récente l'homme ne dédaigna pas d'utiliser telles quelles, ou au prix d'un aménagement minime, des dents ; ainsi les incisives de gros rongeurs comme le porc-épic, le castor ou le paca, sont de véritables lames de rabot ou de ciseau que ne dédaignèrent ni les Néolithiques du Vieux Monde ni les Indiens d'Amérique. Les omoplates sont facilement transformées en pelles ou en houes, tandis qu'un bois de cerf ou de renne, judicieusement sectionné, devient un pic robuste.

On discute encore de la réalité de l'industrie ostéondotokératique, mais un texte vénérable pourrait être considéré comme un souvenir de l'utilisation primitive des os animaux. Dans le

---

16. R.A. DART, *The osteondotokeratic culture of Australopithecus Prometheus*, Transvaal Museum, Pretoria, 1957 ; « Osteondotokeratic ripping tools and pulp scoops for teething and edentalores australopithecus », *Journal of dentist association of South Africa*, 1959, t. 15, p. 164-178.

Livre des Juges (15, 15) il est dit qu'à Lechi, Samson frappa mille Philistins avec une mâchoire d'âne et le texte précise que la mâchoire était « fraîche », sans doute parce que dans les régions arides l'os exposé à l'air s'effrite et perd de sa dureté au bout d'un certain temps. Le fait est que, saisie par la barre, entre les incisives et les molaires, une mâchoire d'équidé ou d'asinien peut devenir un redoutable casse-tête car le condyle est puissant et l'arme bien en main.

Mais l'os fut utilisé très tôt comme une matière première qui pouvait, au même titre que la pierre, être taillée et retouchée. On admet aujourd'hui que ce traitement apparut aussi anciennement que celui de la pierre. Les hominiens plus ou moins carnivores avaient leurs campements saisonniers encombrés d'os décharnés, véritables pierres animales. Pourquoi ne les auraient-ils pas utilisés alors que l'extraction de la moelle, substance riche et très recherchée, les avait très tôt habitués à briser les os ? De fait le même niveau E de la vallée de l'Omo (Ethiopie) qui livra le plus vieux galet taillé connu, renfermait aussi un fragment osseux présentant des traces d'utilisation [17].

L'utilisation de l'os est donc très ancienne, mais, fait remarquable, elle se maintint bien après que l'homme eut abandonné la pierre pour la fabrication de ses instruments.

Il est vrai que l'os et les autres matières dures animales, ivoire, bois de cervidé, présentent des qualités appréciables : ils se travaillent facilement et résistent assez bien à l'usage en raison de leur relative souplesse. Ce sont surtout des matières qui sont très facilement polies, prenant par usure ou simple raclage une surface agréable au toucher. Cette qualité aurait été rapidement reconnue puisque L. Leakey découvrit à Olduvaï dans la couche I, en contact avec une industrie lithique encore très archaïque ne comprenant que des galets aménagés et de gros éclats (Préacheuléen), un fragment d'os, poli sur une face comme un lissoir [18].

Il existe aussi des contraintes qui limitèrent, sinon l'usage, du moins la morphologie des outils en os. Les os longs qui, après les dents, fournissent la matière la plus homogène et la plus dure, ne peuvent être débités que longitudinalement, sauf dans les cas très particuliers et récents de sciage qui donnent des anneaux, des perles et des tubes. Aussi, dans leur très grande majorité, les

---

17. J. CHAVAILLON, « Découverte d'un niveau oldowayen dans la basse vallée de l'Omo (Ethiopie), », *Bulletin de la société préhistorique française*, t. 67, 1970, p. 7-11 ; E. AGUIRRE et M. HOYOS, « Observations méthodiques sur outillage osseux du Paléolithique inférieur », *Méthodologie appliquée à l'industrie de l'os*, Colloque international du CNRS, Paris, 1977, p. 55-59.

18. H.V. VALLOIS, « Les nouveaux Zinjanthropus d'Oldowaï et le problème de l'ancienneté de l'homme », *L'Anthropologie*, t. 66, 1962, p. 175-183.

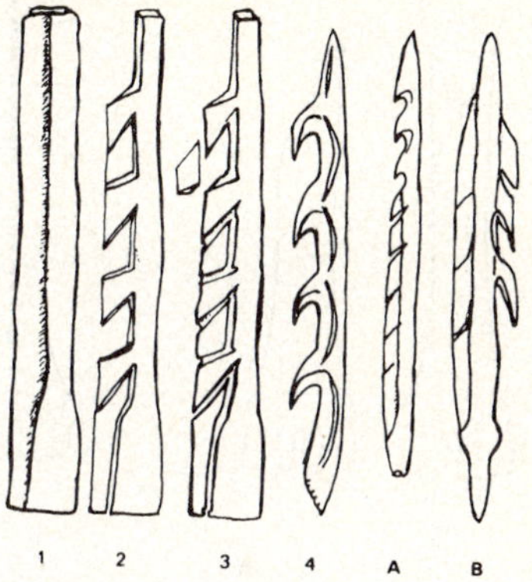

Fig. 16. — Façonnage de harpons magdaléniens : 1 à 4, harpon à un rang de barbelures écartées. A, harpon à un rang de barbelures serrées ; B, harpon à deux rangs de barbelures ; *d'après M. Dauvois.*

objets en os sont bien plus longs que larges. Il ne s'agit pas ici du fruit d'une évolution, comme dans la taille de la pierre, mais d'une contrainte naturelle à laquelle l'homme dut se plier.

Il est cependant difficile de parler d'une véritable industrie de l'os avant le Paléolithique supérieur, dans la mesure où on entend, par cette expression, la fabrication d'outils ayant une forme précise et systématiquement reproduite. Au Paléolithique inférieur, et encore au Paléolithique moyen, l'os fut plus utilisé que véritablement transformé en outil. Cependant les exemples de travail de l'os et autres matières dures animales ne manquent pas : nous avons déjà cité les fragments très anciens de l'Omo et d'Olduvaï. La grotte du Lazaret (Nice) a livré, dans une industrie acheuléenne, un véritable racloir en os ; celle du Mas des Caves à Lunel Vieil (Gard), un ciseau et une esquille transformée en poinçon par polissage. Ces outils sont bien plus nombreux au Moustérien dont les gisements ont livré racloirs, ciseaux, poinçons et même des burins en os. De nombreux percuteurs et compresseurs complètent une panoplie cependant encore peu développée.

Ce n'est qu'au Paléolithique supérieur, dès l'Aurignacien, que s'élabore une véritable technologie de l'os et qu'apparaît une systématisation des formes. Les progrès réalisés ces dernières années dans l'étude de l'industrie de l'os [19] ont permis de reconnaître et d'ordonner les actions successives qui aboutissent à un objet aussi élaboré que l'est, par exemple, un harpon magdalénien (Fig. 16).

---

19. Cf., les actes des différents colloques organisés par H. Camps-Fabrer : *Premier colloque international sur l'industrie de l'os dans la Préhistoire*, Université de Provence, Marseille 1974 ; *Méthodologie appliquée à l'industrie de l'os préhistorique*, CNRS, Paris, 1977 ; *L'industrie en os et bois de cervidé durant le Néolithique et l'Age des métaux. Première réunion*, CNRS, Paris, 1979 ; *id., 2e réunion*, CNRS, Paris, 1982.

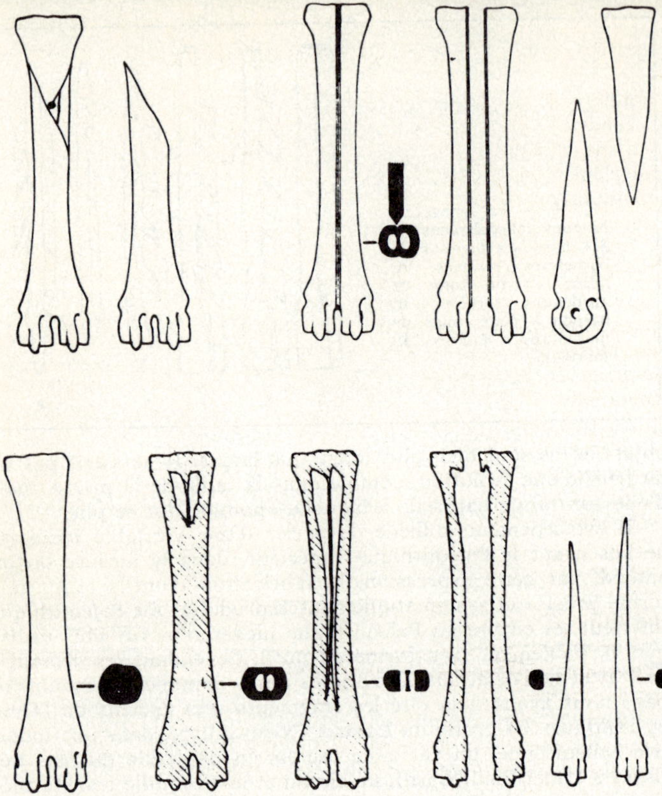

Fig. 17. — Trois techniques de fabrication de poinçons à partir d'un métapode de petit ruminant, par percussion, par sciage, par abrasion, d'après H. Camps-Fabrer.

L'obtention de baguettes osseuses ou en bois de cervidé est le premier désir de l'artisan. La technique la plus courante consiste à tracer au burin deux saignées que l'on approfondit par un mouvement de va-et-vient. Afin d'éviter l'effort supplémentaire que nécessiterait le sectionnement de l'os ou de la perche du bois de renne, l'artisan paléolithique rapprochait ces deux rainures aux extrémités et obtenait ainsi une baguette fusiforme. Une autre méthode consiste à percuter les os de petites dimensions : métapodes de chevreuil, et au Néolithique, d'ovins ou de caprins. Le coup est porté sur une extrémité ce qui provoque, en raison de la structure de l'os, une fracture oblique facilement transformée en pointe ou en tranchet par raclage et polissage. Ces outils conservent généralement l'épiphyse distale de l'os, poulie articulaire qui sert de poignée. Un autre procédé consiste à fendre l'os en partant de cette extrémité qui est ensuite facilement aménagée. Ces genres d'outils sont bien plus fréquents au Néolithique et à l'Age des métaux qu'au Paléolithique supérieur dont les artisans ont réservé à la fabrication et à la finition des outils en os plus d'application et de temps (Fig. 17).

Un observateur pressé parlerait d'une décadence du travail de l'os après le Magdalénien qui a connu l'apogée de cette industrie agrémentée de multiples œuvres d'art. Une réflexion plus poussée permettrait de remarquer que la multiplication du chevreuil au Mésolithique et surtout la domestication des ovins et des caprins au Néolithique fournissaient à l'industrie de l'os des métapodes de petites dimensions faciles à transformer et qui, de plus, présentaient l'avantage d'être bien tenus en main si on conservait l'épiphyse distale. Enfin quelles que soient les conditions de conservation et la plus grande ancienneté des productions paléolithiques, il est patent que les objets en os néolithiques sont infiniment plus nombreux que les premiers ; ne serait-ce que parce que les fabricants et les utilisateurs éventuels étaient eux-mêmes bien plus nombreux que leurs prédécesseurs. En consacrant moins de temps à la fabrication de chaque outil, les artisans néolithiques en ont fabriqué davantage et d'aussi efficaces. Ils ont même mis au point un procédé qui, par abrasion, leur permettait d'obtenir en même temps deux poinçons à partir d'un seul métapode. Comment parler de décadence ?

De tels jugements étaient portés en un temps où la recherche archéologique consistait à recueillir et conserver de « belles pièces » et des œuvres d'art mobilier. Il suffit de feuilleter les premières publications consacrées au Paléolithique supérieur et particulièrement celles relatives au Magdalénien pour se rendre compte combien la connaissance de l'industrie de l'os, du bois de cervidé ou de l'ivoire était limitée à la seule qualité esthétique des documents.

Ce fut l'étude de l'industrie, médiocre sur le plan esthétique, des temps épipaléolithique et néolithique de l'Afrique du Nord qui attira, en premier, l'attention sur l'existence, à côté d'objets soignés et longuement élaborés, de pièces qui, sans être, à proprement parler, des outils de fortune, ne furent que faiblement aménagées et pour lesquelles il y eut visiblement une économie d'effort (d'où le nom imagé de « poinçon d'économie » qui fut donné à la variété la plus nombreuse de cet outillage).

Depuis quelques années les spécialistes du Paléolithique supérieur, examinant avec plus d'attention les innombrables esquilles osseuses recueillies dans les gisements, remarquèrent, à leur tour, l'existence de cette industrie parallèle, fort éloignée, par la qualité de ses produits, des objets aux formes très achevées ou superbement décorés qui, avec l'art pariétal, ont fait la gloire de notre préhistoire nationale. Ces os à peine aménagés ont longtemps été négligés, il n'est pas exagéré de penser qu'ils constituaient une part importante de l'outillage préhistorique à toutes les époques.

Le travail de l'os obéit à des techniques simples qui ne présentent pas une progression aussi nette que celles du travail de la pierre. En dehors de la percussion, de la taille, de la fente, du raclage et du polissage, gestes simples et primordiaux, il est possible de reconnaître, dans cette industrie, des techniques de découpage des os plats (« contours découpés » du Magdalénien) et des baguettes (« barbelures » des harpons et des flèches, dents des foënnes), d'encochage (peigne du Néolithique) et de perforation. Les techniques de perforation sont multiples et ont fait récemment l'objet d'études très minutieuses. Les perforations sont faites aussi bien sur les robustes bâtons de commandement, que sur les fines aiguilles en os ou ivoire du Magdalénien et les très nombreux objets de parure en coquille, dent et os qui ne cessèrent de se multiplier depuis l'Aurignacien jusqu'à la fin des temps préhistoriques.

Le travail du bois de cervidé, renne de préférence au Paléolithique supérieur, cerf à l'Epipaléolithique et au Néolithique, n'exige pas de technique particulière, mais le tronçonnage fut opéré de façon différente suivant les objets très divers que désiraient obtenir les artisans. Ainsi, dans les stations lacustres des régions alpines qui ont livré un nombre considérable d'outils en bois de cerf et des chutes, il a été remarqué que dans les niveaux anciens on utilisait de préférence les andouillers pour fabriquer des gaines étroites dites « perforantes » parce qu'elles pénétraient dans le manche de la hache alors que le merrain était débité pour obtenir des baguettes [20]. Plus tard la régression de l'usage des gaines perforantes modifia le débitage des bois ; pour obtenir des gaines plus larges c'est le merrain qui fut sectionné aux endroits où il s'élargit, au point de départ des andouillers, tandis que ceux-ci sont transformés en baguettes. Dans le deuxième mode de tronçonnage on obtient donc plus de gaines mais des baguettes moins longues.

L'expérimentation des techniques de taille a permis de reconnaître que le bois de cervidé gorgé d'eau était plus facile à

20. A. Billamboz, « Les vestiges en bois de cervidé dans les gisements de l'époque holocène. Essai d'identification de la ramure et de ses différentes composantes pour l'étude technologique et l'interprétation palethnographique », *l'Industrie en os et bois de cervidé durant le Néolithique et l'Age des métaux* CNRS, Paris, 1979, p. 93-130 ; D. Ramseyer et A. Billamboz, « L'industrie en bois de cerf de la Suisse occidentale. Les gaines de hache. Présentation d'une typologie morphologique », *Idem*, p. 131-144.

travailler. Il est probable que les artistes magdaléniens avaient reconnu cette propriété qui leur permit de sculpter avec une grande maîtrise l'extrémité de certains de leurs propulseurs qui portent de véritables figurines en ronde bosse.

Les formes d'outils et d'armes en os ou en bois de cervidé sont moins nombreuses que celles des objets en pierre taillée, mais les variétés vont en augmentant depuis l'Aurignacien jusqu'à la fin du Chalcolithique. Certaines de ces formes sont caractéristiques de telle ou telle culture du Paléolithique supérieur, voire de niveau ou de faciès à l'intérieur de celle-ci. Pendant longtemps on appela « fossiles directeurs », par assimilation avec les errements des sciences naturelles, ces formes caractéristiques. On suivait ainsi une démarche semblable à celle des géologues qui définissent certains étages d'après certains fossiles caractéristiques. On préfère aujourd'hui parler de fossiles indicateurs mais cette notion même est sujette à de nombreuses critiques car elle paraît à certains figée et ne repose, souvent, que sur des attributions anciennes faisant suite à des fouilles peu précises. Plus sensibles aux ensembles culturels qu'aux objets, si beaux ou si caractéristiques soient-ils, les préhistoriens refusent aujourd'hui de fixer l'attribution d'un niveau archéologique à la vue d'une seule pièce. Il n'empêche que ces objets, à condition de ne pas les isoler de leur contexte culturel, ont une valeur indicative qu'il importe de ne pas négliger.

Le bois et les matières périssables

Des matières plus périssables, mais plus faciles à travailler que la pierre ou l'os, ont été largement utilisées dès les temps les plus anciens. Malheureusement les documents conservés sont très rares et leur faible nombre ne correspond nullement à l'ampleur pressentie de leur utilisation. L'ethnographie nous enseigne que des cultures actuelles ou subactuelles possèdent un équipement presque entièrement fondé sur le bois, la vannerie et la coquille ou l'écaille. C'est le cas de plusieurs populations polynésiennes établies sur les atolls du Pacifique, où la pierre susceptible d'être taillée ou polie, fort rare et toujours importée, est réservée à des armes d'apparat. Cela n'a pas empêché ces populations de mener, jusqu'à nos jours, une vie qu'on ne peut qualifier de misérable. Dès 1880, Errington de la Croix, découvrant les Négritos de Malaisie, évoquait une « civilisation du bambou ». L'expression a survécu pour désigner un ensemble de cultures archaïques du Sud-Est asiatique.

Il serait inconcevable que l'homme préhistorique ait négligé le bois, matériau abondant et facile à travailler. Malheureusement, en dehors des tourbières et des stations lacustres, qui appartiennent à des périodes récentes, les instruments conservés sont d'une rareté insigne. Du Paléolithique inférieur on connaît quelques épieux. Le plus ancien est celui de Clacton (Sussex, Angleterre) dont l'âge pourrait être mindélien et sûrement antérieur au Riss. Celui du gisement de Torralba (Soria, Espagne) présente une extrémité peut-être durcie au feu. Plus célèbre est la lance en bois d'if de Lehringen (Sleswig, Allemagne fédérale), longue de 2,40 m, qui fut trouvé entre les côtes d'un *Elephas antiquus.* Cette arme date de l'interglaciaire Riss-Würm. Du Paléolithique inférieur également sont les objets en bois découverts à Spichern près de Forbach (Alsace) et les fragments de bois travaillé associés à l'industrie acheuléenne de Kalambo Falls (Tanzanie).

Le Moustérien et le Paléolithique supérieur n'ont donné que des documents insignifiants ; en revanche les gisements du Néolithique récent et de l'Age du bronze situés autour des lacs alpins ont conservé une exceptionnelle collection d'armes et d'instruments divers en bois. Il en est de même dans de nombreuses tourbières de l'Europe du Nord, de l'Ecosse au Danemark. Il serait trop long d'énumérer tous ces objets, ils sont des plus divers et leur conservation exceptionnelle nous révèle une richesse technologique que le seul examen des industries de pierre et d'os ne permet guère de soupçonner. C'est que, en dehors des palafittes et des tourbières, les gisements classiques, sauf de très rares exceptions, ne nous livrent que le squelette des cultures préhistoriques. Les hommes des palafittes ont fait en bois des arcs, des crochets, des lances mais aussi des trappes, des tasses et des bols, des cuillers, des seilles et des manches admirablement dessinés [21].

Tout laisse croire que les prédécesseurs des hommes néolithiques possédaient déjà une technologie du bois très avancée. Les tourbières du Danemark ont conservé des arcs, des flèches garnies de leur hampe et des harpons composites datant du Mésolithique [22].

L'utilisation du bois dans la construction d'abris puis de cabanes est vraisemblablement aussi ancienne que dans la fabrication d'armes et d'instruments. L'idée d'entrelacer des branches pour former un abri est si primitive qu'on peut admettre qu'elle se manifesta dès les origines de l'humanité.

Les grandes aires plus ou moins circulaires reconnues dans plusieurs niveaux préacheuléens d'Afrique orientale, en particulier à Gomboré I (Melka Kontouré, Ethiopie) supposent une couverture soit en feuillages entrelacés soit même en peaux. Dans

21. J.D. CLARK, *l'Europe préhistorique. Les fondements de son économie,* Paris, 1955, Payot, p. 307-357.

22. J. ROZOY, « les Derniers chasseurs », *n° spécial Bull. de la Soc. archéol. champenoise* Charleville, 1978, p. 1 008-1 027.

un cas comme dans l'autre, les poteaux destinés à supporter cette couverture sont nécessaires. De fait, des trous de poteaux ont été maintes fois signalés dans les gisements paléolithiques. Ces trous sont généralement signalés par une couronne de pierres destinées au calage. A Combe Grenal (Dordogne), dans un niveau moustérien, F. Bordes a pu même reconstituer par moulage un des poteaux que les Moustériens avaient enfoncés dans le sol. Ces trous de poteaux et pierres de calage permettent de déterminer parfois le plan des cabanes acheuléennes. Ainsi dans la grotte du Lazaret à Nice, sept petits cercles de pierres distant de 80 à 120 cm limitaient, parallèlement à la paroi, un habitat de l'Acheuléen final. Vers —380 000 ans, au débouché de la vallée du Paillon, sur la plage de Terra Amata, des Acheuléens plus anciens construisaient périodiquement des cabanes légères de forme ovale en utilisant de simples piquets.

Dans les temps plus récents les trous de poteaux peuvent être creusés dans la roche dure, comme à Pianza en Toscane (Néolithique ancien) ou à La Couronne à Collet-Redon en Provence (Chalcolithique). Lorsque le sol est de couleur claire, comme le sont les loess et limons de Bohême ou de Picardie, les trous de poteaux creusés en pleine terre restent bien visibles car ils contiennent un sédiment plus foncé dont la teinte est due à la décomposition du bois. Ainsi, lorsqu'on décape de grandes surfaces au niveau où affleurent ces trous de poteaux, le plan des vastes maisons rectangulaires du Néolithique danubien apparaît nettement.

Les palafittes, qui sont des stations sur les bords des lacs alpins, ont conservé par dizaines de milliers les poteaux enfoncés dans un sol vaseux qui fut ensuite recouvert par les eaux. Les conditions exceptionnelles de conservation permettent de reconnaître de très beaux assemblages avec chevilles et différentes sortes de planchers. Nous n'avons aucune raison de penser que ces structures en bois étaient localisées dans les seules régions lacustres ou les tourbières. De fait, les poteaux enfoncés dans les sédiments et des instruments en bois appartenant à divers étages du Néolithique ont été mis au jour lors des fouilles dans le profond abri de T-in-Hanakaten dans le Tassili n-Ajjer (Sahara).

Les tourbières, les lacs et les cours d'eau ont aussi conservé des pirogues primitives creusées dans des troncs d'arbres. L'âge de ces pirogues monoxyles n'est pas toujours aussi ancien que le laisserait penser leur caractère archaïque[23]. Sur la centaine de pirogues de ce type découvertes en France, moins d'une dizaine sont antérieures à l'Age du fer et les sept pirogues des

23. G. Camps, « La navigation en France au Néolithique et à l'Age du bronze », *La Préhistoire française*, t. II, Paris, 1976, p. 192-200.

lacs italiens dont le bois a été soumis à l'analyse radiométrique ont toutes accusé un âge postérieur au début de notre ère. Il est vrai que des pirogues monoxyles étaient encore utilisées sur la Nive et la Bidassoa au début du siècle et que dans un pays aussi industrialisé que le Japon, le creusement de telles embarcations n'a cessé que depuis une quarantaine d'années : nous savons cependant par la pirogue découverte à Novgorod que ces esquifs étaient déjà fabriqués au début du IVe millénaire (3640 ± 260 et 3910 ± 210 av. J.-C.).

Au même moment, dans la vallée du Nil où le bois de charpente était rare, les constructeurs utilisaient de petites planches qu'ils apprirent à assembler par tenons et mortaises. Les navires funéraires retrouvés à Dachour montrent clairement l'application méthodique de cette technique à la fin du IIIe millénaire. En mer Egée, les longues barques gravées sur le fond de vases rituels (« poêles à frire ») cycladiques sont les prototypes des galères classiques.

Bien d'autres matériaux ont été utilisés par l'homme préhistorique mais ils ont peu participé à notre connaissance des techniques en raison de leur rareté et de leur concentration dans certains espaces privilégiés (tourbières, palafittes, sous-sols gelés) et dans les temps récents de la préhistoire.

Il faudrait citer particulièrement le travail de l'écorce aujourd'hui presque complètement disparu de notre civilisation industrielle à l'exclusion de celui du liège, mais qui, sous toutes les latitudes, a tenu un rôle important dans les cultures dites primitives. L'Europe néolithique (et vraisemblablement paléolithique) a fait un grand usage de l'écorce de bouleau [24], dans la boissellerie comme dans le revêtement des sols et même le décor de certains vases dans la culture de Cortaillod.

La vannerie et la sparterie, le tressage et le cordage sont des industries certainement très anciennes mais il faut des conditions exceptionnelles pour que les objets qui en sont issus aient pu se conserver. Le plus ancien de ces documents est le fragment de corde trouvé dans la grotte de Lascaux. Il s'agit des vestiges d'une corde longs de 30 cm environ et d'un diamètre de 7 à 8 mm. Elle fut torsadée dans le sens inverse des aiguilles d'une montre à l'aide de trois torons eux-mêmes torsadés en sens inverse. L'analyse n'a pu déterminer le végétal qui fut utilisé mais il s'agissait de filaments ligneux et non de fibres peignées. Comme le firent remarquer l'abbé Breuil, puis l'abbé Glory, le fait extraordinaire n'est pas que les Paléolithiques (en l'occurrence les Magdaléniens) aient su confectionner une corde avec

24. J.D. Clark, *op. cit.*, p. 311-324.

des fibres végétales..., c'est que ces débris se soient conservés et qu'ils aient été retrouvés [25].

Le travail des peaux et des cuirs est vraisemblablement encore plus ancien mais les documents autres qu'iconographiques font entièrement défaut pour les temps paléolithiques. Il faut attendre le premier Age du fer pour trouver, dans les mines de sel de Hallstatt et de Durrnberg, des seaux et des coiffes en cuir. Les tourbières d'Allemagne septentrionale et du Danemark ont livré également des pièces de vêtement de cuir. Le sol gelé des Kourgans de l'Altaï a précieusement conservé une grande quantité d'objets en cuir, en feutre et en tissu, fabrication datée du VIe au IVe siècle av. J.-C.

Très exceptionnellement l'art paléolithique a figuré quelques personnages revêtus de dépouilles animales tels le « sorcier » du Tuc d'Audoubert ou les « diablotins » du bâton perforé de Teyjat. Le document le moins imprécis demeure, dans l'art rupestre, la « femme à l'anorak » de la grotte du Gabillou [26]. L'art mobilier est à peine plus riche avec le curieux pagne sous-fessier de la Vénus de Lespugue, les « rubans » des statuettes de Kostenki et les incisions représentant des vêtements, à moins que ce ne soit des tatouages, sur les figurines de Mezine [27].

Les aiguilles à chas en os ou en ivoire du Magdalénien ne pouvaient avoir d'autre usage que des travaux de couture, même si, sans percer les peaux, elles ne servaient qu'à faire passer le fil [28].

L'art du Levant espagnol, qui est tout juste prénéolithique, sinon néolithique, et celui de l'Atlas et des massifs centraux sahariens, apportent des précisions importantes sur les vêtements des derniers chasseurs et des premiers pasteurs (Fig. 18 et 39).

Dans cette revue très sommaire des matériaux périssables utilisés par l'homme, il faudrait citer aussi toutes les colles, mastics et résines divers, qui servirent à l'assemblage (Fig. 46) et dont la conservation fut très exceptionnelle [29]. Elles subsistèrent parfois sur les armatures de flèches ou de faucilles.

---

25. Arl. LEROI-GOURHAN, J. ALLAIN et Coll., *Lascaux inconnu*, Paris, 1979, CNRS, p. 183-184 ; Abbé A. GLORY, « Débris de corde paléolithique à la grotte de Lascaux (Dordogne) », *Mémoires de la société préhistorique française*, 5, 1959, p. 135-169.

26. J. GAUSSEN, *la Grotte ornée du Gabillou*, Bordeaux, 1964, Delmas, pl. 19 et 53.

27. H. DELPORTE, *l'Image de la femme dans l'art préhistorique*, Paris, 1979, Picard, fig. 118-119.

28. D. STORDEUR-YEDID, *les Aiguilles à chas au Paléolithique*, XIIIe supplément à *Gallia-Préhistoire*, 1979.

29. G. CAMPS, *Manuel de recherche préhistorique*, Paris, 1979, Doin, p. 264-268.

Fig. 18. — Costumes néolithiques au Sahara. Peintures de style « bovidien » d'Iheren, Tassili n'Ajjer, d'après un relevé de P. Colombel. Les deux figures ont été rapprochées artificiellement.

Les techniques de transformation

Il n'est pas dans mon intention de passer en revue toutes les techniques et tous les matériaux que l'homme préhistorique utilisa au cours des millénaires, mais le lecteur serait fort justement étonné si je passais sous silence les techniques de transformation de la matière, en particulier les arts du feu : la céramique et la métallurgie. Alors que les techniques précédentes n'étaient que des aménagements n'intervenant que dans la forme donnée aux objets en vue d'une meilleure utilisation, les arts du feu permettent une modification de la matière. Celle-ci, rendue plus malléable par différentes techniques, subit davantage l'emprise de l'homme. Rendre un solide liquide par le mélange à l'eau ou par la fusion permet en outre l'usage du moule qui reproduit à l'infini le même objet. Paradoxalement, alors que la matière est davantage asservie à l'homme, l'objet obtenu par ce procédé dépend moins de la volonté créatrice de l'artisan.

Ces techniques qui jouèrent dans l'évolution industrielle un rôle considérable sont d'apparition récente : la céramique est une acquisition du Néolithique. Bien plus que la pierre polie elle joue le rôle de fossile indicateur de cet âge. La métallurgie, suivant les régions, suit de deux ou trois millénaires l'apparition de la céramique.

A l'inverse des précédentes, ces techniques de transformation n'ont pas gagné l'ensemble de l'œkoumène. Les populations demeurées au stade de la cueillette et de la chasse ne savent pas, généralement, façonner et cuire des récipients en terre ni fondre ou forger le métal, même si, comme les Pygmées ou les Eskimos, ils peuvent l'acquérir sous forme d'objets déjà façonnés. C'est le cas aussi des Négritos de Malaisie, des Bushmen d'Afrique australe, des Aborigènes d'Australie. Ces ethnies demeurées dans un état économique primitif ne doivent pas être considérées comme des laissées pour compte de l'évolution ; adaptées à un milieu naturel très particulier, la grande forêt ombrophile pour les unes, la toundra et la banquise pour les secondes ou la steppe désertique pour les dernières, elles ont acquis au cours de leur évolution culturelle un fragile équilibre que les techniques nouvelles viennent rompre plutôt qu'améliorer.

Ces hommes qui ne sont pas des « fossiles vivants » ne dédaignent pas cependant les produits nouveaux susceptibles d'améliorer leurs conditions de vie. Ils en font parfois un usage inattendu. L'étude des « Eskimos du Cuivre » de l'île de Banks a révélé comment furent utilisés avec ingéniosité tous les éléments en métal du navire *Investigator* que Mc Clure avait abandonné sur la rive nord de la Terre de Banks. Le même détournement apparaît chez les Australiens qui taillèrent systématiquement le verre de bouteille dont ils appréciaient la matière, plus facile à tailler et à retoucher qu'une roche naturelle.

4. TRANSMISSION DES TECHNIQUES

Le cas des derniers « primitifs », terme aussi faux que celui, aujourd'hui banni, de « sauvages », nous fait aborder la question cruciale de la transmission des techniques. A. Leroi-Gourhan la traita, avec sa maîtrise habituelle, dans les dernières pages de *Milieu et Techniques*, mais il songeait surtout aux ethnies actuelles ou subactuelles.

Après les excès du diffusionisme qui furent dénoncés plus haut, la tendance actuelle serait plutôt en faveur du polygénisme des techniques et des inventions. En fait rien de ce qui est humain ne peut être sommairement classé en catégories isolées et étanches, or la transmission des techniques est bien un fait spécifiquement humain.

On ne doit pas confondre cette transmission et le comportement instinctif qui veut, par exemple, que, sans l'avoir jamais appris, un oiseau d'une espèce donnée construise son nid de la même manière que ses parents et que toute transformation dans ce comportement soit la marque d'une grave perturbation du milieu naturel ou d'une mutation génétique aux conséquences imprévisibles. Certes, le comportement animal n'est pas uniquement dicté par les règles obscures de l'hérédité, tout n'est pas rigoureusement inscrit dans le patrimoine génétique même si celui-ci présente d'innombrables autres possibilités. Bien des espèces, surtout parmi les prédateurs supérieurs, carnivores ou rapaces, dressent véritablement leur progéniture en leur enseignant des méthodes de chasse, mais celles-ci ne sont que comportementales, liées à des attitudes corporelles, à des modes de progression, à des choix dans l'attaque. Même lorsque cette éducation s'accompagne de véritables corrections, comme cela se produit, paraît-il, chez les ours, la transmission reste limitée et repose sur la reproduction plus ou moins fidèle et adroite des gestes et du comportement de l'adulte.

Il ne faut pas, toutefois, sous-estimer la capacité de toute espèce animale d'apprendre. Les inventions, ou, si le mot paraît impropre, des comportements nouveaux, sont transmissibles soit par éducation soit par imitation, soit par auto-dressage.

J'ai déjà rappelé le cas très curieux du pinson-pic de Darwin, aux îles Galapagos ; l'utilisation de l'épine comme harpon est peut-être devenue un caractère acquis transmissible, ce que j'ignore, mais il y eut bien un commencement et, nécessairement, transmission par imitation. Les ethologues ont pu de nos jours assister à de telles « inventions » et à leur transmission très rapide à toute une population. Nous retiendrons deux exemples. Le premier est celui des macaques à face rouge du Japon : un jour, dans une réserve insulaire, une jeune femelle trempa accidentellement dans l'eau de mer le fruit qu'elle s'apprêtait à manger. Ayant trouvé agréable la saveur nouvelle, ou amusant de faire ce lavage, elle recommença les jours suivants. Les observateurs constatèrent bientôt que les membres de sa famille l'imitaient. De proche en proche ce comportement nouveau gagna toute la population de l'île. Aussi amusante, mais plus étonnante fut la transmission très rapide d'un comportement inattendu des mésanges charbonnières en Angleterre qui, friandes de lait, ont appris à décapsuler les bouteilles que les fournisseurs déposent devant les portes.

Mais les techniques humaines atteignent un tel niveau de spécificité et d'efficience que leur transmission ne peut se faire « naturellement », c'est-à-dire par la simple imitation et action répétitive, même sous le contrôle de l'adulte. Leur transmission est un fait culturel, elle s'effectue au sein d'une société et suppose l'existence de moyens de communication. Certes ceux-ci peuvent être, pour les actes les plus simples, uniquement gestuels. Tout ce que j'appellerais le débitage ou la taille primaire de l'os et de la pierre peut dépendre d'un tel processus, encore qu'on imagine mal l'artisan se transformant en mime et accentuant ses gestes pour être mieux compris de ses élèves. La transmission des techniques à l'intérieur d'un groupe est elle-même un élément de cohésion sociale et, comme celle-ci, elle me paraît dépendre étroitement du langage. Nous avons vu que les spécialistes tendent de plus en plus à reculer très loin les débuts du langage et que, pour A. Leroi-Gourhan, outil et langage seraient apparus et se seraient développés simultanément [30].

Si on conçoit assez facilement comment, par l'imitation et l'enseignement oral, s'effectue à l'intérieur d'un groupe la transmission de l'acquis naturel, on est moins armé pour comprendre comment les inventions techniques se sont propagées de groupe à groupe. Nous avons déjà abordé ce problème qui demeure en

30. Cf. Chapitre I, Langage et culture, p. 59 et 79.

grande partie insoluble. Il est admis qu'un groupe ne peut emprunter à l'extérieur des techniques nouvelles que lorsqu'il est apte à les acquérir en raison de sa propre évolution. On connaît en effet de petites ethnies qui ont délibérément refusé ou rejeté les techniques importées parce que celles-ci ne correspondaient pas à leur équilibre culturel. Cette observation a conduit A. Leroi-Gourhan à considérer l'adoption comme un fait presque accessoire, l'important étant que le groupe se soit mis en état ou d'adopter ce qui lui était présenté ou de l'inventer de toutes pièces [31]. C'est là une manière élégante d'évacuer les difficultés que présentent les théories contradictoires du diffusionisme et de l'évolution sur place.

Elle permet également de comprendre comment des inventions simultanées peuvent intervenir dans des sociétés hautement évoluées. Même de nos jours, l'espionnage scientifique, dont on ne saurait nier l'existence, n'explique pas toutes les convergences dans les productions industrielles. On ne saurait cependant être pleinement satisfait d'observations et de réflexions qui ne font que reposer le problème sous une autre forme.

Prenons l'exemple de la roue et, d'une façon plus générale, celui de la traction animale. Celles-ci existent en Eurasie ; connues depuis le IIIe millénaire en Mésopotamie, elles sont l'une et l'autre étroitement associées à la domestication d'équidés, onagre puis cheval. Le phénomène gagne rapidement l'Extrême-Orient et l'extrême-Occident ainsi que le nord du continent africain. Il fut transmis jusqu'au sud du Sahara où des représentations de chars attelés sont gravées dans le massif de l'Aïr et sur les rochers de l'Aouker, c'est-à-dire au contact même des cultures paléo-négritiques du Sahel. Il est donc faux de dire que la roue n'a pas traversé le Sahara. Cependant ces cultures africaines ne l'ont pas adoptée alors qu'elles conservèrent le cheval introduit en même temps.

Ce serait trop facile de dire que ces groupes rejetèrent la roue parce qu'ils n'en avaient pas besoin ou qu'ils n'étaient pas préparés à la recevoir. N'en était-il pas de même du cheval ?

L'Amérique pré-colombienne était également dépourvue et de l'animal de traction et de la roue. Le développement économique et politique des Etats tels que les empires aztèque et inca aurait dû, à notre jugement, les conduire à l'invention, à la fois simple et efficace, qu'est la roue. Ils en eurent même l'idée, puisque des jouets ou des objets culturels étaient montés sur roulettes, mais ils ne l'appliquèrent jamais au domaine économique ou guerrier. Est-ce parce que l'animal de traction, le che-

31. A. LEROI-GOURHAN, *Milieu et technique*, Paris, 1973, Albin Michel, 2e édition, p. 303 et sq.

val, faisait défaut ? Je ne le pense pas, car le lama, domestiqué depuis fort longtemps, aurait pu être harnaché et attelé comme le faisaient les Eskimos de leurs chiens de traîneau. L'Amérique précolombienne, parvenue cependant à un stade avancé de connaissances et de technicité, n'a pas utilisé la roue alors qu'elle organisait, du moins chez les Quichua, de magnifiques pistes destinées à assurer de rapides communications.

Les peuples de Sumer et d'autres régions du Proche-Orient qui inventèrent et utilisèrent la roue et la traction animale étaient à un stade culturel moins avancé ou à peine comparable à celui des Américains précolombiens ; ailleurs la roue fut adoptée par des ethnies d'un niveau industriel nettement inférieur.

Je crois qu'on pourrait argumenter à l'infini sur ces questions qui risqueraient de déboucher sur l'énoncé de simples évidences. Le fait demeure que, sans raison apparente, la roue ne fut pas utilisée par les Précolombiens et qu'elle fut refusée par les Africains.

Dans le Vieux Monde, quand on recense les premières découvertes techniques essentielles, telles que la taille des galets et le débitage des éclats, il est difficile de reconnaître des zones privilégiées, même pour une technique aussi complexe que le débitage levallois. En revanche quand apparaissent des techniques d'un niveau supérieur, celles-ci s'organisent le long d'un immense axe eurasiatique où naissent, après la métallurgie et l'écriture, les grandes civilisations et les grandes religions. Coupés de l'Eurasie par les océans ou les déserts, les mondes américain, océanien et africain sud-saharien ont échappé, peu ou prou, à ce rayonnement accentué par la multiplication des foyers culturels entre l'Atlantique et la mer de Chine. Ce qui n'a pas empêché ces mondes marginaux de poursuivre leur propre développement mais dans un sens unilatéral et à un rythme différent. Les cultures eurasiatiques ont, tout au long de leur histoire, connu un expansionnisme certain, guerrier, religieux ou commercial ; elles ont gagné l'Amérique, constituant une sorte d'équateur culturel qui ceinture notre globe par une bande comprise entre les 30ᵉ et 50ᵉ degré de latitude nord, bande qui ne cesse de s'élargir et d'uniformiser le monde.

Ces réflexions nous amènent à reconnaître l'importance primordiale de la transmission des techniques et des idées, que ce soit à l'intérieur du groupe pour le maintien des recettes essentielles, que ce soit entre les ethnies pour le développement économique et spirituel.

A l'intérieur du groupe la transmission orale des techniques s'accompagne de la mise en forme de récits édifiants qui souvent se confondent avec les mythes de fondation car dans la mentalité primitive il n'y a pas de frontière entre les techniques et la cosmogonie. L'invention est le fait d'un héros ou d'un totem et la répétition de ses gestes techniques est le plus sûr moyen de s'identifier à lui. Par cet acte communiel on assure à la fois la cohésion du groupe social et la pérennité du savoir-faire.

Cet état d'esprit, sous-jacent à bien des traditions, même dans nos sociétés qui s'en sont apparemment détachées, explique le développement des mythes dont la convergence ou l'extension est parfois surprenante. Ceux-ci ne sont pas seulement la mémoire des sociétés, ils sont aussi leur image structurale servant de fil d'Ariane pour les étudier de l'intérieur.

5. OUTILLAGE ET CULTURE

Malheureusement les cultures préhistoriques ne nous ont transmis aucun récit à décripter ; aucune analyse structurale ne permet de rebâtir la société paléolithique d'après l'image qu'elle s'offrait à elle-même. Le préhistorien demeure toujours à l'extérieur du cercle magique de la vraie connaissance. Il retrouve, certes, et replace assez facilement l'homme préhistorique dans son milieu naturel : il reproduit même, avec plus ou moins d'aisance, ses gestes techniques et ses outils mais au-delà, dans l'approfondissement de ce qui pourrait être la connaissance intime des personnes et des sociétés, il se heurte à la barrière de l'incompréhensible et de l'impréhensible parce que cette connaissance est incommunicable par les seuls moyens matériels. C'est ainsi que notre ancêtre direct, l'Européen du Bronze final, nous est plus étranger que le rédacteur égyptien des *Aventures de Sinouhé*, plus éloigné pourtant dans le temps et dans l'espace.

Cependant les messages, comme disent certains, ne font pas totalement défaut ; on pense en particulier aux nombreuses œuvres d'art que nous a laissé l'homme du Paléolithique supérieur, mais leur symbolique et leur sens profond risquent de nous échapper à tout jamais, malgré les progrès réalisés dans leur analyse [32].

Condamné donc à l'étude des restes matériels, le préhistorien ne peut que reconstituer la vie matérielle ; c'est une évidence, encore ne faudrait-il pas qu'il se croie obligé de le faire dans un sens uniquement matérialiste.

---

32. Cf. *infra* chapitre VII, *Homo religiosus.*

Naissance de la typologie lithique

C'est par l'analyse de son outillage que le préhistorien commença l'étude de l'homme préhistorique. Il établit la succession des formes, puis l'évolution technique et enfin la reconnaissance des principales étapes culturelles. Les civilisations préhistoriques, de ce fait, ont été traditionnellement définies d'après les caractères de l'outillage qui en fut conservé. Il est sûr qu'on aurait pu choisir d'autres critères comme, par exemple, celui des animaux chassés, ou les changements dans les genres de vie ou l'évolution de l'art, mais ceux-ci ne peuvent intervenir que sur des périodes récentes et n'ont pas un caractère discriminant suffisamment précis.

Longtemps la différenciation entre les cultures préhistoriques ne reposa que sur des données extrêmement simples telles que l'apparition successive de certains types d'outils. Encore cette apparition était-elle conçue d'une manière logique donc simpliste : ainsi les feuilles de laurier du Solutréen, outils de taille bifaciale, semblaient maintenir la tradition des petits bifaces du Moustérien : le Solutréen fut, de ce fait, considéré comme l'industrie la plus ancienne du Paléolithique supérieur alors qu'il avait été précédé par l'Aurignacien dont on niait l'ancienneté [33].

Si l'examen et la reconnaissance des stratigraphies permirent, beaucoup plus tard, de replacer les différentes industries dans l'échelle du temps, le contenu typologique demeura longtemps peu précis ou insuffisant. Le XIXe siècle ignora superbement toute notion statistique ou simplement quantitative en préhistoire. Les esprits n'y étaient pas préparés et la fouille n'était conçue que comme une recherche d'abord de beaux objets, puis de documents caractéristiques. Ainsi naquit une typologie balbutiante qui ne fut longtemps qu'une simple terminologie.

La notion de type industriel se dégagea lentement de l'examen des formes puis de la reconstitution des gestes techniques créateurs de ces formes. Par une progression de l'analyse on passa de la reconnaissance de l'objet coupant, qualifié de couteau ou de racloir, à celle des variétés issues d'intentions précises : le couteau sera à dos naturel ou à bord abattu (c'est-à-dire ayant un dos réalisé par la retouche abrupte), le racloir sera droit ou convexe, latéral ou transversal...

L'identification du « fossile directeur » fut une nouvelle étape dans la discrimination des industries puisqu'elle consistait à reconnaître le type d'outil caractéristique qui, en principe, n'existe que dans une seule industrie, ou mieux encore, dans

33. G. de MORTILLET, « Essai d'une classification des cavernes et des stations sous abri fondée sur les produits de l'industrie humaine », *Matériaux pour l'histoire primitive de l'homme*, t. 5, 1869, p. 172-179.

un seul faciès ou étape chronologique. Cette démarche était étroitement inspirée des méthodes utilisées en géologie stratigraphique dont la préhistoire eut tant de mal à se dégager. On devine facilement les dangers d'une telle méthode et les abus qu'elle risquait de provoquer malgré son efficacité indéniable. Un groupe humain ne réagit pas comme un banc d'huîtres et une culture n'a jamais été un étage géologique.

Une nouvelle étape dans la connaissance fut franchie lorsqu'on passa de l'analogie à une notion quantitative. Dès lors on put mieux suivre, à travers les couches d'un gisement, les variations de l'outillage de pierre et d'os ; l'habitude s'instaura de comparer les séries en décomptant les outils reconnaissables, et afin de faciliter les comparaisons on se mit à calculer des indices de groupes d'outils qui ne sont que de simples pourcentages.

Cette première méthode reposait sur le postulat qu'une culture préhistorique, représentant un état donné d'évolution technique dans un cadre naturel défini, serait représentée, à l'intérieur de son territoire, toujours par les mêmes outils, dans des proportions semblables sinon parfaitement identiques. Ainsi on savait que l'Aurignacien ancien était plus riche en grattoirs que le Magdalénien qui, lui, possédait un plus grand nombre de burins.

La typologie stratigraphique

Mais il devint bientôt nécessaire d'affiner l'instrument de comparaison, c'est-à-dire le vocabulaire servant à la nomenclature et en même temps de recueillir des séries comparables, c'est-à-dire de mener des fouilles plus minutieuses susceptibles de rendre la totalité des documents travaillés par l'homme préhistorique. Ces deux améliorations furent menées de concert et bénéficièrent, en outre, des progrès effectués dans la reconstitution des techniques de taille. Celle-ci incita le fouilleur à conserver non seulement les outils retouchés ou bruts de taille mais aussi les déchets ou les rebuts qui sont, autant que les « belles pièces », porteurs d'information.

Aujourd'hui l'étude de l'industrie lithique obéit à des règles assez strictes basées sur la typologie dite statistique proposée par F. Bordes en 1950. Il s'agit d'une méthode quantitative accompagnée d'une analyse descriptive et de représentations graphiques [34]. Afin de permettre les comparaisons et de réduire la

34. F. Bordes, « Principes d'une méthode d'étude des techniques de débitage et de la typologie du Paléolithique ancien et moyen », *L'Anthropologie*, t. 54, 1950, p. 19-34 ; F. Bordes, « L'évolution buissonnante des industries en Europe occidentale. Considérations théoriques sur le Paléolithique ancien et moyen », *L'Anthropologie*, t. 54, 1950, p. 393-420.

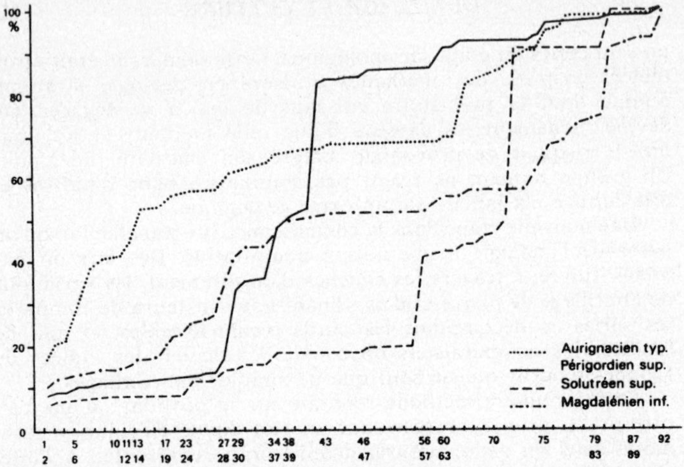

Fig. 19. — Courbes cumulatives des principales industries du Paléolithique supérieur français, *d'après D. de Sonneville-Bordes.*

part de la subjectivité, il a fallu inventer un langage descriptif commun, définir très complètement, et de la manière la plus précise, les documents archéologiques considérés comme des types et leur donner un nom. C'est ainsi que furent constituées des listes typologiques sur le modèle proposé par F. Bordes pour le Paléolithique moyen. Ces listes permettent une représentation graphique des séries étudiées. La plus simple est l'histogramme qui représente sous forme de blocs, les indices de l'industrie étudiée ; l'axe des abscisses est réservé à la suite des indices des types reconnus, celui des ordonnées à leur valeur de 0 à 100. Mais présentée ainsi la courbe de densité ne présente guère de tracé caractéristique en raison de la multiplicité et de la faiblesse des oscillations d'un indice à l'autre. Pour pallier cet inconvénient, furent construites des courbes cumulatives suivant le principe simple qui consiste à additionner les indices le long d'un diagramme ascendant dont le dernier palier atteint 100 % (Fig. 19).

Cette méthode simple et d'un maniement commode est devenue d'un usage quasi universel ; mais aucune méthode n'est parfaite et, malgré ses multiples avantages, celle-ci présente certains inconvénients. Le premier réside dans la nature de ces listes typologiques constituées dans l'intention d'aboutir à des représentations graphiques. Ces listes sont closes, chaque type d'outil ou déchet de taille caractéristique y reçoit un numéro et une place définis. Si un type nouvellement décrit mérite d'être introduit dans la liste il faut, soit remodeler complètement celle-ci si on veut le placer dans son groupe, soit le situer à la fin de la liste si on souhaite pouvoir maintenir la valeur comparative de celle-ci et utiliser les dénombrements antérieurs. Un autre inconvénient réside dans l'utilisation trop mécanique des listes par des chercheurs timorés et respectueux : celles-ci peuvent n'avoir qu'une valeur régionale, leur utilisation sans pondération ou sans réflexion risque de figer la recherche en réduisant artificiellement la diversité des outillages. Enfin, l'absence de définition uniquement métrique, qui demeure une vue de l'esprit, laisse subsister une certaine imprécision, le type étant défini tantôt par des caractères morphologiques, tantôt par des considérations techniques, tantôt par des spéculations sur sa fonction. Il y a donc un certain arbitraire et toujours une part subjective importante dans l'application de cette méthode qui a néanmoins porté ses fruits et s'est révélée particulièrement efficace dans la définition des industries et de leurs phases.

Analyse et banque de données

Soucieux de rechercher d'autres informations et ou de mieux les faire apparaître, des auteurs ont, depuis quelques années, mis au point d'autres méthodes d'analyse. Ainsi A. Leroi-Gourhan, préalablement à toute typologie, propose une morphologie descriptive visant à l'universel [35] ; il définit des modules de débitage fondés sur les dimensions et leurs rapports, puis il établit une classification morphologique qui est une méthode descriptive n'empêchant point le recours à la typologie.

La typologie analytique de G. Laplace repose sur la reconnaissance de types primaires définis par des caractères à la fois morphologiques et techniques et classés en groupes typologiques qui sont désignés chacun par un symbole suivi d'un numéro d'ordre qui désigne le type (exemple : B5 = burin sur cassure). Les caractères secondaires sont représentés par une série de symboles graphiques. La méthode s'accompagne de recherches sur la structure des industries étudiées. On détermine des « indices de gravité » qui donnent une sorte de portrait robot du faciès culturel dans une région donnée et des indices d'instabilité qui correspondent aux variations d'amplitude des groupes dans les mêmes conditions. Plus ces variations seront importantes et moins les industries étudiées paraîtront homogènes [36].

---

35. A. Leroi-Gourhan et Coll., *la Préhistoire*, Paris, 1966, PUF, p. 245-271.

36. G. Laplace, « Typologie analytique. Application d'une nouvelle méthode d'étude des formes et des structures aux industries à lames et à lamelles », *Quaternaria*, t. 4, 1957, p. 133-164 ; G. Laplace, « Essai de typologie systématique », *Annali dell'Università di Ferrara*, 1964, 85 p.

D'autres procédés, qui se veulent plus « scientifiques », peuvent être regroupés sous la mention de classification formelle automatique. Ils furent précédés par des tentatives empiriques fondées sur la prise de mensurations très nombreuses (de Heinzelin) [37] ou l'établissement d'abaques (Bohmers et Wonsters). L'analyse multidimensionnelle connaît actuellement un succès certain [38]. Elle se refuse à rechercher des « types » mais elle révèle une classification hiérarchique qui s'opère d'elle-même d'après les données servant à la description. Chaque mesure est exprimée comme une déviation par rapport à la moyenne de l'ensemble. Les différentes analyses de données et les algorithmes qui les accompagnent ont des avantages évidents. L'analyse factorielle est une technique descriptive utilisant au départ un tableau de données très complet : elle fait appel à des moyens mathématiques et statistiques, et permet de dégager les relations entre les individus, c'est-à-dire les pièces lithiques, et, en utilisant plusieurs axes, d'opérer un tri parmi les variables retenues. Ces méthodes proposent une approche interne des séries étudiées avec un minimum d'appel à la subjectivité. Leurs tenants reprochent vivement à la typologie traditionnelle de reposer sur des normes trop variables. Mais si les classifications automatiques permettent une étude de chaque série, de l'intérieur, elles perdent le caractère universaliste de la typologie et son utilisation dans les relations entre les séries est bien décevante ; on aboutit à des évidences immédiatement perçues. En fait, ces méthodes ne répondent pas aux mêmes objectifs que la typologie stratigraphique : celle-ci nous paraît rester l'instrument privilégié pour l'étude des cultures préhistoriques et de leurs relations, celles-là sont des procédés commodes et objectifs qui mettent en lumière l'identité profonde d'une série.

Typologie traditionnelle et classifications automatiques peuvent donc être utilisées parallèlement bien qu'elles correspondent à deux états d'esprit fort différents et peut-être même

---

37. J. de HEINZELIN DE BRANCOURT, *Manuel de typologie des industries lithiques*, Bruxelles, 1962. Institut royal des Sc. natur. de Belgique.

38. Sur ces méthodes et leur application cf. R.C. DUNNEL, *Systematics in Prehistory*, New York, 1971, Free Press ; J.-P. BENZECRI et Coll., *l'Analyse des données*, Paris, 1973, Dunod, 2 vol. ; R. BARRAL et S. SIMONE, « Classification automatique des industries préhistoriques : I. Les bifaces », *Bulletin du Musée d'Anthropologie préhistorique de Monaco*, t. 17, 1971, p. 5-38 ; H. DELPORTE, G. MAZIÈRE et F. DJINDJIAN, « L'Aurignacien de la Ferrassie. Observations préliminaires à la suite de fouilles récentes », *Bulletin de la Société préhistorique française*, t. 76, 1977, p. 343-361 ; F. DJINDJIAN et E. VIGNERON, « L'analyse des données au service de l'Archéologie préhistorique », *Idem*, t. 77, 1980, p. 177-180 ; H. MOVIUS, « The analysis of certain major classes of Upper Palaeolithic tools », *American school of Prehistoric research*. n° 26, 1968, 58 p. ; J. SACKETT, « Quantitative analysis of Upper Palaeolithic stone tools », *American Anthropology*, n° 68, 1966, p. 356-394.

à deux cultures scientifiques distinctes, l'une visant à l'universel, l'autre étant essentiellement pragmatique.

Ces différents procédés visent à donner une image de plus en plus précise de l'industrie lithique préhistorique mais il ne faut pas oublier que celle-ci n'est que le squelette minéral d'un complexe culturel qui nous échappe dans sa plus grande partie. Certes, pour les époques les plus récentes, d'autres documents, outils en os puis céramiques, apportent leur contribution, parfois essentielle, à cette connaissance ; cependant celle-ci reste externe et le préhistorien risque, par habitude ou par effacement de la sensibilité, d'étudier ces documents comme le ferait un entomologiste consciencieux mais distant.

La Palethnologie

Certains préhistoriens qui, à l'orée du siècle, se donnaient avec beaucoup de présomption le titre de palethnologues, avaient très tôt pressenti ce danger. Suivant les goûts de l'époque, et avec une belle imagination, on reconstruisit villages « lacustres » et autres scènes de la vie préhistorique. Des diorama avec mannequins de cire, habillés de peaux de bêtes et luttant héroïquement contre d'affreux ours des cavernes, montraient la vaillance de nos ancêtres. La très sérieuse Société préhistorique française reconstitua même de magnifiques tableaux vivants dans lesquels des filles de préhistoriens mettaient en valeur et leurs charmes et la science de leurs pères.

A cet enthousiasme naïf, succéda une période d'austérité, voire de puritanisme. Même les mannequins furent remplacés par des ectoplasmes et le triomphe momentané de l'art abstrait bannit des musées toute tentative de reconstitution jugée frivole voire antiscientifique. On en était arrivé même à regretter d'avoir donné des noms aux outils préhistoriques parce que les fonctions de ceux-ci demeuraient inconnues ou apparaissaient différentes de celles que suggéraient de tels noms entrés, cependant, dans l'usage courant.

Depuis une vingtaine d'années une tendance contraire s'est affirmée. Conduisant des fouilles de plus en plus précises et complètes, s'appuyant sur une analyse très poussée de tous les composants du gisement : industries, sédiments, faune et flore, le préhistorien retourne volontiers à ses premiers démons. Chaque paléolithicien rêve de reconstruire sa cabane et souvent ne s'en prive pas. Il situe les occupants dans l'espace, explique leurs gestes, montre l'emplacement de taille et retrouve, par l'alignement des esquilles ou des matériaux le sens des déplacements les plus fréquents. En même temps le remontage des éclats appartenant à un même nucléus semble, à certains, inscrire sur le sol les relations spatiales entre les habitats et révéler même les spécialisations techniques des occupants du site [39].

L'examen de la faune, la dentition des jeunes animaux ou les bois de cervidés, permettent de fixer la saison de l'occupation quand celle-ci n'est pas permanente [40]. On discerne, cependant, les limites de ces brillantes et belles reconstitutions : elles sont rapidement atteintes et le lecteur averti sait reconnaître le moment où l'observation scientifique cède le pas, non à l'imagination qui est honorable, mais à l'illusion qui est tromperie.

Une autre recherche, celle de l'utilisation des outils préhistoriques, longtemps négligée, parfois condamnée par certains typologistes, connaît aujourd'hui un succès mérité. Les chercheurs sont moins timorés parce qu'ils se sentent mieux gardés des affirmations imprudentes et qu'ils ont appris à examiner attentivement, non seulement les retouches intentionnelles qui ont donné sa forme à l'outil, mais aussi les traces laissées par l'utilisation. La comparaison ethnographique, quand elle est consciencieusement conduite, paraît particulièrement instructive. L'observation microscopique permet de reconnaître les traces laissées par l'emmanchement, les stries et abrasions diverses dont l'orientation et la disposition sur l'outil révèlent parfois sa véritable fonction.

La recherche fonctionnelle reste surtout attachée au nom de S.A. Semenov qui depuis de nombreuses années a multiplié observations et expérimentations [41]. Grâce à ses reconstitutions expérimentales, les traces d'utilisation sont aujourd'hui suffisamment répertoriées pour qu'il soit possible de déterminer dans de nombreux cas l'utilisation vraisemblable de la pièce lithique conservée.

Grâce à la convergence de ces études très diverses, le préhistorien dispose aujourd'hui de remarquables instruments. Il atteint un niveau de connaissance, voire de compréhension de l'artisan préhistorique, qu'on n'osait espérer il y a moins d'un quart de siècle. Si les dangers d'extrapolation demeurent constants, il n'empêche qu'une étape considérable a été franchie au cours des dernières années dans la vie matérielle de l'homme préhistorique. Même si la part essentielle de son psychisme nous échappe toujours, il est certain qu'il nous paraît, de jour en jour, moins différent et de plus en plus proche de nous.

---

39. A. Leroi-Gourhan et M. Brezillon, *Fouilles de Pincevent. Essai d'analyse ethnographique d'un habitat magdalénien (la section 36)*, VIIe supplément à *Gallia-Préhistoire*, 1972, 2 vol.

40. H. de Lumley-Woodyear, « Une cabane acheuléenne dans la grotte du Lazaret (Nice). » *Mémoires de la société préhistorique française*, n° 7, 1969.

41. S.A. Semenov, *Prehistoric technology*, 4e édition, Bath, 1973.

Chapitre III

LES LENTEURS DU PALÉOLITHIQUE

1. PRIMAUTÉ AFRICAINE AU TEMPS DES AUSTRALOPITHÈQUES

La découverte des premiers outils taillés par l'homme fut une longue aventure scientifique qui n'est pas encore terminée. Bien entendu, ce ne furent pas les plus anciens qui furent d'abord reconnus. Sans revenir sur les péripéties de cette recherche nous retiendrons que jusque peu avant le milieu du siècle l'outil préhistorique considéré comme le plus ancien était le biface dont les exemplaires les plus archaïques étaient estimés appartenir à des niveaux mindéliens et avoir un âge de quelque 500 000 ans. Nous parlons aujourd'hui de galets aménagés et d'éclats qui voisinent les 3 millions d'années et les paléoanthropologues ne désespèrent pas de « prouver » l'existence de l'homme quelques millions d'années antérieures puisque rien ne nous permet encore d'affirmer que nous sommes en possession des plus vieux outils et des restes de leurs fabricants.

Cette mutation de nos connaissances, qui n'est pas sans donner le vertige, nous la devons incontestablement aux recherches africaines. Cette primauté africaine, qui demeure tout au long du Paléolithique inférieur, n'est pas seulement le reflet des importantes missions, le plus souvent internationales, conduites sur le continent. Les paléontologues et les préhistoriens sont aujourd'hui convaincus que le fameux « berceau à roulettes de l'humanité » sur lequel se penchait ironiquement l'abbé Breuil commença à rouler en Afrique et plus vraisemblablement en Afrique orientale où depuis une trentaine d'années se multiplient des découvertes spectaculaires.

Les curieux fossiles d'Afrique australe

Ce n'est pas dans cette région, cependant, que furent effectuées les premières recherches qui provoquèrent le progrès décisif, la reconnaissance d'hominidés plus anciens que les Pithécanthropes, ou *Homo erectus*. Le premier pas fut franchi en

Afrique australe ; en 1924, au cours de l'exploitation d'une carrière de tuf calcaire à Taungs, au nord de Kimberley, on découvrit un petit crâne, en fait le massif facial, accompagné de la mandibule et du moulage endocrânien, d'un jeune primate qui fut confié à R. Dart professeur à l'Université de Johannesburg. Dès 1925, celui-ci publiait ces restes et créait l'espèce *Australopithecus africanus* qui, à ses yeux, réalisait l'intermédiaire tant recherché entre les singes anthropoïdes et l'homme [1].

La découverte de Dart fut accueillie avec réserve, particulièrement en Europe où Boule affirma qu'il s'agissait d'un « jeune singe appartenant au groupe des Anthropomorphes actuels : Chimpanzé et surtout Gorille, avec cependant quelques caractères plus « humanoïdes », dont la plupart sont des traits infantiles [2] ».

Dix ans s'écoulèrent avant que d'autres fossiles ne soient étudiés par le Dr Broom ; ce fut en premier le *Plesianthropus* de Sterkfowein, d'abord nommé *Australopithecus transvaalensis* qui selon Boule encore, pourrait être défini comme « un chimpanzé à dents humaines ». Cette découverte fut suivie, en 1938, de celle de *Paranthropus robustus* à Kromdraaï.

Après la guerre, les découvertes en Afrique australe se multiplient à un tel rythme (*Paranthropus crassidens* de Swartkrans, 1947, *Australopithecus Prometheus* de Makapansgat, 1947, *Telanthropus Capensis* de Swartkrans, 1952) que le problème des Australopithèques se pose désormais sur une autre échelle. Ces « singes » sont de plus en plus distingués de leurs homologues anthropoïdes ; ils apparaissent désormais comme des êtres ayant acquis la station bipède parfaite et dont les membres antérieurs sont par conséquent totalement libérés des contraintes de la locomotion. La main devait déjà servir à maintenir un bâton ou à fabriquer des outils. La capacité cérébrale, d'une moyenne de 500 cm^3, était nettement supérieure, compte tenu de la taille, à celle de tous les singes actuels dont ils se distinguaient en outre par une denture présentant des caractères humains très précis.

Il manquait, pour que cette humanité pressentie s'affirmât, la preuve que ces êtres primitifs fabriquaient des outils. Dart tenta, sans grand succès, de convaincre les préhistoriens de l'existence d'une industrie ostéondotokératique [3]. La présence, à Makapansgat, de restes de babouins dont le crâne avait été défoncé toujours de la même façon, laissait entendre que les

1. R.A. Dart, « *Australopithecus africanus.* The Man-Ape of South Africa », *Nature*, février 1925.

2. M. Boule, *les Hommes fossiles*, Paris, 1946, Masson, 3e éd., p. 86.

3. Cf. *supra.* Chapitre II.

Australopithèques, dont la taille ne dépassait guère celle des babouins mâles, se servaient d'armes telles que des massues en os, des épieux en corne et pourquoi pas de branches d'arbre sectionnées à l'aide de pierres tranchantes ?

Olduvaï et Aïn Hanech

La réponse à cette question fut apportée en 1932 au Tanganyika et en 1947 à l'autre extrémité du continent africain, au Maghreb. A L. Leakey nous devons la première publication d'une industrie authentique antérieure à celle des bifaces et qui puisse être attribuée à un Australopithèque [4]. Au cours de ses fouilles dans le gisement d'Olduvaï, dans l'actuelle Tanzanie, L. Leakey reconnut une stratigraphie étendue, occupant pratiquement tout le Pléistocène. L'Afrique orientale possède en effet un remarquable réseau de vallées et de ravins profonds qui entaillent les sédiments le plus souvent lacustres qui, au cours du Pliocène et du Pléistocène, se sont accumulés dans la Rift Valley, cet énorme fossé tectonique qui sabre le continent africain du Mozambique à la Mer Rouge. Dans la gorge d'Olduvaï, ces sédiments sont donc recoupés sur plusieurs dizaines de kilomètres et sur une épaisseur de 130 m. Dans la couche inférieure (Bed I), L. Leakey découvrit des galets taillés dont les dimensions allaient, dit-il, de celle d'une balle de ping-pong à celle d'une boule de croquet. Le contexte paléontologique comprenait, outre une faune banale d'antilopes et de carnivores, *Paleoloxodonta Recki* et le Stylohipparion qui conféraient une antiquité certaine à ces niveaux remontant au moins, croyait-on à l'époque, au Pléistocène moyen. En fait ils sont bien plus anciens ; nous savons aujourd'hui qu'ils sont d'âge villafranchien et que leur dépôt s'effectua entre 1 800 000 et 1 100 000 ans. L'ensemble industriel présent dans le Bed I reçut le nom d'olduvaïen ; il comprend exclusivement des galets aménagés. La couche II correspond au début de l'industrie à bifaces mais renferme encore de nombreux galets aménagés.

En Afrique du Nord, l'attention fut portée sur le gisement de l'Aïn Hanech, dans la région de Sétif (Algérie). La région était connue depuis la fin du XIXe siècle pour sa richesse en fossiles de la fin du Pliocène. En 1931, C. Arambourg reprit l'étude paléontologique de l'Aïn Boucherit et attribua ces formations au Villafranchien. Il y reconnut un nouveau site, l'Aïn Hanech, qui présentait deux niveaux fossilifères séparés par un mètre d'argile stérile. En 1949, il présentait, provenant de ces deux niveaux

4. L.S.B. Leakey, *Olduvai gorge. A report on the evolution of the hand-axe culture in beds I-IV*, Cambridge University Press, 1951.

du Villafranchien supérieur, des « objets énigmatiques » qualifiés de « vestiges éventuels d'industrie humaine » avant d'être, l'année suivante, proposés comme « traces possibles d'une industrie primitive »[5]. C'est donc avec la plus grande prudence que ce savant apportait une contribution majeure à la connaissance des industries les plus primitives. Parmi les restes d'une faune très archaïque à équidés tridactyles, *Elephas antiquus* et *Libytherium*, des boules de pierre facettées portent des stigmates de taille qui, aujourd'hui, ne font l'objet d'aucun doute ni hésitation de la part des typologistes. Toutefois, comme je l'ai signalé depuis, ces instruments primitifs présentent tous les aspects reconnus dans les différentes collections de galets aménagés et ne méritent pas tous la qualification de « sphéroïde à facettes » qui leur fut donnée au départ[6]. Quant à leurs tailles, C. Arambourg les compara à celles d'une mandarine et d'une belle orange, L. Leakey, en bon Anglo-saxon, avait, lui, pris ses références dans le domaine des sports : balle de ping-pong et boule de croquet.

Ainsi l'Aïn Hanech fournissait l'occasion d'affirmer, pour la première fois, l'existence de l'homme au Villafranchien supérieur.

A vrai dire si les galets aménagés d'Olduvaï et ceux de l'Aïn Hanech furent les premiers à faire l'objet d'une publication dans un contexte paléontologique précis (même s'ils étaient rajeunis à Olduvaï), ils ne furent pas les premiers à être reconnus. Dès 1913 J. Wayland remarquait la présence de galets brisés ou fendus dans la terrasse de la rivière Kafu (Ouganda) et Hirst, en 1927, proposait de nommer Kafuen le stade industriel très primitif constitué par ces galets. Mais aucune faune n'était associée à ces objets dont la fracture n'apparaissait pas être due systématiquement à l'intervention de l'homme. Aussi, bien que Van Riet Lowe[7] ait cru pouvoir discerner 27 types de galets fendus, le Kafuen n'est plus aujourd'hui qu'une hypothèse abandonnée ; il fut cependant une référence chez les auteurs anglo-saxons : ainsi Leakey situait l'Olduvaïen après le Kafuen.

Tandis que les grottes et carrières d'Afrique australe continuaient à livrer des restes d'Australopithèques et que se multipliaient les découvertes de galets aménagés en Afrique orientale, au Sahara et sur le littoral marocain où P. Biberson éta-

5. C. Arambourg, « Sur la présence dans le Villafranchien d'Algérie de vestiges éventuels d'industrie humaine », *Compte-rendu de l'Académie des Sciences* n° 229, 1949, p. 66-67 ; C. Arambourg, « Présentation de pierres polyédriques du Villafranchien d'Algérie », *Société géologique de France*, 1949, p. 120-122.

6. G. Camps, « Recherches récentes sur le Paléolithique inférieur des Hautes-Plaines constantinoises », *Libyca*, t. 12, 1964, p. 9-42.

7. C. Van Riet Lowe, *The pleistocene biology and Prehistory of Uganda*, Geological survey of Uganda, mémoire n° vi, 1952.

blissait les grandes lignes de l'évolution chrono-stratigraphique de la « Civilisation des galets »[8], il manquait toujours la conjonction attendue entre l'outil et son fabricant. Bien mieux, des esprits prudents, avant toute découverte, posaient le problème crucial des vraies relations entre l'outil et le primate fossile tant attendu. Au lieu d'être l'auteur de l'outil ne risquait-il pas d'être simplement le gibier d'un autre « vrai homme » inconnu ?

Les fouilles de Mason et Robinson à Sterkfontein, qui avaient déjà livré des restes de *Paranthropus robustus*, firent un moment espérer la confrontation espérée entre australopithéciné et galet taillé. Hélas ! l'industrie découverte en cette année 1957 était contenue dans une couche plus récente que celle qui renfermait *Paranthropus*. Toutefois, des dents isolées et un fragment de maxillaire recueillis en même temps pouvaient être reportés à un Australopithèque. Il fallut attendre les découvertes de 1977 pour acquérir la certitude que l'industrie des galets aménagés de Sterkfontein était l'œuvre d'un *Homo habilis*.

Les trois coups : l'entrée ratée du Zinjanthrope

En fait, dès 1957, la grande majorité des préhistoriens africanistes et moi-même étions persuadés que ce qu'on appelait alors la *Pebble culture* était l'œuvre d'un Australopithèque.

L'été de l'année 1959 fut décisive : Mary Leakey découvrit, le 17 juillet, de nombreux fragments crâniens dans la couche I d'Olduvaï, au site dénommé FLKI. Ces fragments une fois remontés donnèrent une boîte crânienne presque complète et la face d'un Australopithèque que L. Leakey nomma *Zinjanthropus Boisei*. Cette découverte eut un retentissement international quasi immédiat. Elle le méritait d'autant plus que la couche I, sur les lieux mêmes de la découverte (FLKI), avait déjà livré des galets aménagés et que, lors de nouveaux travaux, d'autres galets, des éclats et un percuteur furent recueillis en même temps que des ossements qui avaient été manifestement fendus. Parmi les éclats provenant de la taille des galets certains avaient été utilisés et même retouchés volontairement pour servir de grattoirs ou de rabots.

L'auteur présumé de cette industrie, le Zinjanthrope, remonté et étudié par Ph. Tobias[9], avait une drôle de mine et contraignait les anthropologues à une grande humilité. L'ancêtre ne nous faisait pas honneur ! Sa face, à l'appareil masticateur énorme

---

8. P. BIBERSON, *Le cadre paléogéographique de la Préhistoire du Maroc atlantique*. Publications du Service des Antiquités du Maroc, n° 16, 1961 ; P. BIBERSON, *Le Paléolithique inférieur du Maroc atlantique, idem*, n° 17, 1961.

9. Ph. TOBIAS, *Olduvai gorge, the cranium of Australopithecus (Zinjanthropus) Boisei*, Cambridge university press, 1967.

et pesant, était associée à une petite boîte crânienne dont la capacité atteignait à peine 530 cm^3, et, achevant de rendre désagréable le face à face, une vraie crête osseuse, comme sur le crâne du gorille mâle, courait le long de la suture sagittale. Or le Zinjanthrope était un adolescent âgé de 16 à 17 ans. Les auteurs n'hésitèrent guère à attribuer à Zinjanthrope la paternité de l'industrie trouvée en contact avec ses ossements et C. Arambourg pouvait écrire l'année suivante : « La découverte du *Zinjanthropus* met un terme définitif aux hypothèses fantaisistes et purement doctrinales qui pendant longtemps voulurent attribuer une origine indépendante à *Homo sapiens,* plaçant son apparition au début du quaternaire et en faisant le « chasseur » du Sinanthrope et des Australopithèques [10]. »

Toutefois la famille Leakey, stimulée par cette brillante découverte, poursuivit avec acharnement ses recherches à Olduvaï. En 1961, de nouveaux restes d'hominidés furent découverts dans la même couche. Ce furent d'abord des dents trouvées au même niveau que le Zinjanthrope puis, plus bas et appartenant donc à un niveau nettement plus ancien, des fragments suffisamment nombreux et importants pour noter des différences sensibles avec le premier fossile. Ce « Prézinjanthrope » étudié également par Ph. Tobias fut nommé *Homo habilis* (1964). Il s'agissait d'une forme plus évoluée, plus proche de l'homme que le Zinjanthrope pourtant plus récent que lui. Avec soulagement les spécialistes révisent leur jugement, à la suite de Leakey, Tobias, Napier [11] ; *Zinjanthropus* perdait sa qualification humaine, l'auteur des outils de l'Olduvaïen était donc cet autre fossile auquel le nom spécifique d'*Homo habilis* faisait franchir une étape importante dans la taxinomie. Du même coup, le discrédit qui frappait le Zinjanthrope s'étendait aux Australopithèques les plus proches tel que *Paranthropus.* Dès ce moment fut admise la différenciation, déjà affirmée antérieurement par plusieurs auteurs (Robinson, Le Gros-Clark), entre Australopithèques de type gracile, dont le chef de file était *Australopithecus africanus,* le premier découvert, et les formes plus robustes comme *Paranthropus* et *Zinjanthropus* (Fig. 20). Ces derniers semblent avoir eu une alimentation essentiellement végétale. Leur dentition robuste (*P. Crassidens* de Swartkrans), et la massivité de leur appareil masticateur révèlent une spécialisation qui les écarte d'un avenir proprement humain. En revanche, les Australopithèques du type *africanus* sont plus légers, comparativement à leur taille infé-

10. C. Arambourg, « L'Hominien fossile d'Oldoway, sa découverte et sa signification », *Bulletin de la Société préhistorique française,* t. 57, 1960, p. 223-228.

11. L.S.B. Leakey, P. Tobias, J.R. Napier, « A new species of the genus *Homo* », *Nature,* 202, 1964, p. 5-7.

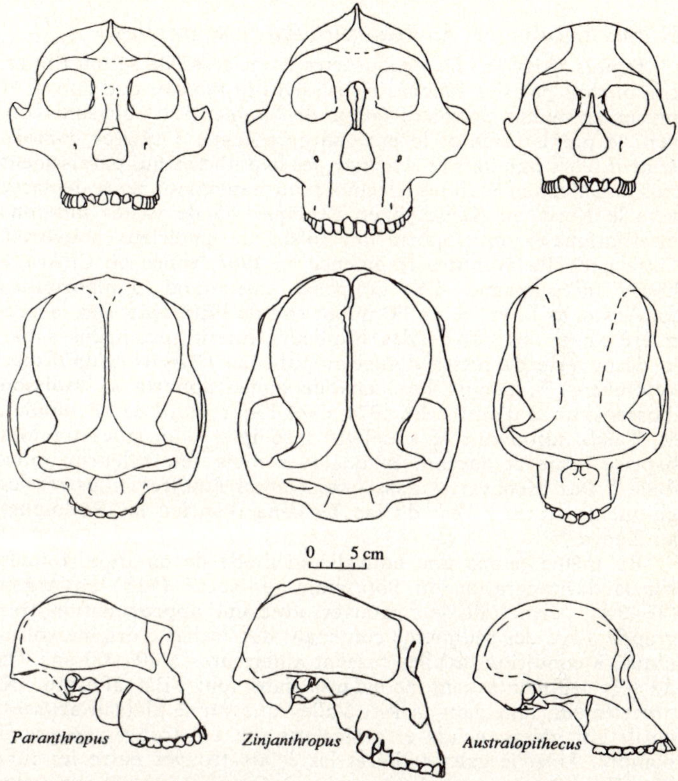

Fig 20. — Australopithèques robustes et graciles, d'après Robinson et Tobias.

rieure, leur capacité crânienne est plus forte que celle de leurs cousins paranthropes. La faiblesse de leurs moyens physiques, compensée par de plus grandes capacités intellectuelles et une plus grande agilité de la main, sont peut-être les raisons premières de la naissance de l'outil. Plus opportuniste que *P. robustus*, l'Australopithèque gracile a certainement un régime omnivore. Pour tuer ses proies, les déchiqueter, entamer les peaux, découper les tendons, briser les os et boîtes crâniennes, le galet éclaté se révélait déjà plus efficace que la main et les dents peu spécialisées.

Homo habilis *et Australopithèques « graciles »*

Depuis vingt ans les découvertes n'ont cessé de se multiplier, complétant par des touches successives le tableau que l'on peut présenter de ces premiers temps de l'humanité ; obligeant souvent le préhistorien et le paléoanthropologue à réviser complètement leurs opinions et à rejeter des hypothèses qui paraissaient raisonnablement établies. Il nous faut maintenant nous déplacer vers le Nord, au Kenya et en Ethiopie, où de vastes missions internationales ont apporté une foison de matériaux nouveaux. Cette nouvelle aventure commence en 1967, année où C. Arambourg, accompagné d'Y. Coppens, entreprend d'importantes fouilles dans la vallée de l'Omo au sud de l'Ethiopie. Dès la première année les efforts des fouilleurs furent récompensés par la découverte de restes d'Australopithèque (*Paraustralopithecus æthiopicus*) [12] ; depuis lors, chaque année apporta sa moisson d'ossements et d'outils. En 1974, dans l'Afar (nord de l'Ethiopie), M. Taïeb découvrait le squelette incomplet d'un sujet féminin baptisé Lucie et devenu, en quelques mois, une célébrité mondiale [13]. Des découvertes aussi importantes rendirent illustres les gisements situés à l'est du lac Turkana (l'ancien lac Rodolphe) au Kenya [14].

En même temps une nouvelle méthode de datation, fondée sur la désintégration du Potassium radioactif (40 k) en Argon (39-40 A), permettait de retrouver, avec une approximation très grande, l'âge des sédiments contenant des roches d'origine volcanique, à condition qu'elles fussent antérieures à 700 000 ans. Or de tels sédiments sont abondants dans tout l'Est africain, où précisément, tant dans la Rift Valley que sur le plateau abyssin, outils sur galets, éclats et ossements ont été trouvés en grand nombre. Ainsi le galet taillé et les éclats trouvés entre les tufs D et F à l'Omo sont estimés avoir un âge de 2 300 000 ans, ceux de la localité Omo 84 auraient 2 400 000 ans, ceux de Kobbi Fora, au Kenya, seraient plus anciens encore puisque les sédiments qui les contenaient accusent un âge de 2 600 000 ans. Quant à Lucie, Australopithèque gracile, elle serait vieille de 3 millions d'années. Mais des mandibules et divers ossements appartenant sûrement à des Australopithèques ont été trouvés à Lothagam, près du lac Turkana, dans des sédiments d'un âge plus ancien de l'ordre de 5 à 6 millions d'années.

12. C. Arambourg et Y. Coppens, « Sur la découverte dans le Pléistocène inférieur de la vallée de l'Omo (Ethiopie) d'une mandibule d'Australopithèque », *Comptes rendus de l'Académie des Sciences*, n° 285, 1967, p. 589-590.

13. D.C. Johanson and M. Taieb, « Plio-Pleistocene Hominids discoveries in Hadar, Ethiopia », *Nature*, 260, 1976, p. 293-297.

14. R. Leakey, « Further evidence of lower Pleistocene Hominids from East Rudolf, Kenya », *Nature*, 226, 1970, p. 223-230 ; 231, p. 241-244 et 264-269 ; 242, p. 170-173.

Il serait faux de croire que ces découvertes et les progrès dans les connaissances simplifient les problèmes posés par les découvertes antérieures. Ce serait plutôt le contraire. Il fut un moment où on pouvait sans trop de difficulté admettre que l'Australopithèque gracile était l'auteur des plus vieilles industries lithiques connues. Malgré des découvertes concomitantes de restes de *Paranthropus* et de galets aménagés, comme à Olduvaï, ce dernier était rejeté de la société humaine et relégué dans le rôle de gibier. Puis vint le perturbateur, *Homo habilis.* Pour les Leakey, père et fils, et aujourd'hui la plupart des paléoanthropologues, le genre *Homo*, distinct du genre *Australopithecus*, existe dès le Villafranchien : à Olduvaï le niveau de la couche I qui renfermait ses restes date de 1 800 000 ans. A l'est du lac Turkana, R. Leakey attribua fort justement à *Homo habilis* plusieurs fossiles, en particulier le crâne KNM ER 1470 dont la capacité crânienne de 770 cm^3 et la courbure de la voûte crânienne justifient son appartenance au genre *Homo*. Ce crâne, qui est l'un des fossiles les plus célèbres du monde, a été trouvé au-dessous des tufs volcaniques désignés par les lettres KBS. La méthode du Potassium-Argon leur a reconnu un âge de 2 600 000 ans, mais les caractères de la faune recueillie dans ce niveau faisaient planer un doute sérieux sur cette mesure. L'évolution de cette faune et en effet bien connu grâce aux séquences de l'Omo ; elle paraissait plus jeune d'un million d'années.

L'enjeu était de taille : admettre l'existence, dès 2 600 000 ans, d'un être du genre *Homo*, plus évolué que les autres Australopithèques dont certaines espèces subsistèrent jusqu'à un million d'années, c'était trouver le premier homme, l'ancêtre de notre genre, peut-être même de notre espèce et placer les Australopithèques, même ceux de type gracile, sur une voie de garage et les rayer de notre arbre généalogique. De nouvelles datations et examens invitent aujourd'hui les spécialistes à rajeunir les tufs KBS et par conséquent les fossiles sous-jacents. Plusieurs arguments interviennent pour fixer aux environs de 1 800 000 ans l'âge du crâne 1470[15] (*Pl. II 1*).

Il est donc admis, dans l'état actuel des recherches (Fig. 21), que de nombreux Australopithèques, en particulier ceux de type gracile (Lætolil, Lothagam, Lucie) sont bien plus anciens que *Homo habilis*, et nous savons aussi, grâce aux fouilles dans l'Omo et l'Afar, que des pierres furent taillées bien avant lui.

Parmi les Australopithèques qui constituent un genre (peut-être deux) apparu dès le Pliocène, sinon le Miocène, on reconnaît au moins cinq espèces (Y. Coppens) :

15. M. TAIEB et G. POUPEAU, « L'âge du "Premier Homme" », *La Recherche*, n° 116, 1980, p. 1314-1315.

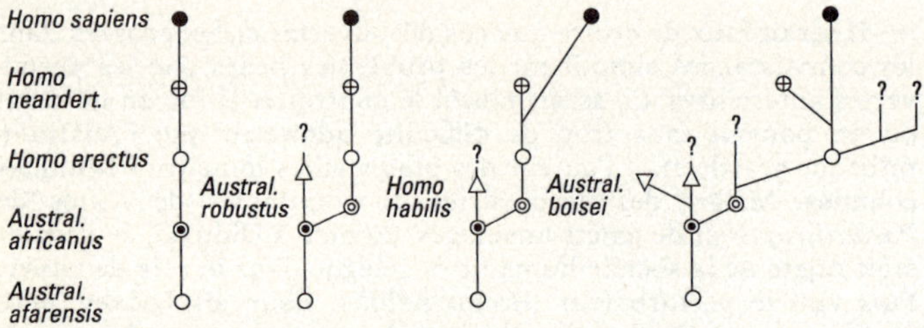

Fig. 21. — Différentes hypothèses d'évolution des hominidés, d'après Kurtén.

Australopithecus africanus, l'espèce la plus gracile qui, dès l'origine, semble occuper de vastes régions puisqu'il est connu du Pliocène au Pléistocène moyen en Afrique australe et orientale.

Australopithecus robustus (ou *Paranthropus*), spécialisé dans un sens non humain et qui s'est éteint sans postérité peu avant un million d'années.

Australopithecus crassidens, de Swartkrans, spécialisé dans la consommation de fruits durs et de produits végétaux exigeant une forte mastication. Il habitait l'Afrique australe.

Australopithecus boisei, c'est le *Zinjanthropus*, connu en Afrique orientale jusqu'au Pleistocène moyen.

Australopithecus afarensis décrit récemment (1978), connu par plusieurs restes d'Afrique orientale. C'est le plus ancien et aussi le plus éloigné du genre *Homo* par sa morphologie. En raison de son antériorité Johanson et White voient en lui l'ancêtre et des autres Australopithèques et de l'homme. Mais Y. Coppens, inventeur de l'espèce avec ces deux auteurs, ne partage pas cette opinion. La distance est trop grande entre *A. afarensis* et *Homo habilis* pour admettre la filiation. Comme l'écrit Y. Coppens : « Il faut se résigner à aller chercher l'origine du genre *Homo* dans des périodes plus anciennes (4 à 5 millions d'années) et chez des espèces plus archaïques [16]. »

De grandes difficultés apparaissent en particulier dans la très grande rapidité d'évolution que suppose le passage d'*Australopithecus afarensis* à *Homo habilis*. D'autre part l'attribution de la culture olduvaïenne à des Australopithèques graciles, y compris *Homo habilis*, n'est pas sans poser le problème de la disproportion entre les dimensions de certains outils et les pos-

16. Y. Coppens, « L'origine du genre *Homo* », *Le processus de l'hominisation*, Colloque international au CNRS, 1981, p. 55-60.

sibilités physiques de ces petits australopithécinés. Cette remarque pourrait appuyer l'hypothèse, aujourd'hui dépassée, que l'outillage sur galet pouvait aussi bien être l'œuvre de *Paranthropus robustus* et de ses congénères. Mais la mise au jour d'industries légères, sur éclats, plus anciennes que les galets aménagés, tant à l'Omo qu'en Afar et à l'est du lac Turkana, repose le problème sur de tout autres bases.

Dans une étude récente et fort précieuse, Mme Genet-Varcin, qui a opéré un tri entre les multiples restes attribués tantôt à *Australopithecus* tantôt à *Homo*, a remarqué que même les fossiles du genre *Homo* présentaient de grandes variations dans la stature comme dans la capacité crânienne [17]. Quoi qu'il en soit, elle situe *Homo habilis*, représenté par les restes d'Olduvaï couche I, ceux de l'est du lac Turkana (KNM ER 1470, KNM ER 3733), ceux de Sterkfontein-Extension 53, et le *Telanthropus* de Swartkrans, dans la lignée d'*Homo erectus*, c'est-à-dire des Pithécanthropes, Atlanthropes et Sinanthropes.

Les découvertes de fossiles d'Australopithèques et apparentés ne cessent donc de rendre plus complexe le problème des origines de l'humanité. Les rares points sur lesquels les spécialistes se trouvent d'accord (mais en sera-t-il de même demain ?) sont :

— la très haute antiquité de primates ayant acquis vers 2 millions d'années les caractéristiques physiques du genre *Homo* ;

— l'antiquité, plus haute encore, de l'outillage de pierre taillée et d'os (3 millions d'années) ;

— l'extension considérable, dès les origines, de cette industrie à travers le continent africain.

Ces conclusions provisoires nous conduisent à examiner maintenant ce que l'on sait du genre de vie de ces premiers hommes.

Premiers outils, premières sociétés

Il est aussi possible de reconstituer le milieu naturel dans lequel vivaient ces premiers hommes grâce aux séries d'ossements et aux analyses de la flore que les fouilles des grands gisements d'Afrique orientale et australe ont portées à notre connaissance. Ainsi nous pouvons affirmer qu'à Makapansgat *Australopithecus africanus* vivait dans une brousse assez sèche, il en était de même à Sterkfontein et à Taungs, tandis qu'en Afrique orientale (Tanzanie et Kenya) son biotope semble avoir été une brousse à hautes herbes voisine de cours d'eau que soulignaient des forêts-galeries. Son cousin *Australopithecus* (*Paranthropus*) *robustus* vivait de préférence dans une brousse

17. E. GENET-VARCIN, *Eléments de Primatologie. Les Hommes fossiles. Découvertes et travaux depuis dix années*, Paris, 1979, Boubée.

à épineux et savane sèche. Les paléoanthropologues pensent que ses énormes molaires lui permettaient de consommer des fruits secs et des graines dures.

C'est dans une ambiance encore plus sèche, dans une savane totalement dépourvue d'arbres et à herbes rases que le genre *Homo* se mit à prospérer. Sa faiblesse physique et sa petite dentition n'auraient pu suffire à sa survie si l'outil, reflet de son intelligence, n'avait permis sa multiplication et bientôt sa domination sur la nature. Or une remarque a pu être faite qui me semble d'un intérêt majeur : lorsque l'outil apparaît, ce n'est pas comme un objet sporadique, il est immédiatement en nombre, véritable acquisition spontanée, invention désormais indissociable de l'homme dont il porte la marque.

Ces premiers outils de pierre ou d'os sont bien plus divers que les premières recherches ne le laissaient croire. Longtemps le galet taillé parut la forme la plus archaïque parce qu'elle paraissait aux typologistes la plus simple et répondant aux gestes les plus simples. Il était logique de penser que l'homme avait fabriqué ses premiers outils en percutant les galets afin de leur donner un tranchant par des enlèvements successifs (Fig. 22). On distingue en effet des galets taillés selon une seule direction, ce sont les galets aménagés unifaces (ou *choppers*), d'autres, apparemment plus évolués, sont taillés de part et d'autre sur les deux faces, ce sont des galets aménagés bifaces (ou *chopping-tools*), enfin plus récents sont les galets polyèdres taillés suivant plusieurs directions et dont font partie les sphéroïdes à facettes. Mais cette classification était incomplète ; une fois encore les préhistoriens avaient fait une erreur d'interprétation sur les capacités intellectuelles de l'homme préhistorique même dans sa forme la plus primitive. Quiconque taille un galet ne peut négliger les éclats qui s'en échappent. Effectivement dès l'origine l'homme s'était aperçu que les éclats détachés du galet par la percussion présentaient l'avantage d'être tranchants et qu'ils étaient immédiatement utilisables, suppléant la longueur insuffisante des canines et l'absence de griffes. Ces outils simples s'obtenaient plus facilement et plus rapidement que les galets aménagés. Pourquoi refuser au premier tailleur de pierre le droit de faire cette observation et d'en tirer les conséquences ? Je suis persuadé que ces premiers outils, de faible dimension, ont longtemps échappé aux paléontologues qui devaient remuer d'énormes quantités de sédiments pour recueillir les ossements fossiles qui les intéressaient au premier chef. Les galets en raison de leurs dimensions ou de leur présence incongrue attiraient seuls l'attention. Puis, mais bien tardivement, les méthodes changèrent ; sur les sols d'occupation ou de fréquentation des Australopithèques on pratiqua des fouilles de style préhistorique.

A Hadar, au cours de la campagne de 1974, des éclats intentionnels furent recueillis, en place, dans un niveau vieux de 3 millions d'années ; dans la vallée de l'Omo (localité n° 84) des fragments de quartz, et dans les couches volcaniques KBS de Turkana Est, des éclats de basalte sont âgés de 2 500 000 ans. A cet outillage primitif (on serait tenté de dire primordial) s'ajoutent des ossements et des dents qui ont été manifestement utilisés. Les galets aménagés se trouvent en abondance dans les couches plus récentes (1 000 000 d'années !) dans la couche I d'Olduvaï, mais aussi en Afrique australe (Makapansgat) et surtout au Maghreb où le site de Tardiguet er Rahla sur le littoral atlantique du Maroc et celui de l'Aïn Hanech paraissent du même âge et appartiennent sans conteste au Villafranchien supérieur.

Ces industries (« Rodolphien », Olduvaïen, etc.) ont été d'abord regroupées sous l'appellation de *Pebble-culture*, on les dit aujourd'hui préacheuléennes. Comme l'écrit Y. Coppens « [...] elles partagent toutes les mêmes grands caractères de base [18] :

— les outils dès qu'ils apparaissent sont tout de suite très abondants ;

— ces outils peuvent être classés en un certain nombre de types ;

— ces types peuvent être reproduits en un très grand nombre d'exemplaires partout où existent de telles industries. »

Il y a donc une universalité typologique et technique. L'industrie ainsi reproduite d'après des modèles normatifs répond nécessairement à un apprentissage et à une transmission car très tôt apparaissent des « méthodes » de taille et de retouche qui expliquent la reproduction fidèle des types. Comme la durée de l'enfance et de l'adolescence s'allonge au même moment, on est conduit à mettre en parallèle ces deux faits. L'enfant qui reste plus longtemps sous la protection et au contact des adultes, et qui n'a pas besoin de subvenir très tôt à ses besoins alimentaires, devient plus disponible pour l'apprentissage. L'acquisition précoce des tours de main, alors que le cerveau n'a pas encore atteint son complet développement, ne peut que favoriser les améliorations techniques. On remarque simultanément que l'enfant n'ayant pas à rechercher et préparer sa nourriture, sa dentition croît avec plus de lenteur.

Retard dans l'éruption dentaire, enfance et adolescence prolongées, enseignement de grande durée, en un mot infantilisme maintenu, sont autant de caractéristiques du phénomène humain ; apparues dès les premières sociétés, elles ne font que

18. Y. Coppens, « La grande aventure paléontologique est-africaine », *Le Courrier du CNRS*, 1977, p. 30-37.

croître, accompagnant fidèlement l'homme dans sa conquête de l'univers. Notre société le sait bien qui ne cesse, par toutes sortes de moyens, conscients ou non, de prolonger l'adolescence sociale par la durée de l'enseignement, tout en rabaissant, hypocritement, l'âge légal de la majorité.

L'enfant a d'autant plus besoin de la protection des adultes que *Homo habilis*, et déjà *Australopithecus africanus*, ont une alimentation en partie carnée et que ces hominidés n'hésitaient pas à s'attaquer à des mammifères nettement plus puissants qu'eux.

On a prétendu que l'agressivité était l'un des aspects les plus archaïques mais aussi les plus progressistes de l'homme ; c'est possible mais il est sûr qu'il a su tourner cette agressivité contre les éléphants, les rhinocéros, les grands buffles fossiles (*Pelorovis*), les hippopotames. Les exemples ne manquent pas de traces de dépeçage de tels monstres : à Olduvaï les restes d'un squelette d'éléphant étaient mêlés à plus de 200 outils. On imagine une plantureuse bombance telle qu'en connaissent encore les groupes de chasseurs africains lorsqu'un pachyderme a été abattu et qu'il faut consommer rapidement, en rameutant les groupes voisins, une masse énorme de viande qu'on ne sait conserver.

Ce n'était certes pas un chasseur isolé qui s'attaquait à des animaux aussi dangereux. La nécessité de se regrouper pour abattre de telles bêtes contribua certainement à renforcer les premiers liens sociaux qui sont déjà très forts chez la plupart des Primates et particulièrement les singes africains comme les babouins, les chimpanzés et les gorilles. Nous ne connaissons pas les méthodes de chasse des hominidés ; on ne peut que soupçonner certaines pratiques. Comme la plupart des prédateurs ils devaient s'attaquer de préférence aux individus les moins agiles, soit les très jeunes (dont les os se sont moins bien conservés), soit les sujets très âgés ou malades. A Olduvaï furent découverts trois crânes de la même espèce d'antilope portant tous, au-dessus de l'orbite, la même fracture occasionnée vraisemblablement par un coup porté à l'aide d'un galet ou d'une massue. Il semble donc que des pratiques d'abattage bien déterminées étaient déjà fixées ; mais nous n'en dirons pas plus.

Ces premiers chasseurs étaient, vraisemblablement, opportunistes, profitant de l'aubaine lorsqu'ils découvraient une bête morte depuis peu : dans la grotte du Vallonnet (Roquebrune, Alpes-Maritimes) ils traînèrent dans leur habitat des quartiers d'une baleine échouée sur la plage voisine [19]. Peut-être s'aventuraient-ils aussi à dérober leur proie aux carnassiers ?

19. H. de Lumley, S. Gagnière, L. Barral et R. Pascal, « La grotte du Vallonnet (Roquebrune, Cap-Martin, Alpes-Maritimes) », *Bulletin du Musée d'Anthropologie préhistorique*, t. 10, 1963, p. 5 à 20.

Quoi qu'il en soit, ils savaient dépecer les carcasses et apporter dans leur campement des parts de viande dont pouvait profiter la communauté. De ce campement nous ne saurions que peu de chose si le gisement d'Olduvaï, encore lui, n'avait livré, dans le niveau le plus ancien, au site DK 1, une structure artificielle qui ne peut être attribuée qu'à l'auteur de l'industrie olduvaïenne. Leakey remarqua sur le sol d'occupation de petits tas de blocs de basalte de faibles dimensions qui dessinaient un cercle grossier. Ces tas de pierres étaient-ils destinés à maintenir des branches rassemblées au sommet pour recevoir une couverture de feuillage ? C'est possible et même vraisemblable bien qu'il soit difficile de l'affirmer. Quelle que soit la signification de cette structure, qui est nécessairement en liaison avec l'occupation de l'espace, elle ne peut que renforcer le jugement admiratif que nous portons sur ces très lointains ancêtres. Leur compétence n'était pas limitée à la seule fabrication d'outils. Dans un niveau à peine plus récent, vieux d'environ 1 750 000 ans, l'heureux fouilleur d'Olduvaï découvrit une autre structure en forme de croissant qui pourrait avoir servi de fondation à une sorte de coupe-vent. Dans la région de Melka Kontouré (Ethiopie), si riche en très vieilles industries, J. Chavaillon reconnut des structures comparables dans le niveau le plus ancien de Gomboré, daté de 1 500 000 ans.

Chasseurs organisés en petits groupes rapportant, pour la première fois chez les Primates, des parts de nourriture au campement familial où se dressent des abris construits, Australopithèques et *Homo habilis* nous paraissent avoir acquis très tôt l'essentiel de l'humanité, non seulement dans leur aptitude individuelle à fabriquer des outils mais aussi dans leur comportement social.

Un autre sujet de surprise est l'ubiquité de cet homme. Longtemps on crut que les Australopithèques étaient confinés dans le sud de l'Afrique ; leur nom même confortait cette opinion. Mais les découvertes de galets aménagés tant au Sahara qu'en Ethiopie, au Maghreb et en Afrique orientale démontrent péremptoirement qu'*Australopithecus africanus* ou *Homo habilis*, l'un ou l'autre, ou l'un et l'autre — sinon même le cousin *Robustus*, la honte de la famille ! — occupèrent tout le continent africain. Il ne faudrait pas, suivant une optique constante en archéologie, affirmer aussi fermement qu'on le fait que l'Afrique orientale fut l'endroit où l'homme acquit ses caractères définitifs et commença sa vertigineuse ascension. Certes la Rift Valley a pu conserver des sédiments plio-pléistocènes sur de très grandes épaisseurs, et l'alternance des formations volcaniques permet des datations très anciennes avec une approximation satisfaisante. Certes les conditions naturelles paraissent avoir été particulièrement favorables au développement des Primates, mais tout nous porte à croire que des conditions aussi favorables existaient ailleurs à peu près au même moment, et l'homme y chassait les mêmes mammifères dont on trouve les ossements mêlés aux premiers outils et armes dans des niveaux géologiquement aussi anciens, même si nous ne pouvons les soumettre au test du Potassium-Argon en raison de l'absence de roches volcaniques.

Les premiers hommes de l'Asie et de l'Europe

L'homme du Villafranchien supérieur occupe toute l'Afrique. Il n'est pas seulement africain.

Les industries à galets existent aussi en Asie. En Palestine le gisement d'Ubeïdiya a livré des galets aménagés accompagnant une faune villafranchienne ; toutefois la présence de rares bifaces triédriques tend à faire rajeunir cet ensemble qui pourrait correspondre au niveau supérieur de l'Aïn Hanech et au Bed II d'Olduvaï.

L'Extrême-Orient [20] connut également les outils sur galets aménagés, mais leur fabrication exclusive et leur usage demeurèrent fort longtemps puisqu'ils ne furent pas, dans cette partie du Vieux Monde, remplacés par les bifaces. Les plus anciens outils semblent être ceux trouvés près de Nihowan, en Chine, dans des sédiments datés du Pléistocène inférieur. Les restes humains rapportés à cette période ne font pas défaut, les dents, malheureusement isolées, découvertes dans les grottes du Yun-nan et la région occidentale du Hupeh sont, semble-t-il, les plus anciens fossiles. L'homme de Lan Tian, un peu plus récent, a une capacité crânienne de 780 cm^3. Un type plus primitif, connu depuis 1934, le *Gigantopithecus*, avait été placé par Weindereich à l'origine du genre *Homo*, mais il survécut jusqu'en plein Pléistocène moyen et semble avoir occupé une place comparable à celle du *Paranthropus* africain.

Comme la Chine, l'île de Java a livré des fossiles humains antérieurs au Pithécanthrope. Les fameuses couches de Djetis, qui, nous le savons aujourd'hui avec une approximation de 500 000 ans, ont quelque 1 900 000 ans, renfermaient le crâne de Modjokerto, différent des Pihécanthropes et qui semble appartenir à une espèce voisine d'*Homo habilis* s'il ne lui est pas tout à fait assimilable. Les restes attribués à *Pithecanthropus dubius* appartiennent déjà à l'espèce *Homo erectus*, tandis que *Meganthropus paleojavanicus* serait très proche de *Paranthropus robustus*.

20. G.H.R. VON KOENIGSWALD, « The oldest hominid remains of Asia — *Les plus anciens hominidés* », U.I.S.P.P., IXe congrès, Nice, 1976, p. 425-429.

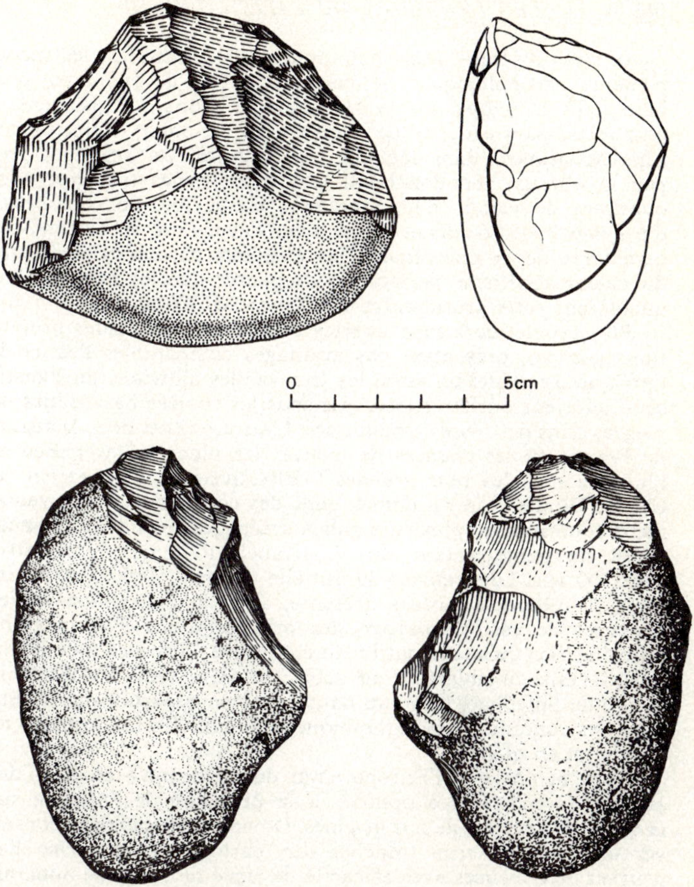

Fig. 22. — Galet uniface de Sauvian (Hérault) et biface de Wimereux (Nord), d'après P. Ambert et R. Agache. (*Dessin S. de Butler et R. Agache.*)

L'Europe fut également habitée par des hominidés tailleurs de galets, du genre *Australopithecus* ou, plus vraisemblablement du genre *Homo*. En France, les galets aménagés, *choppers* et *chopping-tools*, ne sont plus exceptionnels depuis qu'on sait les rechercher et les reconnaître. Ils se trouvent dans les vieilles terrasses (Fig. 22), comme celles des vallées des Pyrénées orientales, de la Garonne et de la Durance, ou sur les dépôts alluviaux du Villafranchien supérieur comme ceux de la Crau ou les plus vieux loess d'Alsace. Mais pour toutes ces trouvailles les recoupements chronologiques ne permettent pas de remonter plus haut dans le temps que la glaciation de Günz. Le gisement le plus intéressant est celui de la grotte du Vallonnet (Roquebrune, Alpes-Maritimes) dans laquelle les hommes, certainement très peu nombreux, abandonnèrent leur industrie et traînèrent des quartiers de viande d'hippopotame, de bovidé, de rhinocéros, d'*Elephas meridionalis* et même, nous l'avons dit, de baleine. Les caractères de la microfaune, les éléments chronologiques tirés du paléomagnétisme permettent de penser que les hommes fréquentèrent cette grotte entre 950 000 et 900 000 ans.

Plus prometteurs sont les sites d'Auvergne qui, toutes proportions gardées, présentent des avantages comparables à ceux de l'Afrique orientale. Ici aussi les très vieilles alluvions du Pléistocène inférieur ont été conservées sous les coulées basaltiques ou piégées dans des fossés tectoniques. L'Auvergne est donc la région de France où les chances de trouver les plus vieilles traces de l'homme sont les plus grandes [21]. Effectivement le gisement de Chillac (Haute-Loire) a donné, dans des conditions malheureusement contestables, plusieurs galets aménagés renfermés dans un dépôt de pente datant du Villafranchien supérieur, environ 1 800 000 ans. Le gisement de Sinzelle (Haute-Loire), plus récent (vers 1 million d'années) présente, dans la disposition et les fractures de vestiges osseux, des manifestations d'une activité humaine bien qu'aucun outil n'ait été trouvé. Plus récent et appartenant vraisemblablement au début du Günz (vers 800 000 ans) le site de Soleilhac, toujours dans le même département, a livré dans des conditions stratigraphiques indubitables un outillage en basalte et en quartz.

Ainsi ni l'Asie ni l'Europe n'ont donné, jusqu'à ce jour, des arguments suffisants à opposer à la primauté de l'Afrique sur la question cruciale de nos origines. On ne peut cependant conserver une position trop tranchée car, partout où les recherches peuvent être menées avec efficacité, la trace de l'homme apparaît toujours plus ancienne. Les régions volcaniques d'Asie et d'Europe apporteront certainement de nouvelles surprises.

Quoi qu'il en soit, dès maintenant, l'âge très ancien de certains hominidés d'Extrême-Orient, comme l'homme de Modjokerto, nous amène à affirmer que l'homme se répandit très tôt hors de l'Afrique. Au stade suivant, celui d'*Homo erectus*, il occupe déjà tout l'Ancien Monde.

---

21. H DELPORTE, « Les premières industries humaines en Auvergne », *La Préhistoire française*, Paris, 1976, CNRS, t. I, p. 801-803.

2. LA LONGUE MARCHE DES ARCHANTHROPES

On peut arbitrairement fixer la disparition des derniers Australopithèques vers 1 million d'années, au cours de la période de refroidissement qui, en Europe, correspond à la glaciation de Günz. Tandis que s'éteignent les espèces qui s'écartent le plus du schéma humain, comme *Paranthropus robustus*, le genre *Homo* poursuit son évolution. La plupart des spécialistes admettent aujourd'hui que *Homo erectus*, nom spécifique sous lequel on regroupe les Archanthropes du type Pithécanthrope, Sinanthrope et Atlanthrope, est issu d'*Homo habilis*. Les caractères particulièrement évolués de certains fossiles africains du Pléistocène inférieur avaient conduit des auteurs comme R. et M. Leakey, Johanson et White à donner à *Homo erectus* une antiquité très grande. Ces fossiles d'Afrique orientale seraient caractérisés, à en juger par les mandibules et les fragments de palais conservés, par une taille supérieure à celle d'*Homo habilis* et des autres Australopithèques et approchant celle du Pithécanthrope. Ce lot, qui comprenait des fossiles de l'Afar, du lac Turkana et de Laetolil, fut ensuite regroupé par White, Johanson et Coppens sous le nom d'*Australopithecus afarensis* [22]. Cette espèce fort ancienne présenterait une très grande variabilité puisque la taille oscillait entre 0,90 m et 1,60 m. Récemment, E. Genet-Varcin [23] a retiré de cet ensemble assez disparate plusieurs mandibules et fragments de palais qu'elle juge appartenir à des Ponginés (chimpanzés) et qui avaient précisément servi à estimer les grandes tailles des prétendus hommes auxquels on les attribuait. Comme Ph. Tobias, elle met en doute, par ailleurs, l'existence du Pithécanthrope IV, reconstitution faite de deux parties, l'arrière-crâne

22. D.C. Johanson, T.D. White et Y. Coppens, « A new species of the genus *Australopithecus* (Primates : *Hominidae*) from the Pliocene of Eastern Africa », *Kirtlandia*, Cleveland, n° 28, 1978, p. 1-4.

23. E. Genet-Varcin, *op. cit.*, p. 77-78.

appartenant à un Pithécanthrope de petite taille et le maxillaire à un orang-outan fossile contemporain. Or cet échafaudage avait servi à étayer l'attribution au genre *Homo* des mandibules africaines qui présentaient des caractères semblables. Ces caractères avaient jusqu'alors toujours été reconnus comme simiens et non humains ; ce sont le diastème (séparation) entre la canine et l'incisive latérale, le dimorphisme entre les incisives, et le tracé en U de l'arcade dentaire. En rendant à leurs propriétaires légitimes certaines pièces osseuses, E. Genet-Varcin rendait plus explicable la curieuse rareté des Ponginés fossiles. En Afrique, au Plio-Pléistocène, ils paraissaient absents parce qu'ils avaient été rangés parmi les hominidés.

Cependant plusieurs pièces osseuses appartenant à *Homo habilis*, tant à l'est du lac Turkana, dont le fameux crâne 1470, qu'à Swartkrans (*Telanthropus*) présentent de très fortes affinités avec *Homo erectus* ; comme lui, ils ont le frontal bombé et un torus sus-orbitaire développé, cette sorte de visière est toujours plus épaisse chez les Archanthropes que chez les Australopithèques.

En Ethiopie le gisement de Gomboré Ib, à Melka Kunturé [24], a livré en 1977 une extrémité distale d'humérus dont l'attribution à *Homo erectus* ne fait pas de doute ; or les sédiments sont âgés de plus de 1 300 000 ans et de moins de 1 600 000 ans.

En définitive reconnaissons qu'il est bien difficile de définir le passage d'*Homo habilis* à *Homo erectus*. Le premier n'est pas encore suffisamment connu pour qu'il soit possible de l'opposer aussi nettement au second qu'on le souhaiterait. Il importe, au contraire, de reconnaître leurs affinités ; ils appartiennent tous deux au genre *Homo* et nous ne savons même pas s'il y a une différence spécifique entre eux.

Les conquérants de l'Ancien Monde

Les Archanthropes sont les auteurs des industries assez diverses qui furent taillées dans tout l'Ancien Monde pendant les millénaires correspondant à l'interglaciaire Günz-Mindel (Cromérien), la glaciation de Mindel, l'interglaciaire Mindel-Riss et la glaciation de Riss.

C'est en effet pendant l'interglaciaire Günz-Mindel et au début de la glaciation de Mindel qu'apparaissent les premiers bifaces en Europe occidentale (haute terrasse de la Somme à Abbeville) mais aussi en Afrique du Nord (carrières de Sidi Abderramane, à Casablanca) où dès la phase archaïque se mêlent des outils nouveaux, les hachereaux (Fig. 24). L'industrie acheuléenne se déve-

24. J. Chavaillon, N. Chavaillon, Y. Coppens et B. Senut, « Présence d'hominidé dans le site oldowayen de Gomboré I à Melka Kunturé, Ethiopie », *Comptes rendus de l'Académie des Sciences*, n° 285, oct. 1977, p. 961-963.

loppe pendant l'interglaciaire Mindel-Riss et connaît son apogée pendant la glaciation de Riss. Ceci représente donc un nombre respectable de millénaires puisque cette durée acheuléenne s'étend de 700 000 à 120 000 ans et correspond à la période géologique du Pléistocène moyen.

Durant cette longue période l'homme occupe toutes les terres accessibles de l'Ancien Monde, du moins nous le supposons car ses traces n'ont pas partout été conservées ; sur une bonne partie du nord de l'Europe et de l'Asie le long et puissant ratissage des inlandsis, lors des glaciations mindélinenne, rissienne puis würmienne, a détruit tout vestige.

C'est donc les régions chaudes et tempérées des blocs eurasiatique et africain qui ont livré, en abondance, les restes de ces industries du Paléolithique inférieur généralement regroupés, en Europe et en Afrique, sous le nom d'Acheuléen[25]. Les gisements ayant livré de telles industries sont nombreux. On en dénombre plusieurs centaines sur le seul territoire français où, il est vrai, les recherches ont été conduites avec une application soutenue depuis plus d'un siècle. La comparaison des cartes archéologiques permet de reconnaître des différences considérables de densité entre des pays parfois très voisins, mais ces contrastes ne sont dus, le plus souvent, qu'aux politiques de la recherche ou au nombre des préhistoriens. On peut donc affirmer que l'homme acheuléen fut présent partout. Cette ubiquité est significative de ses capacités d'adaptation. Dès cette époque très ancienne, l'homme est capable d'affronter des milieux fort différents et de commencer à les maîtriser. Ce que l'on devinait chez *Homo habilis* est pleinement apparent chez son successeur : l'homme a commencé sa longue marche qui le conduira sous toutes les latitudes et lui permettra de pénétrer dans les milieux les plus hostiles avant de les asservir puis de les transformer.

Bifaces archaïques et industries sur éclats

Dans les débuts de l'industrie acheuléenne, tels qu'ils apparaissent au sommet de la couche II d'Olduvaï (Tanzanie) ou dans la carrière de Sidi Abderramane (Casablanca, Maroc), les galets aménagés tiennent encore une place importante qu'il est difficile d'évaluer partout car ils ne furent reconnus, en Europe, qu'à une époque récente. De plus leur proportion, par rapport à l'ensemble de l'industrie, peut varier d'une manière considérable : ainsi, à Sidi Abderramane, ils représentent 20 % de l'industrie alors qu'à Terra Amata (Nice) certains niveaux en renferment jusqu'à 62,5 % ; or les deux gisements sont sensiblement contem-

25. F. BORDES, *le Paléolithique dans le Monde*, Paris, 1968, Hachette, p. 52-82.

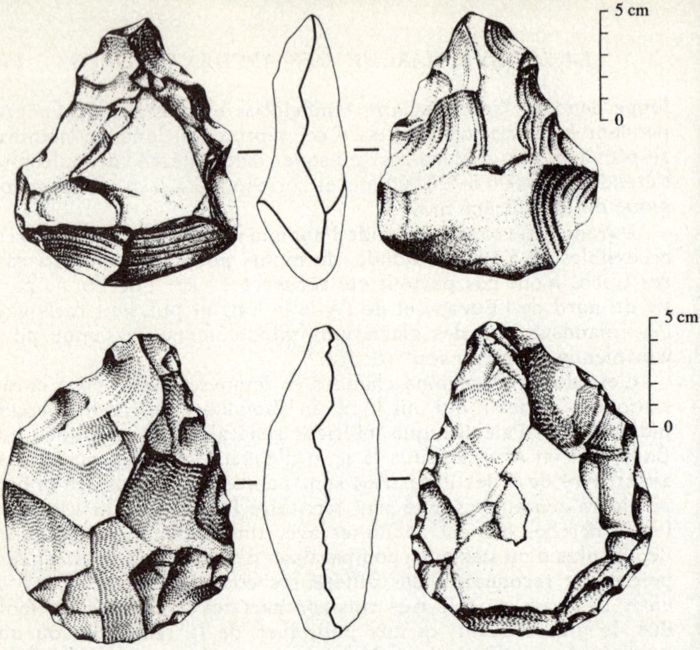

Fig. 23. — Biface abbevillien et biface acheuléen de l'oued Neffid (Sud marocain). *Dessin de S. de Butler.*

porains. Mêlés à eux, et parfois difficilement décelables, se trouvent les premiers bifaces. Ils sont, en effet, encore mal dégagés du groupe des galets aménagés : certains conservent une part importante non taillée du galet ou du bloc primitif, d'autres ont des plages de cortex étendues, mais tous ont en commun deux bords obtenus par la recoupe d'éclats percutés alternativement sur l'une ou l'autre face. Ces deux tranchants sont très sinueux et leur convergence ne donne pas une véritable pointe. Ces bifaces grossiers (Fig. 23), obtenus par une technique identique à celle des galets aménagés ou *chopping-tools* sont appelés aujourd'hui bifaces abbevilliens [26]. Cette industrie fut d'abord qualifiée de « chelléenne » en raison des trouvailles anciennes faites à Chelles peu avant 1880, dans les ballastières ouvertes dans les terrasses de la Marne, mais des phénomènes de solifluxion lors des glaciations avaient mêlé cet outillage archaïque à des industries plus récentes. C'est la raison pour laquelle l'abbé Breuil, dès 1932 [27],

26. F. Bordes, *Typologie du Paléolithique inférieur et moyen*, Bordeaux, 1961, Delmas, p. 69.

27. H. Breuil, « Le Paléolithique ancien en Europe occidentale et sa chronologie », *Bulletin de la société préhistorique française*, t. 29, 1932, p. 570-578.

proposa de remplacer la station de Chelles par celle d'Abbeville comme éponyme de l'industrie archaïque. Vers 1880 D'Ault du Mesnil avait en effet décrit ces bifaces grossiers lors de ses fouilles dans la haute terrasse de la Somme, à Abbeville. Lors de la reprise des fouilles par l'abbé Breuil, en 1939, cette terrasse livra plusieurs milliers de pièces associées à une faune chaude et humide qui pourrait appartenir à un interstade de la glaciation mindélienne dans sa phase ancienne. A Abbeville même, cette industrie avait été précédée par une autre encore plus grossière comprenant de rares bifaces, des galets aménagés et des éclats, qui est attribuée au Cromérien (interglaciaire Günz-Mindel). Cette industrie pré-abbevillienne, équivalente à celle du stade évolué de la Pebble-Culture du Maroc, se reconnaît aussi à Wimereux en Artois [28].

En Afrique, dès les débuts de l'Acheuléen, un autre outil sur gros éclat est associé au biface, c'est le hachereau, caractérisé par l'existence d'un biseau à l'extrémité distale. Les plus primitifs ne sont que des galets fendus ayant conservé leur cortex, seuls les bords sont régularisés par des retouches épaisses. Tout au long de l'Acheuléen, cet outil sera abondant en Afrique où seront mises au point des méthodes parfois très complexes pour obtenir des pièces efficaces et d'une qualité exceptionnelle. Connu en Sicile et en Espagne durant les mêmes époques, le hachereau ne fut pas un outil abondant en Europe moyenne. Ceux qui sont parfois signalés dans les séries de l'Acheuléen ancien (Terra Amata, Terrasses de la Garonne) ne répondent pas toujours à la définition « typologique » de cet outil qui, connu aussi en Orient et jusqu'aux Indes, demeure néanmoins spécifiquement africain (Fig. 24).

Il ne fait pas de doute que des éclats de plus petites tailles accompagnaient les industries pré-abbevillienne, abbevillienne et acheuléenne mais, lors de fouilles anciennes, ils ne furent pas remarqués ou ne furent pas recueillis. Ils entrent cependant pour une bonne part (22 %) dans l'industrie de Sidi Abderramane que, pour cette raison, les premiers fouilleurs nommèrent « clacto-abbevillien », le Clactonien étant un faciès à gros éclats du Sud de l'Angleterre. A Terra Amata ils constituent l'essentiel de l'outillage. Ils représentent encore la moitié des outils recueillis à Ternifine (Algérie). Cette micro-industrie, longtemps négligée, est cependant plus diversifiée que l'industrie sur galets, bifaces et hachereaux. A Ternifine, elle comprend des racloirs, des perçoirs et des pointes. Ces petits outils sur éclats de silex se distinguent si fortement des hachereaux, bifaces et galets aménagés qui sont en grès et quartzite que l'on craignit, un certain

28. A. Tuffreau, « Les civilisations du Paléolithique inférieur en Artois et dans le Cambrésis », *La Préhistoire française*, Paris, 1976, CNRS, t. 1, p. 964-970.

moment, qu'il s'agisse d'une imprégnation d'industrie plus récente dans les sables fluides du gisement. Il n'en est rien ; les travaux postérieurs effectués à Terra Amata [29] ont montré combien les hommes de l'Acheuléen ancien prisaient les outils de petite, voire de très petite taille. Dans ce gisement aussi ce sont les racloirs et les outils denticulés qui dominent. Certains éclats, très rares (0,7 %) présentent même déjà les caractéristiques du débitage levallois.

Les gisements de l'Acheuléen ancien présentent parfois une importance exceptionnelle ; citons, en raison de leur stratigraphie, ceux de Sidi Abderramane au Maroc, et, une nouvelle fois celui d'Olduvaï en Tanzanie. Pour son apport essentiel à la connaissance du comportement saisonnier des premiers hommes de l'Acheuléen doit être retenu celui de Terra Amata à Nice où les fouilleurs ont reconnu des occupations temporaires sur la plage, l'aménagement de foyers et la construction de cabanes oblongues faites de branchages fichés dans le sol et maintenus par des pierres. De rares gisements ont livré aussi les restes de ces premiers tailleurs de bifaces. En 1960, L. Leakey retirait de la partie supérieure de la couche II d'Olduvaï une boîte crânienne attribuée à l'homme « chelléen » et qui présente de grandes affinités avec celle des Pithécanthropes. Six ans plus tôt le gisement algérien de Ternifine avait été le lieu d'importantes découvertes : C. Arambourg apportait la preuve que les industries à bifaces étaient bien l'œuvre d'hommes du type pithécanthropien. Il baptisa *Atlanthropus mauritanicus* les fossiles découverts en 1954 et 1955. Les trois mandibules et le fragment de pariétal révèlent une grande variabilité parmi ces puissants chasseurs [30] qui, auprès d'une source artésienne, abattaient et dépeçaient éléphants, hippopotames et autre gros gibier.

En Europe, les conditions furent moins favorables à la conservation des fossiles de l'homme contemporain de la glaciation de Mindel, auteur des industries abbevilliennes et de l'Acheuléen ancien. On ne peut citer, de cette époque, que la célèbre mâchoire de Mauer (Bade-Wurtemberg). Elle provient d'une carrière de sable ouverte dans la moyenne terrasse de la Neckar (1907). La faune archaïque qui l'accompagnait permet de la considérer comme contemporaine des plus anciens Archanthropes d'Asie. L'examen des pierres recueillies depuis dans le même niveau a permis de reconnaître des galets aménagés et des éclats grossiers. Ainsi la mandibule de Mauer est le plus vieux fossile humain

29. H. de Lumley, « Les civilisations du Paléolithique inférieur en Provence », *La Préhistoire française*, Paris, 1976, CNRS, p. 819-851.

30. C. Arambourg et R. Hoffstetter, *Le gisement de Ternifine I*, Archives de l'Institut de Paléontologie Humaine, n° 32, Paris, 1963, Masson.

d'Europe, certains la vieillissent même jusqu'à la rattacher à la glaciation de Günz. La mandibule de Montmaurin (Haute-Garonne), découverte en 1949, présente les mêmes caractères archaïques : robustesse, absence totale de menton. Comme chez les Pithécanthropes, la troisième molaire est plus grosse que la deuxième, elle-même plus importante que la première. Ce trait archaïque, commun à la plupart des Archanthropes, n'apparaît pas cependant sur la mâchoire de Mauer. L'âge de la mâchoire de Montmaurin est délicat à établir, il serait soit mindélien soit contemporain de l'interglaciaire Mindel-Riss.

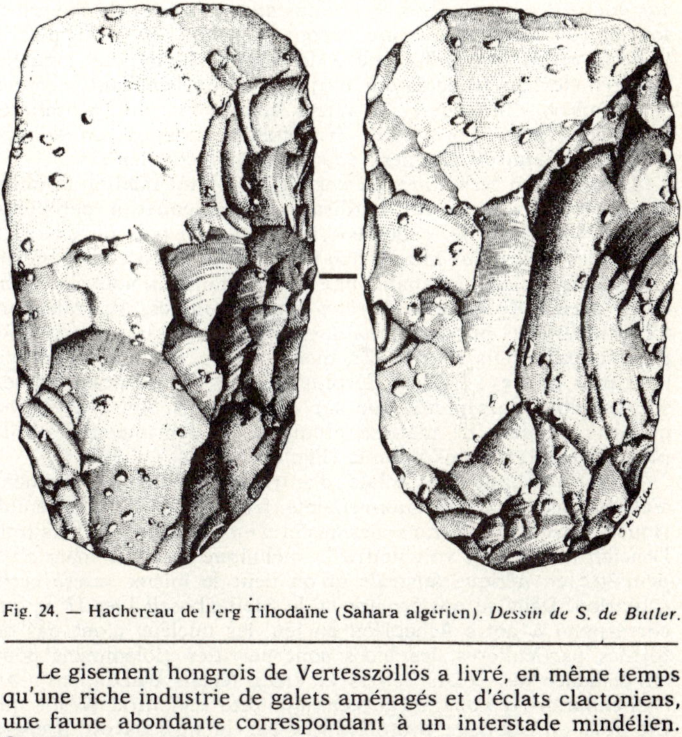

Fig. 24. — Hachereau de l'erg Tihodaïne (Sahara algérien). *Dessin de S. de Butler.*

Le gisement hongrois de Vertesszöllös a livré, en même temps qu'une riche industrie de galets aménagés et d'éclats clactoniens, une faune abondante correspondant à un interstade mindélien. Certains ossements portent des traces de combustion révélant que l'homme de Vertesszöllös connaissait l'usage du feu. De cet homme on a retrouvé un occipital de forme plus arrondie que celle des autres archanthropiens et annonçant par certains détails *Homo sapiens*.

Évolution de l'Acheuléen eurafricain

Au cours de l'interglaciaire Mindel-Riss et tout au long de la glaciation de Riss, les industries à bifaces et à éclats vont poursuivre une lente évolution qui s'accélère dans les derniers temps. En Europe comme en Afrique et dans le Proche-Orient on peut suivre la même progression durant l'Acheuléen moyen. Les bifaces prennent des formes de plus en plus régulières, tendant à être symétrique et les agencements techniques, les chaînes opératoires sont répétitives au point qu'il est possible de reconnaître, non sans difficulté d'ailleurs, des types auxquels les préhistoriens ont donné des noms. Ceux-ci, retenus au hasard des découvertes, sont parfois savoureux lorsqu'ils sont empruntés au patois picard (« ficron ») ou font référence à la bonne chère pour laquelle les préhistoriens français ont toujours eu un penchant reconnu (« amande », « limande ») ; d'autres noms sont plus prosaïquement descriptifs : cordiforme, triangulaire, ovalaire, ou se rapportent au nom du gisement éponyme : « micoquien ».

L'innovation technique qui permit, ou plutôt facilita, la taille de ces bifaces plats fut l'utilisation d'un nouveau percuteur manuel « tendre » ou « souple » ; le rondin de bois ou d'os fait sauter des éclats plus minces que ne le fait le percuteur de pierre mais celui-ci n'est pas abandonné pour autant. La nouvelle technique permet l'obtention d'arêtes plus régulières. Au tranchant très sinueux des bifaces archaïques, succède un bord rectiligne, plus coupant, plus efficace. En même temps, les bifaces deviennent plus minces ; ils sont de plus en plus fréquemment taillés sur de gros éclats plutôt que sur des rognons. Ainsi, avec une quantité moindre de matière première, on fabrique des outils plus efficaces et moins pesants (Fig. 25).

Dans le débitage des éclats, d'autres progrès sont également réalisés après de longs tâtonnements, fruits d'observations empiriques, mais aussi de transmissions et d'enseignements. Dans tout l'Ancien Monde, on voit naître la technique levallois mais c'est peut-être en Afrique australe qu'on peut le mieux suivre cette évolution. Dans ce qui fut appelé le Stellenbosch I et II et qui correspond à notre Acheuléen ancien, les nucléus n'ont pas de formes particulières, les blocs sont percutés violemment pour en détacher des éclats courts et épais (éclats clactoniens). Au Stellenbosch III apparaît la technique dite « Victoria West » qui est déjà un débitage protolevallois car le nucléus est préparé sommairement mais la percussion qui détache l'éclat est portée latéralement de sorte que celui-ci est court et large. C'est la raison pour laquelle les hachereaux, si fréquents dans l'Acheuléen africain, ont le plus souvent le talon sur la partie proximale de l'un des bords et non à l'extrémité comme dans les outils tirés de

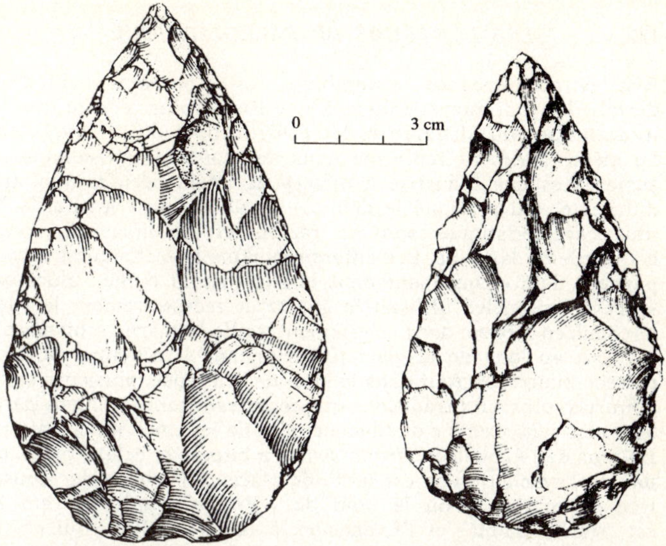

Fig. 25. — Bifaces de l'Acheuléen terminal de Marcheville (Somme) et d'El Ma el abiod (Algérie). *Dessins de P. Laurent et S. de Butler.*

vrais éclats levallois. Au stade suivant, Stellenbosch IV, les vrais nucléus levallois deviennent fréquents. La présentation nécessairement sommaire de cette évolution risque de donner une image fausse. Ces changements s'opèrent insensiblement, au cours de plusieurs centaines de millénaires. Le débitage levallois se généralise à la fin de l'Acheuléen moyen et surtout dans l'Acheuléen supérieur, ce qui donne à certaines industries sur éclats du Riss, une élégance et une qualité jusqu'alors inconnues.

On ne saurait cependant porter un jugement d'ensemble sur les industries d'âge acheuléen. Il en est, en Europe même, qui ignorent la fabrication des bifaces et n'utilisent que des éclats débités sans grand soin aboutissant à des outils qui nous paraissent médiocres bien qu'ils aient vraisemblablement été aussi efficaces[31]. La plus ancienne est l'industrie clactonienne, aux éclats épais. Au cours de la glaciation de Riss, l'industrie du Tayacien ancien ignore pratiquement le débitage levallois et fabrique des outils sur éclats courts, à bulbe épais et talon large, dont la plupart sont simplement encochés. Ce sont des racloirs denticulés, des pointes grossières, des becs et de mauvais grattoirs. Dans la Caune de l'Arago, à Tautavel (Pyrénées-Orientales), cette industrie, vieille de 300 à 200 000 ans qui est du début du

31. F. Bordes, *le Paléolithique dans le Monde*, Paris, 1968, p. 83.

Riss, est accompagnée de nombreux restes humains « anténéandertaliens » qui appartiennent à une forme plus récente que les Atlanthropes du Maghreb et les Sinanthropes d'Extrême-Orient. Le même gisement renferme dans des couches immédiatement susjacentes une industrie à bifaces de l'Acheuléen moyen, très différente, qui pratique le débitage levallois, dont les outils les plus caractéristiques sont le racloir et le biface en forme d'amande ou lancéolé. Les différences dans la technique s'accompagnent d'un changement dans le choix de la roche : alors que le Tayacien ancien utilisait le quartz et accessoirement le silex, l'Acheuléen moyen, dans ce gisement, taille la marne schisteuse [32].

Tout au long de la glaciation rissienne il est ainsi possible de reconnaître, surtout dans le Midi de la France, plusieurs styles culturels, plusieurs traditions qui, manifestement, évoluent parallèlement sans exercer d'influence notable les unes sur les autres. En plus de l'Acheuléen *stricto sensu*, à bifaces et éclats, on reconnaît le Tayacien qu'on est tenté de placer à l'origine du Moustérien charentien (d'où le nom de « Proto-Charentien » qui lui est parfois donné) et l'Evenosien, à la fin du Riss, qui est de technique levallois, tout en utilisant fréquemment des éclats de fortune, et produit nombre d'outils qui, comme les burins et les grattoirs, annoncent le Paléolithique supérieur.

L'existence de ces différents faciès mérite l'attention car elle confirme qu'en Europe, et certainement ailleurs, évoluaient parallèlement plusieurs traditions culturelles indépendantes des contraintes du milieu naturel.

Diversité des Archanthropes

Or il existe aussi, au cours de ces mêmes périodes, plusieurs types humains mais il n'est pas possible de mettre en parallèle ces deux phénomènes. Les anthropologues sont très divisés à leur égard d'autant que la question fut embrouillée par une fraude célèbre, celle du prétendu *Eoanthropus Dawsoni*, ou homme de Piltdown. Il s'agit de l'une des plus belles « forgeries » de l'anthropologie préhistorique qui empoisonna pendant quarante ans la recherche. Un arrière-crâne de type moderne avait été « découvert » par Dawson dans un gisement du Sussex attribué au Pléistocène inférieur ou moyen en raison de la faune (Hippopotame) et considéré comme « Chelléen » au vu des silex taillés contenus dans les mêmes sédiments. Contrebalançant le caractère trop moderne des fragments crâniens, une mandibule fragmentaire de type simien, trouvée peu après dans le voisinage,

32. H. DE LUMLEY, « Les civilisations du Paléolithique inférieur du Languedoc méditerranéen et du Roussillon », *La Préhistoire française*, Paris, 1976, CNRS, t. 1, p. 852-874.

fut associée au crâne par S. Woodward. L'homme de Piltdown fut considéré comme un ancêtre direct d'*Homo sapiens*, contemporain mais distinct des Archanthropes, différent aussi de l'homme de Néandertal mais antérieur à lui. Nombreux furent les anthropologues qui refusèrent de se rallier à cette opinion qui fut cependant à l'origine d'une théorie dite des « Présapiens ». Ce n'est qu'après des décennies de discussion que les investigations en laboratoire permirent de dénoncer la fraude, qui avait été, dans son genre, un chef-d'œuvre. Le crâne était bien moderne, la mâchoire était celle d'un chimpanzé, astucieusement fragmentée. En fait tout était faux, la faune elle-même, introduite dans le sédiment, provenait... des collections du British Museum. Le génial faussaire avait su reconstituer parfaitement la patine brun rouge des alluvions et en revêtir soigneusement toutes les pièces.

La théorie des « Présapiens » reposait cependant sur des documents plus sérieux, nous aurons à revenir sur cette question en évolution constante. Trois gisements européens ont, en effet, livré des restes humains qui, morphologiquement, se distinguent et des Archanthropes et des Néandertaliens qui leur succédèrent, ce sont ceux de Steinheim, de Swanscombe et de Fontèchevade [33]. L'âge de ces trois gisements fait l'objet de discussions, chacun appartient sûrement à une phase « chaude », c'est-à-dire tempérée, mais Steinheim et Swanscombe pourraient aussi bien appartenir à l'interglaciaire Mindel-Riss qu'à un interstade du Riss et Fontèchevade daterait d'un interstade du Riss ou de l'interglaciaire Riss-Würm. Il est acquis, quoi qu'il en soit, qu'ils sont contemporains d'industries du Paléolithique inférieur, Acheuléen à Swanscombe, Tayacien à Fontèchevade.

Ces différents fossiles se distinguent des Archanthropes par la forme arrondie de l'occipital, qui est un caractère moderne, et des Néandertaliens par la présence de fosse canine et un moindre prognatisme (Steinheim).

Un autre crâne fragmentaire, celui d'Ehringsdorf (Weimar) présente un frontal plus redressé que celui de n'importe quel homme de Néandertal en Europe. Les restes humains de la Caune de l'Arago, en particulier le crâne facial d'Arago XXI, présentent aussi quelques caractères qui permettent de différencier les Archanthropes d'Europe de ceux d'Afrique et d'Asie [34]. Chez eux aussi les fosses canines font défaut, ainsi que la carène sagittale, et le frontal est moins fuyant que chez le Pithécanthrope et même le Sinanthrope.

---

33. H.V. VALLOIS, *La grotte de Fontèchevade II. Anthropologie*, Archives de l'Institut de Paléontologie Humaine, n° 29, Paris, 1958, Masson.

34. M. A. DE LUMLEY, « Les Anténeandertaliens dans le Sud », *La Préhistoire française*, Paris, 1976, CNRS, t. 1, p. 548-560.

Pour E. Genet-Varcin toutes ces pièces fossiles sont simplement rattachées à *Homo sapiens* car ils présentent des traits qui les rapprochent davantage des Néandertaliens que d'*Homo erectus*. Plusieurs sites africains ont livré des restes humains rattachés également à *Homo erectus*. Ces Archanthropes sont plus nombreux au Maghreb que partout ailleurs. Aux Atlanthropes de Ternifine (Algérie) connus depuis un quart de siècle se sont ajoutées les découvertes faites au Maroc. Les carrières de Sidi Abderramane proches de Casablanca ont donné une mandibule d'Atlanthrope contemporaine du Mindel-Riss, accompagnée d'une industrie de l'Acheuléen moyen. Plus anciens sont les restes humains découverts, en 1969, dans la carrière Thomas, au voisinage des précédentes [35]. Ces fragments découverts dans un niveau renfermant de l'Acheuléen ancien, comprennent une demi-mandibule gauche, des éléments du crâne (frontal et temporal) et des dents isolées. Ces pièces présentent une grande affinité avec celles de l'Atlanthrope n° II de Ternifine. D'âge mindélien aussi, mais plus récent, est le crâne découvert au nord de Salé, dans les grès dunaires anfatiens [36]. Son occipital arrondi et sans chignon lui donne un aspect évolué mais il faut rappeler qu'on ne connaît pas l'arrière-crâne des autres Atlanthropes. Il diffère cependant des autres squelettes crâniens africains attribués à des Archanthropes anciens (homme « chelléen » d'Olduvaï) ou récents (Saldhana, Broken Hill) qui ont tous un occipital anguleux et un chignon bien marqué.

C'est encore le Maroc atlantique qui, par la mâchoire de Kébibat (Rabat), fournit un des fossiles archanthropiens les plus récents puisqu'il provient de grès dunaires d'âge tensiftien, contemporain du Riss II, âgés de quelque 160 000 ans.

En Asie les grandes lignes de l'évolution des techniques ne sont pas identiques à celles de l'Europe et de l'Afrique. Les hommes aussi diffèrent quelque peu. Les plus anciens Archanthropes sont les Pithécanthropes de Java. Découvert par Dubois, en 1891, à Trinil, le premier Pithécanthrope suscita une longue controverse que l'esprit ombrageux de Dubois rendit encore plus difficile. La découverte, dans le même niveau, à quelques mètres de distance et à un an d'intervalle, d'une calotte crânienne très surbaissée et d'un fémur incontestablement humain permettait-elle l'attribution des deux pièces au même sujet ? Dubois, avec

35. E. ENNOUCHI, « Découverte d'un Pithécanthropien au Maroc », *Compte rendu de l'Académie des Sciences*, 1969, n° 269, p. 763-765 ; E. ENNOUCHI, « Nouvelle découverte d'un Pithécanthropien au Maroc », *idem*, 1972, n° 274, p. 3088-3090.

36. J.J. JAEGER, « Découverte d'un crâne d'Hominidé dans le Pléistocène du Maroc », *Problèmes actuels de Paléontologie*, Colloque international du CNRS, 1975, p. 897-902.

l'obstination du génie, créa *Pithecanthropus erectus* en associant crâne, fémur et une dent isolée découverte antérieurement. Les deux termes spécifiques employés par Dubois méritent une explication. La dénomination de *Pithecanthropus* avait déjà été proposée par Haeckel, fervent darwiniste, pour désigner un hypothétique « homme-singe » intermédiaire entre l'anthropoïde et l'homme. *Erectus* était le qualificatif choisi par Dubois pour affirmer l'acquisition définitive de la station verticale. Cette affirmation s'appuyait sur les caractères du fémur qui, bien qu'archaïque, était parfaitement humain (*Pl. II, 2*).

Il fallut attendre la reprise des fouilles par Von Kœnigswald en 1936, non à Trinil mais à Sangiran, pour avoir une connaissance plus complète du Pithécanthrope. Depuis longtemps, cependant, celui-ci était, contre l'avis de Dubois, considéré comme un homme véritable, ne méritant pas le nom qui lui avait été donné. Les nouvelles fouilles permirent de préciser l'âge des couches de Trinil qui renfermaient les restes de Pithécanthrope[37]. Elles appartiennent à une phase ancienne du Pléistocène moyen et sont contemporaines du début de la glaciation de Mindel, vers — 800 000 ans. Les Pithécanthropes de Trinil et de Sangiran ne sont cependant pas les plus vieux ; en effet les couches de Djetis, plus anciennes que celles de Trinil, livrèrent aussi des restes d'*Homo erectus* archaïque (Modjokerto) qui sont âgés de plus d'un million d'années et rapprochés aujourd'hui d'*Homo habilis*. Nous ne connaissons pas l'industrie des Pithécanthropes, sans doute en raison des conditions de gisements : avant d'être déposés dans les couches alluviales, les os ont pu être transportés assez loin de l'habitat. Cependant les couches de Trinil ont livré quelques rares éclats et galets taillés qu'on est en droit de leur attribuer. Il est possible aussi que *Pithecanthropus* utilisait peu la pierre, lui préférant le bambou, l'os et les bois de cervidé.

Cependant il existe, à Java même, d'importantes séries d'outils en pierre, caractéristiques de la culture nommée Padjitanien. Cette industrie est plus récente que les Pithécanthropes, elle pourrait être mise en relation avec leurs descendants, les hommes de N'gandong, si remarquables par les dimensions exceptionnelles du crâne. Le Padjitanien est la seule industrie d'Extrême-Orient connaissant le biface[38]. On ne sait s'il s'agit d'une convergence ou d'un très ancien contact avec l'Inde où les bifaces sont bien connus. Il faut noter également que le Padjitanien, comme les industries occidentales, pratique le débitage levallois.

Entre la découverte de Dubois et le moment où Von Kœnigs-

37. R. von Koenigswald et F. Weidenreich, « Discovery of an additional Pithecanthropus skull », *Nature*, n° 92, 1938, p. 715-723.

38. F. Bordes, *le Paléolithique dans le Monde*, Paris, 1968, Hachette, p. 82.

wald reprit les recherches à Gowa, d'autres documents de grande valeur avaient été mis au jour en Chine. Ce sont les *Sinanthropus* découverts à Choukoutien dans la région de Pékin. Les premiers travaux d'Anderson, en 1921, firent connaître une dent qui, comme à Java, fut d'abord attribuée à un singe anthropoïde, mais en même temps Anderson notait la présence de fragments de quartz totalement allogène qui ne pouvait être due qu'à l'intervention de l'homme. Mais ce fut à Davidson Black que revint le mérite de reconnaître le Sinanthrope. Il fit preuve d'une certaine témérité pour oser créer une espèce au vu de deux dents, suivies d'une troisième en 1927. L'année suivante la découverte du premier crâne par le docteur Peï confirmait le diagnostic de Black. Dès lors, grâce à la fondation Rockefeller des travaux de grande envergure furent entrepris dans la célèbre colline dont la topographie fut entièrement bouleversée. Ils se poursuivirent pendant une dizaine d'années. L'importance du gisement explique, sans l'excuser, le gigantisme de son exploitation : les couches fossilifères se superposaient sur 55 m de hauteur et des restes de Sinanthrope furent recueillis dans toute l'épaisseur des dépôts qui colmataient les fissures de la masse calcaire. Ce colmatage s'est effectué à l'extrême fin de la glaciation de Mindel et pendant l'interglaciaire Mindel-Riss, soit vers — 300 000 ans.

Lorsque la guerre sino-japonaise interrompit les travaux, ceux-ci avaient livré des fragments osseux appartenant à une quarantaine d'individus. Cinq crânes plus ou moins remontables et plus de 14 mandibules permettaient une reconstitution suffisante. Malgré la très malheureuse disparition des originaux durant la guerre et grâce aux moulages de Weidenreich, le Sinanthrope, *Homo erectus sinensis*, demeure le mieux connu des Archanthropes. Plus récent que le Pithécanthrope de Java et l'Atlanthrope d'Afrique, il a une capacité cérébrale qui varie de 815 à 1 225 cm^3 et une voûte crânienne moins aplatie.

Son industrie, mieux connue que celle du Pithécanthrope, est essentiellement constituée de galets de quartz taillés et de nombreux éclats, dont certains sont finement retouchés [39]. Le Sinanthrope utilise abondamment, dans son industrie, l'os et le bois de cerf qui fut le gibier de prédilection à Choukoutien.

On peut suivre l'évolution de l'industrie lithique durant le Riss, elle conduit au Moustérien de type chinois par l'intermédiaire de ce qui fut appelé le complexe de Faho.

39. H. Breuil, « Le feu et l'industrie de pierre et d'os dans le gisement du Sinanthropus à Choukou-Tien », *L'Anthropologie*, t. 42, 1932, p. 1-17.

La conquête du feu

Les fouilles de Choukoutien apportèrent d'autres informations, largement recoupées, depuis, par des travaux plus récents et donc plus minutieux, qui nous permettent de pénétrer davantage dans l'intimité d'*Homo erectus*.

L'une des découvertes, qui surprit le plus les fouilleurs de Choukoutien, avait été celle de très abondantes cendres et restes de foyers dans les sédiments à Sinanthropes, alors qu'on en était encore à s'interroger sur leur appartenance au genre humain[40]. Une fois de plus l'apparente contradiction entre l'aspect jugé bestial des fossiles et des traces non équivoques d'activités supérieures, telles que la fabrication d'outils et l'entretien de feux abondants, avait fait poser la question de savoir si le Sinanthrope n'était pas le gibier que chassait un « vrai » homme encore inconnu.

Cette question paraissait justifiée, en outre, par quelques détails troublants : les rares os des membres avaient été fracturés volontairement, sans doute pour en extraire la moelle, les crânes présentaient un élargissement du trou occipital obtenu par percussion pour en extraire le cerveau. Ces pratiques d'anthropophagie ont été reconnues, depuis, sur d'autres crânes du Paléolithique inférieur (Caune de l'Arago).

Si l'usage du feu fut reconnu pour la première fois chez les Sinanthropes de Choukoutien, il leur est cependant largement antérieur. Dans l'état de nos connaissances, c'est l'Europe, et particulièrement la France, qui révèle les plus vieilles traces de foyers allumés ou entretenus par l'homme. La grotte de l'Escale (Bouches-du-Rhône) est vraisemblablement le plus ancien site ayant livré des traces de l'usage du feu. La faune, qui y fut trouvée, conserve encore de nombreuses affinités villafranchiennes, elle ne peut être postérieure au début du Mindel[41].

Plus précis sont les restes de foyers aménagés découverts à Terra Amata (Nice). On sait que dans ce gisement furent retrouvés 21 emplacements de huttes, ayant chacune 9 à 16 m de long sur 4 à 7 m de large, dont les plus récentes, reconstruites sur le même emplacement, occupaient une dune qui a conservé fidèlement les traces de l'occupation : pierres et trous consolidés des piquets, foyers et, pensent les fouilleurs, emplacements de couche sur des peaux étendues. Les foyers se trouvaient au centre des cabanes ; c'étaient de simples excavations creusées dans le sable

40. *Ibidem.*

41. M.F. Bonifay, « Carnivores quaternaires du Sud-Est de la France », *Mémoires du Muséum d'Histoire naturelle*, t. 21, 1971 ; E. Bonifay, « Grotte de l'Escale — Provence et Languedoc méditerranéen — Sites paléolithiques et néolithiques », Excursion c.r., U.I.S.P.P., IXe congrès, Nice, 1976, p. 50-56.

et abritées sur un côté par un muret de pierres. De telles dispositions laissent deviner une maîtrise déjà ancienne du feu, or le recoupement de différents éléments chronologiques permet de situer entre 400 000 et 380 000 ans l'occupation du site par plusieurs groupes de chasseurs qui trouvaient sur cette plage, à proximité de l'estuaire du Paillon, d'excellents terrains de chasse et une aiguade [42].

Aussi ancien, l'homme de Vertesszöllös (Hongrie), savait également entretenir des foyers. Du même interglaciaire Mindel-Riss, datent les traces de feux de Swanscombe et de Hoxne, dans le sud de l'Angleterre. Les célèbres gisements espagnols de Torralbà et d'Ambrona, qui sont des emplacements de chasse et de dépeçage d'*Elephas antiquus*, ont livré eux aussi des traces manifestes de l'utilisation du feu. Clark Howell a même supposé que les chasseurs allumaient des feux pour affoler les pachydermes et les pousser dans les marais où ils les achevaient et les dépeçaient. Howell et Freeman ont retiré dans le seul gisement d'Ambrona, qui n'est que partiellement fouillé, les ossements de plus de 50 éléphants. Mais ces deux gisements appartiennent à une époque froide, qui semble bien être la première phase du Riss [43]. A cette époque, les traces de foyers ne sont plus exceptionnelles en Europe et en Asie [44].

Le problème reste posé pour l'Afrique car ce n'est qu'à l'extrême fin de cette glaciation qu'appartient le site de Kalambo Falls (Tanzanie) [45], le plus ancien gisement africain ayant livré des traces manifestes de la maîtrise du feu par l'homme, ce qui ne saurait, toutefois, laisser penser qu'elle ait été ignorée auparavant de tout ce continent.

La conquête et la maîtrise du feu ont eu certainement des conséquences incommensurables pour l'humanité. Avant même que ne s'organise scientifiquement la recherche préhistorique, philosophes et romanciers avaient deviné intuitivement l'importance du phénomène. Aujourd'hui, plus prosaïquement, les auteurs insistent volontiers sur l'amélioration des conditions de vie : chauffage, éclairage, cuisson des aliments, protection contre les animaux, on peut ajouter : procédé de chasse par affolement des hardes. Tout ceci est d'une importance mais aussi d'une

42. H. de Lumley, « A Palaeolithic camp at Nice », *Scientific American*, 1969, n° 220, p. 42-50.

43. D. de Sonneville-Bordes, « Stations acheuléennes de la Vieille Castille : Torralba et Ambrona », *L'Anthropologie*, t. 69, 1965 ; P. Biberson, « Torralba et Ambrona. Notes sur deux stations acheuléennes de chasseurs d'éléphants de la Vieille Castille », *Miscelanea en homenaje al abate Henri Breuil*, t. 1, Barcelone, 1964, p. 201-248.

44. C. Perles, *Préhistoire du Feu*, Paris, 1978, Masson.

45. J.D. Clark, *Kalambo falls. Prehistoric Site*, Cambridge University Press, 1969.

banalité telles qu'il serait vain d'insister, bien que nous ne connaissions presque rien, à l'Acheuléen, des modalités exactes de cette utilisation du feu. La découverte de foyers situés au centre des cabanes de Terra Amata est particulièrement riche de réflexions. Il se trouve que l'une des traces les plus anciennes de l'utilisation du feu révèle déjà la place principale reconnue, dans l'espace habité, à ce premier auxiliaire de l'homme. Loin d'éprouver, comme les autres vertébrés, une répulsion instinctive à l'égard du feu, l'homme a su s'emparer de tisons, capturer la flamme vive puis l'entretenir dans le cercle magique du combustible. Comment ne pas être lyrique en décrivant ce premier geste du premier conquérant. La fable a conservé le mythe universel de Prométhée, dont les implications ont été aussi diverses et contradictoires que l'utilisation même du feu, symbole de douceur familiale et de destruction guerrière.

En fait, avoir osé s'emparer, à main nue, du feu pour s'en approprier la puissance et la charge émotionnelle me semble être la deuxième naissance de l'humanité. Après avoir créé l'outil, prolongement de son être physique, voici l'homme maître d'un élément qu'il transforme en instrument de sa volonté.

Nous ne savons pas quand il apprit à créer le feu, technique qui me paraît secondaire et qui est certainement apparue assez tôt, puisque nous retrouvons, tout au long du Paléolithique, des foyers et des traces de feu sur l'emplacement de simples haltes de chasse et que l'on voit mal les chasseurs emportant des braises avec eux au cours de leurs expéditions. Dans le gisement acheuléen de Torralba, il fut trouvé un curieux instrument en bois ayant une face plane et l'autre convexe ; cet objet présente donc les caractères habituels des briquets de bois [46]. Un autre semblable fut conservé dans le gisement moustérien de Krapina (Croatie).

Quel fut le premier usage du feu ? Tenter de répondre à cette question nous lancerait dans un débat purement spéculatif qui ne serait appuyé sur aucun élément archéologique irréfragable. Rien n'est moins sûr que la cuisson des aliments ait été la première application de la domestication du feu, mais elle eut des répercussions physiologiques certainement importantes. Elle eut pour conséquence d'accentuer le régime carné de l'homme. Comme tous les Primates, l'homme a un système digestif de végétarien ; la cuisson de la viande, rendant celle-ci plus digeste, en facilitait la consommation. Il en résulte l'absorption d'une plus grande quantité de calories. La cuisson des aliments, en les attendrissant, provoquait une réduction du temps de mastication qui se traduisit par une diminution des muscles de la face.

46. C. Perles, *op. cit.*

Ceci contribua à l'allègement de la face et au raccourcissement des maxillaires bien que ce fait obéisse à d'autres impulsions évolutives, apparues antérieurement à l'utilisation du feu. A l'appui de cette interprétation mécaniste, à vrai dire assez naïve, on peut citer la massivité de l'appareil masticateur des Eskimo qui sont encore, comme leur nom l'indique, des mangeurs de viande crue.

Le feu facilita aussi la conservation de la chair du gibier abattu et des poissons capturés. Les quartiers ou les filets exposés au feu et aux fumées se desséchaient, s'allégeaient. Tout en gardant l'essentiel de leurs qualités alimentaires, ces viandes pouvaient être consommées longtemps après l'abattage. L'homme dut certainement très tôt faire des provisions d'aliments divers, comportement inconnu des Primates mais commun à de nombreuses espèces, très diverses, dont il avait peut-être appris à piller les réserves. Il ne faudrait pas cependant que nos répugnances et notre sensiblerie d'Européens de la fin du XXe siècle faussent notre jugement au point de croire que la consommation totale des bêtes abattues devait être immédiate. La faiblesse numérique des groupes de chasseurs qui, comme à Ambrona, abattaient des monstres pesant quelque 20 tonnes, sous-entend un énorme gâchis bien que le clan dût « vivre sur la bête » pendant un temps dépassant notre écœurement. Pour cela encore, l'exemple des « primitifs », Pygmées de la forêt africaine ou Eskimos des étendues désolées du grand Nord, doit être évoqué. Ils sont, les uns et les autres, capables d'ingérer, sans ennui digestif majeur, des quantités énormes de viande dont le moins qu'on puisse dire est que le plus laxiste de nos nutritionnistes interdirait absolument la consommation.

On peut imaginer aussi que, comme les groupes prédateurs qui subsistent, des invitations étaient lancées aux clans voisins d'avoir à profiter de l'aubaine. Mais nous ne savons pas si la sociabilité était assez développée chez les Archanthropes pour permettre un tel comportement.

Le feu, source de chaleur et de lumière, eut bien d'autres conséquences que l'amélioration des conditions matérielles. S'il transforma, peut-être, l'homme dans son aspect physique, le feu eut certainement des répercussions plus profondes dans son comportement social et son évolution psychique. La lumière, entretenue pendant la nuit, contribua à chasser les terreurs ancestrales, apprit à l'homme à veiller tandis que l'attirance qu'exerçaient les flammes faisait regrouper autour du foyer l'ensemble de la horde, facilitait la communication entre les individus et renforçait la solidarité familiale. Qui a subi l'étrange fascination des feux de camp dans la solitude saharienne, alors que le froid tombe d'un seul coup et que commence l'interminable veillée qui fait chaud au cœur, comprendra sans peine ce que le feu a pu apporter à l'humanité. Assis en tailleur ou accroupi au coude à coude avec son voisin, chacun, fasciné par le jeu des flammes et le crépitement des braises, sent fondre son individualité dans une bienheureuse torpeur collective, tandis que circulent les verres d'un thé brûlant mêlé aux feuilles amères de l'armoise.

3. LE PALIER NÉANDERTALIEN

Du Paléolithique inférieur, représenté par l'Acheuléen et par des industries sur éclats pratiquant ou non le débitage levallois, au Moustérien, la transition est insensible. Ce passage est si peu perceptible que le début du Moustérien fut, suivant les auteurs, placé à des moments différents de la chronologie quaternaire. Certains crurent, quelque temps, à un Moustérien « chaud » qui se serait développé au cours de l'interglaciaire Riss-Würm. Actuellement de telles industries sont rattachées au Tayacien ou à un faciès voisin, ou bien placées dans l'interstade Würm I-Würm II. Les paléolithiciens admettent aujourd'hui que le Moustérien ne commence pas avant le début du Würm mais les meilleurs spécialistes sont convaincus que le Micoquien, un des faciès de l'Acheuléen final, remarquable par la qualité de ses bifaces aux arêtes particulièrement tranchantes et finement retouchées près de la pointe est, lui aussi, d'âge würmien. Inversement, les industries rissiennes de Rigabe, en Provence, sont déjà très proches du Moustérien typique.

Les origines rissiennes indubitables du Moustérien expliquent que, dès le début du Würm, cet ensemble d'industries couvre un immense territoire, toute l'Europe, le nord de l'Afrique, le Proche-Orient, gagnant même la Chine.

Le complexe moustérien

Comme les faits paraissaient simples lorsque nous étions ignorants ou du moins très mal informés ! Avec quelle assurance les préhistoriens du début du siècle nous présentaient l'homme de Néandertal, être fruste, à démarche et attitude encore bestiales. Cet *Homo primigenius* (car on le considérait comme le premier vrai homme) marchait les jambes légèrement fléchies, sa lourde tête dépourvue de front penchée vers l'avant, tel le voyait M. Boule[47] après avoir étudié le squelette de la Chapelle-aux-Saints (Corrèze) découvert en 1908 par les abbés L. et J. Bardon et A. Bouyssonie. Cette reconstitution que nous savons aujourd'hui erronée était cependant en net progrès sur les jugements portés par Wirchow en 1856 lors de la découverte de la fameuse calotte crânienne de Néandertal considérée comme pathologique et appartenant à un idiot. Certes, on admettait que cet être à peine humain taillait sommairement quelques outils sur éclat et des bifaces de petites dimensions tandis que les premiers froids wurmiens, voici quelque 90 000 ans, s'accompagnaient de l'arrivée massive d'espèces animales nouvelles telles que le renne, le renard polaire, le harfang et de la disparition de la faune tempérée qui se réfugiait, ou plutôt subsistait, dans les péninsules méditerranéennes.

G. de Mortillet, classant les connaissances acquises en France, particulièrement en Périgord, Charente et Pyrénées, nommait Moustiérien (devenu Moustérien) l'industrie mise au jour par E. Lartet en 1865 dans la petite grotte du Moustier, à proximité des Eyzies-de-Tayac (Dordogne). Dans sa classification, qui fut longtemps suivie, il reconnaissait trois étages dans le Moustérien : le Moustérien ancien caractérisé par la présence de bifaces, le Moustérien moyen qui ne possédait qu'un outillage sur éclats comptant un grand nombre de racloirs minces et des pointes, et un Moustérien supérieur possédant en abondance des racloirs transversaux, souvent épais, à tranchant courbe très soigneusement retouché.

D. Peyrony eut le premier l'intuition puis la certitude que le Moustérien n'était pas une culture unitaire dont on pourrait suivre l'évolution selon le schéma linéaire dicté par l'esprit systématique de Mortillet. En reprenant la fouille des abris du Moustier, il se rendit compte qu'il existait effectivement un Moustérien à petits bifaces et un Moustérien sans bifaces, à racloirs abondants mais qu'ils ne représentaient pas les formes évolutives d'une même industrie puisque le Moustérien à bifaces (qu'il nomma « Moustérien de tradition acheuléenne ») se trouvait interstratifié entre deux niveaux de Moustérien sans bifaces appelé Moustérien typique[48].

Les progrès décisifs furent accomplis par F. Bordes et M. Bougon qui appliquèrent à l'étude des industries du Paléolithique moyen la méthode statistique fondée sur l'analyse typologique et l'étude des modes de débitage, accompagnée du calcul de diffé-

---

47. M. Boule, *les Hommes fossiles*, Paris, 1946, Masson, 3e édition, p. 250-254.

48. D. Peyrony, « Le Moustier, ses gisements, ses industries, ses couches géologiques », *Revue anthropologique*, 1930, p. 48-76.

rents indices [49]. Les fouilles conduites avec plus de soin apportaient désormais des séries comparables entre elles et suffisamment nombreuses et isolées dans des niveaux individualisés. L'analyse statistique permit ainsi de reconnaître, dans le Sud-Ouest de la France, cinq groupes industriels moustériens. Certains étaient déjà connus mais insuffisamment définis, c'était le Moustérien typique, celui des couches B et J du Moustier, riche en racloirs, possédant des pointes, présentant un fort indice de débitage levallois et ignorant le biface. C'était aussi le Moustérien de tradition acheuléenne, possédant des bifaces et qui fut plus tard subdivisé en type A à bifaces abondants et type B, plus récent, apparu au cours du Würm II, riche en couteaux à dos et outils divers annonçant les industries du Paléolithique supérieur, ce qui rend critiquable l'appellation de Moustérien de tradition acheuléenne. Un troisième groupe déjà reconnu antérieurement est le prétendu Moustérien supérieur de G. de Mortillet, caractérisé par la rareté, parfois l'absence du débitage levallois, ce Moustérien, fort bien représenté en Charente, possède un nombre important de racloirs épais, transversaux, à retouche scalariforme. On l'appelle Moustérien charentien ou encore de type Quina, du nom du riche gisement fouillé par le Dr Henri Martin (Fig. 26).

Les deux autres groupes nouvellement mis en lumière étaient le Moustérien type La Ferrassie et le Moustérien à denticulés. Le Moustérien défini d'après l'industrie recueillie à La Ferrassie (Dordogne) peut paraître comme une simple variété du Charentien mais pratiquant le débitage levallois, ce qui donne des outils plus minces et plus allongés. Le Moustérien à denticulés est une industrie pauvre dans laquelle dominent des outils encochés ou denticulés sans forme définie. L'innovation ne résidait pas tant dans la reconnaissance de ces différents groupes moustériens qu'en l'affirmation de leur contemporanéité. Selon F. Bordes, pendant toute la durée du Paléolithique moyen, se maintinrent sans interférer les unes sur les autres, ces cinq traditions culturelles qui pouvaient se succéder suivant un ordre imprévisible sur le même site, au gré des déplacements de peuplades conservant jalousement leurs pratiques.

Depuis l'énoncé de cette doctrine, qui est devenue classique, d'innombrables études ont apporté la preuve de l'efficacité de la méthode. La méthode Bordes a permis de reconnaître, sans trop

49. F. Bordes et M. Bourgon, « Le complexe moustérien : Moustérien, Levalloisien et Tayacien », *L'Anthropologie*, t. 55, 1951, p. 1-23 ; M. Bourgon, *Les industries moustériennes et prémoustériennes du Périgord*. Archives de l'Institut de Paléontologie Humaine, n° 27, 1953 ; F. Bordes, « Principes d'une méthode d'étude des techniques de débitage et de la typologie du Paléolithique ancien et moyen », *L'Anthropologie*, t. 54, 1950, p. 19-34.

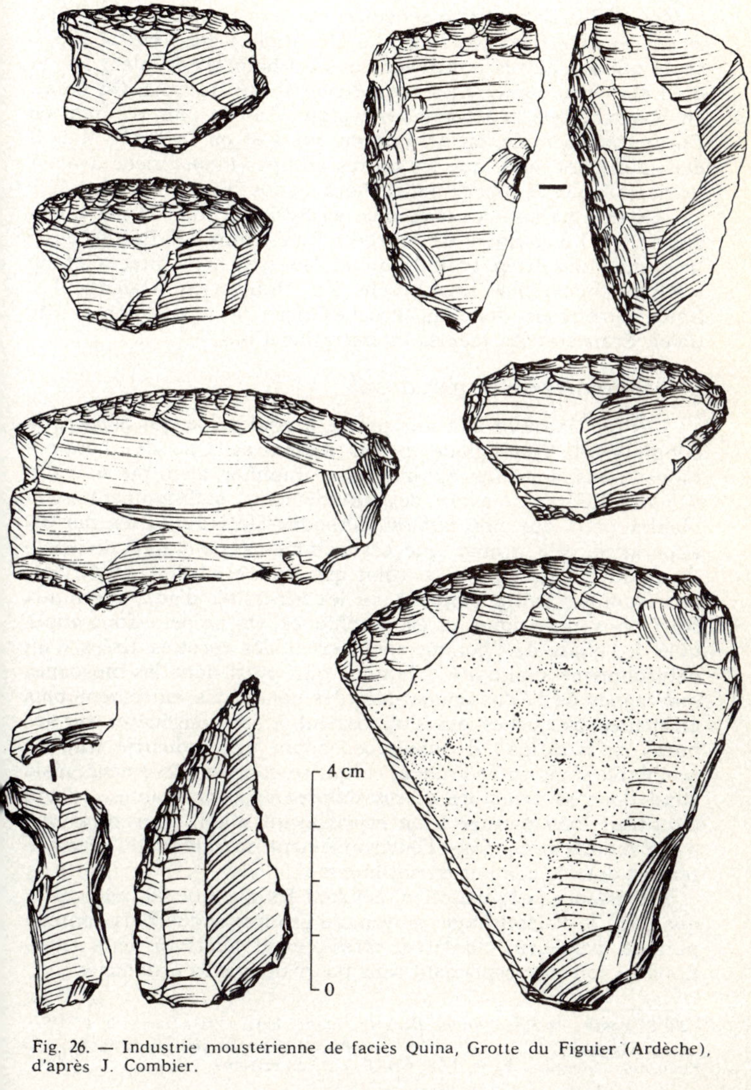

Fig. 26. — Industrie moustérienne de faciès Quina, Grotte du Figuier (Ardèche), d'après J. Combier.

de difficulté, dans toute la France, l'existence de ces différents groupes marqués cependant, ce qui est normal, de variations régionales. Des nuances apparurent bientôt : il fut remarqué que le Moustérien de tradition acheuléenne, sans être absent des abris et des grottes (Pech de l'Azé, Le Moustier...) était mieux représenté que les autres industries dans les habitats de plein air, et qu'il était peu connu en dehors du territoire français. On notait en revanche que le Moustérien typique était le plus répandu en Europe occidentale, en Afrique du Nord et en Orient [50]. Mais il était apparent aussi que les autres groupes moustériens avaient leurs équivalents approximatifs hors de nos frontières ; ainsi une variété de Charentien est connue en Syrie où Rust la dénomma Jabrudien. Le gisement de Jabrud a livré d'après F. Bordes aussi bien du Moustérien typique qu'un Moustérien à bifaces et un « Micromoustérien » très proche du Moustérien à denticulés. Nous retrouvons donc au Proche-Orient la même complexité qu'en France et les mêmes interstratifications.

Un comportement paradoxal

Ces observations ont une portée considérable qui dépasse la simple étude typologique de ces industries. Que des hommes moustériens, appelons-les ainsi pour simplifier, aient pu, sous des climats différents, avoir des équipements suffisamment semblables pour que nos faibles méthodes statistiques les fassent apparaître, cela prouve que ces hommes étaient déjà indépendants du milieu naturel au point que leurs traditions culturelles et techniques l'aient emporté sur les nécessités d'adaptation aux conditions climatiques et géographiques. On ne peut donc appliquer à l'étude de l'homme moustérien des recettes tirées d'un déterminisme sommaire. L'homme qui vivait dans les moyennes montagnes de l'Atlas connaissait des conditions autrement plus clémentes que celles qui s'imposaient à ses congénères sur les bords de la Seine ; il taillait cependant une industrie lithique semblable dans sa technique, ce qui se conçoit facilement, mais aussi dans sa structure et ses différentes composantes, ce qui paraîtrait bien étrange à un esprit ayant établi pour règle que toute modification dans l'environnement se répercute nécessairement dans le comportement humain.

L'existence et le maintien, pendant les quelque 40 millénaires que dura le Paléolithique moyen, de groupes industriels contemporains, demeurés stables et étrangement fidèles à leurs traditions ne sont pas cependant sans poser de graves problèmes [51]

---

50. F. Bordes, *le Paléolithique dans le Monde*, Paris, 1968, Hachette, p. 145.

51. J. Guichard, « Les civilisations du Paléolithique moyen au Périgord », *La Préhistoire française*, Paris, 1976, CNRS, t. 1, p. 1053-1069.

La principale difficulté vient de ce qu'il est difficile d'imaginer que des groupes humains suffisamment voisins pour se succéder sur les mêmes lieux aient été totalement étrangers et ignorants les uns des autres au point de ne subir aucune influence réciproque et cela pendant des dizaines de milliers d'années. Cette manière de voir va à l'encontre de tout ce qu'enseignent les sciences humaines. Les processus d'échange, de dons et de contre-dons, et finalement d'acculturation sont phénomènes constants à tous les niveaux d'évolution des sociétés, des plus primitives aux plus évoluées.

Les réponses données par F. Bordes à cette objection méthodologique ne paraissent pas très convaincantes. Il écrivait : « En réalité le type [humain] moustérien n'est pas si homogène qu'on a bien voulu le dire, et nous ignorons complètement l'homme du Moustérien de tradition acheuléenne. De plus l'homme échange plus volontiers ses gènes que ses coutumes, toute l'histoire de l'Europe est là pour le prouver. Et si une femme du Moustérien type Quina était enlevée par un homme du Moustérien de tradition acheuléenne, peut-être continuait-elle à fabriquer les racloirs épais de sa tribu... mais il est plus que probable qu'après sa mort personne n'en fabriquait plus. Enfin, il faut toujours s'en souvenir, le monde paléolithique était un monde vide. Il ne faut point étendre au Moustérien, sans corrections, les observations faites sur les tribus primitives actuelles : la densité de population était sans doute très faible... Un homme pouvait probablement vivre et mourir sans avoir rencontré quelqu'un d'une autre culture [52]... »

Il me semble que la seule réponse valable aux objections présentées contre la pérennité des différentes industries moustériennes est que l'homme de Néandertal n'avait pas nécessairement le même comportement que l'homme moderne et que les lois de l'ethnologie, quel que soit le degré d'évolution de cet homme que nous considérons aujourd'hui comme un *Homo sapiens*, ne peuvent s'appliquer à lui. On peut admettre que des clans pouvaient s'ignorer totalement même si les territoires étaient voisins. Un accord tacite, fait de désintérêt total et aggravé par le vide que signalait à juste titre F. Bordes, peut seul justifier cette incroyable absence d'interférence entre des cultures qui durèrent aussi longtemps. Il n'est pas impossible d'ailleurs que ces clans fussent non seulement étrangers mais peut-être différents. F. Bordes a souvent insisté sur le fait que l'homme qui était porteur de l'industrie du Moustérien de tradition acheuléenne nous demeure inconnu de même que celui du Moustérien à denticulés. La plupart des hommes de Néandertal découverts jusqu'à ce jour appartiennent en effet au Moustérien de type

52. F. Bordes, *le Paléolithique dans le Monde*. Paris, 1968, Hachette, p. 144-145.

Quina ou Ferrassie et au Moustérien typique. Mais on ne peut utiliser avec sérieux une telle constatation car voilà longtemps que les préhistoriens ne croient plus à l'adéquation du type humain et du type industriel.

Je ne m'attarderai guère sur les autres critiques ou tentatives d'explication qui furent présentées par différents auteurs anglo-saxons pour rendre compte de la diversité du Moustérien. L'idée que les différents types d'industries moustériennes correspondent à des variations saisonnières des genres de vie d'un même groupe ne repose que sur des présupposés théoriques chers à l'anthropologie américaine. En fait l'étude précise de la faune contenue dans les gisements a montré que voisinaient des ossements d'animaux tués en différentes saisons. En admettant tout de même les déplacements saisonniers, on ne comprendrait pas pourquoi, par exemple, le Moustérien de type Quina est si abondant en Charente : faut-il penser que pendant des millénaires les Moustériens se sont rendus en villégiature à la même saison, dans cette région ? Contre la même hypothèse on opposera encore les observations faites en cours de fouilles qui invitent à réviser nos conceptions surannées sur la vie errante des hordes primitives.

Deux archéologues de l'école théorique, L.R. et S.R. Binford ont tenté de trouver une autre explication aux variations industrielles du Moustérien [53]. En appliquant les principes de l'analyse factorielle à l'étude de nombreuses séries, ils espéraient mettre en lumière des « sous-ensembles » d'outils qui refléteraient des activités différentes. Les calculs montreraient que les 5 types moustériens reconnus précédemment n'appartiendraient, en fait, qu'à un seul groupe culturel, les types ne répondraient qu'à des activités spécifiques distinctes. Mais comme l'a montré J. Guichard [54], en disséquant la démarche suivie, la méthode proposée ne fait que démontrer ce qu'on lui veut faire dire. On ne trouve à l'arrivée que des rapports entre les éléments choisis au départ. En bref les calculs confirment que l'hypothèse a une logique interne et, ce qui est fort heureux, qu'elle est cohérente par rapport à elle-même.

Que conclure ? Jusqu'à présent aucune autre réponse satisfaisante n'a été donnée en dehors de la reconnaissance de ces groupes moustériens dont la pérennité sans faille demeure mystérieuse.

Nous serons conduits, sans doute, à réviser une telle affirmation ; déjà les analyses sédimentologiques de H. Laville, qui dissèque les couches individualisées par les fouilleurs, intro-

---

53. L.R. Binford et S.R. Binford, « A preliminary analysis of functional variability in Mousterian of Levallois facies », *American Anthropologist*, t. 68, 1966, p. 238-295.

54. J. Guichard, *op. cit.*, p. 1056.

duisent quelques nuances dans le schéma primitif[55]. A la continuité parfaite du Moustérien typique durant le Würm I et II s'opposerait la faible durée du Moustérien charentien cantonné dans le seul Würm II ; le Moustérien type Ferrassie et le Moustérien à denticulés seraient, eux aussi, apparus un peu plus tard que le Moustérien typique et se seraient terminés un peu plus tôt. Le Moustérien de tradition acheuléenne aurait eu, en revanche, une durée aussi longue que le Moustérien typique. On pourrait, dès lors, se demander, comme J. Guichard, si les types Ferrassie, Quina et à denticulés n'étaient pas que des épiphénomènes de deux lignées principales qui seraient, comme l'avait vu D. Peyrony, le Moustérien typique et le Moustérien de tradition acheuléenne. Mais il est aussi possible que les fouilles et les analyses de sédiments comblent peu à peu les différentes lacunes du tableau présenté : c'est déjà arrivé pour le Moustérien de tradition acheuléenne qui, suivant les premières recherches de H. Laville, ne commençait que dans sa phase VII, c'est-à-dire à la fin du Würm I ; or il a été trouvé, depuis, dans plusieurs gisements à la base du Würm I.

Les problèmes soulevés par le Moustérien français ne doivent pas cacher une autre complexité qui est celle de la diversité régionale, étendue à tout l'Ancien Monde. Nous avons vu que les cinq groupes moustériens classiques se retrouvent plus ou moins fidèlement en Europe occidentale et autour de la Méditerranée, mais d'autres variations apparaissent qui peuvent se combiner avec les groupes reconnus. Ainsi l'Europe centrale connaît un Moustérien à pièces foliacées (blattspitzen), l'Espagne un Moustérien à hachereaux, la Suisse un Moustérien alpin encore peu défini. En Afrique du Nord, le Moustérien typique ou celui du type Ferrassie aménage très tôt des pédoncules destinés à l'emmanchement à la base de ses pointes et de ses outils[56]. Au cours du Würm II et au début du Würm III s'organise l'Atérien, une industrie nouvelle de technique très fortement levallois et riche en outils du Paléolithique supérieur tels que les grattoirs et les burins ; cette industrie est caractérisée par la multiplication des pédoncules. L'Atérien est manifestement issu d'un complexe levalloiso-moustérien, cette différenciation s'est vraisemblablement effectuée sur le littoral méditerranéen. L'Atérien final possède des pièces foliacées qui ne sont pas sans rappeler les blattspitzen d'Europe centrale.

55. H. LAVILLE, *Climatologie et chronologie du Paléolithique en Périgord. Etude sédimentologique de dépôts en grotte et sous abris*, Bordeaux, 1973, 3 vol. Institut du quaternaire.

56. L. BALOUT, *Préhistoire de l'Afrique du Nord. Essai de chronologie*, Paris, 1955, A.M.G., p. 269-335 : G. CAMPS, *les Civilisations préhistoriques de l'Afrique du Nord et du Sahara*, Paris, 1974, Doin, p. 23-51.

Dans le reste de l'Afrique, au sud du Sahara, les industries du « Middle stone Age » sont moustéroïdes bien que souvent plus jeunes que le Moustérien[57]. Le Sangoen, dérivé de l'Acheuléen local, en conserve les bifaces et hachereaux alors que le Lupembien, plus tardif, multiplie les pièces foliacées à retouches bifaciales.

L'Extrême-Orient et l'Asie centrale possèdent également leurs industries moustériennes, riches et diversifiées.

Origines et diversité de l'homme de Néandertal

L'homme de Néandertal est aussi divers que les industries qui lui sont traditionnellement attribuées. Son apparition n'est pas sans poser de problème, du moins en Europe occidentale. Parmi ses prédécesseurs on reconnaît en effet des Archanthropes, appelés Anténéandertaliens pour les distinguer des Pithécanthropiens d'Asie et d'Afrique, et d'autres hommes qu'il est difficile de placer dans leur lignée. Ces derniers ont, malgré leur âge, certains caractères plus « modernes » ou moins « primitifs » que l'homme de Néandertal. C'est le cas pour l'homme de Swanscombe et de Steinheim dont l'occipital est arrondi, ou le fragment frontal de Fontèchevade, aujourd'hui considéré d'âge rissien, qui est dépourvu de torus susorbitaire. Mme Genet-Varcin n'hésite pas, nous l'avons vu, à placer ces fossiles parmi les *Homo sapiens*, comme l'homme de Néandertal et l'homme moderne[58]. C'est la nouvelle version de l'ancienne théorie des Présapiens longtemps défendue par H.V. Vallois.

Nous ne possédons, en Europe, que deux faces d'hommes anténéandertaliens suffisamment conservées : celles de Steinheim et de Tautavel (Caune de l'Arago), auxquelles s'ajoutent les fragments susnasal et susorbitaire de Bilzingsleben (République démocratique d'Allemagne). Ces faces sont différentes bien qu'elles possèdent un torus susorbitaire très développé mais non continu comme chez l'homme de Néandertal. Le prognatisme marqué chez l'homme de Tautavel est en revanche inexistant chez celui de Steinheim. On serait donc tenté d'affirmer que les Néandertaliens d'Europe occidentale diffèrent assez nettement de leurs prédécesseurs immédiats pour qu'on ait envie de rechercher ailleurs leurs origines, mais la plupart des anthropologues admettent une évolution sur place, accompagnée d'une spécialisation poussée qui accentue les caractères proprement néandertaliens esquissés chez leurs prédécesseurs.

---

57. J.D. CLARK, *The prehistory of Africa*, Londres, 1976, Thames and Hudson ; R. VAUFREY, *Préhistoire de l'Afrique*, t. 2, Tunis, 1969.

58. E. GENET-VARCIN, *les Hommes fossiles*, Paris, 1979, Boubée, p. 110 et sq.

L'homme de Néandertal classique, tel qu'il a été décrit par M. Boule, puis, à partir de documents nouveaux et suivant des méthodes plus précises, par les anthropologues modernes, ne représente qu'un aspect du groupe humain néandertalien réparti dans tout l'Ancien Monde[59]. Le nombre de fouilles et de découvertes (on dénombre des restes appartenant à une centaine de sujets sur le seul territoire français) a fait considérer comme un modèle classique de ce type humain ce qui n'était, en fait, qu'une variété particulière.

En Europe occidentale, l'homme de Néandertal présente en effet des caractères assez constants que n'estompent pas les variations individuelles. Il possède un crâne allongé et peu élevé mais de grande capacité (1 450 cm^3 en moyenne mais pouvant atteindre 1 640 cm^3), supérieure à celle de l'homme moderne. En arrière d'un torus susorbitaire développé formant visière, le front est fuyant, la courbe sagittale est peu élevée et l'arrière-crâne présente une proéminence, le chignon occipital, qui paraît d'autant plus marquée qu'une dépression se situe au point de contact des pariétaux et de l'occipital (dépression lambdaïque). La face est lourde, les maxillaires puissants sont projetés en avant sans présenter ces dépressions nommées, en raison de leur position, les fosses canines qui modèlent le visage de l'homme moderne. Les orbites sont écartées, grandes et de forme circulaire. La mandibule massive est dépourvue de menton.

La taille des Néandertaliens européens paraît avoir été faible ; elle est inférieure à 1,60 m et plus souvent voisine de 1,55 m, ce qui accentue la grosseur relative de la tête dont les dimensions sont déjà très fortes en valeur absolue. Le tronc est court et épais mais, contrairement à la reconstitution proposée par M. Boule à partir du squelette de la Chapelle-aux-Saints, l'homme de Néandertal avait une station parfaitement verticale, du moins la plupart des anthropologues le reconnaissent aujourd'hui.

A quelques menues variations près, telles que l'ébauche d'un menton sur la mandibule de Puymoyen (Charente) ou de petites dépressions annonçant des fosses canines sur l'un des crânes de La Ferrassie (Dordogne), tous les crânes néandertaliens d'Europe occidentale, qu'ils aient été découverts en Espagne (Gibraltar), Belgique (Spy, Engis), Allemagne (Néandertal), Italie (Mont Circé), Yougoslavie (Krapina) reflètent une unité certaine, indépendante des fluctuations de l'industrie lithique. Les diagrammes sagittaux qui ont été tracés se superposent avec une précision

59. J.L. HEIM, « Les hommes fossiles de la Ferrassie (Dordogne) et le problème de la définition des Néandertaliens classiques », *L'Anthropologie*, t. 78, 1974, p. 81-112 et 321-377 ; J.L. HEIM, *Les hommes fossiles de la Ferrassie. t. I. Le gisement, les squelettes adultes (crâne et squelette du tronc)*, Archives de l'Institut de Paléontologie Humaine, n° 35, 1976.

suffisante pour confirmer cette unité. Ces hommes se distinguent nettement, par la forme de leur arrière-crâne et par leur torus susorbitaire, à la fois des rares Présapiens qui les ont précédés et des hommes du Paléolithique supérieur qui devaient leur succéder en un court espace de temps, entre la fin du Würm II et le début du Würm III.

Néandertaliens du Proche-Orient et du Maghreb. Origines de l'homme de Cro-Magnon

Mais en est-il de même dans les autres régions de l'Ancien Monde où vécut l'homme de Néandertal et se répandirent les industries moustériennes ? On trouve, certes, des Néandertaliens classiques jusqu'en Iraq dans le célèbre gisement de Shanidar ou dans le lointain Ouzbekistan (Techik-Tach), mais dans des régions plus proches, en Palestine et au Maroc, d'autres constatations s'imposent aux anthropologues. En Europe même, on a depuis longtemps introduit une différence entre Néandertaliens classiques et Néandertaliens méditerranéens qui seraient plus graciles, comme ceux des niveaux supérieurs de l'Hortus (Hérault) [60]. Ces hommes présenteraient, comme à la Carigüela (Pinar, Espagne), une taille encore inférieure à celle des Néandertaliens classiques, mais une « hyper-néandertalisation » du crâne marquée par un rétrécissement postorbiculaire prononcé et une forte platycrânie.

La Palestine a donné une importante série de restes humains de type néandertalien [61]. Les plus anciens, semble-t-il, sont les hommes du Mont Carmel découverts par Miss Garrod dans plusieurs cavernes : El Tabun, Mugharet es Skhull. On connaît sous le nom d'homme de Galilée les restes d'une jeune femme recueillis par R. Neuville près du lac de Tibériade. Par de nombreux caractères, certains de ces crânes (Skhull) se rapprochaient étrangement de l'homme moderne, mais en un temps où on associait étroitement type humain et industrie lithique, l'appartenance au Moustérien de l'outillage découvert avec ces ossements faisait scandale, d'autant plus que l'âge, Riss-Würm ancien, était controversé.

Les restes du Djebel Qafzeh (fouilles de 1934-1935), sur lesquels les caractères modernes étaient encore plus accusés, conduisirent les anthropologues à reconnaître chez les hommes de Palestine des intermédiaires entre l'homme de Néandertal et

60. M.A. de Lumley, « Anténéandertaliens et Néandertaliens du Bassin méditerranéen occidental européen », Marseille, *Etudes Quaternaires,* 1978.

61. B. Vandermeersch, « Les premiers *Homo sapiens* au Proche-Orient », *Le processus de l'Hominisation,* Colloque international du CNRS, 1981, p. 97-100.

l'homme moderne. Comme l'écrivait M. Boule « [...] du premier ils ont au moins trois caractères : la visière susorbitaire, la disposition spéciale de l'os malaire... le grand développement de la voûte palatiale. Du second... le crâne relativement élevé et la forme de l'occipital[62] ». Certains pensèrent un moment que ces êtres étaient des métis de vrais Néandertaliens, comme ceux de Tabun et d'Amud ou de Shanidar, découverts postérieurement, et de vrais *Homo sapiens sapiens* encore inconnus. D'autres comme Keith et Mc Cown[63] estimèrent très tôt que les hommes de Palestine étaient des sujets en voie de différenciation. Cette théorie permettait en outre de proposer une solution au problème de l'apparition de l'*Homo sapiens sapiens*. La filiation de cet homme, impossible en Occident, compte tenu de l'extrême spécialisation acquise par l'homme de Néandertal, se serait donc faite en Orient. De là, l'ancêtre de l'homme de Cro-Magnon aurait commencé une longue migration vers l'Occident. On pensait même à une double migration, une branche nord-européenne aurait donné l'homme de Cro-Magnon, une branche sud-africaine, serait à l'origine de l'homme de Mechta el-Arbi (*Pl. XI, 1 et 2*).

Cette hypothèse est devenue classique mais de nouvelles découvertes en Proche-Orient et en Afrique du Nord sont venues, comme chaque fois, compliquer la question. Ce furent tout d'abord des précisions chronologiques fondées, non plus seulement sur les industries ou la faune, mais sur la palynologie et la sédimentologie. Ces précisions confirmèrent l'existence en Orient de Néandertaliens classiques à un âge avancé du Würm II. A Shanidar (Iraq) les couches renfermant les restes de huit Néandertaliens dateraient, d'après le C14, entre 48 et 44 000 ans. En Galilée, les cinq sujets découverts à Amud vivaient pendant un interstade glaciaire, vraisemblablement le Würm II-Würm III, or ce sont des Néandertaliens typiques.

En revanche, les hommes de Skhull et surtout de Qafzeh considérés par B. Vandermeersch comme des *Homo sapiens sapiens* et associés à une industrie moustérienne à fort débitage levallois, auraient vécu au Würm ancien, antérieurement à ceux d'Amud et de Shanidar (fig. 27). Rappelons que d'Amud à Qafzeh la distance n'excède pas 30 km ! Les hommes de Qafzeh ont l'occipital arrondi, un crâne élevé, les orbites rectangulaires, le frontal redressé, la face haute et une taille élevée : 1,73 m pour les hommes et 1,65 m à 1,70 m pour les femmes.

On est donc obligé d'admettre une différenciation précoce de l'homme moderne en Palestine et, en même temps, le maintien,

62. M. Boule, *les Hommes fossiles*, Paris, 1946, Masson, 3e édition, p. 399.

63. A. Keith et T. Mc Cown, *The stone Age of Mount Carmel. II. The fossil humain remains from the Levalloiso-Mousterian*, Oxford, 1939.

dans les mêmes régions, de vrais Néandertaliens qui ne s'éteignirent que beaucoup plus tard.

Au Maroc les découvertes successives des hommes du Djebel Irhoud, auteurs d'une industrie appartenant au Moustérien typique, puis de ceux de Dar es-Soltane 2 et de Temara, associés à l'industrie atérienne, appellent d'autres commentaires. Les hommes du Djebel Irhoud [64] offrent avec les hommes de Néandertal plusieurs traits communs essentiels dans le crâne cérébral ; ils s'en distinguent par l'aspect de la face, basse et plus large, aux orbites plus rectangulaires, qui annonce les caractères de l'*Homo sapiens sapiens* nord-africain désigné sous le nom d'homme de Mechta el-Arbi. Pour les spécialistes (Ferembach, Genet-Varcin, Heim, Thoma...) ces Néandertaliens marocains se placent à l'origine des Cro-Magnoïdes africains et sont eux-mêmes issus des Atlanthropes qui, 100 à 200 000 ans plus tôt, peuplaient les mêmes régions. Cette opinion a été sensiblement renforcée par la découverte, tant attendue, de l'homme atérien. Appartenant au Würm II ou à l'interstade Würm II-Würm III, la couche 7 de Dar es Soltane a livré à A. Débenath des restes humains qui sont considérés par D. Ferembach comme des *Homo sapiens sapiens* [65]. Pour cet auteur ils se situent, ainsi que ceux de Témara, entre les hommes du Djebel Irhoud et les hommes de Mechta el-Arbi. A la suite de cette découverte certains anthropologues vont même, comme A. Thomas, jusqu'à proposer une origine africaine à l'homme de Cro-Magnon européen [66].

L'importance de ces découvertes et des déductions qui en furent tirées ne saurait être minimisée. *Homo sapiens sapiens* n'aurait donc pas une origine unique puisque aux deux extrémités de la Méditerranée se sont manifestés deux processus évolutifs parallèles conduisant des Néandertaliens peu spécialisés au stade *Sapiens sapiens,* tandis qu'en Europe occidentale la spécialisation néandertalienne s'aggrava jusqu'à une époque récente et rendit impossible l'évolution vers le type moderne. Pour croire à une origine autochtone d'*Homo sapiens sapiens* en Europe il faudrait admettre que, comme en Orient, des Néandertaliens et des hommes proches de Cro-Magnon aient cohabité pendant un certain temps et que ces derniers, très peu nombreux, puisqu'ils nous demeurent encore inconnus, soient issus de Présapiens aussi rares qu'eux.

Une autre confirmation tirée des découvertes récentes est la

---

64. E. GENET-VARCIN, *les Hommes fossiles,* Paris, 1979, Boubée, p. 244-245.

65. D. FEREMBACH, « Les restes humains de la grotte de Dar es-Soltane 2 (Maroc). Campagne 1975 », *Bulletin et Mémoire de la Société anthropologique de Paris,* 1976, p. 183-193.

66. A. THOMAS, « L'origine des Cromagnoïdes », *Les origines humaines et les époques de l'intelligence,* 1978, p. 261-271.

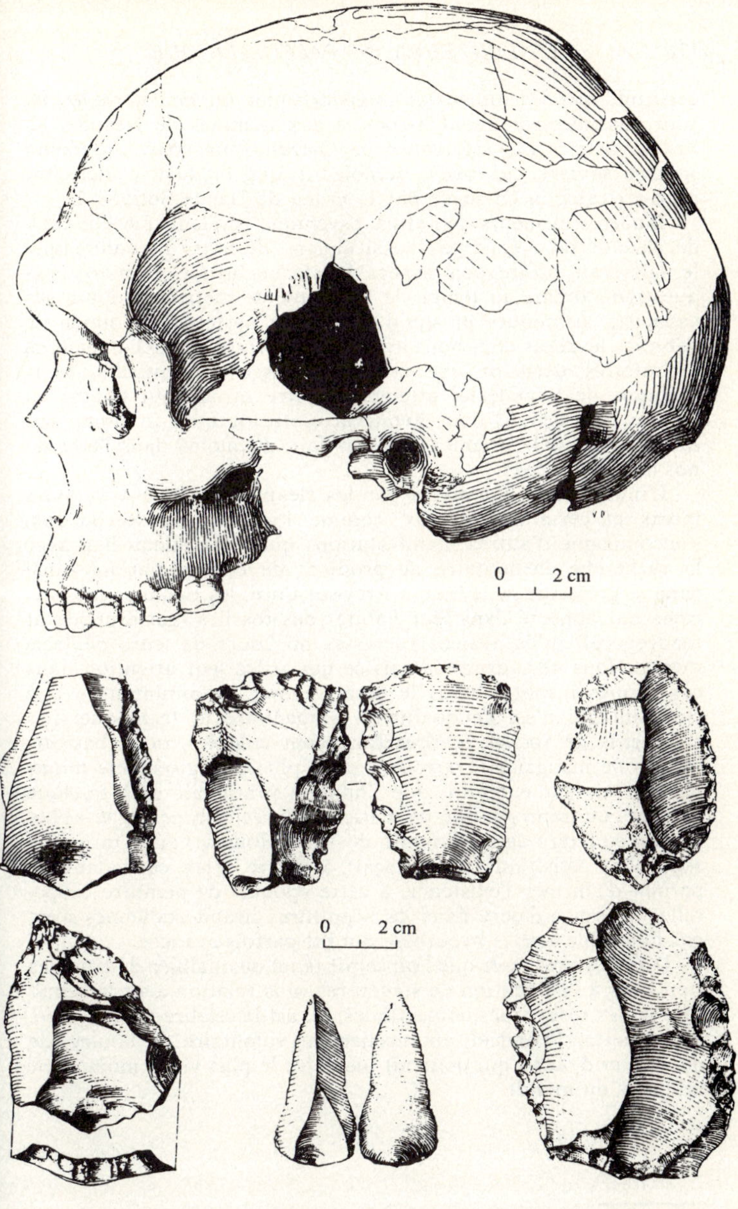

Fig. 27. — Crâne de l'Homme de Qafzeh 6 et son industrie moustérienne, d'après B. Vandermeersch.

certitude que les industries moustériennes ou moustéroïdes ne sont pas nécessairement associées aux hommes de Néandertal. Les industries moustériennes de Qafzeh sont l'œuvre d'*Homo sapiens sapiens*, de même, semble-t-il, que l'industrie atérienne nord-africaine, à en juger par le crâne de Dar es-Soltane 2.

D'autres éléments de nature psychique révèlent que l'homme de Néandertal n'était pas aussi éloigné de notre humanité que le laisserait croire son aspect fruste et brutal. Il n'est plus question, comme au temps de Wirchaw, de mettre en doute ses capacités techniques puisqu'il porta à la perfection le mode de débitage levallois dont nous avons déjà analysé les enchaînements opératoires exigeant une certaine pensée conceptuelle. Mais l'homme de Néandertal atteint un autre niveau qui touche au monde de l'esprit : nous avons la certitude qu'il inhumait ses morts et il est le premier à l'avoir fait, du moins dans l'état de nos connaissances [67].

L'intérêt ainsi manifesté par les Néandertaliens envers leurs morts et certains animaux, comme les ours du Regourdon, s'accompagne d'autres manifestations qui n'ont aucun lien avec la recherche élémentaire de produits de consommation. Ainsi dans la grotte de la Hyène, à Arcy-sur-Cure, les hommes moustériens ont apporté dans leur habitat des fossiles (gastéropode et madrépore) qu'ils avaient ramassés au cours de leurs déplacements. Nous ne saurons jamais ce qui attira leur attention dans ces formes insolites, mais le geste répond, au minimum, à une curiosité qui n'est de qualité ni alimentaire ni technique. Les fragments de roches tendres fortement colorées, ocre, bauxite, oxydes de manganèse, retrouvés dans plusieurs gisements moustériens laissent entendre que l'homme pratiquait déjà quelque peinture ou imprégnation de matière colorée comme sur le « churinga » en ivoire de mammouth de Tata (Hongrie) et qu'un vague sentiment esthétique commençait à naître. Rien cependant ne permet d'affirmer l'existence, à cette époque, de peinture corporelle, l'absence d'ocre dans les sépultures néandertaliennes n'est pas favorable à cette hypothèse qui fut parfois avancée.

D'autres pratiques que l'on serait tenté de qualifier de rituelles sont liées à l'édification de structures sans relation avec la sépulture ou les techniques domestiques, tel est le célèbre tas de galets d'El Guettar (Tunisie), amoncellement volontaire de boules, de nucléus et d'outils qui pourrait bien être le plus vieux monument religieux du monde.

67. Cf. Chapitre VII, *Homo religiosus*.

4. LES INCERTITUDES DU PROGRÈS : LE PALÉOLITHIQUE SUPÉRIEUR ET SES PROBLÈMES

Les préhistoriens font débuter vers 35 000 av. J.-C. le Paléolithique supérieur, expression commode qui cache une grande complexité. Les cultures se multiplient, sans doute en raison de l'augmentation sensible du nombre des hommes sur l'ensemble de la planète, tandis qu'émerge l'humanité actuelle. Les industries de cette phase la plus récente du Paléolithique sont les mieux connues parce que les gisements sont plus nombreux et que les stratigraphies détaillées, mises en parallèle avec les variations climatiques, permettent de suivre plus fidèlement l'évolution culturelle.

Le cadre chronologique et climatique du Paléolithique supérieur est aujourd'hui établi avec une précision satisfaisante. Le temps est révolu où on imaginait l'homme de « l'Age du renne » vivant sous un climat arctique continu dont les grands froids l'obligeaient à se réfugier dans les cavernes d'où il se risquait à sortir uniquement pour chasser quelque proie qu'il ramenait bien vite dans la grotte accueillante, tandis qu'un sorcier ornait les parois de magnifiques fresques, prometteuses de venaisons futures.

Durant les 25 000 ans que l'on s'accorde à reconnaître au Paléolithique supérieur, le climat changea bien souvent. Pendant la première période, quand se mettent en place le Périgordien et l'Aurignacien ancien, un réchauffement s'est manifesté à l'intérieur de ce que nous appelons la dernière glaciation, c'est l'interstade Würm II-Würm III auquel les spécialistes ont donné le nom d'Hengelo. Mais la forêt, surtout composée de conifères, est bientôt remplacée dans les zones les moins protégées par une steppe à graminées, qui marque le retour offensif du froid. Un froid sec, le sol est balayé par des vents chargés de poussières qui, en se déposant, forment le loess récent. Sur de vastes territoires le sous-sol reste gelé en permanence malgré l'alternance des saisons. En revanche le gel et le dégel alternés du sol superficiel provoquent le brassage des sédiments, des solifluxions, qui perturbent profondément les couches archéologiques et concassent même parfois les outils taillés.

Entre 30 000 et 28 000 ans av. J.-C., un nouveau répit se manifeste, c'est l'interstade d'Arcy au cours duquel l'Aurignacien atteint son plein développement. Certains auteurs ne placent qu'à ce moment l'arrivée en France de l'homme de Cro-Magnon, ou tout au moins la manifestation de sa présence. Puis le climat redevient hostile, les arbres se raréfient à nouveau, la steppe s'étend jusqu'à ce qu'un nouveau réchauffement se manifeste... et le cycle recommence. Ainsi une alternance de froids intenses et de répits climatiques (oscillations de Kesselt ou de La Salpêtrière, puis de Tursac, de Laugerie-Haute et enfin de Lascaux) rythment le Würm III qui prend fin vers 15 000 av. J.-C. La période suivante est le Tardiglaciaire, ou Würm IV, qui connaît une amélioration sensible des températures sans atteindre cependant les conditions d'un climat tempéré ; il y eut même pendant le Dryas II (11-10 000 av. J.-C.) une période extrêmement rigoureuse au cours de laquelle disparaît, dans l'est de la France, toute végétation arbustive. L'importante amélioration connue sous le nom d'Alleröd, vers 9 000 av. J.-C. ne rétablit pas définitivement le climat tempéré, on connaîtra encore au Dryas III (vers 8 000 av. J.-C.) quelques retours de froid mais la glaciation est alors terminée et l'amélioration climatique est accompagnée d'une évolution assez sensible des industries qui appartiennent à l'Epipaléolithique.

Les hommes du Paléolithique supérieur

L'homme moderne ou *Homo sapiens sapiens* prend possession de la plus grande partie du monde au cours de cette période. Nous avons vu que son apparition ne semble pas obéir partout au même processus : il est des régions comme l'Amérique où il s'agit indubitablement d'une migration puisqu'il n'y a aucun prédécesseur direct ni ancêtre[68] ; dans d'autres parties de la planète, en revanche, comme le Proche-Orient et le nord de l'Afrique, l'homme moderne se détache par évolution de formes ancestrales moins spécialisées que l'homme de Néandertal classique d'Europe. Il y a aussi des régions comme l'Europe occidentale où il semble difficile d'admettre une évolution sur place du Néandertalien à l'*Homo sapiens sapiens* car les différences anthropologiques sont trop grandes entre les deux types humains. Comme on ne peut imaginer une mutation aussi brutale, une migration reste l'hypothèse la plus plausible bien que

68. Cf. Chapitre VI, L'ouverture au monde, p. 332.

les éléments permettant de l'affirmer fassent encore défaut. (*Pl. III*).

Il faut noter l'absence, pour le moment, de restes d'homme moderne en Europe au tout début du Paléolithique supérieur. Après les découvertes faites au Proche-Orient et au Maroc nous ne pouvons plus affirmer, comme cela se fit pendant longtemps, que les industries du Périgordien ancien (Castelperronien), qui ne se distinguent pas toujours très facilement du Moustérien de tradition acheuléenne B, soient l'œuvre d'un *Homo sapiens sapiens.* Une découverte récente à Saint-Cézaire (Charente-Maritime) laisserait même entendre qu'elles peuvent être parfois attribuées à des Néandertaliens.

Il n'empêche qu'en Europe occidentale, à la continuité technique parfaite des industries s'oppose, à partir d'un moment qu'il est encore difficile de fixer, une rupture anthropologique marquée par l'apparition de l'homme moderne. Encore celui-ci n'est-il pas unique. Si l'unité spécifique ne fait aucun doute, des types assez tranchés sont reconnaissables ; en un temps où le mot n'était pas tabou, on parlait de races, celles de Cro-Magnon, de Grimaldi, de Combe-Capelle, de Chancelade, toutes quatre représentées en France. On y vit même, à certain moment, des ancêtres possibles des principales variétés humaines actuelles puisque le type de Grimaldi était considéré comme négroïde [69] et celui de Chancelade proche des Eskimos et donc des Mongols [70]. Cette hypothèse ne résiste pas à un examen attentif des fossiles. Aujourd'hui deux types humains seuls sont retenus : celui de Combe-Capelle et celui de Cro-Magnon. Le squelette de Chancelade, qui est d'âge magdalénien, est vraisemblablement une forme évoluée de Combe-Capelle bien que sa morphologie crânienne, en « hutte », demeure originale et que des affinités cromagnoïdes soient également décelables. Quant à la « race négroïde » de Grimaldi affirmée par Verneau, à la suite d'une étude rapide des deux squelettes de la Grotte des Enfants, elle fut discutée parce que l'ensemble des squelettes de Grimaldi appartenait au type de Cro-Magnon et que seuls le prognastime et la massivité de l'arc dentaire étaient retenus comme caractéristiques, or ces traits furent définitivement rejetés par Legoux qui montra qu'ils éaient dus à un remontage défectueux.

Le plus ancien des hommes du Paléolithique supérieur semble bien être l'homme de Combe-Capelle comme le suggèrent sa morphologie et sa position dans un niveau périgordien. Découvert

---

69. R. Verneau, *Les Grottes de Grimaldi, Anthropologie,* Monaco, 1906-1919.

70. L. Testut, « Recherches anthropologiques sur le squelette quaternaire de Chancelade », *Bulletin de la Société d'Anthropologie de Lyon,* t. VIII, 1889, 121 p.

par Hauser en 1909, il fut acquis par le musée de Berlin où l'original fut détruit pendant la Seconde Guerre mondiale. Il est caractérisé par un crâne harmonique, c'est-à-dire qu'à une face haute et étroite correspond une boîte crânienne également étroite et allongée. Sa stature ne dépassait pas 1,65 m. Le front oblique, la massivité de la face et la petite stature distinguent cet homme de celui de Cro-Magnon et rappellent les Néandertaliens, mais l'arrière-crâne parfaitement arrondi est plus moderne que celui de l'homme de Cro-Magnon. Isolé en Europe occidentale, l'homme de Combe-Capelle se rattache à un groupe bien représenté en Europe centrale dénommé race de Brno. C'est vraisemblablement d'un ancêtre de ce type que doivent descendre les groupes proto-méditerranéens dont les plus anciens représentants apparaissent dans le Proche-Orient vers le XIe millénaire.

L'*Homo sapiens* du Paléolithique supérieur est surtout représenté par l'homme de Cro-Magnon[71] qui doit son nom à la découverte faite par L. Lartet aux Eyzies en 1868. Les fossiles de ce type sont bien plus nombreux que ceux du type précédent. Il n'est pas sûr qu'il soit plus récent que l'homme de Combe-Capelle, car il présente, lui aussi, un mélange de caractères modernes et archaïques mais le dosage est différent. La dysharmonie crânio-faciale est forte puisque se trouvent associés un crâne dolichocéphale et une face basse et large. C'est un caractère constant dans ce type humain même s'il s'atténue tout au long du Paléolithique supérieur ; il se maintiendra chez les Cromagnoïdes d'Afrique du Nord jusqu'au Néolithique ; il en sera de même de la forme très particulière des orbites qui dessinent un rectangle allongé dans le sens transversal. La stature est élevée ; comparativement aux hommes qui l'ont précédé, l'homme de Cro-Magnon est un géant. A Cro-Magnon même la taille moyenne des squelettes est de 1,71 m, elle s'élève à 1,77 m à Grimaldi, elle est encore de 1,74 m chez les hommes de Taforalt (Maroc) qui sont plus récents de 15 000 ans.

Cependant l'homme de Cro-Magnon possède quelques caractères archaïques, la région occipitale présente, très atténuée, une morphologie qui, avec sa dépression lambdaïque et un léger chignon, n'est pas sans rappeler celle de l'homme de Néandertal. Chez certains sujets, même récents comme celui de l'Abri Pataud qui est de la fin de la séquence périgordienne, la mandibule présente un ensemble remarquable de caractères néandertaloïdes.

71. *1868-1968. L'Homme de Cro-Magnon. Anthropologie et Archéologie*, Paris, 1970, A.M.G., Colloque tenu aux Eyzies en août 1968 sous la direction de G. Camps et G. Olivier.

Bataille aurignacienne et bombe périgordienne

L'étude des industries du Paléolithique supérieur donna lieu à de nombreuses interprétations et controverses qui marquèrent surtout la première moitié du siècle, mais il serait optimiste de penser qu'elles ont cessé. Il y eut plusieurs « batailles » dont l'enjeu était le plus souvent une meilleure interprétation des stratigraphies et une définition plus rigoureuse des cultures.

La première fut celle de l'Aurignacien. On peut la résumer facilement bien qu'elle ait duré fort longtemps. Le nom de cette industrie vient de celui de la commune d'Aurignac (Hte-Garonne) où E. Lartet fouilla une petite grotte en 1860. Ayant reconnu des caractères particuliers à l'industrie qu'il y trouvait, il nomma « Epoque d'Aurignac » des temps qu'il supposait, à juste titre, être très antérieurs à l'Epoque de Massat, c'est-à-dire au Magdalénien. Malheureusement, le site d'Aurignac ne livrait qu'une seule couche archéologique appartenant au Paléolithique. Dès 1868, G. de Mortillet, rejetant la proposition de Lartet, fait de l'Aurignacien un simple faciès du Solutréen final pré-magdalénien. Cette interprétation était justifiée par toute une série de considérations plus philosophiques que scientifiques. En cette époque positiviste où les hommes de science croyaient à un progrès continu et régulier de l'humanité et de ses techniques, le Solutréen paraissait, malgré la perfection de sa taille, plus archaïque que l'Aurignacien et le Magdalénien qui semblaient constituer une séquence d'autant plus continue que les découvertes de Piette dans diverses grottes pyrénéennes faisaient connaître des œuvres d'art dans l'Aurignacien et le Magdalénien alors qu'elles semblaient faire défaut dans le Solutréen. Piette rassemblait ce que nous nommons aujourd'hui Aurignacien et Magdalénien dans sa « période glyptique » alors que le Solutréen par ses retouches bifaciales semblait directement issu du Paléolithique moyen.

Pendant 30 ans l'Aurignacien fut donc, sinon ignoré, du moins glissé modestement entre le Solutréen et le Magdalénien. Or cette industrie avait des caractères assez marqués ; à cette époque où le principe du fossile directeur guidait les recherches, l'Aurignacien aurait dû être mieux identifié et situé. Dans son industrie lithique, il possédait un nombre très grand de grattoirs épais dont le profil évoquait celui d'une carène de navire renversée (grattoirs carénés), d'autres étaient délimités par des épaulements marqués (grattoirs-museaux), des burins d'un style très caractéristique furent nommés burins busqués. L'industrie osseuse était abondante et signalée par un objet particulier, sorte de pointe dont la base élargie était fendue dans le sens transversal (sagaie à base fendue).

Ce n'est qu'au Congrès de Périgueux, en 1905, que l'abbé Breuil [72] lança pour la première fois l'idée que les industries ayant des sagaies à base fendue (on n'employait pas encore le terme d'Aurignacien qui fut créé par Cartailhac l'année suivante) étaient antérieures au Solutréen. En 1906, il publiait le gisement des Cottés (Vienne) [73] dans lequel un niveau aurignacien bien caractérisé était sous-jacent à une couche appartenant au Solutréen supérieur. L'industrie lithique renfermait les pièces caractéristiques telles que lames épaisses aux bords encochés par des retouches écailleuses, grattoirs à museau, grattoirs carénés et sept sagaies à base fendue. Malgré les ripostes d'Adrien de Mortillet, frère de Gabriel décédé entre-temps, l'abbé Breuil multiplia ses démonstrations et obtint au Congrès international d'Anthropologie et d'Archéologie préhistoriques de Genève (1912) la reconnaissance de la position exacte de l'Aurignacien dans la succession des industries du Paléolithique supérieur. Il publiait les *Subdivisions du Paléolithique supérieur et leur signification* qui allait être le texte sacré du Paléolithique français pendant un quart de siècle et connaître une nouvelle édition en 1937.

L'Aurignacien ayant conquis sa place, il apparut très vite qu'il était plus complexe que le niveau unique d'Aurignac ne le laissait croire. Dans d'autres gisements, comme Chatelperron ou Laussel, certains niveaux semblaient particulièrement archaïques au point même que leur appartenance au Paléolithique supérieur était parfois discutée, d'autant plus qu'on incluait alors dans l'Aurignacien les niveaux à couteau de l'Abri Audi qui sont, aujourd'hui, rendus au Moustérien de tradition acheuléenne. L'objet caractéristique de cet Aurignacien ancien retenu à l'époque était la pointe sur lame à dos courbe dite Pointe de Chatelperron. Ce premier niveau, reconnu à Laussel, à Chatelperron et à La Ferrassie, était considéré comme l'Aurignacien inférieur.

L'Aurignacien moyen ou Aurignacien typique était celui des gisements d'Aurignac et de Cro-Magnon bien que les sagaies à base fendue aient fait défaut dans ce dernier site. En fait les gisements les plus caractéristiques sont ailleurs, celui des Cottés dans la Vienne, ou celui de la Coumba del Bouïtou en Corrèze où se multiplient les grattoirs carénés et à museau ainsi que les lames aurignaciennes. Au cours de l'évolution de l'industrie dans l'Aurignacien moyen, l'indice des burins augmente considérablement au point de représenter près de 50 % de l'outillage.

---

72. Abbé H. BREUIL, Essai de stratigraphie des dépôts de l'Age du Renne », *Congrès préhistorique de France*, I, Périgueux, 1905, p. 74-83.

73. Abbé H. BREUIL, « Les Cottés. Une grotte du vieil Age du Renne à Saint-Pierre de Maillé (Vienne) », *Revue de l'Ecole d'Anthropologie*, t. 16, 1906, p. 196-212.

L'Aurignacien supérieur présentait une complexité et une diversité plus grande encore. Les gisements sont nombreux et plusieurs ont donné leur nom à des outils caractéristiques de cet ensemble : La Gravette sert à désigner une pointe élancée à dos rectiligne ; la pointe de la Font-Robert est munie d'une longue soie, la grotte de Noailles a permis la définition de petits burins d'angle aux enlèvements très étroits. Cet Aurignacien supérieur voyait se développer les œuvres d'art. Les premières étaient apparues au cours de l'Aurignacien moyen, c'étaient les gravures maladroites de La Ferrassie et de l'Abri Castanet, maintenant ce sont les bas reliefs de Laussel et les petites sculptures en ronde-bosse, les « Vénus » de Lespugue, de Grimaldi, de Willendorf...

Vers 1930 la séquence aurignacienne se présentait donc sans difficultés majeures, chaque niveau reconnu était défini dans plusieurs gisements et des industries similaires, se présentant à la même place dans des stratigraphies répétées, garantissaient la succession proposée. Cette classification qui avait demandé beaucoup de temps et d'énergie était surtout l'œuvre de prêtres archéologues : Breuil, Bardon, Bouyssonie, Obermaïer. En 1933, éclate la bombe périgordienne, elle fut lancée par un instituteur, Denis Peyrony[74], vieux complice et ami de l'abbé Breuil en compagnie de qui il avait fait connaître en 1901 les gravures de la Grotte des Combarelles avant de découvrir, l'année suivante, les pèintures de Font de Gaume. Ce fouilleur infatigable multiplia les découvertes et les analyses d'industries dans tout le Périgord. Se fondant sur ses travaux dans les grands gisements de La Ferrassie et de Laugerie-Haute, il proposa une nouvelle explication de la succession des industries du début du Paléolithique supérieur. Depuis quelque temps, les préhistoriens avaient, en effet, noté une anomalie dans la séquence aurignacienne. Le niveau d'Aurignac, c'est-à-dire l'Aurignacien typique, faisait figure d'étranger dans la filiation de l'Aurignacien inférieur à l'Aurignacien supérieur affirmée par l'outillage lithique à bord abattu, par la rareté et la médiocrité constante de leur outillage osseux. Ces industries contrastaient avec l'Aurignacien moyen qui ne possédait pas d'outil à bord abattu alors que ses objets en os ou en ivoire étaient abondants et caractéristiques.

D. Peyrony estima donc que l'on avait donné au terme Aurignacien une extension abusive qui cachait une autre tradition qui lui est étrangère et caractérisée par la fréquence de la retouche abrupte et la multiplication des outils à dos dont on peut suivre l'évolution : Pointe de Chatelperron, pointe de Cottés, pointe de La Gravette, pointe de La Font-Robert. Il y a donc, en

74. D. PEYRONY, « Les industries "aurignaciennes" dans le bassin de la Vézère », *Bulletin de la Société préhistorique française*, t. 30, 1933, p. 543-559.

ce début du Paléolithique supérieur deux traditions : celle de l'Aurignacien *stricto sensu* qui correspond à l'Aurignacien moyen et l'autre à laquelle Peyrony donna le nom de Périgordien puisqu'elle était bien représentée dans les vallées de la Vézère, de l'Isle et de la Dordogne. Allant au devant d'une objection qu'on ne pouvait manquer de présenter, Peyrony affirme qu'il existe entre le Périgordien ancien et le Périgordien supérieur très riche (Fig. 28), des industries intermédiaires qui comblent l'hiatus causé par l'expulsion de l'Aurignacien : ainsi à Laugerie-Haute, partie Est, il existe toutes les formes de transition souhaitables entre l'un et l'autre niveau. A Bos del Ser et La Ferrassie il en est de même. Il bâtit ainsi une nouvelle séquence, du Périgordien I au Périgordien V. Les Périgordiens II (Bos del Ser) et III (Laugerie-Haute Est) sont contemporains de l'Aurignacien typique.

Parallèlement l'Aurignacien était disséqué et faisait connaître son évolution interne. Se fondant sur l'analyse de l'outillage osseux de La Ferrassie et de Laugerie-Haute, sur les modifications de structure de l'industrie lithique, Peyrony reconnut 5 stades évolutifs dans l'Aurignacien mais cette évolution se serait faite dans un espace de temps moindre que celle du Périgordien puisque l'Aurignacien I était contemporain du Périgordien II et que l'Aurignacien V était antérieur au Périgordien IV. Ces deux traditions paraissaient se fondre au sommet en une industrie composite découverte à Laugerie-Haute Est et que Peyrony nomma Protomagdalénien parce qu'elle annonçait, antérieurement au Solutréen, les futurs développements du Magdalénien. Aujourd'hui ce Protomagdalénien est considéré comme le stade final de l'évolution du Périgordien (Périgordien VII).

L'abbé Breuil n'admit pas la théorie de Peyrony qu'il qualifia « d'hypothèse assez risquée et pour le moment complètement en l'air » (*L'Anthropologie*, 1935, p. 114-116). A vrai dire, comme le précédent essai classificatoire, les propositions peyroniennes n'étaient pas sans présenter quelques difficultés que la multiplication des fouilles révélèrent au grand jour. Peyrony fut amené [75], pour tenir compte des caractères propres de certains gisements de Corrèze, à créer un « Périgordien du 2e groupe » caractérisé par la fréquence de la retouche semi-abrupte, en particulier sur les « lamelles Dufour » et dont les niveaux successifs étaient caractérisés par les « fléchettes », les pointes de Font-Yves et les burins de Noailles. Ce Périgordien du 2e groupe débutait en même temps que l'Aurignacien, c'est dire que le Périgordien I ou Castelperronien demeurait le niveau le plus ancien du Paléolithique supérieur. En même temps Peyrony donnait à sa théorie une por-

75. D. Peyrony, « Une mise au point au sujet de l'Aurignacien et du Périgordien », *idem*, t. 43, 1946, p. 616-619.

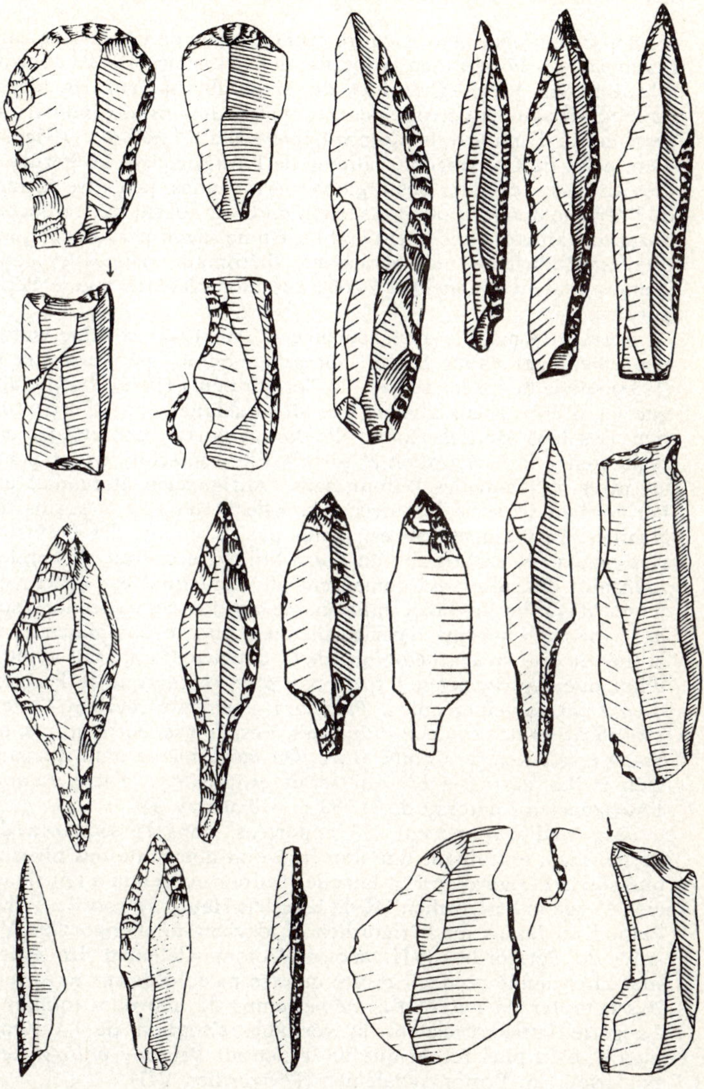

Fig. 28. — Industrie du Périgordien supérieur, La Ferrassie couche J., d'après D. de Sonneville-Bordes (2/3 de grandeur nature).

tée dépassant largement le cadre géographique de l'Aquitaine car il annexait au Périgordien la totalité des industries à bord abattu d'Europe, du Proche-Orient et du Maghreb. Suivant les idées du temps il associait étroitement les types humains aux industries reconnues : l'homme de Combe-Capelle était l'homme périgordien, celui de Cro-Magnon l'auteur de l'Aurignacien. Le Périgordien tirait ses origines des régions méridionales, peut-être même de l'Afrique du Nord où la tradition du bord abattu par retouche abrupte était très solidement établie. On ne savait pas, à l'époque, que ces industries nord-africaines, ibéromaurusiennes et capsiennes, étaient de quelque 20 000 ans plus récentes que le Périgordien I.

Après la « bataille aurignacienne » (1906-1912) conclue victorieusement par l'abbé Breuil, après la « bombe périgordienne » (1933) suivie de « l'éclatement du Périgordien » (1946) il semblait que les préhistoriens allaient prendre quelque répit. Il n'en fut rien. Dès 1955 Mme de Sonneville-Bordes portait une attaque en règle contre le Périgordien 2e série [76]. Elle replaçait, avec raison, les niveaux à lamelles Dufour dans l'Aurignacien et rendait au Périgordien 1re série les niveaux à « fléchettes » et à burins de Noailles. Ce réajustement est admis par la plupart des préhistoriens mais cet accord sur un point limité ne saurait cacher les multiples difficultés qui demeurent au point qu'il est délicat de tenter d'établir un bilan raisonnable de nos connaissances sur la séquence « aurignaco-périgordienne » encore compliquée par la théorie dite du synthétopique de G. Laplace. Il apparaît aujourd'hui que l'Aurignacien I n'est pas plus récent que le Périgordien I ou Castelperronien. Plusieurs gisements révèlent l'interstratification de ces deux industries, c'est le cas, entre autres, au Piage et au Roc de Combe (Lot). On parle même d'un Aurignacien 0 (La Ferrassie E') qui serait antérieur. A l'abri Pataud, l'Aurignacien I daterait de 31 380 ± 410 ans av. J.-C.

Des modifications ont été apportées, dans la séquence du Périgordien, entraînant une numérotation aberrante des niveaux puisque le Périgordien II à lamelles Dufour est rendu à l'Aurignacien et que le Périgordien III de Laugerie-Haute, retrouvé à l'Abri Pataud au-dessus du Périgordien V, devient un Périgordien VI, suivi du Périgordien VII, ancien Protomagdalénien. Un esprit mal intentionné pourrait croire que les paléolithiciens ne savent pas compter de 1 à 7 ! En même temps de nouvelles fouilles à Laugerie-Haute révélaient la véritable situation de l'Aurignacien V, bien plus récent que ne le pensait Peyrony puisqu'il est postérieur au Protomagdalénien (Périgordien VII).

---

76. D. DE SONNEVILLE-BORDES, « La question du Périgordien II », *ibidem*, t. 52, 1955, p. 187-203.

Ainsi le parallélisme chronologique des deux traditions ressort renforcé des dernières mises au point : l'Aurignacien a une durée aussi longue, ou peut-être même plus longue, que le Périgordien. C'est aussi l'industrie la plus répandue en Europe. Les problèmes les plus graves ne sont pas pour autant résolus. La séquence aurignacienne fondée sur l'évolution des sagaies telle que l'a définie Peyrony à La Ferrassie est peut-être trop belle ; les stades III et IV sont exceptionnels en dehors de ce gisement. Le Périgordien amputé de sa partie moyenne (stades II et III) n'est bien reconnaissable qu'à ses débuts vers 30 000 av. J.-C. et dans son stade évolué entre 24 et 19 000 av. J.-C. La carence du Périgordien moyen bien que niée par certains [77] conduit plusieurs auteurs à distinguer aujourd'hui plus radicalement un Castelperronien qui serait le Périgordien ancien encore fortement imprégné de traits moustériens et le Gravettien, Périgordien supérieur, responsable de la plupart des œuvres d'art de cette époque, en particulier des « Vénus » qui ont perdu leur qualificatif d'aurignaciennes *(Pl. IV 2 et V)*.

J'ai longuement développé, tout en les simplifiant, les difficultés apparues successivement dans l'étude de ces industries car elles me paraissent symptomatiques de la démarche intellectuelle des préhistoriens. Une nouvelle fois nous apparaît la grande complexité des cultures paléolithiques, qu'une connaissance très incomplète et l'enthousiasme d'une jeune science simplifiaient à l'extrême par souci de rationalisation. A l'évolution linéaire, chère à l'esprit cartésien et positiviste, succède la conception d'un développement buissonnant, à rameaux multiples et entremêlés, certainement plus proche de la réalité mais moins satisfaisante pour l'esprit. Il faut savoir plier celui-ci à la réalité tout en sachant fort bien que cette « réalité » n'est qu'éphémère et sera demain chassée par une autre appuyée sur des observations nouvelles et des méthodes de recherche plus efficaces.

La rupture solutréenne

L'une des questions les plus irritantes que pose le Paléolithique supérieur français est bien celle de l'origine du Solutréen. Cette très belle industrie qui apparaît peu avant 18 000 av. J.-C. pour disparaître avant 15 500 av. J.-C. est pourtant une des mieux connues et des mieux définies dans sa structure et son évolution. Le développement de la retouche couvrante, parallèle, donne un aspect très caractéristique aux belles pièces solutréennes dont l'apparition successive permet de suivre une évolution parfai-

77. F. Bordes, « La question périgordienne », *La Préhistoire. Problèmes et tendances*, Paris, 1968, CNRS, p. 59-70.

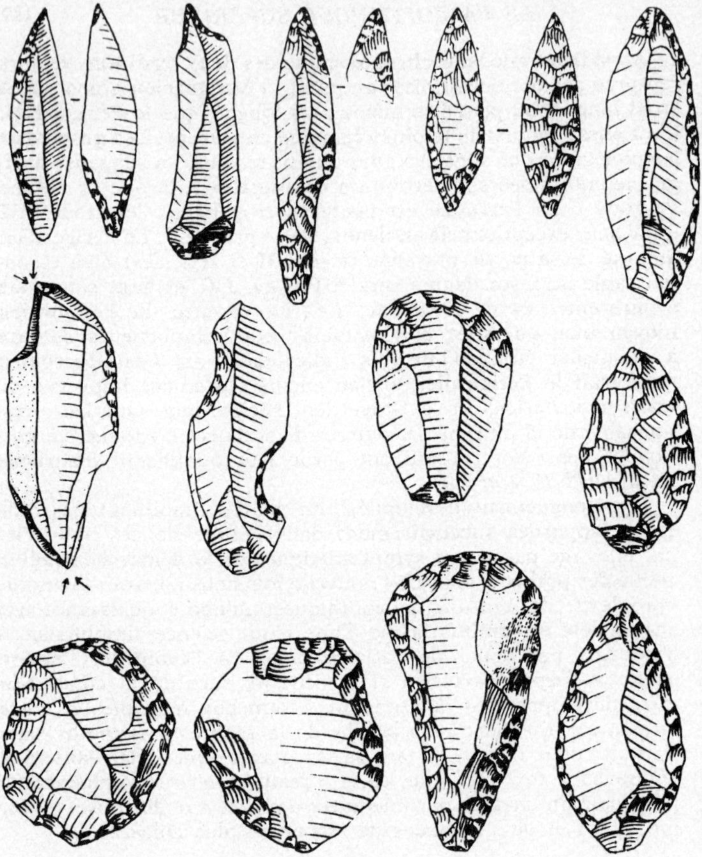

Fig. 29. — Industrie du Solutréen supérieur de Laugerie-Haute, d'après D. de Sonneville-Bordes (2/3 de grandeur nature).

tement claire. Dans le Solutréen ancien sont caractéristiques les pointes à face plane qui sont des pièces allongées dont la face supérieure porte sur une grande partie, sinon sur la totalité, des retouches solutréennes, celles-ci peuvent s'étendre partiellement sur la face inférieure. Au Solutréen moyen les pointes à face plane ne disparaissent pas lorsque font leur apparition les feuilles de laurier qui sont, elles, retouchées sur la totalité des deux faces et dont les formes sont multiples. Le passage au Solutréen supérieur est marqué par l'apparition, pendant l'interstade

Würm III-Würm IV, des pointes à cran (Fig. 29) qui sont des armatures très aiguës et par les feuilles de saule, toujours symétriques et étroites dont la face inférieure n'est pas retouchée. Ces pièces caractéristiques du Solutréen complètent la panoplie habituelle du Paléolithique supérieur. Les grattoirs sont toujours plus nombreux que les burins tandis que les pièces à retouche abrupte, si abondantes dans le Périgordien, disparaissent brusquement et ne sont représentées, dans les niveaux inférieurs, que par de très rares lamelles à dos.

L'industrie osseuse est moins originale mais les Solutréens inventèrent l'aiguille percée d'un chas. L'ingéniosité des Solutréens se manifeste aussi dans la mise au point d'une technique de chauffage du silex qui rendait plus aisée la taille par pression. Leur habileté apparaît dans la fabrication de véritables chefs-d'œuvre de l'industrie lithique comme les célèbres feuilles de laurier de la cachette de Volgu (Saône-et-Loire) dont la plus grande a 35 cm de longueur et à peine une épaisseur de 0,9 cm. Le même esprit inventif se manifeste encore dans l'apparition de pointes de flèche bifaciale à pédoncule et barbelures [78] dans le Solutréen supérieur du Parpalló (Levante, Espagne) qui ne seront réinventées qu'au Néolithique récent, 13 000 ans plus tard !

L'originalité indiscutable du Solutréen tant à l'égard des industries aurignaco-périgordiennes qui le précèdent que des industries magdaléniennes qui lui font suite fut une des causes de la « bataille aurignacienne », elle explique aussi les incertitudes qui pèsent sur son origine. Pour résoudre cette question, les solutions les plus compliquées furent d'abord proposées. Les préhistoriens des générations précédentes accordaient volontiers une mobilité extraordinaire aux populations paléolithiques. Lorsqu'on recherchait au Maghreb les origines du Périgordien il était loisible d'y trouver aussi bien, dans l'Atérien, les prémices du Solutréen puisque l'industrie nord-africaine possède dans sa phase finale, qui est antérieure au début du Solutréen, des outils à retouches bifaciales plus ou moins couvrantes [79].

Cette hypothèse, longtemps soutenue par les archéologues espagnols, est aujourd'hui écartée en raison du grand laps de temps qui s'étend entre la disparition de l'Atérien et l'apparition

78. L. Pericot, « El Solutrense y el Aurinacense de la Cova del Parpalló (Gandia, provincia de Valencia) », *La labor del Servicio de Investigacion prehistorica en 1930*, Valencia, p. 10-14 ; *idem*, 1931, p. 5-11 ; *idem*, *La cueva del Parpalló (Gandia)*, Consejo superior de Investigaciones cientificas, Madrid, 1942.

79. G. Caton-Thompson, « The aterian industry : its place and significance in the Palaeolithic world », *Journal of Royal anthropological Institute*, t. 76, 1946, p. 87-130 ; L. Pericot, « El Solutrense espanol », *II° congreso nacional de Arqueologia*, Madrid, 1951, p. 93-99 ; L. Pericot, « Sur les connexions européennes possibles de l'Atérien : état actuel du problème », *Congrès panafricain de Préhistoire*, Alger, 1952, p. 375.

du Solutréen[80]. Un autre argument opposé à cette prétendue origine méridionale est l'absence du Solutréen inférieur en Espagne. Pour des raisons similaires, on ne retient plus l'origine orientale du Solutréen qui parut longtemps plus vraisemblable. Le Szélétien de Hongrie qui lui est antérieur, possède, comme l'Atérien, des pièces foliacées bifaciales, mais ni l'Autriche ni l'Allemagne qui auraient dû être parcourues par les peuplades migratrices ne recèlent d'industrie annonçant le Solutréen ancien.

En fait, le Solutréen demeure désespérément français[81]. Il était cependant si commode de le faire venir d'ailleurs et d'expliquer son intrusion dans la continuité aurignaco-périgordienne-magdalénienne comme le résultat d'une invasion ! Or le Solutréen est une culture assez étroitement localisée entre le sud du Bassin parisien et les Pyrénées ; un autre foyer qui paraît aussi ancien occupe le versant oriental du Massif central. S'il n'a pas franchi le Rhône, le Solutréen ne fut pas arrêté par les Pyrénées car on le retrouve dans le nord-ouest de l'Espagne et sur la côte du Levante.

C'est donc en France même qu'il faut, en toute logique, rechercher les origines de cette mystérieuse et belle industrie. F. Bordes et Ph. Smith supposent que des faciès moustériens tardifs auraient pu se maintenir pendant toute la durée du Würm III et auraient évolué vers le Solutréen soit directement soit en s'associant à un Aurignacien local. Depuis longtemps les fouilleurs de la zone aquitaine avaient tendance à situer dans le Sud-Est, et particulièrement dans l'Ardèche et le Gard, ce foyer primitif du Solutréen. Ces propositions étaient d'autant plus facilement formulées que le Paléolithique de cette région était mal connu. Mais J. Combier, qui a révélé les richesses paléolithiques de l'Ardèche, estime que les niveaux les plus anciens du Solutréen y sont légèrement plus récents que ceux du Périgord[82].

Il existe bien quelques retouches rasantes sur certaines pièces du Périgordien supérieur, en particulier sur la face plane de quelques pointes de la Font-Robert, de même on signale sporadiquement des lamelles à dos abattu dans le Solutréen inférieur mais cela ne suffit pas à établir un semblant de continuité entre ces deux cultures. Le Solutréen apparaît brusquement, il semble plus être une mutation industrielle que le fruit d'une évolution. L'absence de restes humains étudiables qui soient attribuables au Solutréen ne contribue pas à résoudre l'irritant problème des origines de cette culture.

---

80. G. Camps, « L'Age de l'Atérien nord-africain et saharien », *Estudios dedicados al Professor L. Pericot*, Barcelone, 1973, p. 29-46.

81. Ph. Smith, *le Solutréen en France*, Bordeaux, 1966, Delmas.

82. J. Combier, *le Paléolithique de l'Ardèche*, Bordeaux, 1967, Delmas.

La décadence badegoulienne et l'envolée magdalénienne

La disparition du Solutréen est aussi brutale et mystérieuse que son apparition. Il est sûr que le début du Magdalénien ancien, celui qui fut appelé un temps Badegoulien ou Magdalénien 0 est contemporain du Solutréen final, comme ont tenté de le montrer les sédimentologistes Laville et Texier dans les gisements de Laugerie-Haute et du Malpas. A Laugerie-Haute, le Magdalénien ancien succède immédiatement au Solutréen supérieur, la contemporanéité des deux industries et leurs différences fondamentales interdisent de penser qu'elles puissent dériver l'une de l'autre. Faut-il imaginer, comme D. Peyrony, une brusque et puissante migration des premiers Magdaléniens, chassant les Solutréens du Périgord et mettant fin du même coup à leur culture ? Cette interprétation paraît logique, reste à préciser d'où venaient les Badegouliens. A. Cheynier[83] remarque que, vers le Nord, la zone d'occupation du Magdalénien ancien (Badegoulien) est plus vaste que celle du Solutréen supérieur ; il semble qu'elle s'étendait à l'ensemble du Bassin parisien, peut-être même à la Belgique. Bien que leur apparition en Aquitaine coïncide avec l'interstade de Lascaux, il n'est pas impossible que les Badegouliens soient venus du Nord. Ils conservaient des traditions aurignaciennes dans leur industrie lithique mais celle-ci paraît fruste à côté des merveilleux produits du Solutréen. On pourrait à juste titre parler de décadence badegoulienne si nous avions affaire à une même ethnie ; en fait, il nous semble bien assister à l'arrivée des barbares.

Ce sont cependant ces barbares qui vont accéder à l'apogée artistique de l'humanité préhistorique. Il y a en effet un cycle magdalénien dont on peut suivre le développement en quelque 5 000 ans. La classification de l'abbé Breuil fondée sur les stratigraphies de la grotte du Placard (Charente) et de l'abri de la Madeleine (Dordogne) subdivise le Magdalénien en 6 étages qui se distinguent par l'évolution de l'industrie lithique et l'apparition de « fossiles directeurs » dans l'équipement en os et ivoire. Il fut ensuite proposé, à Laugerie-Haute, un Magdalénien 0 possédant de nombreux grattoirs, dont certains à museau, quelques lames aurignaciennes, des perçoirs en abondance et des burins transversaux. Le Magdalénien I voit se multiplier les burins qui dépassent en nombre les grattoirs[84] ; l'outil caractéristique de ce niveau est la raclette, fragment de lame ou d'éclat, sans silhouette définie, portant sur le pourtour une retouche abrupte due à

83. A. Cheynier, *Badegoule. Station solutréenne et protomagdalénienne*, Archives de l'Institut de Paléontologie Humaine, n° 23, 1949.

84. D. de Sonneville-Bordes, *le Paléolithique supérieur en Périgord*, Bordeaux, 1960, Delmas.

l'usage. Au Magdalénien II, la proportion des burins par rapport aux grattoirs augmente encore et l'ensemble de l'industrie lithique prend la physionomie qu'elle conservera, sans changement notoire, jusqu'à la fin de la séquence. Lamelles à bord abattu allongées et tronquées, formant des triangles scalènes, sont caractéristiques de ce niveau. C'est le moment où commencent les grands froids du Dryas I. Avec le Magdalénien III, on sort du Magdalénien ancien, les raclettes tendent à disparaître alors que se multiplient les triangles courts à bord denticulé ; dans l'industrie osseuse apparaissent les « baguettes demi-rondes » qui sont des fragments d'andouiller de renne fendus et dont la face convexe porte un décor. A partir du Magdalénien IV ce sont surtout les objets en os ou en bois de renne qui servent à différencier les étapes de l'évolution culturelle. Certes l'industrie de l'os était abondante dès les étages anciens du Magdalénien, mais au Magdalénien IV elle se diversifie et s'enrichit considérablement. Aux sagaies à biseau simple, toujours nombreuses, s'ajoutent celles à base fourchue, des pointes barbelées considérées comme des proto-harpons, des rondelles percées et des têtes d'animaux, découpées dans des omoplates ou dans des os hyoïdes, particulièrement prisées dans la province pyrénéenne. Les œuvres d'art se multiplient en effet à cette période où l'art mobilier magdalénien atteint son apogée. Les bâtons perforés (« bâtons de commandement ») qui sont pris sur des perches de bois de renne sont presque toujours décorés de gravures de qualité mais les chefs-d'œuvre de l'art mobilier me semblent être les reliefs sculptés qui servent de crochet aux propulseurs *(Pl. VI)*.

Les stades suivants voient le développement des harpons à un seul rang de barbelures (Magdalénien V) et à deux rangs (Magdalénien VI, subdivisé suivant la forme des barbelures en VIa et VIb). Au Magdalénien VI, l'art mobilier change quelque peu, les baguettes demi-rondes disparaissent et le réalisme des figurations s'atténue et tend vers un certain schématisme. Dans l'industrie lithique, on note l'apparition des burins bec-de-perroquet au Magdalénien VI et à la fin de la séquence une inversion des indices de burins et de grattoirs, ceux-ci redeviennent à nouveau les plus nombreux tandis que l'outillage microlithique occupe une place croissante (Fig. 30).

L'uniformité de l'outillage en pierre a fait douter de l'existence des différents stades reconnus à La Madeleine. Le critère que serait l'absence ou la présence des harpons, ainsi que la valeur chronologique des rangs et des formes de barbelures sont remis en question depuis quelques années [85]. De plus des outils

85. M. JULIEN, « Harpons unilatéraux et bilatéraux. Evolution morphologique ou adaptation différenciée ? » *Méthodologie appliquée à l'industrie de l'os préhistorique*, Colloque international au CNRS, 1977, p. 177-189.

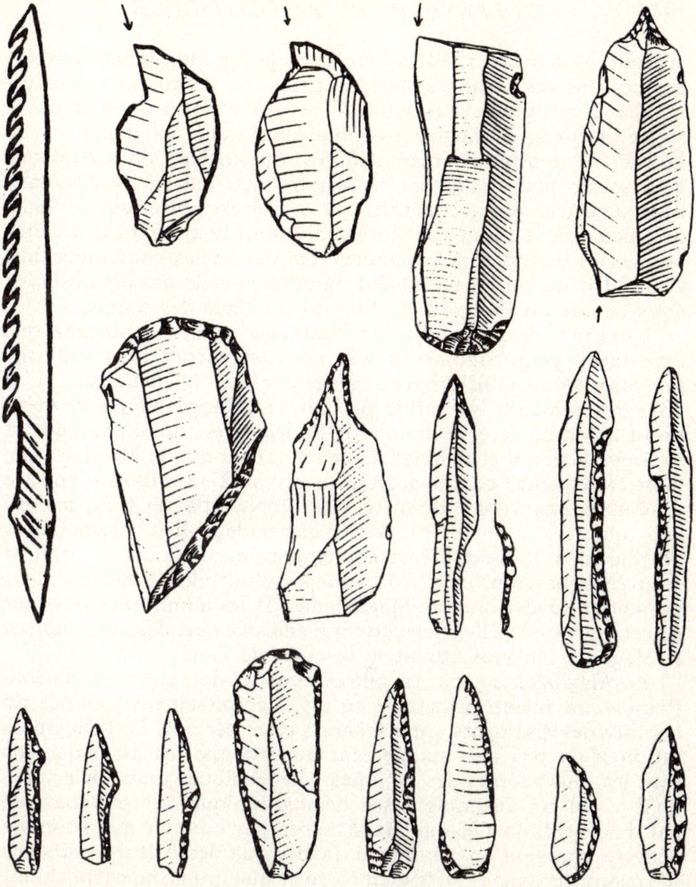

Fig. 30. — Industrie du Magdalénien supérieur (Magdalénien VI), La Madeleine, d'après D. de Sonneville-Bordes (2/3 de grandeur nature).

épipaléolithiques, comme la pointe azilienne, qui ne devraient apparaître que dans le Magdalénien VI, sont trouvés aujourd'hui dans des niveaux largement antérieurs.

Ainsi, une fois encore, les belles constructions rationnelles, à la française, dont on ne saurait nier l'intérêt et le caractère stimulant pour la recherche, se révèlent trop simplistes car elles sont plus conceptuelles que fondées sur la réalité ; elles sont surtout prématurées. Elles n'en sont pas moins indispensables car ce sont ces synthèses précoces qui ont permis aux connaissances de progresser. Il suffit de ne pas en être dupe et de se souvenir qu'en préhistoire, comme dans tous les domaines de la science, rien n'est jamais définitif. Aujourd'hui on a tendance à dissocier plus nettement le Magdalénien ancien du Magdalénien supérieur qui grouperait tout ce qui est postérieur au Magdalénien à raclettes et dont les subdivisions finales risquent d'être moins des étapes chronologiques que des faciès contemporains. Cette attitude est curieusement parallèle à celle qui est observée dans l'étude du Périgordien. Elle est un signe des temps.

L'examen de l'ensemble de l'outillage et des manifestations artistiques peut conduire à une position encore plus radicale. Le Magdalénien « barbare » antérieur au Magdalénien II à triangles scalènes ne serait pas un vrai Magdalénien, il mériterait qu'on lui réserve le nom de Badegoulien, qui comprendrait le Magdalénien 0 et le Magdalénien I, tandis que le Magdalénien, dont la séquence commencerait au niveau II, serait une culture différente. Les âges radiométriques, donnés par le C 14, malgré leur imprécision, incitent à penser que Badegoulien, à raclettes et Magdalénien II sont même contemporains. L'industrie lithique trouvée à Lascaux et les datations, autour de 15 000 av. J.-C., permettent d'attribuer au Magdalénien II les admirables fresques de cette grotte [86]. Elles permettent d'affirmer que, dès ses origines, le Magdalénien vrai atteint le sommet de l'art.

Le Magdalénien est la mieux connue des cultures paléolithiques. La raison principale en est l'accroissement très net du nombre des gisements appartenant à cette période. Cette augmentation n'est pas due simplement au fait que les Magdaléniens sont les plus récents des hommes paléolithiques mais bien parce qu'il y eut un véritable essor démographique qui se reconnaît par d'autres faits. C'est au Magdalénien par exemple que l'homme pénètre vraiment en montagne, tandis que des cultures voisines se répandent dans l'Europe du Nord et que des groupes, profitant de la baisse du niveau des océans à la fin de la glaciation de Würm, passent d'Asie en Amérique et commencent à peupler ce nouveau monde.

En France, on a pu pénétrer un peu plus intimement dans la vie saisonnière de ces chasseurs de rennes et pêcheurs de saumons grâce aux fouilles étendues de plusieurs gisements de plein air qui sont des villages ou des campements de chasse. Ces fouilles de grande surface ont apporté beaucoup à la connaissance de la vie quotidienne, car, n'ayant guère à rechercher l'établis-

86. Arl. Leroi-Gourhan, J. Allain et Coll, *Lascaux inconnu*, 12e supplément à *Gallia Préhistoire*, Paris, 1979, CNRS.

sement d'une chronologie relative fondée sur la succession des niveaux d'occupation, le préhistorien pratique, dans ce cas, de larges décapages qui lui permettent de retrouver des structures et les traces de l'aménagement de l'espace.

Que ce soit dans le Bassin parisien (Pincevent, Etiolles) ou dans les vallées aquitaines (Solvieux, plateau Parrain), ces fouilles exigent des équipes nombreuses et entraînées [87]. Désormais, il ne suffit plus de repérer la couche à laquelle appartient chaque objet, mais il importe de situer celui-ci dans l'espace et de chercher ses relations soit avec telle structure, soit avec tel autre document osseux ou lithique. Ainsi seront recherchés les éclats et outils extraits du même nucléus, les microburins qui s'adaptent aux microlithes géométriques, les recoupes qui correspondent aux burins, etc. On peut tracer sur le plan les interrelations de ces différentes composantes du gisement et du même coup voir apparaître les axes de circulation et les zones de diffusion. L'application rigoureuse de méthodes précises peut, dans le cas d'un gisement particulièrement bien conservé, comme à Pincevent, donner des résultats spectaculaires : la dispersion des éclats, autour d'un bloc ayant servi de siège, permet de reconnaître un poste de débitage ; les tas de refus communs à plusieurs huttes ou tentes, l'ouverture de celles-ci et la direction préférentielle suivie par les hommes en sortant se lisent sur le sol grâce aux traînées d'esquilles et à leur orientation. Ainsi se reconstitue d'une manière saisissante une sorte de photographie d'un campement magdalénien figé pour des millénaires et que seule la « lecture » des documents et de leurs agencements dans l'espace permet de révéler à nos yeux émerveillés. Comme l'écrit A. Leroi-Gourhan, « le désert de l'ethnologie préhistorique commence à se peupler ».

On devine le prix d'une telle entreprise : tout dans le gisement doit être recueilli, examiné, analysé, les outils et leurs éclats de fabrication, les objets transformés, apportés ou manipulés par l'homme, les os entiers ou en fragments et jusqu'à l'esquille la plus infime, les galets et les pierres, les terres de coloration différente et les traces de combustion ; enfin seront multipliés les prélèvements de sols à fin d'analyses sédimentologique, palynologique, voire chimique.

---

87. A. LEROI-GOURHAN et M. BREZILLON, *Fouilles de Pincevent. Essai d'analyse ethnographique d'un habitat magdalénien (la section 36)*, 7e supplément à *Gallia Préhistoire*, Paris, 1973, CNRS ; J. GAUSSEN, *Le Paléolithique supérieur de plein air en Périgord*, 14e supplément à *Gallia Préhistoire*, Paris, CNRS, 1980.

5. L'ART PALÉOLITHIQUE

De toutes les activités de l'homme du Paléolithique supérieur, l'art est certainement la manifestation la mieux connue. Ce sont les magnifiques fresques des grottes ornées qui ont fait comprendre aux foules émerveillées combien l'homme préhistorique était, spirituellement, proche de nous, et, comme nous, sensible à la beauté. Mais cette admiration n'est pas toujours libérée de toute suspicion tant il est difficile de chasser les vieux démons. La reconnaissance d'un art paléolithique, contemporain d'espèces fossiles, fut en effet particulièrement tardive et, paradoxalement, ce furent les préhistoriens eux-mêmes qui la retardèrent. Les esprits de la fin du XIXe siècle n'étaient pas encore préparés à admettre ce qui nous paraît aujourd'hui une évidence, l'opinion était encore profondément ancrée que notre ancêtre était trop proche de l'animalité (on était à l'époque du triomphe du darwinisme) et trop accaparé par la recherche difficile d'une nourriture rare et grossière pour se livrer aux joies, que l'on croyait innocentes, de reproduire des figures animales sur les parois de ses cavernes.

Les découvertes d'œuvres d'art ne furent pas cependant exceptionnelles tout au long du XIXe siècle, alors qu'un enthousiasme désastreux faisait vider les grottes de leurs sédiments. Tous les manuels de préhistoire rappellent, avec une unanimité touchante, la découverte vers 1834 dans la grotte du Chaffaud (Vienne) d'un os gravé représentant deux biches se suivant ; mais à cette époque la notion même des temps préhistoriques n'avait pas encore émergé des connaissances confuses qu'apportaient les premières recherches de Jouanet et de Tournal. Cette œuvre, à qui fut reconnue une grande ancienneté, fut qualifiée de « celtique » et on n'en parla plus pendant la trentaine d'années qui suivit. Il faut attendre la grande décennie de la préhistoire française, celle de 1860 à 1870, pour que soient mises au jour et reconnues des œuvres d'art mobilier en os, bois, ivoire et pierre dans les grottes périgourdines et pyrénéennes. Piette créa même l'expression de période « glyptique »[88] pour désigner la dernière époque du Paléolithique au cours de laquelle se multiplient gravures et sculptures animalières, que l'on retrouve mêlées aux silex taillés par l'homme et aux ossements fossiles. L'opinion scientifique ne pouvait douter sérieusement de leur contemporanéité.

« *Habent oculos et non vident* »

Fait curieux, alors que l'art mobilier était reconnu et accepté, les œuvres pariétales restèrent ignorées. On a souvent écrit les mésaventures du marquis Marcelino Sanz de Sautuola. Elles sont exemplaires. Ce jeune aristocrate espagnol visita en 1875 une grotte qui venait d'être découverte à Altamira, dans la commune de Juan Mortero près de Santillana del Mar. Au cours de cette visite il n'attacha aucune importance aux signes abstraits pourtant bien visibles sur les parois de la galerie principale mais recueillit quelques ossements et silex. Trois ans plus tard, il se rendit à l'Exposition universelle de Paris et y découvrit les belles collections d'objets préhistoriques : os d'animaux fossiles, silex taillés, ivoires, os et bois de cervidés travaillés. Enthousiasmé par la nouvelle science, il décida de retrouver dans son pays ce qui avait été trouvé au-delà des Pyrénées. Il retourna donc à Altamira en 1878 et reprit ses recherches dans les sédiments de la grotte. Il était accompagné de sa fille, la petite Maria âgée de cinq ans, qui la première découvrit, à la lueur des lampes à carbure, les grandes taches d'ocre qui, sous la forme d'animaux aux positions bizarres, couvraient pratiquement tout le plafond de la salle. L'histoire d'Altamira commençait comme un conte de fées[89]. Dans l'opuscule qu'il publia dès l'année suivante, le marquis déclare qu'il resta stupéfait, puis la raison reprenant ses droits il fut conduit à attribuer à l'homme préhistorique ces peintures d'une étrange beauté. Nous citons le passage essentiel de son mémoire, remarquable par l'intuition et la sagesse du raisonnement : « Il est évident, d'après certaines découvertes qu'on ne peut mettre en doute, comme celle qui nous intéresse, que l'homme, même quand il n'avait d'autres logis que les grottes, reproduisait sur des cornes et des défenses d'éléphant, non seulement sa propre figure mais encore celle des animaux qu'il voyait. Il n'est donc point aventureux d'admettre, puisqu'à cette époque appartiennent d'aussi parfaites reproductions réalisées sur des corps durs, que les peintures dont il s'agit aient une aussi lointaine origine...

88. E. PIETTE, « La station de Brassempouy et les statuettes humaines de la période glyptique », *L'Anthropologie*, t. 6, 1895, p. 129-151.

89. M. GARCIA GUINEA, *Altamira, origine de l'Art*, Madrid, 1969.

Il est difficile de concevoir qu'à une date récente il y ait eu quelqu'un d'assez capricieux pour s'enfermer dans cet endroit et y peindre des animaux inconnus dans cette région et à cette époque [90]. »

Ce raisonnement sensé se heurta à une opposition virulente, à la fois têtue et injuste, de la part de préhistoriens. En Espagne, seul Vilanova, professeur de géologie à l'Université de Madrid, accorda son soutien à Sautuola, en France l'opposition fut encore plus radicale alors que les nombreuses découvertes d'objets décorés au cours des fouilles auraient dû préparer les esprits à admettre l'existence d'un art pariétal.

Ce qui surprenait et inquiétait les spécialistes n'était pas tant la figuration d'animaux que la technique utilisée. La peinture, art noble, semblait le résultat d'une évolution culturelle bien supérieure à celle qu'avaient connue les malheureux « hommes des cavernes ». On voulait bien admettre que ces brutes intelligentes aient parfois décoré d'incisions, de gravures, voire de sculptures leurs instruments d'os, d'ivoire et de bois de renne mais comment imaginer qu'ils aient pu dépasser cet art mineur et atteindre les sommets ! Qui oserait comparer un chasseur magdalénien à M. Bonnat ou M. Luminais ?

Le malheureux Sautuola fut traîné dans la boue, on l'accusa de faux, le rapport Harlé prétendit que les peintures avaient été exécutées nécessairement entre 1875, année de la découverte et de l'ouverture de la grotte et 1879, donc entre les deux visites du marquis. On cita même le nom du faussaire, un peintre français, muet de surcroît, qui avait été l'hôte de Sautuola à cette époque. La cause était entendue. Malgré les efforts de Vilanova, les jugements des arbitres suprêmes que sont à l'époque Cartailhac et G. de Mortillet, tombent comme un couperet, les peintures d'Altamira ne peuvent être paléolithiques. Cependant dès 1878, un an avant la découverte des peintures d'Altamira, L. Chiron reconnaissait comme préhistoriques les gravures de la grotte Chabot (Gard) mais cette observation demeura sans conséquence [91].

Il fallut les découvertes successives des gravures des grottes de La Mouthe en 1895 et des Combarelles en 1901 (Fig. 31) puis des peintures de Font-de-Gaume également en 1901 (Fig. 66), toutes trois aux Eyzies-de-Tayac, pour que soit reconnu le bien fondé des théories de Sautuola. Dès l'année 1902, Cartailhac fai-

---

90. M. de Sautuola, *Breves apuntes sobre algunos objetos prehistoricos de la Provincia de Santander*, Santander, 1880.

91. J. Combier, E. Drouhot et P. Huchard, « Les grottes solutréennes à gravures pariétales du canon inférieur de l'Ardèche », *Mémoire de la société préhistorique française*, n° 5, 1958 ; L. Chiron, « La grotte Chabot, commune d'Aiguèze (Gard) », *Bulletin de la Société d'Anthropologie de Lyon*, t. 8, 1889, p. 199-201.

sait amende honorable et publiait dans *l'Anthropologie* son célèbre « Mea culpa d'un sceptique » et rendait hommage à Sautuola... la réhabilitation arrivait trop tard, le marquis était mort, incompris.

L'art paléolithique une fois admis et scientifiquement reconnu, n'a point, pour autant, cessé d'inquiéter les spécialistes. Ses origines, sa raison d'être, sa chronologie sont autant de questions que les préhistoriens n'ont pas encore réussi à résoudre pleinement.

Fig. 31. — Mammouth et chevaux gravés de la grotte des Combarelles, d'après H. Breuil.

L'apparition même des premières manifestations artistiques pose une question aussi fondamentale que celle du langage puisqu'il s'agit de la traduction d'une pensée ou d'une intention. Or cette traduction graphique se fait, dans les gravures et les peintures, en deux dimensions alors que l'objet représenté est un volume. Comment l'homme est-il arrivé à ce traitement qui nous est si naturel, apparemment, que la question paraît oiseuse ? Le dessin représente les contours d'un objet, il élimine son épaisseur, sa réalité tangible. En fait toute représentation graphique est une abstraction, une reconstitution passée par le filtre de nos neurones et non la reproduction de la réalité. Seul le cerveau d'*Homo sapiens* pouvait réaliser une telle opération.

Les plus anciennes œuvres d'art

Les plus anciennes gravures connues au monde [92], antérieures à toute sculpture, sont l'œuvre des Aurignaciens des bords de la Vézère. Elles ont été trouvées dans les abris Cellier, Blanchard et Castanet dans les communes voisines de Sergeac et Tursac, et dans le célèbre gisement de La Ferrassie, au voisinage des Eyzies-de-Tayac. Elles ont plus de 30 000 ans et sont accompagnées de quelques restes de peinture. Ces gravures ont été faites sur des blocs dont la plupart peuvent être déplacés par un homme seul. Elles sont le plus souvent obtenues par piquetage sur une surface qui fut parfois grossièrement aplanie par frottement d'un lourd galet.

Ces figures des origines sont peu variées. Ce sont, pour l'essentiel, des images sexuelles, féminines, donc partielles et de valeur symbolique. Les unes sont assez réalistes, comme à La Ferrassie où la fente vaginale est profondément incisée et les contours régulièrement tracés, les autres sont déjà schématiques et sur le chemin qui conduit aux « signes » en écusson des périodes du plein essor de l'art pariétal. Le sexe masculin est plus rarement représenté et, généralement, d'une façon moins réaliste.

C'est aux mêmes préoccupations fondamentales, celles de la fécondité et de la reproduction, que répondent, au Périgordien supérieur entre 25 000 et 20 000 ans, les nombreuses figures féminines dont les découvertes, des Pyrénées à la Sibérie centrale, ont réjoui le cœur de nombreux préhistoriens [93]. Ces « Vénus » n'obéissent guère à nos canons de beauté, ces femmes obèses aux flancs élargis, aux seins hypertrophiés descendant jusqu'au bassin, semblent être enceintes. Plutôt que des images de la femme, ce sont celles de la fécondité. L'importance de la fonction génitrice explique le dédain marqué des artistes pour les autres parties du corps, le visage, les extrémités des membres sont négligés ou omis. Quelques exceptions d'une rare qualité, comme la tête de Brassempouy (Landes) *(Pl. V)* ou certains visages de Dolni Vestonice (Bohême) révèlent que ces omissions ne sont pas dues à l'incapacité des artistes. Dans certains cas, comme la célèbre Vénus de Lespugue, le corps de la statuette est si éloigné de la réalité anatomique qu'il s'agit de véritables œuvres surréalistes et symboliques [94]. Cette tendance atteindra rapidement les limites

92. Mis à part la côte de bovidé gravée de motifs en arceaux découverte dans l'Acheuléen du Pech de l'Azé II. F. Bordes, « Os percé moustérien et os gravé acheuléen du Pech de l'Azé II », *Quaternaria*, t. XI, 1969, p. 1-6.

93. H. Delporte, *l'Image de la femme dans l'art préhistorique*, Paris, 1979, Picard.

94. A. Leroi-Gourhan, *Préhistoire de l'Art occidental*, Paris, 1965, Mazenod, p. 460. *Contra :* L. Pales et M. Tassin de Saint-Pereuse, *les Gravures de la Marche. II. Les humains*, Ophrys, 1974, p. 94-127.

extrêmes de la stylisation et de l'abstraction : la Vénus XIV de Dolni Vestonice n'est plus, par exemple, qu'une baguette d'ivoire sur laquelle font saillie deux seins inégaux ; celle qui, dans le même gisement, porte le n° XIII est un fût cylindrique dans sa partie supérieure alors que l'inférieure, élargie, se termine par deux appendices figurant les jambes. Bien plus tard, au Magdalénien final, des femmes (ou des entités nées de fantasmes) seront fréquemment figurées de profil, penchées en avant, les seins pendants. Une stylisation plus poussée réduit la figure à la saillie des fesses que prolongent deux appendices, un supérieur dans lequel se confondent tronc, tête et bras, l'autre inférieur correspondant aux jambes. De telles figures sont très proches des signes « abstraits » claviformes dans lesquels A. Leroi-Gourhan décèle l'avatar ultime de la schématisation des représentations féminines.

Dès l'Aurignacien, à côté des figurations sexuelles apparaissent, en Dordogne, de rares représentations animales, d'autant plus difficiles à déterminer qu'elles sont toujours partielles, à l'exception de l'herbivore de l'abri de Belcayre qui pourrait être un bouquetin. Ces représentations animales devaient croître en nombre au point de constituer, dès l'époque suivante, l'essentiel des figurations gravées, peintes ou sculptées de l'art paléolithique. Nous réservons pour un autre chapitre l'étude ou plutôt la recherche de la signification de ces représentations, nous voudrions maintenant limiter notre propos à leur chronologie.

L'œuvre de l'abbé Breuil

Les préhistoriens ont longuement examiné ces œuvres dont certaines sont d'une beauté inégalée dans l'art animalier mais notre admiration est sollicitée, souvent sans que nous en prenions pleinement conscience, par le fait que nous savons qu'elles sont très anciennes et œuvres d'hommes préhistoriques, c'est-à-dire d'hommes dont nous refusons encore d'admettre qu'ils soient parfaitement identiques à nous. L'image traditionnelle et fausse du « Cro-Magnon », armé d'une massue ou tirant sa femelle par les cheveux, contraste si brutalement avec la délicatesse du tracé de tel cerf de Lascaux ou d'un bison de Niaux que notre esprit est prêt à admirer inconditionnellement toute production artistique du moment qu'elle est préhistorique. Au risque de choquer le lecteur, mais sans avoir l'impression de transgresser un tabou, car d'autres l'ont dit avant moi, j'affirmerai qu'il n'y avait pas que des artistes de génie parmi les graveurs et les peintres paléolithiques. Toutes les figures animales et humaines ne sont pas des chefs-d'œuvre. Comme toutes les époques, le Magdalénien a eu ses barbouilleurs ou tout simplement des artistes moins doués.

Mais reconnaissons que ces œuvres d'une qualité moindre ne sont qu'une minorité et qu'elles sont le plus souvent oubliées dans les traités et les albums.

Parmi les très nombreux auteurs qui se sont intéressés à l'art paléolithique, deux figures dominent nettement l'ensemble : ce sont l'abbé Breuil, pendant la première moitié du siècle, et A. Leroi-Gourhan, aujourd'hui.

L'œuvre de l'abbé Breuil est immense, à la mesure de son talent et de son extraordinaire capacité de travail [95]. Ses premières recherches portèrent sur l'Age du bronze, mais la découverte, à quelques jours d'intervalle, des gravures de la grotte des Combarelles et des peintures de Font de Gaume (1901) lui permit d'exercer ses qualités d'observateur et de dessinateur qu'il avait déjà révélées à La Mouthe. Dès l'année suivante il est à Marsoulas puis à Altamira. Au cours de multiples voyages en Europe et en Afrique, il passera d'innombrables heures dans la boue des cavernes ou sur des échafaudages de fortune à relever patiemment gravures et peintures. Bernifal, Teyjat en Dordogne, Le Castillo, Covalanas, Hornos de la Pena, La Pasiega dans les Asturies, Gargas, Niaux, le Portel, le Tuc d'Audoubert et la grotte des Trois Frères dans les Pyrénées (Fig. 66), La Pileta en Andalousie sont tour à tour étudiés. Des centaines de mètres carrés de gravures et de peintures sont relevés, mis au net et publiés. En septembre 1940, ce fut la découverte de Lascaux où il devait, au cours des années, passer tant d'heures à étudier les moindres détails, puis ce fut l'intermède sud-africain qui devait durer six ans, au cours duquel furent étudiées les roches peintes de l'Etat d'Orange, du Basoutoland, du Sud-Ouest africain et de Rhodésie du Sud.

Cette activité n'est pas limitée à l'étude de l'art, nous avons vu le rôle éminent que l'Abbé occupa dans la classification des industries du Paléolithique supérieur.

En 1952, il fait connaître les peintures du Tassili n'Ajjer découvertes par le colonel Brenans et, la même année, sort de presse *Quatre cents siècles d'art pariétal*, ouvrage qui peut être considéré comme son testament spirituel bien que son activité scientifique ne cessât qu'à sa mort survenue en 1961. En 1959 encore il apportait, et avec quelle vigueur ! les preuves de l'authenticité des peintures de la grotte de Rouffignac.

Pour l'abbé Breuil, l'art paléolithique, ou plus exactement l'art pariétal, car il ne cherche guère à établir de parallèle avec l'art mobilier, s'est développé tout au long du Paléolithique supérieur, mais il ne croit pas à une évolution continue. Les œuvres parié-

---

95. Pour l'œuvre scientifique de l'abbé Breuil le lecteur se reportera à l'*Hommage à M. l'Abbé Breuil*, publié à Paris par G. de Saint-Martin en 1957 où sont recensés quelque 800 articles et 14 ouvrages.

tales se classent dans deux cycles ayant chacun connu son développement propre. Le premier est dit aurignaco-périgordien. Il comprend des empreintes de main, des dessins linéaires jaunes puis rouges, des tectiformes, enfin des peintures à teinte plate rouges puis noires, comme à Lascaux, que suivent des peintures bichromes. L'élément caractéristique en est la figuration en « perspective tordue » ; ainsi les cornes des ruminants sont représentées de face sur des têtes de profil, de même les sabots bisulques sont tournés afin de révéler la présence des deux doigts. Parmi les gravures, les dessins digitaux et les tracés macaroniques reçoivent une attention particulière car des figures animales peuvent naître machinalement de cette technique primitive. Les représentations de vulve des gisements aurignaciens et les bas-reliefs humains de Laussel entrent dans le même cycle.

Le cycle solutréo-magdalénien connaîtrait un développement analogue. Les peintures solutréennes semblent faire défaut bien que le gisement espagnol du Parpalló (Levante) ait livré des plaquettes peintes. Mais au Solutréen appartiendraient les magnifiques bas-reliefs d'Isturitz, du Roc de Sers, de la Chaire-à-Calvin, du Fourneau-du-Diable, tandis que ceux du Cap Blanc et d'Angles sur l'Anglin seraient d'âge magdalénien. Les œuvres peintes magdaléniennes, très nombreuses, présentent une perspective réelle. Les figures polychromes, comme celles d'Altamira, marqueraient la culmination de l'art paléolithique qui s'affaisse brusquement pour donner de petits tracés rouges déjà associés à des motifs proto-aziliens.

Les quatre styles de l'art paléolithique d'après A. Leroi-Gourhan

Cette subdivision de l'art pariétal paléolithique n'est plus acceptée de nos jours. Une meilleure connaissance de la chronologie, une nouvelle manière de regarder les figures et leurs associations, et une attention plus soutenue accordée aux signes abstraits qui les accompagnent ont conduit A. Leroi-Gourhan, successeur de l'abbé Breuil au Collège de France et à l'Institut, à présenter de nouvelles subdivisions de ses œuvres et une autre interprétation que nous n'aborderons pas dans ce chapitre [96].

Pour A. Leroi-Gourhan l'art paléolithique (Fig. 32) s'organise en quatre styles ou périodes et un développement continu durant la totalité du Paléolithique supérieur [97]. Les œuvres de la période I appartiennent toutes à l'Aurignacien I-II. Nous avons déjà signalé leur caractère fruste et leur étroite localisation sur les bords de la Vézère. La période II débute à un stade évolué du

---

96. Cf. *infra*. Chapitre VII, *Homo religious*, p. 395.

97. A. LEROI-GOURHAN, *Préhistoire de l'Art occidental*, Paris, 1965, Mazenod.

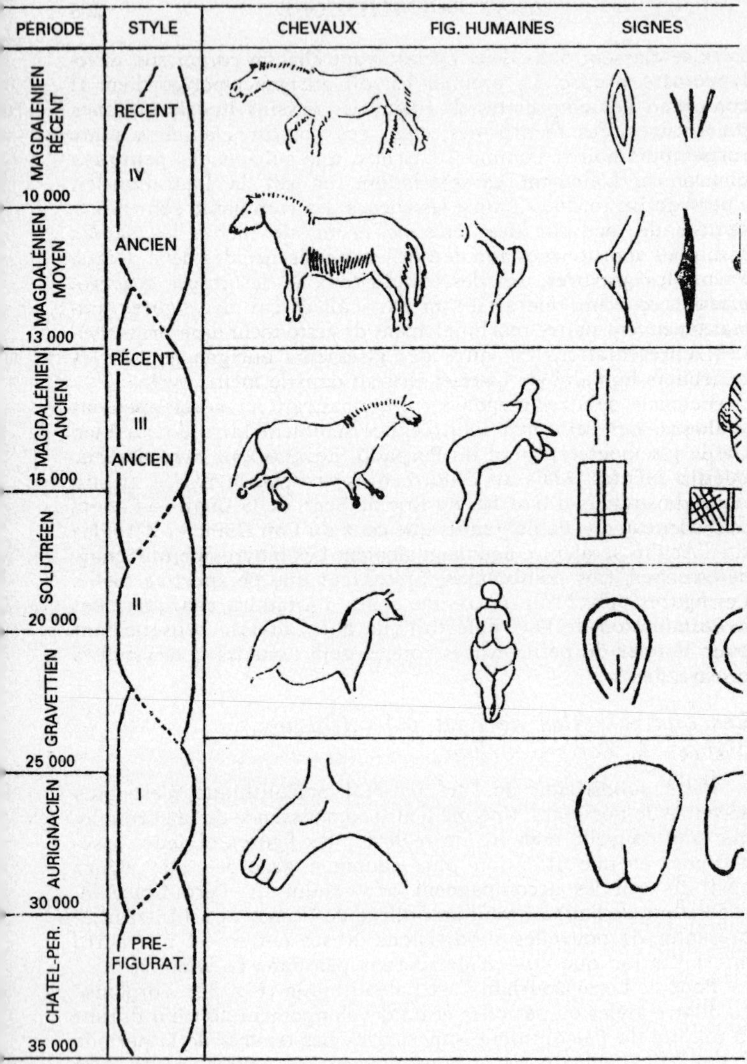
PÉRIODE
STYLE
CHEVAUX
FIG. HUMAINES
SIGNES
MAGDALENIEN RÉCENT
10 000
MAGDALENIEN MOYEN
13 000
MAGDALENIEN ANCIEN
15 000
SOLUTRÉEN
20 000
GRAVETTIEN
25 000
AURIGNACIEN
30 000
CHATEL-PER.
35 000
RECENT
IV
ANCIEN
RÉCENT
III
ANCIEN
II
I
PRE-
FIGURAT.

Périgordien et se poursuit jusqu'au début du Solutréen. A ce moment s'organisent les premiers sanctuaires en grotte (Gargas) mais la majorité des œuvres est encore sur des plaquettes et blocs ou sur les parois éclairées d'abris peu profonds. Le trait caractéristique des œuvres peintes ou gravées de cette période est la courbe cervico-dorsale accentuée, dessinant un S couché qui s'applique à toute représentation animale. Les figurines féminines et les bas-reliefs humains (Laussel) appartiennent à cette période. Les sites en grotte sont encore rares : La Mouthe en Dordogne, Pair-non-pair en Gironde, Gargas dans les Pyrénées, les grottes Chabot, du Figuier et d'Oullins en Ardèche semblent appartenir à cette période.

La suivante, ou style III, reste fidèle au tracé sinueux de la courbe cervico-dorsale mais celle-ci est atténuée. On note un agencement parfois savant des autres courbes en une véritable arabesque, des proportions meilleures de l'avant-train mais le corps reste volumineux et les pattes réduites. La précision des détails anatomiques qui n'est pas encore parfaite permet cependant de distinguer les œuvres de cette période de celles de la précédente. Les reproductions plus ou moins fidèles d'animaux dans les sanctuaires sont très variées, bien plus qu'elles ne le seront dans le style IV. Les sites sont nombreux et permettent de reconnaître des faciès régionaux : Périgord, Quercy, Cantabre, Ardèche. Les bas-reliefs du Roc de Sers, les peintures de Lascaux, Pech-Merle à Cabrerets, de Cougnac, les gravures du Gabillou, appartiennent à cette période.

La période IV débute au Magdalénien moyen et se termine à l'extrême fin du Magdalénien VI. A elle se rapporte la majorité des peintures et gravures des grottes-sanctuaires et des sites majeurs de l'art pariétal paléolithique : Altamira, Niaux, Rouffignac, Tito Bustillo, etc. A cette période appartiennent aussi de très nombreux objets de l'art mobilier richement décorés de gravures ou de sculptures. A. Leroi-Gourhan estime que les œuvres de la période IV représentent 80 % de celles qui sont parvenues jusqu'à nous. Il distingue un style IV ancien qui voit évoluer le canon ancien à membres réduits et corps ballonnés vers un réalisme plus grand, bien que la convention domine la représentation animale jusqu'à l'extrême fin de l'art naturaliste paléolithique. Les peintres cherchent à donner l'illusion du volume en jouant sur les dégradés ou les pleins et les déliés du trait. A. Leroi-Gourhan pense même que les peintres ont pu être guidés dans leurs tentatives de rendre la troisième dimension par la vision des bas-reliefs sur lesquels jouaient les ombres et la lumière. C'est en effet au style III et au style IV ancien qu'appartiennent les plus beaux et les plus grands bas-reliefs. Le bison et le cheval sont les animaux les plus souvent représentés.

Le style IV récent qui est contemporain du Magdalénien à harpons (Magdalénien V et VI) est sensiblement différent. Les animaux ont des proportions vraies. Le mouvement est rendu avec un réalisme quasi-photographique mais un certain académisme, sans doute en relation avec la répétition des thèmes, apparaît dans cette production. Les rennes sont plus souvent représentés que dans les styles antérieurs. L'art mobilier est abondant alors qu'il ne semble pas exister de sanctuaires propres à ce style qui, dans l'art pariétal, se manifeste par des adjonctions limitées à des ensembles du style III ou IV ancien.

A partir du Magdalénien VI, l'art paléolithique se désorganise brusquement. Les formes, qui avaient atteint un haut degré de réalisme, se dissolvent, sont analysées, disséquées et schématisées ; on glisse rapidement à un schématisme géométrique qui sera la manifestation dominante de l'art épipaléolithique et mésolithique.

La classification proposée par A. Leroi-Gourhan est à la fois plus précise, plus complète et plus séduisante que la tentative antérieure de l'abbé Breuil. Quels qu'aient été ses mérites immenses et sa profonde connaissance de l'art paléolithique, il faut reconnaître que le « pape de la préhistoire » n'était pas infaillible : il s'est trompé en attribuant trop généreusement au cycle aurignaco-périgordien nombre de gravures et de peintures qui appartiennent à ce qu'il appelait le cycle solutréo-magdalénien, c'est-à-dire aux styles III et IV de la classification actuelle. Son erreur la plus grave porta sur l'âge de Lascaux qu'il vieillissait considérablement.

Des séries évolutives indépendantes

L'amélioration des connaissances entraîne d'autres constatations et réflexions. Les premières portent sur la discordance entre les coupures introduites dans l'évolution de la culture matérielle représentée par les outils de pierre et d'os, et les subdivisions stylistiques que l'on reconnaît aujourd'hui dans l'art paléolithique. Ainsi le Solutréen, si original dans son équipement lithique, ne se distingue guère dans le domaine artistique puisqu'il est confondu dans le style III avec les débuts du Magdalénien, pourtant si différent de lui dans la taille de la pierre. En revanche, alors que les préhistoriens considèrent l'Azilien comme le prolongement parfait du Magdalénien VI, au point que les meilleurs spécialistes du Paléolithique supérieur vont jusqu'à le qualifier de Magdalénien VII, la coupure dans l'évolution artistique est d'une brutalité sans pareil : du réalisme très poussé du style IV récent, qui était l'aboutissement d'un long murissement ayant duré plusieurs millénaires, on passe en quelques siècles à un schématisme géométrique sans grâce dont l'abstraction ne provoque aucune émotion esthétique. Pourquoi ?

A vrai dire ceci n'a rien d'exceptionnel ; tout au long des siècles, l'histoire de l'art nous a habitués à de telles mutations : le protogéométrique grec succède au maniérisme égéen ; à la fin de l'Antiquité, l'art classique se dissout de la même manière dans un art décoratif d'inspiration géométrique et symbolique ; notre époque a, en l'espace de deux générations, connu une succession de « révolutions » aboutissant à l'art le plus abstrait pour revenir, depuis une décennie, au réalisme, voire à un hyperréalisme. En même temps nos sanctuaires, ravagés par une vague iconoclaste, étaient modernisés tandis que, contradictoirement, reviennent à la mode les peintres pompiers de la fin du XIXe siècle... pour combien de temps ? Or quelles que soient les modifications de la société, le peuplement et la culture sont restés fondamentalement identiques pendant ces temps de mutations artistiques.

Tout nous conduit donc à admettre que l'évolution artistique suit sa propre voie, indépendamment de la culture matérielle. L'art paléolithique a connu, somme toute, un développement tout à fait naturel ; comme un être vivant, il eut une période de formation, très longue, au cours de laquelle s'organisent les thèmes majeurs, une maturité dont l'apogée se situe au Magdalénien puis un déclin brutal.

Ainsi cette période que nous appelons Paléolithique supérieur nous paraît de jour en jour d'une complexité croissante. Chaque subdivision que nous introduisons dans sa continuité doit, sans cesse, être remise en question. Le Castelperronien (Périgordien I) est certes dans le Würm III, dont le début marque traditionnellement le Paléolithique supérieur, mais c'est encore en grande partie une industrie moustéroïde dont certains auteurs seraient des Néandertaliens. L'Aurignacien et le Périgordien supérieur ont, eux, suivant des voies différentes, acquis des caractères nettement paléolithique supérieur et l'homme de Cro-Magnon manifeste sa créativité artistique par des représentations axées, au début, sur les symboles de fécondité, mais bientôt, dans les abris et les grottes peu profondes il commence à graver ou peindre des scènes et des associations d'animaux. Hormis de beaux bas-reliefs comme ceux du Roc de Sers et du Fourneau-du-diable, le Solutréen n'a guère d'originalité artistique et se trouve confondu, dans le style III, avec le Magdalénien ancien qui lui est en partie contemporain. Quant au Magdalénien moyen et récent, il correspond à l'apogée de l'art alors que les conditions climatiques, à la fin de la période, sont les plus rudes que l'homme préhistorique ait connues. L'art paléolithique disparaît en même temps que les grands froids de la glaciation würmienne sans que nous ayons le droit d'établir une relation de cause à effet entre ces deux phénomènes ; l'art disparaît alors que se maintient une continuité industrielle entre le Magdalénien VI et l'Azilien.

Tout se passe donc comme si les domaines anthropologique, industriel et artistique évoluaient parallèlement suivant leur rythme propre sans que les subdivisions que nous introduisons dans ces séquences correspondent parfaitement entre elles et avec les interstades climatiques de la glaciation würmienne à son déclin.

CHAPITRE IV

UNE PRÉTENDUE DÉCADENCE

Les cultures épipaléolithiques et mésolithiques

1. LES CHASSEURS « MISÉRABLES » DU POST-GLACIAIRE

La régression des glaciers, qui remontent vers l'extrême Nord ou se cantonnent en haute montagne, s'accompagne d'une modification importante du milieu naturel dans lequel l'homme poursuivait son évolution désormais plus sociale que physique. La flore, encore plus vigoureusement que pendant les précédentes oscillations, reprend son expansion ; aux bouleaux et conifères, habitués aux hivers rudes, succèdent chênes et hêtres et noisetiers. La faune arctique des derniers temps du Tardiglaciaire cède la place à des espèces qui nous sont bien connues puisque ce sont celles mêmes que nous cotoierions si la pression humaine, en nos pays d'Europe, n'en avait détruit un certain nombre. Parmi les mammifères, principaux pourvoyeurs de viande, il faut citer cerfs, sangliers, aurochs dont les restes osseux se retrouvent dans les gisements. Ceux du chevreuil y sont rares, sans doute parce que sa chasse, aussi fatigante, ne rapportait qu'une quantité de chair très inférieure à celle que procurait l'abattage d'un taureau, d'un cerf élaphe ou d'un sanglier.

Cette mise en place de l'Holocène s'accompagna nécessairement de quelques transformations dans les industries préhistoriques mais celles-ci furent longtemps méconnues car l'existence même des cultures de cette époque ne fut que tardivement admise. Comme l'a montré J.G. Rozoy [1], on peut reconnaître, dans l'étude des industries et cultures épipaléolithiques, plusieurs moments. Le premier, qui dura jusqu'à la Première Guerre mondiale, serait celui de l'« Hiatus ». Les préhistoriens qui avaient fondé leur chronologie sur des bases uniquement paléontologiques, avaient alors tendance à regrouper en une seule période tous les documents préhistoriques postérieurs à la disparition du renne ; cette période était le Néolithique, naturelle-

1. Dr J.G. Rozoy, *les Derniers chasseurs*, Bulletin de la société archéologique champenoise, Charleroi, 1978, 3 vol.

ment opposé au Paléolithique. Il ne pouvait y avoir de « période » intermédiaire, par définition entre les étages géologiques du Pléistocène supérieur et de l'Holocène, or la notion même de culture faisait encore fâcheusement défaut dans des recherches préhistoriques mal dégagées de la géologie stratigraphique. Comme toutes les manifestations humaines préhistoriques étaient rangées dans l'une ou l'autre période, un hiatus apparaissait entre les dernières industries paléolithiques et les premières manifestations néolithiques, reconnaissables à leurs haches polies, leurs poteries et les restes d'animaux domestiques. Pour certains auteurs, comme Cartailhac et Cazalis de Fondouce, cette lacune dans la continuité du progrès s'expliquait, bizarrement, par l'amélioration climatique : la forêt ayant envahi la France et l'Europe, rendait inhabitables les espaces auparavant parcourus par les chasseurs de rennes. D'autres plus optimistes, et plus sages, pensaient simplement, comme G. de Mortillet, que cette lacune n'était que celle des connaissances.

La théorie de l'hiatus eut la vie dure. Même lorsque l'Azilien (ou Tourassien) fut nettement identifié et défini, il fut rangé dans le Néolithique ancien pour la seule raison zoologique de la présence du cerf dans les gisements. Si nous suivions aujourd'hui les mêmes errements, bon nombre de fresques paléolithiques représentant des cerfs seraient attribuées au Néolithique. Les méthodes de fouille grossières et insuffisantes ne facilitaient guère la reconnaissance des cultures épipaléolithiques qui, sur le plan industriel, se caractérisent par la fréquence des outils microlithiques, ceux qui précisément échappaient à l'attention de fouilleurs en absence de tout tamisage.

Avec l'amélioration des procédés de fouille et la multiplication des observations, l'hiatus se combla peu à peu et l'ensemble des préhistoriens finit par admettre l'existence, entre le Paléolithique et le Néolithique, d'industries (on ne parlait pas encore de cultures) intermédiaires qui furent nommées mésolithiques, terme qui avait été créé en 1886 mais qui n'eut vraiment droit de cité, en France, qu'avec J. de Morgan [2].

La toute-puissance reconnue alors au principe du « fossile directeur » (dans le cas de ces industries, les microlithes, géométriques ou non) explique en partie, mais en partie seulement, la vogue de la théorie des migrations qui marqua le second moment. Sous la forme atténuée du diffusionisme, cette théorie devait se maintenir pratiquement jusqu'à nos jours. Entre les deux guerres mondiales triompha le mirage africain. De même que D. Peyrony cherchait en Afrique les commencements du Périgordien, que Péricot plaçait l'Atérien nord-africain à l'ori-

2. J. de Morgan, *les Premières civilisations*, Paris, 1909, Leroux.

gine du Solutréen, nombreux étaient les auteurs qui croyaient que les industries à microlithes géométriques d'Europe occidentale venaient d'Afrique du Nord. On alla même jusqu'à expliquer la prétendue prédilection des Tardenoisiens pour les sols sableux par un « atavisme africain »[3] ! L'Afrique étant, bien entendu, conçue comme une immense mer de sable.

La troisième période dans les recherches sur l'Epipaléolithique, ou plus exactement un autre état d'esprit car ces attitudes se recoupent quelque peu, serait selon J.-G. Rozoy, la théorie des « attardés » applicable à certains faciès mésolithiques. D'après cet auteur, cette théorie n'aurait, comme seul fondement, que les mélanges de surface qui auraient fait confondre dans un même ensemble des outillages mésolithiques et des objets néolithiques tels que les armatures de flèche. Les Tardenoisiens, dans le nord de la France, mais aussi les Sauveterriens du Sud-Ouest, les Castelnoviens de Provence et les Capsiens d'Afrique du Nord auraient été, en partie, contemporains des premiers Néolithiques. Ce point de vue ne me paraît pas devoir être systématiquement rejeté, il ne repose pas seulement sur de possibles mélanges de surface mais sur des données chronologiques et des considérations palethnologiques. Il ne faudrait pas réintroduire la théorie de l'hiatus, appliquée cette fois à la fin des temps mésolithiques. Il est normal que les phénomènes que nous regroupons sous le nom de néolithisation soient apparus à des moments différents et que les régions les plus éloignées des principaux courants culturels (rives de la Méditerranée puis voie danubienne) aient connu un maintien plus long des traditions mésolithiques[4].

Il est une autre conception traditionnelle et fausse des cultures épipaléolithiques dont les préhistoriens ont le plus grand mal à se défaire malgré tous les démentis que leur apportent les fouilles patiemment conduites. Qu'il s'agisse d'Azilien, de Sauveterrien ou de Tardenoisien, pour ne citer que les plus connues de ces industries, de la lecture des comptes rendus de fouille ou des études de synthèse antérieures à celle de J.-G. Rozoy, il se dégage une pénible impression misérabiliste. Traditionnellement ces hommes épipaléolithiques et mésolithiques sont qualifiés de « petits » chasseurs (par opposition sans doute à leurs ancêtres paléolithiques qui étaient, eux, de « grands » chasseurs), vivant misérablement, consommant la

3. J.G. Rozoy, *op. cit.* I, p. 21 : propos de R. Daniel.

4. Ce point de vue mérite cependant d'être atténué, cf. J. Roussot-Larroque, « Néolithisation et Néolithique ancien d'Aquitaine », *Bulletin de la Société préhistorique française*, t. 74, 1977, p. 559-582 ; R. Jousseaume, J.M. Jauneau, M. Boiral, « Néolithique ancien du Centre-Ouest. Note préliminaire », *idem*, t. 76, 1979, p. 178-184.

chair de « petits » animaux et surtout celle de mollusques marins ou terrestres dont les coquilles s'accumulaient sur l'habitat en amas bien reconnaissables. Ces hommes apparaissent souvent comme de misérables « strandlopers » (parcoureurs de grèves), errant à la recherche de fruits de mer et autres aubaines apportées par les flots. L'étape suivante, dans la réflexion morose, est d'imaginer ces populations faméliques, coincées entre une forêt hostile et une mer encore interdite, vivant perpétuellement dans l'angoisse des lendemains, les problèmes de survie absorbant toute leur énergie.

La disparition brutale du grand art magdalénien serait la conséquence de ces nouvelles conditions de vie. Dans la conception traditionnelle d'un art préhistorique commandé par des préoccupations magiques, il ne paraissait plus nécessaire à ces dégustateurs de bigorneaux et à ces chasseurs de lapins de représenter les grands animaux dont certains avaient d'ailleurs disparu. La collecte de mollusques présentant un danger moindre que la chasse à l'aurochs ou au bison, l'efficience magique des images devenait inutile.

En bref il y a déclin, dégénérescence, la réduction même de l'outillage est à mettre en parallèle avec cette décadence. C'est une époque où tout est petit. Telle était, à peine forcée, l'image caricaturale mais parfaitement cohérente qu'avait construite l'inconscient collectif des préhistoriens.

2. LES PROGRÈS TECHNIQUES

Nous avons aujourd'hui une perception plus nuancée et surtout plus objective des cultures du début de l'Holocène. Le terme de Mésolithique est concurrencé par celui plus précis d'Epipaléolithique puisque les genres de vie et les traditions techniques dans le travail de la pierre et de l'os sont d'une parfaite continuité avec ceux du Paléolithique supérieur. Il n'y a guère d'innovation fondamentale dans ces domaines, l'Azilien étant, en tout point, le prolongement naturel du Magdalénien VI.

Il est toutefois possible de maintenir le terme de Mésolithique mais en réduisant son application à des groupes culturels particulièrement dynamiques, de la fin de la période, dans laquelle s'effectue le passage du stade des prédateurs à celui des producteurs, c'est-à-dire au Néolithique.

Diversité et succession des industries épipaléolithiques

Les cultures épipaléolithiques paraissent aujourd'hui extrêmement variées. Cette multiplicité, qui peut être opposée aux grandes unités culturelles du Paléolithique, est évidemment le reflet d'une meilleure connaissance de ces groupes humains plus proches de nous. Il est une règle non écrite sur la diversification des cultures qui est parallèle à la décroissance du temps. Le recul des millénaires fait confondre dans une fausse unité de nombreux faciès régionaux ou chronologiques.

Mais indépendamment de cette question épistémologique il nous faut admettre que la multiplicité des cultures épipaléolithiques relève bien d'une réalité humaine plus diverse, de sociétés plus dynamiques évoluant plus rapidement. Ces caractères reconnus depuis longtemps s'opposent curieusement à la notion de décadence qui n'est pas encore entièrement disparue dés esprits.

C'est par dizaines que pourraient être citées les nombreuses industries épipaléolithiques reconnues dans le Vieux Monde. La plus anciennement définie en France est aussi la plus vieille, il s'agit de l'Azilien, un moment nommé Tourassien et classé dans le Néolithique ancien. L'industrie, définie d'après le matériel recueilli par Piette dans les niveaux sans renne du Mas d'Azil, est caractérisée par une réduction sensible de la dimension des outils qui gardent un aspect typiquement paléolithique supérieur [5]. Les grattoirs restent nombreux mais sont aménagés sur des éclats ou des lames courtes (grattoirs unguiformes, grattoirs courts, grattoirs circulaires). Les burins sont rares, voire absents. Les petits outils tels que les segments de cercle ou les pointes aziliennes, anciennement nommées « lames de canif », sont les plus caractéristiques. Les harpons magdaléniens sont remplacés par des harpons plats en bois de cerf à base perforée en boutonnière.

L'Azilien des Pyrénées et celui d'Aquitaine prennent des formes quelque peu différentes dans d'autres régions d'Europe occidentale. En Belgique et dans les Pays-Bas on reconnaît, après le Tjongérien contemporain de l'oscillation d'Alleröd et encore nettement paléolithique supérieur, l'Ahrensbourgien qui s'étend jusqu'en Allemagne où il succède au Hambourgien. Dans l'Ahrensbourgien les outils sur lamelles sont très abondants, on dénombre jusqu'à 25 % de pièces microlithiques à troncature très oblique.

Dans le Midi méditerranéen, l'Azilien est représenté par un autre faciès qui reçut d'Escalon de Fonton plusieurs dénominations : d'abord Romanello-Azilien, puis Romanellien provençal et finalement Valorguien (fig. 33). Contemporain de l'épisode d'Alleröd, il est caractérisé par la multiplication des outils sur lamelles jusqu'à 45 %. Le plus remarquable est une pointe à deux bords retouchés ayant une silhouette fusiforme (Pointe d'Istres).

En Espagne, la phase épipaléolithique la plus ancienne est représentée par un faciès encore peu microlithique, dit de San Grégori, dans lequel les grattoirs restent abondants (60 à 40 %), tandis que les lamelles à bord abattu atteignent 30 %. Un faciès différent, celui de Mallaetes, révèle un indice de grattoirs inférieur compensé par une plus grande abondance de lamelles (50 %).

En Italie on demeure fidèle au terme « Epigravettien » pour désigner les cultures épipaléolithiques les plus anciennes dérivées d'industries de type Périgordien supérieur qui aurait duré pendant la fin du Würm puisque Solutréen et Magdalénien sont

---

5. E. Piette, « L'époque de transition intermédiaire entre l'âge du renne et l'époque de la pierre polie », *L'Anthropologie*, t. 1, 1890, p. 250-251 ; E. Piette, « Hiatus et lacune. Vestiges de la période de transition dans la grotte du Mas d'Azil », *Bulletin de la société d'Anthropologie de Paris*, 1895, p. 237-267.

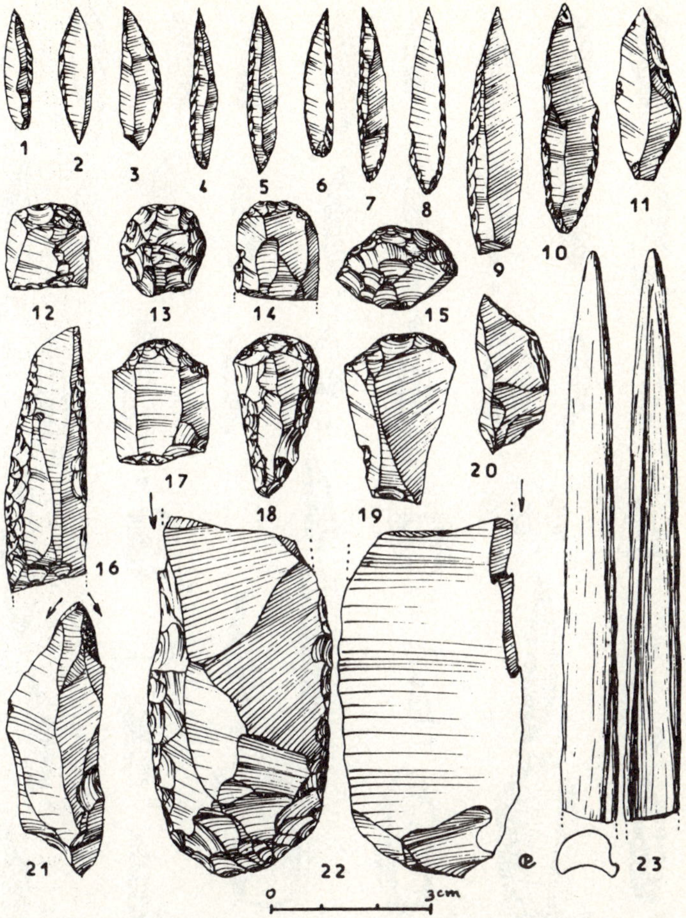

Fig. 33. — Industrie valorguienne. Abri Cornille (Istres), d'après Escalon de Fonton.

inconnus dans la Péninsule. Cette transition est bien étudiée à l'Abri Tagliente I, où les burins sont toujours moins nombreux que les grattoirs et où parmi ceux-ci apparaissent les grattoirs unguiformes et courts. Progressivement les lamelles à bord abattu prennent de l'importance ; on dénombre des microgravettes à dos rectiligne suivies par des lamelles et pointes

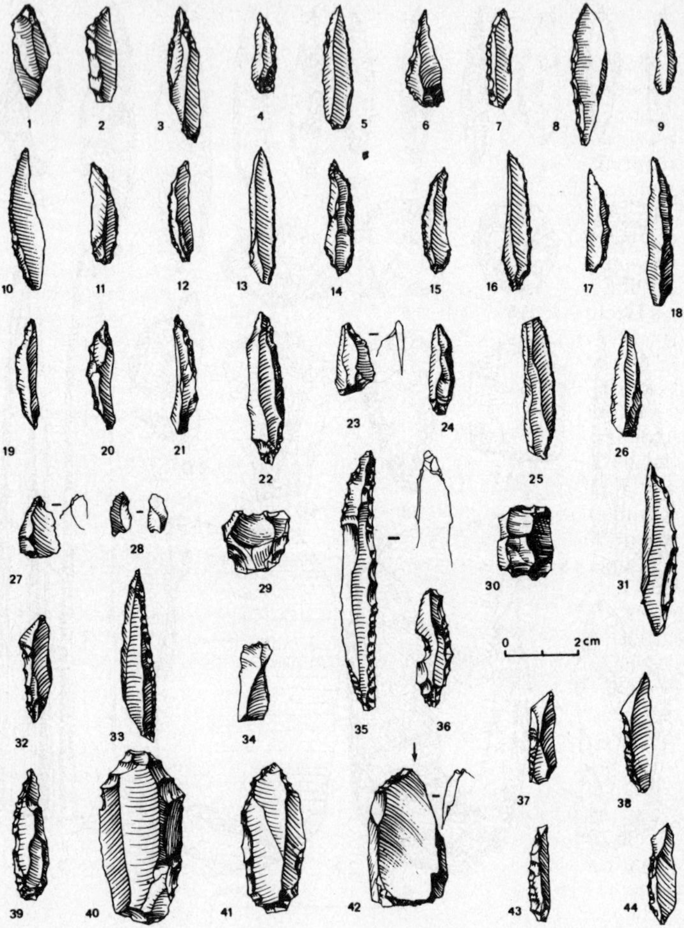

Fig. 34. — Industrie ibéromaurusienne de Courbet-Marine et de La Mouillah (Algérie). *Dessin de Y. Assié.*

à dos courbe relayées par des outils à dos et troncatures qui aboutissent aux microlithes géométriques [6].

En Afrique du Nord se poursuit l'évolution d'un vaste complexe dénommé à tort Ibéromaurusien alors qu'il est spécifiquement maghrébin [7]. L'Ibéromaurusien avait débuté vers le XIVe millénaire, sinon avant ; ses débuts sont contemporains du Magdalénien franco-espagnol et du Romanellien italien mais il s'en distingue nettement car dès ce moment il a les caractères d'une industrie épipaléolithique aussi bien par les dimensions de son outillage et la profusion des lamelles à bord abattu que par les techniques de débitage et de troncature par microburin (fig. 34). L'Ibéromaurusien atteint son plein développement vers 10 000 av. J.-C. Au cours de sa longue évolution, qui couvre plus de huit millénaires, on peut distinguer trois phases, la première est antérieure au XIIe millénaire durant laquelle les lamelles à bord abattu ont un indice inférieur à 75 %, les microburins sont nombreux tandis que les segments sont rares.

La phase classique, la mieux représentée, couvre les XIe et Xe millénaires ; les grattoirs, les pièces encochées, les pièces tronquées et les microburins diminuent en nombre tandis que les lamelles à bord abattu deviennent extrêmement nombreuses, leur indice varie de 75 à 90 %. Les segments sont presque toujours présents dans les séries et le nombre de burins reste faible.

La phase évoluée voit une évolution inverse : chute sensible des lamelles à bord abattu (60 à 40 %) et remontée des indices de tous les autres types, les microlithes géométriques tout en restant peu nombreux (5 %) tendent à se diversifier, des triangles accompagnant les segments. L'industrie présente une structure moins déséquilibrée mais elle reste caractérisée par le grand nombre des lamelles à dos.

Au même moment, en Palestine, s'organise le Natoufien qui dès le IXe millénaire a déjà des caractères mésolithiques et connaît, sinon une vie sédentaire, du moins des habitats permanents [8].

La deuxième phase des industries épipaléolithiques commence, en Europe occidentale, au retour du froid au Dryas III, mais elle connaît son plein épanouissement au cours du Préboréal. Le plus ancien de ces groupes semble être le Montadien de basse Provence dont l'industrie lithique est, apparemment, déca-

---

6. A. Broglio, « Le passage du Paléolithique au Néolithique dans la région Vénétie-Trentin », *L'Epipaléolithique méditerranéen*, Paris, 1975, CNRS, p. 5-21.

7. G. Camps, *les Civilisations préhistoriques de l'Afrique du Nord et du Sahara*, Paris, 1974, Doin, p. 57-99.

8. R. Neuville, *Le Paléolithique et le Mésolithique du désert de Judée*, Archives de l'Institut de Paléontologie Humaine, n° 24, 1951 ; O. Bar Yosef, *The epipaleolithic cultures of Palestine*, Jerusalem, 1970.

dente si on la compare à celle du Valorguien qui la précède[9]. Le Montadien ancien date du Dryas III, le débitage est déconcertant en raison de sa rudesse et de l'irrégularité des produits ; la retouche elle-même est grossière, multipliant les pièces denticulées ou encochées. Les grattoirs ont presque disparu, il en est de même des perçoirs alors que les éclats grossièrement retouchés sont prédominants. Mais à cet outillage rude se mêle une industrie ultra-microlithique qui présente, par la finesse de ses retouches, un contraste des plus marqués avec la précédente. Ce sont de fines lamelles étroites à bord abattu et surtout de nombreux segments (37 %) dont certains ont moins d'un centimètre de long. Cette tendance ultra-microlithique — ou élassolithique (fig. 35) — se manifeste, au même moment, de l'autre côté de la Méditerranée sur le littoral d'Oranie (Kristélien).

Dans le Sud-Ouest, le Sauveterrien ancien est en partie contemporain de l'Azilien final mais à Rouffignac il date du Préboréal[10]. L'outillage lithique est fait de petits éclats irréguliers et de lamelles de petite taille, étroites et aiguës, appointies par des retouches sur un ou deux bords. Le trait caractéristique est cependant la multiplication de petits triangles scalènes accompagnés de segments et de grattoirs plus ou moins circulaires sur éclat. Comme le Montadien, et suivant les faciès, le Sauveterrien[11] présente associé à un outillage microlithique une industrie de grande dimension taillée avec moins de soin dans laquelle on dénombre surtout des éclats retouchés et parfois de grands couteaux à bord abattu (Rouffignac). La part respective de l'outillage commun et des microlithes varie considérablement d'une région à l'autre. Dans le Sauveterrien évolué des Fieux[12] (Lot), au Boréal, l'outillage compte jusqu'à 80 % d'armatures microlithiques.

Des industries sauveterroïdes couvrent de vastes régions ; on en reconnaît aussi bien aux Pays-Bas (Limbourgien ancien et moyen), en Suisse (Birsmattien ancien), en Italie du Nord

9. M. Escalon de Fonton, « Du Paléolithique supérieur au Mésolithique dans le Midi méditerranéen », *Bulletin de la société préhistorique française*, t. 63, 1966, p. 66-180 ; *Préhistoire de la Basse-Provence. Etat d'avancement des recherches*, Préhistoire, t. 12, 1956 ; *Préhistoire de la Basse-Provence occidentale*, Martigues, 1968 ; « L'Epipaléolithique et le Mésolithique dans le Midi de la France », *L'Epipaléolithique méditerranéen*, Paris, 1975, CNRS, p. 35-51.

10. Cl. Barrière, « Le gisement de la grotte de Rouffignac (Dordogne) », *Actes du 6e congrès de l'U.I.S.P.P.*, Rome 1962 (1965), p. 157-161.

11. L. Coulonges, « Le gisement préhistorique de Martinet à Sauveterre-la-Lémance (Lot-et-Garonne) », *L'Anthropologie*, t. 38, 1928, p. 495-503 ; *Les gisements préhistoriques de Sauveterre-la-Lémance*, Archives de l'Institut de Paléontologie Humaine, n° .14, 1935.

12. F. Champagne et R. Espitalie, « Note sur une datation du Sauveterrien de la Grotte des Fieux à Miers (Lot) », *Bulletin de la Société préhistorique française*, t. 69, 1972, p. 55-58.

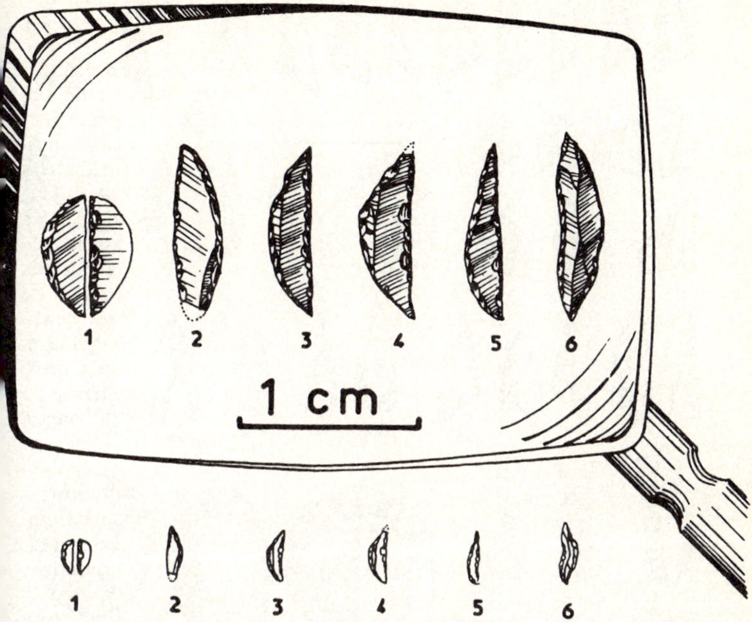

Fig. 35. — Industrie élassolithique du Montadien ancien. Abri Cornille (Istres), d'après M. Escalon de Fonton.

(Romagnano III AF et AC). En Espagne des caractères sauveterroïdes sont présents dans le complexe à microlithes géométriques du type Filador caractérisé, lui aussi, par des triangles et segments minuscules associés à un outillage commun dans lequel dominent les pièces denticulées.

Les industries épipaléolithiques de la dernière phase ont longtemps été confondues abusivement sous le nom de Tardenoisien. Toute industrie microlithique possédant des trapèzes était qualifiée de tardenoisienne, que ce fût en Europe, en Orient ou en Afrique. Aujourd'hui cette culture est plus rigoureusement définie et délimitée dans l'espace du Bassin parisien et au nord de la France [13].

Dans son stade ancien, le Tardenoisien possède encore nombre d'outils sur éclats mais déjà les armatures représentent 50 % de l'ensemble ; comme dans le Sauveterrien dont il se distingue mal, les triangles scalènes dominent largement alors que les

13. J.G. Rozoy, *les Derniers chasseurs*, Charleroi, 1978, 3 vol.

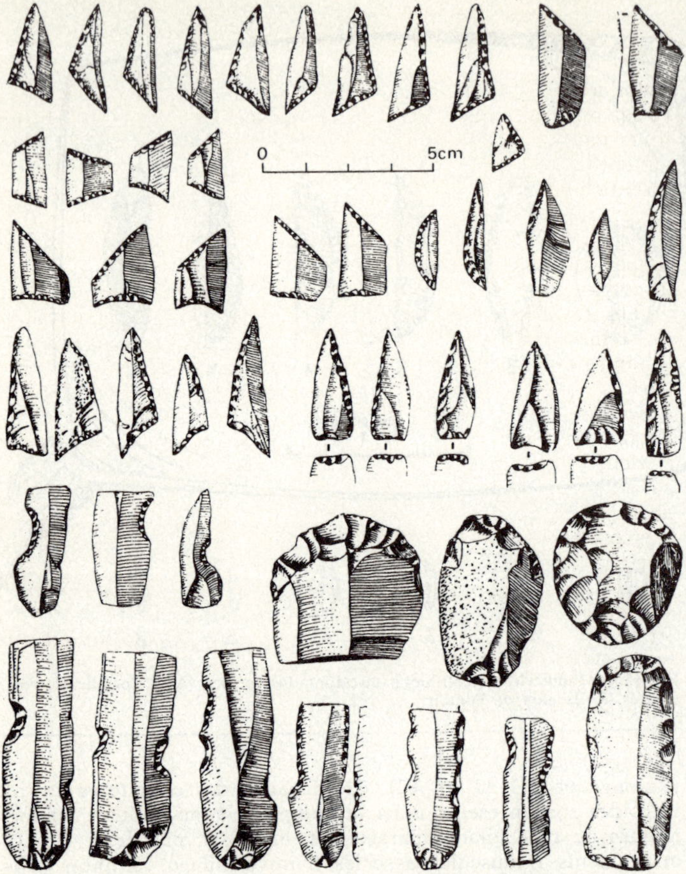

Fig. 36. — Industrie tardenoisienne. Montbani 13 (La Fère-en-Tardenois), d'après J. Rozoy.

trapèzes sont inconnus ou exceptionnels (fig. 36). Au stade moyen apparaissent les trapèzes, les « feuilles de gui » à retouches bifaciales et les pointes du Tardenois à base concave et à un seul bord abattu. Au Tardenoisien récent se multiplient les trapèzes, qu'ils soient rectangles (Pointes de Vielle), à côté concave (Trapèze de Montclus, du Martinet) ou à retouches inverses plates (Pointe de Sonchamp). Cette multiplication des armatures trapézoïdales s'accompagne d'une profusion de lamelles qui portent sur les bords une succession de coches généralement peu profondes mais rapprochées et souvent confluentes. L'expérimentation a prouvé que ces retouches « Montbani » étaient obtenues lorsqu'on raclait des fûts en bois, ces pièces travaillant toujours dans le même sens. Le très grand nombre de ces lamelles « Montbani » s'oppose à l'opinion selon laquelle elles auraient essentiellement servi à préparer des hampes de flèche. Certains faciès, très proches du Tardenoisien récent sur le plan de la technique et de la structure de leur industrie, comme le Sétifien (Capsien supérieur d'Algérie), arrivent à posséder jusqu'à 60 % de ces lamelles [14] ; elles avaient certainement bien d'autres usages.

Les caractères du Tardenoisien se retrouvent en effet avec une remarquable similitude dans de nombreuses industries mésolithiques qui précèdent immédiatement le Néolithique ou même parfois lui sont contemporaines. C'est le cas des faciès bretons d'Hoédic et de Teviec [15], du Sauveterrien terminal à trapèzes du Martinet et du Cuzoul de Gramat. En Provence, le Castelnovien, distinct certes du Tardenoisien, présente les mêmes caractères essentiels. En Espagne ce sont les industries du type de La Cocina, très riches en triangles et trapèzes, qui occupent la même place, passant insensiblement au Néolithique [16]. Au Portugal, des industries du même type ont été recueillies dans les célèbres amas coquilliers de la région de Muge [17]. Dans le sud de la Péninsule ibérique cette tradition mésolithique, riche en trapèzes et triangles, subsistera tout au long du Néolithique et jusqu'au début de l'Age des métaux.

L'Afrique du Nord présente les mêmes caractères et la même tradition longuement entretenue. Il est vrai que sur une bonne partie du pays s'étendit une culture puissante, très dynamique, le Capsien qui, comme le Natoufien d'Orient ou le Castelnovien provençal, mériterait le qualificatif de mésolithique. Le Capsien présente de nombreux faciès régionaux plus ou moins contemporains [18]. Parmi eux le Capsien typique n'est pas nécessairement le plus ancien. Le Capsien le plus évolué (fig. 37) présente d'étranges analogies avec le Tardenoisien récent alors que les milieux naturels sont si différents.

---

14. H. Camps-Fabrer, *Un gisement capsien de faciès sétifien. Medjez II. El Eulma (Algérie)*, Etudes d'Antiquités Africaines, CNRS, Paris, 1975.

15. M. Saint-Just Pequart, « La nécropole mésolithique de Téviec (Morbihan). Nouvelles découvertes », *L'Anthropologie*, t. 39, 1929, p. 373-400.

16. J. Fortea Perez, *Los complejos microlamines y geometricos del Epipaleolitico mediterraneo español*, Salamanque, 1973, Graficas Europeas.

17. J. Roche, *Le gisement mésolithique de Moïta do Sebastiano (Muge-Portugal). I. Archéologie*, Lisbonne, 1972, 2e édition.

18. G. Camps, *les Civilisations préhistoriques de l'Afrique du Nord et du Sahara*, Paris, 1974, Doin, p. 100-194.

Fig. 37. — Industrie du Capsien supérieur. El Mermouta Ouled Djellal (Algérie), d'après D. Grébénart. *Dessin de S. de Butler.*

Allégement de l'outillage

Le microlithisme paraît donc le caractère dominant des industries épipaléolithiques. Ce jugement doit être nuancé car le microlithisme a largement précédé les temps holocènes, le Magdalénien possédait nombre de très petites lamelles à bord abattu que les fouilles anciennes n'ont pas toujours su reconnaître. Un bon exemple donné par F. Bordes se rapporte au gisement de la Gare de Couze (Dordogne) qui appartient au

Magdalénien VI [19]. Dans les collections venant de fouilles anciennes pratiquées sans tamisage, semble-t-il, l'outillage sur lamelles représentait 2,12 % ; des fouilles accompagnées de tamisage à sec en donnèrent, suivant les niveaux, 27 à 55 %, celles de F. Bordes, qui put tamiser sous l'eau, firent monter l'indice lamellaire à 65 et 79 % !

En continuant à remonter dans le temps, il faut rappeler également l'existence de lamelles Dufour, parfois minuscules, dès les niveaux les plus anciens de l'Aurignacien. Le Moustérien lui-même a connu des faciès, sinon vraiment microlithiques, du moins très légers, nécessitant un débitage particulier frappé de nanisme (Micromoustérien de Jabrud en Syrie).

Inversement, toutes les industries épipaléolithiques ne sont pas nécessairement microlithiques : l'Asturien, faciès côtier atlantique qui s'étend du nord du Portugal jusqu'aux Landes de Gascogne, est composé presque entièrement d'un gros matériel, pics unifaces et éclats denticulés, qui a fait longtemps hésiter sur son âge véritable. Certains faciès, connaissant un outillage microlithique rare, possèdent des outils volumineux. Les « lames aurignaciennes » ne font pas défaut dans le Capsien typique dont les nombreux burins ont souvent de notables dimensions. Enfin, même les industries qui détiennent le record du microlithisme ne sont pas dépourvues d'outils de taille respectable ; cela se comprend fort bien car ces outils étaient indispensables pour les gros travaux. Une longue fréquentation des belles industries épipaléolithiques d'Afrique du Nord m'a révélé l'existence, dans la plupart des gisements, en plus de l'outillage en silex, microlithique ou non, d'outils grossiers en calcaire ou en grès faiblement retouchés ou ne portant que des traces d'utilisation. Ces outils de fortune, qui sont parfois des galets aménagés, avaient été habituellement négligés ou tout juste signalés.

Il serait donc vain de réduire au seul microlithisme les caractéristiques des industries épipaléolithiques ; il n'en demeure pas moins que cette phase de l'évolution correspond à l'apogée de la tendance, manifestée dès le début par l'homme préhistorique, à réduire le poids et la dimension de son outillage de pierre. Il fallait une habileté extraordinaire pour tailler et surtout retoucher certains triangles et segments « élassolithiques » qui n'ont que quelques millimètres de longueur (fig. 35). Ces pièces sont si petites et si étroites qu'il n'est pas possible de les retoucher en les tenant entre les doigts : un système de pince ou de maintien dans une fente me paraît indispensable.

19. F. Bordes et P. Fitte, « Microlithes du Magdalénien supérieur de la gare de Couze (Dordogne) », *Miscalanea en homenaje al abate Henri Breuil*, Barcelone, 1964, p. 259-267.

Cet optimum une fois atteint, l'ultra-microlithisme ou élassolithisme qui se manifeste dans plusieurs industries, tantôt au VIIIe millénaire (Montadien, Sauveterrien, Kristélien), tantôt au VIIe millénaire (Columnatien), ne se maintint pas durablement ; toutes ces industries revinrent ensuite à des formats plus raisonnables. Cette curieuse évolution, dans sa phase finale du moins, semble prendre les caractères d'un phénomène culturel plutôt que ceux d'un approfondissement technique dicté par les nécessités de la vie quotidienne.

Le microlithisme commence dans le débitage. Au cours de l'Epipaléolithique le débitage le plus courant est celui des lamelles. Les nucléus à lamelles ne se distinguent pas fondamentalement des nucléus à lame ; les gestes techniques sont les mêmes pour les préparer. Simplement il est toujours nécessaire d'interposer, au moment du débitage, un élément intermédiaire entre le percuteur et le nucléus. Sur celui-ci les négatifs des lamelles se recoupent régulièrement. Les lamelles ainsi débitées ont un talon très réduit, souvent punctiforme, le conchoïde de percussion est peu saillant.

L'extraction rigoureusement parallèle et équidistante suppose même sur les nucléus « cannelés » la mise en œuvre d'une technique de débitage par pression. Le meilleur procédé, qui fut pratiqué à l'époque historique par les Indiens d'Amérique, consiste en l'utilisation d'une béquille qui exige une fixation très ferme du nucléus. On obtient des lamelles dont la face inférieure est vraiment plane, démunie d'ondulations et au conchoïde à peine perceptible. Aussi est-il difficile et parfois impossible d'orienter les fragments médians des lamelles débitées par pression. Le débitage par pression a, en outre, l'avantage de produire des lamelles de dimensions constantes, très légères, parfaitement orientées par le parallélisme des enlèvements antérieurs. Il s'agit d'une production normalisée qui facilite une certaine standardisation de l'outillage microlithique.

Cependant un grand nombre de lamelles devaient servir sans avoir été retouchées, c'est le cas des lamelles Montbani dont nous avons déjà examiné les possibles utilisations. Elles ne devaient guère être emmanchées mais beaucoup de lamelles ont été transformées intentionnellement. La retouche la plus fréquente est l'abattage d'un bord de façon à obtenir un dos. Les lamelles à dos sont très nombreuses dans certaines cultures : dans l'Ibéromaurusien par exemple elles arrivent à dépasser 85 % de l'outillage. Elles ont certes un caractère commun essentiel qui sert à les désigner mais de très nombreuses variétés sont déterminées soit par la rectitude ou la courbure du dos, soit par les retouches de la base et de l'autre bord non abattu. Les troncatures à l'une ou l'autre extrémité, la forme aiguë ou obtuse de l'extrémité distale, la nature même du support (lamelle véritable ou chute de burin) sont autant d'éléments susceptibles de varier. On nomme aiguillon droit les pointes de section triangulaire aménagées sur une chute de burin ; d'autres armatures qualifiées par certains de « dards » ont une pointe taillée aux dépens du conchoïde de percussion (pointe proximale) ; ce choix était guidé par le désir d'obtenir une pointe plus résistante. La manière même dont le bord a été abattu intervient dans le classement méticuleux des typologistes : la retouche peut n'être que semi-abrupte, en détruisant le tranchant sans entamer profondément le bord de la lamelle, elle peut être abrupte par percussion libre ou abrupte croisée, ce qui est un abattage vertical sur enclume, le contre-coup de celle-ci retouche la face opposée à celle qui a subi la percussion.

La retouche abrupte entraîne souvent des transformations importantes de la silhouette des éclats et lamelles, elle aboutit à un véritable découpage du silex par la technique des troncatures retouchées et surtout par celle dite du « microburin » (cf. p. 84).

Les microlithes géométriques

La technique du microburin est un procédé rapide qui permet d'obtenir une troncature oblique à partir d'une encoche. L'extrémité de la lamelle ainsi tronquée par le départ du microburin porte, nous l'avons vu, un piquant de section triangulaire. Certaines cultures comme l'Ibéomaurusien ou quelques faciès tardenoisiens ont jugé bon de conserver ce piquant trièdre à l'extrémité de certaines lamelles à dos. Il est difficile d'imaginer que de telles lamelles (pointes de la Mouillah, pointes de Chaville) aient pu avoir d'autres usages que celui de pointes de trait.

La présence de microburin n'implique donc pas toujours l'existence de microlithes géométriques, mais inversement ceux-ci, lorsqu'ils sont de vrais microlithes géométriques, sont le plus souvent obtenus par la technique du microburin. Les microlithes géométriques sont faits dans les parties médianes des lamelles, c'est dire qu'ils n'ont jamais conservé le conchoïde de percussion et que les pièces les plus élégantes ont une épaisseur constante, caractère renforcé par le débitage par pression. Mais dans plusieurs faciès, même récents, le débitage moins régulier (style de Coincy, par exemple, dans le Bassin parisien) ne peut engendrer que des microlithes géométriques eux-mêmes irréguliers.

Les plus anciens des microlithes géométriques sont les triangles qui apparaissent dès le Magdalénien II, mais il n'est pas sûr que ces objets aient été obtenus par la technique du microburin. Les fouilles du gisement Magdalénien VI de la Gare de Couze ont modifié les connaissances antérieures sur l'ordre d'apparition des microlithes géométriques [20]. Ce gisement a en effet livré une panoplie complète des formes classiques : triangles, rectangles, trapèzes et segments. Si ces pièces ne représentent qu'un très faible pourcentage de l'ensemble de l'outillage, elles n'en apportent pas moins la preuve de l'existence d'une tradition bien établie du microlithisme géométrique dans un Magdalénien supérieur qui n'est pas à son stade final. Si toutes ne sont pas issues de la technique du microburin, la plupart en proviennent et les microburins, déjà sporadiquement signalés dans le Magdalénien supérieur, sont ici présents dans les niveaux les plus récents.

Les rectangles de ce gisement sont des lamelles tronquées aux deux extrémités, ils sont souvent munis d'un dos, mais la caractéristique des pièces qui ont reçu le nom de « rectangle de Couze » est d'avoir subi une régularisation par esquillure de la partie tronquée sans porter une véritable retouche abrupte.

Les rectangles resteront rares dans les cultures épipaléolithiques et même néolithiques. En Afrique du Nord, ils sont un peu plus fréquents au Néolithique et ont toujours trois côtés retouchés.

L'appellation de triangle cache une grande diversité de microlithes correspondant à de nombreux usages. Les dimensions sont très variables, les triangles du Magdalénien sont grands et dépassent cinq centimètres alors que les formes ultra-microlithiques du Montclusien et du Sauveterrien descendent jusqu'à deux millimètres. La forme la plus ancienne est le triangle isocèle qui peut être court ou allongé. Le triangle scalène est le plus fréquent et connaît de nombreuses variétés (fig. 38). Il peut être court, allongé, à petit côté très court ; le triangle de Montclus qui appartient à cette catégorie est de très petite taille et a les trois côtés retouchés. Parmi les triangles scalènes allongés on distingue ceux dont le petit côté est concave. Les triangles, dont les deux côtés retouchés concaves se rencontrent pour former une épine, sont caractéristiques de l'Epipaléolithique ibérique (Triangle de Muge).

Le trapèze est une forme encore plus riche puisque les facteurs de variations (parallélisme des bords, nombre de côtés) sont plus grands que dans le triangle (fig. 38). Le trapèze rectangle est dit Pointe de Vielle lorsque la longue troncature est très oblique. Les trapèzes asymétriques ou à base décalée sont multiples. Les trapèzes isocèles ou symétriques peuvent être

---

20. F. BORDES et P. FITTE, *op. cit.*

courts ou allongés. Lorsque les deux troncatures sont concaves il est difficile de les distinguer des armatures à tranchant transversal. La concavité des côtés retouchés entraîne de nombreuses variations : Trapèze de Montclus, Trapèze du Martinet, etc. L'apparition de petites retouches plates sur la face inférieure des petits côtés concaves caractérise les niveaux les plus récents du Mésolithique : Tardenoisien III, Sauveterrien à trapèzes et Capsien supérieur de la phase terminale.

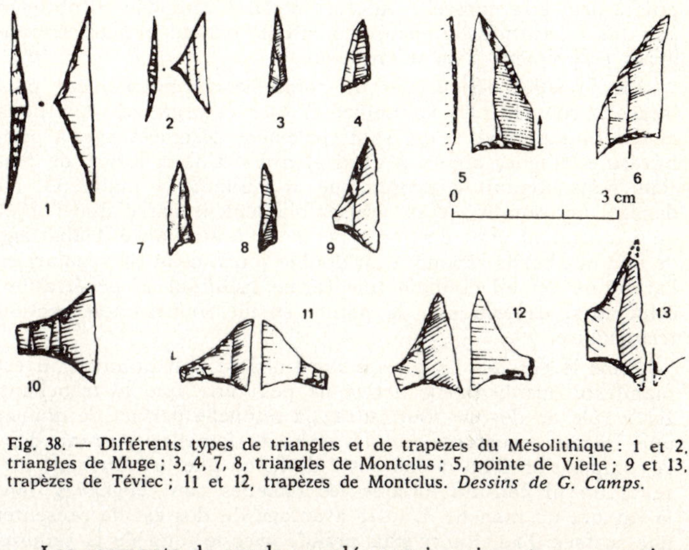

Fig. 38. — Différents types de triangles et de trapèzes du Mésolithique : 1 et 2, triangles de Muge ; 3, 4, 7, 8, triangles de Montclus ; 5, pointe de Vielle ; 9 et 13, trapèzes de Téviec ; 11 et 12, trapèzes de Montclus. *Dessins de G. Camps.*

Les segments de cercle appelés aussi croissants ou quartiers d'orange sont de vrais microlithes géométriques ; c'est rappeler qu'ils ne doivent pas posséder de conchoïde de percussion et encore moins de talon, ce qui permet de les distinguer de certaines pointes microlithiques à dos courbe. Les segments sont symétriques. D'après le rapport entre la longueur et la largeur on reconnaît un petit nombre de variétés qui à vrai dire n'ont pas grande signification chronologique.

Usage des microlithes

Dès le commencement des recherches, l'usage des lamelles et des microlithes géométriques fut un sujet de perplexité. A part de rares exceptions, ces microlithes sont des éléments d'outils ou d'armes et non des objets complets. Leur usage ne se conçoit pas sans, au minimum, un emmanchement ou une ligature. Longtemps la réflexion technologique s'arrêta à cette évidence et une typologie trop analytique et formaliste, en multipliant les variétés et les sous-variétés, risquait de détourner les recherches vers une direction hostile au fonctionnalisme. On est revenu, depuis peu, à une conception plus saine.

Parmi les très nombreuses variétés de lamelles ayant un bord abattu, une première distinction de bon sens s'impose : il en est qui sont pointues et d'autres qui ne le sont pas. La pointe peut être naturelle ou créée par une retouche ou obtenue par une troncature ou encore constituée par un piquant trièdre après enlèvement d'un microburin.

Les lamelles dépourvues de pointe sont généralement plus larges et souvent plus volumineuses que les premières que nous appellerons pointes et qui sont également désignées par la périphrase « lamelles aiguës à bord abattu ». Une réflexion de bon sens nous conduit à penser que si l'homme a maintenu, ou dégagé une pointe, c'était vraisemblablement parce que l'objet qu'il fabriquait était destiné à percer et à être lancé. L'abattage de l'un des bords répond à un double souci, celui de régulariser l'armature en lui donnant une forme facilitant la pénétration, celui aussi de renforcer la pointe en lui donnant une section triangulaire.

Dans le cas des lamelles à bord abattu non pointues, il est manifeste que la partie active ne peut être que le tranchant. Ici le rôle du dos est tout autre ; la retouche permet de donner une largeur constante à une série de lamelles entrant dans la composition d'un même outil, de façon que le tranchant présente un fil continu lorsque les lamelles sont engagées dans la rainure du manche. L'autre avantage du dos est de présenter une surface d'adhérence plus grande avec le fond de la rainure. On peut même penser que la surface grenue due aux multiples retouches favorisait l'assemblage car la colle adhérait mieux au silex.

La fixation des armatures, qu'elles soient pointues ou tranchantes, était assurée par des matières végétales diverses servant de colle. Sous toutes les latitudes la végétation fournit des sèves ou des exsudations ayant cette propriété. Dans les zones tempérées et froides, les résines de bouleau et de conifères sont les plus communes. Les tourbières du nord de l'Europe ont conservé des flèches dont la hampe de bois porte une pointe et une ou plusieurs barbelures fixées à l'aide de résine. Dans les pays scandinaves et en Pologne on connaît aussi de nombreuses sagaies en os à rainures dont certaines ont conservé leurs armatures déterminant tantôt des barbelures de harpons, tantôt un tranchant continu [21].

Outre la résine, l'homme préhistorique trouvait dans le monde végétal d'autres matières qui exigeaient quelque préparation avant d'être utilisées pour l'assemblage : une glu est obtenue par la cuisson de l'écorce interne du houx ou des tiges de gui. Certains chardons des pays méditerranéens exsudent une glu qui peut avoir le même usage. Une technique un peu plus complexe permet d'obtenir un goudron végétal ou poix par carbonisation en milieu réducteur de bois résineux ; une rigole creusée dans le sol depuis le foyer permet de recueillir le produit qui s'écoule. Une autre matière fournie par la nature a les mêmes propriétés : le bitume, qui abonde en Mésopotamie et Syrie, fut abondamment utilisé dès le Natoufien pour la fixation des éléments d'outils et d'armes composites.

Les armatures de flèche sont donc très nombreuses dans l'Epipaléolithique. Certes nous ne pouvons affirmer que toutes les pointes (lamelles à bord abattu aiguës) étaient des têtes de flèche, mais des os portant, fichées en eux, de telles lamelles prouvent indubitablement cet usage. Nous citerons le cas de la femme capsienne n° 33 de Columnata (Algérie) tuée par une flèche armée d'une fine lamelle qui lui traversa le flanc gauche et se ficha dans la première vertèbre lombaire [22]. A Téviec (Morbihan) un homme fut aussi tué par une flèche armée d'une lamelle de silex qui se ficha dans une vertèbre dorsale [23]. Un fragment crânien d'enfant trouvé dans la grotte d'El Bachir (Bou Sfer, Algérie) est traversé par une lamelle aiguë à bord abattu [24]. Ces cas de meurtre ou d'accident sont très rares à l'Epipaléolithique ; normalement de telles flèches servaient à la chasse, la preuve en est donnée par une mandibule de grand cerf megaceros découverte lors d'un dragage de la Meuse à Ruremonde (Pays-Bas), elle portait, fichée dans la symphise mentonnière, un fragment de lamelle à bord abattu [25].

---

21. S. Kozlowski et J. Kozlowski, « Pointes, sagaies et harpons du Paléolithique et du Mésolithique en Europe du Centre-Est », *Méthodologie appliquée à l'industrie de l'os préhistorique*, Colloque international du CNRS, Paris, 1977, p. 193-204.

22. G. Camps, *les Civilisations préhistoriques de l'Afrique du Nord et du Sahara*, Paris, 1974, Doin, p. 93.

23. M. Saint-Just-Pequart, « Sur une vertèbre humaine mésolithique percée d'une flèche », *Congrès de l'association française pour l'avancement des Sciences*, Nancy, 1931, p. 321-324.

24. L. Balout, *Algérie préhistorique*, Paris, 1958, A.M.G., p. 117.

25. R.F. Aquilas-Wauters, « Une pointe de la Gravette fichée dans un fragment de mâchoire de *Cervus giganteus* », *Bulletin de la Société royale belge d'Anthropologie et de Préhistoire*, t. 67, 1956, p. 31-36.

L'examen des microlithes géométriques nous ramène aussi à la flèche, soit qu'ils aient servi de pointe comme certains triangles et trapèzes ou d'armatures tranchantes comme les trapèzes isocèles. La pointe constituée par un triangle ou un trapèze (Pointe de Vielle) est asymétrique. Quant à l'armature tranchante, son usage subsistera jusqu'en pleine époque historique, les Assyriens utilisaient des flèches tranchantes en bronze dans la chasse au lion. Les triangles scalènes pouvaient servir aussi de barbelures fixées latéralement dans la hampe de la flèche. Deux triangles scalènes allongés disposés dos à dos donnaient une pointe efficace munie de deux barbelures, forme qui n'apparaîtra qu'au Néolithique sous la forme de la pointe de flèche triangulaire à base encochée.

Nous ne pouvons cependant réduire l'usage des microlithes géométriques aux seuls engins de chasse. On a supposé depuis longtemps que les minuscules segments et triangles pouvaient avoir appartenu à des engins de pêche mais, si on connaît des pointes barbelées, aucun agencement se rapportant à un hameçon n'est connu à l'époque épipaléolithique. Les microlithes avaient, en fait, de multiples usages, ce sont des pièces de quincaillerie qui peuvent s'adapter à de nombreux types d'outils. Le gisement africain de Columnata (Tiaret, Algérie) a livré un curieux instrument composite dont le manche taillé dans une côte d'antilope portait encore dans une rainure trois microlithes [26]. Ils étaient logés verticalement, perpendiculairement à l'axe du manche, leur tranchant dirigé vers l'intérieur : ce qui laisse entendre que cet instrument était manié en ramenant vers soi, suivant un mouvement semi-circulaire, des tiges à couper. On a parlé de faucille sans que ce terme implique l'existence d'une vraie agriculture. Or les trois microlithes, bien qu'ayant nécessairement la même fonction, sont de morphologie différente : l'un est un triangle scalène, les deux autres sont de simples lamelles à bord abattu, ce qui prouve la vanité de notre nomenclature typologique. Ces trois microlithes trouvés dissociés de leur manche auraient été classés dans des « types » différents ! D'autres manches en os ayant perdu leurs armatures ont été trouvés en Afrique du Nord dans les gisements capsiens et, en plus grand nombre encore, dans les gisements de l'Europe nordique, mais ils semblent ici avoir été des armes de jet, ils appartiennent à un Mésolithique très tardif.

Même si nous ne sommes pas toujours sûrs de leurs usages, les microlithes géométriques sont les témoins de l'ingéniosité et des qualités techniques de l'homme épipaléolithique. Com-

26. H. Camps-Fabrer, *Matière et Art mobilier dans la Préhistoire nord-africaine et saharienne*, Paris, 1966, A.M.G., p. 146-153.

ment imaginer que ce chasseur ait été en quoi que ce soit inférieur à son prédécesseur magdalénien !

Cette technicité et cette ingéniosité se manifestent dans d'autres activités, en particulier dans l'industrie de l'os qui connaît un bon développement dans les pays méditerranéens et africains. Ailleurs les fouilles ont surtout porté sur des gisements de plein air et dans des terrains acides peu favorables à la conservation des os, ce qui nous donne une image très incomplète sur cette activité. Le bois de cerf est désormais, dans l'Europe tempérée, la matière recherchée en priorité pour confectionner les harpons et diverses pointes barbelées. Celles-ci sont nombreuses en Belgique, Pays-Bas et Allemagne. Le bois de cervidé connaît bien d'autres usages ; il est transformé en tranchet ou poinçon, voire en hache ou en marteau taillé dans le mairin, un andouiller conservé servant de manche. On connaît même à Star Carr (Angleterre) des haches en bois de cerf qui sont perforées pour recevoir un manche [27].

27. J.G.D. Clark, *Excavations at Star Carr. An early mesolithic site at Seamer, near Scarborough*, Cambridge University Press, 1954.

3. MORT ET RENAISSANCE DE L'ART

Le jugement péjoratif porté sur les cultures post-würmiennes repose principalement sur la disparition de l'art qui marque d'une façon spectaculaire le passage du Magdalénien à l'Azilien. Cette affirmation est exagérée car l'Azilien n'est pas réellement dépourvu de toute œuvre artistique. Il serait plus exact de dire que l'art se transforme et que les œuvres se raréfient, compte non tenu de toutes celles qui, sur matières périssables, ont disparu à tout jamais. En réalité l'art épipaléolithique sera un art schématique alors que disparaît, du moins dans la première phase, l'art figuratif animalier.

Le naufrage

Les motifs géométriques simples, hachures, incisions, traits cilliés, ne sont pas des innovations ; en fait il y a continuité dans ce domaine entre l'art paléolithique et celui de l'époque suivante. A. Leroi-Gourhan eut le mérite d'insister sur la valeur symbolique des nombreux signes abstraits de l'art pariétal [28]. Ils sont très nombreux et tellement simples qu'on ne saurait s'étonner de les retrouver à toutes les époques. Il y avait donc déjà une forme d'art abstrait pendant le Paléolithique supérieur, associée à un art figuratif lui-même doté d'une haute valeur symbolique. Comment expliquer la disparition de l'art figuratif ? J'ai déjà dit que l'art me semblait évoluer indépendamment des autres activités humaines. Cette proposition n'est pas une échappatoire devant une question embarrassante mais il vaut mieux constater sereinement les faits plutôt que de trouver des explications à tout prix.

On ne fera croire à personne que le fait de chasser le cerf plutôt que le renne ait fait changer aussi profondément les

28. Cf. *infra.* Chapitre VII, *Homo religiosus,* p. 395 et sq.

formes de l'art. Je n'accepte pas plus la proposition avancée par J. Rozoy qui trouve dans l'invention de l'arc la raison de cette mutation [29] : il paraît que la chasse devenant plus facile grâce à cette arme nouvelle il n'aurait plus été nécessaire d'avoir recours à la magie pour obtenir le succès. Pour admettre cette explication il faudrait d'abord être assuré que l'art paléolithique répondît à des fins magiques. On remarquera ensuite que les belles œuvres pariétales du Levant espagnol sont l'œuvre de chasseurs de cerfs armés d'un arc.

L'art épipaléolithique, à part quelques exceptions régionales méditerranéennes (Levant espagnol, Italie méridionale) n'est plus un art pariétal. Est-ce parce que l'homme a cessé de fréquenter les grottes à la suite de l'amélioration climatique ? Cette hypothèse repose sur le vieux mythe de l'homme des cavernes. Nous savons fort bien que les grottes n'étaient qu'exceptionnellement habitées et que leur fréquentation pour des raisons religieuses ou magiques a pu se faire à toutes les époques, aujourd'hui comme au Sauveterrien ou au Magdalénien. D'ailleurs les traces de passages post-paléolithiques ne font pas défaut, même dans les grottes sanctuaires.

A partir de l'Azilien, donc en une période qui par bien des aspects industriels appartient encore au Paléolithique supérieur, seul subsiste un art abstrait de caractère schématique qui n'est pas une innovation mais une continuation de celui qui existait déjà dans les styles les plus anciens de l'art paléolithique. Les nombreux galets peints, parfois incisés, que l'on trouve dans les niveaux aziliens ont alimenté une littérature abondante. Une analyse récente a pu authentifier la plupart d'entre eux, les faux étaient bien moins nombreux que ne le prétendaient certains esprits chagrins. Des rythmes ont pu être reconnus parmi ces représentations très simples, de valeur symbolique. Les associations de motifs abstraits sont la preuve, dans leur mode répétitive, d'une syntaxe assez élaborée dont le sens nous échappe. Le nombre de représentations par face et par galet laisse deviner l'existence d'un système de computation peut-être en relation avec les lunaisons, mais il serait imprudent de vouloir attribuer à l'ensemble de ces objets, qui se montent à plusieurs centaines, une seule et même interprétation [30]. Des galets peints très proches de ceux de l'Azilien français ont été recueillis dans les niveaux datés du VIIIe millénaire dans la grotte de la Madone à Praïa a Mare (Calabre). Le Romanellien terminal connaît aussi des fragments osseux roulés portant des

29. J.G. Rozoy, *les Derniers chasseurs*, *op. cit.*, t. II, p. 1013.

30. G. Couraud, *l'Art azilien. Origine, survivance, comparaisons*, Paris, 1980, ronéoté.

taches d'ocre tout à fait semblables à celles des galets aziliens. Cette même culture italienne a livré des fragments de plaquette ornés de motifs géométriques très réguliers, en bande hachurées ou quadrillées. Certains galets ou plaquettes portent exceptionnellement des représentations figuratives, le Romanellien conserve un art animalier déjà stylisé étroitement associé au décor géométrique [31]. Dans la grotte du Cavallo (Lecce) une représentation humaine très stylisée est de facture entièrement géométrique ; le corps qui est revêtu d'une longue tunique est représenté par un simple rectangle qui se prolonge pour former le pied droit. La tradition naturaliste est représentée en Espagne par l'unique plaquette gravée de San Gregori (Epipaléolithique ancien) qui porte la figuration d'une biche très stylisée. En revanche, l'art linéaire strictement géométrique, pratiquement inconnu auparavant, connaît un développement tardif dans la culture de la Cocina qui est nettement mésolithique [32]. Il s'agit là d'un phénomène sud-méditerranéen à mettre en parallèle avec le développement de l'art capsien en Afrique du Nord [33].

Antérieurement, les divers faciès sauveterroïdes avaient donné quelques éléments d'art décoratif. L'Ahrensbourgien du Danemark et celui d'Allemagne du Nord sont plus riches en œuvres mineures sur os ou sur galet. Ce sont soit des traits incisés à la suite les uns des autres dont les significations calendaires ne sont pas impossibles, soit des motifs plus complexes, des damiers, des triangles et des chevrons hachurés.

Pour être complet, il faudrait citer les très rares statuettes ou sculptures attribuées à l'Epipaléolithique, comme la figuration féminine, très paléolithique d'aspect, sur bois de cerf, qui proviendrait des niveaux sauveterroïdes de l'abri Gaban (Trente) et les figurations humaines très stylisées de Scandinavie qui sont nettement plus récentes.

Mais il serait vain, à partir de ces misérables épaves, de tenter de ressusciter de toutes pièces un art épipaléolithique évanescent. Il y a bel et bien eu naufrage, surtout dans l'Europe occidentale où les derniers témoins disparaissent au cours du Préboréal, disons au VIIIe millénaire.

C'est au sud que se manifestera la renaissance. Les deux pôles principaux en sont la côte orientale de l'Espagne (Levante)

---

31. P. Graziosi, *L'arte preistorica in Italia*, Florence, 1973, Sansoni.

32. J. Fortea Perez, *La cueva de la Cocina. Ensayo de Cronologia del Epipaleolitico (facies geometricas)*, Trabajos de servicio de Investigacion prehistorica, n° 40, Valence.

33. H. Camps-Fabrer, « Comparaisons entre l'art mobilier épipaléolithique de l'Europe méridionale et de l'Afrique du Nord », *Les courants stylistiques dans l'art mobilier au Paléolithique supérieur*, IXe congrès de l'U.I.S.P.P., Nice, 1976, p. 74-96.

et l'Afrique du Nord, et, dans ces deux régions, cet art d'origine mésolithique se poursuivra sans discontinuité au cours du Néolithique.

L'art du Levant espagnol

Alors que le nord-ouest de l'Espagne faisait partie, au Paléolithique supérieur, de la vaste province franco-cantabrique, le reste de la Péninsule ne livra que des témoins isolés d'un art authentiquement paléolithique. Il faut certes retenir les nombreuses plaquettes gravées ou peintes des niveaux solutréens et magdaléniens de la grotte du Parpalló (Valence). Un autre document de grand intérêt est l'ensemble de peintures de la Cueva del Niño, dans la province d'Albacete, qui sont considérées comme paléolithiques et qui sont sûrement antérieures à l'art levantin [34].

On dénomme art levantin un ensemble complexe de peintures préhistoriques sur les parois d'abris sous roche, de petites grottes, de rochers ou de falaises, qui occupe plusieurs provinces de l'Espagne orientale depuis le sud de la région de Barcelone jusqu'à Alicante et Murcie : une petite zone annexe occupe, au sud, l'arrière-pays d'Alméria.

Cette province artistique est distincte, géographiquement et stylistiquement, de l'art franco-cantabrique, mais certains auteurs, à la suite de l'abbé Breuil, pensent qu'elle en dérive. L'âge des peintures levantines est l'une des questions les plus controversées de la préhistoire espagnole et méditerranéenne. A. Beltran et E. Ripoll distinguent cinq phrases : naturaliste, stylisée statique, stylisée dynamique, phase de transition, enfin art schématique [35]. Ce dernier déborde largement, au sud et à l'ouest, la zone levantine proprement dite ; il est représenté en Andalousie, Estremadure et Aragon. Son âge récent (Age des métaux) est confirmé par les décors mobiliers trouvés dans les sépultures et n'est discuté par personne.

Si ce schéma général est accepté par l'ensemble des spécialistes, il ne résoud pas pour autant toutes les difficultés. La première est de fixer les débuts de cet art levantin. Bien que la phase naturaliste présente certains caractères de l'école méditerranéenne définie par P. Graziosi et quelques ressemblances avec l'art paléolithique, aucune de ces peintures n'est en rela-

34. M. Almagro Gorbea, « Descubrimiento de una cueva con arte rupestre paleolitico en la Provincia de Albacete », *Actas del Symposium intern. de Arte prehistorico*, Santander, 1972, p. 475-501.

35. A. Beltran, « Acerca de la cronologia de la pintura rupestre levantina », *Actes du Symposium intern. d'Art préhistorique*, Capo di Ponte, 1970, p. 87-94 ; E. Ripoll Perello, « Acerca del problema de los origines del Arte levantino », *idem*, p. 57-68.

tion avec un gisement paléolithique. La thèse ancienne de P. Bosch-Gimpera sur l'âge paléolithique de ces peintures est aujourd'hui unanimement rejetée. Les œuvres les plus anciennes sont les grandes figures rouges de cerfs et d'aurochs. D'autre part, J. Fortea a établi d'une manière convaincante les relations entre les peintures géométriques des parois de la Cocina et les motifs des galets et plaquettes découverts dans les niveaux mésolithiques (Cocina II) de ce même gisement [36]. Cette forme d'art géométrique surtout linéaire doit être distingué de l'art schématique de l'âge des métaux. Or ces motifs géométriques mésolithiques sont recouverts, dans plusieurs abris (La Arana, La Serga, La Visera) par des figures du style dynamique, le plus caractéristique de l'art levantin. De plus les industries recueillies au pied de ces abris sont diverses mais s'inscrivent dans un éventail chronologique qui va de l'Epipaléolithique au début du Néolithique. Ces deux arguments, superposition et caractère des industries, sans apporter une preuve parfaite, paraissent convaincants et rares aujourd'hui sont les préhistoriens qui tentent de vieillir les peintures levantines au-delà du VIIe millénaire. En fait leur apogée se situerait dans le Néolithique ancien.

L'art levantin se distingue de l'art paléolithique par les thèmes traités et par le style. Il nous est aussi plus compréhensible, car il paraît essentiellement anecdotique même si, comme cela est vraisemblable, il peut avoir une signification magique ou religieuse en faveur de la chasse ou du bien-être de la société. Il nous est plus proche parce que l'homme est omniprésent, présence accentuée par une mimique gestuelle éloquente et un dynamisme qui exagère volontairement les mouvements (fig. 39). Lorsqu'ils courent, les chasseurs font des enjambées de sept lieues, les jambes distendues dans un grand écart, les bras dressés brandissent arcs et flèches. Même à l'arrêt, l'archer levantin est aussi frémissant qu'un matador à l'heure de vérité, le corps légèrement penché, une jambe semi-fléchie, le bras prêt à l'action. Les représentations féminines ont, dans l'ensemble, des attitudes plus réservées mais jamais figées, les mouvements des bras et des mains nous invitent à nous mêler soit à une conversation qu'on devine animée, soit à une danse rituelle. Le canon de la beauté féminine a changé depuis les vénus périgordiennes ; comme aux derniers temps du Magdalénien le tronc s'est allongé, et si la croupe reste généreuse, la poitrine est plus menue, le haut du corps et les bras sont filiformes. Elles portent soit de simples jupes qui s'arrêtent à

36. J. Fortea Perez, *Los complejos microlamines y geometricos del Epipaleolitico mediterraneo espanol*, Salamanque, 1973, p. 437-459.

Fig. 39. — Chasseurs de l'art pariétal du Levant, Espagne. 1 Cueva del Garroso, d'après M. Almagro ; 2 Els Secans, d'après Vallespi ; 3 Cueva Remigia della Gasulla, d'après Porcar.

mi-jambe, soit des robes aux formes lourdes, en cloche, qui font penser à des tuniques de cuir, mais qui peuvent aussi bien être en étoffe (Gogul). Les hommes qui ont, en revanche, de larges épaules et un bassin étroit mais des cuisses musclées sont, le plus souvent, nus mais certains portent des culottes (fig. 39), sorte de bermudas qui s'arrêtent aux genoux (Cueva Remigia, Abri d'Els Secans). Ces hommes sont des chasseurs armés d'un grand arc et de flèches fort longues qu'on peut estimer à 70 ou 80 cm si les proportions ont été respectées (fig. 42).

Les animaux représentés dans l'art levantin appartiennent à quatre espèces principales : ce sont des gibiers appréciés ; le cerf vient en tête, puis le bouquetin, l'aurochs et le sanglier (fig. 43). Le cheval est également chassé, mais il est rarement représenté.

Certains hommes sont percés de flèches, des scènes de guerre sont représentées et peut-être même une exécution capitale. Ces détails macabres sont significatifs. Ils révèlent des sociétés organisées, les archers ibériques sont incontestablement en marche vers la Civilisation !

Nouveau départ ou éternel retour : origines capsiennes de l'art nord-africain

Plus encore que l'Espagne levantine, l'Afrique du Nord nous révèle un cycle complet artistique, totalement indépendant de l'art paléolithique. Au cours de l'Epipaléolithique nous assistons à la naissance et au développement de cet art qui conduit aux splendeurs de l'art rupestre néolithique de l'Atlas [37].

La première phase épipaléolithique contemporaine, ici, du

37. Pour l'art rupestre nord-africain et saharien. Cf. *infra.* Chapitre VII, *Homo religiosus.*

Tardiglaciaire et du Dryas III, ignore encore toute forme d'art. Dans l'Ibéromaurusien qui couvre cette période, il ne s'agit pas d'une décadence ou d'une disparition comparable à celle qui frappe les industries européennes car aucune forme artistique n'existait antérieurement. Quelques traits gravés sur un galet et sur une meule de Taforalt (Maroc oriental), dont on n'est même pas sûr qu'elle appartienne à l'Ibéromaurusien, et une pierre figure bisexuée du même gisement sont les seuls documents à verser au dossier d'une cause désespérée ; comme l'écrivait H. Camps-Fabrer, l'homme de Mechta el Arbi n'est décidément pas un artiste [38]. Cette absence de manifestation artistique dans l'Ibéromaurusien est d'autant plus remarquable qu'une grande partie de cette culture est contemporaine des plus belles œuvres du Magdalénien.

C'est donc à un commencement et non à une renaissance que nous assistons dans la civilisation capsienne. En mettant à part l'os dont le décor est médiocre et limité, la coquille d'œuf d'autruche et la pierre sont les deux supports de cet art naissant. La coquille d'œuf d'autruche a tenu une place particulière dans la vie et l'art capsiens [39]. C'est un matériau résistant qui connaît de multiples usages ; bouteilles, bols, coupelles, pendeloques et perles marquent les étapes de la fracture successive de la coquille dont la matière n'est pas gaspillée. Perforé à l'un des pôles l'œuf est un récipient qui fut souvent orné de fines incisions (fig. 40). Ces gravures sont localisées de préférence autour de l'orifice mais débordent parfois largement sur la panse. Les bols et les coupes obtenus en sectionnant une coquille étaient eux aussi parfois décorés. Les motifs sont très variés ; les plus nombreux sont purement géométriques, constitués de traits cilliés, scalariformes, chevrons emboîtés, lignes courbes concentriques, certaines fermées. Au trait s'ajoutent des ponctuations et parfois le raclage. Quand les fragments de coquille sont assez grands ou lorsqu'on peut en réunir plusieurs appartenant au même récipient, on se rend compte que ces motifs ne sont pas jetés au hasard mais entrent dans une composition assez rigoureuse, centrée sur l'ouverture de la bouteille ou commandée par le bord de la coupe.

Nous avons tout lieu de penser qu'il existait dès le Capsien et dans les cultures apparentées (Méllalien) des décors figuratifs sur coquille. Bien des fragments portent des segments gravés qui s'expliquent difficilement dans un style géométrique (Abri Clariond). Ces motifs complexes permettent de soupçonner des

38. H. Camps-Fabrer, *Matière et art mobilier nord-africain et saharien*, Paris, 1966, A.M.G., p. 504.

39. *Idem*, p. 313-386.

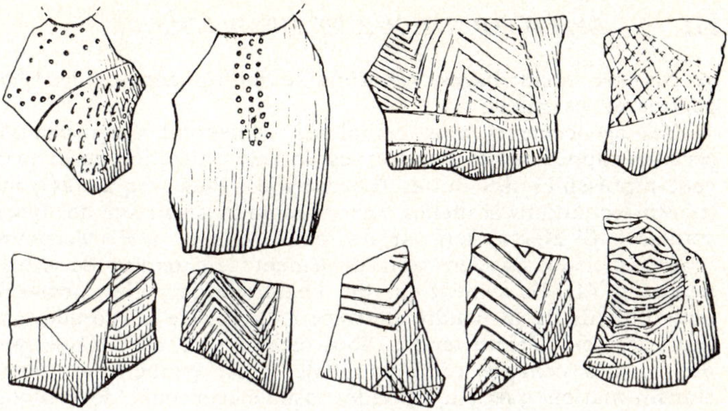

Fig. 40. — Coquilles d'œuf d'autruche gravées du Capsien, région de Tébessa (Algérie). *Dessin de Y. Assié.*

décors figurant des animaux ou des végétaux. Longtemps on a cru posséder un témoin de cet art animalier sur coquille dans le fragment de coupe de l'oued Mengoub. La face interne de cette coupe avait reçu un enduit d'ocre sur lequel fut gravée la silhouette d'un bovin couché, l'ocre extérieur à la figure fut ensuite raclé. Des recherches récentes ont permis de rattacher cette coupe à un horizon néolithique. Effectivement des gisements appartenant au Néolithique dit de tradition capsienne, qui par son industrie et son genre de vie prolonge les cultures épipaléolithiques locales, ont livré de nombreuses représentations animales sur coquilles d'œuf d'autruche depuis le Sud tunisien (Redeyef) jusqu'au Sud marocain (Taulet, Tarfaya).

Or cet art néolithique, célèbre par ses magnifiques gravures rupestres de l'Atlas, plonge indubitablement ses racines dans l'art capsien qui a laissé sur pierre des tentatives de représentations animales. La plus intéressante est la plaquette calcaire d'El Mekta (Gafsa) sur laquelle furent gravées maladroitement la tête et le cou d'une antilope. Les représentations animalières ne font pas défaut en d'autres gisements capsiens [40] : des oiseaux sont reconnaissables à El Mengoub (hibou), Aïn Bahir (outarde ou autruche), Haua Fteah (flamant). Une plaquette du Khanguet el Mouhaad présente sur une face un véritable palimpseste où peuvent être reconnues, non sans difficulté, une tête de mouflon ou de buffle antique, une tête de léporidé et une biche. L'autre face porte un motif symbolique. Les gravures les plus nombreuses sont de caractère géométrique ; incisions en forme

40. *Idem,* p. 218-240.

de fuseaux, quadrillages, chevrons se multiplient sur les plaquettes et les galets.

Des agencements plus complexes demeurent énigmatiques, certains rappellent les tectiformes de l'art paléolithique et peuvent représenter des huttes (oued Safla). Plus fréquentes sont les représentations sexuelles surtout féminines soit sur des blocs comme à El Mekta, soit sur des galets comme à El Mengoub.

Les artistes capsiens ont également fait œuvre de sculpteurs (fig. 41). Ils avaient en effet l'habitude de racler, peut-être pour obtenir de la poudre destinée à la parure corporelle, des fragments de calcaire tendre. Sous cette action, certains prirent des formes conique ou pyramidale. C'est peut-être de cette transformation que naquit l'idée d'aménager puis de sculpter intentionnellement la pierre [41]. Certains cônes furent décorés de motifs géométriques, d'autres portent un sillon circulaire destiné à la suspension à l'aide d'un lien. D'autres pierres représentent des masques où sont discrètement indiqués, par trois points, les yeux et la bouche. Une figurine plus grande représente une tête dont la chevelure encadre le front et les deux côtés du visage qui se termine en cône vers le bas. Aucun trait du visage n'est indiqué mais la face est balafrée intentionnellement de traits zigzagants. Il est difficile de ne pas voir en cette œuvre une figurine destinée à la magie, à moins que ce ne soit la représentation de quelque divinité funéraire.

D'autres pierres gravées et sculptées représentent des têtes animales. La plus intéressante est sculptée à la base d'un cône. Un sillon délimite la face où sont indiquées orbites, narines et gueule entrouverte. Des rayures verticales et légèrement divergentes sillonnent cette face qui présente à la fois un aspect bestial et humain. S'agit-il d'un macaque ? Une pierre, figure nettement phallique, une autre ayant l'aspect d'un sexe féminin, une troisième portant de fines incisions reproduisant l'image d'une coquille bivalve, complètent cette curieuse floraison artistique.

Au cours de l'examen des œuvres de cet art figuratif naissant, une curieuse impression de déjà vu s'impose à l'esprit. Nous y retrouvons, en effet, un processus tout à fait semblable à celui qui permit à l'art aurignacien de s'organiser, sur les bords de la Vézère, quelque 20 000 ans plus tôt. Ici comme là on privilégie les représentations sexuelles féminines, on préfère représenter la partie plutôt que le tout, la tête d'antilope d'El Mekta est aussi maladroite et incomplète que la gravure de l'Abri Cellier qui représente une tête d'herbivore indéterminé.

41. E.G. Gobert, « El Mekta, station princeps du Capsien », *Karthago*, t. 2, 1951-1952, p. 1-79.

La même incertitude due à la maladresse du graveur avait fait croire à El Mekta qu'il s'agissait d'un animal représenté en entier. Dans les deux écoles de cet art balbutiant, la sculpture, plus rare, accompagne les gravures. Ce parallélisme méritait d'être noté. Ici encore force nous est de constater que l'homme accorde, dès le début de l'art, une place essentielle aux formes abstraites et symboliques.

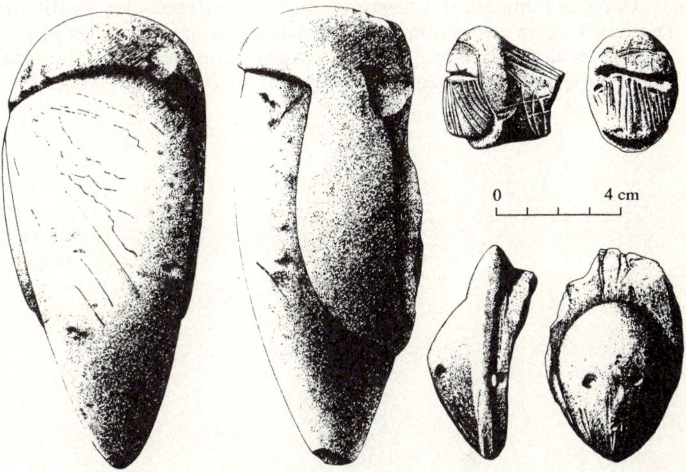

Fig. 41. — Sculptures capsiennes d'El Mekta (Tunisie). *Dessin de Y. Assié.*

Une dernière remarque que nous suggère ce parallélisme aura un caractère répétitif : dans des milieux naturels aussi différents que celui du début du Würm III en Europe et celui d'une steppe guère différente de celle qui subsiste aujourd'hui dans le Sud tunisien, l'homme a suivi exactement le même cheminement, en partant du néant pour atteindre les sommets de l'art animalier.

Ces différentes manifestations d'un art naissant, attentif à la forme mais aussi à la représentation essentielle, ne nous permettent pas, hélas, de pénétrer profondément dans la mentalité de ces hommes épipaléolithiques que nous sentons très proches de nous. Les signes énigmatiques, les représentations sexuelles et les silhouettes humaines ou animales dépendent des mêmes précautions qui faisaient oindre d'ocre les outils et les armes les plus efficaces, décorer les récipients près de leur orifice fragile, donner une sépulture aux morts mais aussi utiliser parfois leurs os et leurs crânes dans des opérations contre lesquelles se révolte notre sensibilité [42]. Mais ce sentiment de profanation est lui-même hérité du fond des âges, rien ne prouve que les Capsiens n'y étaient pas aussi sensibles et que l'horreur qu'ils ressentaient ne participait pas à l'efficacité latente de ces objets tirés des dépouilles humaines.

Dans ces misérables vestiges que la patience des fouilleurs ramène à notre connaissance, nous voyons le support d'un réseau complexe de précautions, d'actes rituels, de pratiques artistiques que l'on qualifie de magiques mais qui méritent tout aussi bien d'être dits religieux.

42. Cf. *infra*. Chapitre VII, *Homo religiosus*.

4. AMÉLIORATION DES GENRES DE VIE

Il y eut, au cours des trois à quatre mille ans que dura l'Epipaléolithique, un net essor démographique, particulièrement remarquable en Afrique du Nord mais sensible partout, en Europe comme en Orient, où s'organisent les premières sociétés sédentaires. La diversité des cultures épipaléolithiques et leur succession rapide sont la conséquence de cet essor qui est lui-même le reflet d'une amélioration des conditions de vie. Cette amélioration n'est pas seulement d'origine climatique, elle est commandée par les progrès techniques que l'homme réalise au cours de cette époque. Comme ses prédécesseurs l'homme épipaléolithique continue à vivre de la chasse et de la cueillette mais il vit mieux.

Une arme nouvelle : l'arc

Pour la chasse il possède désormais avec l'arc une arme supérieure à celles dont disposaient les Paléolithiques. Nous ne savons pas exactement quand fut inventé l'arc. Il est peut-être issu de certain piège fondé sur l'élasticité du bois. On aurait voulu voir dans l'unique représentation masculine, mutilée de surcroît, de Laussel, un archer aurignacien bandant son arc parce que le seul bras visible semble tendu [43].

En fait, des différentes représentations humaines de l'art pariétal ou mobilier, une seule peut être munie d'un arc parmi un enchevêtrement de traits qui encombrent la figure principale ; c'est l'un des célèbres « sorciers » masqués de la grotte des Trois Frères ; encore ceux qui croient à une représentation de l'arc songent plus à un arc musical qu'à une arme véritable. Quant aux traits barbelés qui blessent, suivant l'abbé Breuil,

43. G. LALANNE, « Bas-reliefs à figurations humaines dans les fouilles de Laussel », *L'Anthropologie*, t. 23, 1912, p. 129-149.

ou qui marquent d'un signe masculin, suivant Leroi-Gourhan, certains animaux de l'art paléolithique, ils ne représentent pas nécessairement des flèches. La femme gravée sur une baguette de bois de renne d'Isturitz porte un tel signe sur la cuisse et ne s'en porte pas plus mal, de même d'ailleurs que le bison également « blessé » qui figure sur l'autre face de la même baguette. Seraient-ils des objets vulnérants, ces traits barbelés pourraient représenter soit des harpons soit des sagaies, plus sûrement que des flèches.

L'arc, en revanche, est représenté d'une façon indubitable dans l'art levantin, mais nous avons vu que celui-ci est tardif, plus sûrement néolithique que mésolithique et certainement pas paléolithique. Or les représentations d'archers levantins avaient servi, un temps, à accréditer l'idée que l'arc pouvait avoir été inventé par les Paléolithiques.

L'Azilien, qui conserve les caractères d'un Magdalénien final tout en accentuant ses tendances microlithiques, semble avoir déjà connu l'arc car les « pointes aziliennes », à vrai dire très diverses, ont des dimensions et des poids qui conviennent à des armatures de flèche. Dans une étude technologique de grand intérêt, J.-G. Rozoy [44] a montré que les pointes lancées à la main ou au propulseur doivent avoir un certain poids pour être efficaces. La masse compense la faible vitesse donnée au projectile. Le propulseur avait déjà permis d'augmenter la vitesse initiale mais l'arc donne une vitesse bien plus grande : une flèche parcourt 30 m par seconde. Cet avantage de la vitesse est désormais privilégié aux dépens de la masse. Il faut donc que la flèche, armature et hampe, soit la plus légère possible.

Les flèches des primitifs actuels pèsent entre 20 et 30 g. On estime que l'armature ne doit pas excéder un poids de 5 g, or ce poids est supérieur à celui des pointes trouvées encore emmanchées à des flèches mésolithiques (Tvaermose, Funen, au Danemark). Dans l'Azilien et son équivalent le Valorguien provençal, il existait en abondance des pointes microlithiques ayant des poids tout à fait compatibles à un usage comme armature de flèche. J.-G. Rozoy donne un tableau des poids de pointes aziliennes du Roc d'Abeilles : 2 g en moyenne, et les pointes d'Istres de deux gisements vallorguiens (Baume de Valorgue et Abri Cornille) ont un poids oscillant de 0,50 g à 1,42 g.

On peut donc admettre que l'arc fut inventé soit à la fin du Magdalénien soit au début de l'Azilien, ce qui revient au même, au moment, précisément, où disparaît le propulseur, engin surclassé par la nouvelle arme d'une précision et d'une portée supérieures.

---

44. J.G. Rozoy, *Les Derniers chasseurs*, t. II, *op. cit.*, p. 1008-1020.

Les tourbières de l'Europe du Nord ont conservé quelques arcs, ils appartiennent à la fin du Boréal et au début de l'Atlantique. Les plus anciens proviennent des niveaux ahrensbourgiens de Stellmoor (Hambourg).

Les harpons et les pointes barbelées, héritées du Magdalénien, continuèrent à être utilisés dans l'Azilien et l'Ahrensbourgien. Dans l'Europe du Nord leur usage resta ininterrompu jusqu'au Néolithique. Dans les régions alpestres le grand nombre de harpons du Néolithique lacustre (Cortaillod, Horgen) est soit le fait d'une réapparition soit une lointaine survivance dont nous suivons mal le cheminement.

La chasse

Nous ne connaissons guère les pratiques de chasse des hommes épipaléolithiques mais nous pouvons exploiter la documentation fournie par les peintures levantines, malgré leur âge vraisemblablement plus récent, car les animaux chassés et les armes utilisées sont les mêmes pendant le postglaciaire. Les peintures célèbres de la grotte des Cavallos à Valtorta montrent un groupe d'archers ayant encerclé une harde de chèvres sauvages, mâles, femelles et jeunes. Presque tous les animaux sont atteints au cou et, chaque fois, la flèche traverse l'animal. Les chasseurs sont en mouvement, deux d'entre eux courent tout en bandant leur arc, ils se précipitent vers la tête de la harde tandis que le bouquetin se retourne vers l'arrière pour permettre aux femelles et aux jeunes de fuir, mais il est déjà atteint de deux flèches, au cou et au poitrail, et trois archers s'apprêtent à lui décocher de nouveaux traits. Le dispositif circulaire des chasseurs révèle bien leur intention de massacrer toute la harde et s'oppose aux supputations « écologiques » et naïves de certains qui pensent que l'homme préhistorique exploitait rationnellement le troupeau naturel.

Dans l'abri de l'Arana une scène aussi célèbre représente une chasse aux cerfs qui se fait l'écho d'une autre pratique ou se réfère à une phase antérieure de la chasse. Ici, c'est une harde de cerfs qui se précipite vers une ligne d'archers tandis que d'autres, par derrière, les affolent et les poussent dans ce traquenard. Quatre biches ont déjà reçu plusieurs flèches dans le poitrail (fig. 42). Le cerf six cors est légèrement en arrière, ce qui est naturel puisque les biches sont plus rapides que les mâles. L'une d'elles cependant, qui n'est pas encore arrivée à portée des chasseurs en embuscade, est néanmoins blessée à la croupe par une flèche sans doute tirée par les rabatteurs. Il en est de même de deux faons. Le réalisme de cette action est parfaitement rendu, un détail contribue encore

Fig. 42. — Chasse aux cerfs, Cueva de los Caballos (Arana, Espagne), d'après Hernandez Pacheco.

à le renforcer : les chasseurs en embuscade ont posé leurs flèches sur le sol, alors que ceux de la Cueva de Los Cavallos qui opèrent un mouvement tournant tiennent dans la main gauche leur réserve de flèches et le bois de l'arc.

Plus symbolique est la représentation d'une chasse à l'aurochs dans l'abri VII de la Gasulla (Castellon). Seuls les bovins abattus, percés de flèches, sont représentés, mais sur le sol figurent deux arcs et une provision de flèches. Au Charco del Agua Amarja, un énorme sanglier est poursuivi par un chasseur tandis que d'autres arches s'attaquent à des chèvres sauvages et à des cerfs. Le sanglier est frappé de deux flèches, l'une au garrot, l'autre à la cuisse, elles ne sont mortelles ni l'une ni l'autre (fig. 43). On comprend la précipitation du chasseur lancé à la poursuite de l'animal. L'importance de la traque dans ce genre de chasse est bien rendue par les peintres du Levant qui ont pris soin de figurer les empreintes laissées sur le sol par les bêtes poursuivies ; de beaux exemples sont donnés par les peintures des abris 4 et 5 de La Gasulla.

Les animaux que nous voyons chassés dans les peintures du Levant sont ceux dont nous retrouvons les ossements dans les gisements épipaléolithiques de France. Pendant toute cette époque le cerf est le gibier de prédilection dans la zone atlantique, viennent ensuite le sanglier et l'aurochs. Le bouquetin est chassé en Espagne et dans les provinces méditerranéennes. En Provence, pendant le Valorguien et le Montadien, le cerf est moins abondant alors que la consommation du lapin est très forte.

Dans l'Europe du Nord, à l'Ahrensbourgien, le gibier principal demeure le renne qui n'a pas encore disparu de la région. A Stellmoor, près de Hambourg, une observation curieuse a été faite en cours de fouille [45] : des squelettes entiers de rennes ont été retrouvés dans des sédiments lacustres. Il semble que les carcasses, lestées de grosses pierres, avaient été immergées. Une tête de renne aurait même été plantée sur un long piquet. Les interprétations que l'on a données de ces faits sont diamétralement opposées ; pour les uns, il s'agirait de sacrifices offerts soit à l'esprit des rennes soit à une divinité des eaux ; pour les autres, ce serait, prosaïquement, une pratique bien connue des Eskimos, de conservation de la viande dans l'eau glacée des lacs. Le massacre de renne planté aurait signalé le dépôt.

Fig. 43. — Chasse au sanglier, Cueva del Charco Amargua, d'après Obermaier.

45. A. Rust, *Die alt- und mittelstein zeitlichen Funde von Stellmoor*, Neumünster, 1943

« *Le plus vieil ami de l'homme* »

L'homme épipaléolithique bénéficiait-il déjà, dans ses chasses, des services du chien ? C'est là encore une question délicate qui ne semble pas prête d'être résolue. Le chien est le plus ancien animal domestique mais sa domestication n'est pas du même genre que celle du mouton, du porc ou du bœuf, car il ne fut pas élevé pour sa valeur alimentaire bien qu'il ait eu sporadiquement cette fonction dans les temps préhistoriques comme, aujourd'hui, dans certaines cultures d'Extrême-Orient et, hier, d'Amérique centrale.

Les plus anciens ossements attribuables à un chien sont ceux du gisement azilien du Pont-d'Ambon (Dordogne), daté par le C 14 de 9 640 ± 120 av. J.-C. F. Delpech qui a étudié ces os les attribue, avec prudence, à un chien car ils attestent une taille trop petite et tout à fait anormale pour un loup [46] J. Cutton Brock confirme le caractère domestique des chiens trouvés dans la grotte de Pelegowra en Iran en une époque aussi haute (vers 10 000 av. J.-C.) [47]. Un cas aussi ancien est donné par une tombe natoufienne de Mallaha (Israël) [48] : un jeune canidé avait été placé entre les bras d'un enfant. En revanche, l'attribution à des chiens domestiques des restes de canidés découverts dans les niveaux inférieurs de Jéricho est remise en question. Il en est de même de l'âge (x^{e} millénaire) des os du chien découverts dans la Jaguar Cave dans l'Idaho (Etats-Unis).

Le cas du dingo, ce chien redevenu sauvage en Australie, est des plus intéressant car il s'agit d'un animal introduit par l'homme en des temps fort anciens, antérieurs à toute tentative d'élevage puisque les Aborigènes n'ont pas d'animaux domestiques. Or cette antiquité, qu'il n'est pas encore possible de dater, doit être considérable puisque le dingo a eu le temps d'acquérir des caractères spécifiques au point que certains auteurs, comme Macintosh, mettent en doute, contre l'avis général, qu'il puisse être issu de chiens domestiques.

Si les rares documents européens du Dryas et d'Alleröd peuvent être discutés, il n'en est pas de même de ceux découverts dans les niveaux correspondant à la phase moyenne et récente de l'Epipaléolithique. Ainsi les ossements de chiens de Star Carr (Yorkshire) sont dans un contexte du Maglemosien

---

46. G. Celerier et F. Delpech, « Un chien dans l'Azilien de Pont d'Ambon (Dordogne) », *Bulletin de la Société préhistorique française*, t. 75, 1978, p. 212-215.

47. J. Cutton Brock, « Man made dogs », *Origine de l'élevage et de la domestication*, IXe congrès de l'U.I.S.P.P., Nice, 1976, p. 12-21.

48. J. Perrot, « Le gisement natoufien de Mallaha (Eynan) : Israël », *L'Anthropologie*, t. 70, 1966, p. 437-493.

ancien ainsi que ceux de plusieurs gisements danois et allemands. En France les restes de chiens domestiques, même aux époques récentes, sont rares ; la plupart sont à peine prénéolithiques (Châteauneuf-lès-Martigues, Rouffignac) ou contemporains des premières manifestations néolithiques (Cuzoul de Gramat, Téviec) [49].

Nous ne pouvons définir le processus qui a conduit à la domestication du chien ; il n'est pas sûr qu'il fut entamé intentionnellement par l'homme. Il est vraisemblable que, comme le chacal aujourd'hui, l'ancêtre du chien fréquentait les abords des campements. Vivant dans une commensalité de plus en plus grande les deux espèces s'habituèrent l'une à l'autre jusqu'au jour où l'homme prit conscience des avantages qu'il pouvait retirer de ce qui n'avait été qu'une sorte de parasitisme de la part des canidés. On peut croire aussi — et la tombe de Mallaha conforte cette opinion — que, comme maintes populations primitives actuelles, les Mésolithiques avaient, en plusieurs régions, recueilli et apprivoisé de jeunes chiots, jouets vivants dont tous les enfants du monde aiment s'entourer. Ces jeunes chiens devinrent leurs compagnons de jeu puis, compte tenu de la stricte hiérarchie qui règne, à l'état naturel, dans la société des canidés, ils reconnurent comme « dominant » l'être bipède plus puissant et plus intelligent qu'eux. En un mot il y aurait eu auto-domestication. La méthode de chasse des canidés, fondée sur la poursuite, était l'une de celles pratiquées par l'homme ; il n'est pas invraisemblable qu'il y ait eu même, au début, une coopération inconsciente des deux espèces, comme cela se pratique entre lycaons et lions. Les chiens poursuivaient, peut-être en donnant déjà de la voix, l'animal blessé, guidant ainsi l'homme vers lui. La pratique de la curée, qui s'est maintenue dans la vénerie moderne, est le lointain souvenir du temps où hommes et chiens se disputaient la proie abattue.

On peut penser aussi que le chien ait véritablement imposé sa participation à la chasse à force de patience et de servilité.

Quelles que soient les modalités de la domestication du chien par l'homme ou de l'homme par le chien, il est sûr qu'elle ne se fit pas en un seul lieu. L'ubiquité du chien, seule espèce domestique qui se retrouve partout où l'homme a pénétré, suffirait à le prouver, de même que la dispersion des plus anciens témoins de cette domestication. Dans l'état actuel des connaissances, l'Europe, l'Iran et l'Indonésie, d'où sont venus les Aborigènes et les ancêtres du dingo, semblent être les foyers les plus anciens de cette commensalité acceptée, distincte dans le temps et dans ses modalités de la véritable domestication.

---

49. J.G. Rozoy, *op. cit.*, *t.* II, p. 1067-1070.

Menus capsiens

Les préhistoriens s'occupent davantage, aujourd'hui, de la reconstitution des genres de vie que de l'établissement d'une chronostratigraphie à laquelle ils ont consacré plus d'un siècle de recherches et qui, à quelques nuances près, se trouve fixée d'une façon satisfaisante. Plus que la succession des cultures et des phases de chacune d'elles, ce qui retient leur attention, et parfois leur imagination, est le contenu de ces cultures. Pour bien connaître l'homme, Lévi-Strauss l'a montré, il importe de connaître sa cuisine. Montre-moi ta marmite et je dirai qui tu es. Or les Epipaléolithiques n avaient pas précisément de marmites et à défaut de bien connaître leur alimentation on a caricaturé leurs conditions de vie. Nous avons suffisamment dénoncé, au cours de ce chapitre, la prétendue décadence et l'image fausse d'une vie misérable pour qu'il ne soit plus nécessaire de revenir sur cette question.

Cette conception misérabiliste est bâtie autour de trois images : stérilité intellectuelle de tribus dépourvues de tout sens artistique, silex pygmées de « petits chasseurs » et consommation d'escargots par de pauvres hères.

Puisque nous avons déjà réfuté les deux premières, examinons maintenant la place occupée par les mollusques dans l'alimentation épipaléolithique.

Nous prendrons l'exemple des Capsiens d'Afrique du Nord parce qu'ils sont assez bien connus en raison d'une documentation abondante provenant de gisements qui ont reçu le nom imagé d'escargotières.

Entre le VIIIe et le Ve millénaire, les Capsiens ont occupé en Algérie et en Tunisie un grand nombre de sites sur lesquels ils ont accumulé, en quantités parfois énormes, des coquilles d'hélicidés et des cendres mêlées à des pierres brûlées [50]. J. Morel s'est livré à des calculs fort intéressants sur les coquilles qui entrent pour 35 à 40 % dans la composition de ces dépôts. Dans une escargotière comme celle du Dra mta el ma el abiod (Tébessa) on peut estimer à 75-80 millions leur nombre, or c'est un gisement d'importance moyenne ; il y a 3 000 m^3 de coquilles, soit un milliard d'individus au Khanguet el Mouhaad, autre escargotière proche de la frontière tunisienne. De telles quantités ont pu faire croire que les Capsiens se nourrissaient principalement d'escargots, or les escargotières contiennent de nombreux débris osseux de vertébrés ; ils représentent 28 espèces. Des différents ruminants (alcélaphe, aurochs, gazelle, mouflon, gnou et cerf de Barbarie), l'alcélaphe ou bubale

---

50. G. CAMPS, *Civilisations préhistoriques de l'Afrique du Nord et du Sahara*, Paris, 1974, Doin, p. 100-195.

(*alcelaphus boselaphus*) domine dans tous les inventaires ; il a été reconnu dans la trentaine de gisements dont la faune a été étudiée, et chaque fois il est très abondant. La place qu'il tient dans l'alimentation carnée des Capsiens est comparable à celle du renne chez les Magdaléniens ou du cerf chez les Sauveterriens. Ainsi à Medjez II (Sétif) l'antilope bubale est représentée, suivant les niveaux, par 35 à 68 % des ossements. Les proportions sont les mêmes à Dra mta el ma el abiod. L'examen des dents a permis à J. Morel de déduire que l'âge moyen de la mise à mort de ces antilopes devait tourner autour de trois ans.

Ce choix délibéré de jeunes bêtes est pour E. Higgs une preuve de domestication de l'espèce. A l'appui de cette thèse curieuse J. Morel fait remarquer [51] que toutes les parties du squelette sont représentées dans l'escargotière, ce qui implique que l'animal a été dépecé sur place, alors qu'il n'est pas dans les habitudes des chasseurs primitifs dépourvus de bêtes de somme de transporter un tel gibier pesant de 80 à 120 kg. Ils se contentent d'en prélever les parties nobles : la tête et les membres, c'est ce qu'ont fait les Capsiens eux-mêmes pour l'aurochs et l'*Equus mauritanicus*, équidé zébré, qui étaient bien plus lourds que de jeunes alcéphales. Il me paraît peu vraisemblable qu'ils aient domestiqué l'alcéphale, l'extrême fermeture de l'éventail des âges peut aussi bien s'expliquer par le souci peu vraisemblable d'épargner les adultes reproducteurs, ou plus simplement par le fait que les jeunes plus imprudents étaient plus faciles à surprendre et à tuer. La présence de tous les os du squelette peut s'expliquer aussi par la pratique du parcage, à proximité des huttes, de jeunes animaux capturés vivants.

Le grand bœuf est représenté dans 22 gisements [52], mais à Medjez II, les ossements des bovinés (aurochs, petit bœuf, buffle antique) ne représentent que 15 % des débris osseux. Quant à l'*Equus mauritanicus* il est présent dans une vingtaine de gisements capsiens mais sa fréquence est très irrégulière alors que ce zèbre vivait dans toutes les régions, depuis le littoral jusqu'au Sahara. On ne peut expliquer ces variations que par des causes humaines : choix délibéré du gibier ou spécialisation dans les méthodes de chasse.

L'implantation des escargotières dans des régions où la steppe s'étend largement laisserait croire que les gazelles étaient parti-

---

51. J. MOREL, « La faune de l'escargotière de Dra mta el ma el abiod (Sud Algérien), ce qu'elle nous apprend de l'alimentation et des conditions de vie des populations du Capsien supérieur », *L'Anthropologie*, t. 78, 1974, p. 299-320 ; J. MOREL, « Nouvelles réflexions sur l'alimentation et le mode de vie des capsiens de Dra mta el ma el abiod dans la région de Tébessa (Est algérien) », *Préhistoire africaine*, 1981, p. 189-194.

52. G. CAMPS, *op. cit.*, p. 166-171.

culièrement nombreuses, or 14 gisements seulement sur 35 examinés ont livré des débris osseux appartenant aux espèces de gazelles connues au Maghreb : ici encore le choix de l'homme est déterminant. Et que dire du sanglier, actuellement si abondant, qui n'est représenté que dans quatre gisements ? Cette rareté ne s'explique pas par des raisons écologiques. Au même moment, d'autres hommes en Europe consomment d'importantes quantités de chair de sanglier qui vient immédiatement après le cerf dans les listes de faune des stations épipaléolithiques.

Les autres espèces ne rentrent que pour une faible part dans l'alimentation des Capsiens : lièvres et lapins, porcs-épics, hérissons sont représentés dans une douzaine de gisements. Les félins sont très peu nombreux mais les espèces variées : lion, panthère, guépard, serval, lynx, chat ganté, étaient peut-être chassés plus pour leur fourrure que pour leur chair. Les restes d'oiseaux ont permis de reconnaître de nombreuses espèces : outarde, pigeon, perdrix, mais aussi des rapaces : faucon, milan, hibou. Ces volatiles fournissaient, en plus de leur chair, leurs os creux qui permettaient la fabrication de perles tubulaires et de petits récipients cylindriques destinés à contenir de la poudre d'ocre ou d'antimoine. Leurs plumes étaient recherchées pour la parure.

Comment était consommée la viande du gibier ? Elle était certainement cuite mais comment ? Les débris osseux calcinés sont rares et ceux qui ont subi l'action du feu sans être portés à calcination ne dépassent pas 20 %. Il semble donc que les Capsiens aient rarement pratiqué la cuisson directe à la chaleur des braises de quartiers de gibier avec leurs os. Il en est de même des coquilles d'escargots dont 3 % à peine sont calcinées, ceux-ci pouvaient être ébouillantés dans des récipients en bois ou en cuir ou même en vannerie dont l'eau était portée à la température convenable soit par exposition à un foyer, soit par immersion de pierres brûlantes. Pour cuire les viandes les possibilités étaient multiples : rôtir l'animal entier dans sa peau et à la manière des Aborigènes d'Australie, utiliser comme marmite une panse de ruminant ainsi que le faisaient les Indiens d'Amérique du Nord, ou cuire à l'étouffée les quartiers disposés au contact de pierres chauffées. On pouvait tout simplement découper des grillades et des brochettes sur ces plaques calcaires couvertes d'incisions légères. Les gros os ont toujours été systématiquement brisés pour en extraire la moelle.

Quelle place ont tenu les escargots dans les menus capsiens ? L'étude quantitative de la faune de deux escargotières : celle du Dra mta el ma el abiod déjà citée, et celle d'Aïn Misteheyia (Chéria), ont fourni des éléments de réponse. Les escargots constituent un aliment riche en protides (15 %) et en sels minéraux divers, pauvres en lipides (0,8 à 1 %) et de faible valeur calorique : 90. Les 75 à 80 millions d'escargots de Dra mta el ma el Abiod ont procuré approximativement 150 000 kg de chair représentant 22 500 kg de protides et développant 135×10^6 calories. En se livrant à un calcul comparable, J. Morel estime, d'après les os conservés dans la même escargotière, que le gibier avait fourni quelque 16 000 kg de chair comestible contenant 2 700 kg de protides et 164×10^6 calories. Les ressources tirées des escargots et des vertébrés totalisent 500 000 rations individuelles quotidiennes de protides et seulement 74 500 rations caloriques. Cette déficience énergétique a été comblée par les repas pris hors de l'habitat et par les « ressources invisibles » empruntées aux invertébrés sans test et surtout au règne végétal. Pour cerner de plus près le problème il nous faudrait connaître d'une part le nombre moyen des occupants, d'autre part la durée effective de l'occupation du site. Or ces deux paramètres sont très variables à en juger par l'importance des escargotières qui va de quelques mètres cubes à 7 000 pour les plus vastes. La durée d'occupation du site fut très variable : quelques millénaires pour le Relilaï, 2 000 à 2 500 ans pour Medjez II, et trois siècles, sinon moins, pour Dra mta el ma el abiod dont les datations extrêmes obtenues par le radiocarbone sont 5 330 ± 120 et 5 050 ± 110 av. J.-C. Les groupes chasseurs collecteurs actuels, dans des biotopes assez comparables à celui qu'ont connu les Capsiens, comptent en moyenne une vingtaine de personnes. Si l'escargotière étudiée a donc été occupée sans interruption pendant trois siècles par un groupe de 20 personnes, celles-ci n'ont tiré des escargots et du gibier qu'une ration individuelle quotidienne de 75 calories, ce qui est dérisoire compte tenu des besoins minimaux (2 400 calories). Si l'occupation par 20 personnes était intermittente, d'une durée de 90 jours par an, la ration individuelle n'aurait été encore que de 300 calories, il aurait été demandé à d'autres ressources 2 100 calories, soit plus de 87 % des besoins énergétiques. Pour atteindre l'équilibre admis pour les chasseurs-collecteurs actuels, il faudrait réduire le groupe de moitié, soit 10 personnes pendant 80 jours par an, le gibier et les mollusques fournissant alors un tiers des calories et « les ressources invisibles » deux tiers. Ces calculs sont entachés de trop d'hypothèses et d'incertitudes pour être acceptés en toute confiance. La magie des chiffres ne fait que cacher notre ignorance. D'ailleurs un autre chercheur, D. Lubell [53], est arrivé

53. D. Lubell, J.L. Ballais, A. Gautier, F.A. Hassan, « The prehistoric cultural ecology of Capsien escargotieres. Preliminary results of an interdisciplinary investigation in the Cheria-Telidjène region », *Libyca*, t. 23, 1975, p. 43-122 ; « The Capsian escargotieres », *Science*, n° 191, 1976, p. 910-920.

à des résultats assez différents dans l'étude d'une autre escargotière, de la même région, Aïn Misteheyia. En extrapolant les résultats d'une analyse des matières d'origine organique dans les sédiments, D. Lubell évalue à environ 500 000 kg la masse de chair comestible tirée des vertébrés. Evaluation qui paraît considérable si on compare cette masse à celle des 16 000 kg à Dra mta el ma el abiod qui n'est que deux fois plus petite !

Quoi qu'il en soit, D. Lubell estime, lui aussi, que le complément était demandé principalement au règne végétal. Il est persuadé que les Capsiens étaient des petits nomades dont les déplacements étaient rythmés par les saisons. Les escargots disparaissent en hiver mais on peut rétorquer qu'ils pouvaient disposer d'autres ressources : graines et fruits d'automne conservés, racines en hiver et gibier permanent.

Cependant la plupart des auteurs qui ont fouillé des escargotières gardent l'impression de sites habités continuement ou n'ayant connu que de rares désertions. Si les Capsiens avaient abandonné régulièrement les escargotières en hiver, où seraient-ils allés ? Comment expliquer qu'on ne retrouve aucune trace de leurs campements d'hiver ? Les gisements capsiens de la région située immédiatement au sud appartiennent à un tout autre faciès et ils sont trop peu nombreux pour avoir reçu les populations de la région des Némencha dont la densité est très forte.

Chacun des deux modèles de vie que l'on peut envisager, sédentarité ou nomadisme, explique certains faits mais en même temps soulève de graves difficultés. L'hésitation reste donc permise.

Examinons les ressources végétales qui, nous le savons, constituaient la part la plus importante de l'alimentation. Les graminées spontanées dont pouvaient se nourrir les Capsiens sont nombreuses, citons le *Panicum turgidum*, divers *Pennisetum* (millet), le *Phalaris* dont la farine est encore utilisée, des *Elymus*, diverses variétés de sorgho. Le blé ne semble pas, même sous sa variété *monococum* (engrain), avoir existé à l'état sauvage en Afrique du Nord ; en revanche l'orge spontanée existe en Cyrénaïque. Deux légumineuses croissent à l'état spontané dans le nord du Maghreb, le pois (*Pisus elatius*) et la gesse (*Lathyrus cicera*). Une ombellifère *Bunium incrassatum*, donne des tubercules encore consommés de nos jours sous le nom de « tabrouda ». Les poireaux et les asperges sauvages, les gros chardons sont encore vendus sur les marchés, il en est de même du Scolyme d'Espagne.

La fréquence des lames de silex portant le « lustre des moissons » révèle l'importance des cueillettes de graminées. Nous avons cité le cas d'outils composites qui semblent bien avoir été des faucilles. Si nous ajoutons quelques boules de pierre perforées, généralement considérées comme des poids de bâton à fouir, et de rares meules, nous aurons rassemblé la totalité du matériel pouvant avoir trait à l'agriculture. En fait aucun n'a de valeur probatoire : lames à « lustre des moissons » et « faucilles » peuvent servir à couper des tiges de plantes non cultivées, les bâtons à fouir sont utilisés par des populations pratiquant une agriculture primitive mais aussi par d'autres, comme les Boschimans qui l'ignorent complètement ; quant aux « meules », elles portent le plus souvent des traces de couleur ou des incisions qui font penser qu'elles avaient bien d'autres usages que ceux de la mouture, et elles sont trop rares pour justifier la croyance en une agriculture capsienne. La date assez récente de nombreuses escargotières, dont plusieurs furent occupées sans interruption jusqu'au Néolithique, rend toutefois vraisemblable l'hypothèse selon laquelle les Capsiens se livraient à une cueillette de plus en plus sélective et faisaient déjà des réserves de graines. Cette « végéculture » est sur le chemin qui conduit à une vraie agriculture mais ce stade économique peut se maintenir sans changement pendant des millénaires. Dans l'Afrique sahélienne, la récolte de graines comestibles de graminées sauvages fournit non seulement un appoint mais souvent une part importante de l'alimentation d'origine végétale. Les nids de fourmis moissonneuses sont régulièrement pillés et rapportent parfois chacun plusieurs kilogrammes de graines.

Ce qui est en grande partie supposé dans l'alimentation des Capsiens trouve sa confirmation dans des fouilles récentes du Midi de la France. Dans les niveaux épipaléolithiques de la Grotte de l'Abeurador (Hérault) qui datent du Préboréal et du début du Boréal, il fut trouvé de nombreux vestiges végétaux carbonisés qui entraient dans l'alimentation. Ce sont des fruits : noisettes, pépins de raisin, noyaux de cerise et surtout des légumineuses : deux sortes de lentilles dont l'une est la souche de la lentille cultivée (*Lens esculentia*), des pois, le pois chiche, plusieurs espèces de gesses et de vesces [54]. Ces graines se retrouvent dans le célèbre gisement de Fontbregoua (Var) en compagnie d'une autre légumineuse non encore déterminée, mais très fréquente dans les deux sites.

Le stockage, prélude à la sédentarisation

Ces documents confirment non seulement l'existence de récoltes sélectives de produits spontanés par les Epipaléolithiques mais aussi de leur stockage dans l'habitation.

54. J. VAQUER, « La Balma de l'Abeurador, Felines-Minervois », *Bulletin de la Société préhistorique française*, t. 78, 1981, p. 226-227.

Les rares sociétés de chasseurs-collecteurs qui subsistent aujourd'hui sont pour l'archéologue des témoins qui peuvent être d'un secours certain pour la compréhension des cultures épipaléolithiques puisque les unes et les autres sont à des niveaux technologiques comparables sinon tout à fait semblables. Comme l'a montré récemment A. Testard, c'était une grave erreur que de considérer l'absence de stockage ou du moins sa pratique limitée comme une caractéristique des chasseurs-collecteurs [55]. Or dans ces groupes qui sont bien plus collecteurs que chasseurs (la cueillette des végétaux assure environ 70 % de l'alimentation des Pygmées, considérés longtemps comme des chasseurs par excellence), la conservation des ressources végétales est essentielle dans leur vie. Certaines de ces sociétés atteignent le statut inattendu de sédentaires à forte densité démographique. Les Indiens des Vallées du Sacramento et du San Joaquim (Californie) donnent un parfait exemple du développement optimum de ces pratiques. Il est vrai que la région procure une grande variété de ressources végétales ; la tribu des Miwok ne récolte pas moins les produits de 85 espèces ! Mais une seule ressource constitue la base de l'alimentation de ces Indiens : les glands de plusieurs espèces de chêne dont la récolte dure environ un mois. Après transport dans des vanneries et séchage des glands, ils sont stockés, soit à l'intérieur des maisons, dans de grands paniers, soit à l'extérieur dans un grenier sur pilotis qui peut lui-même être en vannerie. Ce mode de vie permet une densité de quarante personnes sur 100 km^2, nettement supérieure à celle de tous les chasseurs-collecteurs et même à celle des Indiens agriculteurs de l'est des Etats-Unis (moins de 30/100 km^2).

Nous verrons dans le chapitre suivant que plusieurs groupes mésolithiques du Proche-Orient, même plus anciens que nos épipaléolithiques méditerranéens et nord-africains, avaient constitué des sociétés aussi avancées et déjà sédentaires.

Pour en revenir aux Capsiens, puisque c'est le cas que nous avons choisi, nous rejetons cette fois encore un tableau habituellement tracé avec des couleurs trop sombres. Dans les descriptions traditionnelles les épithètes de malheureux et de misérables reviennent comme des clichés. C'est oublier que ces Epipaléolithiques participaient encore à l'équilibre naturel et qu'ils étaient susceptibles, comme certaines espèces animales, mais non les primates, de faire des réserves de nourriture et de s'accommoder d'une vie sédentaire. Si l'équilibre naturel

55. A. Testard, « La conservation des produits végétaux chez les Chasseurs-Cueilleurs », *Les techniques de conservation de grains à long terme. 2*, Paris, 1981, CNRS, p. 181-193.

nous semble déjà compromis dans le monde capsien, c'est précisément parce que les hommes deviennent de plus en plus nombreux, ce qui, dans les conditions de l'époque, ne peut signifier ni appauvrissement, ni décadence, ni misère, mais bien le contraire.

Lorsqu'à la fin du jour les hommes capsiens chargés de leur proie et de fagots regagnent leurs villages haut perchés, leur ombre prédatrice s'étend sur les versants déjà dénudés. La nuit, les feux de broussailles ou de bois rappellent encore leur présence et leurs destructions. Le nombre des gisements capsiens, quelles que soient leur durée respective et leur réelle signification démographique, révèle un accroissement de la population qui n'a son équivalent, ailleurs, que dans les phases avancées du Néolithique.

Chapitre V

LA GRANDE MUTATION

1. UNE CONCEPTION TRADITIONNELLE : LA « RÉVOLUTION NÉOLITHIQUE »

Entre le VIIIe et le VIe millénaire s'effectue autour du Bassin méditerranéen, bien plus tôt en Orient qu'en Occident, une transformation radicale du genre de vie de populations qui passent du régime des chasseurs-collecteurs à celui de producteurs pratiquant l'agriculture et l'élevage.

Certes cette transformation avait été longuement préparée et ses conséquences économiques, sociales et culturelles n'apparaissent pas dans toute leur ampleur dès que se manifestent les nouvelles techniques et la nouvelle stratégie alimentaire, mais à l'échelle des siècles, comparées à la lente progression paléolithique, les modifications apparues au cours de cette période peuvent être qualifiées de mutation. En moins de deux millénaires, la vie de l'homme allait changer plus profondément que pendant les deux millions d'années qui avaient précédé ce grand tournant de l'histoire.

L'importance de cette révolution néolithique, pour reprendre l'expression célèbre de G. Childe [1], se mesure à l'échelle de l'humanité. Aujourd'hui, tous les hommes, même ceux qui n'ont pas opéré cette mutation économique, en subissent directement ou indirectement les conséquences inéluctables. Il serait faux de croire que cette transformation n'eut, en définitive, que des implications économiques, se traduisant par un bien-être supérieur, une alimentation meilleure et une croissance démographique. Ces conséquences matérielles suffiraient seules à justifier l'importance accordée par les auteurs au changement intervenu, mais d'autres conséquences s'étendent au-delà de ce cadre aussi nettement défini : la société, les mentalités, la vie culturelle et spirituelle se modifièrent à un rythme aussi rapide et d'une manière aussi radicale. Nous sommes encore, dans un sens, des Néolithiques.

1. G. CHILDE, *The Danube in Prehistory*, Oxford, 1929 ; G. CHILDE, *The dawn of European Civilisation, Londres*, 1947, 4e éd.

C'est donc à la fin de l'Epipaléolithique que l'homme opéra au sein de sa propre société et dans ses genres de vie la révolution la plus importante qu'il ait accomplie au cours des temps. Le Néolithique, en tant que culture matérielle que les vestiges archéologiques permettent de reconnaître, est le résultat de ce changement. Il se manifeste, sur le plan archéologique, par la réapparition de techniques anciennes qui n'avaient jamais, auparavant, connu un tel essor. Il est donc théoriquement possible de reconnaître un ensemble néolithique par ses seuls vestiges lithiques issus des techniques nouvelles ou caractéristiques.

Le Néolithique s'appela d'abord l'Age de la pierre polie, par opposition au Paléolithique qui était celui de la pierre taillée. Cette distinction fondée sur une seule technique est fort discutable car le polissage n'est pas une invention néolithique. Il était appliqué au travail de l'os par les Paléolithiques et dans la confection des statuettes en ivoire ou en pierre. Au Néolithique le façonnage par abrasion l'emporte sur celui du raclage qui prévaut dans l'industrie de l'os. Il s'exerce sur les roches dures, y compris le silex, afin de fabriquer des objets tranchants, des statuettes, des récipients.

La hache polie paraît être un progrès sur la hache taillée. Elle est certainement plus efficace sinon l'homme n'aurait pas consacré tant de temps au polissage. Mais ne nous laissons pas séduire par les fausses certitudes du fonctionalisme. L'efficacité accrue du tranchant grâce au polissage explique-t-elle l'extension du polissage à la totalité de la pièce, alors que ces parties polies sont prises dans une gaine ou dans le manche ? En fait, le seul polissage du tranchant est suffisant car c'est la seule partie active de la hache (fig. 44). Les très nombreux exemplaires de haches partiellement polies mais ayant le tranchant ébréché par l'usage prouve le bien-fondé de cette notation. L'extension du polissage à la totalité de la hache répond donc à d'autres motivations, peut-être simplement esthétiques, peut-être aussi par souci de valorisation magique. Puisque le polissage a donné une plus grande efficacité au tranchant, on peut estimer que la hache aura globalement plus d'efficacité si le polissage est étendu à la totalité de la pièce.

Le polissage qui semble, d'ordinaire, être l'état d'achèvement d'un instrument en silex n'était, dans certains cas bien connus, qu'une étape au cours de sa fabrication. De nombreux poignards et couteaux du Chalcolithique méditerranéen et du Prédynastique égyptien ont été polis avant d'être retouchés par pression. Ce procédé permettait d'enlever de véritables copeaux de silex ayant la même épaisseur, parfaitement réguliers et qui donnaient aux pièces achevées l'élégance de véritables chefs-d'œuvre.

Ces couteaux égyptiens à retouches en pelure, les grandes

haches en jadeïte parfaitement polies des tumulus bretons étaient certes des armes et des outils d'apparat, trouvés dans des sépultures ou des lieux de culte ; ils n'ont jamais servi, leur efficacité était différente de celle des objets courants.

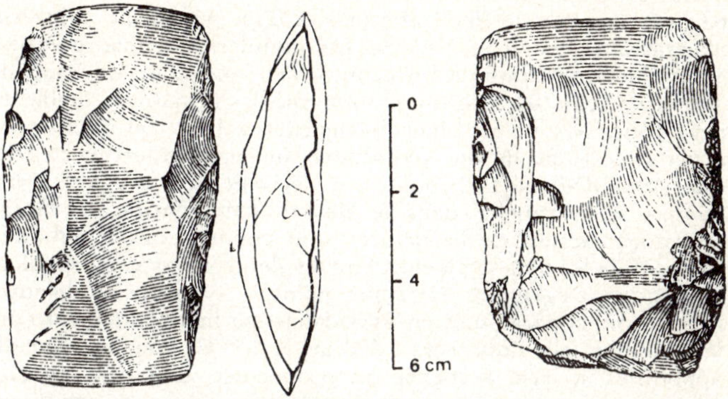

Fig. 44. — Haches partiellement polies, à tranchant rectiligne, du Néolithique ancien de Byblos, d'après J. Cauvin.

L'apparition des haches polies, qui sont de formes variées, a été mise par la plupart des auteurs en relation avec les débuts de l'agriculture. On y a vu les outils nécessaires au défrichage, soit pour l'abattage des arbres, soit pour piocher le sol ou briser les mottes. L'examen du tranchant de ces outils fait apparaître deux fonctions différentes. Les taillants symétriques, nés de la rencontre de deux biseaux ayant la même inclinaison, conviennent à une percussion lancée du tranchant dans l'axe du mouvement, c'est l'action de la hache proprement dite. Au contraire les taillants non symétriques à un seul biseau ou à un biseau bien plus incliné que l'autre correspondent à une autre activité : il ne s'agit plus de haches qui fendent mais d'erminettes qui creusent le bois et peut-être de houes qui piochent le sol.

On peut affirmer qu'en Europe et dans les régions méditerranéennes les niveaux qui renferment des haches polies appartiennent au Néolithique ou à une culture plus récente. Il existe cependant des faciès néolithiques, surtout dans les phases anciennes, qui ignorent pratiquement les haches polies ; inversement des outils en pierre polie ont été trouvés dans un vrai contexte paléolithique en Australie, région dont les habitants n'ont jamais atteint le stade néolithique.

Les pointes de flèche apparaissent au Néolithique avec une forme précise qui est l'adaptation de l'armature quelconque antérieure à une fonction définie. Elles doivent donc posséder certaines qualités balistiques et de pénétration. La pointe de flèche telle que nous la concevons habituellement, c'est-à-dire perçante, munie de deux ailerons et d'un pédoncule, n'est que d'apparition tardive en Europe. Les premiers exemplaires (mises à part les productions solutréennes sans lendemain du Parpalló) datent de la fin du Néolithique moyen. Ces armatures ne deviennent courantes qu'au Chalcolithique et à l'Age du bronze. Les armatures de flèche du Néolithique ancien méditerranéen (Cardial) sont d'abord tranchantes et dérivent des trapèzes asymétriques. En revanche, dans le Néolithique saharien, les flèches perçantes munies de barbelures sont connues dès le VIe millénaire. Mais les plus anciennes pointes de flèche avec morphologie distinctive, c'est-à-dire extrémité pointue, symétrie et dispositif de fixation, apparaissent en Syrie-Palestine immédiatement après le Natoufien classique vers 8 300 av. J.-C. [2]. Ce sont des lamelles appointies, à base encochée ou pédonculée, la plupart portent des encoches opposées sur les bords afin d'assurer, par le passage d'un lien croisé, une meilleure fixation à la hampe. Aucune ne porte de retouches bifaciales (fig. 45).

D'autres objets sans être spécifiquement néolithiques deviennent caracéristiques de la nouvelle culture lorsque leur nombre augmente ; telles sont les lames tronquées, denticulées ou non, qui sont des éléments de faucille. Leur multiplication est en relation avec le développement de l'agriculture. Les perçoirs sont, aussi, plus fréquents dans le Néolithique que dans toute autre culture antérieure. Le Néolithique connaît aussi un nouveau développement de la retouche très oblique envahissante ou même couvrante, obtenue par pression et qui avait été pratiquement oubliée depuis le Solutréen.

Le meilleur moyen de reconnaître le caractère néolithique d'une industrie lithique consiste encore à analyser sa structure en utilisant les méthodes typologiques et statistiques.

Mais le meilleur document associé généralement au développement du Néolithique est incontestablement la céramique. Un bon document de valeur chronologique sûre doit être, en effet, un objet fragile dont la fragilité même est garante de la courte durée de son usage. Il faut également que cet objet, fragile tant qu'il est utilisé, puisse se conserver indéfiniment lorsqu'il ne

2. M. Cl. CAUVIN, « Flèches à encoches de Syrie. Essai de classification et d'interprétation culturelle », *Paléorient*, t. 2, 2, 1974, p. 311-322.

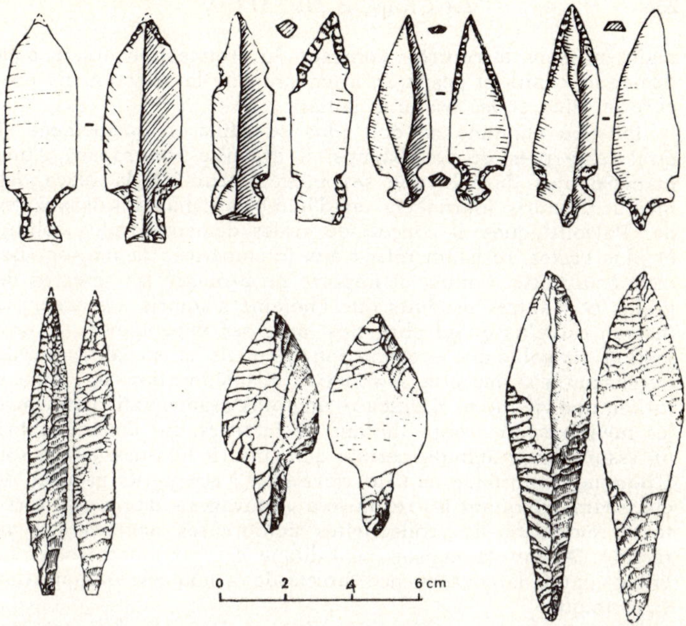

Fig. 45. — Pointes de flèches du Natoufien récent (*en haut*) et du Néolithique ancien de Byblos, d'après M.-Cl. Cauvin et J. Cauvin.

sert plus. La céramique répond à de telles exigences. Par céramique on entend toute pâte argileuse, façonnée et cuite par l'homme, plus particulièrement la poterie qui, à partir du Néolithique, joue un rôle déterminant dans l'étude des cultures et de la succession de leur faciès [3].

Sur les origines du Néolithique avait cours, jusqu'à ces dernières années, une hypothèse dont la logique paraissait implacable. La sédentarisation, une des caractéristiques essentielles du Néolithique, était considérée comme la conséquence normale des transformations économiques dues à l'abandon du genre de vie prédateur. Le développement de l'agriculture obligeait l'homme à demeurer auprès de ses champs, d'abord pour préparer le sol et semer, ensuite pour protéger la future récolte contre les animaux, enfin effectuer la moisson. La production d'aliments en quantité suffisante rendait inutiles les antiques déplacements à la recherche d'une nourriture rare ; le troupeau

3. G. Camps, *Manuel de recherche préhistorique,* Paris, 1979, Doin, p. 193-245.

maintenu sous le contrôle constant du groupe fournissait, à la demande, chairs et peaux en attendant que la sélection ne procure la laine et les produits laitiers.

Puisque l'homme ne doit plus se déplacer longuement et qu'il reste près de ses champs, il organise son espace d'une manière plus durable que ses prédécesseurs. A la place des médiocres abris journaliers ou d'humbles cabanes saisonnières des Paléolithiques, il conçoit de vraies demeures, plus solides et plus vastes, résistant mieux aux intempéries : la maison succède à la hutte. Comme il importe de protéger les réserves de grains et d'autres produits que l'homme a appris à stocker, la maison est plus qu'un abri, c'est avec ses dépendances la projection au sol d'une organisation familiale et sociale nouvelle où chacun a sa place et sa fonction. L'amélioration de l'alimentation, une vie moins périlleuse, une plus grande solidarité entre les membres du groupe, autant de facteurs qui contribuent à un essor démographique certain qui s'inscrit lui aussi sur le sol. L'homme néolithique ne peut vivre isolé ; aux petits groupes de chasseurs exploitant les ressources « sauvages » d'un vaste territoire, succèdent des collectivités nombreuses ancrées sur un terroir. De fait la maison néolithique est rarement isolée. Le village paraît la conséquence directe de la nouvelle organisation économique.

Nous pourrions continuer à suivre et énumérer les enchaînements qui accompagnent le changement perçu traditionnellement comme étant originellement d'essence économique. Le culturel suit l'économique.

Dans la conception traditionnelle de la néolithisation, cette primauté de l'économique est accompagnée d'un autre dogme. Ces transformations n'ont pu s'opérer d'une manière anarchique et ubiquiste. Le système économique nouveau a été inventé quelque part en Orient, sous la pression de forces naturelles, et de là il gagna, par diffusion rayonnante, toutes les parties de l'œkoumène. Pour l'Occident barbare, la civilisation, comme la lumière, vient de l'Est [4]. Les souches des animaux domestiques et des céréales cultivées se trouvent effectivement entre l'Anatolie et le Plateau iranien. De plus cette primauté de l'Orient ne fut pas éphémère, le mouvement une fois lancé semble s'être accéléré ; alors que les régions périphériques ne recevaient qu'un écho tardif et d'autant plus atténué qu'elles étaient éloignées, l'Orient organisait ses nouvelles sociétés, améliorait ses techniques et conservait un avantage de plus en plus sensible. Il y eut donc toujours un décalage culturel entre l'Est et l'Ouest

4. G. Childe, *The dawn of European Civilisation*, *op. cit.*

de la Méditerranée. Ainsi lorsque la communauté villageoise, fondée sur le système agro-pastoral, commença à s'imposer dans les pays occidentaux au IVe millénaire, l'Orient connaissait déjà l'organisation étatique, sous la forme de la cité-état en attendant la formation des premiers empires, possédait des techniques nouvelles comme la métallurgie du bronze et créait les premiers systèmes d'écriture.

Si nous devions résumer cette opinion traditionnelle et marxisante sur la révolution néolithique telle que la concevait G. Childe, nous retiendrions que l'origine du mouvement se situe dans le Proche-Orient et que toutes les modifications intervenues ont pour cause le changement économique lorsque l'homme, sous la pression des conditions de production naturelles, passa du stade de chasseur-collecteur à celui d'agriculteur et d'éleveur.

2. UNE NOUVELLE STRATÉGIE

Cette conception devenue classique est aujourd'hui combattue par une nouvelle école, principalement conduite par J. Cauvin [5], qui s'est libérée des schémas traditionnels trop rationnels et qui bénéficie, il faut le reconnaître, des résultats spectaculaires obtenus par l'archéologie orientale au cours des dix dernières années. En Israël, les fouilles de J. Perrot à Aïn Mallaha [6], celles de K. Kenyon à Jéricho [7], en Syrie les fouilles de J. Cauvin à Tell Mureybet [8], celles de J. de Contenson à Tell Aswad et Tell Ramad [9], ont apporté la preuve définitive que les hommes avaient construit des villages pour y résider habituellement bien avant de modifier leur stratégie alimentaire et de devenir agriculteurs et éleveurs.

Le cas natoufien

Vers 10 000 av. J.-C. s'organise dans ces pays la brillante civilisation natoufienne qui présente, malgré sa grande antiquité, des caractères nettement mésolithiques.

De l'industrie mésolithique, le Natoufien possède les habituels microlithes géométriques : segments, triangles scalènes ou isocèles ; il utilise dans leur fabrication la technique du microburin (fig. 11). Comme dans les autres industries, à ces éléments microlithiques s'associent des outils du fonds com-

---

5. J. Cauvin, *les Premiers villages de Syrie-Palestine du IXe au VIIe millénaire av. J.-C.*, Lyon, 1978, Maison de l'Orient méditerranéen ancien.

6. J. Perrot, « Le gisement natoufien d'Aïn Mallaha (Eynam) Israël », *L'Anthropologie*, t. 70, 1966, p. 437-493.

7. K. Kenyon, *Digging up Jericho*, Londres, 1957, Benn.

8. J. Cauvin, « Troisième campagne de fouilles à Tell Mureybet (Syrie) », *Annales archéologiques arabes de Syrie*, t. 26, 1974, p. 47-58.

9. H. de Contenson, « Tell Aswad. Fouilles de 1971 », *Annales archéologiques arabes de Syrie*, t. 22, 1972, p. 75-84 ; « Huitième campagne de fouilles à Tell Ramad en 1973 », *Idem*, t. 24, 1974, p. 17-24.

mun : grattoirs, racloirs, perçoirs, mèches de foret, et du matériel de broyage : meules et molettes, des objets en os et quelques œuvres d'art qui sont les plus anciennes de l'Orient. Par plusieurs de ces caractères techniques, autant que par sa composante anthropologique, le Natoufien semble annoncer le Capsien, bien que cette industrie nord-africaine soit plus récente de deux millénaires. Plusieurs spécialistes ne répugnent pas à expliquer son apparition en Afrique du Nord comme la conséquence d'une migration de groupes d'origine natoufienne. Cette hypothèse qui s'appuie sur des arguments anthropologiques (les Capsiens sont comme les Natoufiens des Protoméditerranéens), se trouve renforcée par l'opinion récente que le Natoufien, lui-même héritier du Kabarien, semble avoir connu une extension considérable. Les auteurs reconnaissent, à l'époque, l'existence d'une nappe culturelle unique s'étendant de l'Euphrate au Nil.

Les gisements natoufiens se situent aussi bien à l'entrée des grottes qu'en rase campagne. Ces dernières stations, généralement de faible étendue, sont considérées comme de simples haltes de chasse ou campements saisonniers, mais des occupations plus étendues se sont révélées, lors des fouilles, être de véritables villages faits du rassemblement de plusieurs cabanes rondes (Aïn Mallaha, Abou Hureya, Tell Mureybet) ou ovales (Rosh Zin, Rosh Horesha). Ces agglomérations, dont on ne peut affirmer toutefois que les cabanes soient toutes contemporaines entre elles, occupent des surfaces importantes : 9 000 m^2 à Rosh Zin, 3 000 m^2 à Rosh Horesha, 2 000 m^2 à Aïn Mallaha.

Ces premières maisons apparaissent, au cours des fouilles, sous la forme de fosses creusées dans les sédiments maintenus par un petit mur de soutènement de 50 à 80 cm de hauteur. Leur diamètre varie entre 6 et 10 m. Dans la construction du mur, le bois entrait parfois dans des proportions notables. On a trouvé des traces d'enduit et de peinture (Aïn Mallaha). Le sol était parfois dallé ou au minimum enduit d'argile. Il était jonché de mobilier destiné au broyage : mortiers, meules et pilons. Tout autour des fosses, des trous de poteaux devaient servir à maintenir une couverture faite sans doute en branchage ou en roseaux. Les superstructures, entre la fosse et le toit, devaient être en bois, matériau qui devait être abondamment utilisé si on en juge par la fréquence des erminettes en silex taillé. Les Natoufiens ne savaient pas encore construire de vrais murs, ce qui explique l'enfouissement des structures [10].

---

10. O. AURENCHE, *la Maison orientale. L'architecture du Proche-Orient ancien, des origines au milieu du quatrième millénaire,* Institut français d'archéologie du Proche-Orient, Damas, 1981, 3 vol., p. 185.

Les maisons fosses natoufiennes étaient groupées mais non contiguës. L'esprit communautaire se manifeste dans le creusement de silos collectifs et l'aménagement d'aires publiques. Des aménagements en terrasses ont été effectués dans le substratum devant les grottes et les abris sous roche.

Or ces habitations, ces villages sont les habitats permanents de populations qui sont restées à un stade pré-agricole. Mais l'habitat durable ou permanent signifie-t-il réellement que les populations sont sédentaires ? J. Cauvin fait remarquer que seule une étude attentive de l'environnement permet de répondre à cette question. Il note que les villages natoufiens sont souvent à la charnière de deux ou plusieurs zones ayant des ressources végétales et animales complémentaires. Ainsi Aïn Mallaha et Jéricho sont en plaine mais au pied de moyennes montagnes, l'une est au bord du lac, l'autre en oasis. Très souvent aussi, ces agglomérations sont situées au bord de cours d'eau ou de lacs ; de fait la pêche, le ramassage de coquillages et de crabes entrent pour une part appréciable dans l'alimentation. En saison sèche la présence d'une aiguade qui attirait les animaux renforçait les possibilités de chasse à courte distance.

Mais la part essentielle de l'alimentation était d'origine végétale. Ces agglomérations natoufiennes sont situées dans la zone où prospèrent les graminées qui par hybridation et mutations successives sont à l'origine des principales céréales. Dans les ruines des villages, au milieu d'un matériel de meunerie déjà abondant, furent retrouvés les pollens et souvent les graines de céréales sauvages et des premières légumineuses.

J. Cauvin estime donc que si les populations gardaient encore une certaine mobilité, ne serait-ce que pour effectuer des opérations de chasse et de récoltes, le village était bien le point d'ancrage permanent du groupe. Ces expéditions alimentaires, nécessaires puisque l'homme n'avait pas encore regroupé les ressources aux abords immédiats de sa demeure, ne devaient occuper que quelques personnes, alors que le reste du groupe restait au village. Ainsi chez les Natoufiens la sédentarisation est un fait accompli pour l'habitat, et par conséquent pour les différentes activités domestiques, tandis que l'exploitation des ressources naturelles, sous la forme archaïque de la chasse et de la collecte, reste nécessairement mobile puisque l'homme ne sait encore produire sur place les éléments de base de son alimentation [11].

Si les hommes ont construit des villages pour y résider habituellement avant même de modifier leurs techniques alimen-

11. J. Cauvin, *les Premiers villages de Syrie-Palestine du IXe au VIIe millénaire av. J.-C.*, Lyon, 1978, Maison de l'Orient méditerranéen ancien, p. 20-21.

taires, c'est que la sédentarité est un fait culturel, un fait social et non un fait économique. Ce n'est pas la sécheresse qui, obligeant les animaux à se rassembler autour des oasis, facilita la domestication comme le pensait G. Childe, ce n'est pas la mise en culture des champs qui obligea l'homme à rester sur place. Nous sommes aujourd'hui conduits à affirmer plutôt le contraire ; c'est la vie sédentaire qui, réduisant les déplacements des hommes, les incita à conserver près d'eux par apprivoisement les souches des futures espèces domestiques ou à sélectionner les graines des espèces végétales consommables.

Les débuts de l'agriculture

Sans la présence de graines ou de traces identifiables comme les empreintes d'éléments végétaux dans la pâte des poteries, les archéologues ont longtemps hésité à affirmer l'existence d'une agriculture débutante. Or ces conservations ou traces sont exceptionnelles ; le plus souvent les gisements n'apportent que des manifestations indirectes de l'agriculture. Ce sont les meules dormantes et les molettes, des mortiers et leurs pilons ; mais ce matériel peut aussi bien servir à écraser des graines sauvages, voire des matières colorantes. Il n'empêche que ces objets se multiplient précisément à l'époque où l'existence d'une véritable agriculture dépasse la simple présomption.

D'autres instruments doivent être mis en relation avec l'agriculture, ce sont les bâtons à fouir dont seul les poids perforés sont conservés, et, bien entendu, les faucilles dont les éléments, lames tronquées, denticulées ou non, sont si abondants dans les gisements néolithiques. Ils étaient fixés dans des manches en bois ou en os, certains ont conservé les traces du bitume ou de la poix qui servait à leur fixation, la partie libre porte le « lustre des moissons » (fig. 46). Plusieurs faucilles ont été conservées en Egypte, en Espagne (Murcielagos), d'autres reconstituées en Orient (Tell Aswad). Les stations lacustres d'Europe en ont livré plusieurs exemplaires.

Le développement de la palynologie permet aujourd'hui de reconnaître l'intervention de l'homme dans la végétation. Dans un massif forestier la pluie pollinique donne toujours au moins 50 % de pollens d'arbres. Lorsque l'homme commence à défricher, son intervention se traduit dans le profil donné par les analyses polliniques : la proportion des pollens d'arbres chute tandis que sur les espaces déboisés s'établissent des espèces herbacées telles que les graminées et le cortège habituel des plantes messicoles, rudérales ou nitrophiles comme le plantain, les orties, les chénopodiacées et les caryophylacées diverses. Pour certains spécialistes, la présence du plantain est, en Europe,

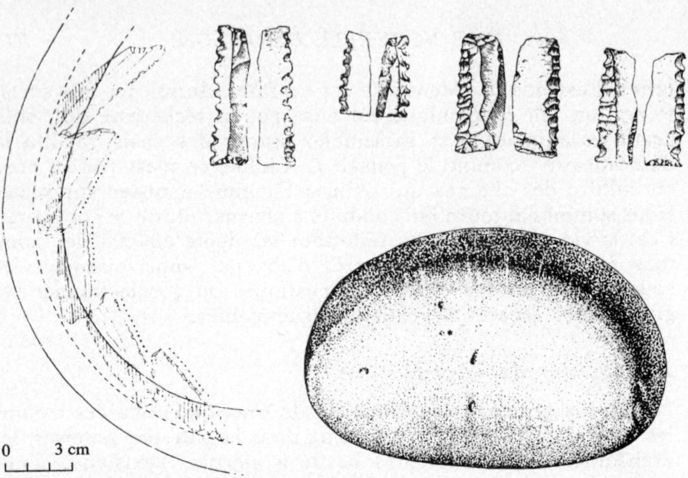

Fig. 46. — Le plus ancien matériel agricole : *à gauche*, reconstitution d'une faucille d'après les traces de bitume (en hachures) et le « lustre des moissons » (en pointillés) sur les armatures de silex, Tell Aswad (Syrie), d'après M.-Cl. Cauvin. *En haut*, éléments dentelés de faucilles de Tell Arslan (Syrie). *En bas*, molette pour broyer les graines, Amekni (Hoggar). *Dessin de Y. Assié.*

une indication certaine d'activités agricoles. Cette indication est d'autant plus précieuse que les pollens de céréales ne sont pas toujours facilement identifiables.

Les graines de céréales, ou de légumineuses, conservées dans les gisements demeurent les meilleurs documents pour l'étude de la première agriculture. Parmi les blés [12] on reconnaît l'engrain (*Triticum monococum*) qui est un blé vêtu dont les grains se détachent mal de l'épi alors que celui-ci se brise facilement. Ce sont des conditions peu favorables aux manipulations agricoles, aussi l'engrain pourrait être, à l'origine, une céréale secondaire mélangée à l'amidonnier. L'engrain est dérivé d'une forme spontanée *Triticum aegylopoïdes* (ou *T. beoeticum*) qui couvre les Balkans, l'Anatolie, le nord de la Syrie, l'Iraq et l'Iran. Le blé amidonnier (*Triticum dicocum*), comme les autres blés, à l'exclusion de l'engrain, dérive d'une forme sauvage, le *Triticum dicocoïdes*, par hybridation avec *T. aegylopoïdes*. Son aire d'origine est très vaste, elle va de la Palestine au Caucase. Le blé tendre, *Triticum aestivum-compactum*, est plus récent que les deux autres ; il est lui aussi le produit d'une ou plusieurs hybridations de *T. dicocoïdes* avec une *Aegylops*. Sa valeur agricole explique qu'il ait concurrencé les autres espèces, en particulier

12. J. Erroux, « L'origine des blés. Historique des théories », *Bulletin de la Société botanique du Centre-Ouest*, Nlle série, t. 10, 1979, p. 45-70.

Triticum spelta, l'épeautre, qui est peut-être la forme ancestrale, bien qu'hybride, de tous les blés hexaploïdes (*T. dicocum, T. aestivum-compactum, T. durum*).

L'orge, *Hordeum vulgare*, sous sa forme spontanée (*H. spontaneum*), couvre une aire immense, de la Cyrénaïque à l'Iran, des variétés les plus anciennes à grain nu ont été abondantes au Néolithique, elles ont été remplacées par les variétés à grain vêtu à l'Age du bronze.

C'est encore dans le Proche-Orient qu'il faut se rendre pour découvrir les prémices de l'agriculture.

Nous retiendrons, sans nous y arrêter, le cas, très particulier, en raison de son antiquité, du gisement du Wadi Kubbaniya, près d'Assouan (Haute-Egypte). F. Wendorf et R. Schild ont mis en évidence une exploitation intensive de l'orge spontanée par des groupes porteurs d'une industrie à lamelles. De nombreux échantillons de charbons et de fragments végétaux ont donné, avec une concordance remarquable, une série de datations par C 14 qui s'échelonnent entre 16 000 et 15 000 av. J.-C. La récolte se faisait au printemps dans la plaine et quand celle-ci était inondée d'août à novembre, ces populations s'établissaient dans les dunes de part et d'autre de la vallée du Nil, reprenant leur activité de chasse et de cueillette, tout en consommant vraisemblablement les réserves de grain. Or la taille de certains grains conservés suggère, suivant les auteurs, un « processus » de domestication [13]. On peut se demander s'il ne s'agit pas tout simplement d'une mutation qui, de toute façon, se serait effectuée même sans l'intervention de l'homme.

Ce cas, antérieur de 7 à 8 millénaires à toute forme d'agriculture, mais déjà très proche d'elle, me semble devoir être mis en parallèle avec celui des Indiens de Californie centrale que nous avons déjà cités et qui avaient basé leur stratégie alimentaire sur la récolte et la conservation des glands ; mais ce n'est pas encore de l'agriculture [14].

Dans le Croissant fertile l'agriculture proprement dite se manifeste timidement dans la période qui fait suite au Natoufien et que les archéologues anglo-saxons désignent par le sigle PPNA, c'est-à-dire pre-pottery néolithic. Après avoir été affirmée, à partir de documents trop rares (2 grains de *Triticum dicocum*) à Jéricho au VIIIe millénaire, l'existence de l'agriculture fut mise en doute par Zeuner en 1963. Depuis, le progrès des recherches a fait modifier de nouveau les opinions scientifiques.

---

13. F. WENDORF, R. SCHILD et Coll, « Use of barley in the egyptian Late Paleolithic », *Science*, t. 205, n° 4 413, p. 1 341-1 347.

14. A. TESTARD, « La conservation des produits végétaux chez les chasseurs-cueilleurs », *Les techniques de conservation des grains à long terme. 2.* Marseille, 1981, CNRS, p. 181-193.

A Tell Mureybet la cueillette de l'engrain sauvage (*T. Boeoticum*) était pratiquée dès le début du Natoufien, en association avec celle d'autres espèces sauvages. Vers 7 700 av. J.-C. on note une brusque augmentation des pollens de céréales qui passent à 8 %. Au même moment une modification sensible apparaît dans l'alimentation carnée des habitants de Tell Mureybet qui ne chassent plus, pratiquement, que deux grands mammifères, l'âne et le bœuf sauvage et abandonnent la chasse de la gazelle. La pêche, si importante au début, ne représente plus qu'une ressource d'appoint. Ces perturbations sont à mettre en parallèle avec les prémices de l'économie de production : une mise en culture de l'engrain comparable à celle du blé amidonnier à Jéricho.

Les céréales n'étaient pas les seules plantes qui aient retenu l'attention des Mésolithiques en cours de sédentarisation. Tout autour du Bassin méditerranéen, des légumineuses à haute valeur nutritive donnent des graines qui sont susceptibles d'être stockées. Cette propriété a été reconnue aussi bien en Occident qu'en Orient ; nous avons vu que les Epipaléolithiques de Fontbregoua (Var) et de l'Abeurador (Hérault) récoltaient, vers 7 000 av. J.-C., des gesses, des vesces, et surtout des pois et des lentilles dont les différences avec les espèces cultivées ne sont guère sensibles. Ainsi la récolte sélective, et peut-être un premier aménagement du sol en vue de l'amélioration de la production, n'est pas un fait uniquement oriental. Le même mouvement se dessine dans l'Occident méditerranéen, mais il semble ici un peu plus récent.

En Orient, l'agriculture est définitivement établie à partir de 7 000 av. J.-C. aussi bien en Iran (Ganj Dareh, Ali Kosh) qu'en Turquie (Cayonü) et en Palestine (Jéricho). Il en était certainement de même en Syrie : un fait tend à le prouver, bien que les analyses botaniques fassent défaut, c'est l'abondance de grains de *T. monococum* (engrain) trouvés à Jéricho dans les niveaux PPNB, or l'engrain n'est pas indigène en Palestine, il a été introduit d'Anatolie ou de Syrie du Nord.

L'orge commence aussi à être cultivée à Beïdha (Israël). A ce niveau culturel, qui est donc le PPNB, la maison ronde est remplacée par la maison rectangulaire qui permet des accroissements et des adjonctions. Cette modification est certainement le reflet de modifications sociales et démographiques importantes [15].

Comment et pourquoi l'homme est-il passé de la simple cueillette à la véritable agriculture ? Les archéologues se sont long-

15. J. CAUVIN, *les Premiers villages de Syrie-Palestine du IXe au VIIe millénaire av. J.-C.*, Lyon, 1978, Maison de l'Orient méditerranéen, p. 43.

temps contentés de constater le fait ou, comme nous l'avons vu dans les pages qui précèdent, de l'expliquer à l'envers puisqu'ils firent de la sédentarité la conséquence de l'accession à la vie agricole. Il faut reconnaître aux auteurs anglo-saxons le mérite d'avoir posé la question de tout autre manière. Harlan alla même jusqu'à montrer « l'inutilité » de l'agriculture dans les zones où croissent les céréales sauvages : il put récolter, en Turquie, un kilogramme de graines à l'heure, en utilisant une faucille de silex [16]. Il exposa l'idée que l'agriculture avait été inventée, non pas dans ces lieux, puisqu'elle était inutile, mais dans les régions immédiatement voisines, à la limite de la zone de forte densité de céréales spontanées. Sur la lancée, Flannery justifie cette opinion en faisant remarquer que ce sont précisément ces zones marginales qui livrent les plus anciennes traces d'agriculture [17]. En complément Binford explique que l'agriculture est un réajustement par rapport aux ressources naturelles, opéré par des groupes Natoufiens émigrés. Ces émigrations étaient dues à l'excédent démographique dans les zones riches en céréales — pour ne pas rompre l'équilibre naturel entre la population et les ressources, le groupe se scindait régulièrement et la migration finit par gagner les régions où la cueillette de céréales spontanées devenait insuffisante pour nourrir les nouvelles communautés qui auraient alors inventé l'agriculture [18].

Ces explications brillantes n'emportent pas cependant la conviction. Le « modèle » proposé par Binford ne fait que retarder l'explication. Si l'agriculture était seulement une réponse à un surpeuplement relatif des zones moins riches, les conditions de sa naissance se seraient trouvées maintes fois réunies et on ne s'explique pas qu'elle fût si tardive. J'ajouterai que les zones actuellement moins riches ou même dépourvues de céréales n'avaient pas nécessairement le même statut végétal au VIIIe millénaire. La preuve en est donnée par Tell Mureybet dont les niveaux de cette époque ont livré de l'engrain sauvage, graminée qui a aujourd'hui complètement disparu de la région du Moyen Euphrate. Les Natoufiens de Tell Mureybet n'allaient tout de même pas en expédition jusque dans les montagnes de Commagène pour se livrer à des moissons d'engrain spontané. Force nous est bien d'admettre soit que cet engrain ait déjà été cultivé — ce qui ne le paraît guère — soit que plus simplement il ait poussé spontanément dans les environs immédiats.

---

16. J.R. Harlan, « A wild harvest in Turkey », *Archaeology*, t. 20, 1967, p. 197-201.

17. K.V. Flannery, « The ecology of early food production in Mesopotamia », *Science*, t. 147, 1965, p. 1247.

18. L.R. Binford, *New perspectives in Archaeology*, Aldine, 1968, p. 313-341.

J. Cauvin repousse en bloc toutes ces explications, qu'il considère reposer sur un postulat qu'aucun auteur n'avait songé même à critiquer : « [...] que la possibilité de se passer de toute agriculture pour assurer la subsistance soit une raison suffisante pour qu'elle n'existe pas et inversement que la pression alimentaire soit la seule motivation possible pour expliquer son invention ».

Comme lui, je préfère rechercher une explication socio-culturelle à celle purement mécaniste fondée sur les ajustements entre l'homme et le milieu. J. Cauvin remarque que l'apparition de l'agriculture coïncide avec l'accroissement démographique et la construction de maisons rectangulaires. Dans le schéma habituel appliqué aux sociétés de chasseurs-collecteurs, il est admis que les groupes se scindent naturellement lorsqu'ils atteignent un seuil critique au-delà duquel les tensions internes deviendraient intolérables.

Or, pour la première fois, cette scission n'a pas lieu, c'est que le groupe a trouvé une solution aux contradictions qui risqueraient d'apparaître, en créant de nouveaux rapports sociaux. L'exploitation du milieu naturel par le biais de l'agriculture serait une de ces réponses. « Dès lors l'agriculture serait davantage une forme d'adaptation de la société humaine à elle-même plus qu'à son milieu extérieur [19]. »

On pourrait, comme l'avait pressenti Braidwood, dire que l'agriculture, comme la sédentarité et la domestication des animaux, sont les fruits de l'évolution culturelle avant d'être des réponses à de prétendues nécessités nées de la pression du milieu extérieur.

Les premiers animaux domestiques

Ce n'est pas non plus la sécheresse qui, obligeant les animaux à se rassembler autour des oasis, aurait facilité ou fait naître la domestication. Cette hypothèse de G. Childe, longtemps répétée, est aujourd'hui totalement rejetée ; la domestication, en Palestine et Syrie, apparaît au contraire à un moment où les conditions climatiques sont favorables à une multiplication des espèces animales. La domestication obéit à d'autres motivations qui ne sont dictées ni par les variations climatiques ni même par le triomphe de la sédentarité puisque les villages natoufiens ont précédé de plusieurs siècles toute forme d'élevage.

Les relations entre l'homme et l'animal atteignent un tel niveau d'ambiguïté à la fin du Mésolithique qu'archéologues et zoologistes ont beaucoup de peine à reconnaître les espèces qui

19. J. CAUVIN, *les Premiers villages de Syrie-Palestine du IXe au VIIe millénaire av. J.-C.*, Lyon, 1978, Maison de l'Orient méditerranéen, p. 77.

pourraient être déjà domestiquées de celles qui ne le sont pas. A vrai dire, le contraire serait surprenant puisque la domestication débutante ne peut avoir déjà modifié considérablement la morphologie des animaux. Plus on est proche des origines de la domestication et moins il est facile de distinguer un animal domestique et la souche sauvage dont il est issu. C'est un truisme, encore ne faudrait-il pas l'oublier.

A cette difficulté première s'est ajoutée, ces dernières années, une certaine incompréhension entre les écoles anglo-saxonne et française sur le sens véritable à donner au mot domestication. Higgs [20] et ses élèves ont développé une théorie insistant plus sur la commensalité que sur l'élevage proprement dit mais qui leur permet toutefois de lancer des hypothèses risquées sur les relations privilégiées de telle culture avec telle espèce, aboutissant finalement à revendiquer un possible « élevage » (qui ne serait en fait qu'un contrôle) du renne par les Magdaléniens (Higgs), du mouflon à manchettes par les Ibéromaurusiens (Saxon), de l'antilope bubale par les Capsiens (Saxon et Morel), de la gazelle par les Natoufiens (Legge), du mouton par les Zarziens de Zawi Chami-Shanidar (Perkins), etc. En fait les recherches archéologiques montrent que ces peuples chasseurs avaient chacun un gibier de prédilection [21] ; cette chasse était commandée certes par les conditions écologiques (on ne peut chasser ce qui n'existe pas dans le pays) mais dépendait d'un choix correspondant à des techniques particulières et — pourquoi pas ? — à un goût particulier.

On assiste parfois, à l'intérieur d'une même culture, à un changement assez brusque de l'alimentation carnée. Ainsi à Tell Mureybet, la viande d'âne et celle de bœuf sauvage sont consommées de préférence à celle de la gazelle lorsque débute l'agriculture.

L'impossibilité pour cette époque de reconnaître par les ossements si un animal est domestique ou encore sauvage, a été tournée par la statistique. Il est possible et même assez facile de déterminer l'âge d'un vertébré soit par le degré d'ossification du cartilage de conjugaison entre la diaphyse et les épiphyses des os longs, soit par l'examen des dents qui ont l'avantage de bien se conserver. On peut donc tracer, par gisement, des courbes d'âge des animaux abattus et les comparer à celles d'un troupeau naturel. Higgs s'est fondé sur la distorsion entre la courbe d'âge des animaux abattus et la courbe naturelle pour affirmer l'existence de la domestication lorsqu'il y avait une

20. E.S. Higgs, « Les origines de la domestication », *La Recherche*, n° 66, 1976, p. 308-315.

21. G. Camps, « Origines de la domestication en Afrique du Nord et au Sahara », *Revue française d'Histoire d'Outre-Mer*, t. LV, 1978, p. 363-376.

proportion très forte de sujets jeunes ou immatures. Nous avons déjà critiqué ce raisonnement à propos du genre de vie des Capsiens, mais il est bon de rappeler que c'est sur ce postulat que repose l'affirmation de l'élevage du mouton dès le xe millénaire à Zawi Chami-Shanidar ou 45 % des ovins abattus sont des jeunes.

Le cas de l'élevage du mouton est précisément l'un des plus troublants, tant en raison de sa grande antiquité que des problèmes posés par sa diffusion. Deux théories s'affrontent à son sujet. La plupart des naturalistes estiment que le mouton domestique, *Ovis aries*, est issu d'une souche unique qui est *Ovis orientalis*, le mouflon d'Iran et d'Anatolie ayant, comme l'espèce domestique, 54 chromosomes [22]. L'antériorité certaine de la domestication du mouton dans le Proche-Orient (même si on met en doute le statut domestique des ovins de Zawi Chami-Shanidar) ainsi que l'existence de jalons intermédiaires en Anatolie (Cayonü 7 000 av. J.-C.) et en Thessalie (Argissa 7 200 av. J.-C.) donnent à cette hypothèse de fortes chances d'être la bonne. Cependant il existe quelques tenants d'une domestication polygénique du mouton. Leur principal argument repose sur l'existence d'un mouflon européen, *Ovis musimon*, qui ne subsiste qu'en Corse. Or *Ovis musimon* a le même cariotype que le mouton (54 chromosomes). Il pourrait donc être lui aussi un ancêtre du mouton. Une récente hypothèse de F. Popelin remet en question l'existence même de cette espèce ; l'absence d'os fossiles en Corse et l'unité cariotypique avec *Ovis aries* lui permettent d'avancer l'idée que le mouflon corse ne serait qu'un mouton domestique introduit par l'homme et redevenu sauvage comme certaines chèvres lâchées volontairement dans les îles par les navigateurs des temps passés. En un mot, *Ovis musimon* ne serait qu'un mouton qui aurait pris le maquis.

Le second argument, sur lequel reposait l'hypothèse d'une domestication spécifiquement occidentale du mouton, est l'existence d'un mouton dont le statut n'est pas bien défini, dans quelques niveaux mésolithiques de France (Gazel, Dourgne, Abeurador, Abri Pagès, Cuzoul de Gramat, Teviec, Gramari, Châteauneuf-les-Martigues). Si on examine ces restes avec plus d'attention on remarque qu'il ne s'agit, sauf pour Gramari et Châteauneuf, que d'os isolés (à Téviec : une molaire ; au Cuzoul : quatre dents réparties en deux niveaux et un astragale). On opposera à cette argumentation sur l'existence d'un élevage de mouton indigène un autre raisonnement d'ordre chronologique :

22. Th. BUNCH et W.C. FOSTE, « Cytogenetic evidence on the ancestral stock of domestic sheep », *Les débuts de l'élevage du mouton. Colloque d'Ethnozootechnie*, 1977, p. 11-15.

la plupart de ces gisements mésolithiques sont en fait contemporains, sinon parfois plus récents et, au mieux, tout juste antérieurs aux premières manifestations néolithiques avec céramique sur le littoral méditerranéen. Ces Mésolithiques du VIIe et VIe millénaire ont donc bien pu recevoir le mouton domestique de leurs voisins littoraux en voie de néolithisation qui l'avaient eux-mêmes acquis de l'Orient grâce peut-être au développement de la navigation. On sait aujourd'hui que celle-ci a commencé en Méditerranée occidentale avant le VIIe millénaire [23].

Pour croire à l'existence d'un élevage indigène du mouton en France, il faudrait, en premier lieu, être sûr qu'un ovin autochtone ait fréquenté le pays ; or, mis à part l'existence rare et controversée d'un ovin pré-wurmien ou moustérien, les autres découvertes paléolithiques n'ont aucune valeur probante. Resterait le cas troublant de Gramari si les datations n'étaient sérieusement discutées.

L'hypothèse classique sur l'origine orientale du mouton domestique bénéficie également de l'examen des données archéologiques nord-africaines. Ici aussi aucune souche indigène ne peut être évoquée : le mouflon à manchettes (*Ammotragus lervia*) n'est même pas un ovin mais un caprin, et cependant la présence de mouton domestique est attestée dès le début du Néolithique dans les gisements. Les gravures rupestres de l'Atlas saharien donnent une image précise de ce premier mouton qui appartient au type des moutons élancés sans laine, à queue longue et fine (*Ovis longipes*), qui est connu au même moment, sous une forme très voisine, en Egypte et jusqu'en Palestine (*Ovis longipes palaegyptiacus*).

On peut donc affirmer que partout autour de la Méditerranée le mouton était domestiqué aux environs de 6 000 av. J.-C. et que cette domestication avait été réalisée un ou deux millénaires plus tôt dans le Proche-Orient, où le Plateau iranien semble bien être le foyer de la principale souche domestique.

La chèvre, dont le biotope primitif semble plus montagneux que celui du mouton, se trouve souvent associée à lui. La souche de la chèvre est l'aegagre (*Capra hircus aegagrus*) qui occupe une zone étendue depuis la Grèce jusqu'à l'Indus. Dans tous les villages du PPNB vers 7 000 av. J.-C., les caprins l'emportent sur tous les autres animaux abattus. La chèvre est considérée comme domestique en Palestine à Jéricho, El Khiam, Beïdha et en Iraq à Jarmo. A El Khiam, ses restes représentent plus

23. G. CAMPS, « La question des navigations préhistoriques dans le bassin occidental de la Méditerranée », *Congrès préhistorique de France. Provence*, 1974 (1977), p. 53-62 ; « Navigations et relations interméditerranéennes préhistoriques ». *Chronologie et synchronisme dans la Préhistoire circum-méditerranéenne*, U.I.S.P.P., Nice, 1976, p. 177-186.

de 85 % des os de vertébrés, l'abondance tout à fait exceptionnelle des chevreaux de quelques jours a été expliquée par P. Ducos comme la trace possible de rites sacrificiels [24]. Aurions-nous, dans cette culture si ancienne, la première manifestation du sacrifice des prémices ? En Occident, la chèvre domestique semble apparaître en même temps que le mouton avec lequel elle est souvent confondue dans les décomptes faunistiques sous la rubrique *ovis/capra.*

Le porc est aussi très anciennement domestiqué, mais, à l'inverse des espèces précédentes, sa domestication s'est effectuée dans plusieurs foyers à partir des races de sangliers locales. On sait avec quelle facilité les suidés s'adaptent à des biotopes différents. Très tôt on reconnaît plusieurs variétés de format distinct, issues de souches autochtones dont *Sus vittatus*, asiatique, est l'une des principales. Dans le Proche-Orient, P. Ducos a montré que les porcs domestiques étaient dérivés du *Sus scrofa libycus* indigène dans toute la partie orientale du bassin méditerranéen [25]. Le porc domestique est connu à Ras Shamra sur la côte libanaise au début du VIIe millénaire, ce n'est qu'un millénaire plus tard que son élevage prospère en Italie méridionale et en Languedoc.

Le bœuf a lui aussi plusieurs souches sauvages. Sa domestication est plus tardive, pas avant le VIe millénaire. La réduction très sensible de taille, dès le début, entre le *Bos primigenius* (l'aurochs) et le bœuf domestique s'explique sans doute par un choix conscient et la volonté de l'homme de ne conserver que les sujets les moins dangereux, indépendamment des transformations liées à la domestication elle-même. Mais dans les pays méditerranéens la forme *Bos taurus brachyceros* a été domestiquée dès le Ve millénaire en Anatolie (Çatal Hüyük) et en Palestine (Hagoshrim).

Le cheval ne sera domestiqué qu'à l'extrême fin des temps néolithiques en Europe orientale et au Chalcolithique sur les bords de la Méditerranée occidentale. En Egypte et en Orient, l'âne servait de bête de somme dès le IVe millénaire ; sa domestication est peut-être antérieure.

Origines de la céramique

Dès le Paléolithique supérieur, l'homme savait modeler l'argile pour en faire des figurines dont certaines furent peut-être cuites volontairement. Cependant il n'a pas eu le dessein de

24. P. Ducos, *l'Origine des animaux domestiques en Palestine*, Bordeaux, 1968, Delmas, p. 134.

25. P. Ducos, *op. cit.*, p. 140.

faire de la poterie, c'est-à-dire de se donner des récipients capables d'aller au feu. Cette intention ne se manifeste que tardivement.

On connaît à Byblos (Liban) et dans d'autres sites néolithiques du Proche-Orient des VIIe et VIe millénaires une vaisselle blanche constituée surtout de bols ayant de belles surfaces polies. Ces récipients n'étaient pas cuits ; la pâte qui les compose est une sorte de mortier calcaire renfermant parfois des cendres [26].

Cette vaisselle blanche, qui fut une invention sans lendemain, n'est donc pas une céramique : elle n'est même pas la plus ancienne manifestation de modelage de récipients. A Ganj Dareh (Iran) et à Tin Torah (Tassili n'Ajjer, Sahara), des poteries en terre cuite ont été trouvées dans des niveaux datés d'environ 7 000 av. J.-C. et sur l'Euphrate à Tell Mureybet (Syrie), J. Cauvin découvrit dans le niveau III daté entre 8 000 et 7 000 av. J.-C. les plus vieilles céramiques connues à ce jour dans le monde. Ce sont de petits godets cylindriques, portant déjà un décor incisé (*Pl. IX 1*). Mais il semble que, sur ce site du moins, ce fut encore une invention sans lendemain car les niveaux supérieurs ne renferment pas de céramique. Sur la façade maritime du domaine syro-palestinien, le Néolithique précéramique (P.P.N.) dure jusqu'au début du VIe millénaire.

En fait, c'est autour de 6 000 av. J.-C. qu'il faudrait situer, en Syrie occidentale, l'établissement définitif de cultures munies de céramiques (Ramad III, 5 930 ± 55 av. J.-C. ; Bouqras III, 5 990 ± 60 av. J.-C.). Les dates données pour des sites d'Anatolie et des Balkans (Nea Nicomédia, Tell Karanovo) sont à peine plus récentes. Même dans les pays de la Méditerranée occidentale plusieurs sites néolithiques connaissant la céramique ont été datés de la fin du VIIe millénaire (Coppa Navigata dans les Pouilles, Grotte dell'Uzzo près de Trapani en Sicile, Cap Ragnon près de Marseille, Verdelpino dans la province de Cuenca en Espagne). Même si ces dates ne sont pas unanimement acceptées, il faut admettre soit une diffusion extrêmement rapide, à la fin du VIIe millénaire, de la technique nouvelle à travers tout le Bassin méditerranéen, soit des inventions simultanées en plusieurs points du Vieux Monde.

Il est impossible de croire à l'existence d'un seul foyer d'invention d'où aurait rayonné la céramique dans toutes les directions. Les hésitations, les inventions renouvelées, les tentatives

---

26. H. Balfet, H. Lafuma, M. Longuet, P. Terrier, « Une invention néolithique sans lendemain. Vaisselles précéramiques et sols enduits de quelques sites du Proche-Orient », *Bulletin de la Société préhistorique française* t. 66, 1969, p. 188-192 ; H. de Contenson et L.C. Courtois, « A propos de vases en chaux. Recherches sur leur fabrication et leur origine », *Paléorient*, t. 5, 1979, p. 177-181.

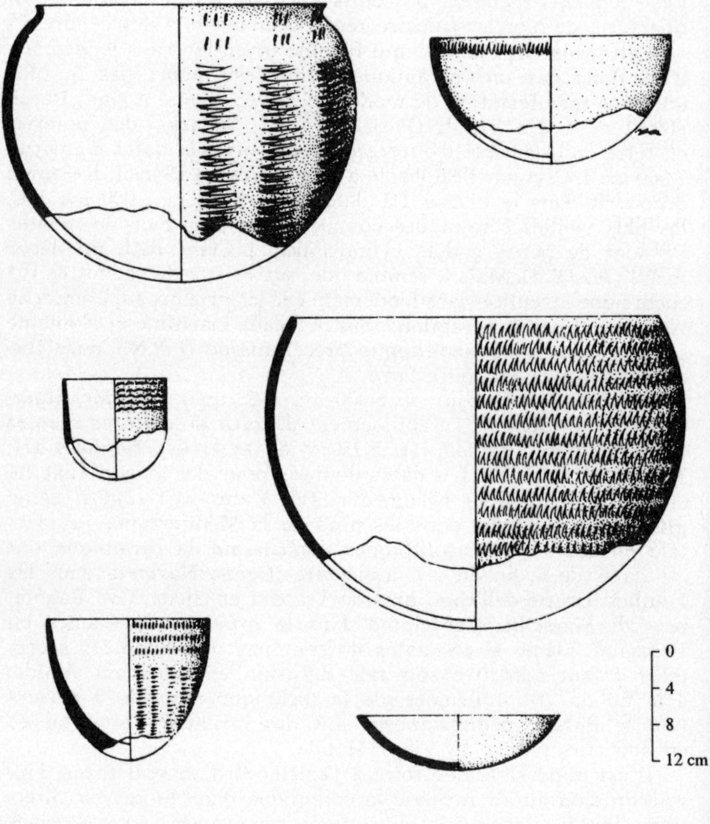

Fig. 47. — Principales formes et décors de la céramique du très ancien Néolithique d'Amekni (Hoggar). *Dessin de Y. Assié.*

sans conséquences durables que nous font connaître les sites proche-orientaux sont autant d'arguments en faveur d'une origine polygénique de la céramique. L'existence d'une céramique américaine précolombienne, même si on lui trouve des analogies avec celle du Japon néolithique, est un autre argument de poids en faveur du polygénisme. En restant dans la partie occidentale du Vieux Monde, on ne peut que constater qu'au Sahara central se développe, à la même époque qu'en Mésopotamie, un Néolithique à céramique abondante (Néolithique saharo-soudanais ancien) ; autour des massifs centraux sahariens et particulièrement du Hoggar, alors château d'eau d'un Sahara qui n'était pas encore complètement désertique, sept gisements ont donné une dizaine de dates antérieures à 6 000 av. J.-C. (fig. 47).

Il est difficile de déterminer les motivations qui poussèrent l'homme préhistorique à fabriquer des récipients en terre cuite. L'intérêt que présente cette vaisselle est de pouvoir aller au feu sans dommage ; en revanche, le transport est moins aisé en raison du poids du récipient et de sa fragilité. De ce fait, les populations nomades ne possèdent guère de vases en terre cuite et préfèrent des récipients en peau, bois, vannerie et métal.

L'invention de la poterie s'est opérée chez des populations sédentaires, mais elle n'est pas une conséquence immédiate et obligatoire de la sédentarisation : dans le Proche-Orient, en Syrie, en Palestine, comme en Anatolie, la vie sédentaire a précédé d'un ou deux millénaires, parfois davantage, le développement de la poterie de terre cuite. Aussi, certains auteurs estiment que ce développement doit plutôt être mis en parallèle avec la naissance de l'agriculture et les modifications importantes qui s'ensuivirent dans l'alimentation, entraînant l'apparition d'une véritable cuisine et la préparation de soupes, de bouillies et de plats cuits longuement [27].

Encore ne faut-il pas faire de cette possibilité de la céramique un caractère déterminant car de nombreux peuples savent faire cuire les aliments en jetant dans des récipients en cuir ou en bois des pierres brûlantes qui sont remplacées sans cesse. On sait aussi faire bouillir des liquides en plaçant la poche de cuir à une distance convenable des foyers.

On a pensé aussi que la céramique avait été inventée pour confectionner des récipients destinés à conserver des graines, des viandes salées ou fumées, mais ce serait une erreur de croire que les populations prénéolithiques ne constituaient pas de réserves. Il faut noter, d'autre part, que les grands vases, appelés à juste titre vases à provisions, n'apparaissent que tar-

27. H. Camps-Fabrer, *Matière et art mobilier dans la Préhistoire nord-africaine et saharienne*, Paris, 1966, A.M.G., p. 416.

divement et que les récipients destinés à conserver les graines ou les fruits secs pouvaient être faits dans une autre matière. Les exemples ne manquent pas, tant en Espagne (Cueva de Los Murcielagos), qu'en Corse (Scaffa Piana), Suisse (Auvernier) et Egypte (Fayoum), de grands paniers ayant rempli avantageusement ce rôle (*Pl. IX*)

Il nous faut donc bien avouer que si nous arrivons à fixer avec une approximation suffisante l'apparition de la poterie en plusieurs foyers du Vieux et du Nouveau Monde, nous ne savons pas pourquoi les hommes néolithiques ont brusquement ressenti le besoin de faire des récipients en terre cuite. Nous sommes simplement conduits à lier leur apparition à celle de l'agriculture, elle-même consécutive à la sédentarisation. Aussi sommes-nous en droit d'affirmer, au moins pour le Proche-Orient, le nord de l'Afrique et l'Europe, que la présence de poterie est un bon révélateur de l'accession au genre de vie néolithique.

3. LES CULTURES DU NÉOLITHIQUE ANCIEN

L'accession au genre de vie néolithique se manifeste en Orient dans l'habitat par la transformation des maisons qui passent du plan circulaire à un plan rectangulaire. Dès la phase III B de Tell Mureybet, vers 7 700 av. J.-C., apparaissent des structures en damier déterminant de minuscules logettes de 1 à 2 m de côté de destination mystérieuse. Les vraies maisons rectangulaires du Néolithique sans céramique permettent toutes sortes d'accroissement par juxtaposition de constructions mitoyennes. La circulation peut se faire dans les rues qui séparent les blocs, mais aussi par les terrasses. Dans les grosses agglomérations qui naissent au cours du VIIe millénaire comme Çatal Hüyük en Anatolie, la circulation se faisait ainsi et il semble bien que l'on pénétrait normalement dans les maisons par les terrasses.

L'Anatolie et les Balkans aux VIIe et VIe millénaires

Çatal Hüyük, dans la plaine de Konya, est un site de première importance pour l'étude du début du Néolithique [28]. J. Mellaart y a reconnu 12 niveaux d'occupation qui couvrent un peu moins d'un millénaire (6 500-5 600 av. J.-C.). Il s'agit d'une véritable ville et non plus d'une simple agglomération villageoise. La ville de Çatal Hüyük a l'étendue de 32 ha, le nombre de maisons est d'environ un millier et la population estimée de 5 à 7 000 personnes. Mais plus que ces dénombrements, ce qui importe est précisément le caractère urbain de la culture découverte en ce site et le contrôle économique et sans doute politique que l'agglomération exerçait sur la plaine de Konya. Les habitations et les sépultures aménagées dans leur sous-sol ont livré un riche mobilier qui est déjà l'œuvre d'arti-

28. J. Melaart, *Çatal Hüyük, a neolithic town in Anatolia*, Londres, 1967. Thames et Hudson.

sans spécialisés. Ce mobilier révèle l'accession à une culture raffinée qui se traduit par le dépassement esthétique des simples besoins matériels. Le manche en pierre d'un poignard en silex finement retouché ne sera pas seulement bien adapté à la main mais épousera la forme d'un serpent enroulé sur lui-même. Pour réaliser ces chefs-d'œuvre les artisans multiplient les échanges avec les régions lointaines : le silex vient de Syrie, l'obsidienne d'Arménie, le marbre, la serpentine, l'aptite utilisés dans la joaillerie sont aussi d'origine exotique.

La ville de Çatal Hüyük (fig. 70) avait d'autres fonctions que politiques et économiques ; une quarantaine de maisons semblent avoir été de vrais sanctuaires, bien qu'elles ne se distinguent en rien, sur le plan architectural, des autres bâtiments, mais les murs sont décorés de fresques et de reliefs dont le caractère religieux ne fait point de doute [29]

Le haut niveau socio-culturel atteint par la cité de Çatal Hüyük est d'autant plus remarquable qu'une bonne partie de la séquence correspond à une époque précéramique. Les poteries ne se multiplient qu'à partir du niveau VI, c'est-à-dire peu après 6 000 av. J.-C. L'agriculture fournit l'essentiel de l'alimentation, elle est déjà diversifiée ; en plus des habituelles céréales (blé tendre, amidonnier, engrain et orge) et légumineuses (pois et vesces), les habitants de Çatal Hüyük cultivaient le colza et récoltaient d'abondantes quantités d'amandes et de pistaches. Cependant la chasse continuait à fournir la chair des bouquetins, du bœuf et de l'âne sauvages et de bien d'autres gibiers de poil et de plume. Le chien et le mouton étaient les seuls animaux domestiques.

La civilisation de Çatal Hüyük prépare en Anatolie le développement des cultures citadines telles que celles d'Hacilar, Can Hasan, Mersin qui annoncent à leur tour les futures cités-états de Mésopotamie.

La Grèce est le pays d'Europe où ont été décelées les plus anciennes traces de domestication qui se situent dans la seconde moitié du VIIe millénaire. La première agriculture commence un peu plus tard autour de 6 000 av. J.-C. Les communautés précéramiques qui ont laissé les niveaux inférieurs d'Argissa, Sesklo, Achilleion, construisaient de petites cabanes en bois de forme elliptique, cultivaient le blé tendre, l'engrain, le blé amidonnier, des pois et des vesces. Leurs animaux domestiques étaient le mouton et la chèvre. A l'époque suivante, la céramique qui fut introduite, semble-t-il, d'Anatolie, comprend des vases de forme sphérique, certains munis d'un pied, non décorés.

29. Cf. *infra*, Chapitre VII. *Homo religiosus*.

Les habitations sont de types variés, on connaît à Sesklo des maisons partiellement enterrées, d'autres sont construites sur un sol de terre battue. L'usage du pisé et même de la brique crue commence à se répandre. A Néa Nicomédia, vers 5 500 av. J.-C., les maisons sont rectangulaires et parfois divisées par une cloison intérieure.

La phase Proto-Sesklo [30] se caractérise par l'apparition d'une céramique peinte à motifs en chevrons et lignes brisées. Les maisons sont généralement construites en briques crues. Des statuettes anthropomorphes en terre cuite et en marbre doivent être mises en relation avec des cultes de la fécondité eux-mêmes liés au développement de l'agriculture et de l'élevage. De nombreux sites de cette période (Franchti, Sesklo, Néa Nicomédia...) renferment des instruments en obsidienne originaires de Mélos, dans les Cyclades. C'est le moment aussi où la Crète développe sa propre culture néolithique (Cnossos 5 780 ± 140 av. J.-C.). La dernière phase du Néolithique ancien est appelée en Grèce Pré-Sesklo (Achilléion II : 5 600-5 300 av. J.-C.). Le fait le plus remarquable est l'apparition, dans plusieurs sites de Thessalie (Sesklo, Larissa) et de Grèce occidentale (Sidari, à Corfou), d'une céramique imprimée qui semble, pour la première fois, révéler une influence des cultures de l'Adriatique sur celles de Grèce.

Plus au nord, en Bulgarie, se développe la culture de Karanovo I. Le site éponyme est un tell, colline artificielle constituée par l'accumulation de déchets et des restes d'habitats sur le même lieu pendant plusieurs millénaires. Les maisons de plan rectangulaire ne comptent qu'une seule pièce, rarement deux. Elles renferment des figurines en terre cuite et en pierre, des fusaïoles, des haches en pierre polie. La céramique, fortement influencée par les styles anatoliens, comprend des vases en forme de tulipe recouverts d'un engobe rouge ou blanc, les motifs géométriques sont peints en noir ou blanc.

En Roumanie, la culture de Cris correspond aux premières communautés agro-pastorales. Le village de Gura Baciuli est occupé avant 6 000 av. J.-C. ; il a livré des poteries monochromes et des poteries peintes. Dans cette culture les maisons sont souterraines, creusées dans les basses terrasses des fleuves. Ces habitats semblent avoir été occupés durant peu de temps, ce qui fait penser que les hommes de la culture de Cris pratiquaient une agriculture itinérante. L'élevage du mouton et de la chèvre tenait une place plus importante que l'agriculture.

La Serbie et la Macédoine étaient au même moment le foyer

---

30. G. Rachet, *Archéologie de la Grèce préhistorique. Troie-Mycènes-Cnossos*, Paris, 1969, Marabout Université, p. 94-95.

d'une importante culture, celle de Starcevo, qui possède de nombreux faciès et se situe à l'origine du Néolithique danubien à céramique rubanée. La phase la plus ancienne (Anza I) couvre la deuxième moitié du VIe millénaire. La vie économique est basée sur l'élevage du mouton et de la chèvre, mais le bœuf et le porc sont déjà domestiqués. L'agriculture est bien développée. Les maisons, mieux construites, sont de plan rectangulaire comme celles du Néolithique ancien d'Orient et de Grèce d'où est originaire cette culture. L'équipement lithique est assez pauvre mais possède de nombreuses erminettes en pierre polie. La céramique est faite de récipients hémisphériques et de grandes coupes monochromes accompagnés d'une poterie plus fine décorée de motifs blancs ; inspirés du monde végétal, ils sont très stylisés et comprennent de nombreux triangles et méandres. Dans une phase plus récente, la culture de Starcevo-Körös s'étend jusqu'à la Hongrie (5 500-5 000 av. J.-C.). Ses poteries plus grossières sont ornées de coulures de barbotine et aussi d'incisions diverses qui annoncent la céramique rubanée.

Le Néolithique ancien méditerranéen

Que se passait-il pendant ce temps en Méditerranée centrale et occidentale ? Un des acquis de ces dix dernières années en archéologie préhistorique fut la révélation de la grande antiquité du Néolithique dans ces régions. Cette connaissance vient quelque peu perturber le schéma classique de la propagation du Néolithique [31].

On continue cependant à reconnaître dans cette propagation du Néolithique à partir des Balkans vers le Nord-Ouest et l'Ouest deux voies bien distinctes. L'une est proprement méditerranéenne : partant de la façade occidentale de la Péninsule balkanique, elle gagne l'Adriatique, l'Italie et le bassin occidental de la Méditerranée. C'est nettement la plus ancienne, elle donna naissance à un grand ensemble culturel que nous appellerons le Néolithique méditerranéen à céramique imprimée (*ceramica impressa*). L'autre voie, partie de Thessalie, de Macédoine et du nord des Balkans, gagne l'Europe centrale par les plaines danubiennes. C'est par cette voie que se répandit, jusque dans le Bassin parisien, le Néolithique danubien à céramique rubanée (*Linear-Bandkeramik*). Dans l'état actuel de nos connaissances le Néolithique danubien paraît plus récent que le Néolithique méditerranéen, surtout en Occident.

Tout se passe comme si la propagation des inventions néolithiques par voie maritime ou plutôt par cabotage le long des

31. J. GUILAINE, *Premiers bergers et paysans de l'Occident méditerranéen*, Paris, 1976, Mouton.

côtes et d'île en île avait pris moins de temps que l'expansion par voie terrestre. Entre les pays gagnés au Néolithique par ces deux voies de propagation vont subsister, parfois très tard, des peuplades restées à un stade mésolithique.

De l'autre côté de la Méditerranée, les rivages de l'Afrique du Nord furent néolithisés précocement. Encore plus au Sud, autour du massif du Hoggar, se développe très tôt un Néolithique original (Néolithique saharo-soudanais), plus ancien encore que le Néolithique méditerranéen. Comme en Europe, entre ces deux zones privilégiées, la néolithisation semble se faire plus tardivement (Néolithique de tradition capsienne) [32].

Des rivages adriatiques de la Péninsule balkanique aux côtes atlantiques du Portugal se répand, avec une telle rapidité que certains ont pensé qu'il y avait eu inventions simultanées, un style de céramique imprimée dont le caractère le plus original est d'être décoré à l'aide d'une coquille marine, de préférence crénelée comme celle du *Cardium edule*, d'où le nom de céramique cardiale donnée à cette poterie. Dans toute la partie européenne de la Méditerranée occidentale (fig. 48), cette céramique se trouve à la base des niveaux néolithiques dans les stratigraphies les plus importantes, que ce soit en Dalmatie (Crvena Stijena) et dans les Pouilles (Coppa Navigata) ou en Ligurie (Arene Candide), en Corse (Basi), en Provence (Châteauneuf-lès-Martigues, Fontbrégoua), en Catalogne (Montserrat), sur la Côte du Levante (La Sarsa, Coveta de l'Or), en Andalousie (La Carigüela) et au Portugal (Grotte de l'Escoural). Cette céramique est peut-être connue dès la fin du VIIe millénaire (Coppa Navigata, 6 200 av. J.-C. et Cap Ragnon, près de Marseille, 6 020 et 5 700 ± 150 ans av. J.-C., Grotte dell'Uzzo, près de Trapani, en Sicile, 6 180 ± 80 ans av. J.-C.). Mais la plupart des dates données par le radiocarbone se rapportent à la deuxième moitié du VIe millénaire et au début du Ve. Aussi certains auteurs rejettent les rares datations antérieures à 5 500 av. J.-C. [33].

La céramique cardiale, dont l'unité fondamentale ne peut être mise en doute, n'est pas répartie uniformément sur tous les rivages méditerranéens. Les grandes zones de concentration sont incontestablement la côte orientale de l'Espagne (Levante, Catalogne), la Provence-Ligurie-Corse, les Pouilles et le nord de la Côte dalmate. Ailleurs, en Europe, cette céramique est plus rare (Portugal, Andalousie, Toscane, Sicile). Elle fait presque

32. G. CAMPS, *les Civilisations préhistoriques de l'Afrique du Nord et du Sahara*, Paris, 1974, Doin, p. 336.

33. J. GUILAINE, « Problèmes actuels de la néolithisation et du Néolithique en Méditerranée occidentale », *Interaction and acculturation in the Mediterranean*, Amsterdam, 1979, Grunner, p. 3-22.

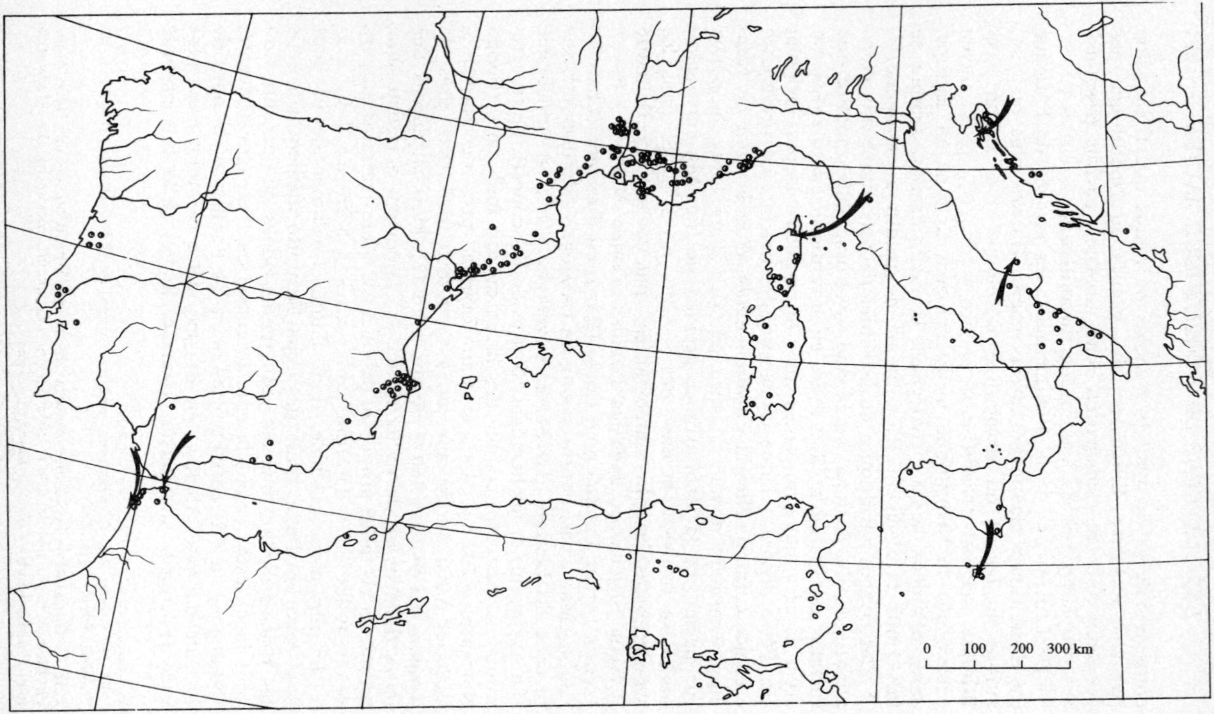

Fig. [illegible] — Diffusion de la céramique cardiale (VIe et Ve millénaires)

complètement défaut sur le versant tyrrhénien de la Péninsule italique au sud de la Toscane. En Afrique du Nord, la céramique cardiale est absente sauf dans l'extrême nord du Maroc, sur la rive du détroit de Gibraltar. Cette localisation prouve que ce mode décoratif, étranger au Maghreb, est directement inspiré du monde ibérique.

L'expansion de la céramique semble donc s'être effectuée en Méditerranée occidentale à un rythme très rapide mais il n'en est pas de même des autres phénomènes de néolithisation et chaque région garde sa physionomie particulière. Nous allons rapidement examiner les faciès culturels les mieux connus.

Dans le groupe dalmate, qui occupe la côte et les îles (Jamina, Serdi, île de Crès), les auteurs yougoslaves reconnaissent trois phases dont la première, bien représentée à Crvena Stijena (Monténégro), serait qualifiée de mésolithique, tant en raison de l'absence de toute trace d'agriculture que par le caractère de l'outillage lithique, s'il n'existait une céramique assez grossière à décor cardial [34]. La phase suivante a tous les caractères d'un vrai Néolithique ancien (Smilcic) avec cabanes groupées en village dont les habitants pratiquaient agriculture et élevage. La céramique à décor cardial vrai et à décor imprimé est accompagnée d'une autre poterie plus fine à motifs ondés et incisés.

Le groupe d'Italie du Sud est le plus riche et le plus intéressant des faciès du Néolithique ancien méditerranéen. Comme dans le groupe dalmate et en Corse, les vases sont à fond plat alors que dans les autres régions ils sont, au même moment, à fond hémisphérique. Mais ce groupe présente bien d'autres originalités, surtout dans le Tavolière et les Pouilles [35]. La première phase dite Sipontienne (Coppa Navigata) ne connaît que la céramique imprimée et cardiale à décor non composé. Le genre de vie est encore très proche de celui du Mésolithique ; la consommation des mollusques marins est très forte. A la phase suivante, bien représentée à Guadone, on voit se constituer des villages retranchés, entourés de fossés, dont le creusement a nécessité une main-d'œuvre considérable. Ce faciès très largement représenté dans l'Italie méridionale répond à une organisation socio-économique avancée reposant sur la production du blé et de l'orge et l'élevage d'ovins et de caprins.

C'est à la phase suivante qu'apparaît la poterie peinte, d'origine balkanique, qui submerge assez brusquement la céramique

34. S. Batovic, *Stariji neolit u Dalmaciji*, Zadar, 1966.

35. S. Tine, « I villagi neolitici nel territorio di Foggia (Pugli). La successione degli stili ceramici », *Actes du VIII*e *congrès de l'U.I.S.P.P.*, Belgrade, 1971 (1973), p. 386-393 ; *La civiltà neolitica del Tavoliere*, Daunia, 1975.

imprimée : c'est la phase de Massiera-La Quercia. Les motifs sont des bandes, des chevrons et des quadrillages peints en rouge sur la surface polie, mais non engobée, des poteries. Les villages retranchés sont encore plus nombreux et étendus (Scaramella, 5 050-4 590 av. J.-C.). Une phase plus évoluée de la poterie peinte, celle dite de Passo di Corvo, voit apparaître le décor polychrome qui connaîtra son plein développement dans le style dit de Matera-Capri sans que les conditions économiques évoluent d'une manière sensible.

A la fin de la période se développe une technique décorative nouvelle appelée à une grande extension en Occident, celle de l'incision sur poterie sèche ou déjà cuite. Ces incisions nombreuses et très rapprochées sur surface soigneusement polie, de couleur sombre, reçoivent une application de pâte blanche (style de Matera).

Une évolution analogue peut être suivie dans les îles Eoliennes et en Sicile où le Néolithique ancien est caractérisé par le style de Stentinello à vases globuleux et col cylindrique, jattes et coupes ou bols ornés d'impressions diverses, certaines cardiales, et d'incisions ordonnées avec beaucoup de soin[36]. Le style de Stentinello déborde la Sicile, il a été reconnu à Lampedusa, à Malte (Ghar Dalam, Skorba) et à Lipari où il est supplanté par les poteries peintes du style de Matera-Capri. A l'élevage du mouton et de la chèvre, s'ajoutent ceux du porc et du bœuf, l'agriculture est bien développée et organisée en champs entourés de fossés, les villages sont retranchés comme dans les Pouilles.

La grande région où triomphe le Néolithique cardial s'étend de la côte orientale de l'Espagne au nord de la Toscane. Dans ce vaste ensemble nord-méditerranéen auquel s'intègrent la Corse et la Sardaigne, on peut reconnaître un très riche décor fait à la coquille utilisée suivant des techniques très habiles : l'impression est le plus souvent perpendiculaire à la surface du vase (impression normale), mais elle peut être également pivotante en laissant des motifs en forme de flammes, le dos de la coquille peut être traîné sur la pâte (tremolo), enfin le crochet peut être imprimé en donnant un motif en forme de palmette. Ce dernier motif est plus spécifiquement ibérique.

Le groupe tyrrhénien (Corse-Toscane) est remarquable par la solide composition du décor, en triangles, chevrons hachurés séparés par des plages lustrées et la qualité des pâtes à Basi et Aléria en Corse, Pianza en Toscane.

La Ligurie et la Provence (fig. 49) ont livré de remarquables stratigraphies aux Arene Candide (Savona), à Fontbrégoua (Var)

36. L. Bernabo Brea, *Sicilia prima dei Greci*, Milan, 1972, Sansonni, 5e édition.

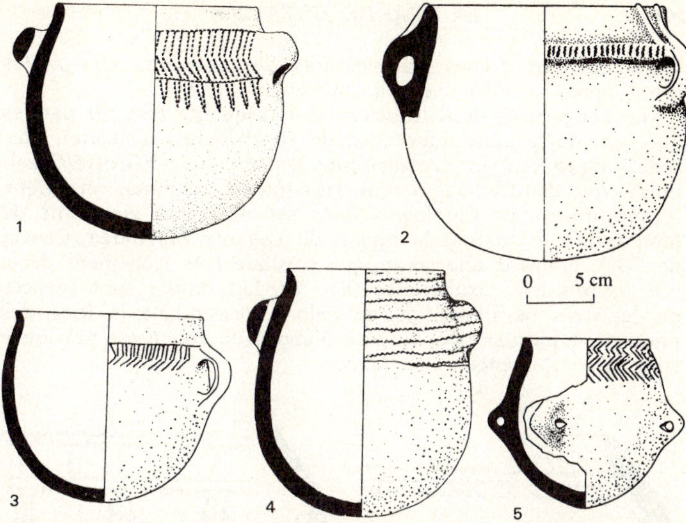

Fig. 49. — Vases à décor cardial de Provence. 1, île Riou ; 2 et 3, Châteauneuf-lès-Martigues ; 4, la Grande Baume de Géménos ; 5, Baume de Fontbrégoua. *Dessin de J. Courtin.*

et Châteauneuf-lès-Martigues (Bouches-du-Rhône) [37]. Ces trois gisements ont donné des graines de céréales parmi lesquelles domine le blé tendre (*Titricum compacto-aestivum*), mais les genres de vie restent encore très proches du Mésolithique par la consommation des mollusques (Ile de Riou, Arene Candide), de graines et de fruits sauvages (Fontbrégoua) et par l'importance de la chasse au cerf et au sanglier. La pêche tient également une place importante sur le littoral comme sur le bord des rivières. Cependant la vie proprement maritime se développe ; on va pêcher en haute mer l'espadon et le thon et déjà parviennent, même sur les côtes du Languedoc (Portiragnes) des outils en obsidienne (fig. 54) dont l'origine la plus proche ne peut être que le Monte Arci en Sardaigne [38]. A Fontbrégoua, des pratiques mystérieuses de décharnement ou de scalp ont

37. L. Bernabo Brea, *Gli scavi nella caverna delle Arene Candide*, Bordighera, 1960, 3 vol. ; M. Escalon de Fonton, « Préhistoire de la Basse Provence », *Préhistoire*, 12, 1956 ; J. Courtin, *Le Néolithique de la Provence*. Mémoire de la Société Préhistorique française, Paris, 1974, Klincksieck.

38. J.L. Roudil et J. Grimal, « Découverte d'une nouvelle civilisation du Néolithique ancien en Languedoc », *Bulletin de la Société préhistorique française*, t. 75, 1978, p. 101-103.

laissé sur des crânes d'adolescents des incisions très nettes faites après la mort avec un couteau en silex [39].

Le Languedoc, dont le littoral fut fréquenté très tôt par les porteurs de la céramique cardiale (Portiragnes, Leucate), possède à l'intérieur des secteurs plus conservateurs (Grotte Gazel) tandis que d'autres acquièrent, très tôt, la technique céramique (Camprafaud). La Catalogne, dans ses différents gisements de Montserrat, et surtout la région du Levante (La Sarsa, Coveta de l'Or), donnent une céramique cardiale très richement décorée, parfois avec exubérance (fig. 50). Les motifs sont agencés en registres parallèles, ou en galons descendant le long des parois [40]. L'incrustation de pâte blanche ou rouge est pratiquée comme en Provence et au Maroc.

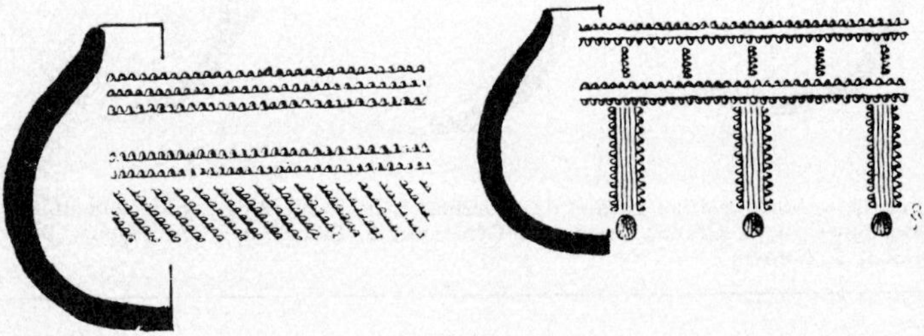

Fig. 50. — Décor de deux petits vases de La Sarsa (Espagne), d'après J. San Valero Aparisi.

Cependant la céramique cardiale est, dans toutes les régions, assez étroitement confinée à la zone voisine de la mer, en France elle ne dépasse guère la Drôme et l'Ardèche, en Espagne elle n'atteint pas les plateaux, au Maroc elle ne se trouve qu'au voisinage du détroit de Gibraltar. Ailleurs fleurit une remarquable céramique à décor imprimé et incisé qui soigne également sa composition et l'agencement des motifs. Cette céramique présente une grande unité entre des régions séparées par des bras de mer ; c'est le cas en particulier des poteries des grottes andalouses (Cueva de los Murcielagos) et celle des gisements oranais (Cimetière des Escargots, Grottes du Murdjadjo). Dans

39. Fouilles de J. Courtin. Cf. M. Escalon de Fonton. « Informations archéologiques, Circonscription de Provence, Alpes, Côte d'Azur. » *Gallia-Préhistoire,* 21, 1979, p. 713.

40. J. San valero Aparisi, *La cueva de la Sarsa (Bocairente. Valencia),* Valencia, 1950, S.I.P.

cette céramique sud-méditerranéenne les formes sont simples ; en Afrique du Nord les fonds sont coniques et les cols rares.

L'habitat en grotte est fréquent, au point que Bosch-Gimpera avait appelé Néolithique des grottes que nous appelons aujourd'hui Néolithique méditerranéen. Les habitats de plein air, c'est-à-dire des cabanes légères, voire des villages, ont aussi bien existé dans cette région que dans celles situées plus au nord et plus à l'est. En Provence, il faut noter la fouille de J. Courtin à Courthezon où le sol de cabanes oblongues était pavé de gros galets assez soigneusement agencés [41].

Le plein épanouissement du Néolithique cardial correspond à la deuxième moitié du VIe millénaire et à la première moitié du Ve.

Dans les phases suivantes qui voient s'accroître les caractères proprement néolithiques dans l'outillage (pointes de flèche, haches polies, faucilles, meules) et dans l'économie (développement de l'élevage du bœuf et du porc en plus de celui du mouton et de la chèvre), la céramique change d'aspect, le décor cardial devient plus rare tandis que se maintient le décor imprimé. C'est à tort, à mon avis, qu'on a appelé « épicardiale » cette céramique dont le décor finit par disparaître complètement. Cette évolution se poursuit jusqu'au début du IVe millénaire qui, dans l'Occident méditerranéen, peut être considéré comme le commencement du Néolithique moyen.

Les premiers paysans de l'Europe centrale

Dans les plaines danubiennes et plus au nord s'est organisé, au début du Ve millénaire, le Néolithique « danubien » dit à céramique rubanée. Cette civilisation va s'étendre dans les riches plaines de loess qui sont mises en culture pour la première fois. La propagation de cette première civilisation paysanne à travers l'Europe centrale semble s'être faite dans un laps de temps assez court qui ne dépassa pas quatre siècles (4 800-4 400 av. J.-C., suivant le C 14). Issus du groupe culturel de Starcevo-Körös, les premiers Danubiens à céramique rubanée diffusent les apports néolithiques au nord et à l'ouest du Danube, se répandent en Tchécoslovaquie, en Pologne méridionale, en Allemagne et jusqu'en Belgique et le nord-est de la France (fig. 51). Malgré cette extension considérable, le Danubien ancien présente une remarquable unité.

La céramique comprend des formes simples, issues de la sphère. Ce sont des vases sans col à orifice faiblement rétréci,

41. J. COURTIN, *Le Néolithique de la Provence,* Mémoire de la Société préhistorique de France, n° 11, 1974, p. 51.

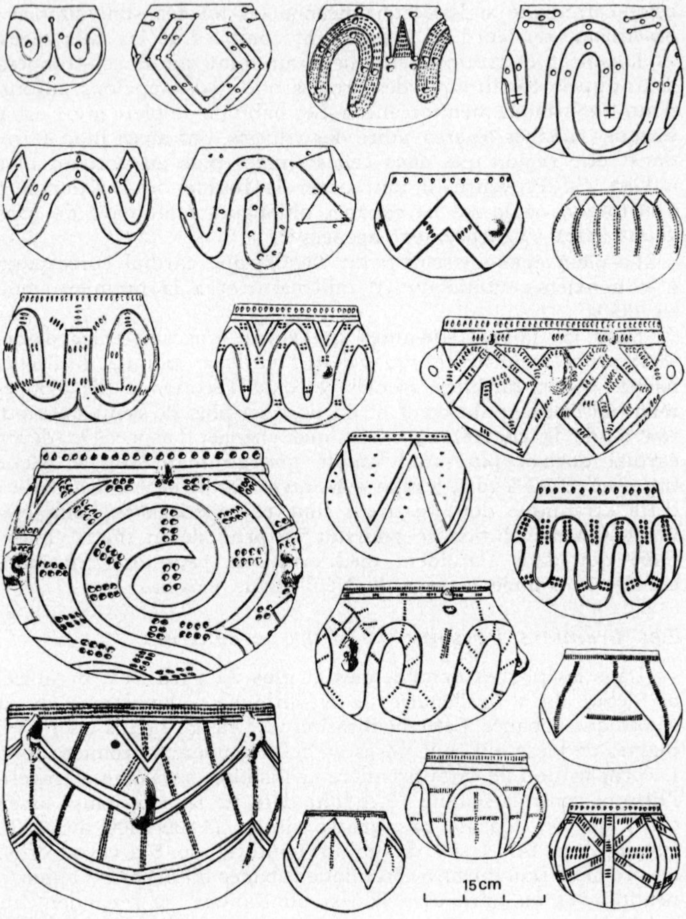

Fig. 51. — Vase du Rubané (Danubien) ancien, moyen et récent d'Alsace, (de haut en bas) d'après A. Schweitzer.

à fond rond, aux éléments de préhension rares. La surface est généralement bien lissée et a reçu un décor incisé caractéristique, aux lignes courbes parallèles dessinant des volutes et des spirales, d'où le nom de céramique rubanée qui lui fut donné. L'industrie lithique est assez diversifiée, on y trouve des lames et burins et des microlithes de tradition mésolithique et des formes propres au Néolithique telles que les faucilles et les erminettes en roche polie, épaisses et fortement dissymétriques qu'on a nommées « formes de bottier ». Les restes culinaires ne contiennent qu'une très faible part de faune sauvage. L'élevage et surtout l'agriculture assuraient l'essentiel de l'alimentation. Les Danubiens sont, en effet, déjà de vrais paysans, cultivant des céréales, principalement l'engrain (*Titricum monococum*). Ils ont défriché les terrasses et les plaines couvertes de loess. On admet généralement qu'ils pratiquaient une agriculture itinérante en déplaçant leurs cultures autour des villages puis abandonnant le secteur pour un autre lorsque le sol s'était appauvri. Cette pratique expliquerait à la fois la rapide progression vers le Nord et l'Ouest et l'unité de la culture danubienne. Mais cette opinion est aujourd'hui combattue. Il ne semble pas que les sols loessiques, qui sont demeurés les plus riches d'Europe, aient pu rapidement s'épuiser et rendre nécessaires les déplacements des villages ; la rotation des cultures était suffisante pour régénérer les sols.

Les fouilles pratiquées surtout en Bohême (Bylany), Allemagne (Lauterach, Lanweilher, Cologne-Lidenthal), Bassin parisien (Guiry-les-Chaudardes), Pays-Bas (Gelen), font connaître de grandes maisons groupées en villages. Le plan de ces maisons est parfaitement dessiné sur le sol de loess de couleur claire par les alignements de trous de poteaux qui font autant de taches sombres (fig. 52). Ces grandes maisons sont de type uniforme, à 5 rangées de poteaux et d'une largeur de 5 à 6,50 m ; seule la longueur varie, entre 6 et 45 m, la moyenne était de 20 m. Les trois rangées de poteaux internes servaient évidemment à soutenir une toiture à double pente. Des fosses, parallèles aux murs extérieurs, avaient sans doute servi à extraire la terre qui colmatait le clayonnage de ces murs. Elles servirent ensuite de dépotoirs dans lesquels étaient peut-être élevés des porcs.

Les villages danubiens comptaient en moyenne une dizaine de maisons ; on estime leur population entre 50 et 170 habitants. Lorsque la communauté, en raison de l'accroissement naturel, dépassait un certain seuil, plusieurs familles s'en détachaient pour établir un nouveau village sur des terres vierges ou abandonnées depuis longtemps par d'autres communautés. Il fallait défricher, abattre les arbres nécessaires à la construction des maisons, préparer les champs et les terrains de pacage.

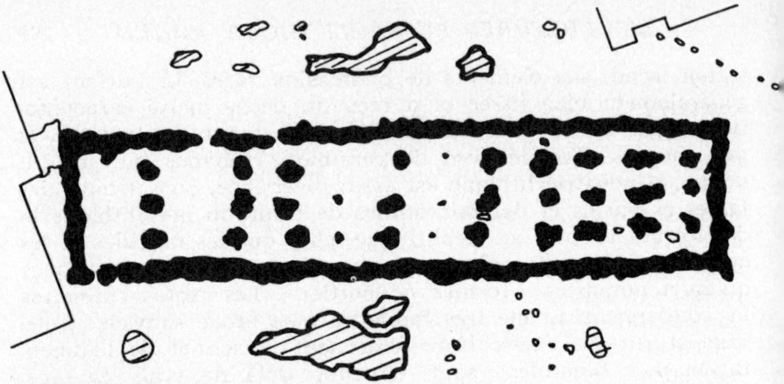

Fig. 52. — Plan d'une maison danubienne à Langweiler (Allemagne fédérale), d'après Kuper. On discerne les trous de poteaux à l'intérieur et les fosses (hachures) de part et d'autre de la maison.

L'analyse pollinique, en révélant la fréquence des espèces herbacées ombrophiles qui poussent au pied des haies et des buissons (*Lapsana communis, Bromus sterilis*), permet de reconstituer l'aspect de la campagne « danubienne » ; selon toute probabilité les champs étaient soigneusement délimités par des haies dans lesquelles devaient commencer à se différencier les premiers arbres fruitiers tels que les pommiers et les pruniers et les buissons à baies comestibles. Ces haies séparaient les terrains de culture des pâturages ou paissaient des bœufs castrés qui servaient déjà à la traction des arbres abattus. Le bétail occupait aussi des enclos proches des maisons ou attenant à celles-ci. Les bovins viennent toujours en tête dans le décompte de la faune domestique, les porcs et les moutons sont à égalité. La castration des bœufs, si on admet les résultats des analyses ostéologiques, portait sur plus de la moitié des animaux [42].

D'autres pratiques, en relation avec l'agriculture, expliquent la présence de fours assez nombreux découverts dans ces villages. Il est sûr qu'ils servaient à sécher le blé puisqu'on y trouve des grains en grande quantité, mais leur utilisation pour la cuisson des poteries a été également suggérée.

Les communautés danubiennes poursuivant leur progression vers l'Ouest, connaissent leur maximum d'extension au début du IVᵉ millénaire. Elles atteignent alors les bords de la Manche et de la Mer du Nord (fig. 53). En Europe centrale la céramique rubanée évolue et se diversifie ; les formes sont plus hautes, moins sphériques, mais conservent les fonds ronds. Dans le

42. G. Bailloud, « Avant l'Histoire », *Histoire de la France rurale*, Paris, 1975, Seuil, t. I, p. 137.

décor les motifs deviennent plus anguleux, chevrons et ogives remplacent les spirales et, à la technique de l'incision, on préfère celle de la ponctuation (céramique poinçonnée). En Allemagne occidentale et en Alsace, la culture de Roessen présente des récipients à fond plat dont le décor s'étend souvent à la totalité de la surface et possède des incrustations de pâte blanche. Les maisons sont plus petites que celles du Rubané ancien et correspondent à des cellules familiales réduites. La culture de Roessen a influencé certains groupes du Bassin parisien dépendant de la grande civilisation chasséenne d'origine méridionale. De cette confluence est né le groupe de Cerny, curieuse préfiguration de la culture française historique qui, comme lui, est née de la rencontre de la Méditerranée et de l'Europe centrale.

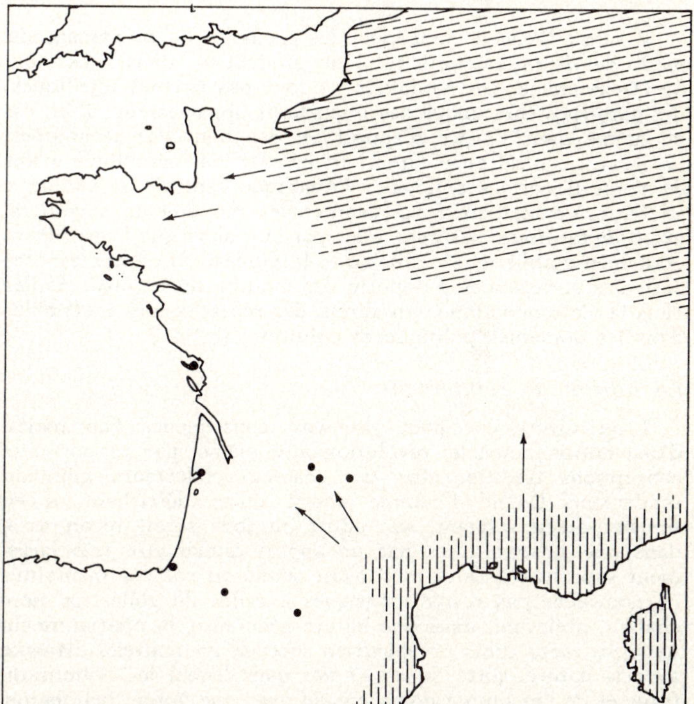

Fig. 53. — Représentation schématique des deux provinces du Néolithique ancien en France : au sud, le Néolithique méditerranéen, qui rayonne vers le Sud-Ouest et le couloir rhodanien ; au nord et à l'est, le Danubien, qui atteint la Manche dans sa phase récente. *Dessin de G. Camps.*

4. PARADIS PERDU ET NOUVELLE SOCIÉTÉ

Il serait facile de multiplier les exemples de ce passage du mode de vie prédateur à celui de producteur, dans l'ensemble de l'Oekoumène. Les modalités ne sont pas partout identiques, des décalages chronologiques importants apparaissent ; il en est de même dans l'ordre d'apparition des nouvelles techniques. Le Sahara central et le Japon ont inventé leur céramique avant de domestiquer les animaux ; l'Amérique centrale et andine a su bâtir, de manière fort savante, des monuments singuliers, avant de fabriquer des pots, mais partout, alors que l'agriculture était bien établie au Vᵉ millénaire, la domestication des espèces animales et végétales a apporté des modifications considérables dans la vie économique, qui eurent des répercussions inévitables dans les domaines politique et culturel.

La notion de rendement

L'agriculture eut pour première conséquence l'apparition d'une notion nouvelle, révolutionnaire même, par rapport aux conceptions traditionnelles des chasseurs-collecteurs, celle du rendement. Quand l'homme apprit qu'en défrichant, qu'en semant, qu'en sarclant, son effort du jour serait récompensé dans une saison future par un apport alimentaire très largement supérieur à celui qu'il avait confié au sol, les mentalités ne pouvaient pas rester identiques à celles du collecteur nonchalant, prélevant, dans une nature généreuse, la nourriture du jour. Au *carpe diem* préépicurien succéda un nouveau dialogue avec la nature, sorte de *do ut des* dans lequel les notions du futur et de l'escompte interviennent avec une âpreté inattendue. L'agriculture apparaît donc, à ses débuts, comme une amélioration du stockage ; ce dernier n'était pas inconnu des populations préagricoles, mais l'avantage est de taille : non seulement on retrouve, au bout de quelques mois, le grain mis en terre mais celui-ci est rendu en quantité nettement supérieure. Une fois admis les principes de la germination, du développement végétal, puis de la maturité, même s'ils sont perçus autrement que notre science actuelle ne l'explique, même s'ils apparaissent comme une sorte de miracle régulièrement renouvelé, ce qu'ils sont d'ailleurs, l'homme confronté à ce fruit attendu est conduit à spéculer. L'instabilité des rendements agricoles oblige par ailleurs la famille, puis la société, à conserver des provisions, à analyser les causes des calamités afin d'y porter remède, à inventer, dans les pays secs, l'irrigation qui, en outre, renforce les liens sociaux.

On devine toutes les répercussions qu'entraînent des opérations aussi simples que celle de la moisson. Pour constater la différence entre ce qui a été semé et ce qui est récolté, l'homme est conduit au calcul numéral. A la simple numération calendaire des phases de la lune que l'homme paléolithique avait notées, s'ajoutent désormais des opérations plus complexes : additions puis multiplications pour calculer le rendement, soustractions pour réserver la semence de l'année suivante, et bientôt, division pour répartir équitablement les parts de chacun.

Les chasseurs-collecteurs n'exploitaient qu'une partie de la biomasse, inférieure à celle qu'ils auraient pu prélever sans grand dommage pour le renouvellement des espèces. Leurs communautés n'étaient que des groupes restreints aux effectifs relativement stables. En cas d'abondance exceptionnelle, mais aussi en temps de pénurie, le mécanisme régulateur unique était la simple scission sans que celle-ci conduise à la dispersion individuelle à laquelle l'homme, être social, ne peut se résoudre.

Avec le développement de ressources nouvelles, ce mécanisme est faussé, dans son essence autant que dans son rythme. La sédentarité, nous l'avons vu, avait déjà invité l'homme à modifier son comportement social, l'agriculture ayant pu apparaître à certains auteurs comme une réponse culturelle aux tensions internes qui provoquent régulièrement l'éclatement de communautés trop nombreuses. Désormais, l'augmentation de bouches à nourrir est compensé par la multiplication de bras susceptibles de produire. En théorie, l'accroissement des communautés et des champs cultivés ne devraient pas connaître de limites. En fait, les choses se présentent autrement, les communautés agropastorales connaissent des seuils au-delà desquels la croissance n'est plus possible, ne serait-ce qu'en raison de la longueur des déplacements qu'entraînerait l'extension des champs cultivés.

Les premiers paysans européens, ceux qui aux Ve et IVe millénaires répandirent l'engrain et le blé amidonnier, ainsi que leur céramique rubanée, dans les plaines du Danube et la vallée du Rhin, essaimaient régulièrement de nouveaux villages lorsque les communautés devenaient trop nombreuses. Les cultivateurs sur brûlis, en Extrême-Orient et en Amazonie, pratiquent aujourd'hui encore une agriculture itinérante, mais la petitesse des villages n'a pas pour cause l'existence d'un seuil de surexploitation du milieu naturel. Des calculs fort savants de nombreux anthropologues sur les agriculteurs primitifs, tant en Nouvelle-Guinée qu'en Amérique du Sud et en Afrique, ont dénoncé au contraire, une curieuse sous-exploitation [43]. En Nouvelle-Guinée, seuls 60 % de la capacité agricole des terroirs cultivables sont exploités par les différents groupes Chimbu ; dans les Philippines, les Yagaw atteignent une densité de 30 habitants au km² de terre arable, or l'exploitation d'une telle surface par les mêmes procédés agricoles devrait permettre une densité de 48. A Bornéo, les Iban qui devraient être 40 au km² ne sont que 23. La différence entre la démographie potentielle et la démographie réelle est encore plus forte chez les Kuikuru du Brésil, ou les Ndemba de Zambie. La sous-production voulue est une donnée permanente de l'agriculture primitive, mais elle reste cependant nettement supérieure à l'exploitation imparfaite de la nature par les chasseurs-collecteurs.

Quoi qu'il en soit, il est évident que la production agricole, et dans une mesure moindre l'économie pastorale, furent accompagnées d'une croissance démographique sans précédent dans l'histoire de l'humanité [44]. Il est difficile de ne pas voir dans cette conjonction une relation de cause à effet, d'autant plus que l'essor démographique n'est sensible qu'au Néolithique moyen et récent. Cela reste vrai même si l'agriculture néolithique était moins productrice que les formes archaïques actuelles.

L'accroissement de population, une organisation plus poussée du terroir, l'amélioration progressive des rendements et la sélection des espèces les plus prolifiques poussent l'homme à accroître la production, à amasser et stocker des produits, en un mot, à se montrer moins insouciant. Dans toutes les acceptions du terme, le paysan devient calculateur.

L'archéologie nous permet aujourd'hui de comprendre comment le chasseur-collecteur est devenu cultivateur et éleveur. Mais il reste difficile de saisir le pourquoi de cette transformation. Un point de vue simpliste voudrait que cette exploitation plus rationnelle de la nature ait été commandée par la motivation universelle qui est celle de l'efficacité, c'est-à-dire le désir d'obtenir le maximum pour le minimum d'effort. La paresse serait

43. Tous les exemples cités sont extraits de M. Sahlins, *Age de pierre, âge d'abondance*, Paris, 1976, Gallimard.

44. P. Chaunu, *Histoire et décadence*, Paris, 1981, Perrin. Lib. Acad. p. 140.

le facteur essentiel du progrès, qu'il soit technique ou économique. Effectivement, la domestication des animaux permet d'avoir à sa disposition immédiate une alimentation carnée régulière non sujette aux aléas de la chasse. D'autre part, l'agriculture rend possible la constitution de réserves qui théoriquement rendent l'alimentation moins dépendante des variations saisonnières. Ainsi, une plus grande sécurité, des efforts apparemment moindres, une alimentation plus régulière se traduisent par une amélioration générale des conditions de vie, le « croissez et multipliez » de la Genèse répond parfaitement aux pulsions d'une humanité triomphante, consciente des possibilités que lui apportent les nouvelles techniques. Encore plus qu'au temps de son innocence, Adam se sent maître de la nature, des végétaux et des animaux ; mais voici qu'il doit gagner son pain à la sueur de son front, et pourquoi garde-t-il le souvenir désespéré du paradis perdu ?

L'âge d'or

Dans de nombreux mythes, en effet, se concentre le souvenir d'une période heureuse de l'humanité où la nourriture était abondante, accessible sans effort, en toute innocence et absence d'agressivité. Philosophes, psychologues et historiens des religions pourront gloser à l'infini sur cette croyance universelle d'un âge d'or, d'un monde à l'envers, d'un paradis terrestre. Répond-elle à un pli fondamental de notre esprit ? N'est-elle qu'un rêve de paresse, magnifié par le mythe ou bien est-elle le souvenir intériorisé dans la conscience collective d'un autre genre de vie dans lequel, effectivement, l'abondance n'était pas la récompense du travail, comme dans l'équation de fer que la société néolithique a imposée à nos mentalités ?

Il nous faut, à nouveau, revenir sur la conception fausse que j'ai déjà dénoncée qui imagine les hommes préhistoriques antérieurs au Néolithique comme de pauvres hères vivant misérablement et consacrant la totalité de leur temps et de leurs efforts à la quête d'une nourriture rare. Après bien d'autres, mais avec plus de rigueur, l'anthropologue américain, M. Sahlins, a apporté un démenti cinglant et définitif à cette opinion. Celle-ci a une longue histoire fondée sur la conscience de la supériorité des genres de vie occidentaux industrialisés, présentés comme des modèles auxquels nous nous référons implicitement.

Suivant un raisonnement analogique, on a établi une comparaison étroite, voire l'identité, entre les hommes préhistoriques et les rares chasseurs-collecteurs subsistant, en oubliant que les seconds ne sont pas plus « primitifs » que nous et que les premiers vivaient dans des biotopes qui n'étaient pas toujours les mêmes que ceux dans lesquels sont confinés les chasseurs-collecteurs actuels. L'image, que pouvaient rapporter les explorateurs et les ethnographes de ces « sauvages », fut néanmoins appliquée aux hommes préhistoriques, or, à de rares exceptions près, cette image fut généralement déformée dans des récits trop souvent misérabilistes. Ces témoignages n'étaient pas toujours conçus dans un esprit de dénigrement, imbu de la supériorité européenne ; certains se voulaient au contraire accusateurs mais le résultat était le même. Je me souviens, par exemple, des descriptions émouvantes de V. Ellenberger, sur la fin tragique des Buschmen (1953). Ces mêmes groupes que, l'année précédente, Harskovits citait comme l'illustration classique de peuples dont les ressources économiques sont des plus réduites et dont la survie n'est possible qu'au prix d'une activité très soutenue.

Même animés d'excellentes intentions, ces textes étaient trop subjectifs et manquaient, en particulier, des données quantitatives qui seules pouvaient permettre de porter un jugement sur la misère réelle de ces populations. Lorsque les ethnologues se mirent à l'école de la réalité, qu'ils vécurent au contact des « primitifs » pendant un laps de temps suffisant et qu'ils mesurèrent le temps et les quantités, ils se rendirent compte que ces miséreux jouissaient d'un certain bien-être, que la quête de nourriture n'était nullement le problème oppressant que les âmes généreuses avaient imaginé, que les temps libres, les périodes de farniente ou de jeux étaient bien plus étendus que n'oserait l'imaginer un ministre des loisirs dans une démocratie sociale.

Qu'on en juge par l'exemple de ces mêmes Bushmen condamnés à la disparition par la misère physiologique et la famine. Voici l'image que nous en donne R. Lee dans deux études récentes [45]. Les Kung Dobe, confinés dans une région semi-désertique du Botswana, bénéficient, en fait, de ressources alimentaires copieuses et variées, essentiellement végétales. Or 65 % de la population seulement se consacrent à la quête de nourriture, mais ces 65 % « travaillent 36 % du temps et 35 % de la population ne travaillent pas du tout ». Pour chaque travailleur, cela fait environ 2 jours de travail par semaine, à raison de 6 heures par jour. La semaine de travail du Bushman Dobe est donc approximativement de 15 heures. Nous sommes bien en deçà de la semaine de 35 heures réclamée aujourd'hui dans certaines démocraties. L'analyse montre que la journée de travail moyenne est de 2 heures 9 minutes. Ces Bushmen consacrent infiniment plus de temps à vaquer, à se rendre visite,

45. R. Lee, *Man the hunter*, Chicago, 1968.

à se livrer à des occupations peu astreignantes, qu'à chasser ou à cueillir les noix mongo dont la richesse en protéines est considérable. Les Dobe consomment environ 300 noix par jour, ce qui correspond à 1 260 calories et 56 g de protéines, l'équivalent d'un beefsteack de 450 g !

Mais penseront certains, ce cas n'est, peut-être, qu'exceptionnel. L'abondance des noix mongo, comparable à celle des glands comestibles chez les Indiens du Sacramento [46], ne crée-t-elle pas des conditions alimentaires anormalement riches dans le monde des chasseurs-collecteurs ? Il n'en est rien. Des populations, mises au côté des Bushmen dans une situation des plus précaires, à la limite de la famine, comme les Aborigènes d'Australie, connaissent des conditions de vie aussi confortables, à leur point de vue sinon au nôtre. Une analyse de l'alimentation traditionnelle des tribus de la Terre d'Arnheim en apporte la preuve. Pour consommer plus de 2 100 calories par jour les hommes consacrent en moyenne 3 heures 44 minutes par jour aux activités alimentaires et les femmes 3 heures 50 minutes dans le groupe de Fish Creek ; la moyenne est de 5 heures dans le groupe de Hample Bay. Certes ces données méritent d'être critiquées, on doit tenir compte, par exemple, que ces « primitifs » bénéficient de l'usage d'instruments métalliques issus d'une technologie qui n'est pas la leur, que le dépeuplement, comme le fait remarquer très justement M. Sahlins, a eu pour effet de réduire la pression humaine sur les ressources alimentaires locales. Mais les exemples sont trop nombreux qui montrent combien les chasseurs-collecteurs disposent d'une alimentation largement suffisante, nullement déficitaire et en totale contradiction avec l'image traditionnelle de populations misérables au bord de la famine. En Afrique orientale, les Hadza, qui ont la chance d'occuper une région où abondent les ressources végétales et animales, consacrent leur temps aux jeux de hasard et à la conversation. Seul un petit groupe de chasseurs se livre effectivement à cette activité de subsistance qui porte sur le gros gibier. Woodburn [47], qui étudia l'économie des Hadza, conclut que sur l'ensemble de l'année, ils consacrent probablement moins de 2 heures par jour en moyenne à se procurer la nourriture.

On est donc en droit d'affirmer que les chasseurs-collecteurs, particulièrement ceux situés dans les milieux qui paraissent sinon les plus hostiles, du moins les plus marginaux par rapport à

46. A. Testard, « La conservation des produits végétaux chez les chasseurs-cueilleurs », *Les techniques de conservation des grains à long terme. 2*, Marseille, 1981, CNRS, p. 181-193.

47. J. Woodburn, « An introduction to Hedza ecology », *Man the hunter*, Chicago, 1968.

la circulation mondiale et aux réseaux industriels, sont dans un état économique plutôt favorable puisqu'ils consacrent en moyenne 3 à 5 heures par jour pour se procurer une nourriture suffisante. Comme l'écrit, non sans humour, M. Sahlins, ce sont des emplois du temps de banquiers.

Si nous transposions ces conditions économiques dans le passé, nous serions en droit de dire que le Néolithique n'a apporté aucune réduction de temps de travail par rapport au Paléolithique dans la recherche ou la production de nourriture. On est même en droit d'affirmer qu'avec l'agriculture, l'homme s'est condamné à travailler davantage.

Le temps des chasseurs-collecteurs mésolithiques serait-il le vrai âge d'or d'une humanité peu nombreuse, ignorant les conflits, jouissant de temps libres et d'une alimentation suffisante acquise sans grand effort ? On est tenté de répondre par l'affirmative quand on apprécie les réactions de certains Bushmen ou chasseurs Hadza qui considèrent que l'agriculture est soit inutile soit épuisante. M. Sahlins donne, à son essai sur les économies primitives, un titre évocateur, voire provocateur :

Age de pierre, âge d'abondance

Est-il possible de pousser encore plus loin l'analyse ? L'homme n'avait, semble-t-il, aucun avantage immédiat à tirer de la sédentarité par rapport au genre de vie plus ou moins errant des chasseurs-collecteurs, et cependant il s'est astreint à rester sur place et à construire des villages. Il n'avait pas plus intérêt à abandonner la cueillette et la chasse pour se livrer à l'agriculture et à l'élevage, et cependant il acquit ce genre de vie créateur de biens, certes, mais exigeant un travail plus contraignant. Bien mieux, alors que la vie prénéolithique nous semble dotée de tous les charmes d'une société sans contrainte et sans agressivité, où le temps consacré au travail est bien plus court que celui laissé aux loisirs, ce genre de vie n'a cessé de se contracter et d'abandonner le terrain aux cultures nouvelles issues des acquisitions néolithiques.

Paradoxalement, à mesure qu'il détruisait cet état antérieur, l'homme moderne ne cessait de regretter cet âge d'or qu'il faisait disparaître. Piégé par sa culture et par le développement inéluctable de sa technologie, l'homme s'est condamné aux travaux forcés à perpétuité. Nouveau paradoxe, c'est peut-être bien en raison de sa paresse qu'il s'est contraint au travail agricole et au soin des animaux domestiques parce que, apparemment, cet effort réduisait les déplacements et assurait une nourriture plus abondante et régulière.

Il faut se souvenir en effet que les agricultures primitives ne sont pas aussi contraignantes que celles liées à l'économie de marché et de production intensive. Des enquêtes semblables à celles effectuées auprès des chasseurs-collecteurs ont donné des résultats assez surprenants. La journée de travail est très courte, 4 à 5 heures, et suivie généralement d'une ou plusieurs journées de repos. Chez les Papous Kapauku, Pespésil [48] notait que les hommes consacraient en moyenne 2 heures 18 minutes par jour à la production agricole et les femmes 1 heure 42 minutes. Des calculs semblables faits chez les Bemba de Zambie par Richards donnent des temps de travail de l'ordre de 2 à 3 heures par jour, tandis que les Toupouri du Nord-Cameroun ne consacrent que 28 % de leur temps à l'agriculture (Guillard 1958).

Cet emploi du temps découle du système économique retenu par ces populations ; elles produisent ou plutôt cherchent à produire de quoi satisfaire leurs besoins, c'est dire qu'il y a, suivant nos conceptions, sous-production voulue et maintenue. Mais, très rapidement, dans les régions d'urbanisation précoce, prévalut un autre système économique ; l'agriculture et l'élevage ne furent plus destinés à subvenir simplement aux besoins des producteurs, mais à fournir le maximum de nourriture destinée à toute une population dont une partie, toujours croissante, se livrait à d'autres activités. La division du travail que la chasse et la cueillette ne permettaient qu'à faible échelle devint, grâce aux surplus de la production d'aliments, une donnée essentielle de la nouvelle société. Dès lors s'enclenche un processus féroce que rien ne peut arrêter.

La richesse et la guerre

Lorsque l'économie nouvelle devint prépondérante, ce qui en Europe ne se passa qu'au IVe millénaire, la conséquence première fut une différenciation sociale qu'il paraît difficile de ne pas mettre en rapport avec cette augmentation de la production bien que la puissance n'ait pas pour unique source la richesse. Il est même vraisemblable que la richesse soit apparue après la puissance (encore que dans certaines cultures primitives le chef s'appauvrit sans cesse pour garder son rang) et que la primauté soit fondée sur la vénération, la tradition ou le nombre d'individus issus d'un lignage.

Quoi qu'il en soit, la différenciation sociale ne semble pas encore fermement établie dans le Néolithique danubien. En Allemagne, il fut pourtant observé que chaque village possédait une maison plus grande et mieux construite que les autres. Comme

48. L. Pespesil, *Kapauku Papuan economy*, Yale university Publications in *Anthropology*, n° 67.

sa structure interne est identique à celle des demeures habituelles, il paraît difficile d'en faire une maison de réunion, comparable à la « grande case » des villages océaniens ; aussi les archéologues ont-ils suggéré d'y reconnaître la demeure de la famille prééminente. Toutefois, les fouilleurs de Guiry-lès-Chaudardes (Aisne) n'ont pas fait les mêmes observations. De plus les sépultures des nécropoles villageoises ne trahissent aucune différenciation sociale, sinon la présence de parures un peu plus riches que de coutume dans certaines tombes féminines.

L'accumulation des richesses attire les convoitises, il est nécessaire de les protéger. Certaines régions voient très tôt apparaître des enceintes et des fossés pour protéger les villages et les troupeaux. Dans l'état de nos connaissances, c'est en Italie du Sud, particulièrement dans les Pouilles, que débute ce phénomène dès le VIe millénaire (phase de Guadone). Il s'étendit à la Sicile et à l'Italie centrale au Ve et, au IVe millénaire, à la France où les cas les plus spectaculaires sont le village chasséen de Saint-Michel-du-Touch, dans la région toulousaine, qui est un éperon de confluence, et le rempart long de 180 m à Myard (Vitteaux, Côte-d'Or) qui protège un espace de 4 ha ; c'est là un bon exemple d'éperon barré ; ailleurs, comme à Noyen (Seine-et-Marne), c'est une palissade en bois qui délimitait une agglomération qui déborda rapidement au-delà de cette enceinte.

L'apparition de ces enceintes n'est pas sans signification. Il ne peut s'agir d'une simple mode culturelle. Si les biens ont besoin d'être protégés c'est que l'esprit de rapine s'est développé. On voit généralement dans cette manifestation la conséquence de l'augmentation de la population et de la croissance de la production. Mais ici encore les explications les plus simples ou les plus apparentes ne sont pas toujours les plus déterminantes. La profanation, même involontaire, d'un sanctuaire, des échanges matrimoniaux inégaux, une mésaventure de chasse peuvent également provoquer de longues hostilités. De fait, des cas d'agressivité entre hommes ont largement précédé la révolution néolithique. Nous en avons cité qui sont d'âge épipaléolithique, tant en France qu'en Afrique du Nord. Mais il est sûr qu'à partir du IIIe millénaire les manifestations belliqueuses se multiplient et dépassent le cas individuel. Elles sont d'autant plus nombreuses qu'en cette fin du Néolithique la croissance de la démographie et celle de la production sont particulièrement sensibles. Dans le mobilier même, l'apparition des grands vases à provision, inconnus dans le Néolithique ancien, confirme l'existence d'importants stocks de nourriture qu'il importe de défendre contre d'éventuels pillards. En ce moment où l'homme commence à utiliser le cuivre, la construction d'enceintes en pierre, même de faible caractère défensif comme en Languedoc (Boussargues (fig. 61), Lebous), ou en Provence (Miouvin, La Citadelle, Les Lauzières), devient une pratique courante. Ailleurs, comme au Portugal (Zimbujal), ce sont au contraire de véritables forteresses, les « Castro », qui dominent le plat pays.

La guerre laisse ses traces dans les sépultures collectives où nombreux sont les squelettes qui présentent des traumatismes bien nets tandis que des pointes de flèche sont trouvées encore fichées dans les os. Il s'agit parfois de véritables massacres. Le meilleur exemple est celui de l'hypogée des Crottes à Roaix (Vaucluse) où la couche supérieure renferme plusieurs dizaines de squelettes empilés, inhumés simultanément avec mobilier funéraire rare mais accompagnés de nombreuses pointes de flèche très allongées, dispersées parmi les ossements[49] (*Pl. XIV, 2*).

Avec les réserves qu'impose toute affirmation péremptoire, on peut donc souscrire à la formulation devenue classique de l'apparition de la guerre au Néolithique. Il faut toutefois préciser que les traces de vrais conflits ne se rapportent pas aux niveaux les plus anciens du Néolithique et qu'ils accompagnent plutôt un système de production volontariste et une organisation sociale plus stricte qu'il importe de différencier du système mixte des tout premiers agriculteurs et éleveurs qui faisaient encore largement appel aux ressources de la cueillette et de la chasse.

Organisation socio-politique et échanges

La guerre est aussi, en d'autres lieux, associée à l'apparition d'une organisation socio-politique nouvelle. En Mésopotamie, où dès avant le Néolithique les hommes avaient appris à vivre dans des villages permanents de plus en plus étendus, la vie citadine fait une apparition précoce. Déjà, pendant la culture de Hassuna (Iraq), au VIe millénaire, les maisons de plan rectangulaire comprenant plusieurs pièces sont construites en pisé et s'alignent suivant des axes déterminés collectivement. Le développement de l'agriculture, en cette région sèche, entraîne l'apparition d'un système d'irrigation collective dont l'ampleur, aux phases suivantes (Tell Halaf, El Obeïd), révèle indubitablement une solide organisation sociale qui laisse peu de place à l'initiative individuelle. C'est avec raison qu'on insiste sur le rôle important que tint l'irrigation dans l'organisation des premières cités-états tant en Mésopotamie qu'en Egypte ; mais on peut tout aussi bien inverser les données et placer en premier la nécessité d'un

49. J. COURTIN, *Le Néolithique de la Provence*, Mémoire de la Société préhistorique française, 1974, p. 256-257.

contrôle étatique et de l'organisation du travail par une autorité suffisamment puissante pour aboutir à un système d'irrigation efficace et étendu sur de grandes surfaces.

Les échanges entre groupes humains, même de cultures différentes, sont une constante de l'histoire et ont certainement contribué à la prise de conscience de l'unité spécifique de l'humanité. Le principe du don et du contre-don est certainement très ancien et peut être associé à l'apparition du régime omnivore ; on a pu observer maintes fois que les chimpanzés qui n'échangent jamais de nourriture végétale acceptent, après la capture d'un petit singe, de donner quelques débris à un ou plusieurs quémandeurs. Mais il y a un monde entre le partage de nourriture ou l'offrande nuptiale qui sont très répandus chez les espèces animales et le don accompagné du contre-don. L'échange est spécifiquement humain, il a pu commencer très tôt avec l'interdiction de l'inceste, mais aussi lorsque furent sélectionnées certaines roches pour la taille des outils. Nous n'en saisissons les premières traces matérielles qu'au Paléolithique supérieur dans les objets de parure qui accompagnaient les hommes dans leur sépulture : ceux de Cro-Magnon, aux Eyzies (Dordogne) possédaient des coquilles de *Purpura lapillus* et de *Turritella communis* venues de l'océan Atlantique. Un peu plus tard, dans la même commune, l'homme magdalénien de Laugerie-Basse avait des parures faites de coquilles de *Cypraea lurida* et de *Cypraea pyrum* d'origine méditerranéenne. Si on peut sans grande vraisemblance supposer que les premiers allaient parfois jusque sur les bords de l'océan situé à 200 km à vol d'oiseau, il est totalement exclu que le second se soit rendu en personne sur les rives de la Méditerranée.

Lors de la multiplication des biens, lorsque l'horizon s'ouvre jusqu'au-delà des mers, les échanges se multiplient non seulement avec les étrangers mais avec de très proches voisins, puisque la spécialisation du travail rend les hommes plus tributaires les uns des autres.

Paradoxalement, c'est au moment où il devient sédentaire que l'homme multiplie les contacts et les échanges. Villes et palais deviennent de grands magasins de grains, de salaisons, de viandes fumées, bientôt d'huile, de bière et de vin. Dans ces lieux privilégiés, il devient nécessaire d'inventer un moyen de suppléer la mémoire défaillante. Ces premiers intendants apprennent à figurer les unités et les dizaines qui accompagnent des signes pictographiques désignant le bien décompté. Ces premières tablettes inscrites sont datées de 3 200 av. J.-C. à Uruk.

Nous sommes au début de l'écriture et sur le seuil de l'Histoire.

Chapitre VI

L'OUVERTURE AU MONDE

Une nouvelle perception du monde accompagne les transformations économiques et sociales du Néolithique. D'une certaine façon le monde paraît se refermer lors du triomphe définitif de la sédentarité, de la mise en culture des champs autour du village. L'homme s'enracine dans un espace restreint, limité par un horizon qui se fige. Au vaste territoire parcouru par le clan des chasseurs-collecteurs succède le terroir de la communauté agro-pastorale.

Cet enracinement eut inévitablement des répercussions sur les mentalités. La terre que ces premiers paysans mettent progressivement en valeur devient un bien, au même titre que les objets fabriqués ou les provisions, et, effectivement, la terre arable est elle-même un produit du travail de l'homme.

Il y a donc appropriation du sol, mais cette propriété est collective. Les petites communautés paysannes voient ainsi se renforcer les liens qui unissent leurs membres. De fait ces liens sont nombreux et puissants. Il y a de fortes chances que les premiers villages aient été l'habitat de clans lignagers pratiquant l'exogamie. Cette pratique favorise l'apparition d'unités culturelles assez étendues. En venant d'un village étranger les jeunes femmes apportent une part de leur héritage culturel dans leur nouvelle famille. Elles transmettent à leurs filles un ensemble mixte fait de leur apport et de celui de la tradition locale, qui sera à son tour transmis dans un autre village. Ainsi par le simple jeu des alliances matrimoniales une certaine unification culturelle se répand de proche en proche sur de vastes territoires. De ce fait, un jeune homme qui va prendre femme dans un autre village ne se sent pas totalement étranger, d'autant plus que les récits généalogiques, longuement répétés et appris, lui permettent de retrouver quelques lointains cousins.

Mais l'exogamie peut connaître deux processus dans la constitution de la nouvelle cellule familiale. Le modèle que nous avons choisi est celui de la patrilocalité, c'est la jeune femme qui vient habiter dans la famille de son époux. Le contraire est la matrilocalité. Ces deux conduites n'ont pas exactement les mêmes conséquences culturelles. La première facilite la transmission des faits culturels et tend à répandre une culture uniforme, la seconde renforce la tradition, maintient une certaine rigidité des traits culturels et favorise l'apparition de nombreuses petites cultures localisées et originales.

Nous ne pouvons dire laquelle des deux conduites fut observée par les Néolithiques, mais il est possible que comme aujourd'hui les deux aient été pratiquées suivant les régions. Il est vraisemblable que l'homme, étant appelé à se déplacer plus fréquemment et plus loin que la femme, ait connu la matrilocalité avant de faire triompher la patrilocalité qui devint la règle dans le monde européen et méditerranéen. Cette transformation expliquerait, peut-être, la différence entre les cultures du Néolithique ancien, nombreuses et originales, et les vastes ensembles culturels du Néolithique moyen et final. Cependant le Néolithique danubien, qui s'étend sur d'immenses régions, est contemporain de la fin du Néolithique ancien méditerranéen.

Quelles que soient les modalités suivies dans les alliances matrimoniales, les temps de la vieille endogamie sont comptés.

Ainsi l'univers de l'homme néolithique est moins borné que ne le laisserait croire une réflexion première sur la constitution du terroir. Il est vrai aussi qu'entre-temps ce monde qui semblait s'intérioriser s'est largement ouvert, non plus à une expansion quasi mécanique de l'espèce mais à l'aventure humaine consciente et voulue.

1. ÉCLATEMENT DE L'HORIZON

Dans la conquête du monde, la première manifestation de l'expansion conduite par la volonté et non par la simple occupation de l'espace fut la traversée des mers et la conquête de nouvelles terres au-delà de l'eau. L'homme ne se laisse pas, comme les animaux, transporter passivement au-delà des mers, sur un tronc ou un iceberg contre sa volonté, ou, si cela arrive à quelques malheureux naufragés, ce transport involontaire ne peut être d'aucune conséquence sur le peuplement des terres vierges.

Les premières navigations en Méditerranée occidentale

L'envie ou la nécessité de se déplacer à la surface de l'élément liquide a dû apparaître très tôt chez l'homme, ne serait-ce que pour pêcher ou chasser les animaux marins que les Magdaléniens ont fréquemment représentés. Cependant ces poissons (saumons) et ces mammifères (phoques) sont précisément ceux qui remontent les fleuves et s'il arrivait à l'homme paléolithique de sculpter quelque dent de cachalot, cela ne signifie nullement qu'il ait chassé cet animal, les cétacés s'échouent fréquemment sur les plages et les « primitifs » ont su, de tout temps, bénéficier de l'aubaine.

Mais l'homme paléolithique, comme la plupart des « primitifs », devait savoir nager. De la natation à la navigation qui permet des déplacements plus longs et moins épuisants, on devine une succession d'artifices et de progrès techniques sans qu'aucun document préhistorique, restes matériels ou iconographies, vienne à l'appui de la construction logique qui imagine que l'homme ait d'abord utilisé un flotteur, branche, outre gonflée, puis ait songé à se placer sur ce flotteur qu'il fallut donc aménager et munir d'organes de propulsion ; troncs assemblés en radeau pour obtenir une plateforme stable, ou tronc creusé pour recevoir le navigateur semblent bien avoir été les premiers engins de navigation. De fait, l'agencement au moyen de cordages puis de mortaises, ou le creusement au feu et à la hache sont, à l'état embryonnaire, les deux techniques essentielles qui commandèrent la construction navale au cours des millénaires.

On devine l'importance que présente l'existence ou non des relations transméditerranéennes préhistoriques qui permettraient d'expliquer bien des traits culturels communs aux populations méditerranéennes, mais cette question fut rarement posée d'une façon correcte. En se fondant sur des ressemblances plus ou moins précises d'ordre technique ou culturel, les partisans des navigations très anciennes affirment l'existence d'échanges matériels de part et d'autre des détroits ou des bras de mer. Les adversaires de ces mêmes navigations ne manquent pas de souligner l'imprudence de telles positions et expliquent les ressemblances techniques par le hasard des inventions ou la nécessité des convergences sous la pression des conditions naturelles. Cette conception déterministe de l'évolution des industries et cultures préhistoriques paraît nettement dépassée aujourd'hui. Prenons pour cadre de cet examen le bassin occidental de la Méditerranée [1].

En premier lieu le terme de navigation ne doit s'appliquer qu'à des déplacements maritimes d'une certaine importance : ainsi le franchissement du détroit de Messine (3 km actuellement) ne peut être compté comme une navigation maritime et de fait la Sicile fut peuplée dès le Paléolithique inférieur, ce qui n'est le cas ni de la Corse, ni de la Sardaigne, ni des îles Baléares. C'est dire qu'il faut aussi tenir compte des distances que devaient réellement franchir les hommes préhistoriques, non pas celles que nous mesurons aujourd'hui mais celles qui existaient à l'époque ; ce n'est pas toujours facile. On sait que pendant la dernière glaciation l'eau retenue sur les continents du fait du développement des glaciers représentait une telle quantité que le niveau moyen des océans s'abaissa jusqu'à 130 m au-dessous du niveau actuel. La remontée de ce niveau (transgression versilienne), après la libération des eaux lors de la décrue glaciaire, commença peu après 10 000 av. J.-C. Elle ne fut pas régulière de sorte qu'il n'est pas toujours pos-

1. G. Camps, « La question des navigations préhistoriques dans le bassin occidental de la Méditerranée », *Congrès préhistorique de France*, XXe session, Provence, 1974 (1977), p. 53-62 ; G. Camps, « La navigation en France au Néolithique et à l'Age du bronze », *La Préhistoire française*, CNRS Paris, t. II, p. 192-201 ; G. Camps, « Navigations et relations interméditerranéennes préhistoriques », *Chronologie et synchronisme dans la Préhistoire circum-méditerranéenne*, U.I.S.P.P., IXe congrès, Nice, 1976, p. 168-177.

sible de tracer les contours des continents à une date précise. Quoi qu'il en soit on est à peu près sûr que vers 7 000 av. J.-C. la plupart des îles voisines du littoral de Provence (Porquerolles, île Riou, Lérins...) étaient encore rattachées au continent. Même l'île d'Elbe et l'archipel toscan étaient alors un cap de la Péninsule italienne. Mais cette variation du niveau marin au cours du Quaternaire n'intervient pas dans l'étude du peuplement des grandes îles : Corse, Sardaigne, Baléares sont, depuis le Pliocène, sans relations terrestres avec le continent. Cet isolement explique l'existence de nombreuses espèces endémiques, même parmi les mammifères tels que le cerf de Corse et Sardaigne (*Cervus elaphus corsicus*) ou ce gros rongeur disparu au début des temps historiques : *Prolagus corsicus* en Corse et Sardaigne. Dans les Baléares, un ruminant nain (*Myotragus balearicus*) fut chassé par les premiers hommes qui occupèrent les îles.

Nous sommes donc conduits naturellement à accorder la priorité aux îles dans l'examen des possibles navigations préhistoriques ; on ne saurait toutefois négliger les zones proches des détroits qui, quels que soient les courants qui les parcourent, furent à toutes les époques les points de franchissement les plus aisés [2].

Les arguments en faveur des navigations préhistoriques se comptent comme des faits matériels ou comme des preuves indirectes. Les premiers sont administrés par le peuplement des îles, les seconds sont donnés par la présence de produits de l'industrie humaine très caractéristiques d'une culture de part et d'autre d'un bras de mer lorsqu'aucune raison ne permet d'attribuer leur ressemblance ou leur identité à des convergences accidentelles ou déterminées.

En fait, les navigations paraissent normales à une époque où l'homme disposait, grâce à la métallurgie, d'outils efficaces qui lui permettaient de construire des bateaux susceptibles d'aller en haute mer, mais elles supposent également de bonnes connaissances nautiques. Il existait, en effet, une tradition maritime antérieure à l'Age des métaux.

Une roche très particulière et recherchée pour sa facilité de taille et le fil de son tranchant, l'obsidienne, apporte la preuve de ces navigations antérieures. Dès le Néolithique ancien et moyen, en effet, les riverains de la Méditerranée utilisèrent sporadiquement cette roche volcanique. Dans notre région les sources d'approvisionnement sont toutes dans la mer Tyrrhénienne, ce sont les gisements du Monte Arci en Sardaigne,

2. Pour le détroit de Gibraltar voir en particulier : M. Tarradell, « El estrecho de Gibraltar. Puente o frontera ? » *Tamuda,* 1959, p. 123-138.

Palmarola dans les îles Pontines, Lipari dans les îles Eoliennes et l'île de Pantelleria dans le détroit de Sicile [3]. Au Néolithique moyen, autour de 3 000 av. J.-C., l'obsidienne de Sardaigne et même celle des îles Lipari est utilisée en Provence, Languedoc et jusqu'en Catalogne, celle de Pantelleria, en Tunisie et Algérie orientale qui en reçoivent également de Lipari. Mais ce sont là les points extrêmes atteints par ce commerce ; antérieurement, au Néolithique ancien, l'obsidienne est largement utilisée dans la Péninsule italienne, en Corse et même dans les îles de Lampedusa distantes de 145 km de Pantelleria, source d'obsidienne la plus proche. Au même moment le littoral languedocien commence à être fréquenté par des caboteurs venus de Ligurie qui, avec leur céramique décorée par « impression », introduisent quelques outils en obsidienne d'origine sarde (site de Portiragnes).

En continuant à remonter dans le temps nous trouvons, au tout début du Néolithique, d'autres témoignages, qui prouvent que les hommes s'aventuraient déjà en pleine mer. C'est vers 6 000 av. J.-C., au plus tôt, que la céramique apparaît dans les cultures préhistoriques bordières de la Méditerranée occidentale. Parmi ces plus vieilles poteries, s'est développé un décor très particulier obtenu en imprimant dans la pâte crue le bord crénelé d'une coquille marine, celle du *Cardium* (d'où le nom de céramique cardiale), d'un *Pecten* ou de tout autre mollusque bivalve. Nous avons vu la répartition singulière de cette céramique (fig. 48) : elle est très répandue le long d'une bande côtière qui va de la région d'Alicante à Gênes. Elle est plus diffuse au Portugal, en Andalousie et en Italie péninsulaire. Une nouvelle concentration se manifeste autour de la mer Adriatique, dans certaines îles dalmates et dans les Pouilles. La Corse est assez riche puisqu'une douzaine de gisements ont jusqu'à ce jour livré de la céramique cardiale : un type de décor particulièrement soigné (Basi, Aléria) se reconnaît aussi bien dans l'île qu'en Toscane (Pianza). La Sardaigne paraît aussi riche (Siri, Inferno). Ce mode de décoration existe aussi en Sicile sur certains vases du style de Stentinello. Il fut imité, sans usage de coquille, dans l'archipel maltais (Ghar Dalam). Ni les îles Baléares, ni les côtes algérienne et tunisienne ne possèdent de

3. O. Corneggia Castiglioni, F. Fusi, G. d'Agnolo, « Indagini sulla provenienza dell'obsidiana utilizzata nelle industrie preistoriche del Mediterraneo occidental », *Atti della Società italiana di Scienze naturale*, t. 52, 1963, p. 310-322 ; G. Camps, « Note de protohistoire nord-africaine. III, Industries en obsidienne de l'Afrique du Nord », *Libyca*, t. 12, 1964, p. 292-297 ; J. Courtin, « Le problème de l'obsidienne dans le Néolithique du Midi de la France », *Revue des Etudes Ligures. Hommage à F. Benoît*, t. I, 1972, p. 94-109 ; O. William Thorpe, J.E. Warren et L.N. Barfield, « The sources and distribution of archaeological obsidian in Northern Italy », *Prehistoria alpina*, t. 15, 1979, p. 73-92.

céramique cardiale : ce qui montre bien que l'apparition de cette décoration n'est pas un phénomène de convergence ; les coquilles de cardium sont aussi abondantes sur les plages nord-africaines que sur les côtes européennes. Si l'homme néolithique avait été aussi mystérieusement qu'impérieusement conduit à utiliser cette coquille pour décorer ses poteries il l'aurait fait partout où elle existe. En revanche, dans l'extrême nord du Maroc en bordure du détroit de Gibraltar et dans la région de Tétouan, on compte une dizaine de gisements à céramique cardiale [4]. Plus à l'est on ne peut citer que l'unique tesson décoré à la coquille (*Pecten*) de la grotte du Midi à Oran [5]. C'est à la proximité des cultures cardiales ibériques que le Maroc doit la connaissance de cette technique.

Cette expansion de la céramique cardiale au cours du VIᵉ millénaire apporterait la preuve de l'existence de navigations dès le Néolithique ancien si un phénomène, plus ancien encore, n'emportait la conviction des préhistoriens. Je veux parler du peuplement des îles méditerranéennes. Faisons donc le tour du Bassin occidental en examinant les différentes îles et archipels où se manifestent les traces de ces plus anciennes navigations (fig. 48).

L'archipel maltais comprend deux îles, Malte et Gozzo, ainsi que quelques îlots et rochers comme Comino. Il est éloigné d'une centaine de kilomètres de la Sicile et fut peuplé cependant dès le Néolithique ancien. La phase la plus ancienne, à céramique pseudo-cardiale, est celle dite de Ghar Dalam, datée à Skorba de 4 190 ± 160 av. J.-C., mais on a tout lieu de croire que le peuplement ou du moins la fréquentation de ces îles remonte à une date plus haute. Quoi qu'il en soit, il s'agit d'un Néolithique bien affirmé, pratiquant l'élevage du mouton, du bœuf et du porc, cultivant le blé, l'orge et les lentilles. Dès cette époque, Malte reçoit l'obsidienne de Lipari et de Pantelleria, mais non de Mélos (Cyclades) comme on l'a prétendu.

Dans les minuscules îles Pélagie dispersées entre Malte et la Tunisie, le fait le plus notable est l'existence à Lampedusa d'un habitat néolithique ancien [6] qui se rattache à la culture sicilienne de Stentinello (Vᵉ millénaire). Au même moment était utilisée l'obsidienne de Pantelleria, or Lampedusa est particulièrement isolée : Malte est éloignée de 165 km, Pantelleria de 145 et la côte tunisienne de 125.

---

4. G. Souville, « La céramique cardiale dans le Nord de l'Afrique », *Fundamenta*, Reihe A Band 3, 1972, p. 60-91.

5. G. Aumassip, « La poterie préhistorique d'Oranie d'après les documents déposés au Musée Demaeght à Oran », *Libyca*, t. 19, 1971, p. 137-162.

6. G. Radi, « Tracce di un insediamento neolitico nell'isola di Lampedusa », *Atti di Società toscana di Scienze naturale*, t. 79, 1972, p. 197-205.

L'occupation ou du moins la fréquentation de Pantelleria, dans le détroit de Sicile, est aussi ancienne. Située à 70 km du Cap Bon et à une centaine du Cap Granitola en Sicile, cette île volcanique exporte son obsidienne en Tunisie dès le VIe millénaire (Kef Hamda, 5 600 et 5 500 ± 120 av. J.-C.) et à Malte, située à 200 km, dès le Ve millénaire.

Les îles Eoliennes, en relation très ancienne avec la Sicile et la Calabre, doivent également la richesse de leur peuplement préhistorique à l'exploitation de l'obsidienne de Lipari, principale île de l'archipel (fig. 54). L'acropole de cette île a livré une remarquable stratigraphie qui dévoile les très anciennes importations de Sicile, on y reconnaît des vases à décor cardial et du style de Stentinello. On y trouve aussi des poteries un peu plus récentes, de pâte fine décorées de motifs peints en rouge sur engobe blanc, qui viennent d'Italie du Sud. Dès le VIe millénaire, sinon avant [7], Lipari approvisionne en obsidienne toute la Sicile, la Calabre et Malte. Mais ce commerce connut une extension considérable au Néolithique moyen, durant le IVe millénaire, époque où l'obsidienne de Lipari est exportée aussi bien en Vaucluse qu'en Algérie orientale.

Le peuplement de la Sardaigne se fit vraisemblablement par la Corse et celui de cette île par l'archipel toscan qui, au maximum de la régression tyrrhénienne, en était encore séparé de quelque quarante kilomètres. C'est donc grâce à la navigation que furent atteintes la Corse puis la Sardaigne. A moins qu'un peuplement antérieur d'âge paléolithique ait été rendu possible par des traversées épisodiques sur des esquifs primitifs ou, à des époques encore plus anciennes, par d'hypothétiques ponts continentaux entre la Toscane et la Corse, il nous semble évident, à ce jour, que le premier peuplement de la Corse n'est guère antérieur au VIIe millénaire. Plusieurs fois, en Corse, comme en Sardaigne, furent présentées des industries qualifiées de paléolithiques ; aucun document dont l'authenticité scientifique ait été reconnue, n'a pu encore être retenu. Il est sûr cependant que la Corse fut occupée par des populations qui ne connaissaient pas encore la céramique. Ainsi, dans l'abri d'Araguina-Sennola (Bonifacio), un squelette féminin était sous-jacent à une couche archéologique dépourvue de céramique datée de 6 570 ± 150 av. J.-C. par le C 14. Dans l'abri du Curracchiaghiu (Levie) la couche la plus profonde a été datée de 6 610 ± 170

7. Des éclats d'obsidienne en provenance de Lipari ont été trouvés dans le niveau V datant du Mésolithique final et donc antérieur aux niveaux du Néolithique ancien dans le gisement d'Arma dello Stefanin, sur la côte ligure. O. William Thorpe, J.E. Warren et L.H. Barfield, *op. cit.* Ce fait nouveau est à mettre en parallèle avec l'exportation de l'obsidienne de Mélos dans le Péloponnèse au XIIIe millénaire.

et 6 530 ± 180 av. J.-C. ; malheureusement le matériel archéologique est, dans l'une et l'autre couche, d'une pauvreté désolante, l'absence de céramique et les restes de faune domestique permettent seulement de penser que l'économie des occupants des abris était alors uniquement prédatrice.

Les niveaux néolithiques les plus anciens révèlent deux traditions contemporaines dépendant toutes deux de la céramique imprimée méditerranéenne ; il en est de même en Sardaigne. L'une, bien représentée à Curracchiaghiu (Corse) ou dans la grotte de Sa Ucca (Sardaigne), est une céramique à décor imprimé ou poinçonné. L'autre tradition est celle du décor cardial, qui est remarquable par sa qualité et paraît plus ancienne, tant à Siri et dans la grotte de l'Inferno (Sassari) en Sardaigne qu'à Basi, Bonifacio et Aléria en Corse. Ce décor à base de chevrons emboîtés, de bandes brisées et de triangles alternés, trouve son exacte reproduction dans la céramique cardiale de Pianza en Toscane. De fortes analogies sont également reconnaissables avec le décor cardial des gisements de Ligurie (Arene Candide) ; aussi peut-on qualifier de tyrrhénien le style cardial bien représenté sur le littoral de cette mer qui connut de précoces traversées.

L'obsidienne sarde du Monte Arci fut aussi recherchée que celle de Lipari ; elle approvisionna non seulement les habitants de l'île et de Corse, mais aussi ceux du nord de l'Italie, de Provence et du Languedoc. Cette exportation commence dès le Néolithique ancien et atteint son plein développement au Néolithique moyen — Chasséen en France méridionale (fig. 54).

Du fait de leur plus grand isolement la question du premier peuplement des îles Baléares se pose avec plus d'acuité que pour l'ensemble Corse-Sardaigne. Si nous partons des faits les mieux connus, donc les plus récents, on peut affirmer qu'à la fin du Chalcolithique le peuplement de Majorque est réalisé. Une série de datations (Ca na Cotxera, 1 800 ± 100 av. J.-C., Cueva de los Muertos, 1 840 ± 80 av. J.-C.) le prouve amplement ainsi que les constructions prétalayotiques du type naveta. Les plus vieilles céramiques de l'île, la céramique incisée, dérivée du style campaniforme catalan et la céramique lisse des grottes funéraires sont de la même époque. Cependant une fréquentation humaine antérieure expliquerait, dans la grotte de la Muleta (Majorque), la présence d'ossements humains dans une couche à *Myotragus balearicus* dont les os soumis au C 14 ont accusé un âge de 5 180 ± 100 ans av. J.-C. Malheureusement aucune industrie reconnaissable n'accompagnait ces ossements. On sait cependant qu'à cette date la Corse était déjà occupée depuis un millénaire, que Pantelleria et surtout Lampedusa, plus éloignée du continent que les Baléares, étaient fréquentées. Même

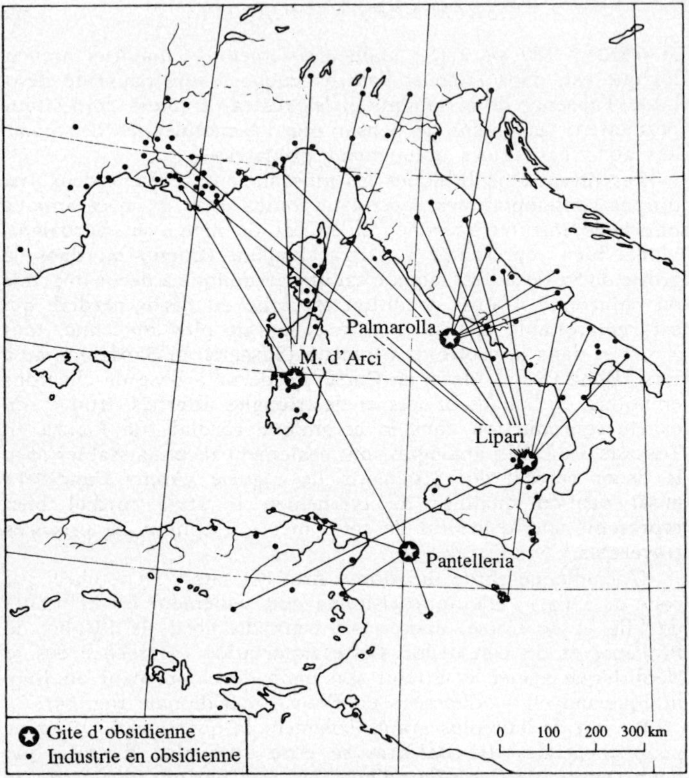

Fig. 54. — Le « commerce » de l'obsidienne en Méditerranée occidentale, mers Tyrrhénienne et Adriatique au Néolithique. *Dessin de Y. Assié.*

si on rejette ce possible peuplement des Baléares au VIe millénaire, il importe de retenir que dans la même grotte, à un niveau supérieur, des ossements humains furent datés de 3 980 ± 110 av. J.-C. Dans la même île, une couche de charbon de l'abri de Son Matge date de 3 800 ± 150 av. J.-C. ; il y fut trouvé un nucléus, seule trace, avec le charbon, d'une présence humaine. Ces deux dates nous incitent à situer vers la fin du Ve millénaire, au plus tard, le début du peuplement des îles Baléares. Il est troublant cependant de constater que ces îles semblent avoir ignoré, jusqu'à la fin du Chalcolithique, toute industrie céramique. Majorque comme la Corse apporterait donc la preuve que les hommes se sont aventurés très loin en mer avant de connaître l'art de la poterie.

Le problème du peuplement des îles de la Méditerranée occidentale, s'il n'est encore complètement résolu, permet d'affirmer qu'à l'aube de l'Age des métaux la circulation maritime était devenue relativement aisée puisque même les îles les plus isolées étaient occupées et avaient déjà développé certains traits culturels originaux. Cet examen fait reconnaître aussi, dès les époques les plus archaïques, l'ampleur relative des relations économiques entre les îles et avec le continent.

Le bassin égéen a connu des navigations à peine antérieures à celles que nous avons reconnues dans l'ouest méditerranéen. Chypre et la Crète ne furent pas occupées avant le Néolithique, à la fin du VIIe millénaire (Cnossos, 6 100 ± 150 av. J.-C.). Cependant dès le XIIIe millénaire, l'obsidienne de Mélos, dans les Cyclades, était importée en Péloponnèse, à Franchti.

Bien des préhistoriens se sont posé la question de savoir si des traversées maritimes beaucoup plus anciennes ne pourraient expliquer de troublantes analogies entre des industries du Paléolithique inférieur. Ainsi le hachereau, cet outil caractéristique de l'Acheuléen africain, n'est connu en Europe, à l'époque rissienne, qu'en Espagne et en Sicile et, plus rarement, dans le sud de la France. Pour expliquer cette répartition curieuse, trois propositions ont été avancées : convergence technologique, existence de ponts continentaux, traversées des détroits de Gibraltar et de Sicile par les hommes acheuléens [8]. Des arguments très forts peuvent être opposés à chacune de ces explications. Celle qui fait appel aux convergences est trop facile, nous avons déjà eu l'occasion de la combattre et de la rejeter. L'existence de ponts continentaux au cours de la régression rissienne entre l'Afrique et l'Espagne et entre l'Afrique et la Sicile, est des plus douteuse. Aucun haut-fond dans les détroits ne le laisse supposer ; il faudrait, pour y croire, admettre qu'une très forte érosion sous-marine ou d'importants effondrements les aient fait disparaître au cours du Pléistocène récent ou de l'Holocène, ce qui ne fait qu'ajouter de nouvelles hypothèses. Resterait donc l'hypothèse de navigations acheuléennes, mais celle-ci se heurte aussi à des difficultés. Comment expliquer que ce qui était possible aux Acheuléens ne le fut plus à leurs successeurs de l'époque würmienne qui avaient cependant un équipement supérieur ?

L'Atérien africain est inconnu en Espagne et les industries du Paléolithique supérieur européen n'ont jamais franchi les détroits. Faut-il penser que la régression rissienne, plus importante que la régression tyrrhénienne, facilitait les traversées ?

---

8. H. ALIMEN, « Les isthmes hispano-marocain et siculo-tunisien aux temps acheuléens », *L'Anthropologie*, t. 79, 1975, p. 399-436.

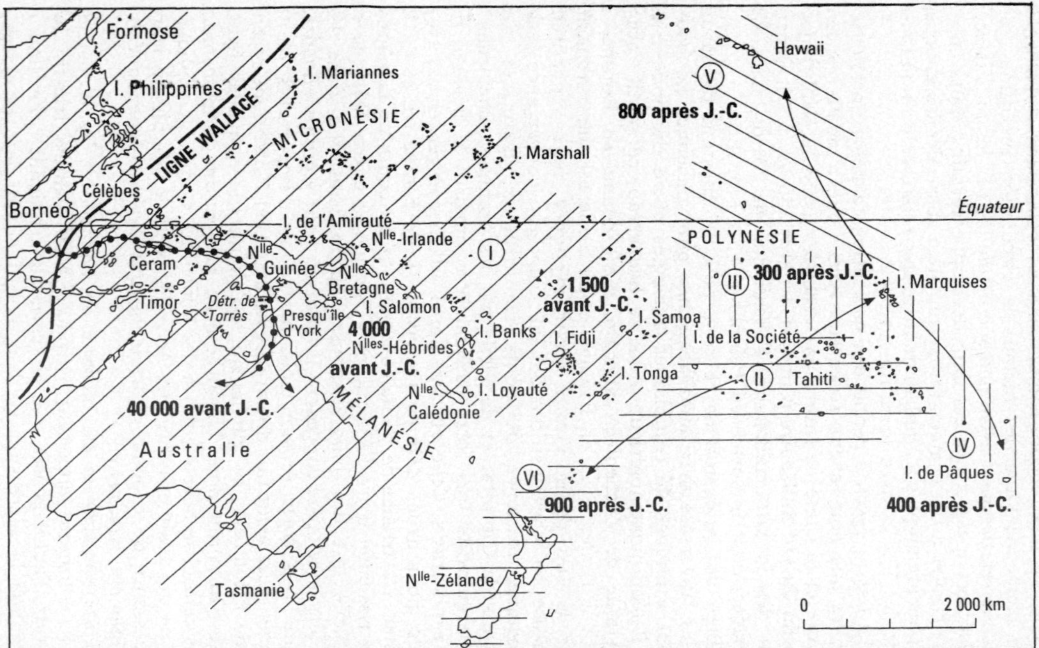

Fig. 55. — Le peuplement du Pacifique. Le trait ponctué indique l'itinéraire vraisemblable suivi par les ancêtres des Australiens, d'après Cornelius. Les zones hachurées numérotées correspondent aux différentes phases de peuplement, d'après Bellwood (dessin d'Y. Assié).

Mais comment accorder tant d'importance à ces variations du niveau de la mer quand on sait que le détroit de Gibraltar ne mesure que 13 km dans son passage le plus étroit ? Il est vrai qu'il est parcouru par un puissant courant qui rend sa traversée toujours difficile.

C'est dans d'autres régions du monde que se trouve la réponse à une telle question.

Le peuplement de l'Australie et de l'Océanie

L'homme paléolithique a su en effet traverser des distances importantes. Le peuplement de l'Australie en apporte la preuve. Ce peuplement est un exploit, certainement le plus remarquable de l'histoire des plus vieilles navigations. L'Insulinde est, sur le plan biologique, constituée de deux ensembles assez contrastés de part et d'autre de la ligne Wallace ; à l'ouest les îles de Bornéo, Sumatra et Java furent plusieurs fois réunies entre elles et au continent asiatique au cours de régressions pliocènes et pléistocènes, aussi possèdent-elles une faune « continentale » ; à l'est Célèbes, les Moluques, Florès, Timor et les petites îles de la sonde orientale constituent une zone biogéographique bien plus pauvre en espèces animales et végétales. La séparation définitive de ces deux ensembles s'est effectuée au plus tard au Pléistocène inférieur. Isolées depuis plus longtemps encore, la Nouvelle-Guinée et l'Australie furent reliées entre elles de temps en temps, au cours du Pléistocène inférieur, par l'émergence de la plate-forme de Sahul. L'isolement de l'Australie et de la Nouvelle-Guinée a permis le maintien sur ces terres de mammifères marsupiaux qui occupent toutes les niches écologiques. Les seuls mammifères placentaires arrivés sans l'intervention de l'homme sont les rats et les chauves-souris. L'introduction du dingo, ce chien sauvage d'Australie est due à l'homme.

Que les premiers Australiens soient arrivés de Timor ou de Nouvelle-Guinée (fig. 55), il leur fallut traverser l'océan sur une distance égale ou supérieure à 70 km, même si cette traversée s'est effectuée, comme c'est vraisemblable, lors d'un maximum régressif [9]. A quel moment fut accompli cet exploit ? L'état culturel des Aborigènes d'Australie et des Tasmaniens, aujourd'hui éteints, permettait de penser que cette traversée avait eu lieu antérieurement au développement des innovations techniques néolithiques. Sans animaux domestiques, ignorant l'agriculture et la céramique, les Australiens et les Tasmaniens étaient bien des laissés-pour-compte de l'aventure humaine. Ces hommes démunis descendent cependant des plus anciens navigateurs

9. D.J. Mulvaney, *The prehistory of Australia*, Blackburn, 1975, Penguin book.

connus. Nous savons aujourd'hui que le sud de l'Australie, le point le plus éloigné des régions où avaient nécessairement débarqué les premiers Australiens, était occupé il y a 32 700 ans (Lac Mungo). On estime que la traversée dut avoir lieu entre 40 et 35 000 ans, c'est-à-dire pendant la régression contemporaine du Würm II [10]. Les plus anciens restes humains découverts en Australie sont ceux d'une jeune femme dont la sépulture est datée d'environ 25 000 ans. Sa morphologie n'est guère différente de celle des Aborigènes actuels. L'île de Hunter, proche de Tasmanie, était occupée avant le XXe millénaire.

Comment expliquer le sous-développement technique des Aborigènes alors que leurs ancêtres, les plus vieux navigateurs connus, semblaient être placés à la pointe du progrès. Il ne faut pas oublier que ces *Homo sapiens sapiens* sont contemporains des derniers néandertaliens d'Europe. L'isolement dans lequel furent confinés les Australiens serait-il la seule cause de ce développement au ralenti ? Les préhistoriens australiens ont reconstitué les règles générales de l'évolution technique des Aborigènes. Elles paraissent relativement simples : dans une phase archaïque, sur tout le continent australien, on reconnaît une tradition marquée par un outillage lithique grossier, constitué de rabots, de racloirs sur éclats ou sur nucléus, qui s'allège progressivement. Au cours de l'Holocène, vers 8 000, apparaissent de nouveaux types d'outils plus légers, des microlithes parfois géométriques, des lames et lamelles à bord abattu, des erminettes. Cette évolution s'accompagne d'une amélioration de la qualité des matériaux utilisés. Depuis qu'ils sont entrés en contact avec des Européens, les Aborigènes taillent d'ailleurs volontiers le verre de bouteille et en tirent de magnifiques pointes et couteaux.

Il n'empêche que les industries lithiques australiennes apparaissent uniformes et ne répondent guère à la diversité des milieux naturels, voire aux genres de vie [11]. Cette uniformité reflète en fait une grave défaillance — du moins à notre point de vue — de l'évolution technique en vase clos. Cet outillage paraît uniforme parce que ses formes ne sont que faiblement spécialisées et aptes à tous usages. L'Australie n'a pas connu l'accélération technique qui, dès le Paléolithique supérieur en Europe et ailleurs, a multiplié les formes d'outils spécialisés et la succession rapide des industries. Il est cependant rassurant de retrouver, mais amortie par l'atmosphère lourde de l'isole-

10. R. SHULTER Jr, « Recent radiocarbon dates and Pacific prehistory », *La Préhistoire océanienne*, U.I.S.P.P., IXe congrès, Nice, 1976, p. 102-133.

11. M. LORBLANCHET et R. JONES, « Les premières fouilles à Dampier (Australie occidentale) et leur place dans l'ensemble australien », *Bulletin de la Société préhistorique française*, t. 76, 1979, p. 463-487.

ment, une lente amélioration des outils vers une plus grande efficacité et donc une maîtrise plus grande sur la nature.

Les autres parties de l'Océanie (fig. 55), la Mélanésie, la Micronésie et la Polynésie sont occupées par des populations qui, contrairement aux Australiens, tirent l'essentiel de leur nourriture de l'agriculture et parlent des langues d'une même famille, l'austronésien ou malayo-polynésien dont certains linguistes situent l'origine à Taï-Wan (Formose). Les spécialistes sont convaincus que le Pacifique sud-asiatique et nord-mélanésien doit être compté parmi les foyers d'invention des techniques de production au même titre que l'Orient méditerranéen ou l'Amérique centrale et andine.

En Mélanésie, et particulièrement en Nouvelle-Guinée, se constitua très tôt une culture à forte organisation sociale, capable dès 6 000 ou 4 000 av. J.-C., si les données mises au jour par les archéologues australiens sont confirmées, d'inventer un système d'irrigation complexe destiné à la production du taro (Kuk Tea, Mont Hagen).

La migration qui peupla l'Océanie [12] commença vers 4 000 av. J.-C. Les premiers mouvements décelables sont ceux des Papous vers la Nouvelle-Bretagne et les îles Salomon. Ces hommes avaient déjà atteint le stade néolithique, ils emmenaient avec eux dans leurs migrations maritimes leurs porcs, leurs poules et leurs chiens, ils transplantaient le taro et fabriquaient des poteries. D'autres vagues, peut-être venues du sud-est asiatique et des Philippines, introduisirent la culture du riz dans l'ouest de la Micronésie. A l'est des îles Salomon, le peuplement se fit exclusivement par des groupes parlant une langue austronésienne ; il ne commence pas avant le IIe millénaire.

Sur les franges de ce monde mélanésien prend naissance une culture originale, très expansive, la culture Lapita [13], caractérisée par une céramique décorée au peigne. Les porteurs de la culture Lapita furent de grands navigateurs ; au cours du IIe millénaire av. J.-C., ils se répandent aux Fidji et en Polynésie occidentale. L'importance de ces déplacements maritimes est confirmée, ici aussi, par la présence d'outils en obsidienne en des sites fort éloignés de leur lieu d'origine : ainsi à l'île des Pins, au sud-est de la Nouvelle-Calédonie, des pointes sont faites dans une obsidienne provenant de Nouvelle-Bretagne, située à 3 000 km. Le commerce, qui fut toujours intense en Océanie,

---

12. P. BELLWOOD, « Le peuplement du Pacifique », *Pour la Science*, nº 39, janvier 1980, p. 90-102 ; J.B. CORNELIUS, « Le peuplement de l'Australie », *Bulletin du Musée d'Anthropologie préhistorique de Monaco*, nº 22, 1978, p. 119-125.

13. J. GARANGER *Archéologie des Nouvelles-Hébrides*, Publication de la Société des Océanistes, Paris, 1972.

portait aussi sur la céramique, les coquillages et les roches diverses. Ces hommes de la culture Lapita étaient d'habiles agriculteurs et pratiquaient une pêche intensive.

La culture Lapita, après avoir pris une grande extension, s'éteignit au cours de la seconde moitié du Ier millénaire av. J.-C. Elle se maintint un peu plus longtemps à Tonga [14] et aux Samoa d'où certains de ses traits se répandirent vers la Polynésie orientale à une époque récente, mais, curieusement, l'art de la poterie disparut, ce qui nous semble être une régression dont les causes demeurent mystérieuses. La raison habituellement invoquée est l'absence d'argile sur des atolls récents de Polynésie, mais elle n'est pas valable pour la Polynésie occidentale, la Micronésie centrale, les îles Marquises et l'île de Pâques. La Nouvelle-Zélande n'est pas non plus dépourvue d'argile bien que la céramique y soit inconnue. Il est vrai que ces terres furent les dernières conquises par l'homme qui avait oublié cette technique.

L'expansion polynésienne est un phénomène à la fois complexe et récent (fig. 55). Qu'on en juge par quelques dates ! Des îles occidentales de Polynésie, Samoa, Tonga, les navigateurs gagnent les îles de la Société qui, au début de notre ère, deviennent à leur tour un centre de dispersion. La tradition orale donne à ces îles et particulièrement à Raïatea un rôle majeur dans l'expansion. Les Polynésiens abordent aux Marquises vers 300 de notre ère et un siècle plus tard à l'île de Pâques. Vers 800 le peuplement de la Polynésie est achevé ; même le lointain et septentrional archipel d'Hawaï est colonisé. Il faut encore attendre un siècle pour que soient occupées les terres de Nouvelle-Zélande.

L'exploit que représentent ces longues navigations, qui duraient plusieurs semaines, ne saurait être minimisé. Ces hardis navigateurs partaient avec leurs femmes sur des pirogues munies de balanciers et assez vastes pour embarquer en plus de l'eau et des vivres indispensables, des plants, des tubercules, des noix ainsi que les quelques animaux domestiques : poules, porcs et chiens. Une fois débarqués il faut subsister dans des conditions précaires en attendant les premières récoltes. L'alimentation est fondée essentiellement sur les fruits, les tubercules, la consommation de viande de porc et les poissons des lagons.

La conquête des atolls polynésiens ou des îles volcaniques s'accompagne d'une véritable colonisation car tout ou presque tout (à l'exclusion des cocotiers) est apporté par l'homme ; ces terres étaient très pauvres en espèces animales et végétales. On

14. J. Poulsen, « The chronology of early tongan prehistory and the Lapita Ware », *La Préhistoire océanienne*, U.I.S.P.P., IXe congrès, Nice, 1976, p. 223-250.

devine que de telles migrations, surtout vers des terres aussi isolées que Hawaï ou l'île de Pâques, ne manquaient pas de pittoresque. Elles n'étaient pas dépourvues non plus de danger au cours de ces traversées interminables dans un Océan qui mérite rarement son nom de Pacifique. Elles supposent surtout des connaissances nautiques extrêmement poussées, que les descendants de ces découvreurs de terres n'ont pas toutes oubliées (fig 56). Il est vraisemblable que les départs avec femmes, enfants et animaux étaient précédés de voyages d'exploration.

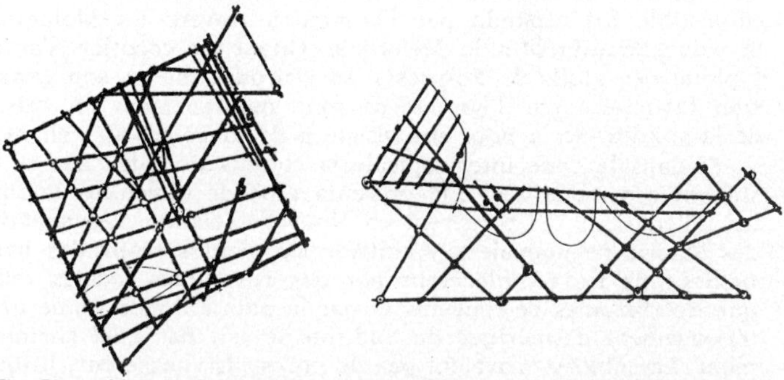

Fig. 56. — Matang, instruments « cartographiques » des îles Marshall, en baguettes de bois, fibres végétales et coquillages. Ces instruments donnent des indications, d'après l'importance de la houle et la direction des vagues, sur l'éloignement d'une île non encore visible. Ils ont servi aux longues navigations dans le Pacifique, d'après P. Siorat.

Parmi les plantes vivrières transportées dans les pirogues, il n'y a aucune céréale (le riz ne dépasse pas vers l'ouest la Micronésie centrale), ce sont les plants de taro (*Colocasia esculenta*) qui tenaient la plus grande place. Le taro a le grand avantage de se reproduire par simple bouturage. En Océanie règne en effet un climat perpétuellement humide où le bouturage est spontané ; de son observation a dû naître très tôt le désir de pratiquer une reproduction volontaire [15]. Il s'agit d'une tradition agricole fort différente de celle qui prévaut dans l'Eurasie et la plus grande partie de l'Afrique où domine la production de céréales et de légumineuses. Le taro fournit un

15. P. Boiteau, « L'origine de la multiplication volontaire et de la culture des plantes sous les Tropiques », *Société d'Etudes et de Recherches préhistoriques. Les Eyzies*, n° 29, 1979, p. 19-22.

tubercule toxique tant qu'il est cru mais excellent après cuisson, l'igname (*Diascorca alata*) originaire de l'Asie des moussons a été de même introduit dans toutes les îles du Pacifique, mais ces deux plantes ont des exigences contradictoires ; alors que l'igname, qui aime les sols secs, est cultivé sur des levées de terre ou des billons entre des drains, le taro se plaît dans les sols très humides, abondamment irrigués, voire détrempés. C'est dans les tarodières que se développèrent, en Asie, de mauvaises herbes appelées à jouer un rôle important dans l'alimentation : le millet des oiseaux (*Setaria italica*) et surtout le riz vivace (*Oryza sativa*) ; ni l'un ni l'autre ne passèrent en Polynésie. Le sagoutier ou arbre à pain dont la moelle donne une fécule comestible fut répandu par l'homme à travers les Moluques, la Nouvelle-Guinée et la Mélanésie. Quant au cocotier, l'arbre typique des atolls de Polynésie, sa reproduction et son expansion favorisées par l'homme se font spontanément en raison de la solidité de la noix qui résiste à de longs séjours en mer.

Si dans la zone intertropicale la colonisation des îles se fit suivant ces modalités, elle présenta plus de difficultés lorsque les Polynésiens débarquèrent en Nouvelle-Zélande. Les ancêtres des Maoris ne pouvaient y cultiver les plantes tropicales habituelles ; ils les remplacèrent par des ressources locales telles que les rhizomes de fougères et par la patate douce venue mystérieusement d'Amérique du Sud, on ne sait par quel cheminement. Les Maoris n'avaient pas de porcs, ils chassèrent, jusqu'à son extinction, le moa, ce gros oiseau qui, comme l'autruche ou l'émeu, ne pouvait voler. Ils se contentaient de la viande de leurs chiens et à l'occasion ne dédaignaient pas d'améliorer leur ordinaire aux dépens de quelques membres de tribus voisines. L'anthropophagie n'est pas inconnue ailleurs, particulièrement en Mélanésie et en Nouvelle-Guinée.

Les premiers Américains

1492 : découverte de l'Amérique, une de ces dates qui font la trame d'une histoire élémentaire et que la mémoire scolaire conserva jalousement. Enoncé inexact, nous le savons aujourd'hui. Il faudrait préciser : découverte de l'Amérique par Christophe Colomb et reconnue comme telle par les civilisations occidentales qui en subirent des conséquences incalculables. Mais l'Amérique fut découverte plusieurs fois.

On soupçonne qu'au XIVe siècle, sinon avant, quelques navires basques ou normands ont reconnu, au cours d'expéditions de pêche lointaines, des terres nouvelles au-delà de l'Océan. Plus tôt encore, vers l'an 1000, les Vikings découvrirent l'extrême nord de l'Amérique, non pas comme Colomb en un seul voyage mais par bonds successifs accompagnés chacun d'une véritable colonisation des terres vierges. Cette histoire fut consignée dans la Saga d'Eric le Rouge et dans un autre texte, le *Récit des Groënlandais* [16]. Le point de départ fut la Norvège, les îles Féroé furent les premières terres annexées, puis l'Islande d'où partit Eric le Rouge qui découvrit le Groenland (la « Terre verte ») où il fonda deux colonies à l'extrémité méridionale. Son fils Leif évangélisa les colons et construisit une église dont les ruines ont été retrouvées. Au printemps de l'an 1000, Leif et ses compagnons entreprirent un voyage de découverte vers l'ouest [17] ; ils abordèrent sur une côte plate et monotone qu'ils nommèrent Helluland (« Terre plate ») et qu'on suppose être la Terre de Baffin. Faisant cap au sud ils découvrirent successivement une terre boisée (« Markland ») qui semble être le Labrador et enfin une région plus attrayante qu'ils baptisèrent Vinland. Il n'est pas sûr que ce terme ait réellement signifié Terre des Vignes. En écartant cette traduction on pourrait faire l'économie d'une hypothèse qui amènerait ces Vikings jusqu'au Massachusets où passa la limite nord de la vigne — mais celle-ci a pu reculer depuis mille ans, en particulier pendant le refroidissement climatique du XVIe-XVIIIe siècle connu sous le nom de « Petit âge glaciaire ». En fait le Vinland pourrait s'identifier avec Terre Neuve où les fouilles de H. Ingstad mirent au jour, à l'Anse des Meadows, les ruines d'une « longue maison » de type groenlandais. Le matériel métallique, manifestement viking, était accompagné d'une fusaïole en stéatite du Groenland. Enfin une douzaine de datations par le C 14 des charbons recueillis lors de ces fouilles se situent autour de l'an 1000.

Les Sagas rapportent les récits plus ou moins précis des expéditions qui suivirent celle de Leif. Que devinrent les descendants de ces colons ? L'extinction des groupes vikings du Groenland, sans doute à la suite d'une oscillation climatique défavorable, fit de cette première occupation européenne de l'Amérique un épisode sans lendemain.

Les Vikings du Vinland s'évanouirent dans la nuit de l'indifférence, car les faits historiques, même ceux qui méritent le plus l'admiration, n'ont d'importance que par leurs conséquences. La colonisation viking échoua, la découverte de Christophe Colomb fut suivie du peuplement européen de l'Amérique : la plus vaste migration humaine jamais effectuée.

Cependant, pas plus que Colomb, Leif n'abordait dans un pays vide, sur des terres vierges. Le *Récit des Groenlandais* donne un tableau cruel des premiers contacts, entre Vikings

---

16. M. MAGNUSSON, *Viking expansion westwards*, Londres, 1973, Bodley Head.
17. J. KRISTJANSSON, *Icelandic Sagas and manuscripts*, Reykjavik, 1970.

et *Skraelings* dont il note le visage large et les cheveux hirsutes. Ces premiers Américains, Indiens ou Eskimos, ignoraient l'usage du métal mais possédaient des arcs et des flèches meurtrières.

Depuis quand le continent américain était-il occupé par l'homme, et d'où venait celui-ci ? La réponse donnée à cette double question est la pierre angulaire de la préhistoire américaine. Elle fut donnée très tôt, trop tôt même puisqu'avant même que la préhistoire n'acquière quelque semblant de caractères scientifiques, des précurseurs tel Lund, découvraient entre 1835 et 1844 dans les grottes de Lagoa Santa (Minas Geraës, Brésil), des restes humains en relation avec des ossements d'espèces éteintes comme le Mastodonte, le cheval et de grands édentés. Dans le dernier tiers du XIXe siècle le paléontologue argentin Ameghino bâtit une théorie audacieuse tendant à prouver que les pampas avaient été le berceau de l'humanité [18]. Les ongulés de la steppe se voient obligés de se dresser sur leurs membres postérieurs pour explorer l'horizon. Dans ce « redressement », qui serait le principal processus d'homanisation, Ameghino reconnaissait plusieurs stades qu'il baptisait *Tétraprothomo, Triprothomo, Diprothomo* et *Prothomo*. Les pièces fossiles présentées à l'appui de cette thèse fantaisiste ne résistent pas à un examen tant soit peu critique : le *Tetra prothomo* du Monte Hermosa était fondé sur un atlas et un fémur ; celui-ci appartenait à un félidé ! Le *Triprothomo* était un stade imaginaire auquel aucune pièce n'était attribuée ; quant au *Diprothomo* représenté par la calotte crânienne de Buenos Aires, il ne devait son existence, comme le montra Van Lushan, qu'à l'orientation inexacte donnée à ce fossile. Le *Prothomo* était aussi évanescent, les différents crânes retenus par Ameghino pour fonder ce stade ultime avant l'humanité étaient ceux d'Indiens ayant subi de leur vivant des déformations intentionnelles.

Ameghino connut de nombreux successeurs aux Etats-Unis. Durant les dernières décennies du XIXe siècle, Putnam, Abbott, Mc Gee, Wright, Wilson et bien d'autres, cherchèrent désespérément l'Américain pléistocène et les traces d'une occupation paléolithique du pays [19]. Cet homme paléolithique, après avoir été pourchassé dans les carrières et les puits de mine, fut pourfendu par deux savants : W.H. Holmes [20] et surtout A. Hrdlicka.

18. F. Ameghino, *La antigüedad del Hombre en el Plata*, Buenos Aires, 1880-1881, 2 vol.

19. M. Boule, *les Hommes fossiles*, Paris, 1946, Masson, 3e éd., p. 499-508 ; J.D. Jennings, *Prehistory of North America*, New York, 1968, McGrave-Hill book company.

20. W.H. Holmes, « Hodern Quarry refuse and the paleolithic theory », *Science*, t. XX, 1892, n° 512, p. 295-297.

Ce dernier démontra qu'aucun des fossiles humains découverts et présentés par ses prédécesseurs n'était réellement ancien [21]. Il établit un véritable dogme de la préhistoire américaine : l'homme n'est arrivé en Amérique, en venant d'Asie, qu'après la dernière glaciation. Véritable Nouveau Monde, l'Amérique qui entra si tardivement dans l'histoire, n'avait été aussi que le dernier continent colonisé par l'homme.

Qu'en est-il aujourd'hui de cette affirmation ? Les progrès réalisés dans les différents procédés de datation et l'avance technologique des laboratoires américains ont permis au cours de ces dix dernières années de retenir de nouvelles données [22]. De très nombreuses datations apportent désormais la certitude qu'aux XIe et X^e millénaires la totalité des Amériques était occupée par l'homme et que l'Amérique du Sud, du Venezuela au Chili (Mylodon Cave, 9 050 ± 170 av. J.-C.), était peuplée avant 10 000 av. J.-C. Ceci contredit le dogme de l'arrivée post-glaciaire de l'homme par le détroit de Behring, car à cette date la glaciation du Wisconsin (l'équivalent américain de notre glaciation de Würm) n'était pas encore terminée et on ne peut imaginer que quelques groupes aient, quasi instantanément, gagné l'extrémité méridionale du continent américain. Tout, au contraire, laisse entendre que cette progression fut extrêmement lente, à l'échelle de la faiblesse numérique des groupes de chasseurs et de l'immensité du Nouveau Monde.

Ces premiers résultats apportèrent donc un grave coup aux théories de Hrdlicka. Or les territoires des Etats-Unis et du Mexique ont livré d'autres documents plus anciens encore. Des ossements humains qu'il serait trop long d'énumérer ont été datés par le C 14 du XVe millénaire (Wilson Butt Cave dans l'Idaho, Medow Craft en Pennsylvanie, Tluli Spring dans le Nevada). Bien mieux, des restes humains trouvés en Californie (certains depuis de nombreuses années) remonteraient au-delà du XXe millénaire (San Diego) ; de même au Mexique (Hueyatlaco).

Un procédé nouveau fondé sur la racémisation accorde des âges encore plus anciens à plusieurs restes humains de Californie. Des âges dépassant 40 000 et même 70 000 ans pour les hommes de la région de San Diego et de San José ont même été obtenus mais d'autres méthodes fondées sur la désintégration de l'Uranium 238 ramènent l'âge de l'homme del Mar de 48 000 à 11 000 ans et celui de Sannyvale de 70 000 à 8 300.

---

21. H. HRDLICKA, « The origin and antiquity of the American Indian », *Smithsonian Institute annual report for 1923*, Washington 1924, p. 481-494. Sur le développement de cette théorie cf. P. Rivet, *les Origines de l'homme américain*, Montréal, 1940.

22. A. LAMING-EMPERAIRE, « Le plus ancien peuplement de l'Amérique », *Bulletin de la Société préhistorique française*, t. 73, 1976, p. 280-287.

Quelles que soient les variations constatées entre les méthodes, la cause est entendue : une partie importante de l'Amérique était peuplée au Pléistocène récent.

D'où venaient ces premiers découvreurs de l'Amérique ? Aujourd'hui les spécialistes répondent unanimement : de l'Asie du Nord-Est. Tout contact avec le monde océanien ne peut cependant être rejeté, mais depuis la fameuse expédition de Thor Heyerdahl ce serait plutôt une influence de l'Amérique sur la Polynésie qui retiendrait l'attention des partisans de telles relations. Effectivement il faut bien expliquer la présence de la patate douce, d'origine américaine, en Nouvelle-Zélande et la similitude des termes pour la désigner en mochica et en polynésien. Quand les Polynésiens se rendirent aux îles Hawaï et à l'île de Pâques, ils parcoururent des distances égales à celles qui séparent ces îles du continent américain. Mais s'il y eut des contacts entre l'Océanie et l'Amérique ceux-ci ne furent qu'épisodiques et sans influence sur le peuplement de l'Amérique qui était effectué plusieurs millénaires avant que les Polynésiens ne s'établissent dans les îles les moins éloignées du continent américain.

Le peuplement est donc d'origine septentrionale. Des groupes venus de Sibérie, caractérisés par un fort pourcentage d'individus du groupe sanguin O, comme les Eskimos, ont franchi le détroit de Behring et ont gagné progressivement les grandes plaines nord-américaines en se glissant entre les Montagnes Rocheuses et le Bouclier canadien. Cette porte principale fut tantôt ouverte, tantôt fermée, suivant les oscillations climatiques, mais les conséquences sont à double effet : lors du maximum glaciaire le détroit de Behring, qui a une profondeur inférieure à 100 m, était franchissable à pied, il formait un isthme large de plus de 1 000 km entre la Sibérie orientale et l'Alaska, mais au même moment l'expansion des glaciers continentaux interdisait l'accès aux grandes plaines. Les toundras de l'Alaska n'étaient alors qu'un cul-de-sac, la porte était ouverte sur l'Asie mais fermée vers l'Amérique. En fait il y eut des moments où les deux phénomènes se coordonnaient dans un sens favorable. Le passage fut possible peu avant 70 000, au début du Wisconsin (= Würm) et entre 26 et 23 000 av. J.-C., puis au Tardiglaciaire. En d'autres moments l'Alaska pouvait agir comme un sas, les groupes arrivés d'Asie pouvaient y séjourner avant de reprendre leur migration vers le sud-est quand les conditions climatiques le permettaient. Cependant ces explications laborieuses passent à côté d'une autre question qui les rend caduques. L'homme a pu passer de Sibérie en Amérique à tout moment à partir du jour où il sut se servir d'une embarcation. Le franchissement du détroit de Behring se fait

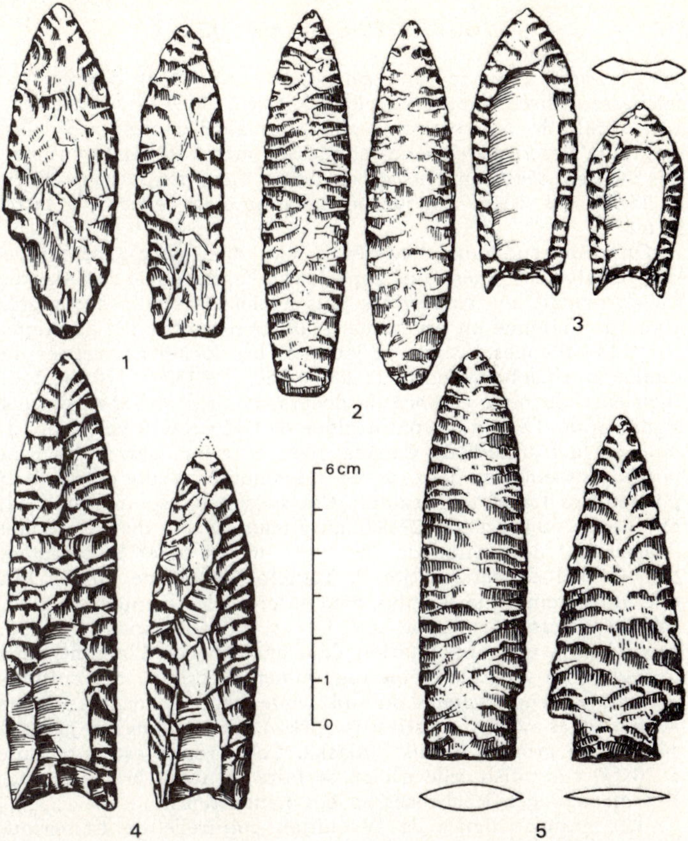

Fig. 57. — Pointes paléo-indiennes : 1, de Sandia ; 2, d'Agate Basin ; 3, de Folsom ; 4, de Clovis ; 5, de Scotto Bluff, d'après H.M. Wormington.

en ayant toujours une terre en vue, il n'est pas plus difficile que celui du détroit de Torrès qui, nous le savons aujourd'hui, fut effectué il y a plus de 40 000 ans par les ancêtres des Aborigènes d'Australie — qui méritent fort peu leur nom.

Il y eut certainement plusieurs arrivées successives d'*Homo sapiens* en Amérique par le détroit de Behring. Ce fut par cette route, et vraisemblablement par navigation, que fut introduite à une époque récente, la courge-calebasse (*Lageneria siceraria*) originaire de l'Asie du Sud-Est. Elle est connue dans des niveaux de 9 000 à 7 000 ans, époque préagricole, mais sa propagation par l'homme a pu se faire sans que celui-ci l'ait désirée. La calebasse utilisée comme récipient doit être vidée de ses graines, à proximité de la demeure, la plante est ainsi domestiquée sans intention. Des recherches soviétiques en mer d'Okhotsk auraient mis au jour des fragments de calebasse dans des niveaux datés de 15 000 ans, à une époque où Sakaline était reliée à la terre ferme [23].

On comprend donc l'intérêt, à vrai dire assez récent, que les préhistoriens américains apportent à l'archéologie de l'Alaska. On s'attendait à y trouver les plus anciennes traces de la présence de l'homme en Amérique, malheureusement les datations par C 14 obtenues jusqu'à ce jour sur les documents retirés de fouilles s'échelonnent entre 11 200 ± 280 et 9 150 ± 170 av. J.-C. Bien entendu cette carence de documents très anciens est sans signification. Le site paléontologique de Old Crow River, à proximité de la frontière du Canada, livra à Irving, parmi des centaines d'ossements, deux os de mammouth et un de caribou portant des traces d'utilisation. Ces spécimens, soumis au C 14, ont accusé un âge de 27 000 ans, mais Dixon met en doute l'ancienneté de l'action de l'homme sur ces os et le caractère intentionnel de cette action [24]. Toutefois le même auteur fait une autre remarque du plus haut intérêt : les complexes culturels reconnus en Alaska aux XIe et X^e millénaires av. J.-C. répondent à une implantation déjà ancienne de l'homme dans la région, on y décèle même une influence certaine des cultures de type « Llano » venues du sud. Or les cultures de type Llano se sont elles-mêmes constituées après l'arrivée dans les grandes plaines de groupes venus d'Alaska. Cette venue est antérieure à 20 000 ans puisqu'elle n'a pu se faire qu'avant la coalescence des glaciers des Rocheuses et des Laurentides.

Les grandes lignes de l'évolution culturelle de l'Amérique commencent à être connues [25]. On sait que durant la glaciation du Wisconsin l'homme occupait les plaines d'Amérique du Nord et, qu'ayant progressé le long du littoral pacifique, il peuplait déjà une bonne partie de l'Amérique du Sud. Avant la fin de la glaciation il était dans le Chili central (San Vicente de Tagua Tagua : 9 430 ± 320 av. J.-C.). La première phase, mal définie sous le nom de « phase préprojectile », ne comporte aucune arme de jet mais possède une industrie grossière composée

23. P. Boiteau, « L'origine de la multiplication volontaire et de la culture des plantes sous les Tropiques », *Société d'Etudes et de Recherches préhistoriques. Les Eyzies*, n° 29, 1979, p. 19-32.

24. E.J. Dixon, « The pleistocene Prehistory of Arctic north America », *Habitats humains antérieurs à l'Holocène en Amérique*, U.I.S.P.P., IXe congrès, Nice, 1976, p. 168-199.

25. J.D. Jennings, *Prehistory of North America*, New York, 1968.

Fig. 58. — Le développement du maïs. A, épi actuel ; B, reconstitution de l'épi sauvage ; C, reconstitution du plant de maïs sauvage ; D, E, F, développement par culture et hybridations ; G, accroissement de la distance entre fleurs mâles et fleurs femelles, d'après J.D. Jennings.

surtout de galets unifaces, des grattoirs, rabots et éclats non retouchés. La phase suivante débute au Post-glaciaire. En Amérique du Nord, comme en Amérique du Sud, les industries sont plus différenciées mais n'ont aucun caractère rappelant de près ou de loin les cultures épipaléolithiques du Vieux Monde (fig. 57). Les pièces les plus caractéristiques sont des pointes bifaciales à cannelure (pointe de Clovis, pointe de Folsom). Le genre de vie reste fondé sur la chasse et la cueillette ; bien des groupes d'Amérique du Sud, en Amazonie, en Patagonie, sont demeurés au même stade. Il en est de même dans certaines parties des Montagnes Rocheuses et dans l'Extrême-nord.

L'invention de l'agriculture n'est pas, cependant, un fait récent dans la préhistoire américaine. Dans de vastes régions d'Amérique centrale et des Andes, les modifications essentielles apparaissent au cours du VIᵉ millénaire, mais l'évolution paraît beaucoup plus lente que dans les régions méditerranéennes et du Proche-Orient. Entre 5 000 et 3 400 av. J.-C. une première horticulture, sans grande conséquence sur les genres de vie traditionnels, apparaît au Mexique (Phase de Coxcatlan). L'agriculture ne se développe réellement que durant les IVᵉ et IIIᵉ millénaires (phase d'Abajas), maïs (fig. 58), haricots, calebasses sont les principales plantes cultivées. Dans les Andes, l'évolution est peut-être plus précoce : la culture du quinsa ou petit riz est effective dès la phase de Pachamackay (5 500-4 200 av. J.-C.). Les plantes à tubercule, comme la pomme de terre, sont cultivées sur les terres même élevées. Les cultures en terrasses apparaissent dans ces régions entre 2 400 et 1 750 av. J.-C. Le lama et le chien sont les seuls animaux domestiques.

A partir de cette phase se diversifient de nombreuses cultures dans l'immensité américaine. Certaines resteront au stade de petites communautés agricoles très proches des premiers producteurs néolithiques. Les Indiens du sud-est des Etats-Unis et ceux du Brésil pratiqueront une agriculture élémentaire ; d'autres, au contraire, atteignent des niveaux technologiques plus élevés, organisent des sociétés plus stables et construisent de petites cités (« Pueblos » du sud-ouest des Etats-Unis) (fig. 59).

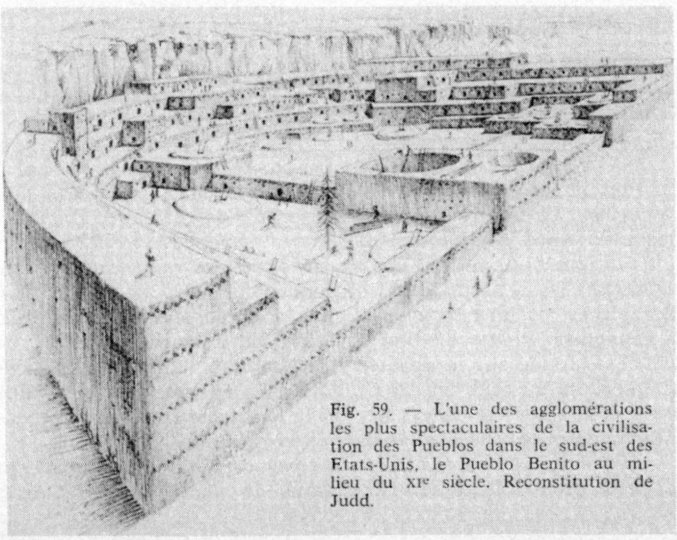

Fig. 59. — L'une des agglomérations les plus spectaculaires de la civilisation des Pueblos dans le sud-est des Etats-Unis, le Pueblo Benito au milieu du XIᵉ siècle. Reconstitution de Judd.

Dès une époque ancienne, antérieure au début de notre ère, de grandes civilisations dotées d'un équipement culturel très évolué naissent dans l'Amérique intertropicale (Mayas, Olmèques) préparant la constitution de véritables Etats que connurent et détruisirent si facilement les conquistadors du XVIe siècle.

Le peuplement de l'Amérique est donc nettement plus récent que celui du Vieux Monde et l'homme y connut une évolution en vase clos, mais le préhistorien constate, non sans satisfaction, que cette expérience originale a suivi, dans une cohérence parfaite, les mêmes grandes étapes du développement culturel et technique. En Amérique, comme de l'autre côté de l'Atlantique ou du Pacifique, après un peuplement diffus de groupes de chasseurs-collecteurs, les hommes se sédentarisent et inventent l'agriculture, l'élevage, la céramique, construisent des villes, découvrent la métallurgie du cuivre et de l'or, puis constituent des Etats.

2. LA PREMIÈRE FRANCE

Ce parallélisme rassurant sur l'identité de l'homme à travers les continents et les millénaires, nous permet de retourner en Europe au moment où s'épanouit le Néolithique, lorsque les traditions de chasse et de cueillette, sans être totalement abandonnées (le sont-elles seulement de nos jours ?), ne jouent plus qu'un rôle secondaire dans la stratégie alimentaire. En Europe occidentale ce moment qui couvre un peu plus de 10 siècles, entre 3 800 et 2 700 av. J.-C., est celui de la civilisation chasséenne. Cette culture particulièrement expansive prit naissance dans le Midi méditerranéen français et gagna le Sud-Ouest, la Franche-Comté, la région armoricaine, le Bassin parisien. Au même moment des cultures proches du Chasséen se constituaient dans le nord de l'Italie et de l'Espagne et dans les Alpes occidentales.

Origines méridionales du Chasséen

Il y a donc au Néolithique moyen une France chasséenne, une première France qui diffère sensiblement des territoires occupés antérieurement par les hommes du Néolithique ancien. A ce moment-là on pouvait reconnaître trois zones (fig. 53) : la méridionale était celle du Néolithique cardial méditerranéen, au début il ne dépassait guère une étroite bande littorale, mais il s'étendit progressivement, gagnant le Sud-Ouest et le Massif central. Au nord-est triomphait la grande culture danubienne à céramique rubanée qui, au maximum de son extension, atteignit la Manche après avoir couvert la majeure partie du Bassin parisien. Entre ces deux zones de cultures différentes, se développèrent tardivement, mais avec moins de retard qu'on ne le pensait, d'autres faciès néolithiques dérivés ; c'est ainsi que l'île de Ré aurait connu une industrie céramique à décor cardial à la fin du ve millénaire (4 000 $\pm$ 120 av. J.-C.) ; peut-être sommes-nous en présence d'un phénomène de colonisation d'origine ibérique [26].

Précisément les éléments culturels caractéristiques du Néolithique ancien sont exotiques : c'est que les régions françaises sont atteintes par des mouvements venus d'ailleurs. Les productions céramiques, qui comptent tant pour l'archéologue, ne présentent guère d'originalité par rapport à celles de pays voisins ou même assez lointains. Avec le Chasséen les données sont changées, il s'agit d'une culture autochtone du Midi de la France. Dans cette région, à la céramique cardiale puis « épicardiale » succède, à la fin du Vᵉ millénaire, une céramique lisse, souvent polie, très bien cuite. Le passage de la céramique imprimée à la céramique chasséenne est le sujet de l'une de ces nombreuses controverses qui font le charme de l'archéologie préhistorique. Certains auteurs l'expliquent uniquement par une évolution sur place de la céramique « épicardiale » dont le décor était en voie de disparition. Il existe même des groupes, comme celui de Montbolo en Roussillon et Catalogne, où les vases monochromes sans décor et à anse tubulaire verticale annoncent ceux du Néolithique moyen. Progressivement la qualité des poteries s'améliore, les surfaces sont polies au galet ou avec un instrument dur après séchage, les parois s'amincissent, une meilleure cuisson permet d'avoir une teinte uniforme, chamois lorsqu'elle est oxydante, sombre et parfois d'un noir franc lorsqu'elle est réductrice.

D'autres auteurs, et ils sont la majorité, estiment que la céramique chasséenne n'a pu se développer sans apports extérieurs. Il faut tenir compte, en effet, de la multiplication des formes carénées, des assiettes à marli et toute une gamme de moyens de préhension inconnus précédemment : ce sont des cordons perforés à distance régulière (cordons multiforés), les « flûtes de Pan » ou anses en cartouchière, constituées de tubulures verticales collées les unes contre les autres, les perforations sous-cutanées, faites dans la carène des vases sans traverser la paroi de part en part. Le décor, enfin, bien que rare est tout à fait nouveau en Occident ; il apparaît sous forme de décor « a graffito », très fines incisions tracées avec une lame ou une pointe sur la pâte sèche, alors que la décoration de la céramique imprimée se faisait sur la pâte encore molle. Or ce mode décoratif était connu un millénaire plus tôt dans le style de Matera en Italie méridionale ; il se répandit dans l'Italie péninsulaire et gagna la Provence orientale. Cette pro-

26. J.-P. Pautreau et P.-Ph. Robert, « Le foyer néolithique des Gouillauds, au Bois, Ile de Ré », *Bulletin de la Société préhistorique française*, t. 77, 1980, p. 123-127.

pagation se fit vraisemblablement par terre, ainsi on trouve un décor « a graffito » sur la céramique préchasséenne de Fontbrégoua dans le Haut-Var ; mais elle put aussi se faire par mer en pratiquant un véritable cabotage le long du littoral. Bien avant le Chasséen le littoral languedocien semble avoir été fréquenté par des groupes venus d'Italie. Le gisement de Portiragnes (Hérault) a livré une céramique imprimée non cardiale (dans une province cardiale par excellence) très proche de celle des Arene Candide de Ligurie. De plus certains pots avaient un fond plat, morphologie qui, à l'époque, ne se retrouve qu'en Corse, Italie méridionale et Dalmatie. Enfin la présence d'outils en obsidienne d'origine sarde confirme l'origine du petit groupe qui avait débarqué, au milieu du ve millénaire, sur ce secteur du littoral languedocien (4 485 $\pm$ 125 av. J.-C.). Portiragnes apporte la preuve de la mobilité des populations dès le Néolithique ancien et la fréquence des relations entre la France et l'Italie [27].

Le décor « a graffito » est rare sur la céramique chasséenne, il apparaît, sous forme de triangles et de damiers hachurés de fines incisions, sur deux types de poteries : l'assiette à marli et les « vases-supports » qui sont de petits cylindres fermés à leur sommet par une sorte d'assiette déprimée au centre. Dans le Bassin parisien ces vases-supports sont cubiques.

La céramique chasséenne (fig. 60) n'est pas seulement constituée de petits vases à parois fines polies et plus rarement décorées. A ces bols, écuelles carénées, assiettes, vases à épaulement, coupelles portant un sillon interne, s'ajoutent des formes plus communes et à parois épaisses. Ces poteries grossières, dont on parle moins parce qu'elles sont peu caractéristiques, révèlent l'importance des stockages et le développement d'une cuisine longuement mijotée : soupes de céréales ou de légumineuses et bouillons de viande ou d'os se substituent aux grillades primitives des viandes et des graines.

Les Chasséens sont de vrais paysans, maîtrisant totalement les techniques agro-pastorales. Leurs champs portent des moissons de céréales : blé tendre, blé amidonnier, orge nue, et des légumineuses variées : pois, lentilles, févettes. Dans le troupeau qui devient important, le bœuf supplante le mouton et la chèvre ; le porc, désormais bien distinct du sanglier, tient une place considérable dans l'alimentation.

Le Chasséen méridional a une industrie lithique très reconnaissable ; elle est faite, pour l'essentiel, sur lames et lamelles débitées très régulièrement et qui ont été utilisées sans retouche

27. J.L. Roudil et J. Grimal, « Découverte d'une nouvelle civilisation du Néolithique ancien en Languedoc », *Bulletin de la Société préhistorique française*, t. 75, 1978, p. 101-103.

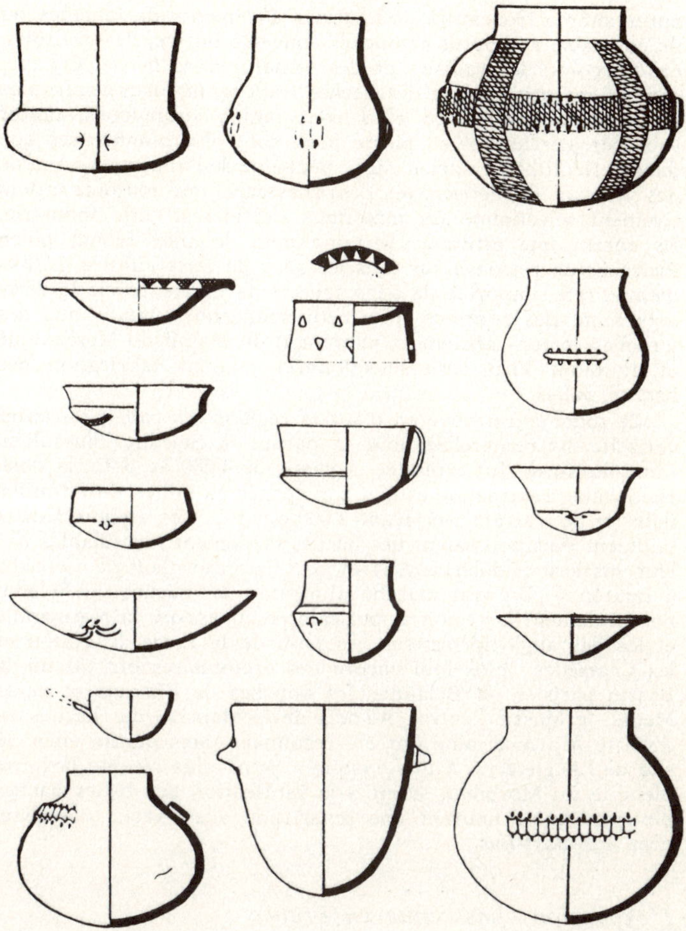

Fig. 60. — Formes classiques de la céramique chasséenne du Midi de la France, d'après J. Vaquer.

après simple troncature pour servir d'éléments de faucilles ou de couteaux. Les outils retouchés sont des burins, des grattoirs, des perçoirs, des racloirs et des armatures de flèche. Celles-ci sont en majorité encore des flèches tranchantes mais les formes perçantes apparaissent : elles sont tantôt losangiques, tantôt foliacées. Les haches en pierre polie sont plus nombreuses que dans le Néolithique ancien, signe peut-être de l'importance accrue des travaux de défrichage. Les Chasséens ont toujours attentivement sélectionné les matériaux destinés à cette industrie. Ils eurent une attirance certaine pour le silex blond, qu'en Provence on retrouve sur tous les sites de cette culture. L'obsidienne, rare, importée de Sardaigne et de Lipari, révèle le développement des relations transméditerranéennes, tandis que des « roches vertes » anciennes, provenant du massif du Mercantour et du Mont Viso, sont sélectionnées pour la fabrication des haches polies.

Ce souci se retrouve en d'autres régions. La callaïs ou autre variscite est recherchée pour la parure. A Seledin (Plussulien, Côtes-du-Nord), fut exploitée, à partir de 4 000 av. J.-C., la dolérite locale ; l'extraction atteint son apogée au milieu du IVe millénaire et ne s'arrêta pas avant 2 000 av. J.-C. Les ateliers locaux taillaient puis polissaient des haches facilement identifiables par leur matière (« dolérite A ») et par leur morphologie (« hache à bouton »). Un vrai marché alimentait en haches de Seledin non seulement la région armoricaine mais encore la Normandie et les îles anglo-normandes, les pays de la Loire, le Poitou et les Charentes ; plus loin encore des exemplaires ont atteint le Bassin parisien, la Belgique, les bouches de l'Escaut et de la Meuse, le Massif Central. Au-delà de la Manche, des haches en dolérite A armoricaine ont été reconnues dans quatre sites du sud de l'Angleterre. A une époque à peine plus récente la hornblendite du Morbihan servit à la fabrication des belles haches bipennes qui connurent une répartition aussi vaste, des Pyrénées aux Pays-Bas.

L'expansion chasséenne en France

Une fois constitué dans la région méditerranéenne le Chasséen se répandit avec une très grande rapidité dans toute la France à l'exception de l'Est. Ce caractère « explosif » ne permet guère de fixer la chronologie des étapes de l'expansion. Ainsi la région de Toulouse a donné des datations aussi anciennes que celles de Provence, tandis que l'Armorique a subi, dans la céramique que l'on trouve dans ses dolmens, une influence chasséenne aussi vieille.

Comment s'est faite cette expansion ? Il est difficile de croire que ce fut le résultat d'une véritable conquête ou d'une invasion, même pacifique, de groupes méridionaux particulièrement dynamiques. En fait, il n'est même pas nécessaire d'imaginer des déplacements de populations relativement importantes. La céramique chasséenne, qui est pratiquement le seul élément commun aux différents groupes culturels, n'exige pas des capacités techniques extraordinaires, aussi a-t-elle pu être imitée et se répandre facilement et donner un air de famille à différentes cultures de faible extension.

Pourquoi ce semblant d'unification s'est-il fait au profit du Chasséen et non, par exemple, à celui d'une culture dérivée du Néolithique danubien qui avait gagné une bonne partie du nord de la France ? Il n'est guère possible de répondre à une telle question. Les raisons matérielles qu'on peut invoquer, telles que l'optimum climatique de l'Atlantique qui connaît alors son plein épanouissement et qui aurait pu faciliter la propagation des « influences » méditerranéennes vers le Nord, ne paraissent guère convaincantes et appartiennent à un déterminisme puéril. Les arguments « historiques » du genre de l'avance qu'auraient acquise les provinces méridionales précocement néolithisées, ne résistent pas plus à la réflexion critique puisque les Néolithiques de la famille danubienne établis dans le Bassin parisien avaient connu, avant les Méditerranéens, l'organisation de vraies communautés agro-pastorales groupées en villages, leur genre de vie était plus proche de celui des Chasséens que de celui du Néolithique ancien méditerranéen. Si une rigoureuse logique présidait à la conduite des événements, c'est le Midi qui aurait dû être gagné au Rubané récent et non le nord de la France au Chasséen. Peut-être faut-il, une fois encore, s'interroger sur la dynamique interne des sociétés et des cultures. Le Néolithique danubien, habitué aux vastes plaines et riches sols de loess et de limons d'Europe centrale, a-t-il connu dans le Bassin parisien son ultime développement, dernière vague d'un flot puissant qui s'apaise ? Au contraire, le Chasséen qui s'est constitué dans un milieu moins homogène et qui est moins spécialisé dans l'exploitation d'un biotope unique, s'insinue entre les massifs, se coule dans le creux des vallées et s'adapte facilement aux conditions nouvelles qu'il découvre au cours de sa propagation. Nous savons bien que les civilisations ont leur vie propre, la verdeur de leur jeunesse et la sclérose de leur âge mûr ; dans le cas présent le Chasséen est le plus dynamique. Cette explication qui est plus une constatation qu'une démonstration, ne sera peut-être pas retenue ; en fait il ne peut y avoir d'explication unique.

Il est sûr, en revanche, qu'il existe plusieurs faciès chasséens. Le Chasséen méridional, dont nous avons défini les traits caractéristiques, bénéficie aujourd'hui d'une meilleure connaissance depuis qu'on effectue des fouilles étendues dans les habitats de plein air. C'est le cas du plateau de Miouvin en Provence et surtout des grands sites toulousains : Saint-Michel-du-Touch et Villeneuve-Tolosane. Dans ces villages chasséens, proches de Toulouse, furent reconnues de curieuses structures, très nombreuses, plusieurs centaines, considérées généralement comme des « fonds de cabanes » bien que la proximité ou l'exiguïté des dimensions de certaines d'entre elles, ainsi que l'absence de trous de poteau, fassent douter de leur destination. Ce sont des fosses creusées dans les alluvions, on y brûla d'énormes quantités de bois ; sur les charbons incandescents ont été déposés des galets formant une assise régulière. Dans de nombreux cas les couches de charbon et les chapes de galets alternent régulièrement, comme si ces infrastructures avaient été rechargées. Le plan de ces structures est variable ; à Saint-Michel-du-Touch [28], certaines sont circulaires, mais dans ce site, comme à Villeneuve-Tolosane [29], celles à plan rectangulaire, parfois étiré : 30 m × 3,50 m, sont de beaucoup les plus nombreuses. On en dénombre plusieurs centaines dans chacun des deux sites ! Comme dans les villages danubiens, c'est dans des fosses de forme irrégulière, dépourvues de charbons et de galets, que les fouilleurs trouvent la plus grande quantité du matériel. Ces fosses ne peuvent, en aucun cas, être des habitations, ce sont des dépotoirs d'un site ayant connu une occupation permanente. Il faut donc bien admettre que les structures mystérieuses dont il ne reste que les fondations étaient en relation directe avec l'habitat. Le fait de déposer dans les habitats des lits de galets chauffés n'est pas nouveau au Chasséen, les hommes du Néolithique cardial l'avaient déjà pratiqué à Courthezon (Vaucluse) et, bien avant eux, les Magdaléniens du Périgord (Solvieux, Plateau Parrain, Dordogne). Cette pratique s'expliquerait par le souci d'isoler les superstructures d'un sol assez humide ; elle peut avoir aussi d'autres raisons de caractère propitiatoire, peut-être les deux à la fois. Le caractère permanent de l'habitat de ces villages chasséens, déjà pressenti depuis la mise au jour de sépultures dans les mêmes lieux, s'est trouvé confirmé par la découverte surprenante d'un puits, profond d'une dizaine de mètres, à Villeneuve-Tolosane. Ce puits, comblé durant l'époque

28. G. Simonnet, « Le village chasséen de Saint-Michel-du-Touch à Toulouse », *Livret-guide de l'excursion « Pyrénées »*, U.I.S.P.P., IXe congrès, Nice, 1976, p. 15-34.

29. Fouilles en cours, sous la direction de J. Clottes et J. Vaquer.

chasséenne, a livré une remarquable stratigraphie et un matériel abondant.

Le site de Saint-Michel-du-Touch était un camp retranché établi sur un éperon de confluence barré par une puissante palissade. Ce souci de défense, dont nous avons recherché les raisons, se retrouve dans de nombreux sites chasséens ; au camp de Chassey (Saône-et-Loire), station éponyme de cette civilisation, au camp de Myard (Côte-d'Or), à Noyen (Seine-et-Marne), en Bourgogne et au centre du Bassin parisien. Dans ces régions, le Chasséen d'origine méridionale entre en contact avec les cultures issues du Rubané récent qui subissent son imprégnation (groupe de Cerny) ; mais le fait notable, surtout dans le Bassin parisien, est la différence importante qui apparaît dans l'outillage lithique. Celui-ci est plus massif que dans le Midi, les haches taillées, les pics pesants, les rabots et grattoirs épais, sont nombreux. Une bonne partie de ce qu'on appelait le Campignien appartient à ce faciès. Ce sont des outils de défrichement : plusieurs préhistoriens estiment que cet outillage massif et abondant doit être mis en relation avec la mise en culture des plateaux forestiers par les Chasséens alors que leurs prédécesseurs Rubanés occupaient de préférence les vallées.

Le Chasséen de l'ouest, au contraire, n'a qu'une médiocre industrie de pierre à l'exception du monument mégalithique des Cous (Bazage-en-Pareds, Vendée) qui a livré de nombreux couteaux à bord abattu, des flèches tranchantes et des lamelles diverses associées à une céramique de type chasséen. Il est difficile en effet, dans cette région, de dissocier la culture chasséenne du vaste ensemble mégalithique. Il fut un temps où on attribuait aux Chasséens la construction des premiers dolmens à couloir, on sait aujourd'hui que les plus anciens monuments, parfois très vastes comme le cairn de Barnenez-en-Plouezoc'h (Finistère) ou le tumulus de la Hogue (Calvados), sont légèrement antérieurs à l'arrivée des influences chasséennes dans la région. Il n'empêche que la fusion fut rapide entre les deux traditions. Les Chasséens, qui dans le Midi pratiquaient l'inhumation individuelle, adoptèrent le mode de sépulture collective qui justifie l'édification des monuments mégalithiques. Cette facile mutation suffirait à prouver que les nouveaux venus chasséens — s'il y eut mouvement de population — étaient fort peu nombreux. Aussi serait-il plus exact de dire que les constructeurs de dolmens de l'Ouest adoptèrent certains éléments de la culture chasséenne. Celle-ci est certainement responsable de l'apparition de la céramique du type Le Souc'h. Quant à la céramique chasséenne proprement dite, elle n'est pas rare dans les dolmens. Elle est plus fréquemment ornée que dans les autres régions, peut-être parce qu'elle est trouvée dans des sépultures et qu'elle possède un caractère rituel, ce qui justifierait le nombre, plus élevé qu'ailleurs, de vases-supports.

Les provinces extérieures

En Italie septentrionale la culture de la Lagozza présente les plus grandes affinités avec le Chasséen. A quelques détails près que retiennent les spécialistes, les céramiques sont les mêmes. La forme la plus fréquente est une écuelle à fond rond et carène basse (écuelle de la Lagozza). Les éléments de préhension sont rares mais les anses en « flûte de Pan » sont connues sur les marmites et vases globulaires à col cylindrique. La population de la culture de la Lagozza eut le même dynamisme que les Chasséens méridionaux. Le Lagozzien eut une extension importante : entre 3 000 et 2 500 av. J.-C. il couvrit pratiquement tout le nord de l'Italie, particulièrement les régions basses et humides [30].

La culture de Cortaillod ou de Pfyn, qui est contemporaine, s'étend à la Suisse occidentale et au Jura [31]. La céramique se distingue des poteries chasséennes par une plus grande fréquence des fonds plats et des formes hautes. Le Cortaillod est la plus ancienne des cultures à palafittes. Les habitations étaient fréquemment plantées sur le littoral des lacs, aussi ces maisons rectangulaires en bois et torchis devaient être ancrées dans ces sols humides par des poteaux (palafittes) profondément enfoncés. La consistance du sol et surtout la remontée du niveau des lacs a permis une conservation étonnante de matériaux qui ont disparu, généralement, dans les autres gisements. Des vestiges de tissus, de vanneries, de filets accompagnent un matériel en bois inconnu ailleurs. Des ustensiles divers, des manches, des pirogues, mais aussi des arcs et des flèches sont ainsi conservés. Les restes d'aliments sont suffisamment nombreux pour qu'il soit possible de reconstituer assez fidèlement le régime des habitants des palafittes. Aux produits de l'habituel élevage du petit bœuf, du porc et du mouton, aux céréales, aux légumineuses, au lin, s'ajoutaient les produits d'une pêche particulièrement active et une cueillette intensive de glands, de noisettes et de pommes. La chasse au cerf, sanglier, grand bœuf, chevreuil, ours et renard, fournissait venaison, fourrures et bois

30. O. Cornaglia Castiglioni, « Nuove ricerche nella stazione palafitticola della Lagozza di Besnate », *Sibrium*, t. 2, 1955 ; G. Guerreschi, « La stratigrafia dell'Isolino di Varese dedotta dall'analisi della ceramica (Scavi Bertolone 1955-1959) », *Sibrium*, t. 13, 1976-1977.

31. M.R. Sauter, *Suisse préhistorique*, Neuchâtel, 1977, la Baconnière, 56-77.

de cervidé. Cette matière était abondamment utilisée pour confectionner des pics, des poignards, des harpons, des manches divers. Avec la base du merrain on faisait même des godets et de petits récipients, mais le principal usage était la fabrication de gaines de hache ou d'erminettes.[32].

La céramique de Cortaillod est dépourvue d'ornementation dans la phase classique, elle présente, dans la phase récente, des formes inusitées avec des protubérances en forme de sein et des incrustations en écorce de bouleau.

Au même moment, en Catalogne, le Néolithique moyen est représenté principalement par la culture des « sépultures en fosse » qui n'est connue que par ses inhumations[33]. Ces sépultures en pleine terre, ou limitées par des dalles, ont livré une quantité importante d'objets de parure, en particulier des perles en callaïs (variscite). La céramique est constituée de grosses jarres à deux anses, de vases biconiques, d'écuelles carénées, mais le décor est absent.

La France chasséenne et les régions voisines sont diverses, certes, elles assimilent des apports culturels variés mais font preuve d'un dynamisme qui prépare les développements futurs du Néolithique final et de l'Age du cuivre. Au cours des premiers siècles du IIIe millénaire, la culture chasséenne atteint un de ces rares moments d'équilibre, un « siècle plein » pour reprendre une expression chère aux historiens du Moyen Age. L'horizon s'est ouvert en même temps que le monde paysan découvre la saveur du terroir. Des idées, des modes culturelles, des croyances commencent à cheminer entre les clans. Les grandes sépultures mégalithiques de l'Ouest sont associées au développement d'une religion funéraire nouvelle qui possède ses dieux et commence même à les figurer[34]. Une même esthétique, dénoncée par l'unité du décor et l'élégante morphologie des poteries, s'étend sur l'ensemble du territoire et le déborde. Cette même ouverture d'un monde, que nous pensions confiné aux limites des champs et des pâturages des villages, se manifeste aussi dans le choix et le commerce de roches très recherchées comme l'obsidienne des îles italiennes, la dolérite de Seledin, l'horneblendite du Morbihan qui sont transportées à des centaines de kilomètres et traversent même parfois les mers. Monu-

32. A. Billamboz, « Les vestiges en bois de cervidés dans les gisements de l'époque holocène. Essais d'identification de la ramure et de ses différentes composantes pour l'étude technologique et l'interprétation palethnologique », *Industrie de l'os néolithique et de l'âge des métaux*, Paris, 1979, CNRS, p. 93-130.

33. A.M. Munoz, *La cultura neolitica catalana de los « sepulcros de fosa »*, Barcelone, 1965, Instituto de arqueologia y prehistoria.

34. Cf. *infra*, Chapitre VII, paragraphe 4 : l'épanouissement religieux du Néolithique.

ments, roches, modes céramiques ne se répandent pas sans que ne s'échangent les savoir-faire techniques, les idées, les croyances. En même temps qu'il s'enracine en son terroir, l'homme chasséen sait que lui et son entourage familier ne sont pas des entités isolées et uniques. Il apprend qu'au-delà de la forêt, sur l'autre versant de la montagne, ou de l'autre côté de l'eau, il y a d'autres hommes qui lui ressemblent comme des frères.

3. LA PREMIÈRE EUROPE

Le IIIe millénaire coïncide avec l'épanouissement des civilisations néolithiques. Dans la partie occidentale de l'Europe le grand mouvement mégalithique, dont les premières manifestations sur la façade atlantique avaient précédé le Chasséen, atteint alors son extension maximum, dolmens simples ou complexes, allées couvertes, gagnent le Nord et l'Est tandis que dans les régions méditerranéennes se développent d'autres centres aussi vigoureux et originaux, particulièrement dans la Péninsule ibérique et dans les îles.

Après le Chasséen, triomphe un peu partout la sépulture collective qui se maintiendra jusqu'à l'apparition de l'Age du bronze. Dans certaines régions, là où les matériaux font défaut pour construire de solides caveaux dolméniques, et où, au contraire, la roche tendre se prête facilement au creusement, les constructeurs se muent en terrassiers. Ils creusent des hypogées dont les galeries sont parfois ornées des mêmes représentations que les parois des monuments aériens.

L'autre phénomène crucial est l'apparition d'une technique nouvelle, celle de la métallurgie. Mais cette apparition, très timide, s'effectue en France dans une ambiance culturelle qui s'est profondément modifiée depuis le Chasséen. A l'unité relative de la civilisation chasséenne fait suite une diversité très grande. Ces cultures régionales, nées de l'éclatement du Chasséen, ont généralement une extension limitée.

Le Néolithique récent connaît un accroissement démographique qui se poursuivra tout au long du Chalcolithique. Celui-ci est parfois difficile à cerner, non pas tant à cause de la grande diversité des cultures qu'en raison de l'apparition plus ou moins précoce du travail des métaux. Très souvent, le rattachement d'une culture régionale au Chalcolithique (qui ne peut, en aucun sens, être considéré comme un étage chronologique) ou son maintien dans le Néolithique récent dépend du hasard des fouilles, ou même de l'humeur du spécialiste.

L'épanouissement du Néolithique récent

Il est cependant des civilisations du Néolithique récent qui ne présentent aucun caractère chalcolithique et sont antérieures à toute apparition du métal. Ainsi en Grande-Bretagne le groupe de Windmill Hill conserve dans sa céramique de fortes traditions chasséennes et de la culture de Michelsberg, toutes deux venues du continent. Les cabanes étaient rassemblées dans des camps entourés de plusieurs fossés et munis d'entrées en chicane.

Dans la partie septentrionale de la France, la civilisation Seine-Oise-Marne (SOM) est connue surtout par ses sépultures collectives : allées couvertes comme celle de Bagneux ou la sépulture de la Chaussée-Tirancourt dont la couverture devait être en bois, hypogées comme celui des Mournouards [35]. Le mobilier de ces sépultures est riche en industrie lithique et objets de parure. Aux Mournouards, on a pu noter que les hommes étaient déposés avec leur carquois, sans doute en osier, qui renfermait une dizaine de flèches. Les corps étaient placés dans des linceuls assez résistants, vraisemblablement en cuir, ce qui permettait de déplacer les restes sans trop les désarticuler. Les crânes n'étant pas protégés par le linceul étaient souvent séparés du reste du squelette lors de ces transferts, aussi étaient-ils rassemblés ou rangés séparément.

La céramique SOM a perdu les qualités de celle de l'époque précédente. Les surfaces ne portent pas de poli aussi soigné et sont presque toujours simplement lissées ou raclées. La forme la plus commune est un vase grossier à paroi rectiligne ou légèrement galbée sans décor, on le désigne sous le nom de « pot de fleur ». On connaît également des sortes de bouteilles à goulot étroit souligné parfois d'un cordon écrasé au doigt. Une céramique semblable se retrouve dans les allées couvertes de Bretagne (Néolithique secondaire armoricain) et dans le pays des Charentes. En Suisse, les habitats de stations littorales de palafittes permettent de mieux connaître le matériel domestique (culture de Horgen) qui succède au Michelsberg et au Cortaillod récent. Toutes ces cultures « palafittiques » ou continentales possèdent une abondante industrie en bois de cerf. Dans le Michelsberg, en Allemagne du sud et en Alsace, mis à part quelques palafittes, les habitats sont surtout des sites de hauteur. Dans le site éponyme, les maisons rectangulaires sont protégées par une enceinte. Les haches polies et les erminettes sont souvent conservées dans leur gaine en bois de cerf, mais l'influence de l'Europe centrale apparaît avec la multiplication des haches à perforation médiane, appelées haches de combat. La céramique

35. A. Leroi-Gourhan, G. Bailloud et M. Brezillon, « L'hypogée II des Mournouards », *Gallia-Préhistoire*, t. V, 1962, p. 23-133.

est originale, en particulier par ses gobelets tulipiformes à orifice évasé, ses grandes jarres à provision et ses plaques de terre cuite appelées « plats à pain ». Elle n'est presque jamais décorée.

Qu'elles soient de culture SOM, Horgen ou Michelsberg, toutes ces populations de la France du Nord, de l'Allemagne du Sud et de Suisse possèdent de solides techniques agricoles ; leur production est plus diversifiée. L'élevage dominant est celui du bœuf, concurrencé en certains sites par celui du porc. Malgré l'abondance du silex dans le Bassin parisien, le développement des échanges est tel que, des pays de Loire, arrivent des nucléus tout prêts (« livres de beurre ») ou de grandes lames en silex du Grand-Pressigny.

Au sud de la Loire, les influences méditerranéennes continuent d'être prééminentes. Elles sont à l'origine de certains traits de la culture de Peu Richard, en Charente, dont la céramique, où se multiplient les fonds plats, est abondamment décorée. On a recherché dans la péninsule Ibérique l'origine du décor occulé qui orne les anses en poche latérales, très caractéristiques de cette culture. Mais plus récemment a été mis en lumière un autre caractère, commun au Peu-Richardien et à la culture plus continentale des Matignons, c'est l'existence de grands camps remarquablement retranchés dont les fossés profonds de 2,50 m étaient couronnés de murs puissants ayant la même hauteur.

Mais au fur et à mesure qu'on approche des rives de la Méditerranée et du Massif Alpin il est de plus en plus difficile de reconnaître des cultures encore proprement néolithiques, tant sont précoces les traces de métallurgie. Il existe cependant en Provence et en Languedoc des cultures qui semblent antérieures à une vraie connaissance du cuivre. C'est peut-être le cas du Couronnien de Basse-Provence qui se distingue mal du Chalcolithique local. C'est plus sûr dans le cas du Ferrières qui occupe le Languedoc oriental, l'Ardèche et franchit même le Rhône, et dont l'influence s'étend, vers l'ouest, jusqu'au Minervois. C'est aux Ferriériens que sont attribués les nombreux dolmens de ces régions. La fréquence des fouilles dans les sépultures explique en partie l'abondance des objets de parure connus dans cette culture, mais la céramique, malgré la simplicité des formes, est très caractéristique en raison de son décor incisé et cannelé. Le motif le plus fréquent est une bande de lignes brisées, parfois interrompues et transformées en chevrons. Comme toutes les cultures du Néolithique récent de la façade méditerranéenne, que ce soient le Vérazien ancien, le Saint-Ponien ou le Gourgasien, dont certains auteurs méridionaux multiplient à plaisir les dénominations, la fréquence des grands vases à provision.

en forme de sac, munis de nombreux cordons ou mamelons superposés, révèle les progrès réalisés dans la production [36].

Mais déjà, aussi bien dans le Ferrières que dans la culture Saône-Rhône, quelques rares objets en cuivre ou en or apparaissent, annonciateurs de nouvelles acquisitions techniques.

Les débuts du travail du cuivre

Comme la céramique, la métallurgie fut le résultat de longs tâtonnements techniques. La maîtrise définitive du métal fut précédée de multiples tentatives, d'inventions sans lendemain, voire d'échecs momentanés. Cette phase préliminaire dura longtemps. Selon les pays, les différents stades techniques qui précédèrent la vraie métallurgie ont duré plus ou moins longtemps. Dans la plupart des pays d'Occident les techniques achevées furent introduites en une seule fois. Dans les pays de la Méditerranée orientale et plus loin vers l'est et le nord, dans les Balkans, en Anatolie et surtout en Mésopotamie, Arménie et de part et d'autre du Caucase, toutes les étapes que décèlent les spécialistes ont pu être reconnues [37].

Il faut en effet nous tourner une nouvelle fois vers l'Orient pour rechercher les origines du travail des métaux. Le cuivre, abondant autour des massifs anciens, l'or plus rare, peuvent être trouvés à l'état natif sous forme de parcelles de métal plus ou moins volumineuses. Ce métal natif fut recueilli par l'homme attiré par sa couleur et sa ductilité qui permettait de lui donner une forme par simple martelage et découpage. Ainsi l'or et le cuivre, forés, martelés à froid, furent d'abord utilisés pour préparer des objets de parure. Dès la fin du VIIIe millénaire, à Cayonu Tepesi (Anatolie orientale), à Zawi Chami (Mésopotamie), à Ali Kosh (Iran), le cuivre fut ainsi travaillé. Une étape transitoire fait entrer le travail du cuivre natif dans le cycle métallurgique ; c'est le martelage à chaud qui accroît la ductilité du métal. Des lames courtes, des pendeloques, des perles, même

36. R. MONTJARDIN « Ferrières, Fontbouisse, Campaniforme », *Bulletin de la Société préhistorique française,* t, 67, 1970, p. 277-281 ; J. ARNAL, Cl. BURNEZ et J. ROUSSOT-LARROQUE, « Sauvetage de la station fontbuxienne du Gravas (Saint-Mathieu-de-Tréviers, Hérault) », *Idem,* t. 64, 1967, p. 527-586 ; J. GUILAINE et L. RIGAUD, « Le foyer du Peraïrol (Cavanac, Aude) dans son contexte régional de la fin du Néolithique et du Chalcolithique », *Idem,* t. 65, 1968, p. 671-698 ; G. RODRIGUEZ, « Le Néolithique dans le Saintponais (Hérault) », *Idem,* t. 65, 1968, p. 699-745 ; G.B. ARNAL, « Les fouilles de Saint-Etienne-de-Gourgas », *Gallia-Préhistoire,* t. 15, 1972, p. 271-322 ; *La céramique néolithique dans le Haut Languedoc,* Lodève, 1976.

37. A. GALLAY et M. N. LAHOUZE, « Pour une préhistoire de la métallurgie (Europe, Proche-Orient) », *Archives suisses d'Anthropologie générale,* t. 40, 1970, p. 137-200.

des alènes de petites dimensions sont assez nombreuses dans la culture de Hassuna en Mésopotamie et de Sialk II en Iran au cours du VIe millénaire.

La deuxième étape appartient pleinement à la métallurgie, car il y a transformation des minerais : les oxydes et les carbonates de cuivre sont « grillés » ; cette réduction s'obtient à partir de 700° qui est aussi la température satisfaisante pour la bonne cuisson des poteries. Ainsi, la maîtrise des températures acquise dans l'art céramique profitait au développement de la nouvelle technique. Ce n'est pas la première fois que nous constatons cet enchaînement, générateur de progrès par dérivation latérale. La toute première métallurgie apparaît comme un dérivé de la céramique. Les objets en terre cuite recouverte de fritte, glaçure due à la fusion d'oxydes minéraux, révèlent bien l'étroite relation entre la métallurgie débutante et l'industrie céramique. En Mésopotamie (Tell Halaf) et en Iran (Sialk III), la réduction des carbonates et des oxydes de cuivre est couramment pratiquée au Ve millénaire, mais l'Anatolie la connaissait déjà plusieurs siècles auparavant, à Çatal Hüyük et à Mersin. L'Anatolie conserve cette avance dans la phase suivante, celle de la fusion du cuivre, qui est obtenue à 1 083°. Cette température ne peut être atteinte que dans des fours élaborés munis de tuyères alimentées par des soufflets. Le métal rendu liquide peut être coulé dans des moules en pierre ou en sable. L'homme peut désormais, par un simple geste, lui imposer une forme prédéterminée. De plus l'objet obtenu peut être reproduit, identique, en un très grand nombre d'exemplaires.

Nous sommes arrivés à un point crucial du développement technologique. Pour la première fois de son histoire, l'homme réussit à reproduire mécaniquement et identiquement des objets fabriqués. Le débitage par pression donnant des lamelles normalisées, et la technique du microburin, étaient, dans le travail de la pierre, des tentatives pour obtenir des microlithes les plus ressemblants entre eux, dans leur forme comme dans leurs dimensions ; mais il fallait les faire un à un en respectant pour chacun toutes les étapes de la fabrication ; les facteurs de différenciation étaient d'autant multipliés. Avec la fusion et le moulage, la reproduction fidèle était assurée par le simple écoulement du métal liquide dans le moule.

En Anatolie, cette étape technique est déjà franchie vers 5 000 av. J.-C., à Mersin et Can Hasan. Ce n'est qu'au cours du IIIe millénaire, dans sa première moitié en Corse (Terrina), vers 2 600 en Italie (Buccino) et vers 2 400, sinon avant, en Espagne (Los Millares) et Portugal (Zambujal), que la métallurgie du cuivre se manifeste en Méditerranée occidentale.

Dès cette étape ancienne du travail du cuivre, de l'arsenic est mêlé au métal. Sa présence durcit le cuivre. Au Caucase, en Bohême et en Espagne il existe des gisements de cuivre arsenicaux. On pense que les premiers métallurgistes ayant constaté les qualités de ces minerais les employèrent préférentiellement aux autres. Ensuite l'arsenic aurait été introduit intentionnellement dans le cuivre. Très fréquent en Europe, du Caucase au Portugal, le cuivre à l'arsenic ne joue qu'un rôle secondaire en Orient. Il est même inconnu à Chypre, en Syrie, en Egypte et en Anatolie occidentale. Le cuivre à l'arsenic apparaît donc comme une technique essentiellement européenne.

Le Chalcolithique

Il n'est pas dans mon intention de passer en revue les nombreuses cultures chalcolithiques qui, des Balkans au Portugal, se multiplient dans leurs diversités et leurs richesses. Des noms émergent qui désignent des civilisations particulièrement dynamiques, comme celle de Baden dans le nord des Balkans et une bonne partie de l'Europe centrale, qui succède au Néolithique récent de Vincâ. Elle est caractérisée par ses habitats en fosse, de courte durée d'occupation, ses haches de combat et les premiers poignards en cuivre. La production des céréales est bien développée. Peu auparavant se terminait en Roumanie la civilisation de Cucuteni qui s'étendit jusqu'en Ukraine où elle est connue sous le nom de Tripolye. Cette civilisation est connue pour ses nombreuses figurines féminines en terre cuite dont le corps est recouvert de peintures figurant des tatouages, ou des vêtements. L'élevage du porc et du bœuf tend à l'emporter sur les activités agricoles bien que l'étude des ossements de bœuf ait révélé que ceux-ci, dès leur jeune âge, étaient attelés à de lourds fardeaux. Dans la culture de Tripolye, le cheval commence à être domestiqué. Il n'est pas étonnant que l'importance accordée à l'élevage en général et l'utilisation du cheval favorisent un certain nomadisme. Dans ces vastes plaintes commence à s'organiser la culture des Kourganes, qui eut une importance capitale pour l'avenir de l'Europe (« Peuples des haches de combat »).

En Europe occidentale, il est difficile de dire où se manifeste la plus vieille métallurgie : l'Italie, la Corse, la Sardaigne, l'Espagne méridionale se disputent cette primauté. Les centres métallurgiques les plus occidentaux ne sont pas, comme le voudrait la théorie diffusionniste, nécessairement les plus récents. Dès la première moitié du IIIe millénaire, la Corse fondait le cuivre sur place à Terrina (Aléria) ; les creusets trouvés dans ce gisement sont semblables à ceux de Lerne (Grèce). Ils sont présents également en Sardaigne, au Monte d'Accodi, célèbre gisement de la civilisation d'Ozieri [38]. La Sardaigne, qui possède d'importantes ressources en minerai de cuivre, fut certainement fréquentée très tôt par les premiers métallurgistes. La céramique d'Ozieri est remarquable par ses surfaces brunes ou noires, soigneusement polies, qui sont finement décorées par incisions et hachures. Les motifs sont « orientalisants » par leurs guirlandes et leurs spirales ; ils n'ont pas d'équivalents en Occident. Il en est de même du « temple » du Monte d'Accodi (Sassari), sorte d'immense autel quadrangulaire qui fut fréquenté pendant plusieurs siècles. Les sépultures sont des hypogées (Domus de Janas).

Remedello, dans la région de Brescia (Italie), donna son nom à une culture chalcolithique qui dura jusqu'au début de l'Age du bronze, occupa toute la plaine du Pô et s'étendit jusqu'au nord de la Toscane [39]. Elle est surtout connue par les sépultures en fosse dans lesquelles les corps, en position contractée, étaient accompagnés d'une céramique banale, pauvrement décorée et par des armes en cuivre. Les poignards de Remedello ont des lames triangulaires larges, parfois renforcées par une nervure axiale. Ils possèdent une languette carrée avec un trou pour le passage du rivet d'emmanchement. Ces poignards seront exportés jusqu'en Provence (dolmen d'Orgon) et dans le Valais où ils sont représentés sur des dalles gravées des tombes mégalithiques du Petit Chasseur, à Sion. Les haches plates en cuivre sont assez rares. Cette première utilisation du métal n'entraîne pas une décadence de l'industrie lithique, au contraire ! Celle-ci comprend de magnifiques poignards à retouches couvrantes, qui furent parfois polis avant d'être retouchés. Les autres cultures péninsulaires, Rinaldone, Conelle-Ortucchio, Gaudo, paraissent légèrement plus récentes et possèdent les mêmes poignards et haches plates en cuivre accompagnées, à Rinaldone, de « hallebardes » qui sont des haches dont le fer a la forme d'un poignard renforcé par une forte nervure axiale. Les céramiques, plus variées qu'à Remedello, et l'importance des sépultures collectives en hypogées permettent les différenciations culturelles.

Le IIIᵉ millénaire est une époque florissante pour la Sicile et les îles Eoliennes où s'épanouit le Néolithique récent du style de Serraferlicchio à céramique peinte, puis la culture de San

38. Observation inédite. Ces creusets sont exposés au Musée de Sassari sous la mention « lucerne ».

39. O. ACANFORA, « Fontanella Mantovana e la cultura di Remedello », *Bollettino di Paletnologia italiana*, t. 65, 1956.

Cono-Piano Notaro à céramique polychrome [40]. Les premières manifestations métallurgiques préparent le développement de la culture de Castelluccio. Les sépultures sont le plus souvent des tombes à puits ou de petits hypogées.

Dans cet ensemble de métallurgie précoce en Méditerranée centrale, Malte fait curieusement exception alors que la culture néolithique locale atteint son apogée dans la phase de M'gar [41]. A cette époque sont construits les temples mégalithiques qui font la célébrité de l'archipel maltais. La céramique et surtout la statuaire de terre cuite et de pierre des bas-reliefs atteignent un haut degré artistique d'autant plus remarquable que les Maltais ignorent tout usage du métal qui ne sera introduit que par des envahisseurs de l'Age du bronze, destructeurs des temples (*Pl. XIV 1*).

Dans les mêmes temps, le sud de la péninsule Ibérique est le siège de la culture chalcolithique de Los Millares [42], dont le site éponyme est un habitat fortifié de la région d'Alméria. C'est une vraie ville établie sur un promontoire coupé par un mur d'enceinte flanqué de tours circulaires et doublé d'un fossé. La nécropole, établie à l'extérieur, est constituée d'une centaine de monuments circulaires à couloir et couverture en faux-encorbellement. Le mobilier considérable retiré de ce site et de ceux apparentés du sud du Portugal fait connaître une industrie lithique riche en pointes de flèches triangulaires à base encochée et longues barbelures, en haches, en poignards à retouches couvrantes. Les outils et armes en cuivre durci à l'arsenic sont assez nombreux car le minerai local est fondu sur place dès le milieu du IIIe millénaire, sinon avant. La céramique porte un décor incisé à motifs géométriques simples (chevrons, guirlandes) au milieu desquels naissent des figurations schématiques : symboles solaires, motifs occulés, qui se retrouvent sur des idoles cylindriques en pierre et en os et dans la civilisation charentaise contemporaine de Peu Richard. Les sépultures d'Alméria et du Portugal ont livré en abondance des objets cultuels en pierre, sculptés et décorés avec délicatesse, de formes très variées : pommes de pins (ou artichauts), sandales, crosses, idoles anthropomorphes, etc. Au même moment sont construits les « Castro » portugais, véritables forteresses aux murs épais, plusieurs fois agrandies ou remaniées ; le plus important est celui de Zambujal.

---

40. L. BERNABO BREA, *Sicilia prima dei Greci*, Milan, 1972, 5e édition.

41. J.D. EVANS, *The prehistoric antiquities of the Maltese islands : a survey*, Londres, 1971, Athlone Press.

42. M. ALMAGRO et A. ARRIBAS, *El poblado y la necropolis megaliticos de Los Millares*, Biblioteca praehistorica Hispana, III, Madrid, 1963.

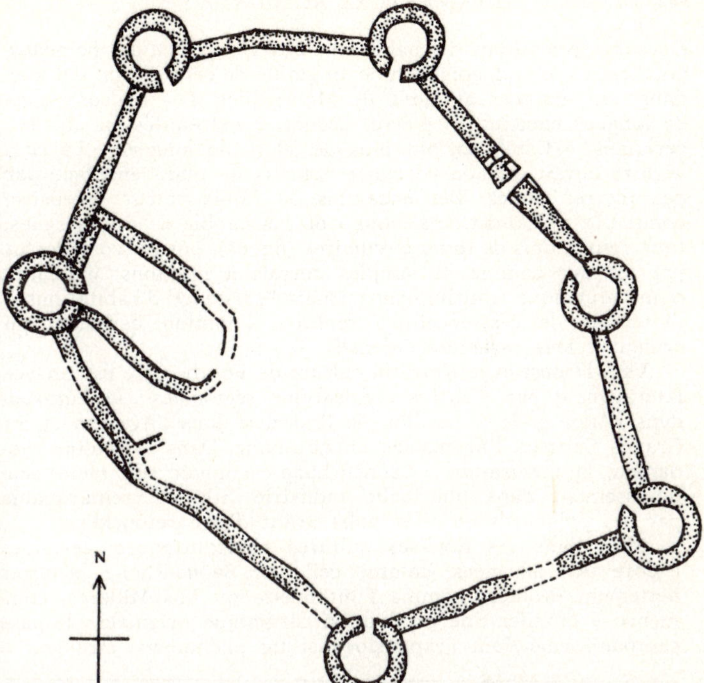

Fig. 61. — L'enceinte chalcolithique de Boussargues (Hérault), d'après A. Colomer, J. Coularou et X. Guther.

Dans le sud de la France, les cultures chalcolithiques n'atteignent pas une telle puissance malgré un important essor démographique révélé par le grand nombre de sépultures collectives en grottes et en hypogées et par la multiplication des gisements attribuables à cet état de civilisation. La principale culture est celle de Fontbouisse [43]. Alènes et poignards en cuivre durci à l'arsenic sont les principales manifestations du travail du cuivre dont le minerai, dans les Causses, commence à être exploité. La belle céramique de Fontbouisse conserve des formes carénées mais elle est décorée de cannelures disposées savamment en métopes et festons. Les Fontbuxiens étaient des paysans et des

43. X. Guther, *La culture de Fontbouisse. Recherche sur le Chalcolithique en Languedoc oriental*, Nîmes, 1975, A.R.A.L.O.

éleveurs de moutons, ils habitaient des villages et des hameaux nombreux : on a dénombré une vingtaine de centres sur 100 km^2 dans les garrigues au nord de Montpellier. Les maisons sont de longues cabanes en pierres sèches, à extrémités en abside ; certaines, à Cambous, ont plus de 20 m de longueur. La couverture devait être en végétaux, retenus de place en place par des pierres plates. Des enceintes de faible valeur défensive, comme le « Château de Lébous » ou l'ensemble de Boussargues, tous deux munis de tours circulaires (fig. 61), ont été considérées par les uns comme de simples corrals à moutons, indicatifs d'une archaïque transhumance ; mais l'existence d'habitations à l'intérieur de ces enceintes renforce l'opinion de ceux qui croient à leur caractère défensif.

Vers l'Ouest et le Nord, la culture de Fontbouisse est relayée latéralement par d'autres civilisations régionales : le Vérazien dans l'Aude et le Roussillon, le Rodézien dans l'Aveyron et les Grands Causses, l'Arténacien en Aquitaine. Dans le couloir rhodanien, la civilisation « Saône-Rhône » connaît son plein épanouissement dans une belle industrie lithique, remarquable par ses poignards en silex polis avant d'être retouchés.

Mais dans ces diverses cultures chalcolithiques, certaines encore peu affirmées, comme celle de Saône-Rhône, d'autres nettement évoluées comme Fontbouisse ou Los Millares, commence à circuler une production céramique originale : le vase campaniforme dont l'expansion est un phénomène étrange.

Fig. 62. — Gobelets campaniformes trouvés dans un dolmen de la Clape (Aude), dans une sépulture à voûte d'Azuelva (Portugal)...

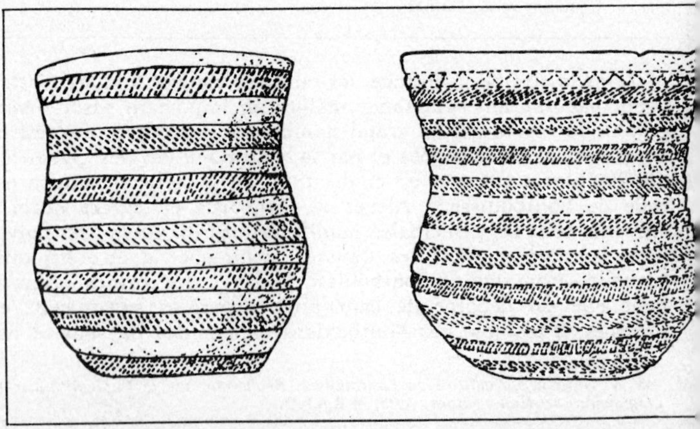

L'Europe campaniforme

La deuxième phase du Chalcolithique est en effet marquée, en Méditerranée occidentale et en Europe occidentale et centrale, par l'apparition soudaine d'un type de céramique facilement identifiable. Il ne s'agit non pas tant d'une forme particulière, le gobelet en forme de cloche retournée, que d'un genre de décor très soigné. Les vases campaniformes sont parmi les plus belles productions préhistoriques. Le décor marque le retour à la technique de l'impression. Dans le style le plus répandu, celui qui fut nommé international ou maritime (fig. 62), les gobelets sont décorés au peigne à fines dents carrées. Les motifs sont toujours disposés en registres horizontaux séparés par des bandes restées vierges. Les hachures faites au peigne ont un sens contraire d'un registre à l'autre. Ces registres sont limités soit par une incision, soit par une suite d'impressions horizontales au peigne, soit par l'impression d'une cordelette. Dans certains cas le décor est constitué uniquement d'une succession d'impressions horizontales de cordelettes sur toute la paroi du vase (décor cordé). Ce mode de décoration a précédé le vrai décor campaniforme dans le nord de l'Europe centrale et en Russie. Le style international a une diffusion remarquable, on le retrouve aussi bien au Portugal qu'aux Iles Britanniques, en Bretagne qu'en Sardaigne et Bohême. Les styles régionaux ont un décor plus complexe dans lequel se mêlent l'impression

... dans un hypogée de Marinaru (Sardaigne) et dans une tombe à fosse de Nuraximiedu (Sardaigne).

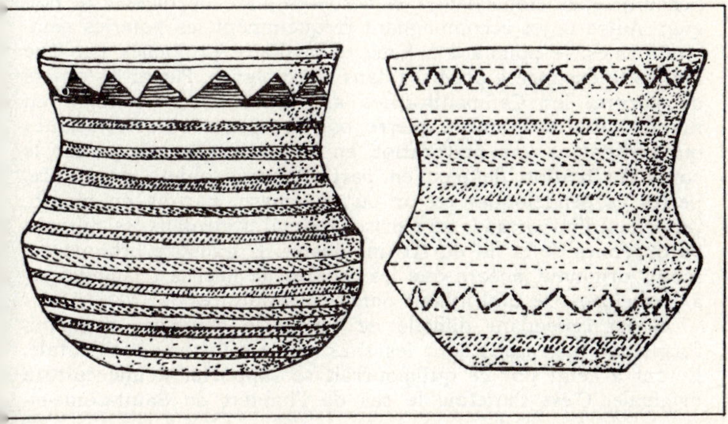

et l'incision tandis que l'alternance des registres décorés et des bandes vierges n'est pas toujours respectée.

D'autres formes de vases accompagnent le gobelet : ce sont des jattes, des écuelles, des coupes. Dans le sud de l'Espagne, au Portugal et au Maroc, il existe des jattes carénées, à col en pavillon (fig. 63), très caractéristiques, souvent ornées somptueusement, en particulier dans le style de Ciempozuelos (Espagne).

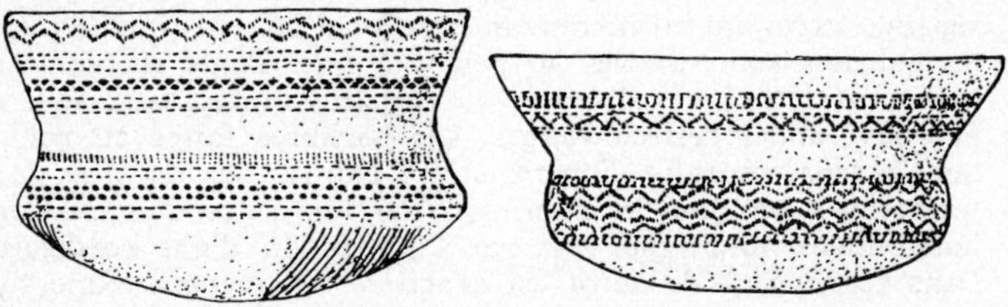

Fig. 63. — Jattes carénées campaniformes d'Alapraïa (Portugal) et de Sidi Slimane du Rharb (Maroc).

La répartition et l'unité fondamentale de la céramique campaniforme sont déjà des sujets d'étonnement, de plus elle est régulièrement associée à d'autres documents à peine moins caractéristiques, ce sont des plaquettes en roches diverses, plus rarement en os, qui sont perforées à chaque extrémité. On les désigne sous la dénomination de brassards d'archer, car on pense qu'elles empêchaient la corde de l'arc de blesser le poignet. Autre objet accompagnant fréquemment les poteries campaniformes, le poignard à lame triangulaire prolongée par une languette destinée à pénétrer dans une poignée. Parmi les objets de parure, les Campaniformes appréciaient des boutons en matières diverses (ambre, pierre, os), circulaires ou prismatiques qui présentent une perforation en V pour éviter de percer le corps du bouton de part en part. D'autres objets de parure, perles et pendeloques en or ou en cuivre, parfois en plomb, rappellent l'importance qu'a prise la métallurgie dans les cultures européennes de la fin du IIIe millénaire. L'industrie lithique est moins originale, encore que les pointes de flèches triangulaires, à barbelures, se multiplient dans les sépultures.

Il est cependant difficile de cerner le complexe campaniforme car bien rares sont les sites qui, en Europe occidentale, livrent à l'état pur ce qui pourrait se rapporter à une culture originale. C'est toutefois le cas de l'habitat de Saint-Côme-et-

Maruejols (Gard) où, exceptionnellement, il semble bien que les porteurs et fabricants de vases campaniformes aient été seuls sur le site. Le plus souvent les Campaniformes semblent être des intrus ou des étrangers qui se mêlent à la population autochtone. Aussi trouve-t-on des gobelets dans des sépultures et des contextes culturels très divers, dans des dolmens réoccupés, dans des allées couvertes, dans des hypogées, et surtout, en Europe centrale, dans des tombes en fosse. Ces sites à campaniforme occupent de très vastes régions. Cette expansion est surtout européenne (fig. 64), de l'Irlande à la Pologne méridionale, de l'Espagne au Danemark, du Portugal à la Hongrie — mais le phénomène déborde même le continent européen puisqu'il a gagné le Maroc atlantique jusque dans la région de Casablanca et l'Algérie occidentale ; il s'est largement étendu en Méditerranée occidentale, puisque la Sicile, la Sardaigne et Majorque ont été des provinces campaniformes. En revanche, l'Italie péninsulaire est presque totalement dépourvue de vases campaniformes au sud de la Toscane ; l'Algérie centrale et orientale et la Tunisie l'ignorent totalement.

Européenne et méditerranéenne, l'extension du vase campaniforme n'est pas uniforme ; non seulement des styles régionaux sont reconnaissables, mais des régions de forte concentration sont séparées par des vides qui ne sont pas toujours dus à une connaissance imparfaite. La péninsule Ibérique, particulièrement à l'embouchure du Tage, l'Andalousie, la Catalogne, est certainement la région la plus riche ; la vallée du Rhin, les Pays-Bas, l'Allemagne moyenne sont des régions également très fréquentées. En France la répartition est très irrégulière : les vases campaniformes ont été trouvés en nombre important dans les zones proches du littoral, dans le Boulonnais, en Armorique, sur la façade atlantique, au nord de la Garonne et sur le littoral méditerranéen, avec une concentration remarquable en Roussillon et Languedoc occidental, en Provence et dans le couloir rhodanien.

Cette répartition n'est pas sans signification. Elle est le reflet d'une intense circulation maritime le long du littoral et jusque dans les îles (bien que l'absence de vase campaniforme en Corse demeure mystérieuse), doublée d'une pénétration très profonde à l'intérieur des terres et remontant les grands fleuves (fig. 64). Mais cette manière de voir suppose résolu le problème des origines de ce complexe culturel.

L'origine du vase campaniforme a donné lieu à de nombreuses hypothèses. Comme nous avons l'habitude de le remarquer, notons, une fois encore, que les explications qui paraissent les plus simples et les plus évidentes ne sont pas nécessairement les plus valables. Depuis A. del Castillo, à qui nous devons

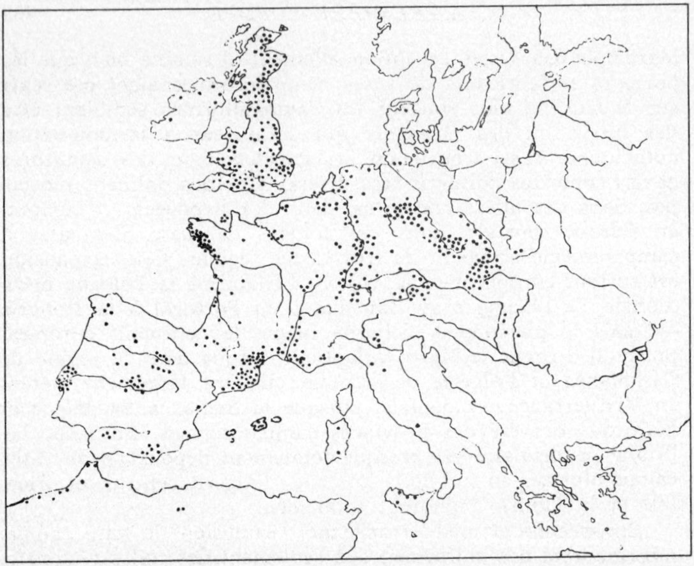

Fig. 64. — Répartition du vase campaniforme en Europe et en Afrique du Nord.

la principale synthèse sur le vase campaniforme [44], l'origine ibérique, particulièrement andalouse, de ce complexe fut généralement admise pendant la première moitié de ce siècle. Cette hypothèse repose sur de nombreux arguments, le principal est la fréquence de ce type de vase dans la Péninsule où, croyait-on, la céramique imprimée, dérivée du Cardial, avait subsisté jusqu'à la fin du Néolithique. Un autre fait, la grande diversité des styles ibéro-lusitaniens, signe d'un grand dynamisme, expliquait la rapide expansion de cette culture en dehors de la Péninsule. L'ancienneté du travail du cuivre, enfin, aurait donné une avance considérable à cette région et aurait facilité son rayonnement. C'était une époque où on associait la propagation du travail du cuivre et celle du vase campaniforme.

Cette opinion fut combattue par les chercheurs d'Europe centrale qui s'appuyèrent sur des arguments aussi valables pour donner la primauté au groupe campaniforme de Bohême [45] (*Pl. X*). Ils insistèrent sur l'unité et la vitalité de ce groupe régional qui associait le vase campaniforme et un mobilier caractéristique

44. A. DEL CASTILLO, *La cultura del vaso campaniforme*, Barcelone, 1928.

45. E. NEUSTUPNY, « Die westlichen Kulturen im böhmischen Aenolithikum », *L'Europe à la fin de l'Age de la Pierre*, Prague, 1961, p. 313-320.

à un type humain de grande taille, brachycéphale, enterrant ses morts en position fléchie dans des tombes à fosse. On peut suivre la propagation de ce type humain et de ce mode de sépulture jusque dans le nord de la France. Ailleurs, aucun caractère anthropologique ne permet de différencier les porteurs de vase campaniforme des populations autochtones. Ces partisans d'une origine centro-européenne du complexe campaniforme tenaient compte aussi de l'antériorité, en Europe orientale et septentrionale, de la céramique cordée, autre vaste phénomène lié à la propagation, depuis l'Ukraine, des peuples armés de la hache de combat.

Une troisième théorie, présentée par E. Sangmeister et connue sous le nom de la théorie du reflux, tente de concilier des points de vue opposés [46]. L'origine première des gobelets campaniformes, ceux de style « maritime » ou « international », se situerait au Portugal. De là, ce type de céramique aurait gagné par mer et le long du littoral atlantique, la France et les Pays-Bas. Les porteurs du vase campaniforme auraient remonté le Rhin et seraient entrés en contact avec les gens de la céramique cordée. Une fusion aurait provoqué la naissance d'un nouveau style, particulièrement dynamique qui aurait, par terre, rayonné dans toutes les directions, faisant apparaître les styles régionaux plus décorés, surtout dans la Péninsule ibérique où se seraient maintenus des faciès très tardifs en particulier dans la Meseta (Ciempozuelos). Cette théorie, un peu fumeuse et romantique, eut son heure de gloire, elle paraît aujourd'hui dépassée.

Les spécialistes sont devenus prudents, ils avouent, pour la plupart, ne pouvoir opter en faveur de l'une ou de l'autre des hypothèses présentées jusqu'à ce jour. Les arguments en faveur d'une origine rhénane restent très forts ; la présence de céramique décorée à la cordelette jusque dans les Pyrénées signale le dynamisme de ces cultures septentrionales [47]. Mais la chronologie de plus en plus haute de certains sites campaniformes ibériques, même de ceux qui devraient appartenir au « reflux » (Cueva de la Mora, Somaen, Soria) maintient une certaine priorité espagnole. L'expansion des gobelets de style international s'est faite en dehors de toute relation avec la céramique cordée dans l'orbe méditerranéen et elle n'est pas plus récente que dans l'Europe rhénane. Enfin, contrairement à un postulat longtemps admis, il n'est pas sûr que les styles régionaux soient

---

46. E. Sangmeister, « Die Becherkultur und die Glockenbecher-Kultur im Nordmainischen Hessen », t. III, Melsungen 1951 ; « La civilisation du vase campaniforme », *Actes du 1er colloque Atlantique*, Rennes, 1963, p. 25-56.

47. J. Guilaine, *les Civilisations du vase campaniforme dans les Pyrénées françaises*, Carcassonne, 1967.

tous plus récents que le style international alors qu'ils sont souvent mêlés dans le même site. La théorie la plus récente ferait naître le complexe campaniforme dans le nord-est de l'Espagne et le Roussillon, au contact des influences « internationales » ibériques et de celles véhiculées par les peuples de la céramique cordée venus d'Europe centrale [48], tandis que d'autres [49] croient à la primauté des Pays-Bas dans le développement de cette culture.

Un fait demeure qui est essentiel, quels que soient leurs genres de vie, leur unité ethnique, leurs fonctions sociales ou économiques, il faut reconnaître que les porteurs de vase campaniforme ont connu une mobilité extraordinaire dans la plus grande partie de l'Europe, faisant preuve d'un dynamisme difficilement explicable. Ces gens qui étaient d'habiles céramistes et métallurgistes, et vraisemblablement de redoutables archers, ne constituaient pas un peuple en marche ; il est plus facile de concevoir de petits groupes nomades ou peu attachés au sol, que leur supériorité technique faisait bien accueillir par les paysans autochtones. En cette fin du IIIe millénaire, les peuples porteurs de la hache de combat et de la céramique cordée, introduisant peut-être un dialecte déjà indo-européen, entrent en contact avec ces hommes occidentaux, aussi dynamiques qu'eux sur terre, mais pratiquant en outre de vraies navigations qui les conduisent aussi bien au Maroc qu'en Irlande ou en Sardaigne. La première Europe naît de cette confrontation.

Aux époques suivantes, que nous ne retiendrons guère, d'autres phénomènes pan-européens, ou du moins largement internationaux, furent le reflet d'une intense activité commerciale à travers le continent, la Manche, la Méditerranée. Au Bronze ancien, la civilisation britannique du Wessex a son pendant dans celle des tumulus armoricains ; au Bronze moyen l'évolution morphologique des instruments et armes en métal est quasiment identique dans toute l'Europe occidentale. Les contacts maritimes étroits entre les grandes îles de la Méditerranée occidentale expliquent peut-être la floraison contemporaine de ces forteresses si particulières, au centre de leur village, qui sont les Torre de Corse, les Nouraghes de Sardaigne et les Talayots des Baléares. Au Bronze final des types d'épées se répandent sur de vastes surfaces, les épées dites à langue de carpe se retrouvent des Iles Britanniques à l'Espagne méridionale, certaines épées à lame pistilliforme et à languette cruciforme (type

48. H.N. Savory, « Were the first Bell Beakers corded ? », *Estudios dedicados al Prof. L. Pericot*, Barcelone, 1973, p. 221-232.

49. A. Gallay, « Le phénomène campaniforme. Une nouvelle hypothèse historique », *Archives suisses d'Anthropologie générale*, t. 43, 1979, p. 231-258.

d'Erbenheim) sont largement répandues des Pays-Bas à l'Italie, tandis que, plus anciennes, les fines rapières à languettes trapézoïdale sont connues de la Hongrie à l'Atlantique.

Ces échanges commerciaux et, comme on dirait de nos jours, les transferts de technologie, s'accompagnèrent nécessairement d'un brassage des idées, qui transparaît dans certaines pratiques et croyances religieuses, dans l'organisation sociale, dans l'organisation des langues indo-européennes. Parfois de vraies migrations, comparables à celles que connaîtra l'époque historique, sont décelables par l'apparition brutale et l'extension rapide d'un type de sépulture accompagné de mobilier caractéristique. Tels sont ces « champs d'urnes » qui partis d'Allemagne gagnent l'Espagne et l'Ouest de la France en descendant le long du couloir rhodanien et en se répandant dans le Languedoc.

Ainsi se prépare une Europe celtique, proto-historique, qui, de l'Irlande aux Balkans, va border pendant plusieurs siècles le monde classique, méditerranéen et historique. C'est de la confrontation entre ces barbares celtes puis germains, et les cités méditerranéennes dont une s'élargit aux dimensions d'un empire, que naquit une nouvelle Europe, notre Europe.

CHAPITRE VII

HOMO RELIGIOSUS

L'homme a été affublé de bien des qualificatifs : *faber, loquens, ridens, sapiens...* il est surtout *religiosus.* Le besoin de surnaturel, de métaphysique, est universel. Il n'est pas plus faible dans les sociétés élémentaires que dans les grandes civilisations historiques. Il est certes loisible d'établir des distinctions entre des pratiques aux croyances plus ou moins définies, établies sur une efficacité magique et les religions qui, comme le nom l'indique, sont destinées à relier, à établir un lien entre le monde profane et le domaine du sacré, entre le fidèle et son dieu, et du même coup entre les hommes.

Croyances, pratiques magiques, religions, ont tour à tour été prêtées à l'homme préhistorique. Mais, comme nous l'avons déjà dit, le concept d'homme préhistorique est dénué de toute valeur scientifique. Même dans l'espèce *Homo sapiens sapiens,* l'agriculteur de la fin des temps néolithiques, devenu un vrai paysan, ne peut avoir la même conception du monde ni la même révélation du divin que le chasseur magdalénien ou périgordien. Celui-ci ne peut, dans ses croyances, comme dans son être physique, être confondu avec son prédécesseur néandertalien et ce paléanthrope avait un comportement religieux distinct de celui des pithécanthropiens dont les croyances, si elles existaient, n'ont laissé aucune trace matérielle susceptible de nous instruire.

Mais d'autres difficultés apparaissent ; comme le dit A. Leroi-Gourhan : « [. . .] il est presque impossible de penser l'homme préhistorique sans apporter de jugement de valeur » ; au cours des temps, des modes de penser ou suivant l'humeur et la philosophie du préhistorien, « l'homme préhistorique change de personnalité religieuse, tantôt magicien sanguinaire ou pieux collectionneur de crânes d'ancêtres, tantôt danseur libidineux ou philosophe désabusé suivant les auteurs ; son comportement serait à étudier non en fonction des faits qui... sont parfois très minces, mais à travers des biographies de préhistoriens [1] ».

Quoi qu'il en soit, il est évident que l'homme, du moins celui que nous percevons le mieux, celui de notre espèce, *Homo sapiens sapiens* et vraisemblablement *Homo sapiens neandertalensis*, a une conscience aiguë du sacré. Il sent autour et au-dessus de lui autre chose que lui et il subit impérieusement le besoin d'entrer en contact, de se relier à cette présence. L'expérience du sacré fait partie, intrinsèquement, de l'expérience humaine, elle est entrée au plus profond de notre mémoire et rien ne peut l'en chasser.

Ce sens du sacré est associé à une manifestation, le rituel, qui est plus social qu'individuel. Le rituel précède, peut-être, et survit sûrement à la croyance religieuse ; il est formel et peut, à la limite, être vidé de tout contenu, constituer une succession de gestes vains dépourvus de la moindre signification.

Il existe un rituel infra-humain, les éthologues croient en trouver quelques manifestations dans le monde animal. Doivent en être exclus tous les comportements liés aux parades nuptiales, même si ceux-ci atteignent des niveaux déroutants comme celui de certains oiseaux-jardiniers d'Australie, les ptilonorhynques, qui peignent avec un suc végétal les parois de leur aire nuptiale. Nous devons également écarter les rassemblements qui préparent psychologiquement et physiologiquement les animaux grégaires condamnés aux vastes migrations. Ces comportements sont commandés par le métabolisme des individus, une injection d'hormone suffit à les déclencher ou à les faire disparaître.

Mériterait peut-être d'être retenue comme un comportement rituel une curieuse manifestation observée plusieurs fois par J. Goodall chez les chimpanzés de la réserve de Combe Stream (Tanzanie) : au début d'une pluie très violente, les mâles dominants se rassemblent au-dessus d'une pente qu'ils descendent ensuite et remontent plusieurs fois en brandissant des rameaux. J. Goodall, par un anthropomorphisme évident, va jusqu'à évoquer une « danse de la pluie » [2]. Il est possible en effet que nous ayons dans ce comportement curieux un cas de réaction collective de caractère symbolique qui, chez les humains, aurait pu se développer jusqu'au mythe et au rite. R. Leakey retient ce schéma qui me semble bien osé et associé à un évolutionnisme aussi simpliste que généreux envers les chimpanzés.

Ne peut-on, en effet, relier cette « danse de la pluie » à un simple jeu dont le monde animal, surtout chez les mammifères, fournit tant d'exemples ? On a souvent remarqué, et depuis longtemps, que le jeu était, pour les jeunes, une simple activité

1. A. LEROI-GOURHAN, *les Religions de la Préhistoire*, Paris, 1964, PUF, p. 2.
2. J. VAN LAWICK-GOODALL, *les Chimpanzés et moi*, Paris, 1971, Stock, p. 65-66.

formative, liée au développement des individus. Il est plus fréquent et plus important chez les jeunes prédateurs que chez les herbivores qui ont besoin d'apprendre des tactiques vitales plus élémentaires fondées sur la surveillance et la fuite. Le jeu n'est pas limité aux seuls jeunes, les loutres adultes aménagent de vrais toboggans sur les versants enneigés et repassent par le même endroit pour améliorer le « parcours ». Les chimpanzés de Combe Stream excités par la chute de l'eau ont pu prendre l'habitude de jouer sous l'averse, puis les mâles dominants se réserver ce droit : un tel comportement n'a donc pas nécessairement une signification symbolique. Le fait de brandir des rameaux pendant ce jeu n'est pas plus symbolique, à moins d'avoir le courage d'aller jusqu'au bout de la démonstration esquissée par R. Leakey et affirmer hardiment que ces rameaux sont les symboles de la végétation qui aspirait à la pluie. En fait, en lisant le passionnant ouvrage de J. Goodall, on apprend que la manipulation de rameaux et de branchages divers est fréquente chez ces intéressants primates.

Notre propos sur les origines du comportement religieux nous conduirait donc naturellement vers le jeu, peut-être parce qu'en recherchant ses racines dans une manifestation exceptionnelle d'une bande de chimpanzés avons-nous visé trop bas. Cependant, chez l'homme, le rituel lorsqu'il est dissocié du sacré n'est pas d'une nature différente de celle du jeu. L'un et l'autre sont gratuits et dépourvus de résultats matériels immédiats. Le rituel désacralisé prend une importance d'autant plus grande que la disparition du divin laisse un vide qu'il est nécessaire de combler par un excès de formalisme. Les « religions » laïques ont abusé du procédé tout en conservant un vocabulaire sacralisant souvent comique. Les Etats marxistes, qui se souviennent que la religion est l'opium des peuples, se montrent très soucieux de manifestations rituelles. Ils ont même une telle conception de l'apothéose qu'ils pratiquent une *damnatio memoriae* bien plus rigoureuse et efficace que sous l'empire romain puisque manuels d'histoire et encyclopédies sont soigneusement expurgés. En France, nous avons le Panthéon, monument religieux laïcisé, donc en principe désacralisé, dans lequel on vient cependant offrir une fleur. A qui, à quoi ? A des dépouilles de personnes que l'on affirme dépourvues d'âme immortelle. L'offrande est donc faite au souvenir que nous en avons, geste qui veut relier, à travers notre propre mémoire, le présent à un passé magnifié et héroïsé : c'est bien un geste religieux avec restructuration inconsciente du sacré. Le culte laïque des grands hommes est une religion honteuse qui n'ose dire son nom. La soif du divin est telle chez l'homme que lorsqu'il le chasse, le sacré revient au galop, nonobstant ridicule et contradictions.

1. LES PREMIÈRES MANIFESTATIONS D'UN SENTIMENT RELIGIEUX

On conviendra que les premières manifestations d'un sentiment religieux nous demeurent vraisemblablement toujours invisibles. Tout concourt à leur disparition, aussi bien le caractère fugace de vestiges, qui peuvent remonter à une très haute antiquité, que la faiblesse même des supports matériels qui soustendent l'intention religieuse avant toute manifestation architecturale. A. Leroi-Gourhan a fort bien montré combien les témoignages de cet ordre sont désespérément muets. Nous sommes totalement tributaires de la seule archéologie ; celle-ci ne peut nous apporter que pierres, os et sédiments. Leur interrogation ne fut pas toujours correctement conduite. Le préhistorien a eu trop souvent tendance à qualifier de rituelle, de magique, voire de religieuse, l'utilisation de documents dont la compréhension n'est pas évidente ou semble échapper à toute raison pratique.

Or nous sommes dans un genre de recherche dans laquelle la part de subjectivité du fouilleur est la plus grande. Alors que la fouille est une destruction et non une expérience renouvelable, l'impression du fouilleur n'est, le plus souvent, que le seul argument en faveur d'une interprétation qui, reproduite et répétée, prend peu à peu la forme d'une évidence. Mais inversement, et ceci est encore plus grave, une association non perçue au moment de la fouille, même si les documents sont soigneusement relevés, risque de rester à tout jamais inconnue. Aussi vaut-il encore mieux trop d'imagination, qui peut être corrigée, qu'une myopie dérisoire ou une allergie à toute interprétation dépassant le domaine matériel. L'homme magdalénien découvert par Massénat à Laugerie-Basse, en 1872, fut pendant des décennies considéré comme ayant été la victime d'un éboulement [3]

3. E. MASSENAT, P. LALANDE et E. CARTAILHAC, « Un squelette humain de l'âge du Renne à Laugerie-Basse », *Matériaux pour servir à l'Histoire primitive de l'Homme*, VII, 1872.

parce que la science officielle, celle de Cartailhac et de G. de Mortillet, ne pouvait admettre qu'un homme du Paléolithique, même très supérieur, puisse avoir reçu une sépulture.

La découverte, un siècle plus tard, en 1973, du squelette partiel d'une jeune australopithéciné qui fut baptisée Lucie, fut un événement considérable en raison de la grande antiquité de ces restes vieux de quelque trois millions d'années. Mais le cas de Lucie, qui permit la définition de l'espèce *Australopithecus afarensis* [4], est encore plus exceptionnel par la conservation de si nombreux os appartenant à un même sujet aussi éloigné dans le temps. On ne saurait cependant imaginer une inhumation intentionnelle, personne n'a risqué une telle hypothèse, il faut toutefois admettre pour expliquer cette conservation que la mort de Lucie fut suivie d'une rapide sédimentation telle qu'une inondation accompagnée d'un important dépôt de limon, ou un éboulement qui peut être responsable de la mort du sujet et de la conservation partielle du squelette.

Le cannibalisme préhistorique

Il ne faut pas attendre moins de 2 900 000 ans avant de retrouver des squelettes humains dont la conservation soit comparable à celle de Lucie. Des différentes espèces archaïques du genre *Homo*, nous ne possédons jamais que des os dispersés, crânes plus ou moins fragmentaires, mandibules, os longs, phalanges, exceptionnellement des éléments de ceinture scapulaire et pelvienne mais jamais d'os en connexion pour que nous puissions seulement parler de partie de squelette. L'abondante littérature consacrée à ces restes, la richesse de leur taxonomie ne sauraient cacher leur insigne pauvreté. Des Pithécanthropes de Java nous ne possédons que des fragments crâniens, dont une boîte presque complète en plus de la fameuse calotte découverte par Dubois en 1891 en même temps que le fémur qui permit la qualification de l'espèce (*P. erectus*). Leurs cousins africains sont connus également par des boîtes crâniennes plus ou moins complètes mais dépourvues de face (Olduvaï, Salé) ou de face sans crâne *(Tchadanthropus)* ou des mandibules *(Atlanthropus* de Ternifine).

Avec les Sinanthropes, plus récents que le Pithécanthrope (ils vivaient vers 300 000 ans), d'autres considérations que la simple conservation sont permises. L'abbé Breuil a vulgarisé l'idée qu'ils avaient conservé et vénéré les crânes de leurs morts [5]. Cette

4. D.C. Johanson, T.D. White et Y. Coppens, « A new species of the genus *Australopithecus* (Primates : Hominidae) from the Pliocene of Eastern Africa », *Kirtlandia*, Mus. nat. Hist. Cleveland, 1978, t. 28, p. 1-14.

5. H. Breuil, *Beyond the bonds of History*, Londres, 1949, Gawthorn, p. 36-37.

hypothèse repose sur le fait que les crânes paraissaient exceptionnellement nombreux alors que les autres ossements faisaient défaut. On recueillit en effet dans les sédiments de Choukoutien cinq crânes assez bien conservés, neuf fragments crâniens, quatorze mandibules, six fragments de la face et plus de deux cent cinquante dents. Cette collection est impressionnante mais elle doit être comparée aux 20 000 m^3 de sédiments et de roches extraits de la célèbre colline. La conservation des crânes était-elle un acte réfléchi ? N'y avait-il pas un culte des ancêtres chez les Sinanthropes ?

En fait aucun relevé précis n'a jamais été donné, on sait toutefois que tous les crânes étaient incomplets et qu'ils ont été trouvés en des secteurs (locus E, locus F, locus L) et à des niveaux différents. De plus c'est une légende qui veut qu'on n'ait trouvé que des crânes à Choukoutien ; des fragments d'os longs (clavicule, humérus, radius, phalanges) les accompagnaient. Weidenreich estimait à 38 ou 40 le nombre d'individus constituant la population représentée à Choukoutien. Aussi A. Leroi-Gourhan s'est élevé avec force contre la prétendue conservation intentionnelle des crânes, « dans les conditions où les fouilles de Choukoutien ont été faites, on serait embarrassé pour trouver un plan détaillé du dépôt des crânes extirpés d'une brèche compacte et dont aucun n'est même loin d'être complet [6] ». Il est tentant de mettre en parallèle cette observation désabusée de l'un des maîtres de la préhistoire et les conclusions qu'avait cru pouvoir tirer des mêmes documents un spécialiste de l'histoire des religions : « Les corps [des Sinanthropes] avaient été décapités après la mort, enterrés jusqu'à complète décomposition puis les têtes avaient été soigneusement traitées selon des rites spéciaux, sans doute comme il en est encore aujourd'hui dans l'île de Bornéo... Etant donné que ces crânes portent des marques de blessure, ils appartiennent peut-être à des victimes immolées dont les crânes avaient été brisés afin d'en extraire le cerveau pour un repas sacramentel [7]. »

En fait les quantités respectives de fragments de crânes, de mâchoires, de dents et d'os longs conservés entrent dans un rapport numérique tout à fait normal, compte tenu de la conservation différentielle des os et du fait, qui semble vraisemblable, que le Sinanthrope pratiquait l'anthropophagie.

Le cannibalisme décelable chez le Sinanthrope serait peut-être l'une des plus anciennes manifestations de caractère symbolique ayant quelque rapport avec une croyance. Aussi bizarre ou incongru que cela puisse paraître, le cannibalisme peut être

6. A. Leroi-Gourhan, *les Religions de la Préhistoire*, Paris, 1964, PUF, p. 41.
7. E.O. James, *la Religion préhistorique*, Paris, 1954, Payot, p. 14-15.

considéré comme une forme de sépulture. Dans une série d'études très pertinentes sur les pratiques funéraires, L.V. Thomas montre, en multipliant les exemples, que ce que l'homme redoute le plus dans la manifestation de la mort est la pourriture. « L'incorporation cannibalique », comme le dit L.V. Thomas, est un procédé simple, quoique paradoxal, qui évite la corruption de la chair tout en conservant, incorporée socialement, une parcelle de l'être disparu. Par l'ingestion de la chair et particulièrement des parties nobles (cerveau, foie, phallus), il y a transmission de pouvoir et en même temps collectivisation du mort, le « disparu » devient un lien social éternellement présent du fait de la transmission de la vie d'une génération à l'autre. Un vieux Diola, au Sénégal, ne fit-il pas cet aveu à L.V. Thomas : « Quelle meilleure demeure pour le mort que la terre du ventre de ceux qui le mangent [8]. » Le cannibalisme ainsi interprété est donc une vraie pratique funéraire et participe à la vie religieuse. La messe catholique n'est-elle pas, dans l'esprit du prêtre comme dans celui des fidèles qui communient, une forme sublimée de cannibalisme. « Ceci est mon corps, ceci est mon sang, mangez et buvez-en tous », l'invitation du Christ est claire.

Le cannibalisme est une négation de la mort ; celle-ci est transcendée du fait de l'ingestion et de la continuité de la chair qui se maintient incorruptible dans la chaîne des vivants.

Mais le cannibalisme des Archanthropes, qu'on peut considérer comme vraisemblable et celui des Néandertaliens qui est incontestable, entrent-ils dans cette catégorie ? N'est-ce pas une image trop sublime que nous donnent les réflexions, voire les introspections, des « anthropologues de la mort » ?

Dans la réalité il existe au moins trois sortes d'anthropophagie : le cannibalisme de nécessité, dépourvu de toute valeur symbolique, c'est le cannibalisme d'Ugolin, c'est celui des terribles famines qui conduisent inexorablement à la mort, anthropophagie de subsistance, horrible mais excusable. Ce cannibalisme qui est devenu tout à fait exceptionnel (catastrophe aérienne des Andes en 1972) était certainement plus répandu dans les temps primitifs. L'exocannibalisme est peut-être dérivé du précédent mais semble bien avoir toujours eu un caractère hautement symbolique. On tue l'étranger non pas tant pour le dévorer et ingérer une importante quantité de chair mais surtout pour, en le consommant, acquérir sa force, sa vaillance et même sa valeur sociale. Ce distinguo paraîtra subtil à certains. Le fait brutal est qu'il y a mort d'homme afin de consommer

8. L.V. THOMAS, *le Cadavre. De la Biologie à l'Anthropologie*, Paris, 1980, Ed. Complexe, p. 169.

le corps (fig. 2). Or le désir d'absorber, en même temps que la chair, le principe vital de la victime, donc ses qualités et sa virulence, n'est pas limité à la violence cannibale, la chasse primitive répond exactement au même principe : lorsque l'antilope est mise à mort sa force vitale est confisquée par le clan des chasseurs en même temps que sa chair est absorbée. Les rites propitiatoires qui précèdent la chasse, les sacrifices ou l'hommage rendu à l'animal tué traduisent cette ambiguïté. Dans le cas de l'exocannibalisme apparaît ce même souci de confiscation et d'incorporation, la destruction de l'étranger devient complète lorsque la mort est suivie de l'incorporation, par ingestion collective au cours d'un banquet. Dans de nombreuses ethnies, particulièrement chez les Iroquois d'Amérique du Nord, une substitution du cannibalisme se traduit par l'intégration des captifs au groupe social, par adoption [9]. C'est la naturalisation cannibalique, et comme le repas anthropophagique, elle est souvent précédée de tortures destinées à valoriser la victime et que certains n'hésitent pas à comparer à une préparation culinaire.

L'endocannibalisme est très différent. Il correspond à la pratique exposée au début de ce chapitre, il est en relation directe avec les pratiques funéraires.

Auquel des trois types de cannibalisme se rapportent les traces reconnues dans les gisements préhistoriques ? La réponse ne peut être unique car la pratique peut varier suivant les époques et, dans une même époque, suivant les cultures. Mais la réponse ne peut être qu'une interprétation, particulièrement difficile, de restes osseux de conservation délicate. Ce n'est pas parce que des os humains sont dispersés ou même brisés qu'ils sont des témoignages d'anthropophagie.

Certes les Australopithèques de Taungs ou de Kromdraï peuvent avoir été dévorés par leurs semblables ou par d'autres hominiens, mais aussi bien par des fauves dont les traces ne manquent pas dans les gisements.

Parmi les Archanthropes, on peut retenir, en plus du cas des Sinanthropes que nous avons sommairement examiné, celui de l'homme de Tautavel (Arago XX) qui a certainement été manipulé par ses contemporains. Il s'agit d'une face attenante au frontal [10]. Elle reposait à l'envers, le palais vers le haut. Comme les autres nombreux restes humains découverts dans la grotte, ces fragments étaient mêlés à des os d'animaux abat-

9. U. Chodowice, « Le cannibalisme iroquois », *Nouvelle revue de Psychanalyse*, n° 6, 1972.

10. M.A. de Lumley-Woodyear, « Les Anténéandertaliens dans le sud de la France », *La Préhistoire française*, Paris, 1976, CNRS, t. I, p. 547-560.

tus et consommés : rhinocéros, bœuf, cerf et bouquetin. L'homme de Tautavel fut-il dévoré par ses congénères ? La fracture au niveau de la suture coronale lui donne curieusement l'aspect d'un masque. Malgré l'existence, aux époques récentes (Capsien d'Afrique du Nord), de tels masques, on ne peut se risquer sérieusement à proposer une telle préparation. Il n'est même pas possible de supposer que cette fracture ait été intentionnelle puisqu'elle suit la suture coronale qui n'était pas encore synostosée sur ce jeune sujet. En revanche le bris de la boîte crânienne pour en extraire le cerveau paraît très vraisemblable ; l'abandon des os parmi les restes alimentaires favorise également l'hypothèse d'une anthropophagie apparemment dépourvue de tout caractère symbolique.

Plus récents, puisqu'ils semblent dater du milieu du Riss, les hommes de Ngandong (*Homo Soloensis*) de Java ont été cités comme des exemples possibles de pratiques anthropophagiques. Sur une aire de 50 à 100 m², Von Koenigswald, qui avait succédé à W. Oppenoorth, trouva onze boîtes crâniennes ou fragments de crânes plus ou moins importants et deux tibias. L'absence des os de la face sur laquelle on a beaucoup insisté n'est pas une anomalie, aussi est-il difficile d'affirmer qu'il y eut arrachement des faces sur les crânes encore frais. Les traces de feu sur les fragments crâniens de l'homme de Fontèchevade ne suffisent pas non plus à confirmer une hypothétique anthropophagie chez ces anténéandertaliens.

Les pratiques cannibaliques sont en revanche certaines chez l'homme de Néandertal. Il importe de noter que précisément cette certitude en accompagne une autre, celle de l'existence d'inhumation. Le meilleur exemple demeure celui du crâne découvert, en 1939, dans une salle isolée de la Grotte Guattari (mont Circé). Ce crâne avait été déposé, isolé, au centre d'un cercle de pierres irrégulier [11]. Le trou occipital avait été élargi et l'orbite droite brisée. Le sol de la salle était jonché d'ossements d'animaux qui comme le crâne avaient été recouverts de concrétion. Aucun autre élément du squelette n'avait été apporté dans cette salle qui fut abandonnée après ce dépôt intentionnel. Il y eut donc un traitement particulier réservé à ce crâne, dont le cerveau semble bien avoir été extrait et consommé. Dans la grotte de l'Hortus (Hérault), les rest s humains appartenant à une vingtaine d'individus, soit des jeunes, soit des vieux, étaient dispersés, intimement mêlés aux os d'animaux et comme eux brisés intentionnellement, leur état ne laisse planer aucun doute sur le cannibalisme des occupants saison-

11. A.C. Blanc, « L'homme fossile du Mont Circé », *L'Anthropologie*, t. 49, 1939.

niers de ce site [12]. Ces observations faites au cours de fouilles modernes permettent de confirmer certaines hypothèses présentées en 1899 au moment de l'étude des restes osseux de Krapina en Croatie [13]. Il avait été trouvé dans cet abri effondré 10 à 12 crânes fragmentaires, 14 fragments de mandibule, 144 dents isolées et de nombreux débris d'os longs, de corps vertébraux et de côtes. Aucune connexion ne fut reconnue, or certains de ces fragments osseux recueillis dans des foyers (mais à l'époque on appelait foyer toute couche archéologique contenant de la cendre) sont calcinés. Il semble bien qu'à Krapina, les Néandertaliens ont été bel et bien mangés, comme ceux de l'Hortus et, antérieurement, l'homme de Tautavel. L'abandon des ossements, sans traitement particulier, ne me paraît pas correspondre à un endocannibalisme puisque l'inhumation est une pratique connue des Néandertaliens. J'opinerai plutôt en faveur d'un cannibalisme de circonstance ou un exocannibalisme résultant d'une chasse à l'homme ; mais la très faible densité humaine au cours du début du Würm rend assez peu vraisemblable cette seconde hypothèse.

La pratique de l'anthropophagie semble s'atténuer, voire disparaître, au Paléolithique supérieur et à l'Epipaléolithique, peut-être parce que celle de l'inhumation semble s'être généralisée et que la plupart des restes humains qui ont été conservés ont été trouvés dans des sépultures. Toutefois la manipulation d'ossements et leur transformation subsistent et même se développent dans plusieurs cultures épipaléolithiques (cf. *infra*, p. 405-406).

Le Néolithique, en revanche, apporte des documents non équivoques du maintien du cannibalisme ; nous avons déjà cité le cas des crânes d'enfants et d'adolescents de la grotte de Fontbrégoua (niveaux du Néolithique ancien) qui portent tout le long du crâne, suivant la suture sagitale, des incisions faites avec une lame de silex [14]. Dans la grotte de Kitsos, en Attique, dans des niveaux appartenant au IVᵉ millénaire, des ossements humains dispersés portant des traces de feu semblent témoigner encore d'un certain cannibalisme. Celui-ci fut aussi évoqué dans la grotte du Kef el Agab [15] du Néolithique tunisien, mais le fouilleur lui-même rejette cette interprétation.

---

12. H. de LUMLEY et Coll., *la Grotte moustérienne de l'Hortus (Valflaunès, Hérault)*, Marseille, 1972.

13. K. GORJANOVIC-KRAMBERGER, *Der diluviale Mensch von Krapina in Kroatien*, Weisbaden, 1906.

14. Fouilles de J. Courtin. Cf. M. ESCALON DE FONTON, « Informations archéologiques. Circonscription de Provence-Alpes-Côte d'Azur », *Gallia-Préhistoire*, 21, 1979, p. 713.

15. P. BARDIN, « La grotte du Kef el Agab (Tunisie), gisement néolithique », *Libyca*, t. I, 1953, p. 271-308.

Dans les grottes, en effet, les remaniements sont constants, les sépultures ont plus qu'ailleurs l'occasion d'être dérangées et de vieux ossements d'être mis en contact avec des foyers. La liste est bien longue des causes de dispersion d'ossements humains dans les gisements tant que l'habitude de séparer la cité des vivants de celle des morts n'eut pas été prise.

Les premières sépultures

Quelques lecteurs peuvent avoir été choqués de ce que je me sois permis de placer certaines formes de cannibalisme parmi les actes religieux. Je l'ai fait dans la mesure où ce cannibalisme paraissait une forme de pratique funéraire. Le fait de donner une sépulture à ses morts, c'est, comme l'a très bien exprimé. P. Chaunu, prendre conscience de la mort, et du même coup de son être. « Il y a ceux qui savent, ceux qui savent qu'ils vont mourir [16]. » Dans l'état de nos connaissances les plus anciennes sépultures sont néandertaliennes ; mais cela ne signifie pas nécessairement que les Archanthropes ne prenaient pas soin de leurs morts ; rappelons que les conditions de gisement ne sont guère favorables à la conservation de sépultures ; il n'empêche cependant que les rares os conservés de ces temps archaïques donnent l'impression d'avoir été traités sans égard par les occupants successifs de l'habitat.

Les sépultures d'hommes de Néandertal ne se comptent plus. Si nous possédons des squelettes entiers ou assez bien conservés, c'est précisément parce qu'ils avaient été enterrés dans des fosses creusées pour les recevoir. A la Chapelle-aux-Saints, à La Ferrassie, à Combe Grenal, au Moustier, au Roc de Marsal, pour ne citer que des gisements français, les corps d'adultes, d'enfants, voire de nouveau-nés, avaient été placés dans de telles fosses qui furent exceptionnellement recouvertes d'une dalle (sépulture d'un enfant de trois ans à La Ferrassie). Ces sépultures sont la première trace de ce qui pourrait être un sentiment religieux. Le soin apporté à l'inhumation d'un enfant aussi jeune mérite une remarque particulière : la sépulture n'est pas réservée aux seuls adultes, le chasseur ou la mère, mais elle est accordée même aux êtres faibles qui n'ont rien apporté au clan et qui lui étaient même à charge. Non seulement l'homme de Néandertal donne une sépulture à ses morts mais il entretient, semble-t-il, avec eux des relations affectives faites de respect ou de crainte et pourquoi pas d'amour ? Ces relations sont matérialisées par des offrandes. Déjà à La Chapelle-aux-Saints, les fouilleurs de 1908 avaient noté la présence, au-dessus de la tête, d'un métatarsien de grand bovidé, les deux premières pha-

16. P. CHAUNU, *Histoire et décadence*, Paris, 1981, Lib. Acad. Perrin, p. 36.

langes et une deuxième phalange, « preuve évidente que la patte avait été déposée là avec sa chair, peut-être pour la nourriture du mort ». Cette interprétation a été discutée sous prétexte qu'il n'y a guère de chair [17] dans l'extrémité des pattes, mais des cas plus explicites ont été, depuis, relevés. Il faut retenir, en premier lieu, la sépulture du Régourdou (Dordogne) dont le squelette reposait sous une sorte de tumulus dans lequel avaient été déposés des ossements d'ours et un bois de cerf. Au voisinage de cette sépulture, plusieurs structures et fosses renfermaient des ossements d'ours brun. La plus proche, à un mètre de la sépulture, était une grande fosse dont les parois étaient délimitées par un muret de pierres, elle contenait le squelette complet d'un ours bien que l'ordre anatomique n'ait pas été respecté par les hommes qui avaient soigneusement disposé ces os. Cette fosse était recouverte d'une grande dalle pesant quelque 850 kg. E. Bonifay estime que la sépulture humaine est postérieure aux différentes inhumations d'ours [18]. La relation entre ces dépôts semble donc dépasser les simples pratiques funéraires (fig. 65).

La sépulture n° 5 de La Ferrassie appelle une autre remarque, le dépôt volontaire de trois racloirs orientés de la même manière au-dessus du squelette invite à penser que les offrandes n'étaient pas seulement alimentaires. La preuve en est fournie par le gisement de Techik-Tach (Ouzbekistan), rendu célèbre par la sépulture d'un jeune néandertalien âgé de huit ans environ dont le corps était entouré de cinq massacres de bouquetins.

Le traitement respectueux réservé au crâne du Mont Circé permet de considérer son dépôt comme une sépulture secondaire, d'autant que la salle où il était ne fut plus fréquentée par la suite.

Nous avons retenu aussi, tant il est émouvant si l'interprétation est exacte, le cas de l'homme n° VI de Shanidar (Iraq). Le squelette était placé au centre d'un cercle de blocs qui délimitaient la sépulture. A l'intérieur, les pollens étaient particulièrement abondants : leur analyse [19] permit à Mme A. Leroi-Gourhan d'émettre l'hypothèse que le corps avait été déposé sur une litière de tiges d'*Ephedra* garnie de fleurs jaunes de séneçon auxquelles se mêlaient les fleurs bleues d'une liliacé (*Muscari*) et d'une malvacée (*Althaea*). Cette inhumation, nous le savons

17. B. Vandermeersch, « Les sépultures néandertaliennes », *La Préhistoire française*, Paris, 1976, CNRS, t. I, p. 725-727.

18. E. Bonifay et B. Vandermeersch, « Dépôts rituels d'ossements d'ours dans le gisement moustérien du Regourdou (Montignac, Dordogne) », *Comptes rendus des séances de l'Académie des Sciences*, t. 255, 1962, p. 1 635-1 636.

19. Arl. Leroi-Gourhan, « The flowers found with Shanidar IV, a neandertal burial in Iraq. », *Science*, 1975, n° 190, p. 562-564.

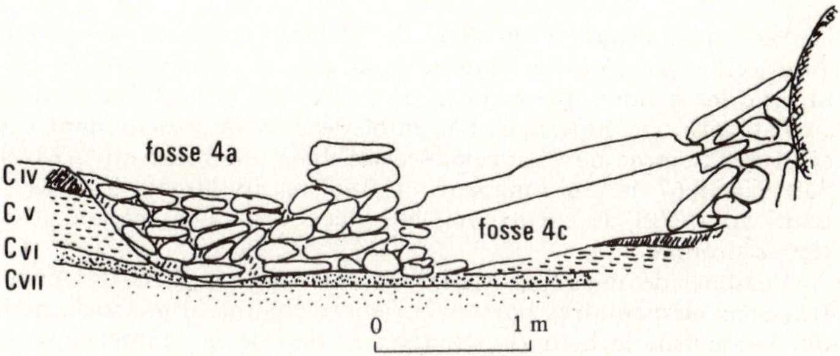

Fig. 65. — Gisement du Régourdou (Dordogne). Inhumation humaine (fosse 4 a) et inhumation d'ours brun (fosse 4 c), d'après E. Bonifay.

grâce à la présence de fleurs qui ont dégagé une telle abondance de pollens, eut lieu entre la fin mai et le début de juillet, voilà quelque 50 000 ans.

Les rares structures décelables dans les sépultures néandertaliennes, tant au Mont Circé (si on peut parler de sépulture dans ce cas) qu'à Shanidan et surtout au Régourdou et à Techik-Tach, ne marquent pas seulement le caractère intentionnel de l'enfouissement ou du dépôt, elles manifestent aussi le désir de protéger le corps. C'est donc chez certains Néandertaliens d'Occident et d'Orient qu'apparaissent les premières traces d'une architecture funéraire qui devait connaître un tel développement à la fin du Néolithique et au début de l'Age des métaux, des grands ensembles mégalithiques de la France de l'ouest aux pyramides d'Egypte.

Les sépultures du Paléolithique supérieur sont un peu mieux connues que celles des Néandertaliens parce qu'elles sont plus nombreuses et généralement mieux conservées mais elles ne présentent pas de différences fondamentales. Dans les unes et les autres, les corps sont le plus souvent placés en décubitus latéral fléchi, c'est-à-dire dans une position de repos mais les cas de corps allongés sans flexion des membres (La Madeleine) ou avec une très faible flexion (Combe-Capelle, Menton) ne sont pas exceptionnels [20]. Cette position donnée au corps était connue aussi chez les Néandertaliens (La Ferrassie) ; si on en croit Hauser, l'homme du Moustier avait été couché sur le ventre [21]. Quant à

20. G. Quechon, « Les sépultures des Hommes du Paléolithique supérieur », *La Préhistoire française*, t. I, 1976, p. 728-733.

21. O. Hauser, « Découverte d'un squelette du type de Néandertal », *L'Homme préhistorique*, 1909.

l'enfant néandertalien du Roc de Marsal, il paraît avoir été désarticulé. Le décubitus latéral contracté en flexion forcée qui ramène les genoux au menton, nécessite des liens. Il est connu au Paléolithique supérieur. L'exemple le plus impressionnant est celui de l'homme de Chancelade tassé dans une fosse qui n'excédait pas 0,67 m en longueur et 0,40 m en largeur ! A Kostenki II (URSS) le corps avait été placé verticalement, en position accroupie.

Le souci de mieux protéger le mort apparaît dans des constructions élémentaires parfois curieuses comme le micro-dolmen qui recouvrait le haut du corps et la tête de la femme magdalénienne de Saint-Germain-la-Rivière ; des plaques de pierre protégeaient aussi la tête de l'un des squelettes de Grimaldi et les corps de Predmost, en Moravie. Dans la même région, à Pavlov, cette protection était assurée par des omoplates de mammouth [22].

Deux nouveautés apparaissent dans plusieurs sépultures du Paléolithique supérieur sans être associées à une culture plutôt qu'à une autre. Elles indiquent, semble-t-il, un souci d'assurer une protection autre que matérielle au corps déposé dans la tombe ; elles sont de caractère symbolique et révèlent un progrès dans le domaine spirituel bien qu'elles se traduisent nécessairement par des faits matériels, les seuls qui subsistent. La première est la présence d'objets de parure qui accompagnent, parfois en grand nombre, le mort dans sa tombe. Ces éléments de parure sont presque toujours des coquillages et des dents. On leur reconnaît généralement une valeur sexuelle, féminine dans les nombreux gastéropodes marins et même dans les valves de coquilles de lamellibranches [23] et masculine dans les coquilles tubulaires des scaphopodes (dentales). Les dents percées sont très nombreuses, l'une des plus répandues, à travers l'Eurasie et pendant toutes les époques du Paléolithique supérieur, est la canine (ou crache) de cerf. Cette dent de forme arrondie connut de nombreuses imitations en pierre et en os, des côtes de l'Atlantique jusqu'à la Chine.

L'autre innovation, dans les sépultures du Paléolithique supérieur, est l'usage fréquent de l'ocre rouge. Ce dépôt de matière colorante, qui n'est pas inconnu des Moustériens (Qafzeh), a alimenté une abondante littérature [24] dans laquelle l'appel à la comparaison et à la documentation ethnologique fut constant.

22. Un tableau de ces différents aménagements est donné par A. Leroi-Gourhan, *les Religions de la Préhistoire*, Paris, 1964, PUF, p. 60.

23. E.G. Gobert, « Le pudendum magique et le problème des cauris », *Revue africaine*, t. 95, 1951, p. 5-62. Repris dans : *les Magies originelles*, Aix-en-Provence, 1969, p. 139-182.

24. H. Camps-Fabrer, *Parures des temps préhistoriques en Afrique du Nord*, Alger, 1960. Bibliographie abondante.

Les interprétations les plus vraisemblables veulent que le corps ait été recouvert d'une couche de colorant (sous forme de poudre ou de véritable peinture) et qu'après disparition des chairs l'ocre se soit déposée sur les os ; lorsque seul le crâne présente des traces de coloration il faut bien admettre que l'application de fard funéraire avait été limitée à la tête. La répartition sur les parties saillantes des os et sur leur surface supérieure des traces d'ocre confirment la réalité de cette pratique. Toutefois je connais au moins un cas, appartenant il est vrai à une période plus récente puisqu'il s'agit d'un fragment de mandibule découvert dans un gisement épipaléolithique d'Afrique du Nord [25], où l'os, une fois décharné, avait été enduit d'ocre puisque cette coloration apparaissait sur la face interne de la branche montante. Il est vrai que ce fragment pouvait appartenir à un crâne-trophée, pratique connue dans la culture capsienne [26] et non d'une sépulture véritable.

Les dépôts d'ocre dans les sépultures du Paléolithique supérieur, sans atteindre la fréquence et l'importance qu'ils acquerront plus tard à l'Epipaléolithique, ne sont pas exceptionnels. Ils se présentent soit sous forme de provision placée à côté du corps ou au voisinage de la tête ; le cas le plus curieux et le plus riche en valeur symbolique est le sillon creusé dans le sol et rempli de poudre d'ocre qui partait du visage [27] du squelette de la grotte du Cavillon à Grimaldi (homme de Menton).

Il est vrai qu'à partir du Paléolithique supérieur, et dès le Périgordien et l'Aurignacien, l'ocre rouge entre pour une part importante dans différentes manifestations de la vie courante et dans le comportement cultuel qui ne peut en être dissocié. Son usage est si abondant que dans des gisements bien protégés le sol en est imprégné et a conservé la coloration rouge qui devait créer l'ambiance habituelle des habitats. Des boules d'ocre pétries contenant des outils ou des fragments apparemment insignifiants ont été retrouvées dans le niveau VIII périgordien de la grotte du Renne à Arcy-sur-Cure [28].

Ce colorant, bien qu'abondant dans la nature, nécessite une certaine préparation, les oxydes de fer divers qui entrent dans sa composition doivent être grillés et broyés avant d'être transformés en fard ou teinture, car l'utilisation dépasse largement l'usage funéraire ou domestique. Les outils et armes en sont imprégnés intentionnellement et non par contact accidentel.

25. Il s'agit de l'escargotière capsienne de l'Aïn Boucherit. Cf. H. CAMPS-FABRER, *op. cit.*, p. 30 et 40.

26. Cf. *Infra* p. 405.

27. E. RIVIÈRE, *De l'antiquité de l'Homme dans les Alpes maritimes*, Paris, 1887, p. 130-131.

28. A. LEROI-GOURHAN, *les Religions de la Préhistoire*, Paris 1964, PUF, p. 74.

L'ocre servait vraisemblablement à préparer des peaux et à décorer des ustensiles en bois qui ont disparu.

Quelles sont les raisons d'un usage aussi fréquent et abondant ? Il ne peut être simplement esthétique — pas plus que l'art pariétal qui l'utilise beaucoup. Sa présence dans les sépultures n'est peut-être que le reflet de son usage habituel dans des peintures corporelles. Celles-ci, à moins que ce ne soient des tatouages, sont reconnaissables sur certaines figures humaines aurignaco-périgordiennes et magdaléniennes. On peut citer le signe barbelé figuré sur la cuisse de la femme gravée sur une baguette en os d'Isturitz, les « boutons » qui apparaissent sur toute la longueur du torse d'une silhouette humaine gravée sur une côte à Bruniquel [29] ; on peut retenir aussi les hachures sur les Vénus de Gonnersdorf (Allemagne) et de Malta (Sibérie), et les motifs complexes qui ornent celles de Mézine en Ukraine [30]. Que l'ocre, en raison de sa couleur, ait rappelé le sang, ait été assimilée à lui et par conséquent au principe vital, est une hypothèse banale qui paraît très recevable.

Les gestes symboliques

Nul ne mettra en doute, je pense, le caractère religieux de la sépulture quelle que soit la forme qui fut choisie. Or les hommes de Néandertal ont laissé d'autres vestiges dans lesquels on peut déceler, au minimum, une certaine curiosité détournée des préoccupations matérielles. Il n'est pas impossible, par exemple, que la valeur symbolique de l'ocre ait été perçue dès le Moustérien puisque les dépôts de cette matière colorante ont été reconnus dans les gisements du Pech de l'Azé et d'Arcy-sur-Cure en France. Le recueil d'objets insolites, comme le gastéropode et le polypier, fossiles apportés dans la grotte des Hyènes à Arcy-sur-Cure, dénonce un comportement différent de la simple prédation. Le fait de les transporter puis de les déposer, en association avec des blocs de pyrite aux formes bizarres, révèle bien qu'on reconnaissait à ces objets, non consommables et non utilitaires, une valeur autre qui ne peut être que symbolique ou esthétique.

Mais les Moustériens étaient capables d'autres gestes également dépourvus de toute efficacité matérielle mais qui répondent à une orientation symbolique à laquelle il est tentant de donner une valeur religieuse malgré la pauvreté de la documentation.

---

29. L. Pales, *les Gravures de la Marche. II. Les humains*, Ophrys, 1976, fig. 28, 38 et 39.

30. H. Delporte, *l'Image de la femme dans l'Art préhistorique*, Paris, 1979, Picard, fig. 75 et 119 à 121.

Nous ne reviendrons pas sur les remarquables structures du Régourdou (Dordogne) où les dépôts d'ossements d'ours bruns (fig. 65) avaient été faits dans des fosses dont l'une avait les parois tapissées de pierres sèches et une énorme dalle en couverture [31]. Il n'est pas dans mon intention de ressusciter la vieille hypothèse d'un culte de l'ours contre laquelle A. Leroi-Gourhan s'est justement élevé [32], mais les arguments qu'il oppose à E. Bonifay dans le cas du Régourdou n'emportent pas la conviction : il admet cependant l'intervention de l'homme dans la « sépulture » des ossements d'ours mais, dit-il, « probablement dénuée de toute arrière-pensée religieuse ». Si les hommes ne reconnaissaient aucune valeur à ces os pourquoi prirent-ils le soin, en remaniant le site, de les grouper dans une fosse et de les recouvrir d'une dalle ? Les Moustériens étaient généralement fort peu soucieux de ranger les os et les reliefs de leur repas. Or il est sûr que ces os ainsi déposés étaient déjà décharnés puisque l'ordre anatomique n'est pas respecté. Pourquoi les Moustériens du Régourdou ont-ils agi ainsi ? Nous ne le saurons vraisemblablement jamais. Pourquoi les Magdaléniens de la grotte de Montespan ont-ils modelé un corps d'ours acéphale alors qu'un crâne d'ourson gisait entre les pattes avant de cette sculpture ? Mais qu'y a-t-il de commun entre ces deux faits séparés par quelque trente millénaires, sinon qu'il s'agit d'ours dans les deux cas ?

D'une autre nature sont les dépôts en tas pyramidaux d'objets divers, essentiellement des galets sphériques, qui furent trouvés dans de rares gisements moustériens ou apparentés. Dans la grotte des Hyènes (Arcy-sur-Cure), A. Leroi-Gourhan découvrit en 1950 un amoncellement d'une dizaine de sphéroïdes calcaires mêlés à des fragments d'os de mammouth [33]. Cette observation fut valorisée par la découverte, l'année suivante, d'un amoncellement plus spectaculaire dans le gisement tunisien d'El Guettar [34]. Ce gisement qui a livré une belle industrie moustérienne était établi auprès d'une source artésienne. M. Gruet découvrit, au-dessous de couches tourbeuses, un curieux tas de pierres noyées dans le sable apporté par la source, et qui formait un cône régulier de 75 cm de haut et 1,50 m de

31. E. Bonifay et B. Vandermeersch, « Dépôts rituels d'ossements d'ours dans le gisement moustérien du Régourdou (Montignac, Dordogne) », *Comptes rendus des séances de l'Académie des Sciences*, t. 255, 1962, p. 1635-1636.

32. A. Leroi-Gourhan, *les Religions de la Préhistoire, op. cit.*, p. 30-36.

33. *Idem*, p. 23.

34. M. Gruet, « Amoncellement pyramidal de sphères calcaires dans une source fossile moustérienne à El Guettar (Sud tunisien) » *Actes du IIe congrès panafricain de Préhistoire et de Protohistoire*, Alger, 1952 (1955, Paris), p. 449-456.

diamètre. La fouille permit de reconnaître qu'au sommet étaient placées quelques boules de silex. Toutes les autres étaient des sphères de calcaire. Les plus petites et les plus régulières étaient dans la partie supérieure alors que les pierres de la base, plus grosses, n'étaient que grossièrement sphériques. Si la plupart de ces sphéroïdes sont naturels, quelques-uns ont été piquetés, certains qui possédaient des appendices en ont été débarrassés. Autre fait notable, M. Gruet n'a pas retrouvé de tels galets à l'état naturel dans le voisinage d'El Guettar. Ce tas de pierres contenait également des os et des silex taillés. Les os déposés étaient tous brisés intentionnellement à l'exception d'un tibia de jeune bovin placé sur le flanc nord du tas et quelques os courts : astragales, phalanges et des dents. Le tas de boules était truffé de silex : 65 nucléus, 1 950 éclats non retouchés et 1 970 pièces retouchées appartenant à une industrie moustérienne. Les concrétions qui soudent les éléments constitutifs de ce tas de pierres, de silex et d'os, ainsi que le lustre très prononcé des outils de silex et l'aspect émoussé des os qui se trouvaient sur les bords font penser que l'édification de ce monument fut faite en partie dans l'eau ou tout au moins si près de la source qu'il fut rapidement et longuement submergé dans une eau agitée chargée de sable. La stratigraphie du site révèle effectivement que l'amoncellement fut construit sur une aire argileuse dominant le griffon principal de la source.

Il est sûr que cette construction n'a aucune raison technique. Il ne peut s'agir d'une réserve de « bolas » puisque s'y trouvent intentionnellement mêlés des outils et des os en grand nombre ainsi que des pierres de forme bizarre. L'auteur de cette belle découverte y voit un dépôt votif, un cairn d'offrande à la source auprès de laquelle les Moustériens d'El Guettar s'étaient établis. Il est difficile de ne pas le suivre, d'autant plus qu'une découverte analogue, malheureusement moins documentée et moins précise, fut faite au cours de la construction d'un cinéma à Windhoeck (Namibie) ; auprès de la source chaude artésienne de Junker Spring furent recueillies dans un espace de 4 m² une trentaine de sphères en pierre soigneusement piquetées et deux outils : une pointe de facture moustérienne et un racloir qui appartiennent manifestement à une industrie du Middle Stone Age[35].

Je n'hésite pas à considérer ces amoncellements volontaires de sphéroïdes comme des dépôts rituels manifestant la naissance d'un certain sentiment religieux non lié directement à la destinée de l'homme.

35. M. Gruet et M. Zelle, « Découverte de sphères à Windroeck (South West Africa), *Idem*, p. 457-458.

2. L'ART ET LA RELIGION AU PALÉOLITHIQUE SUPÉRIEUR

L'art du Paléolithique supérieur nous fait entrer de plain-pied dans un monde fortement imprégné de spiritualité ; en fait il est admis aujourd'hui par la majorité des préhistoriens que l'art pariétal, celui des cavernes, est un art religieux et qu'une bonne partie de l'art mobilier sous forme de sculptures ou de plaquettes gravées doit entrer dans la même catégorie. Mais de même que la reconnaissance d'un art paléolithique ne devint possible qu'après une longue maturation des esprits, la reconnaissance du caractère religieux de cet art ne s'imposa que tardivement à la conscience des préhistoriens.

Une conception dépassée : la gratuité de l'art

A la fin du siècle dernier, on niait tout simplement l'existence de l'art pariétal [36] et on ne voyait dans l'art mobilier qu'un simple souci décoratif mineur. Les motifs semblaient si proches des nôtres qu'on ne pouvait s'empêcher de les analyser comme s'ils émanaient d'esprits contemporains. C'est ainsi que naquit la première théorie sur l'art préhistorique, celle de l'Art pour l'Art dont G.-H. Luquet formula le principe [37] après une analyse sérieuse des œuvres connues à son époque. Sans nier que l'art, à l'époque magdalénienne qui en marque l'apogée, ait pu avoir une efficacité magique, il estime que cette explication est insuffisante et reste douteuse aux périodes plus anciennes. L'art put avoir reçu postérieurement une destination magique, donc utilitaire, mais au début il fut désintéressé et n'eut d'autre objet que le plaisir esthétique. Le beau, pour reprendre l'expression de G.-H. Luquet, a été conçu primitivement sous deux

36. Cf., *supra* pp. 197-199. Les difficultés rencontrées par Sautuola après la découverte des peintures d'Altamira et la controverse à laquelle Cartailhac mit fin en publiant son « Mea culpa d'un sceptique ».

37. G. et H. Luquet, *l'Art et la religion des hommes fossiles*, Paris, 1926, Masson.

formes auxquelles correspondent deux sortes d'art, l'art décoratif et l'art figuré. Le second est confirmé par le plaisir que ressent l'artiste en prenant conscience de son pouvoir créateur d'images. Or ces images ne pouvaient être tirées que des données de la vie et des conditions d'existence de l'artiste, d'où le réalisme des figures animales qui constituaient l'ambiance habituelle de la vie paléolithique. Mais, fait remarquer G.-H. Luquet, l'image conserve les traces, même à l'apogée magdalénien, du réalisme intellectuel qui fait représenter par exemple les deux doigts des pattes des bisons et des aurochs : ce réalisme intellectuel est le même qui caractérise le dessin de l'enfant. A l'époque, on considérait généralement les préhistoriques, et aussi ceux qu'on appelait les primitifs, comme de grands enfants.

L'art serait donc désintéressé par essence. Mais lorsque Luquet codifiait, tardivement, cette théorie, une autre explication s'était depuis longtemps imposée à la majorité des préhistoriens. Elle était fondée sur la comparaison sociologique et ethnographique qui triomphait durant la première moitié de ce siècle.

Magie et chasse : le pouvoir des images

Non, l'art n'est pas désintéressé, l'art n'est pas gratuit, il est, au contraire, profondément ancré dans la vie quotidienne. Si les hommes du Paléolithique supérieur ont représenté à profusion aurochs, bisons, chevaux, cerfs et mammouths, c'est bien parce qu'ils étaient l'objet de leur chasse, de leur préoccupation constante. Les dessiner ou les peindre, fixer leur image, c'était les contenir, les immobiliser, s'emparer d'eux à l'avance et les réduire à l'impuissance. L'œuvre d'art est donc une manifestation magique et son réalisme est garant de son efficacité. Il faut aussi assurer le maintien des troupeaux et des hardes, que les animaux soient gras et les femelles gravides, d'où la fréquence de ces ventres distendus, figurant, pensait-on, des femelles prêtes à mettre bas. Une préoccupation identique apparaît dans les statuettes de ces « Vénus aurignaciennes », que nous savons être aujourd'hui périgordiennes. En exagérant les formes féminines, les sculptures voulaient assurément faciliter la fécondité et la procréation.

Cette tentative d'explication de l'art paléolithique étayée par tout un arsenal de références historiques et ethnologiques ne fut guère combattue, timidement, que par G.-H. Luquet, alors que l'abbé Breuil [38] l'utilisait systématiquement dans ses commentaires. Tour à tour le shaman sibérien, le sorcier africain ou australien étaient mis à contribution pour expliquer la nécessaire préparation spirituelle et magique qui précède la chasse,

38. Abbé H. Breuil, *Quatre cents siècles d'art pariétal*, Montignac, 1952.

les précautions à l'égard des animaux tués dont l'esprit a soif de vengeance, ou encore les procédés d'envoûtement de la proie convoitée et des moyens de la fixer par l'image et le récit incantatoire. La démonstration du bien-fondé de cette explication semblait inutile tant paraissait évidente l'intention des artistes. Tout concourait à faire accepter cette théorie raisonnable et parfaitement concordante à l'image misérabiliste de l'homme paléolithique que s'étaient forgée les préhistoriens du début du siècle. Manger et procréer, la vie de cet homme semblait s'organiser entre ces deux pôles essentiels et complémentaires : manger c'est prendre la vie, procréer c'est la donner ; l'art tue l'animal et annonce son remplacement, comme celui de l'homme, par la génération.

Les œuvres paléolithiques apportaient, sans la moindre sollicitation, les faits démonstratifs indéniables ; ainsi de nombreux bisons portent sur leur flanc des blessures symbolisées par des flèches ou des traits barbelés. A Niaux, où 25 % des bisons figurés portent de telles blessures, l'exemple le plus spectaculaire me paraît être le bison tracé sur l'argile du sol dont le flanc présente trois cupules, sans doute provoquées par la chute de gouttes d'eau, qui furent soulignées par des pointes à deux barbelures afin de suggérer les blessures et les armes qui les provoquèrent (fig. 66). Certains chevaux de Lascaux semblent recevoir des traits empennés. Dans la grotte de Montespan, la sculpture d'un ours en argile fut lardée de coups de sagaie et une figure de cheval gravée sur la paroi fut rendue presque méconnaissable par des jets de projectiles. Dans la région des Eyzies, des faisceaux de traits à sommet angulaire, qui furent appelés tectiformes, sont associés à des animaux qui semblent enchevêtrés dans ces figures : mammouths à Bernifal et mammouth et bison à Font de Gaume (fig. 66). Aussi, certains auteurs n'hésitèrent pas à considérer ces tectiformes comme des figurations de piège [39].

Quant aux « sorciers » jugés indispensables à toute action de caractère magique, leur image apparaît parfois sur les parois des grottes ou sur des instruments et armes dont ils renforcent l'efficacité. Mais comment les reconnaître parmi les anthropomorphes anonymes de l'art paléolithique ? Les spécialistes répondaient sans hésitation : à leur déguisement ou à leur semi-métamorphose. Les « diablotins » du bâton perforé de Teyjat sont coiffés d'une tête de chamois se prolongeant en casaque sur les épaules. Sur une plaquette de la grotte de Lourdes un personnage barbu a la tête couronnée d'une ramure de cerf. Le sorcier du Gabillou est caché sous une peau de bœuf ou

39. K. LINDNER, *la Chasse préhistorique*, Paris, 1950, Payot.

Fig. 66. — Magie de la chasse : le mammouth de Font-de-Gaume pris dans un « piège » tectiforme, un bison de Niaux blessé et le « sorcier » de la grotte des Trois-Frères chargé de les envoûter.

de bison dont la tête recouvre son visage. Il en est de même de ceux de la grotte des Trois-Frères. Le plus célèbre et le plus impressionnant de ces « sorciers » est celui, si souvent reproduit, d'après un relevé de l'abbé Breuil (fig. 66). Ce sorcier est gravé et peint sur la voûte dominant un panneau très riche en représentations animales. Le visage est réellement envoûtant avec ses deux grands yeux ronds qui fixent étrangement le visiteur, yeux de rapace nocturne qui ressuscitent les terreurs ancestrales. Il est coiffé d'une importante ramure de cervidé tandis que sort de ses reins une queue de cheval, le sexe est humain mais il est situé très en arrière, comme celui des félins. Les avant-bras se terminent comme des pattes d'ours, parachevant le caractère composite de cet être bizarre, le plus hétéroclite qu'ait créé l'art magdalénien. Bien de ces représentations de « sorciers » peuvent être interprétées cependant comme des figurations de chasseurs camouflés. Cette pratique bien connue des peuples chasseurs ne justifie pas toutefois l'aspect composite du sorcier des Trois-Frères, mais cet être mythique n'est-il qu'un sorcier ?

La belle découverte de D. Peyrony, dans la grotte de la Roche à Lalinde, d'une longue pendeloque en bois de renne fut également utilisée dans un sens favorable à la magie : la forme, les dimensions et le décor très soigné de cet objet rappellent impérieusement les « churinga » ou rhombes des sorciers australiens. Un exemplaire analogue d'Isturitz renforce cette interprétation. « Après la chasse », tel pourrait être le titre du tableautin sur plaquette en os de Raymonden : deux files de personnages de petite taille encadrent un bison dépecé dont la tête énorme, non dépouillée, reste rattachée à la colonne vertébrale alors que deux pattes découpées ont été déposées sur le sol, en avant. Il ne peut s'agir d'une scène de simple bombance (*Pl. IV 3*). Est-ce un ex-voto gravé après une chasse heureuse, ou une œuvre de prétérition, de valeur propitiatoire ? Gibier, blessures sur les corps d'animaux, chasseurs déguisés ou sorcier en tenue de travail, représentations de pièges et d'armes, découvertes d'armes « magiques », tout concourt à donner à l'art paléolithique une signification simple et raisonnable : cet art utilitaire est fondé sur le principe de la magie imitative.

Un art religieux bipolarisé

Cette interprétation des œuvres d'art paléolithiques dans un sens magique fut quasi universellement acceptée malgré quelques difficultés non négligeables qui avaient été plus ou moins consciemment occultées. Dès l'abord, on comprend mal que les artistes qui avaient pris tant de soin à représenter, parfois admirablement, les animaux qu'ils voulaient chasser et abattre n'aient figuré des traces de blessures que sur un nombre infime d'entre eux, dans une proportion que A. Leroi-Gourhan estime inférieure à 3 %. Autre étrangeté, le renne, qui est si abondant dans les déchets culinaires de cette époque qui fut appelée l'Age du renne, est relativement rare dans le bestiaire des artistes paléolithiques. A. Leroi-Gourhan fixe à 3,5 % à peine sa représentation dans l'art pariétal alors qu'elle s'élève à 18 % dans l'art mobilier, dont une bonne partie serait légèrement postérieure à l'époque des grands sanctuaires en grottes. Comment expliquer ce dédain des Magdaléniens à l'égard de l'animal qui assurait le principal de leur alimentation carnée et de leur fourniture en tendons, peaux et ramures ? Le renne était-il trop commun, trop facile à tuer et, en conséquence, paraissait-il inutile de faire appel aux pratiques magiques pour rendre la chasse heureuse ? Mais alors quel besoin de « tuer » par la peinture tant d'autres animaux : bœufs, chevaux, bouquetins et mammouths ?

L'art paléolithique devait avoir d'autres significations. C'est peu après 1960, que deux préhistoriens commencent à faire connaître les résultats de leurs recherches menées parallèlement sur l'art pariétal. Leurs propositions devaient modifier radicalement la lecture habituelle de ces œuvres d'art. Mme A. Laming-

Emperaire [40], en appuyant sa recherche principalement sur Lascaux et Pech-Merle, acquérait la conviction que les figures animales n'étaient pas réparties anarchiquement sur les parois des grottes et qu'il y avait, en particulier, une association fréquente, déjà reconnue mais peu élucidée, du cheval et du bison. Au même moment, A. Leroi-Gourhan établissait une nouvelle chronologie de l'art paléolithique [41] et entreprenait le décompte systématique des espèces représentées dans chaque grotte. Dans celle du Portel (Ariège), il prenait conscience du couplage des figures et de leur répartition spatiale. L'opposition ou le couplage bison (ou aurochs)-cheval était si évident que l'un et l'autre auteur pensèrent, séparément, que cette opposition reflétait une conception binaire, bipolaire, vraisemblablement de caractère sexuel puisque c'est la plus évidente dans la nature. Pour A. Leroi-Gourhan, le cheval était un symbole mâle et le bison, ou l'aurochs, un symbole femelle, pour Mme Emperaire les deux valeurs étaient inversées (*Pl. VII*).

Partant de ces données, A. Leroi-Gourhan proposa, sinon une explication d'ensemble de l'art paléolithique, du moins une clé de lecture, complexe comme la réalité des œuvres et des sanctuaires, mais particulièrement séduisante (fig. 67). Il attira en premier lieu l'attention sur une partie des motifs de l'art pariétal et aussi mobilier qui avait été totalement négligée ou avait fait l'objet d'interprétations simplistes liées à l'interprétation magique de l'art quaternaire. Il s'agit de ces milliers de signes abstraits qui accompagnent les figures animales, plus rarement les anthropomorphes ou qui se rassemblent seuls sur des parois ou des recoins. On avait voulu voir dans ces signes abstraits l'image simplifiée d'armes (sagaies, flèches, propulseurs), d'engins de chasse (pièges, filets, enclos) ou des habitations. Pour A. Leroi-Gourhan ces signes se répartissent en deux classes : les signes « allongés » ou groupe α, qui sont des tirets, des bâtonnets, des alignements de points ou de taches, et les signes « pleins » ou groupe β qui sont des figures géométriques : ovales, triangles, rectangles, traits renflés, etc. Partant des représentations vulvaires réalistes du style I, A. Leroi-Gourhan [42] estimait que les signes du groupe β en étaient en partie dérivés ; les signes claviformes appartenant au même groupe seraient l'aboutissement de la schématisation du corps de la femme vu de profil. Les figurations féminines du Magdalénien supérieur

40. A. Laming-Emperaire, *la Signification de l'art rupestre paléolithique*, Paris, 1962, Picard.

41. Sur cette chronologie cf., pp. 203-204.

42. A. Leroi-Gourhan, *les Religions de la Préhistoire*, Paris, 1964, PUF, p. 93, et « Les signes pariétaux du Paléolithique franco-cantabrique », *Symposium internacional de Arte prehistorico*, Santander, 1972, p. 281-308.

(La Roche de Lalinde, Gonnersdorf...) et d'autres plus anciennes du Gravettien oriental (Dolni Vestonice n° XIV) révèlent les étapes de cette schématisation. Si les signes β ont une valeur féminine, les signes allongés du groupe α doivent nécessairement être masculins. La même dichotomie apparaît donc dans les deux formes, abstraite et figurée, de l'art pariétal et déborde sur l'art mobilier qu'à juste titre A. Leroi-Gourhan refuse de séparer du premier. De même que les figures animales de valeur différente peuvent être couplées, par individualités ou par groupes, de même les signes appartenant aux deux groupes peuvent être associés. Puisque nous sommes dans un monde symbolique, l'enchaînement combinatoire est infini mais le couplage fondamental cheval-bison (ou aurochs) se retrouve avec une insistance qui ne peut échapper à l'observateur même non averti. C'est en étudiant les figures de la grotte du Portel que Leroi-Gourhan acquit la conviction de la subtilité du couplage : l'une des galeries présentait un cheval et huit bisons, l'autre neuf chevaux et un seul bison ; la salle centrale renfermait un bison et un cheval, il en était de même dans le couloir d'accès. Dans les compositions centrales des parois, le couplage cheval-bison est très souvent accompagné d'un couplage analogue de signes de valeur contraire.

Fig. 67. — Lecture de la grotte de Lascaux, par A. Leroi-Gourhan.

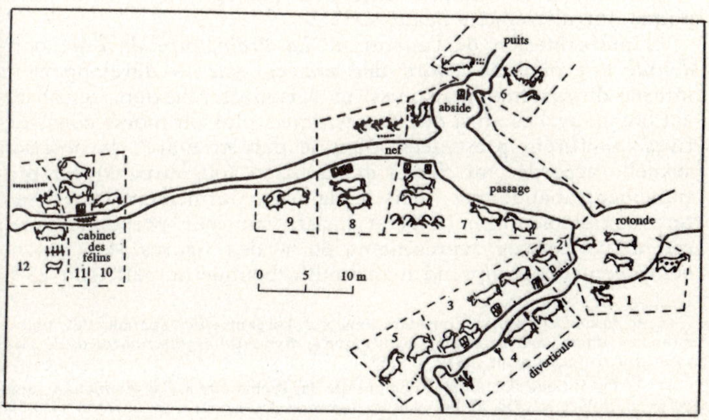

Il apparaît, en effet, que ces figures animales et ces signes, qui ont les uns et les autres valeur symbolique, ne sont pas répartis au hasard. Il y a une répartition spatiale des figures le long des parois, des corniches et parfois des plafonds des cavernes. Arrivée à ce stade de développement la théorie, qui s'appuie sur un appareil statistique simple, connaît une explication plus laborieuse. Si chevaux et bovinés (bisons et taureaux) constituent une part importante du bestiaire, ils ne sont pas les seuls animaux représentés. Le couplage fondamental se complique par la présence d'un ou plusieurs mammifères, représentés généralement à une taille moindre ou dans une situation marginale par rapport à la composition principale. Ces animaux sont des ruminants : bouquetins, biches, cerfs, mais on trouve aussi dans cette même catégorie le mammouth. Enfin des animaux redoutables tels que le lion, l'ours ou le rhinocéros figurent à part, de préférence dans les parties les plus reculées de la grotte, ce qu'avait déjà noté l'abbé Breuil sans en tirer de conséquence particulière.

Dans ce monde combinatoire d'une souplesse souvent déconcertante, la topographie des grottes interviendrait assez impérativement, suivant A. Leroi-Gourhan : ainsi 90 % des animaux du couplage A-B, c'est-à-dire chevaux-bisons et aurochs, occupent les parois les plus dégagées et de préférence la position centrale sur les panneaux, tandis que se trouvent dans des situations particulières : passages, étroitures, des compositions du genre A-C (cheval et animal périphérique tel que bouquetin ou cerf) ou A-D (cheval et animal de fond). Comme l'avoue A. Leroi-Gourhan, le fait que les animaux des classes C et D puissent se situer à la fois comme sujets de passage ou de fond complique singulièrement l'analyse [43].

L'interprétation de l'auteur de *La Préhistoire de l'Art occidental* a évolué au cours des années, par le développement interne du système, mais aussi en raison de réflexions ou observations nouvelles ainsi que des critiques plus ou moins constructives qui furent présentées. Dans le dernier état [44], la notation sexuelle accordée au cheval et au bison (ou aurochs) est pratiquement abandonnée, mais il maintient fermement leur caractère complémentaire (A-B) et insiste sur leur prépondérance : ces deux espèces représentent 50 % des figures. Un second contingent (C) comprend mammouth, bouquetin, cerf, soit 25 %

43. A. Leroi-Gourhan, « Considérations sur l'organisation spatiale des figures animales dans l'art pariétal paléolithique », *Symposium internacional de Arte prehistorico*, Santander, 1972, p. 285.

44. A. Leroi-Gourhan, « les Religions de la Préhistoire », *La Préhistoire française*, t. I, 1976, p. 755-759 et « Les animaux et les signes » in *Lascaux inconnu*, supplément à *Gallia-Préhistoire*, 1979, p. 343-366.

de l'ensemble, le reste se répartit entre rhinocéros, félins et ours. Les panneaux successifs dans les grottes répondraient à la formule C + A-B + C (+ D), mais cette disposition peut se situer sur une paroi dégagée entre deux étroitures ou au contraire s'étirer dans les couloirs d'une caverne ou se répéter à partir de surfaces susceptibles d'accueillir le groupe central A-B. Ce système d'assemblage de figures animales est recoupé ou complété par des dispositifs de signes couplés. Mais alors que la notation sexuelle semble avoir disparu ou du moins être mise en sourdine dans la partie du système fondé sur la représentation animale, A. Leroi-Gourhan la maintient dans la signification des signes, tout en l'atténuant puisque les ponctuations, qui constituent maintenant un troisième groupe, sont neutralisées ; elles servent à marquer la fin et le début des compositions. Enfin, l'auteur maintient que, dans ses variantes, ce système s'est adapté tout au long du Paléolithique supérieur, soit pendant quelque 20 000 ans, à des idéologies diverses mais en conservant son armature figurative. A. Leroi-Gourhan a plusieurs fois rappelé que les figures symboliques peuvent, en effet, se maintenir inchangées à travers les millénaires alors que leur contenu ne cesse d'évoluer.

L'apport essentiel est, en définitive, précisément la reconnaissance d'une conception symbolique dans l'art pariétal et mobilier. Cette conception paraît de nos jours indiscutable, même aux plus farouches adversaires de cette théorie hardie qui soulève de nombreuses difficultés.

La classification chronologique de Leroi-Gourhan en quatre styles est aujourd'hui unanimement reconnue à l'exception de quelques originaux qui s'en tiennent encore à celle, nettement dépassée, de l'abbé Breuil, mais il n'en est pas de même de la méthode statistique utilisée : elle n'apparaît pas suffisamment fiable à P. Ucko et A. Rosenfeld [45] ; il n'y aurait pas de différence significative entre les diverses compositions dans lesquelles entrent les figurations du cheval qui est nettement dominant. Depuis, l'étude exhaustive de Lascaux a révélé que les 355 chevaux représentent 50 % des animaux de la célèbre grotte alors que les bovinés n'atteignent que 15 %. De son côté L.-R. Nougier critique les chiffres utilisés qui ne correspondent pas à ses propres relevés. Plus sévèrement, Ucko dénonce l'oubli ou l'omission volontaire de figures secondaires afin d'obtenir des schémas et faire apparaître les thèmes principaux sur lesquels repose une partie de la théorie. Un autre point faible du système est la division de la grotte en différents secteurs. On est amené à faire parfois des découpages arbitraires et peut-être ces décou-

45. P. Ucko et A. Rosenfeld, *Paleolithic Cave art*, Londres, 1967, p. 207.

pages sont-ils dictés plus par les thèmes recherchés que par les caractères topographiques de la caverne. Certaines grottes donnent à des animaux du groupe C : biches à Covalanas, cerfs à Las Chimenas, mammouths à Rouffignac, une prépondérance qui paraît incompatible avec le système fondé sur le couplage. Nous n'insisterons pas sur les objections présentées contre le caractère sexuel exagéré donné à la première présentation du système [46] puisque A. Leroi-Gourhan l'a pratiquement abandonné, sauf, nous l'avons vu, pour les signes. Or, même pour ceux-ci la démonstration, qui n'est souvent qu'une affirmation, n'est pas toujours convaincante. On ne comprend pas, par exemple, qu'un trait barbelé soit un signe masculin et qu'une figure constituée d'un angle (même « ouvert ») et de sa bissectrice habituellement considérée comme une flèche soit un signe féminin. Le passage du signe vulvaire au tectiforme ou au damier paraît pour le moins difficile.

Tenant compte de ces difficultés ou des contradictions, A. Laming-Emperaire tenta de proposer une autre explication [47]. Elle reconnaît que la répartition des figures dans les cavernes peut être interprétée dans un sens différent de celui de la simple opposition entre principe mâle et principe femelle, mais qu'elle pourrait être l'expression d'un système social. Les espèces animales seraient des symboles de groupes humains. Elle arrivait à la conclusion provisoire que ces figures étaient en relation avec des pratiques exogamiques. Cette interprétation, également séduisante, traduit chez cet auteur disparu tragiquement en 1977, un constant souci de renouveler les questions et le refus de se laisser prendre dans les lacets d'une seule hypothèse ou d'un système trop bien construit.

On pourrait, dans la même lancée, se demander si les figures et les signes de l'art paléolithique ne racontent pas des récits ou des mythes fondamentaux [48], si chacune des figures n'est pas une sorte d'idéogramme ou un simple moyen mnémotechnique. Ces figures, symboles mythologiques, peuvent ne pas être exactement reproduites de la nature, d'où la présence d'êtres hybrides, de monstres et d'animaux sans tête. Si les figures racontent à leur manière des mythes ou les récits historiques du clan, il faut admettre certaines relations entre elles et croire

46. H.G. Bandi, « Quelques réflexions sur la nouvelle hypothèse de A. Leroi-Gourhan concernant la signification de l'art quaternaire », *Symposium internacional de Arte prehistorico*, Santander, 1972, p. 309-319.

47. A. Laming-Emperaire, « Système de pensée et organisation sociale dans l'art rupestre paléolithique » *L'Homme de Cro Magnon 1868-1968*, Paris, 1970, A.M.G., p. 197-212.

48. G. Camps, « Art paléolithique et manifestation de la personnalité », *Symposium internacional de Arte prehistorico*, Santander, 1972, p. 139-147.

à une composition voulue. Comment l'accepter lorsque les figures ne sont ni de la même main, ni du même style, ni obtenues par la même technique ? Certes, un rajout d'une autre main peut, intentionnellement, introduire la notion du couplage, mais cet argument se retourne contre son utilisateur car il laisse entendre que cette volonté du couplage ou d'association n'est pas essentielle. Toutefois, l'étude exhaustive de la grotte de Lascaux [49] confirme la faible durée, quelques siècles, de la vie du sanctuaire et les nombreuses reprises de gravures et de peintures ne modifient que des détails et pas le sens essentiel des scènes ; bien mieux, des figures de style différent comme la vache sautant de la « nef » et les petits chevaux (les « poneys »), ont été composées en même temps.

En fait, toutes les tentatives d'interprétation semblent pécher par un excès de systématique. Que l'on proclame comme G.-H. Luquet la gratuité de l'art préhistorique, que l'on croie comme l'abbé Breuil que les animaux représentés soient envoûtés et désignés aux traits des chasseurs, ou comme le pense A. Leroi-Gourhan que les associations répétées du bison et du cheval ont une signification religieuse, on ne retient chaque fois qu'une seule explication, aussi unique qu'universelle. On peut se demander si chacune de ces interprétations n'est pas partiellement valable et si lors de l'exécution de ces œuvres ne se mêlaient pas, dans l'âme de l'artiste, des sentiments que notre esprit isole artificiellement.

Un fait, un fait fondamental, reste acquis ; que l'on accepte intégralement ou partiellement le système d'A. Leroi-Gourhan, le caractère symbolique et religieux de l'art paléolithique, qu'il soit pariétal ou mobilier, ne saurait plus être mis en doute. Il n'est plus possible de voir désormais une grotte ornée avec les mêmes yeux qu'auparavant. Notre regard a changé, c'est, à mon avis, le plus grand mérite de l'œuvre d'A. Leroi-Gourhan.

49. Arl. Leroi-Gourhan et J. Allain, *Lascaux inconnu*, supplément à *Gallia-préhistoire*, Paris, 1979, CNRS.

3. PRATIQUES FUNÉRAIRES ET RELIGIEUSES DE LA FIN DU PALÉOLITHIQUE ET DU MÉSOLITHIQUE

Le développement de l'art au Magdalénien ne doit pas faire oublier d'autres manifestations plus rares mais qui révèlent également des préoccupations de caractère religieux. Je ne citerai guère, car les informations scientifiques sont encore insuffisantes malgré quelques commentaires de presse, le « sanctuaire » du Magdalénien ancien/moyen de la grotte de Juyo (Santander) à l'entrée de laquelle une équipe hispano-américaine aurait découvert une sorte d'autel primitif constitué d'une dalle énorme pesant plus d'une tonne reposant sur deux pierres verticales en relation avec une sculpture double : sur une face est représenté un visage humain avec barbe et moustache, sur l'autre une tête de félin. L.G. Freeman suggère que ce double visage représente l'être surnaturel auquel est dédié le sanctuaire. Nous laisserons à l'archéologue américain la responsabilité d'une telle affirmation agrémentée de considérations psychologiques sur la signification de l'association du félin et de l'homme dans la même sculpture, mais l'existence d'un tel monument de caractère religieux n'a rien de surprenant. L'homme magdalénien avait atteint un niveau de spiritualité assez élevé que l'art pariétal et mobilier nous permet de déceler.

Les Magdaléniens et la mort

Les relations de l'homme et de la mort se développent suivant certaines tendances déjà visibles chez les Néandertaliens et qui n'ont cessé de s'affirmer dans les sépultures du début du Paléolithique supérieur. La manipulation d'ossements décharnés se poursuit dans certains cas malgré la généralisation de l'inhumation. Deux exemples français nous retiendront. Le premier est celui des célèbres coupes de la grotte du Placard [50].

---

50. H. BREUIL et H. OBERMAIER, « Crânes paléolithiques façonnés en coupes », *L'Anthropologie*, t. 20, 1909, p. 207-214.

Dans ce gisement charentais, des crânes humains avaient été placés sur des pierres plates, ils étaient parés de coquillages ; à côté, plusieurs calottes crâniennes, découpées et façonnées en forme de coupe, avaient été mises les unes à côté des autres et reposaient sur leur face convexe. Certaines avaient été ornées d'incisions et l'une avait contenu de l'ocre rouge. Ce curieux lot était encadré par un humérus et un fémur. L'ancienneté des fouilles ne permet guère de connaître davantage l'organisation de ce qui était peut-être un sanctuaire consacré aux morts.

Plus impressionnant est le crâne magdalénien également découvert en 1958 dans un placage bréchoïde de la caverne du Mas d'Azil [51]. Depuis plusieurs années avait été reconnue une calotte crânienne qui apparaissait dans la brèche. En 1958, le Dr Méroc entreprit de la dégager et constata qu'il s'agissait d'un crâne complet sans sa mandibule qui avait été placé ou entraîné en un point où un ressaut de la voûte déterminait une sorte de niche. Le fouilleur, jugeant préférable de ne pas faire sur place le dégagement complet, opéra un prélèvement en bloc permettant une extraction en laboratoire. Le Dr H.-J. Vallois qui effectua ce dégagement et reconstitua le crâne put faire des observations du plus haut intérêt. L'absence de la mandibule et de tout autre os humain dans le placage indique qu'il ne s'agit pas de sépulture, d'ailleurs le crâne est entièrement dépourvu de dent et aucune ne fut retrouvée dans les sédiments alentour. Lors du dégagement de l'orbite gauche fut découverte une lame osseuse de forme ovale de 4 cm de longueur sur 2 cm de largeur. Il s'agissait d'une plaque épiphysaire extraite d'une vertèbre lombaire de cervidé, vraisemblablement de renne. Cette plaque avait été découpée et rognée sur les bords pour s'encastrer dans l'orbite ; or un fragment important d'une plaque identique fut trouvé dans les sédiments, il s'adaptait à l'orbite droite. Avec ses yeux artificiels, le crâne du Mas d'Azil entre donc dans un ensemble bien connu des ethnographes, celui des crânes transformés afin de recréer l'illusion de la vie ou de leur donner une efficacité nouvelle. Il est sûr que les deux plaquettes, qui devaient être peintes, étaient sensées représenter les yeux disparus comme sur des crânes actuels de Mélanésie qui sont équipés de cauris placés horizontalement ou de fragments de coquilles diverses. Le crâne du Mas d'Azil révèle l'existence, dès le Magdalénien, d'une pratique qui subsista jusqu'à notre époque.

51. H.V. Vallois, « Le crâne humain magdalénien du Mas d'Azil », *L'Anthropologie*, t. 65, 1961, p. 21-45.

Les manipulations mésolithiques

Le traitement particulier des crânes va se maintenir et, semble-t-il, s'amplifier au cours de l'Epipaléolithique. Le gisement d'Ofnet, en Bavière, est en grotte, il renferme plusieurs niveaux d'occupation : Aurignacien, Castelperronien, Magdalénien et Azilien. Dans la couche supérieure furent reconnues deux fosses peu profondes creusées à un mètre l'une de l'autre. La première contenait 27 crânes soigneusement disposés côte à côte et noyés dans de la poudre d'ocre. L'autre fosse, plus petite, ne contenait que six crânes. Les plus nombreux appartenaient à des femmes et des enfants. Ces crânes étaient accompagnés de leur mâchoire et des premières vertèbres cervicales, ce qui laisse supposer qu'il y avait eu décapitation. De nombreux traumatismes pourraient confirmer une hypothèse guerrière qui fut particulièrement retenue, mais d'autres considérations permettent de penser qu'il s'agit vraisemblablement de décollation effectuée sur des cadavres bien traités puisqu'ils étaient munis d'une riche parure. Chaque crâne était, en effet, recouvert d'éléments de parure sans doute cousus sur une coiffe. Sur l'un d'eux on n'a pas trouvé moins de 69 dents de cerfs perforées et une centaine de petits coquillages.

Ofnet apporte donc un nouvel exemple du traitement particulier réservé parfois aux crânes mais il ne s'agit ici que d'une forme de sépulture exceptionnelle destinée à regrouper dans le même lieu le maximum d'individus, d'où le choix de la partie essentielle de chacun, le crâne [52].

Au même moment, et même un peu avant, l'Afrique du Nord qui connut un important développement culturel au cours de l'Epipaléolithique, nous livre une somme de documents en relation avec les pratiques magico-religieuses.

L'originalité maghrébine réside, chez les Ibéromaurusiens, en deux coutumes, la première est l'apparition de vraies nécropoles renfermant plusieurs dizaines d'individus : 183 à Taforalt au Maroc, 114 à Columnata et 50 à Afalou bou Rhumel en Algérie [53]... Cette pratique funéraire qui connaîtra un développement considérable en Europe à la fin du Néolithique, fait ainsi une apparition précoce vers le Xe millénaire, sur les rives africaines de la Méditerranée.

Une autre pratique ibéromaurusienne, qui annonce des temps plus proches, est une curieuse mutilation appliquée systématique-

52. H. Breuil, « Le gisement quaternaire d'Ofnet », *L'Anthropologie*, t. 20, 1909, p. 207-214.

53. G. Camps, *les Civilisations préhistoriques de l'Afrique du Nord et du Sahara*, Paris, 1974, Doin, p. 81.

ment à tous les indiidus du type de Mechta el-Arbi (*Pl. XI 1 et 2*). Elle consiste à arracher les incisives du maxillaire supérieur. Le minimum est l'avulsion d'une incisive médiane, mais le cas le plus fréquent est l'ablation des deux incisives médianes. Cette mutilation frappe les deux sexes et semble avoir été pratiquée vers l'âge de 12 à 15 ans. A l'époque suivante, au Capsien, entre le VIIIe et le VIe millénaire, la mutilation dentaire subit une double évolution. Chez les Protoméditerranéens, elle a tendance à se limiter aux femmes mais s'étend aux deux maxillaires et, chez certains sujets, aboutit à l'ablation de toutes les incisives [54]. Cette pratique, certainement liée à un rite de passage, celui de l'adolescence et du changement de classe d'âge, était peut-être en relation avec le port d'un labret, ou de plateaux comme chez les Sara-Dingué du Tchad dont le port entraîne généralement la chute des incisives.

Chez ces Capsiens apparaît une autre coutume plus macabre, celle de transformer les ossements humains en instruments, armes ou objets rituels. Mme H. Camps-Fabrer [55] a recensé les nombreux cas d'application de cette coutume. Ils se rencontrent sur tout le territoire gagné à la civilisation capsienne, de la Libye à l'Oranie. Des différents ossements transformés par les Capsiens, nous devons faire deux lots. Le premier ne nous retiendra guère : les os longs des membres ont été traités comme des os d'animaux. Quand ils étaient sectionnés, comme à Columnata, les diaphyses étaient conservées pour fabriquer des outils longs et robustes. Les mêmes qualités expliquent le choix d'un péroné pour tailler, à Mechta el-Arbi, un poignard dont la pointe fut aménagée aux dépens de la partie distale. Il est vraisemblable que le choix d'os humain était également guidé par des soucis d'efficacité magique.

L'autre série est constituée d'os crâniens. La pièce la plus intéressante est le crâne-trophée de Faïd-Souar II (fig. 68) qui comporte la face avec la mandibule et le tiers antérieur de la boîte crânienne qui a été sciée au niveau des bosses pariétales. Ce crâne est celui d'une femme de type méditerranéen ayant subi de son vivant l'ablation des quatre incisives supérieures et des deux médianes inférieures. Deux perforations symétriques faites dans les pariétaux permettaient la suspension à un poteau, sinon même le port de ce trophée comme une sorte de pectoral comme le suggère H.V. Vallois [56]. L'importance que les Capsiens

---

54. *Idem*, p. 97-98 et 174.

55. H. Camps-Fabrer, *Matière et art mobilier dans la Préhistoire nord-africaine et saharienne*, Paris, 1966, A.M.G., p. 179-183.

56. H.V. Vallois, « Le crâne trophée capsien de Faïd Souar II. Algérie (fouilles Laplace 1954) », *L'Anthropologie*, t. 75, 1971, p. 191-220 et 397-414.

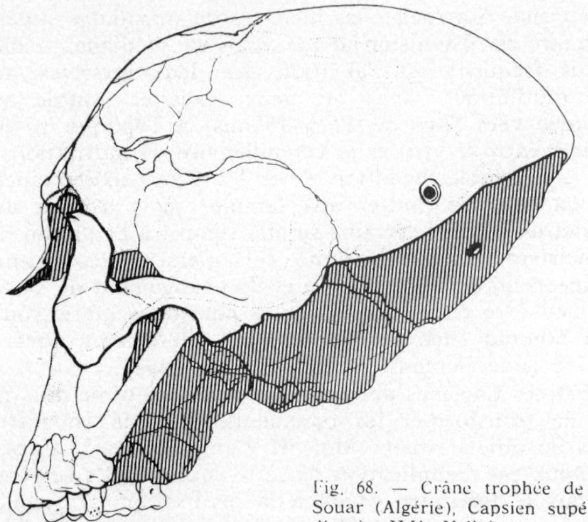

Fig. 68. — Crâne trophée de Faïd Souar (Algérie), Capsien supérieur, d'après H.V. Vallois.

reconnaissaient à cette pièce est confirmée par une étonnante intervention. L'une des incisives tombée post-mortem fut remplacée par une fausse dent taillée vraisemblablement dans une phalange humaine. L'occlusion de la mandibule et des maxillaires était assurée soit par un simple lien soit par un revêtement de cire ou d'argile si les os servaient de support à un visage modelé, comme en Syrie-Palestine.

La mandibule sciée de Columnata pouvait appartenir à un montage semblable à celui de Faïd Souar II. Il n'est pas sûr que les différents fragments de pariétaux, de frontal et d'occipital sciés et polis recueillis à Mechta el-Arbi et à Medjez II appartenaient à de mêmes objets. Le frontal de Mechta el-Arbi avait été séparé des os de la face et poli ; deux petites perforations permettaient de le porter comme un hausse-col dont il affecte la forme mais il pouvait être resté solidaire du reste de la calotte crânienne qui aurait, dans ce cas, servi de coupe. L'occipital de Medjez II semble avoir été scié trop bas pour avoir appartenu à un trophée semblable à celui de Faïd Souar ; ici aussi, on songe plutôt à une coupe. Le caractère rituel de ces mystérieux objets crâniens ne fait pas de doute. Il apparaît également dans des plaques d'os crânien régularisées et perforées découvertes dans différents gisements de la même civilisation.

Les crânes surmodelés de Syrie-Palestine

Le Proche-Orient, à la fin du Mésolithique (Natoufien) et surtout au début du Néolithique (Prepottery Neolithic, phases A et B) qui sont contemporains de la civilisation capsienne, se révèle encore plus riche dans le domaine du sacré [57]. Nous retiendrons en premier lieu certaines coutumes funéraires qui tournent rapidement à un véritable culte. Dès la phase ancienne (PPNA), un grand nombre de crânes humains ont été trouvés séparés du corps à Jéricho [58]. Plusieurs d'entre eux étaient disposés en cercle regardant vers l'intérieur. Dans un autre cas, ils formaient trois groupes de trois orientés vers la même direction. Dans un troisième cas, une sépulture d'enfant était accompagnée d'une série de crânes d'enfants en connexion avec les premières vertèbres cervicales : ici encore on a parlé, un peu hâtivement, de sacrifices d'enfant et de décapitation. Cette pratique rappelle celles qui étaient connues du Natoufien, civilisation brillante qui précède le PPNA. Ainsi à Erq el-Ahmar, dans un puits funéraire, un squelette complet était accompagné par de nombreux crânes isolés. A Aïn Mallaha, les caveaux ne contenaient que des os dissociés et les crânes avaient été déposés après décharnement.

Au cours du PPNB se manifeste une pratique qui révèle un intérêt encore plus poussé à l'égard du crâne. Les premiers documents furent découverts à Jéricho. Le dépôt de crânes isolés subsiste mais deux faits nouveaux interviennent : l'association de ce dépôt avec une certaine forme d'architecture et la préparation que subit le crâne avant son dépôt. Les crânes sont consolidés par un remplissage d'argile et reçoivent un visage surmodelé, en plâtre, des coquillages placés dans les orbites figurent les yeux. Ces crânes ont été trouvés groupés, au nombre de sept dans une pièce, et deux autres dans une autre pièce de la même maison. A Bensaïmoun, en Israël, deux crânes également surmodelés avaient été déposés entre le dallage et le seuil d'une maison [59]. Plus au nord, en Syrie, à Tell Ramad, d'autres découvertes plus intéressantes encore furent faites par H. de Contenson [60]. Dans le niveau II de ce

57. J. CAUVIN, *Religions néolithiques de Syro-Palestine*, Paris, 1972, Maisonneuve, p. 39.

58. K. KENYON, *Digging up Jericho*, Londres, 1957, p. 53.

59. D. FEREMBACH et M. LECHEVALLIER, « Découverte de deux crânes surmodelés dans un habitat du VIIe millénaire à Beisamoun (Israël) », *Paléorient*, vol. 1-2, 1973, p. 223-230.

60. H. de CONTENSON, « Les trois premières campagnes de fouilles à Tell Ramad (Syrie) », *Comptes rendus de l'Académie des Inscriptions et Belles-Lettres*, 1966, p. 531-536.

site quelque 21 crânes surmodelés ont été trouvés dans les habitations où ils étaient groupées par 2 ou 3, sauf dans une fosse ovale qui en contenait une douzaine. Les crânes étaient enduits d'ocre sur le front et le vertex, le visage surmodelé se prolongeait au niveau du cou par une sorte de tenon qui permettait de les placer sur des statuettes acéphales de 20 cm de haut représentant un personnage assis. Ces statuettes-supports étaient en argile peinte (*Pl. XI 3*).

Les sépultures, les crânes surmodelés et les nombreuses figurines en argile représentant des animaux ou des humains ne sont pas les seules manifestations de caractère religieux livrées par les fouilles dans les niveaux du Néolithique précéramique de Syrie-Palestine. A Jéricho, plusieurs bâtiments appartenant à ces niveaux se distinguent des simples habitations, par leur plan ou la présence de niche en relation avec des figurines ; ces bâtiments méritent peut-être l'appellation de sanctuaires qui leur fut donnée. K. Kenyon suggère même l'existence, dès cette époque, d'un véritable culte domestique.

Les sanctuaires de Çatal Hüyük

Le doute n'est plus permis dans le site célèbre de Çatal Hüyük, dans le sud de l'Anatolie[61]. Il s'agit d'une véritable ville qui, nous l'avons vu, pouvait compter 5 à 7 000 habitants, la première peut-être et certainement la plus ancienne connue des archéologues puisque les échantillons de charbon soumis au comptage du C 14 accusent des âges qui s'échelonnent entre 6 500 et 5 600 av. J.-C. Les maisons, bâties de briques crues bien conservées en raison des conditions climatiques, étaient toutes mitoyennes. L'agglomération était dépourvue de rues et la circulation devait se faire par les terrasses, ce qui suppose une forte cohésion sociale. On pénétrait donc dans les maisons par des échelles ou des escaliers. L'éclairage était assuré par des cours intérieures et des lucarnes percées en haut des murs. Certaines maisons avaient un aménagement intérieur, un décor et un mobilier qui permettent de leur reconnaître une destination religieuse. Ces sanctuaires, au nombre d'une quarantaine répartis dans 9 des 14 niveaux d'occupation reconnus par J. Mellaart, portent un riche décor mural ; ce sont des reliefs, le plus souvent féminins : femme enceinte ou parturiente, figures stylisées ou symboliques telles que des paires de seins, protomés de taureau surmodelés sur des têtes véritables garnies de leurs cornes (fig. 70).

---

61. J. MELLAART, *Çatal Hüyük, a neolithic town in Anatolia*, London, 1967, Thames et Hudson.

Aussi intéressantes, en raison du symbolisme de la plupart, sont les nombreuses fresques qui décoraient les parois. Elles étaient souvent refaites et de nombreuses couches de badigeons attestent à la fois de la durée de l'occupation et de l'importance donnée, comme dans l'art paléolithique, au geste créateur de l'artiste plus qu'à son résultat. Parmi ces fresques l'une représente une scène rituelle centrée sur un énorme taureau autour duquel dansent et sautent de petits personnages portant un étrange pagne de cérémonie muni d'une ou de plusieurs queues. Cette scène est la première manifestation, sinon du culte du taureau, du moins de l'intérêt particulier, et déjà fixé par un rituel, porté à cet animal. Bien que me méfiant des rapprochements factices à travers l'espace et le temps, je ne puis m'empêcher d'évoquer à propos de cette scène une autre très semblable que reproduit, 2 à 3 millénaires plus tard, une peinture du Néolithique saharien à Tin-Hanakaten (Tassili n'Ajjer). Ici, comme là, un taureau gigantesque est honoré par de petits personnages qui dansent, sautent et se contorsionnent. Et pourquoi ne pas évoquer aussi les scènes parfaitement ritualisées des tauromachies crétoises dont les reproductions sur les fresques accusent une disproportion à peine moins accusée entre l'animal magnifié et l'homme (*Pl. XIII 1*) ?

D'autres fresques de Çatal Hüyük font référence à la mort. Des corps sans tête, aux membres en flexion, sont exposés aux vautours qui en raison de leurs habitudes nécrophages reçoivent une valeur symbolique. Comme en Syrie-Palestine, les crânes séparés des corps connaissent un destin particulier. A Çatal Hüyük même, des crânes furent retrouvés sur une plate-forme cultuelle à l'intérieur des sanctuaires ; dans une autre agglomération de la même époque, à Hacilar [62], les crânes étaient déposés sur le sol, près du foyer.

Sans que nous osions parler de culte des crânes, il est incontestable que de l'Anatolie au Neguev, la pratique de décollation des cadavres et le traitement particulier des têtes attestent une certaine unité culturelle qui se manifeste dans le domaine économique par le commerce de l'obsidienne et la transmission des premières espèces botaniques et animales domestiquées par l'homme.

Les sanctuaires de Çatal Hüyük ont livré aussi de très nombreuses figurines, en pierre ou en terre, qui sont autant de témoignages du développement religieux de ce peuple. Celles qui sont en argile crue représentent plus volontiers des hommes ou des animaux. Leur répartition dans les angles des salles ou

62. *Idem*, p. 84.

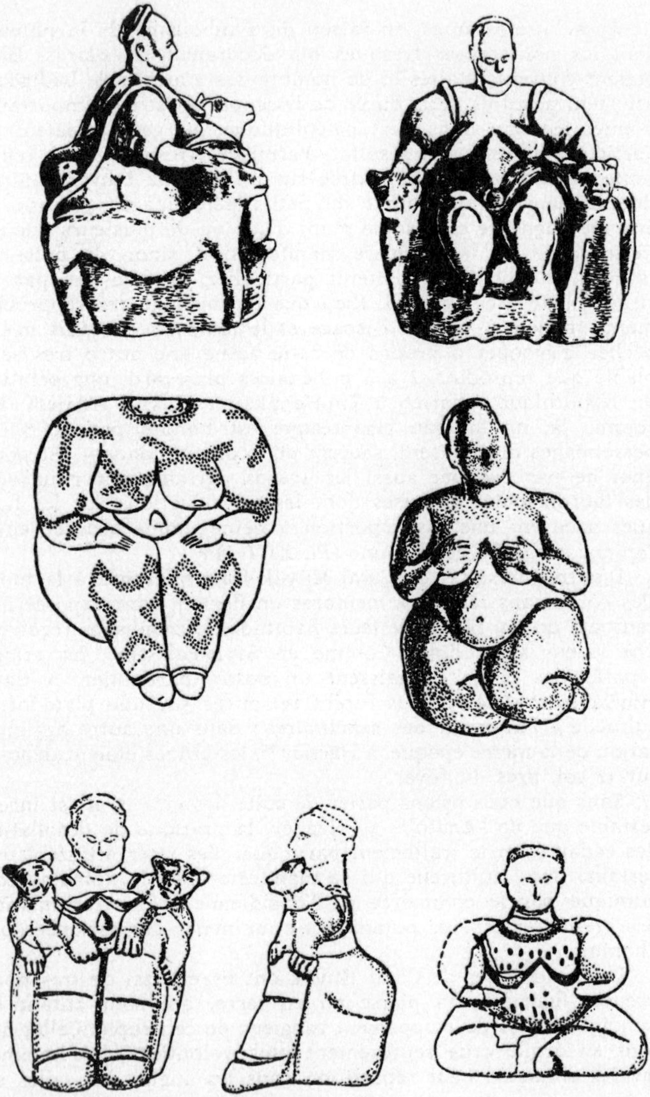

Fig. 69. — La déesse-mère de Çatal Hüyük, d'après Mellaart.

même à l'extérieur du sanctuaire, de même que leur faible intérêt artistique font penser qu'elles ne sont que d'humbles ex-voto. Les statuettes en pierre, au contraire, semblent avoir occupé une place de choix sur les banquettes, or elles représentent presque toujours un personnage féminin (fig. 69). Il ne s'agit plus d'une simple représentation de valeur magique ou évocatrice — au sens précis du terme — de la fécondité. Il s'agit d'une vraie divinité et non d'un symbole. Certaines représentations ne trompent pas, ainsi la femme assise sur un trône flanqué de deux panthères est à la fois mère généreuse et maîtresse des animaux, ses mains reposent sur la tête des fauves en un geste à la fois apaisant et dominateur. Cette *Potnia thérôn* de Çatal Hüyük du VIe millénaire sera la génitrice de mille autres divinités féminines qui, de l'aurore du Néolithique au triomphe des religions monothéistes, concentreront l'espérance des laboureurs et des pasteurs. La mère généreuse, la déesse dispensatrice de la vie, des biens et du plaisir, se perpétuera ainsi dans le Croissant fertile et ses dépendances pendant 6 000 ans.

4. L'ÉPANOUISSEMENT RELIGIEUX DU NÉOLITHIQUE

Le cheminement de la pensée religieuse ne s'est pas opéré exactement de la même façon en Europe où la documentation est infiniment plus pauvre pendant l'Epipaléolithique et les débuts du Néolithique. Si les fosses à crânes d'Ofnet révèlent le même intérêt pour les crânes isolés, séparés des corps, les autres sépultures mésolithiques d'Europe occidentale (Teviec et Hoëdic en France, Muge au Portugal) montrent le développement d'un rituel funéraire : le décubitus latéral ou dorsal fléchi, voire contracté, devient une règle quasi générale, la fréquence du colorant déposé sur les corps et du mobilier funéraire, la présence d'objets de parure et le dépôt symbolique de provisions de bouche peuvent être cités parmi ces gestes rituels que les vivants accordent à leurs morts. Mais aucun de ces actes n'est spécifique de ce niveau culturel ; en ce domaine comme dans celui de l'économie et de la technique, le Mésolithique, même tardif, n'est que la continuité du Paléolithique.

Les maisons sacralisées de Lepenski-Vir

L'Europe orientale se révèle plus riche et originale. Au nord des Balkans, dans la vallée du Danube et dans l'immensité des plaines bessarabiennes et ukrainiennes, mais aussi au sud, en Thrace et en Thessalie, se préparent, comme en Asie Mineure et en Mésopotamie, les profondes mutations d'où naîtra une vie nouvelle fondée sur la production et non plus exclusivement sur la prédation. Cette gestation se traduit, dans le domaine de l'esprit, par des attitudes nouvelles.

A l'extrême fin du Mésolithique et au début du Néolithique, une culture présente une forte originalité, celle de Lepenski Vir dont le site éponyme occupe la rive droite du Danube à l'entrée des Portes de Fer, en Serbie orientale [63]. Dans sa phase ancienne, cette culture est encore nettement mésolithique, les occupants des premiers villages vivent de la chasse et surtout de la pêche, le chien est le seul animal domestique (Proto Lepenski Vir et Lepenski Vir I et II). Le village est composé d'un ensemble de 86 constructions homogènes de même plan, celui d'un secteur de cercle tronqué vers le centre et dont l'angle serait de 60°. Au centre des maisons dont l'entrée s'ouvre dans la partie convexe, est disposée, derrière un grand foyer rectangulaire, une sculpture sur galet, parfois remplacée par un autel décoré. Ces sculptures sont des plus curieuses ; sur les galets ayant conservé leur forme naturelle ont été mis en relief des motifs abstraits, curvilignes dans la phase ancienne, en chevrons et lignes brisées dans la phase récente. Sur d'autres galets apparaissent, toujours en relief, les traits d'un visage humain : yeux globuleux, nez et bouche. Ces figures, d'une grande puissance évocatrice, sont étranges, d'un style très original, remarquable surtout par le dessin de la bouche qui a fait penser à Srejovic, le fouilleur du site, qu'il pourrait s'agir de la représentation de divinités des eaux, mi-homme, mi-poisson. Nous ne suivrons pas cet auteur dans son interprétation très risquée, mais il s'agit sûrement de sculptures de caractère religieux. Les niveaux de Lepenski Vir II possèdent les mêmes galets sculptés mais ils sont généralement plus grands, certains atteignent une longueur de 70 cm.

L'originalité de Lepenski Vir apparaît également dans les pratiques funéraires. Pendant les phases prénéolithiques, les inhumations avaient lieu sous ou à proximité du foyer et les corps étaient entiers. Les parties arrière des maisons étaient réservées aux sépultures d'enfants. Les inhumations secondaires, avec choix d'ossements : crânes, mandibules, os longs, se faisaient de préférence entre le foyer et la sculpture centrale, dans la plupart des cas, l'ocre était largement dispensée.

La maison, dans la culture de Lepenski Vir, est donc doublement sacralisée et par la présence de l'image de la divinité et par celle des morts, peut-être confondus avec cette divinité.

Dieux et déesses de la « Vieille Europe » (Balkans et Europe orientale)

Puis survient le Néolithique en cette Europe du Sud-Est et de l'Est et avec lui l'explosion des manifestations du sacré. Dans cette aire privilégiée que M. Gimbutas nomme « Old

63. D. SREJOVIC, « Lepenski Vir. Site protonéolithique et néolithique », *Epoque préhistorique et protohistorique en Yougoslavie. Recherches et résultats*, Belgrade, 1971, p. 180-183 ; « La religion de la culture de Lepenski Vir », *Les religions de la Préhistoire. Valcamonica Symposium*, 1972, p. 87-94.

Europe »[64], on assiste à un développement ancien de l'élevage et de l'agriculture à peine plus récent, s'il n'est contemporain, de celui de l'Anatolie, de la Mésopotamie et de la Syrie-Palestine voisines. Cet espace est-européen présente, certes, au Néolithique un grand nombre de faciès culturels que les divisions politiques et les frontières actuelles, administratives et souvent idéologiques, contribuent à multiplier : Starcevo, Sesklo, Karanovo, Dniestr-Bug caractérisent la phase ancienne (7 000-5 500 av. J.-C.), tandis que Tripolye, Cucuteni, Tisza, Lengyel, Vinça, Gumelnita, Dimini désignent les cultures de la phase récente du VIᵉ au IVᵉ millénaire.

Très vite, beaucoup plus vite qu'à l'Ouest, de vraies économies paysannes s'organisent dans les larges plaines bordières de la mer Noire, dans les vallées des Balkans et dans les plaines de Thrace et de Thessalie. Ces paysans, soucieux de la fertilité du sol, même si certains pratiquent encore longtemps une agriculture itinérante sur brûlis, soucieux aussi de la fécondité de leurs troupeaux, ont une conscience aiguë de leur dépendance à l'égard de la divinité dispensatrice des biens. Il est à la fois malaisé et dangereux de s'appuyer sur les données chiffrées lorsqu'il s'agit d'une documentation dispersée dans un vaste espace pendant des dizaines de siècles, mais il n'empêche que le Néolithique de l'Europe sud-orientale a livré près de 30 000 figurines en matières différentes : argile, marbre, cristal de roche, calcaire, cuivre, tandis que le reste de l'Europe, y compris l'Extrême-Occident, ne peut opposer à cette multitude qu'à peine deux ou trois centaines de médiocres modelages ou de grossières statuettes en pierre. Il y a manifestement une rupture entre les deux Europe. A l'Ouest, la religiosité, qui reste archaïquement liée au problème de la mort et du funéraire, se manifeste autrement, à moins que, ce qui est improbable, les Occidentaux aient systématiquement fabriqué leurs statuettes en bois ou autres matières périssables.

Ces figurines d'Europe orientale représentent en majorité, presque en totalité, des personnages féminins. Ce sont des femmes aux larges hanches et aux seins volumineux ; image habituelle qui remonte du fond des âges, depuis les Vénus périgordiennes et qui poursuivra longtemps son obsédante carrière de génitrice et de nourrice. Suivant le même processus observé dans le Proche-Orient, nous voyons cette figuration affirmer de plus en plus nettement sa nature divine. La déesse assise sur un trône apparaît à Pazurdzic, en Bulgarie, au Vᵉ millénaire, reprenant un thème inauguré à Çatal Hüyük six siècles plus tôt.

64. M. GIMBUTAS, Figurines of Old Europe, *Les religions de la Préhistoire. Val Camonica Symposium*, 1972, p. 87-94.

Nos classements, simplificateurs à outrance, ont banalisé cette représentation divine sous le nom de Déesse-Mère ou Déesse de la Fertilité dont l'essor est parallèle à celui de l'économie agricole (fig. 70). Mais ces multiples figurines ne représentent pas seulement cette bonne déesse aux formes généreuses. Même si nous ne suivons pas dans ses ultimes développements l'analyse de M. Gimbutas, il nous faut reconnaître que les statuettes néolithiques reproduisent plusieurs modèles, certaines figurines semblent masquées, à d'autres la schématisation extrême du visage donne souvent une tête d'oiseau, des monstres sont munis de deux têtes, apparaissent aussi des prototypes du centaure et du Minotaure. Des personnages masculins, des figurines animales semblent répondre non pas à une croyance monothéiste mais plutôt à la lente élaboration d'un panthéon archaïque qui annonce l'avènement des divinités protohistoriques. Il n'empêche que, sans être unique ni omnipotente, la déesse-mère semble exercer une prépondérance telle que les autres divinités représentées ou soupçonnées ne paraissent être que des parèdres ou des auxiliaires sinon des hypostases.

Art et croyances des pasteurs nord-africains et sahariens

Chez les populations du Nord de l'Afrique qui sont des pasteurs plus que des agriculteurs, les formes artistiques sont différentes ; aucune statuette féminine n'appartient à cette époque des débuts du Néolithique. Au départ on a certaines difficultés à reconnaître, dans l'art rupestre surabondant de l'Atlas et des massifs centraux sahariens, des scènes ou des motifs ayant une signification religieuse. L'art rupestre nord-africain paraît surtout anecdotique, plus documentaire que symbolique. C'est que cet art, bien qu'il ait été reconnu avant celui d'Europe, n'a pas encore trouvé son analyste [65]. Faut-il trouver un sens

65. Les corpus régionaux des gravures de l'Atlas saharien ne manquent pas cependant ; citons, en plus d'une bonne centaine d'articles, monographies de stations, les ouvrages généraux de G.B.M. FLAMAND, *Les pierres écrites (Hadjrat Mektoubat). Gravures et inscriptions rupestres du Nord-africain.* Paris, 1921, Masson ; L. FROBENIUS et H. OBERMAIER, *Hadschra Maktuba*, Munich, 1925, Wolf ; R. VAUFREY, *L'art rupestre nord-africain*, Archives de l'I.P.H. mém. 20, Paris, 1939, Masson ; P. GRAZIOSI, *L'arte rupestre della Libia*, 2 vol., Naples, 1942 ; G. et L. LEFEBVRE. *Corpus des gravures rupestres du Sud Oranais*, Mémoires du C.R.A.P.E., VII, 1967 ; H. LHOTE, *Les gravures rupestres du Sud Oranais*, Mémoires du C.R.A.P.E., XVI, 1970. Les œuvres rupestres du Sahara central ont donné lieu également à une abondante bibliographie mais à part des articles à objectifs limités ou des ouvrages de vulgarisation ou albums d'art on ne peut citer que H. LHOTE, *Les gravures rupestres de l'Oued Djerat*, 2 vol., Mémoires du C.R.A.P.E., XXV, 1975 ; H. LHOTE, *Les gravures du Nord-Ouest du Niger*, Paris, 1972, A.M.G. ; F. MORI, *Tadrart Acacus. Arte rupestre e culture del Sahara preistorico*, Turin, 1965, Einaudi.

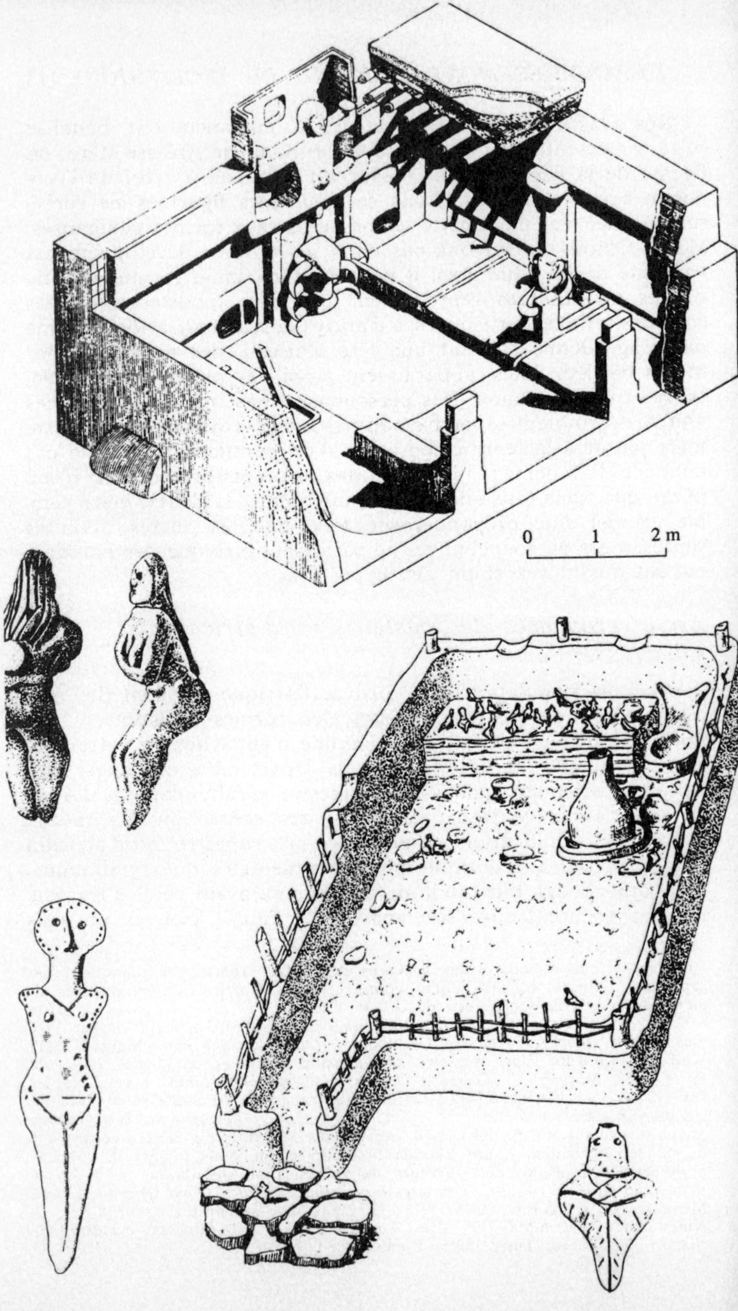
0 1 2m

caché à une scène telle que celle du Kef Messiouer (Algérie orientale) où une famille de lions dévore un sanglier tandis que rôdent autour des chacals faméliques ? Le combat rituel des buffles antiques (*Homoïoceras antiquus*) représenté plusieurs fois, a-t-il une signification autre que celui de l'affrontement de deux mâles ?

Il est cependant des scènes et des motifs qui reviennent avec une telle insistance qu'ils ont certainement une valeur religieuse. L'exemple le plus précis est celui du « bélier à sphéroïde », on nomme ainsi un ovin, qui n'est d'ailleurs pas toujours un mâle, paré avec soin. Sa tête est coiffée d'un bonnet sphérique en cuir, prolongé par des jugulaires qui se nouent sous le cou, des rameaux ou des plumes peuvent être piqués dans cette étrange coiffure qui fut confondue avec le disque solaire, qui orne le bélier Amon-Râ en Egypte, or ce dernier est plus récent de deux millénaires. Le bélier à sphéroïde porte souvent un lourd collier tressé qui, sur les gravures les plus précises, se prolonge sur l'échine par une sorte de « caparaçon » festonné. Dans les figures les mieux détaillées on reconnaît une sorte de gaine qui étrangle le cou, peut-être était-elle destinée à obliger l'animal à redresser la tête dans une position qui n'est guère habituelle chez les ovins (*Pl. XIII 2*). Il existe quelque 80 représentations de ce sujet dans l'Atlas saharien, depuis l'Atlantique jusque dans la région de Djelfa qui est sous le même méridien qu'Alger ; or dans plus de 20 stations le bélier est accompagné d'un personnage en position d'orant. Cet orant précède le plus souvent l'animal, en lui tournant le dos. Il ne s'agit donc pas de l'adoration d'un dieu bélier mais plutôt d'une scène d'offrande. Le bélier est orné avant d'être sacrifié, il est magnifié et représenté le plus souvent d'une taille supérieure à l'orant. Une gravure célèbre de Guelmouz el Abiod représente même l'animal fendu en deux le long de l'échine, les intestins répandus en une longue spirale autour du corps.

En restant dans l'Atlas saharien, examinons une autre scène constituée de petites silhouettes humaines intercalées entre les grandes et célèbres représentations de bovins et de lions de Tiout, près d'Aïn Sefra. La scène représente une chasse à l'autruche, thème banal et sans grand intérêt, mais ici deux éléments peu communs attirent l'attention. Le premier est la dimension exagérée de la pointe de flèche que l'archer darde en direction de l'autruche. Il peut s'agir d'un rendu graphique particulier de l'importance que revêt cette partie de l'arme en ce moment précis de la chasse. Plus intéressante est la relation

---

Fig. 70. — Sanctuaires de Çatal Hüyük, *en haut*, et de Subatinovka (Moldavie), Cucuteni ancien, et statuettes féminines de la même culture, d'après J. Mellaart et M. Gimbutas.

qui s'établit entre le chasseur et le personnage placé derrière lui. Celui-ci a une attitude d'orant, il porte une sorte de blouse serrée à la taille, des manches pendent des franges ou des pendeloques. Le bas du corps est nu, ce qui permet de reconnaître son sexe qui est indiqué par une cupule. Or au sexe de cette femme aboutit un long trait partant du phallus du chasseur. Cette singulière relation, étant donné l'attitude d'orante de la femme, n'a pas seulement une banale signification sexuelle. Ce trait symbolique assure en quelque sorte l'efficacité de la chasse, d'autant plus qu'avant d'arriver au sexe de l'homme ce trait se dédouble afin qu'une branche aboutisse à la main qui tend la flèche[66] (*Pl. XII 2*).

Parmi les peintures les plus anciennes du Tassili, celles qui sont rattachées au style des « Têtes rondes », certaines représentent manifestement des êtres mythiques. Dans la station de Sefar, une peinture de grande taille est si impressionnante que, dès sa découverte, elle fut appelée « le Grand Dieu de Sefar ». Son aspect général et sa tête à quatre protubérances s'écartent nettement de toute figure réaliste. Dans la même phase des « Têtes rondes », il semble parfois que des phantasmes ou des figures de cauchemars aient été reproduits : étranges figures féminines dont le corps s'étire en lanière et dont les bras amincis se tendent désespérément (Jabbaren), personnages aux bras filiformes dont le visage est précédé par un nez extraordinaire (Sefar), « spectres » aux membres raccourcis se déplaçant dans les airs (In-Itinen). Nous sommes donc plongés dans une atmosphère étrange éloignée du réalisme auquel nous habituent les gravures du grand style naturaliste que nous avons tout lieu de croire contemporain.

C'est précisément dans ce style et dans les mêmes régions du Sahara central que nous prendrons les exemples suivants. Dans les gravures de ces régions il arrive assez fréquemment que les hommes soient représentés masqués, si on considère comme des masques les têtes d'animaux que portent les figures masculines. On explique généralement le port de masques comme une pratique de chasse : en revêtant l'aspect de l'animal convoité, le chasseur peut s'approcher plus facilement de lui et l'abattre ou s'en emparer. Cette pratique existe en particulier chez les Boschimans qui, dans leurs peintures, ont parfois représenté des chasseurs d'autruche masqués grâce aux dépouilles de cet oiseau. Or les hommes à tête zoomorphe du Hoggar et du Tassili n'Ajjer ont, à ma connaissance, plus souvent des têtes de prédateurs que celles d'herbivores ou d'oiseaux. Ce sont de

66. G. Camps, « Symboles religieux dans l'art rupestre du nord de l'Afrique », *Les religions de la Préhistoire. Val Camonica Symposium*, 1972, p. 323-333.

préférence des têtes de félins et des têtes de canidés. Je ne pense pas que de tels masques puissent faciliter l'approche du gibier à moins que le chasseur préhistorique n'ait espéré s'approprier ainsi la force et l'adresse des animaux de proie dont il revêtait la dépouille. Si c'était le cas, nous aurions dans ces images le reflet de croyances ou de pratiques magiques bien connues et très répandues dans le monde. Mais nous pensons qu'il faut aller au-delà. Toutes ces figures sont très réalistes, les détails vestimentaires sont parfois indiqués avec une précision très grande, bracelets, colliers, ceintures sont nettement reconnaissables. Graziosi a publié une très intéressante figure de Mathendusch (Fezzan) qui représente un homme à figure de chacal portant une large ceinture qui retient un pantalon collant. Malgré ces précisions aucun trait ne sépare le masque de la tête ou du cou, aucun élément de fixation n'est indiqué, la tête, le cou, les épaules sont en parfaite continuité. Cet homme qui porte sur ses épaules un bœuf paraît plutôt une divinité qu'un chasseur. Les hommes à tête de chat de Tilizzaghen, également publiés par Graziosi, ont des colliers, de larges ceintures et des pantalons courts ; ici aussi, aucun élément ne se rapporte à un masque. Ces têtes animales font intégralement partie des corps humains.

Si le masque s'explique dans les scènes de chasse par des raisons techniques ou magiques, on comprend moins que les personnages masculins soient encore masqués dans d'autres occasions, comme dans les scènes de coït de Tin-Lalan, dans l'Acacus, publiées par Mori. Dans les deux scènes, les détails de la parure et de la coiffure de la femme sont indiqués avec la plus grande précision alors que chez l'homme la tête animale est parfaitement dans le prolongement du cou sans qu'aucun trait ne vienne suggérer la superposition ou l'attache du prétendu masque.

Dans la partie centrale du Hoggar, la station de Tin-Affelfelen (oued Amejjour), qui appartient, en partie, à la phase archaïque, présente un homme ithyphallique à tête de chacal. Je propose de voir dans ces personnages masculins à tête animale des êtres divins dont l'Egypte pharaonique garda le souvenir pendant des millénaires. Les scènes de Tin-Lalan pourraient être, dans cette hypothèse, considérées comme des représentations d'hiérogamies.

La place tenue par l'animal dans les croyances de ces pasteurs sahariens se reconnaît encore dans les phases suivantes qualifiées habituellement de « bovidienne » en raison de la fréquente représentation de troupeaux de bœufs, de scènes de pâture, de déplacements ou de campements. C'est le mouvement où l'art tassilien atteint son apogée (*Pl. XIII 1*). Plus qu'aux époques antérieures, cet art paraît anecdotique et de grande valeur documentaire pour les archéologues qui retrouvent sans peine des costumes, des techniques, voire des jeux ou des attitudes qu'ont conservées les populations pastorales du Sahel [67]. Les ressemblances sont telles que certains chercheurs [68] ont voulu trouver dans certaines scènes la traduction des mythes et des cosmogonies des Peuls d'aujourd'hui.

Les artistes bovidiens ont laissé, en plus des œuvres rupestres de grande qualité, une quarantaine de magnifiques petites sculptures en roche dure (basalte, dolérite, gneiss amphibolitique, granite) représentant en majorité des bovinés accompagnés d'antilopes, d'ovins, de rongeurs et de rares anthropomorphes à tête de chouette [69]. Toutes ces sculptures sont d'un dépouillement extrême, elles ne conservent que l'essentiel mais le choix du détail anatomique est excellent, de sorte que, malgré une très grande stylisation, l'identification de l'espèce ne fait généralement aucun doute. Ces petits objets de pierre dure qui annoncent la sculpture égyptienne, dont ils ont déjà la maîtrise, sont des œuvres de grand art (*Pl. XII 1*).

Comme je le regrettais *supra*, l'art préhistorique nord-africain et saharien n'a pas encore fait l'objet d'analyses de l'importance de celle d'A. Leroi-Gourhan dans l'art paléolithique, cependant je ne crois pas que sa valeur symbolique soit moindre. Comme l'art paléolithique européen, l'art néolithique africain possède toute une gamme de signes et d'objets stylisés. Certains dérivent manifestement de représentations animales (fig. 71) : telles sont certaines spirales complexes nées de la juxtaposition et de la multiplication des corps et des pattes d'autruches, ou bien ce sont des entrelacs, des festons ou des signes en forme de nasse qui se retrouvent identiques dans le Sud marocain et dans l'Aïr nigérien.

Il est évident que les pasteurs nord-africains et sahariens ne se sont pas, malgré les apparences, contentés de reproduire des scènes anecdotiques de leur vie quotidienne, mais qu'une grande partie, sinon la totalité de leur art rupestre, a une valeur et un contenu religieux. Ce contenu symbolique est différent de celui des premiers paysans d'Europe et du Croissant fertile. Alors que ces derniers insistent sur les sources de la fertilité et de la fécondité, répétant inlassablement les formes opulentes

67. G. CAMPS, *Civilisations préhistoriques de l'Afrique du Nord et du Sahara*, Paris, 1974, Doin, p. 245-247.

68. A. HAMPATE BA et G. DIETERLEN, « Les fresques d'époque bovidienne du Tassili n'Ajjer et les traditions des Peuls. Hypothèse d'interprétation », *Journal de la Société des Africanistes*, t. 36, 1966, p. 151-157.

69. H. CAMPS-FABRER, *Matière et Art mobilier dans la Préhistoire nord-africaine et saharienne*, Paris, 1966, A.M.G., p. 251-293.

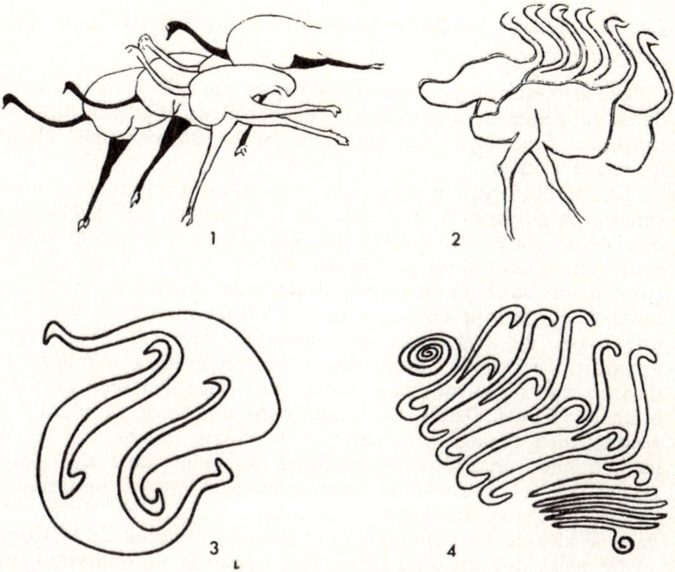

Fig. 71. — Naissance de la spirale complexe à partir de la figuration d'un groupe d'autruches : 1, autruches en course à Tahilahi (Tassili n'Ajjer) ; 2, multiplication des cous à In Habeter (Fezzan) ; 3, monoglyphe de Brézina (Sud oranais) ; 4, spirale complexe de l'Ahenef (Hoggar).

de la Déesse-Mère, l'art africain est plus viril, plus animal et fort peu féministe. Plus que la Mère et l'abondance, c'est la force vitale, rendue parfois crûment par des personnages ithyphalliques ou des scènes de coït, et la force animale dans sa spontanéité et sa multiplication qui sont exprimées avec une verdeur et une fougue qui font de ces œuvres un des sommets de l'art.

Différents donc sont les contenus religieux que nous retrouvons dans les productions artistiques de populations qui avaient atteint des stades distincts du développement économique, mais ils n'en sont pas moins l'un et l'autre très puissants et témoignent, chacun, de la montée de la spiritualité au cours des temps néolithiques.

Les sépultures collectives et le « mouvement mégalithique »

Les transformations religieuses que nous devinons au cours du Néolithique s'accompagnent de certaines modifications des pratiques funéraires sans que l'on puisse affirmer une relation de cause à effet.

Le Proche-Orient et l'Europe orientale ont connu des modes funéraires complexes, pratiqué la décollation des cadavres et réservé un traitement particulier aux crânes. L'Occident semble avoir été plus réservé à l'égard de ses morts, il les inhume simplement sans qu'on puisse déceler des modifications importantes. La pratique courante est l'inhumation individuelle dans une fosse, de préférence en décubitus latéral fléchi. Il peut apparaître certaines anomalies en liaison avec la manipulation d'ossements décharnés : ainsi dans le village chasséen de Saint-Michel-du-Touch (Haute-Garonne), dans une fosse sépulcrale fut reconstituée l'image schématique du corps couché sur le côté gauche avec un crâne et quelques os longs sans que soient respectées les connexions anatomiques. D'autres inhumations secondaires sont connues, à la même époque, en Normandie, dans le site de Fort-Harrouard et dans le tumulus de la Hogue.

Ce n'est que plus tard que l'on passe de l'inhumation individuelle à la sépulture collective. Celle-ci deviendra de règle à la fin du Néolithique et pendant le Chalcolithique qui, surtout dans les régions méridionales de l'Europe, connaissent un essor démographique considérable.

Cette modification des pratiques funéraires est le reflet d'une organisation sociale moins diffuse que celle des premiers cultivateurs. Nous savons, en effet, qu'à ces époques, en Occident, la vie villageoise est devenue la forme nouvelle de vie en société. Les hommes, plus nombreux, sont liés entre eux par des obligations et des dépendances plus étroites. La première manifestation de ces liens sociaux et de l'effort collectif organisé est l'érection des monuments mégalithiques qui sont les plus anciennes formes d'architecture véritable en Occident. Dès le IVe millénaire, d'après la chronologie du C 14 et donc quelques siècles plus tôt en réalité, l'Armorique, le pays charentais et vraisemblablement la façade atlantique de la Péninsule ibérique voient s'élever de grands dolmens à couloir recouverts d'un tumulus (cairn). Ces constructions mégalithiques sont les plus anciennes d'une floraison de monuments qui couvrit l'Europe occidentale et septentrionale, déborda dans les pays méditerranéens et atteignit tardivement l'Afrique du Nord. Nous ne sommes pas en mesure de dire qu'il y eut un foyer initial unique. Le Proche-Orient possède aussi certains îlots mégalithiques, au Caucase et en Jordanie. L'Ethiopie, l'Inde, le Japon eurent à des époques diverses leurs dolmens et il serait vain de réunir toutes ces constructions en une sorte de développement mondial plus ou moins unitaire et associé à une « religion mégalithique » alors qu'en Europe, et même sur le seul territoire français, on hésite à reconnaître un mouvement mégalithique unique.

Il n'empêche que dolmens, chambres circulaires à voûte en encorbellement, allées couvertes et vastes hypogées creusées dans les versants furent des sépultures régulièrement occupées pendant au moins deux millénaires. Elles affectent des formes d'une extrême variété [70], mais elles ont en commun un souci manifeste, celui de rassembler dans un même espace clos tous les morts du clan (fig. 72). Les monuments mégalithiques et les hypogées, creusés et non construits mais dont le plan reproduit celui des dolmens à couloir ou des allées couvertes, sont l'expression durable d'une solidarité qui s'est manifestée lors de la construction et s'affirme dans leur utilisation collective.

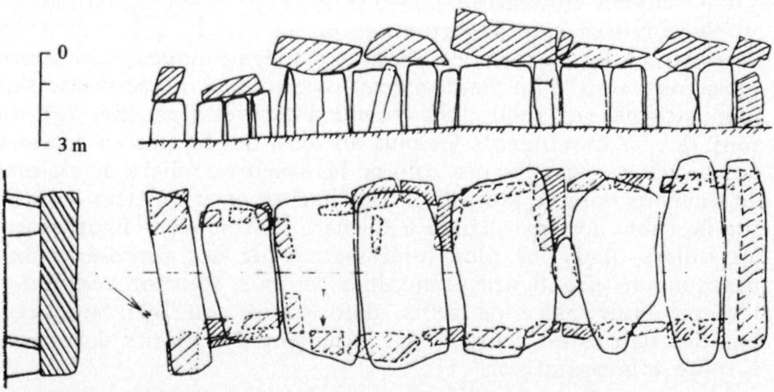

Fig. 72. — Dolmen angevin à portique, la Pierre-aux-Fées, à Essé (Ille-et-Vilaine), d'après J. L'Helgouach.

Or ces monuments ne sont pas de simples caveaux, tombes anonymes dans lesquelles s'accumulent les restes de nombreuses générations, ce sont aussi des lieux sacrés et, dans une certaine mesure, des temples. Le soin apporté aux façades et aux aires aménagées en avant de ces monuments, espaces qui furent

70. P.R. Giot, J. L'Helgouac'h et J.-L. Monnier, *Préhistoire de la Bretagne*, Rennes, 1979, Ouest France.

longtemps négligés par les archéologues et qui se révèlent aujourd'hui être de véritables pronaos, apporte la preuve du développement du culte funéraire. Dans les formes dérivées du mégalithisme tardif, comme les Tombes des Géants de Sardaigne munies d'énormes stèles à fronton ou les monuments à chapelle et à portique de Tunisie, le culte funéraire provoque une restructuration de la construction devenue plus un monument cultuel qu'un lieu sépulcral [71].

La déesse muette

Dans ces sépultures collectives, les corps étaient introduits avec leur mobilier funéraire, ils étaient accompagnés de leurs objets de parure qui étaient des phylactères pour l'Au-delà. Des offrandes alimentaires sont symbolisées par la présence de poteries, certaines ne sont plus déjà que des productions à destination funéraire reproduisant les formes de la vaisselle domestique tandis que d'autres sont des ustensiles cultuels, mais il y a désormais quelque chose de plus et qui permet de parler d'une religion funéraire.

Nombreuses sont les gravures et les reliefs qui ornent les supports et les parois des chambres mégalithiques. Ces représentations sont d'un haut niveau symbolique et souvent d'un schématisme qui rend difficile leur interprétation (fig. 73). Ce sont, dès les monuments les plus anciens, des figures en arceaux, des motifs serpentiformes comme les célèbres reliefs du dolmen de Gavrinis dans le Morbihan. Des haches et erminettes, comme sur la Table des Marchands à Carnac, sont souvent figurées sur les piliers, mais les plus intéressantes de ces représentations sont encore des figures féminines le plus souvent réduites à l'image d'une paire de seins, d'un collier, ou bien suggérées par des figures en écusson qui enserrent des motifs échappant à toute interprétation.

Au cours du IIIe millénaire, l'image de cette déesse protectrice des morts devient plus assurée, sous la forme assez schématique d'un visage dépourvu de bouche placé au-dessus des seins et parfois souligné d'un collier. Cette déesse est ainsi figurée dans les hypogées de la Marne, à Rozet, dans les allées couvertes parisiennes et bretonnes (Prajou menhir). Le symbolisme reste cependant très puissant à Tressé (Ille-et-Vilaine) : la déesse est évoquée par deux paires de seins ! Toutes ces figures anthropomorphes ne sont pas exclusivement féminines, aux Houyottes (Marne) la divinité, dépourvue de seins et de

71. G. Camps, *Monuments et rites funéraires protohistoriques*, Paris, 1961, A.M.G., p. 188-193.

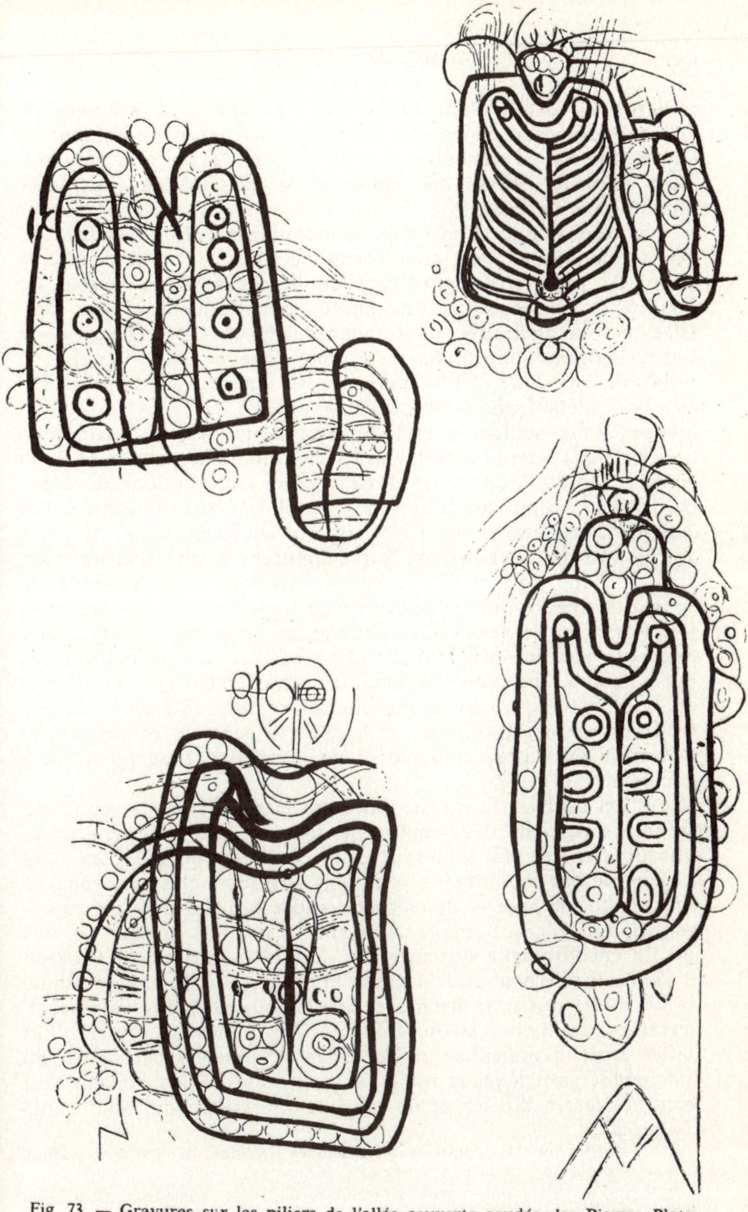

Fig. 73. — Gravures sur les piliers de l'allée couverte coudée des Pierres Plates, à Locmariaquer (Morbihan), d'après H. Breuil et Z. Le Rouzic.

collier mais armée d'une hache, est masculine. La Bretagne et l'île de Guernesey connaissent de rares statues-menhirs dont le Languedoc est le véritable lieu d'élection. Quels sont les rapports entre la déesse des morts et la déesse-mère chère aux populations agricoles ?

Les Néolithiques Chasséens contemporains des constructeurs des dolmens ont laissé, sous forme de rares statuettes en terre cuite, de médiocres figurations de la déesse-mère, source de fertilité et de fécondité. Une figure, exceptionnelle à plus d'un titre, est la sculpture de Capdenac-le-Haut (Lot), trouvée en bordure d'un habitat chasséen dont l'âge se situe autour de 3 000 ans av. J.-C.[72]. Elle présente de curieuses ressemblances avec les galets sculptés de Lepenski Vir (*Pl. VIII*). Cette ressemblance est non seulement stylistique : yeux globuleux, dessin de la bouche, mais s'étend à certains détails comme le traitement de la coiffure réduite à une sorte de cimier qui court le long du crâne ou la disposition des mains à trois doigts sur le ventre. Les quelque 2 000 km et les 1 700 ans qui séparent cette statuette des sculptures de Lepenski Vir s'opposent à une transmission directe d'une culture à l'autre. Il est donc plus prudent de constater une étonnante convergence issue des mêmes procédés techniques et de sensibilités artistiques de même niveau. Cette prudence des néolithiciens devrait s'étendre aux paléolithiciens qui n'hésitent pas (et comment faire autrement ?) à étudier et analyser comme un lot homogène les représentations féminines trouvées entre l'Atlantique et la Sibérie centrale et rapportées aux trois ou quatre millénaires de la séquence aurignaco-périgordienne.

Cet art religieux à mi-chemin entre la gravure et la sculpture connaît son plein développement dans le Midi de la France, plus exactement du Rouergue à la basse Durance[73]. Les plus anciens de ces monuments semblent être les stèles provençales, plaques de molasse et de calcaire tendre qui portent une représentation de visage humain très stylisé, à nez très marqué. Toutes ont un encadrement systématique de motifs dérivés du chevron et symbolisant peut-être la chevelure. On connaît une trentaine de ces stèles qui sont attribuées au Chasséen local et paraissent, certaines du moins, avoir été associées à des sépultures. Les dalles anthropomorphes et les stèles à « tête de chouette » du Languedoc sont à peine moins schématiques. Elles doivent leur nom au dessin du nez et de l'arcade sourcilière qui sont souli-

72. J. Clottes et M. Carrière, « La statue féminine de Capdenac-le-Haut (Lot) », *Congrès préhistorique de France*, XXe session, 1976, p. 102-108.

73. J. Arnal, *les Statues menhirs. Hommes et Dieux*, Toulouse, 1976, Hespérides ; A. d'Anna, *les Statues menhirs et stèles anthropomorphes du Midi méditerranéen*, Paris, 1977, CNRS.

gnés par des traits courbes représentant peut-être des tatouages ou des peintures faciales. Les seins sont représentés sur certaines ainsi que les bras ramenés vers le devant. Quelques objets peuvent être figurés, ils ne sont pas tous identifiables, on reconnaît quelques colliers, pendeloques, crosses et haches. La plupart de ces sculptures ont été réutilisées ou trouvées sans contexte archéologique mais certaines sont manifestement associées à des sépultures ou des habitats du Néolithique final (Ferrières) ou du début du Chalcolithique (Fontbouisse).

Plus détaillées, plus grandes et plus nombreuses, une cinquantaine, sont les statues-menhirs du Rouergue. On trouve les plus grandes dans les montagnes de Lacaune où certaines dépassent 4 m ; il est vrai que ces massifs anciens livrent des blocs et des plaques de granite, de gneiss ou de grès primaire alors que les stèles des régions situées plus à l'est sont faites dans le calcaire et la molasse. L'intérêt de ces statues-menhirs réside dans les détails vestimentaires indiqués avec soin : 41 sur 52 portent une ceinture, on reconnaît les baudriers et les plis du manteau. Elles présentent aussi des traits anatomiques qui étaient omis sur les précédentes : en plus des bras et des seins, apparaissent sur certaines des reliefs dorsaux suggérant les omoplates, enfin les jambes et les pieds complètent les meilleures figures. Les attributs sont nombreux. Une pendeloque mystérieuse, maintenue souvent par le baudrier, en forme de poignard dont la poignée serait circulaire, a reçu d'archéologues peu imaginatifs le nom « d'objet » ; des haches, des arcs complètent les statues masculines. Les statues féminines ont des colliers et une pendeloque en Y (fig. 74). Ce luxe de détails secondaires contraste étrangement avec l'absence ou la très faible représentation des traits du visage. Les yeux sont absents sur plus de la moitié des statues, et le nez n'apparaît que sur 17 d'entre elles. La bouche fait totalement défaut.

La disposition des jambes qui commencent immédiatement sous la ceinture suggère que la figure est assise, ce qui accentue sa majesté. Ces représentations sont vraisemblablement celles de divinités tutélaires des deux sexes. Grâce aux attributs tels que pendeloque (l'*objet*) et baudrier, il est en effet possible de reconnaître les statues masculines, on en compte 22, les statues sûrement féminines, munies de seins et de colliers, sont au nombre de 14, il reste 14 statues dont le sexe est indéterminé. Certaines portent à la fois des attributs féminins et masculins, un examen des reliefs révèle que ce caractère androgyne n'est pas originel. A un certain moment, par martelage et gravure, on a intentionnellement modifié le sexe primitif ; les statues de la Prade, des Montels et de Sucre Grand, masculines à l'origine, furent transformées en statues féminines. Celle des

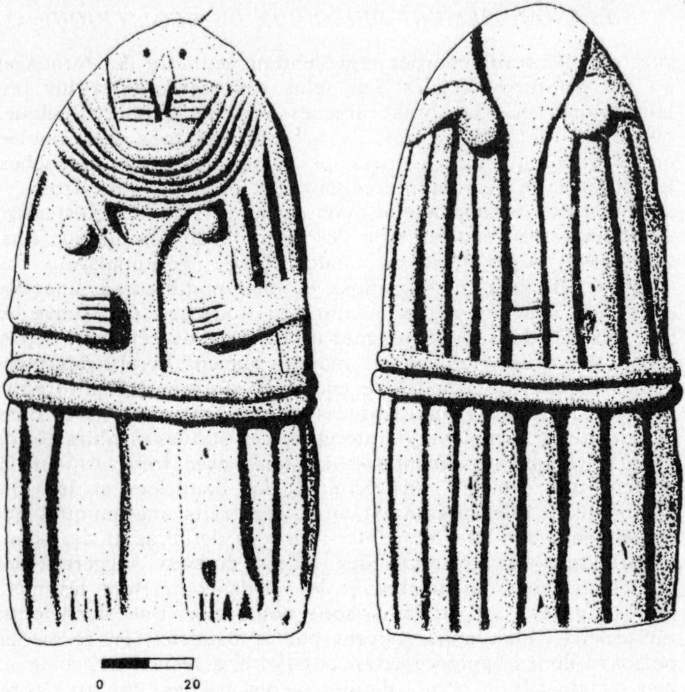

Fig. 74. — Statue-menhir de Saint-Sernin (Aveyron), d'après A. D'Anna.

Arribats connut trois changements de sexe, son dernier état était aussi féminin. Ces transformations n'ont peut-être pas grande signification puisqu'elles affectent un nombre réduit de statues et sont limitées à une petite région, elles apportent néanmoins la preuve du caractère sacré de ces statues et de l'activité religieuse qui ne pouvait être circonscrite qu'au seul pays rouergat.

Aucune de ces statues ne fut trouvée dans un contexte archéologique permettant de fixer l'époque de son érection. Seules les ressemblances stylistiques permettent de les considérer comme contemporaines, au sens large, des dalles anthropomorphes du Languedoc. On peut les rapporter au IIIe millénaire ou un peu avant, si on tient compte qu'aucun objet indiscutablement métallique ne semble être figuré. Que pouvaient représenter ces déesses et dieux muets qui ne sont jamais en relation avec une sépulture (dans un pays, il est vrai, où les os ne peuvent guère se conserver en sol acide) ? Ces statues-menhirs étaient-elles aussi des bornes ou d'énormes ex-voto dressés lors de pèlerinages exceptionnels ?

Les temples mégalithiques de Malte

Si les statues-menhirs aveyronnaises sont les plus belles œuvres de l'art religieux de la fin des temps néolithiques, c'est dans une île méditerranéenne qu'il faut nous rendre pour examiner les plus spectaculaires constructions de cette époque. Ce sont les temples mégalithiques de Malte. Ces monuments ont été construits jusque durant la phase dite de Tarxien (milieu du IIIe millénaire) considérée comme chalcolithique par J.D. Evans [74] bien que le métal ait été inconnu dans l'archipel maltais encore à cette époque.

Nous sommes en présence d'une architecture hautement développée, associant les techniques mégalithiques et cyclopéennes à la taille de la pierre. Celle-ci ne s'applique pas tant à l'obtention de blocs quadrangulaires ou de stèles qu'à d'extraordinaires portes monolithiques dont l'encadrement est d'une pièce, telles qu'on peut les voir dans les temples de Mnajdra, de Hagar Qim et de Tarxien. Les plus anciennes de ces constructions remontent à la fin du IVe millénaire mais les plus belles datent du milieu du IIIe millénaire. Elles offrent un plan complexe qui semble résulter de la coalescence de plusieurs unités constituées chacune d'une chambre ovale précédée d'une courte galerie. Mais l'examen attentif des constructions ne confirme pas toujours cette opinion. Ainsi à Hagar Qim, le temple principal constitue une entité parfaitement définie par son enceinte aux nombreuses ouvertures. En revanche, les temples de Mnajdra, qui renferment chacun deux chambres elliptiques aboutissant à une niche, ne sont que mitoyens. Ce plan tréflé que revêt nécessairement la conjonction d'une chambre elliptique et d'une niche placée dans le prolongement du petit axe, a été particulièrement prisé des architectes maltais. Presque tous les temples, à Tarxien, Mnajdra, Ggantija, Skorba présentent cette disposition très caractéristique de l'architecture mégalithique maltaise (*Pl. XIV 1*).

Dans les cours de ces temples se dressent d'admirables autels sculptés de spirales et de rinceaux. Des linteaux sont décorés de frises d'animaux en bas-reliefs : moutons, chèvres, porcs mais aussi poissons. La statuaire connaît un beau développement, elle est presque exclusivement consacrée à la reproduction d'une déesse aux formes amples en grès, calcaire tendre, albâtre

74. J.D. EVANS, *The prehistoric antiquities of the Maltese Islands. A survey*, London, 1971, Athlom press.

ou argile. Cette statuaire fait preuve d'une grande souplesse d'attitude, si les poses hiératiques debout, les bras repliés sous la poitrine, restent les plus nombreuses, il faut noter cependant des attitudes nouvelles, les jambes croisées des statuettes assises en tailleur, ou bien les jambes ployées du même côté en une pose qui serait gracieuse si ces statuettes n'étaient affublées de cuisses adipeuses d'un diamètre impressionnant.

L'un des chefs-d'œuvre de la statuaire maltaise est la « déesse endormie » représentée couchée sur le côté (Hal Salfieni).

Temples, bas-reliefs et statues sont antérieurs à l'apparition du métal dans l'archipel. L'arrivée de celui-ci présente ici les caractères d'un véritable cataclysme. En quelques décennies, semble-t-il, les temples furent détruits, abandonnés, la civilisation de Tarxien s'écroula et Malte s'abîme dans la médiocrité de l'Age d'airain.

5. LE FEU DU CIEL ET LA DURETÉ DES HOMMES

Le début de l'Age du bronze s'accompagne partout, mais surtout en Occident, de transformations importantes de caractère technique et social. Dans le domaine religieux les modifications sont moins brutales mais sensibles tout de même. Il y a continuité, voire même développement, des croyances antérieures, il y a aussi apparition ou du moins témoignages de pratiques et de cultes nouveaux. La rareté ou le mutisme des documents ne nous permettent pas de mesurer exactement l'importance de ces innovations qui ne sont, peut-être, que la manifestation de croyances très anciennes qui n'avaient jusqu'alors pas connu de traductions matérielles dont le témoignage se soit conservé jusqu'à nous. Ce que nous disions des religions paléolithiques demeure donc en partie valable durant les temps protohistoriques mais les documents nous sont tout de même plus accessibles parce que les mentalités nous sont plus proches.

Développement du culte astral

Parmi les éléments cultuels certainement très anciens, mais qui connaissent un développement important dès le Bronze ancien, il faut retenir l'intérêt porté aux astres. Depuis fort longtemps, le bipède redressé qu'est l'homme regarde le ciel. Le mouvement du soleil, les phases de la lune, les constellations ne pouvaient laisser indifférents même les plus primitifs des Archanthropes. L'établissement d'un calendrier est un fait culturel universel, les civilisations les plus archaïques ne sont pas celles qui possèdent les plus simples. Une abondante littérature a été consacrée à l'explication des « marques » ou « encoches » faites sur les os tant au Paléolithique qu'aux époques plus récentes. Depuis quelques années A. Marshack a repris avec persévérance l'examen des signes et marques diverses faits sur les outils et objets cultuels du Paléolithique supérieur. Il avait d'abord émis l'hypothèse selon laquelle ces marques représenteraient un système de notation lunaire [75] ; depuis, il a atténué ses conclusions et serait tenté d'admettre que ces différentes notations n'ont qu'une valeur symbolique et entrent dans un système comparable à celui des signes de l'art pariétal [76].

L'érection de menhir isolé et surtout les alignements de pierres dressées ont alimenté une littérature encore plus abondante et souvent plus ésotérique que scientifique, tant sont mystérieux ces monuments qui semblent parfaitement inutiles. Des menhirs furent dressés au Néolithique, on continua à en ériger à l'Age du bronze. Fréquents dans les pays de granite (Bretagne, Corse du Sud), ils ne furent sculptés que sur le tard, en Corse surtout, et restèrent le plus souvent des pierres brutes, parfois quelque peu dégrossies, voire polies. Comme ils ne paraissent pas étroitement liés aux sépultures ni exercer une fonction sociale particulière, la tentation était grande de voir en eux des sortes de repère servant à des observations astronomiques les plus diverses. Cette tentation devient une obsession lorsque les menhirs sont alignés. On connaît bien les alignements de Carnac qui ne sont que des vestiges d'ensembles plus étendus. Actuellement, il subsiste quatre « champs de menhirs » comptant chacun plusieurs lignes de pierres plantées. Le plus important, celui du Menec, compte encore 1 169 menhirs ; la « tête » de l'ensemble était une structure semi-circulaire, ou selon certains de forme ovale ; à partir de là se développaient vers l'est onze ou peut-être douze lignes sur un front de 100 m et sur une longueur supérieure à 600 m. Les autres alignements sont d'importances comparables. Kerlescan a une longueur proche de 700 m et compte treize lignes, Kerzerho dix lignes ainsi que Kernario. Le champ de Petit Menec est le plus oriental de l'ensemble. Des multiples et très fantaisistes explications de cet extraordinaire regroupement, les moins extravagantes se réfèrent à des agencements destinés à des observations astronomiques et calendaires. Les derniers travaux, conduits par A. Thom [77], précédés d'un relevé détaillé et accompagnés de calculs... astronomiques, aboutissent à la conclusion que cet observatoire servait à prédire les éclipses. On peut ne pas être convaincu. Comme le fait remarquer P.R. Giot [78], le résultat

75. A. Marshack, *The roots of the Civilization*, New York, 1972.

76. A. Marshack, « Complexité des traditions symboliques du Paléolithique supérieur », *La Préhistoire française*, t. I, 1976, p. 749-754.

77. A. et A. Thom, *Megalithic remains in Britain and Brittany*, Oxford, 1978, Clarendon Press.

78. P.R. Giot, « Les alignements de Carnac », *Union internationale des Sciences pré et protohistoriques. IXe congrès*, Livret-guide de l'excursion A3 Bretagne, 1976, p. 122-124.

le plus sûr de ces recherches est d'apporter la preuve de l'utilisation d'une unité de longueur par ces planteurs de pierres.

On a voulu expliquer aussi les dimensions exceptionnelles du Men er Hroez, énorme menhir de 350 tonnes, brisé auprès de la Table des Marchands à Locmariaquer, en supposant qu'une fois dressé il pouvait servir, sur une très longue distance, de point de visée dans des observations astronomiques.

Un autre monument mégalithique très complexe occupe et occupera encore longtemps les imaginations : il s'agit de Stonehenge. Il faut reconnaître que l'ensemble est aussi mystérieux que grandiose. Le flegme britannique ne put résister à ce « monstre sacré », comme le qualifie J. Briard [79], de l'archéologie insulaire.

C'est vers 2 000 av. J.-C., du moins en suivant les datations certainement trop récentes du radiocarbone, que fut délimitée dans la plaine de Salisbury une aire circulaire qu'entouraient un fossé et un talus d'un diamètre de 90 m. Au sud-est, une interruption permettait l'accès : cette entrée était signalée à l'extérieur par un monolithe qui, dans la littérature stonehengienne, est appelé la Pierre du Talon (Heel-Stone). Un portique de bois de trois travées signalait l'entrée de l'aire sacrée. A l'intérieur avaient été creusées 56 fosses (les « Trous d'Aubrey ») qui dessinent un cercle parallèle au talus. Leur fonction (trous de poteaux, fosses sacrificielles, puits sacrés ?) est inconnue.

Au cours de la seconde époque, vers 1 700, Stonehenge fut enrichi d'un double cercle de pierres. Le matériau, une « pierre bleue », provient du lointain Pays de Galles : suivant l'itinéraire emprunté la distance parcourue fut de 160 à 300 km !

Contemporaine de la civilisation du Wessex (Bronze ancien), la troisième phase de construction fut la plus monumentale : les structures antérieures furent quelque peu remaniées, il fut construit le grand cercle de pierres extérieur en grès « sarsen » qui supportait une architrave continue en même roche. A l'intérieur furent dressés cinq énormes trilithes disposés en fer à cheval, lui-même doublé par un autre en pierres bleues. Le grès « sarsen », débité en blocs de quelque 50 tonnes, provient des collines de Marlborough, à 30 km au nord. Le transport, puis l'élévation et la mise en place de telles masses impliquent des connaissances et une technique qui provoquent l'admiration.

L'orientation parfaite au soleil levant du solstice d'été rend tout à fait vraisemblable l'opinion que ce monument insigne était un temple consacré au Soleil. Cette destination paraît

79. J. Briard, *l'Age du bronze en Europe barbare*, Toulouse, 1976, Les Hespérides, p. 155-163.

insuffisante à certains qui voudraient que le monument ait également servi aux observations astronomiques et même à la prévision des éclipses.

Gageons que, comme les Pyramides, Stonehenge donnera encore naissance à de subtiles hypothèses appuyées sur des calculs aussi admirables que ces monuments eux-mêmes.

A vrai dire ces explications, souvent laborieuses, font aujourd'hui moins sourire qu'il y a deux ou trois décennies ; une meilleure compréhension des motivations de l'homme pré ou protohistorique nous permet d'admettre qu'il était capable de calculs plus subtils et complexes que ceux qu'on voulait bien lui accorder, même si sa mathématique n'avait pas encore atteint le degré d'abstraction qui paraît indispensable à ce que nous croyons être la vraie science.

Un fait demeure qui est indiscutable : ces énormes travaux, à Carnac, à Stonehenge et ailleurs, ont pour objet la construction de monuments de caractère cultuel : la primauté du fait religieux ne cesse donc de s'affirmer en Occident comme en Orient. Le fait nouveau est la matérialisation de l'intérêt pour les phénomènes célestes. Ceci non plus ne peut nous surprendre : l'Egypte et la Mésopotamie avaient atteint, au même moment, un degré de connaissances astronomiques que l'école positiviste expliquait superbement par la clarté du ciel dans les régions subtropicales et par l'habitude d'établir des repères et de faire des visées afin de délimiter les champs et tracer

Fig. 75. — Gravures scandinaves de Backa, à droite, et de Tanum, d'après Baltzer. Le disque solaire dont les rayons se terminent par des mains est un motif connu, à la même époque, en Espagne (Rambla del Anear, Cuenca) et sur les stèles amarniennes en Egypte.

les canaux. Il semble bien que les brumes atlantiques n'aient pas été moins favorables à l'épanouissement d'un culte astral et plus particulièrement solaire dans l'extrême-Occident.

Au cours du plein Age du bronze, cette vénération du soleil ira croissante et s'accompagnera d'une symbolique nouvelle qui envahira tout le domaine artistique, aussi bien la gravure (fig. 75) que l'orfèvrerie et la pacotille. Rouelles, pendentifs divers, motifs cruciformes témoigneront, par leur abondance, au Bronze final et au début de l'Age du fer, du triomphe des croyances solaires. Nous avons donc l'impression, mais non la certitude, que les divinités ouraniennes ou cosmiques commencent à supplanter les dieux et génies chtoniens de la fertilité plus anciennement dégagés des croyances animistes.

De l'ossuaire collectif à l'incinération

De nouveau nous relevons un étroit parallélisme entre l'évolution religieuse et les modifications des pratiques funéraires qui sont elles-mêmes le reflet de certaines transformations dans la société. Le fait le plus notoire, et qui fut reconnu par les archéologues spécialistes de cette période, c'est, après deux mille ans de mégalithisme et de collectivisme funéraire, le retour à la sépulture individuelle. Certes les dolmens et autres sépultures collectives continuèrent à être utilisés sporadiquement par des squatters de l'Age du bronze, facilement identifiables à leur mobilier funéraire. Dans le Midi, surtout en Languedoc, les grottes funéraires reçurent, comme par le passé, des corps entiers ou des éléments désarticulés poussés dans les diverticules et les boyaux trop étroits (Grotte du Hazard à Tharaux, Gard), mais on reconnaît aussi des sépultures nettement individualisées dans des grottes encore fréquentées à cette époque (Grotte du Trou des Morts, Grotte de Bédeilhac, Ariège).

Ce sont surtout les régions septentrionales au nord des Alpes et au nord de la Loire qui connaissent les transformations les plus sensibles : l'Age du bronze se marque par la réapparition des tumulus recouvrant ou renfermant des inhumations individuelles. Cette « civilisation des tumulus » du Bronze ancien est bien représentée en France par les tumulus bretons auxquels font pendant, de l'autre côté de la Manche, les riches sépultures de la culture du Wessex. Les tumulus bretons se rangent en deux catégories. Les uns, qui sont les moins nombreux, une quarantaine environ, ont été considérés comme des sépultures princières. Ils renferment de magnifiques pointes de flèches d'un type particulier, des poignards en bronze dont le manche et le pommeau pouvaient être décorés de minuscules rivets d'or, des haches, des épingles en bronze, des bijoux d'or et d'argent, des perles en ambre. Dans le tumulus de Kernonen une partie de ce riche mobilier avait été déposée dans trois coffrets en bois. Les corps étaient placés, comme en Europe du Nord, dans des cercueils creusés dans des troncs de chêne. Cette première série de tumulus semble appartenir à une phase assez brève du début du Bronze ancien, comme le révèle l'homogénéité de leur mobilier funéraire. J. Briard [80] estime qu'ils sont les sépultures de petits chefs et de guerriers nouveaux venus, comme le prouveraient l'abondance relative des objets en métal et surtout l'absence totale de poterie alors que ce dépôt était une constante indigène qui se perpétuait à la même époque, dans une deuxième série de tumulus, plus nombreux, qui continuent à être édifiés jusqu'au Bronze moyen. Ces tumulus à poterie ne sont pas cependant des sépultures de pauvres. Certains abritaient des structures complexes en bois, véritable demeure funéraire avec charpente à double pente et couverture de chaume et de fougère, le tout noyé dans un cairn de pierres recouvert par un amoncellement de limon (tumulus de Saint-Jude à Bourbriac). Les tumulus à poterie sont-ils ceux des notables indigènes qui, au contact des immigrants, adoptèrent l'inhumation individuelle mais restèrent fidèles au dépôt funéraire traditionnel ? D'autres explications peuvent être proposées : ces tumulus seraient ceux des femmes de l'aristocratie — ou encore la distinction entre les deux séries de tumulus reflèterait des statuts sociaux différents qui ne seraient plus nécessairement de valeur ethnique : les guerriers et leurs chefs occupaient les premiers tumulus, les artisans, les marchands, les prêtres auraient été inhumés dans les tumulus à poterie.

D'autres sépultures plus pauvres et des coffres de tradition mégalithique appartiennent, en Armorique et ailleurs, à la même époque ; ils contribuent à renforcer notre conviction que la hiérarchisation de la société s'accentue.

De l'autre côté de la Manche, les princes du Wessex se font élever des tumulus dont le mobilier est encore plus riche que celui des petits chefs armoricains. Même dans la France méridionale, moins imprégnée par les apports centre-européens, quelques sépultures se distinguent des autres tombes par leur richesse. On est allé jusqu'à parler, non sans quelque exagération, de la « princesse » de Lastours (Aude) parce que cette fillette avait été enterrée, dans une salle de la grotte, avec une parure assez exceptionnelle comprenant des perles de verre, de bronze et d'ambre. La pièce la plus importante est une pla-

80. P.R. Giot, J. Briard et L. Pape, *Protohistoire de la Bretagne*, Rennes, 1979, Ouest France, p. 91-94.

quette multiforée qui est très vraisemblablement une œuvre mycénienne (plaquette de Kakovatos) ou l'imitation d'un objet importé [81]. Mais à Lastours nous sommes déjà dans un milieu du Bronze moyen, époque à laquelle se rapportent également les tumulus étudiés il y a un demi-siècle par C.F.A. Schaeffer dans la forêt de Haguenau [82]. Il est naturel que les influences d'Europe centrale soient dominantes dans cette région, mais ces mêmes influences dans le mobilier et l'aspect des sépultures se retrouvent aussi nettes jusque dans les tumulus de Charente : dans le groupe de Duffarts par exemple où ils se mêlent à des traditions autochtones et à des apports méditerranéens [83] ; mais ce groupe reste fidèle à l'inhumation collective.

Au Bronze final apparaît une autre innovation dans les pratiques funéraires qui a aussi son origine en Europe centrale. Les archéologues ont nommé « civilisation des champs d'urnes » un vaste mouvement culturel qui s'étend des régions rhénanes jusqu'au sud de l'Espagne, tandis qu'une branche gagnait l'Aquitaine et le Centre-Ouest. Ces champs d'urnes sont les nécropoles liées à ce nouveau type de sépulture : l'incinération. Après crémation sur un bûcher les restes sont placés dans une poterie ainsi que les éléments de parure qui ornaient le corps. L'incinération avait été sporadiquement pratiquée au cours du Néolithique mais la plupart des cas signalés se rapportent à une crémation incomplète, sorte de décharnement activé, qui a plus de rapport avec le mode de sépulture secondaire qu'avec l'incinération véritable. Celle-ci devient donc systématique chez ces groupes humains dont l'extension ressemble bien à une migration. Il ne peut s'agir en effet d'un simple changement dans les pratiques funéraires, on sait combien celles-ci sont conservatrices. Même les plus farouches adversaires de toute invasion ou migration reconnaissent qu'il y eut sinon un déferlement de « Proto-Germains », du moins des déplacements de groupes successifs et suffisamment nombreux pour gagner à leur coutume une bonne partie des populations autochtones. On dénombre cinq vagues successives qui gagnèrent à la mode nouvelle pratiquement l'ensemble de la France, sauf le Nord-Ouest.

L'incinération a, pour notre propos, une tout autre importance. Le fait de brûler le corps, de détruire l'enveloppe matérielle est certainement en relation avec des croyances nouvelles sur la vie de l'Au-delà. Toutes les pratiques funéraires liées à l'inhumation, même lorsqu'il y eut décharnement intentionnel

81. J. Guilaine, *la France d'avant la France*, Paris, 1980, Hachette, p. 170-171.

82. C.F.A. Schaeffer, *Les Tertres funéraires de la forêt de Haguenau*, Haguenau, 1926.

83. J. Gomez, *les Cultures de l'Age du bronze dans le bassin de la Charente*, Périgueux, 1980, Fanlac, p. 48-50.

et manipulation des ossements, cherchaient à maintenir l'image du vif. Ce désir aboutissait, nous l'avons vu, à un traitement particulier du crâne « revitalisé » aussi bien chez les Magdaléniens du Mas d'Azil que chez les Protonéolithiques de Jéricho et de Tell Ramad. Avec l'incinération l'intention est tout autre ; il importe de détruire cette image, d'accélérer les processus naturels, non pour effacer toute trace du défunt mais pour libérer totalement son principe spirituel. Le bûcher apparaît comme un instrument de libération de l'âme. Les flammes en s'élevant vers le ciel la transportent dans l'empyrée. Il n'est donc pas étonnant que l'incinération triomphe au moment précisément où les cultes astraux, solaires, ouraniens, atteignent eux-mêmes leur complet développement. Des premiers royaumes achéens jusqu'au IVe siècle de notre ère, les aristocraties européennes et méditerranéennes resteront fidèles à cette nouvelle pratique funéraire comme à ces croyances.

Un art schématique et symbolique

L'art religieux de l'Age du bronze est original, il se reconnaît facilement des figurations antérieures par son schématisme accentué et par les thèmes qui lui sont chers. Encore plus peut-être que l'art néolithique, cet art figuratif, dont le schématisme confine à l'abstraction, exigerait une analyse approfondie qui ne se limiterait pas aux seules descriptions et interprétations matérielles. Il est vrai que son contenu symbolique n'est pas toujours apparent, sous la banalité des scènes figurées et des motifs retenus.

Ses principales manifestations sont d'ordre pariétal, gravures et plus rarement peintures. On doit retenir aussi un développement de la sculpture, voire de la statuaire, dans la continuité des statues-menhirs et dalles anthropomorphes du Néolithique final et du Chalcolithique. Or, quels que soient le support et la forme, les thèmes se répètent avec une insistance qui prouve leur caractère symbolique et religieux (*Pl. XV*).

Les principales régions qui ont conservé les manifestations artistiques de l'Age du bronze sont les massifs centraux sahariens, l'Anti-Atlas et le Haut-Atlas marocain, l'Espagne, les Alpes franco-italiennes, la Corse, le nord de la Toscane et les pays scandinaves.

Si on fait abstraction des peintures de style « équidien » du Tassili n'Ajjer, remarquables par la qualité de leur représentation de chars attelés à des chevaux fougueux, certains figurés au galop volant (*Pl. XVI*), la plupart des scènes gravées sur les rochers sont d'une sécheresse désolante, surtout en Afrique[84].

84. J. MALHOMME, *Corpus des gravures rupestres du Grand Atlas*, Service des Antiquités du Maroc, Rabat, 1959 et 1961.

Fig. 76. — Pétroglyphes du mont Bégo (Alpes-Maritimes), *en haut*, schématisation progressive des scènes de labour, *en bas à droite*, le « sorcier ».

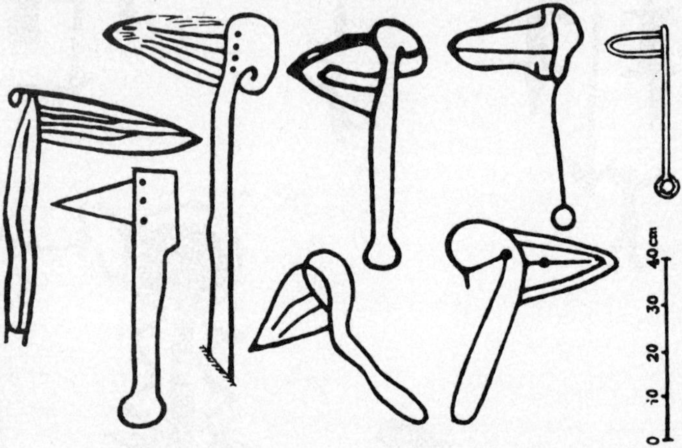

Fig. 77. — Hallebardes gravées sur les dalles de l'Oukaïmeden, Haut-Atlas marocain, d'après J. Malhomme.

Un point commun aux différentes régions est la fréquente représentation d'armes métalliques. Les poignards sont les plus nombreux, on en dénombre plus de 400 exemplaires dans le sud marocain, sur les stèles ibériques, au mont Bégo (fig. 76) et dans le Val Camonica, sur les statues corses et luginiennes. Viennent en deuxième position les haches qui sont de types variés ; elles sont en forme de pelte au Maroc et au Portugal, elles ont un fer carré dans le Val Camonica et en Lunigiana ; elles font défaut sur les statues corses qui ignorent également la lance, le javelot et la sagaie à manche court alors que ces armes sont bien représentées en Espagne, au Maroc et en Italie. Les hallebardes sont figurées partout sauf en Corse et en Lunigiana (fig. 77). Les épées, fréquentes en Corse, Italie et Espagne, sont inconnues au mont Bégo et au Maroc. Arcs et boucliers sont présents au Maroc, en Espagne et dans le Val Camonica.

Cette fréquence des armes sur les gravures donne une image peu engageante de l'art de l'Age du bronze. Elles figurent, soit isolées, soit dans de véritables panoplies, à la disposition de guerriers ou de divinités. Faut-il parler d'hoplolâtrie ? Je serais assez disposé à le croire après l'examen de certaines stèles du Haut-Adige comme celles de Laguido, de Santa Verena [85] ou de Caven [86] qui ne sont anthropomorphes que par la judicieuse disposition organique des armes qui se substituent aux différentes parties du corps alors que le soleil, placé au sommet, suggère le visage.

D'une fréquence variable suivant les régions, les représentations des hommes, bien plus que des femmes, ne sont jamais très réalistes. Je ne reviendrai pas sur les figures humaines analysées et reconstituées ou suggérées des stèles du Haut-Adige ou sur les silhouettes gravées comme l'idole de Peña Tu dans les Asturies ou celles de Tabuya et de Hernan Perez VI [87] ou les figures plus humaines peintes sur les parois de la grotte Dumas dans les gorges d'Ollioules. Cette analyse suivie d'une restructuration de la figure humaine est un élément caractéristique de l'art de l'Age du bronze, particulièrement dans les régions italiennes. Elle donne parfois des œuvres remarquables comme la figure célèbre du « sorcier » du mont Bégo dont les mains qui brandissent chacune un poignard sont dans le prolongement, vers le haut, des traits qui limitent le visage (fig. 76).

L'art saharien de l'Age des métaux, même dans les belles peintures « équidiennes », répugne à représenter les traits du visage. Les conducteurs de chars et leurs acolytes ont un corps bien proportionné et magnifiquement rendu mais la tête est remplacée par un crochet ou une palette. Dans les gravures les personnages sont toujours schématiques, leur corps affecte des formes géométriques : rectangle ou diabolo, plus rarement disques qui incitent à les rapprocher des idoles maltaises ou mycéniennes. Mais le plus souvent, en Europe, les personnages sont représentés d'une manière filiforme. C'est vrai pour les combattants minuscules de la grande roche de Naquane et des différents rochers du Val Camonica [88] ; c'est vrai aussi des innombrables figurations méditerranéennes, aussi bien en Espagne et Italie qu'en Sardaigne et Afrique du Nord. La silhouette humaine devient un véritable pictogramme lorsque les membres étant

---

85. O. ACANFORA, « Le statue antropomorfice dell'Alto Adige », *Cultura Atesina*, t. 6, 1953, p. 5-47.

86. E. ANATI, *Arte preistorico in Valtelina*, Archive de Arte preistorico, n° 1, 1968.

87. M. ALMAGRO BASCH, « Los idolos y la estela decorada de Hernan Perez (Caceres) y el idolo estela de Tabuya del Monte (Leon) », *Trabajos de Prehistoria*, t. 29, 1972, p. 83-124.

88. E. ANATI, *La grande roche de Naquane*, Paris, Archives de l'Institut de Paléontologie Humaine, vol. 31, 1961 ; E. ANATI, *Capo di Ponte centro dell'Arte rupestre camuna*, Studi Camuni, 1972.

coudés, la tête et le sexe sont placés de telle sorte que la figure, symétrique, peut être inversée (fig. 78).

Dans le Nord lointain, dans la région de Malmoe (Suède) ou dans l'île de Gotland, mais aussi dans les îles danoises, les gravures de l'Age du bronze présentent les mêmes caractères (fig. 75). On y trouve les mêmes petits personnages sexués et schématiques, on y note la même fréquence des armes, dont l'habituelle hallebarde (fig. 77). Dans les scènes de labour semblables à celles du mont Bégo, le paysan tient le mancheron du même araire tiré par deux bœufs (fig. 76). Les symboles solaires sont communs aux deux cultures, méditerranéenne et scandinave (fig. 75). L'originalité de l'art nordique réside dans les représentations de navires. Certes ces hommes des îles et des terres scandinaves sont déjà des marins, il est naturel qu'ils aient figuré leurs bateaux, mais quand on se souvient du plan naviforme de certaines tombes de l'Europe du Nord et de l'usage, attesté aux époques plus récentes, de navires comme demeure sépulcrale, il est très vraisemblable que ces scènes qui paraissent appartenir à la vie quotidienne ont également une valeur symbolique que la fréquente association du disque solaire souligne immédiatement.

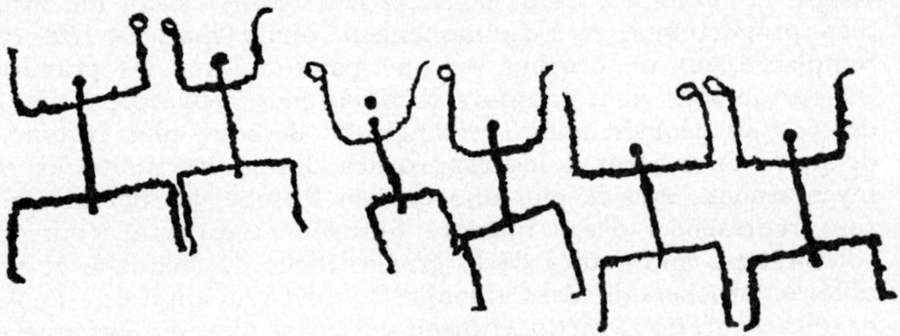

Fig 78. — Orants filiformes de Grosio (Valteline), d'après D. Pace.

La schématisation extrême des figures s'étend aussi bien au monde animal, plus au mont Bégo et en Espagne qu'en Afrique. Ainsi dans les stations du Val des Merveilles, les scènes de labour sont suggérées par de véritables pictogrammes (fig. 76) : deux têtes cornues réunies par un joug linéaire suivi d'un timon dont l'extrémité crochue s'enfonce dans le sol suffisent à représenter l'araire et son attelage. Plus fréquemment une paire de cornes sortant d'un carré ou d'un rectangle symbolise le taureau. Ce même symbole apparaît en relief sur les linteaux des hypogées sardes de l'Age du cuivre et de l'Age du bronze (Domus de Janas).

A côté des scènes figurées, les stations de l'Age du bronze présentent un grand nombre de motifs géométriques dont la signification nous échappe le plus souvent : cupules, signes en arbalètes ou en fer à cheval, croix diverses, tresses, disques ornés d'arceaux ou de damiers et qui ne sont pas toujours des boucliers ou des symboles solaires. Ces derniers sont fréquents, sous forme de roues ou de disques rayonnants.

Des guerriers et des dieux

Certes tout n'est pas rituel ni même symbolique dans l'art rupestre de l'Age du bronze ; il est des scènes qui ne paraissent qu'anecdotiques et qui font pénétrer l'observateur dans le monde quotidien. Mais nous ne savons pas si ces scènes réalistes, comme celles des paysans qui brisent les mottes à l'aide d'un crochet en suivant le sillon tracé par l'araire (mont Bégo) ou la conduite d'un char au galop (Tassili n'Ajjer), ne cachent pas une intention propitiatoire qui dépasse le cadre profane dans lequel elles s'inscrivent.

La chasse au cerf en Italie, de l'élan en Europe du Nord, de l'oryx ou du mouflon en Afrique peuvent également avoir un sens autre que celui de la prouesse cynégétique. Cerf, oryx, mouflon, élan sont des animaux dotés d'attributs particulièrement prisés de même que le taureau dont les cornes donnent lieu à tant de compositions symboliques et qui apparaissent jusque sur les casques des guerriers. Ces animaux ainsi représentés sont des mâles, les humains ou les dieux qui empruntent leur image sont aussi du sexe masculin.

Dans le monde méditerranéen et européen il semble bien que l'humanité s'adresse désormais plus volontiers à des dieux armés qu'aux bonnes déesses. Prédilection pour les armes, représentations masculines, symboles mâles, tout cela laisse deviner une certaine propension à glorifier la force et la guerre. Le héros commence à être entrevu dans l'ombre des dieux.

Au même moment et sans doute dans le même développement eschatologique, aux vieux rites agraires et pastoraux s'ajoute une vénération nouvelle pour le feu, celui de la terre qui transmute mystérieusement certaines roches en métal ou en verre, celui du ciel dont le soleil, les astres et la foudre sont la manifestation tour à tour bienveillante et néfaste.

Faut-il associer au même mouvement religieux ce brusque

intérêt pour certaines montagnes, pour ces hauts lieux que sont le mont Bégo dans les Alpes-Maritimes, l'Oukaïmeden et le Rat dans le Haut-Atlas ? Les milliers de gravures que portent les rochers sur les flancs de ces montagnes ne s'expliquent que par la multiplicité des visiteurs qui fréquentèrent, au cours des siècles, ces lieux de pèlerinage. Il est impossible d'attribuer ces gravures au désœuvrement de bergers transhumants, la fréquence et la qualité des armes représentées ne se justifient guère dans une économie uniquement pastorale. Nul n'ose imaginer que les scènes de labour figurées ou suggérées au mont Bégo étaient la reproduction de scènes réelles vues sur les lieux mêmes, dans un massif accessible seulement de juin à octobre.

Ainsi apparaissent en cet Age du bronze des vénérations nouvelles mais, comme si la capacité de sacralisation de l'homme était limitée, ces formes nouvelles de religiosité s'accompagnent du déclin très sensible des vieilles divinités féminines. Plus de statuettes, ou si peu, aux formes généreuses de la déesse-mère des moissons et des troupeaux. Si le souci de protéger la production demeure, il semble bien qu'on fait plus confiance désormais aux dieux guerriers dont les effigies sont dotées d'armes efficaces. Des faits précis permettent de mesurer le basculement des valeurs. Au Néolithique final et au Chalcolithique, les statues-menhirs représentaient plus fréquemment des divinités féminines ; quand il y avait, pour une raison qui nous échappe, changement de sexe, cela se faisait au profit des représentations féminines. Or en Lunigiana, au nord de la Toscane [89], où se trouve une intéressante concentration de telles statues dont les plus anciennes appartiennent au Chalcolithique et les plus récentes au Premier Age du fer, non seulement l'équilibre des sexes, qui était à peu près observé dans les phases les plus anciennes, se trouve totalement rompu dans la phase tardive puisque les statues du Premier Age du fer sont toutes masculines, mais encore une statue du groupe ancien, qui était féminine à l'origine, fut à cette époque masculinisée par ablation des seins et rajout d'une ceinture et d'une épée à antenne [90].

En Corse les soixante-treize statues-menhirs héritières d'une vieille tradition mégalithique, qu'elles soient armées ou non, ne présentent jamais d'attribut nettement féminin. Ces héros ou ces dieux, certains du moins, portent des armes, poignards et rapières de type égéen qui permettent de dater entre le XVIe et le

89. A.C. AMBROSI, *Corpus della statue-stele lunigianese*, Bordighera, Institut d'Etudes Ligures, 1970.

90. J. ARNAL, *les Statues menhirs, hommes et dieux*, Toulouse, 1976, Les Hespérides, p. 168.

XIIe siècle av J.-C. la sculpture de ces œuvres si caractéristiques. Du même âge ou un peu plus récentes sont les quelque cinquante stèles décorées du sud-est de la péninsule Ibérique [91]. Certaines ne présentent que des panoplies ou des armes isolées, les autres représentent en plus un personnage, toujours masculin, à l'exception de celle de Torrejon del Rubio II (Caceres).

Cette primauté masculine indubitable dans l'art religieux et funéraire de l'Age du bronze est-elle le reflet d'une nouvelle organisation de la société et de nouvelles structures familiales ? On pourrait imaginer qu'elle sanctionne la fin d'un ancien matriarcat et la mise en place d'un système patriarcal, mais il faudrait, auparavant, démontrer l'existence d'un matriarcat antérieur.

---

91. M. Almagro, *Las estelas decoradas del Suroeste Peninsular*, Bibliotheca praehistorica hispana, VIII, 1966.

HIER OU DEMAIN ?

Le phénomène religieux, ou tout au moins un comportement symbolique détaché de la satisfaction immédiate, est, de toutes les attitudes de l'homme, celle qui le sépare le plus sûrement du monde animal. Le genre *Homo*, qui, au rythme des découvertes, paraît, de jour en jour, plus ancien et certainement antérieur à deux millions d'années, eut dès le départ un comportement très original. L'apparition de l'outil, première trace matérielle de son intelligence, n'est qu'un des éléments de son évolution culturelle, mais elle a valeur probative : un seuil a été franchi. Or cette apparition de l'outil ne semble pas être un phénomène progressif. Une fois inventé, l'outil fut immédiatement fabriqué en quantité importante et son auteur s'est rapidement répandu.

Il y a deux millions d'années l'homme n'était pas cantonné dans le petit secteur d'Afrique orientale où ses restes se sont mieux conservés qu'ailleurs, il était présent déjà dans de vastes région de l'Ancien Monde. L'étincelle technique fut-elle accompagnée d'une explosion génétique ? Faut-il placer, dès ce moment, la prise de conscience, l'apparition du langage et la première organisation sociale ? Il n'est pas hasardeux de le supposer.

Dans le récit de la Création et de ce qui suivit, cette mutation se confond-elle avec le moment crucial de la tentation puis de l'expulsion de l'Eden, ou faut-il placer beaucoup plus tard cet arrachement, lors de ce que je nommerai la seconde naissance de l'humanité, celle qui fit du prédateur un cultivateur et un pasteur ?

A vrai dire l'homme ne cesse d'être chassé du Paradis. Chaque marche, qu'il gravit dans sa course infinie pour dominer un univers en expansion, l'oblige à revêtir une nouvelle livrée, car il se sent toujours aussi nu. Ces livrées de plus en plus pesantes lui rappellent son asservissement volontaire à des besoins d'autant plus impérieux qu'ils sont suscités par son propre progrès.

Cette progression angoissante et sublime ne peut être représentée comme un déplacement linéaire, sur un front continu. L'homme est divers. Evolution physique qui aboutit à la cérébralisation spécifique des Primates supérieurs, émergence de la conscience, naissance de la spiritualité et de l'art, organisation sociale, toutes les composantes de ce Petit Dieu, pour reprendre la belle expression de P.-G. Grassé, n'ont pas progressé du même pas, et l'irrégularité de ce profil humain ajoute encore à notre angoisse car nous en avons conscience.

Nous savons aujourd'hui que notre conscience morale, nos sentiments humanitaires sont encore insuffisamment développés en regard de nos extraordinaires capacités techniques et de nos pouvoirs de destruction. Nous dénombrons les centaines d'anneaux de Saturne et analysons leur composition chimique, la biologie joue au clonage, le scaner explore les derniers recoins du cerveau mais l'homme continue à massacrer ou à torturer ses frères. La distorsion entre la technique et la morale est devenue telle que le mot de paix, vidé de son contenu, tend à être remplacé par une effroyable expression : équilibre de la terreur !

Cette opinion pessimiste, si largement répandue, se trouve associée, dans les rares pays où prévalent les concepts de démocratie et de liberté, à une nette conscience de décadence. Les deux affreuses guerres fratricides du XXe siècle ont détruit la civilisation européenne, et les peuples fatigués, qui refusent de se renouveler dans le rythme naturel des générations, voient monter, des horizons proches, de nouvelles barbaries.

Mais laissons les philosophes pessimistes à leur délectation morose. Ce pessimisme de bon aloi fait partie de la règle du jeu. Quel historien pourrait citer une génération qui se soit déclarée satisfaite de son temps, qui n'ait pas craint l'avenir ni regretté la « Belle Epoque », c'est-à-dire celle qu'avait précisément connue la génération précédente ? De « Belle Epoque » en « Bon Vieux Temps », de « Siècle d'Or » en « Paradis perdu », l'homme ne cesse de regretter le passé. Un passé dépoussiéré, aseptisé, enjolivé par une mémoire singulièrement sélective qui oublie la misère, les massacres, les épidémies, les souffrances physiques, le temps dévoré par un labeur harassant. Tout se passe comme si l'allégement progressif et régulier du fardeau donnait à l'homme un peu plus de souffle et de voix pour clamer son malheur et l'injustice de son sort.

En regrettant désespérément un passé qu'il croit avoir été heureux, l'homme, cet être paradoxal, va toujours de l'avant, mais en regardant derrière soi, comme s'il vivait, dans sa progression incessante, une éternelle décadence.

INDEX

ITINÉRAIRE CHRONOLOGIQUE
(INDEX THÉMATIQUE)

INDEX DES NOMS DE PERSONNE ET DE LIEUX

N

O

P

Q

R

S

TABLE

Chapitre III

Chapitre VI

Chapitre VII

Du même auteur

Aux origines de la Berbérie,
monuments et rites funéraires protohistoriques
Arts et métiers graphiques, Paris, 1961

Aux origines de la Berbérie,
Massinissa ou les débuts de l'Histoire
Imprimerie officielle, Alger, 1961

La Nécropole mégalithique
du Djebel Mazela à Bou Nouara
(en collaboration avec H. Camps Fabrer)
Arts et métiers graphiques, 1964

Corpus des Poteries modelées
retirées des monuments funéraires
protohistoriques de l'Afrique du Nord
Arts et métiers graphiques, Paris, 1964

Amekni, Néolithique ancien du Hoggar
Arts et métiers graphiques, Paris, 1969

Les Civilisations préhistoriques
de l'Afrique du Nord et du Sahara
Doin, Paris, 1974

Manuel de recherche préhistorique
Doin, Paris, 1980, 1990

Berbères. Aux marges de l'Histoire
Éditions des Hespérides, Toulouse, 1980

Les Berbères. Mémoire et identité
Errance, Paris, 1987

Terrina et le Terrinien
Recherches sur le Chalcolithique de la Corse
Collection École Française de Rome, 1987

Préhistoire d'une île
Les origines de la Corse
Errance, Paris, 1988

L'Afrique du Nord au féminin
Perrin, 1992

Les Berbères
Encyclopédie de la Méditerranée
Edisud, 1996

Le Néolithique méditerranéen
Encyclopédie de la Méditerranée
Edisud, 1998

DIRECTION D'OUVRAGES COLLECTIFS

L'Homme de Cro-Magnon
Anthropologie et archéologie
Arts et métiers graphiques, Paris, 1970

L'Épipaléolithique méditerranéen
CNRS, Paris, 1975

Chronologie et Syncronisme
dans la Préhistoire circum-méditerranéenne
Union internationale des Sciences
préhistoriques et protohistoriques, Nice, 1976

Atlas préhistorique
du Midi méditerranéen français
CNRS, Paris (4 fascicules parus en 1978, 1979, 1980 et 1981)

Recherches sahariennes
CNRS, Paris, 1979

Les Chars préhistoriques du Sahara
Université de Provence, 1982
L'Homme préhistorique et la mer
CTHS, Paris, 1998

Encyclopédie berbère
(24 tomes publiés, lettres de A à I), Edisud

IMPRESSION : MAURY-EUROLIVRES À MANCHECOURT (6-2001)
DÉPÔT LÉGAL : FÉVRIER 1994 – N° 21567-2 – 01/07/88173

Collection Points

DERNIERS TITRES PARUS

H181. Les Fous de la République, *par Pierre Birnbaum*
H182. Introduction à la préhistoire, *par Gabriel Camps*
H183. L'Homme médiéval
collectif sous la direction de Jacques Le Goff
H184. La Spiritualité du Moyen Age occidental (VIIIe-XIIIe siècle)
par André Vauchez
H185. Moines et Religieux au Moyen Age
par la revue « L'Histoire »
H186. Histoire de l'extrême droite en France, *ouvrage collectif*
H187. Le Temps de la guerre froide, *par la revue « L'Histoire »*
H188. La Chine, tome 1 (1949-1971)
par Jean-Luc Domenach et Philippe Richer
H189. La Chine, tome 2 (1971-1994)
par Jean-Luc Domenach et Philippe Richer
H190. Hitler et les Juifs, *par Philippe Burrin*
H192. La Mésopotamie, *par Georges Roux*
H193. Se soigner autrefois, *par François Lebrun*
H194. Familles, *par Jean-Louis Flandrin*
H195. Éducation et Culture dans l'Occident barbare (VIe-VIIIe siècle)
par Pierre Riché
H196. Le Pain et le Cirque, *par Paul Veyne*
H197. La Droite depuis 1789, *par la revue « L'Histoire »*
H198. Histoire des nations et du nationalisme en Europe
par Guy Hermet
H199. Pour une histoire politique, *collectif*
sous la direction de René Rémond
H200. « Esprit ». Des intellectuels dans la cité (1930-1950)
par Michel Winock
H201. Les Origines franques (Ve-IXe siècle), *par Stéphane Lebecq*
H202. L'Héritage des Charles (de la mort de Charlemagne
aux environs de l'an mil), *par Laurent Theis*
H203. L'Ordre seigneurial (XIe-XIIe siècle)
par Dominique Barthélemy
H204. Temps d'équilibres, Temps de ruptures
par Monique Bourin-Derruau
H205. Temps de crises, Temps d'espoirs, *par Alain Demurger*
H206. La France et l'Occident médiéval
de Charlemagne à Charles VIII
par Robert Delort (à paraître)
H207. Royauté, Renaissance et Réforme (1483-1559)
par Janine Garrisson
H208. Guerre civile et Compromis (1559-1598)
par Janine Garrisson
H209. La Naissance dramatique de l'absolutisme (1598-1661)
par Yves-Marie Bercé
H210. La Puissance et la Guerre (1661-1715)
par François Lebrun

H247. La Ville en France au Moyen Age
par André Chédeville, Jacques Le Goff et Jacques Rossiaud
H248. Histoire de l'industrie en France
du XVIe siècle à nos jours, *par Denis Woronoff*
H249. La Ville des temps modernes
sous la direction d'Emmanuel Le Roy Ladurie
H250. Contre-Révolution, Révolution et Nation
par Jean-Clément Martin
H251. Israël. De Moïse aux accords d'Oslo
par la revue « L'Histoire »
H252. Une histoire des médias des origines à nos jours
par Jean-Noël Jeanneney
H253. Les Prêtres de l'ancienne Égypte, *par Serge Sauneron*
H254. Histoire de l'Allemagne, des origines à nos jours
par Joseph Rovan
H255. La Ville de l'âge industriel
sous la direction de Maurice Agulhon
H256. La France politique, XIXe-XXe siècle
par Michel Winock
H257. La Tragédie soviétique, *par Martin Malia*
H258. Histoire des pratiques de santé
par Georges Vigarello
H259. Les Historiens et le Temps, *par Jean Leduc*
H260. Histoire de la vie privée
1. De l'Empire romain à l'an mil
par Philippe Ariès et Georges Duby
H261. Histoire de la vie privée
2. De l'Europe féodale à la Renaissance
par Philippe Ariès et Georges Duby
H262. Histoire de la vie privée
3. De la Renaissance aux Lumières
par Philippe Ariès et Georges Duby
H263. Histoire de la vie privée
4. De la Révolution à la Grande Guerre
par Philippe Ariès et Georges Duby
H264. Histoire de la vie privée
5. De la Première Guerre mondiale à nos jours
par Philippe Ariès et Georges Duby
H265. Problèmes de la guerre en Grèce ancienne
sous la direction de Jean-Pierre Vernant
H266. Un siècle d'école républicaine
par Jean-Michel Gaillard
H267. L'Homme grec
collectif sous la direction de Jean-Pierre Vernant
H268. Les Origines culturelles de la Révolution française
par Roger Chartier
H269. Les Palestiniens, *par Xavier Baron*

H270. Histoire du viol, *par Georges Vigarello*
H272. Histoire de la France
L'Espace français, *sous la direction de André Burguière et Jacques Revel*
H273. Histoire de la France
Héritages, *sous la direction de André Burguière et Jacques Revel*
H274. Histoire de la France
Choix culturels et Mémoire, *sous la direction de André Burguière et Jacques Revel*
H275. Histoire de la France
La Longue Durée de l'État, *sous la direction de André Burguière et Jacques Revel*
H276. Histoire de la France
Les Conflits, *sous la direction de André Burguière et Jacques Revel*
H277. Le Roman du quotidien, *par Anne-Marie Thiesse*
H278. La France du XIXe siècle, *par Francis Démier*
H279. Le Pays cathare, *sous la direction de Jacques Berlioz*
H280. Fascisme, Nazisme, Autoritarisme *par Philippe Burrin*
H281. La France des années noires, tome 1 *sous la direction de Jean-Pierre Azéma et François Bédarida*
H282. La France des années noires, tome 2 *sous la direction de Jean-Pierre Azéma et François Bédarida*
H283. Croyances et Cultures dans la France d'Ancien Régime *par François Lebrun*
H284. La République des instituteurs *par Jacques Ozouf et Mona Ozouf*
H285. Banque et Affaires dans le monde romain *par Jean Andreau*
H286. L'Opinion française sous Vichy, *par Pierre Laborie*
H287. La Vie de saint Augustin, *par Peter Brown*
H288. Le XIXe siècle et l'Histoire, *par François Hartog*
H289. Religion et Société en Europe, *par René Rémond*
H290. Christianisme et Société en France au XIXe siècle *par Gérard Cholvy*
H291. Les Intellectuels en Europe au XIXe, *par Christophe Charle*
H292. Naissance et Affirmation d'une culture nationale *par Françoise Mélonio*
H293. Histoire de la France religieuse *Collectif sous la direction de Philippe Joutard*
H294. La Ville aujourd'hui, *sous la direction de Marcel Roncayolo*
H295. Les Non-conformistes des années trente *par Jean-Louis Loubet del Bayle*